姚鼐 輯

王文濡 評註

大字本

評註古文辭類纂

上冊

臺灣學生書局印行

大字本

評註古文辭類纂提要

姚姬傳先生古文辭類纂，鑒別精，析類嚴，品藻至當，號爲集千古文章之大成。近世大賢，或以爲當與六經并傳不朽，甚且以爲今學術繁多，六經可不讀，姚纂斷不能不讀，以所選之文，皆六經之精英，百家之義蘊，以視六籍百氏，而又易解易學，誠文學之塗軌，學術之淵海也。故行世二百年來，愈久而愈盛，玆本局覓得評註善本；文後備載評語，復益以眉評，其發明古人用心所在，往往令讀者之心與古作者之心，悠然冥契，有神解獨到之樂。至諸家圈點，則惟折衷一家，讀者各據心得，以意爲之可也。注釋則凡輿地、人物、官制、考注，皆不厭詳盡，務便初學；又復列作者小傳於卷首，用備知人論世之助。詔令書說，或出詞臣之代言，或經史官之潤色，則注本事於題下，不復列傳。士子手此一編，詳研精諷，必可上追古作者之林，非止去俗就雅，卓有可觀已也。先生名鼐，字姬傳，一字夢穀，安徽桐城人，清乾隆間進士，散館主事，遷郎中，告歸，主講鍾山書院，卒年八十五。性恬淡，不慕榮利，論學主集義理、考證、辭章之長，不拘漢宋門戶。桐城自方苞、劉大櫆倡爲古文，先生繼之，選玆編以明義法，世因目爲桐城派。著有惜抱軒全集、九經說、三傳補注等書，學者稱惜抱先生。先生所爲古文，詞旨淵雅，夐絕塵表，是則先生之纂爲玆編，不啻示士子以必遵之途，與必至之境，杜公有「文章千古事，得失寸心知」之語，此處寸心知者，謂我雖臻於此境，而無由遽以語人，而收頓悟之效也。研玩玆編，眞積力久，庶幾不傳之秘，盡人可漸以幾希也。

評校音注古文辭類纂　目錄

卷十二　奏議類上編　二

卷十三　奏議類上編　三

卷十四　奏議類上編　四

卷十五　奏議類上編　五

卷十六　奏議類上編　六

卷二十三　奏議類下編　三

卷二十四　書說類　一

卷二十五　書說類　二

卷二十六　書說類　三

卷三十二　贈序類　二

卷三十三　贈序類　三

卷三十四　詔令類　一

卷三十五　詔令類　二

卷三十九　碑誌類上編　一

卷四十　碑誌類上編　二

卷四十一　碑誌類下編　一

卷四十四　碑誌類下編　四

卷四十五　碑誌類下編　五

卷四十六　碑誌類下編　六

卷四十七　碑誌類下編　七

卷四十八　碑誌類下編　八

卷五十三　雜記類　三

卷五十四　雜記類　四

卷五十五　雜記類　五

卷五十六　雜記類　六

卷五十七　雜記類　七

卷六十　頌贊類

卷六十一　辭賦類一

卷六十二　辭賦類　二

卷六十三　辭賦類　三

卷六十四　辭賦類　四

卷七十一　辭賦類　十一

卷七十二　哀祭類　一

卷七十三　哀祭類　二

卷七十四　哀祭類　三

凡例

一本書康吳本木刻已不多見各坊流行之鉛印本魯魚豕亥紕繆良多茲編所據爲最近徐氏之刊校本

一徐本於文後列諸家圈點本編折衷一家加圈點於文內其未有圈點者則酌取他精選本或就鄙意圈點之

一文後諸家評語本編均依徐本及他本過錄其未有評語者謹就管見所及附加之以符一律

一眉評徐本過錄不多本編特甄取他選本及鄙見所及酌加之

一姚氏原本篇中間有評注茲悉提在書眉仍注明某段落下讀者希注意

一輿地不可不知郡縣分合古今沿革本編最爲詳明遇有餘幅不嫌複注以便記憶而省檢查

一人物事實注或重見要亦因文制宜詳略互殊讀者幸勿厭爲煩複

一內外官制代有因革繁冗已甚望文生義自可意會數典能詳從古篇幅本編於歷代所不廢或臨文所常用者特加注釋

一全書注音例用音某或無相當之貼音則用某某切或某字某聲至古今字通假字則云同某讀某詞賦一類一字前後屢見而讀音各異分別注之

一原書無作者小傳茲特依據傳記括其大凡人各一傳列諸卷首他如詔令書說或出詞臣之代言或經史官之潤色祗注事略於題下不復列傳以示區別

一文中疑難之字字典所無澀僻之典檢查不得未敢武斷謹守闕如之義

一本編竄易增補三經寒暑疑難處屢就名人商榷始行付印較諸坊刻評注本詳愼似勝一籌然舛誤遺漏仍恐難免敬希　海內鴻達隨時糾舉再版時得以改正幸甚

濡又識

古文辭類纂序目

鼐少聞古文法於伯父薑塢先生、及同鄉劉才甫先生。少究其義。未之深學也。其後遊宦數十年。益不得暇。獨以幼所聞者。寘之胸臆而已。乾隆四十年。以疾請歸。伯父前卒。不得見矣。劉先生年八十。猶善談。說見則必論古文。後又二年。余來揚州。少年或從問古文法。夫文無所謂古今也。惟其當而已。得其當。則六經至於今日。其爲道也一。知其所以當。則於古雖遠。而於今取法。如衣食之不可釋。不知其所以當而敝棄於時。則存一家之言。以資來者。容有俟焉。於是以所聞習者。編次論說爲古文辭類纂。其類十三。曰論辨類、序跋類、奏議類、書說類、贈序類、詔令類、傳狀類、碑誌類、雜記類、箴銘類、頌贊類、辭賦類、哀祭類。一類內而爲用不同者。別之爲上下編云。

論辨類者蓋原於古之諸子各以所學著書詔後世孔孟之道與文至矣自老莊以降道有是非文有工拙今悉以子家不錄錄自賈生始蓋退之著論取於六經孟子子厚取於韓非賈生明允雜以蘇張之流子瞻兼及於莊子學之至善者神合焉善而不至者貌存焉惜乎子厚之才可以爲其至而不及至者年爲之也

賈生過秦論三首

太史公談論六家要指（以上卷一）

韓退之原道　原性　原毀　諱辯　對禹問　獲麟解　改葬服議　師說

爭臣論　守戒　雜說四首錄二　伯夷頌

柳子厚封建論　桐葉封弟辯　晉文公問守原議

李習之復性書三首錄其末（以上卷二）

歐陽永叔本論三首錄其二　朋黨論　爲君難論二首

曾子固唐論

序跋類者。昔前聖作易。孔子為作繫辭、說卦、文言、序卦、雜卦之傳。以推論本原。廣大其義。詩書皆有序。而儀禮篇後有記。皆儒者所為。其餘諸子。或自序其意。或弟子作之。莊子天下篇、荀子末篇。皆是也。余撰次古文辭。不載史傳。以不可勝錄也。惟載太史公、歐陽永叔表志序論數首。序之最工者也。向歆奏校書。各有序。世不盡傳。傳者或偽。今存子政戰國策序一篇。著其概。其後目錄之序。子固獨優已。

奏議類者。蓋唐虞三代聖賢陳說其君之辭。尚書具之矣。周衰。列國臣子爲國謀者。誼忠而辭美。皆本謨誥之遺。學者多誦之。其載春秋內外傳者不錄。錄自戰國以下。漢以來有表、奏、疏、議、上書、封事之異名。其實一類。惟對策雖亦臣下告君之辭。而其體少別。故寘之下編。兩蘇應制舉時所進時務策。又以附對策之後。

王介甫上仁宗皇帝言事書　本朝百年無事劄子　進戒疏(以上卷二十)

右奏議類上編

董仲舒賢良策對三首(以上卷二十一)

蘇子瞻對制科策　策略一　策略四　策略五　決壅蔽　無沮善　省費用　蓄材用　練軍實　倡勇敢　敎戰守(以上卷二十二)　策斷三首(錄中下二首)

蘇子由君術策五　臣事策一　民政策一　民政策二(以上卷二十三)

右奏議類下編

書說類者。昔周公之告召公。有君奭之篇。春秋之世。列國士大夫。或面相告語。或爲書相遺。其義一也。戰國說士。說其時主。當委質爲臣。則入之奏議。其已去國。或說異國之君。則入此編。

趙良說商君

陳軫爲齊說昭陽　說楚王無絕齊交　說齊合三晉

答劉正夫書　答尉遲生書　與馮宿論文書　答衞中行書　與孟東野書　答劉秀才論史書　重答李翊書　上兵部李侍郎書　應科目時與人書　爲人求薦書　與陳給事書　上宰相書　後十九日復上宰相書　與汝州盧郎中論薦侯喜狀(以上卷二十八)

柳子厚與許京兆孟容書　與蕭翰林俛書　與李翰林建書　答吳秀才謝示新文書(以上卷二十九)

歐陽永叔與尹師魯書

曾子固寄歐陽舍人書　謝杜相公書

蘇明允上韓樞密書　上歐陽內翰書

蘇子瞻上王兵部書　答李端叔書

蘇子由上樞密韓太尉書

王介甫答韶州張殿丞書　上淩屯田書　答司馬諫議書(以上卷三十)

贈序類者。老子曰。君子贈人以言。顏淵子路之相違。則以言相贈處。

梁王觴諸侯於范臺。魯君擇言而進。所以致敬愛陳忠告之誼也。唐初贈人始以序名。作者亦衆。至於昌黎。乃得古人之意。其文冠絕前後作者。蘇明允之考名序。故蘇氏諱序。或曰引。或曰說。今悉依其體編之於此。

韓退之送董邵南序　送王秀才含序　送孟東野序　送高閑上人序　送廖道士序　送竇從事序　送楊少尹序　送李愿歸盤谷序　送區册序　送鄭尙書序　送殷員外序　送幽州李端公序　送王秀才塤序　贈張童子序　與浮屠文暢師序　送石處士序　送溫處士赴河陽軍序　贈崔復州序　送水陸運使韓侍御歸所治序　送湖南李正字序　愛直贈李君房別　送鄭十爲校理序　送浮屠令縱西游序（以上卷二十一）

歐陽永叔送楊寘序　送田畫秀才寧親萬州序　送徐無黨南歸序　鄭荀改名序

曾子固送周屯田序　贈黎安二生序　送江任序　送傅向老令瑞安序

蘇明允送石昌言爲北使引　仲兄文甫字說　名二子說

蘇子瞻太息一首（贈秦少章）　日喻一首（贈吳彥律）　稼說一首（贈張琥）

王介甫送孫正之序（以上卷三十二）

歸熙甫周弦齋壽序　王母顧孺人六十壽序　戴素庵七十壽序　顧夫人八十壽序　守耕說　二石說　張雄字說　二子字說

方靈皐送王簃林南歸序　送劉函三序　送左未生南歸序　送李雨蒼序

劉才甫送張閑中序　送沈茱園序　送姚姬傳南歸序（以上卷三十三）

詔令類者原於尚書之誓誥周之衰也文誥猶存昭王制肅强侯所以悅人心而勝於三軍之衆猶有賴焉秦最無道而辭則偉漢至文景意與辭俱美矣後世無以逮之光武以降人主雖有善意而辭氣何其衰薄也檄令皆諭下之辭韓退之鱷魚文檄令類也故悉附之

秦始皇初并天下議帝號令

漢高帝入關告諭　二年發使者告諸侯伐楚　五年赦天下令　令吏善遇

司馬長卿諭巴蜀檄

韓退之祭鱷魚文（以上卷三十六）

傳狀類者。雖原於史氏。而義不同。劉先生云。古之爲達官名人傳者。史官職之。文士作傳。凡爲圬者種樹之流而已。其人既稍顯。卽不當爲之傳。爲之行狀。上史氏而已。余謂先生之言是也。雖然古之國史立傳。不甚拘品位。所紀事猶詳。又實錄書人臣卒。必撮序其平生賢否。今實錄不紀臣下之事。史館凡仕非賜謚及死事者。不得爲傳。乾隆四十年。定一品官乃賜謚。然則史之傳者。亦無幾矣。余錄古傳狀之文。並紀茲義。使後之文士得擇之。昌黎毛穎傳。嬉戲之文。其體傳也。故亦附焉。

韓退之贈太傅董公行狀　圬者王承福傳

柳子厚種樹郭橐駝傳

碑誌類者。其體本於詩。歌頌功德。其用施於金石。周之時有石鼓刻文。秦刻石於巡狩所經過。漢人作碑文。又加以序。序之體。蓋秦刻琅邪具之矣。茅順甫譏韓文公碑序異史遷。此非知言。金石之文。自與史家異體。如文公作文。豈必以效司馬氏為工耶。誌者。識也。或立石墓上。或埋之壙中。古人皆曰誌。為之銘者。所以識之之辭也。然恐人觀之不詳故又爲序世或以石立墓上曰碑曰表埋乃曰誌及分誌銘二之獨呼前序曰誌者皆失其義蓋自歐陽公不能辨矣墓誌文錄者尤多今別爲下編

秦泰山刻石文　瑯邪臺刻石文　之罘刻石文　東觀刻石文　碣石刻石文　會稽刻石文

班孟堅封燕然山銘(以上卷三十九)

元次山大唐中興頌

韓退之平淮西碑　處州孔子廟碑　南海神廟碑　衢州徐偃王廟碑　柳州羅池廟碑　袁氏先廟碑　烏氏廟碑

蘇子瞻表忠觀碑(以上卷四十)

右碑誌類上編

韓退之曹成王碑　清邊郡王楊燕奇碑　唐故相權公墓碑　贈太尉許國公神道碑銘　清河郡公房公墓碣銘　殿中少監馬君墓誌銘　尙書庫

部郎中鄭君墓誌銘(以上卷四十一)　柳子厚墓誌銘　河南令張君墓誌銘　太原王公墓誌銘　國子監司業竇公墓誌銘　給事中清河張君墓誌銘　試大理評事王君墓誌銘　唐故朝散大夫商州刺史除名徙封州董府君墓誌銘　唐朝散大夫贈司勳員外郎孔君墓誌銘　集賢院校理石君墓誌銘　河南少尹裴君墓誌銘　尚書左僕射右龍武軍統軍劉公墓誌銘　扶風郡夫人墓誌銘(以上卷四十二)　李元賓墓銘　施先生墓銘　南陽樊紹述墓誌銘　貞曜先生墓誌銘　河南府法曹參軍盧府君夫人苗氏墓誌銘　唐河中府法曹張君墓碣銘　女挐壙銘

柳子厚故襄陽丞趙君墓誌銘(以上卷四十三)

歐陽永叔資政殿學士文正范公神道碑銘　太尉文正王公神道碑銘　江鄰幾墓誌銘(以上卷四十四)　河南府司錄張君墓表　胡先生墓表

連處士墓表　集賢校理丁君墓表　太常博士周君墓表　石曼卿墓表

永春縣令歐君墓表　右班殿直贈右羽林軍將軍唐君墓表　瀧岡阡

右碑誌類下編

雜記類者。亦碑文之屬。碑主於稱頌功德。記則所紀大小事殊。取義各異。故有作序與銘詩全用碑文體者。又有爲紀事而不以刻石者。柳子厚紀事小文或謂之序。然實記之類也。

喜亭記　河南府同官記　汴州東西水門記　題李生壁（以上卷五十一）
柳子厚遊黃溪記　永州萬石亭記　始得西山宴遊記　鈷鉧潭記　鈷鉧潭西小邱記　至小邱西小石潭記　袁家渴記　石渠記　石澗記　小石城山記　柳州東亭記　柳州山水近治可遊者記（以上卷五十二）
零陵郡復乳穴記　零陵三亭記　館驛使壁記　陪永州崔使君遊讌南池序　序飲　序棊
李習之來南錄（以上卷五十三）
歐陽永叔仁宗御飛白記　襄州穀城縣夫子廟記　豐樂亭記　有美堂記　菱谿石記　峴山亭記　遊儵亭記　眞州東園記　浮槎山水記　李秀才東園亭記　樊侯廟災記　叢翠亭記（以上卷五十四）
曾子固宜黃縣學記　筠州學記　徐孺子祠堂記　襄州宜城縣長渠記
越州趙公救菑記　擬峴臺記　廣德軍重修鼓角樓記　學舍記　齊州

箴銘類者。三代以來有其體矣。聖賢所以自戒警之義。其辭尤質。而意尤深。若張子作西銘。豈獨其理之美耶。其文固未易幾也。

崔子玉座右銘

張孟陽劍閣銘

韓退之五箴

李習之行己箴

張子西銘

蘇子瞻徐州蓮華漏銘　九成臺銘（以上卷五十九）

頌贊類者。亦詩頌之流。而不必施之金石者也。

揚子雲趙充國頌

袁彥伯三國名臣序贊

韓退之子產不毀鄉校頌

柳子厚伊尹五就桀贊

蘇子瞻韓幹畫馬贊　文與可飛白贊（以上卷六十）

辭賦類者。風雅之變體也。楚人最工爲之。蓋非獨屈子而已。余嘗謂漁父、及楚人以弋說襄王、宋玉對王問遺行。皆設辭無事實。皆辭賦類耳。太史公劉子政不辨。而以事載之。蓋非是。辭賦固當有韻。然古人亦有無韻者。以義在託諷。亦謂之賦耳。漢世校書有辭賦略。其所列者甚當。昭明太子文選分體碎雜。其立名多可笑者。後之編集者。或不知其陋而仍之。余今編辭賦。一以漢略爲法。古文不取六朝人。惡其靡也。獨辭賦則晉宋人猶有古人韻格存焉。惟齊梁以下。則辭益俳而氣益卑。故不錄耳。

王子山魯靈光殿賦
王仲宣登樓賦
張茂先鷦鷯賦
潘安仁秋興賦　笙賦　射雉賦
劉伯倫酒德頌
陶淵明歸去來辭
鮑明遠蕪城賦（以上卷七十）
韓退之訟風伯　進學解　送窮文　釋言
蘇子瞻前赤壁賦　後赤壁賦（以上卷七十一）

哀祭類者。詩有頌。風有黃鳥、二子乘舟、皆其原也。楚人之辭至工。後世惟退之介甫而已。

屈原九歌
賈生弔屈原賦

劉才甫祭史秉中文。　祭吳文肅公文　祭舅氏文（以上卷七十四）

凡文之體類十三。而所以為文者八。曰神、理、氣、味、格、律、聲、色。神理氣味者。文之精也。格律聲色者。文之粗也。然苟舍其粗。則精者亦胡以寓焉。學者之於古人。必始而遇其粗。中而遇其精。終則御其精者而遺其粗者。文士之效法古人。莫善於退之。盡變古人之形貌。雖有摹擬。不可得而尋其跡也。其他雖工於學古。而跡不能忘。揚子雲柳子厚於斯蓋尤甚焉。以其形貌之過於似古人也。而遽擯之。謂不足與於文章之事。則過矣。然遂謂非學者之一病。則不可也。

乾隆四十四年秋七月。桐城姚鼐纂集序目。

作者小傳

屈原・名平・一名正則・字靈均・爲楚三閭大夫・被讒・遷江南・赴汨羅淵死・

宋玉楚人・屈原弟子・爲楚大夫・

景差・差亦作瑳・楚人・事頃襄王・爲大夫・

莊辛楚人・楚莊王之後・以謚爲氏・

李斯・楚上蔡人・從荀卿學・西說秦・秦王以爲客卿・後拜丞相・上禁書令・變倉頡籀文爲玉箸篆・卒爲趙高所害・

賈山・漢潁川人・嘗給事潁陰侯・爲騎從・文帝時・上書言治亂之道・借秦爲喻・名曰至言・後文帝欲除鑄錢・令山復上書諫・

賈誼・漢雒陽人・爲河南守吳公所薦・文帝召以爲博士・一歲中・超遷

至大中大夫。絳灌輩忌而間之。出爲長沙王太傅。復拜梁懷王太傅。王墮馬死。誼哭泣歲餘。亦死。年三十三。著新書十卷。

鄒陽。漢齊人。景帝時仕吳。以文辨著名。後去而之梁。從梁孝王遊。引爲上客。

枚乘。字叔。漢淮陰人。爲吳王濞郎中。王有異謀。諫不納。去之梁。景帝時。爲弘農都尉。以病免。武帝即位。以安車蒲輪徵之。

鼂錯。漢潁川人。學申韓刑名之術。嘗爲太常掌故。文帝遣受尚書於伏生。遷太子家令。景帝時。遷御史大夫。請削吳楚七國地。七國反。以誅錯爲名。乃斬於東市。

司馬相如。字長卿。漢成都人。爲人口吃。而善著書。武帝擢爲中郎將。

淮南王名安。高帝少子長之子。好書。善爲文。著有淮南子內書二十一卷。後以謀叛自剄死。

董仲舒。漢廣川人•少治春秋•武帝時•應詔陳天人三策•帝首擢之•後爲公孫弘所擠•斥爲膠西相•以病免•著春秋繁露十七卷•元至順初•從祀孔廟•

嚴安•漢臨菑人•武帝時•以故丞相上書•召見•拜郎中•後爲騎馬令•

主父偃•漢臨菑人•初學縱橫之術•晚年乃學易春秋及百家之言•武帝時•上書闕下•擢爲郎中•一歲四遷•官至齊相•

吾邱壽王•字子贛•漢趙人•武帝時•爲侍中•官至光祿大夫•

東方朔•字曼倩•漢平原厭次人•武帝時•官至大中大夫•給事中•時有正諫•法言而出以詼諧•著有靈棋經•神異經•海內十洲記•

司馬談•漢夏陽人•武帝時•爲太史•

司馬遷•字子長•談子•生於龍門•弱冠好遊•足迹半天下•泰初中•嗣父職•因李陵而得宮罪•發憤成史記一百三十卷•

路温舒•字長君•漢鉅鹿東里人•舉孝廉•授守廷尉史•宣帝時•官至臨
淮太守•有異績•
張敞•字子高•漢河東平陽人•後徙杜陵•初爲甘泉倉長•遷京兆尹•號
稱職•坐楊惲事免•後起爲刺史•守太原郡•徵爲左馮翊•卒•
王生•漢宣帝時爲太子庶子•按同時有王生者•初爲龔遂渤海議曹•
及遂遷水衡都尉•以生爲水衡丞•未知是一是二•
楊惲•字子幼•漢華陰人•宣帝時•爲中郎將•恃才玩世•以答孫會宗書•
被誅•
魏相•字弱翁•漢定陶人•地節中•官丞相•嘗白去副封•以防壅蔽•封高
平侯•圖形麒麟閣•
趙充國•字翁孫•漢隴西上邽人•良家子•善騎射•沈勇有方略•武帝朝•
拜中郎將•車騎將軍•與霍光定策立宣帝•又屯金城•討平西羌•封

營平侯。卒。謚曰壯侯。成帝時。圖形麒麟閣。

蕭望之字長倩。漢東海蘭陵人。徙杜陵。宣帝時。爲太子太傅。帝疾篤。受遺詔輔政。領尚書事。元帝即位時。事多所匡正。後爲弘恭石顯所陷。飲鴆自殺。

賈捐之字君房。誼曾孫。元帝初。上疏言得失。待詔金馬門。後以忤石顯下獄。棄市。

劉向字子政。本名更生。楚元王四世孫。元帝時。爲散騎宗正。以譖免。成帝時。復起爲光祿大夫。著有洪範五行傳。新序十卷。說苑二十卷。列仙傳二卷。列女傳七卷。續列女傳一卷。從祀孔廟。

匡衡字稚圭。漢東海承人。射策甲科。除太常掌故。調補平原文學。累官至太子少傅。後爲丞相。封樂安侯。

侯。應漢元帝建昭中。官郎中。里居未詳。

谷永字子雲漢長安人元帝時爲太常丞數上疏言得失官至大司農

耿育漢哀帝時官議郎里居未詳

賈讓漢哀帝時爲議郎著治河三策後世言治河者祖之

揚雄字子雲漢成都人博極羣書口吃而好沈思成帝時爲郎給事黃門著有法言十卷太玄經方言及揚子雲集六卷

劉歆字子駿向子與向同領校秘書官至京兆尹封紅休侯改名秀字穎叔王莽簒位歆爲國師

班固字孟堅漢扶風安陵人明帝時典校秘書著有漢書一百二十卷白虎通義漢武故事漢武帝內傳各一卷

傅毅字武仲漢扶風茂陵人章帝時爲蘭臺令史拜郎中與班固賈逵共典校書早卒著有詩賦誄頌連珠凡二十八篇

張衡。字平子。漢南陽西鄂人。善屬文。精天文曆算。作渾天儀。及候風地動儀。官太史令。出爲河南相。徵拜尚書。

崔瑗。字子玉。漢安平人。舉茂才。爲汲令。教民開稻田數百頃。遷濟北相。

王延壽。字子山。一字文考。漢南郡宜城人。少有儁才。年二十餘。溺水死。

諸葛亮。字孔明。漢末瑯琊陽都人。爲蜀漢丞相。先主崩。輔後主禪。封武鄉侯。卒諡曰忠武侯。淸雍正初從祀孔廟。

王粲。字仲宣。漢末高平人。仕魏。官至侍中。

張華。字茂先。晉范陽方城人。學業優博。以參贊伐吳功成。封廣武侯。拜侍中。著有博物志十卷。

張載。字孟陽。晉安平人。博學有文章。累官中書侍郎。領著作。引疾告

歸卒於家

潘岳字安仁晉榮陽人少以才穎見稱鄉里號奇童累官中書令死於石崇之難

劉伶字伯倫晉沛國人放情嗜酒與阮籍嵇康交最善因著酒德頌仕東晉爲建威將軍

袁宏字彥伯晉陳郡夏陽人少有逸才謝安甚重之官至東陽郡太守著有後漢紀三十卷

陶潛字淵明一字元亮晉尋陽柴桑人知彭澤縣旋解印去劉宋時屢徵不起世稱靖節先生著有陶淵明集及搜神後記十卷

鮑照字明遠宋東海人工詩爲臨海王參軍有鮑參軍集十卷

元結字次山唐河南人登進士第玄宗幸河東上時議三篇擢金吾將軍代宗立辭官歸樊上以終著有次山集十二卷

韓愈・字退之・唐南陽人・由進士累官刑部侍郎・憲宗迎佛骨・上表極諫・貶潮州刺史・尋改袁州・召拜國子祭酒・轉吏部侍郎・卒・贈禮部尚書・諡曰文・宋元豐中・追封爲昌黎伯・有昌黎詩文集・

柳宗元・字子厚・唐河東人・第進士・中博學宏詞科・貞元間・爲監察御史・坐王叔文黨・貶永州司馬・徙柳州刺史・卒・著有柳州文集・

李翱・字習之・唐趙郡人・以進士爲國子博士・史館修撰・嘗面折宰相李逢吉・出爲廬州刺史・後爲諫議大夫・卒・諡曰文・著有李文公集十八卷・

歐陽修・字永叔・宋廬陵人・四歲而孤・母誨之學・舉進士甲科・爲諫官・以論事切直・出知滁州・後拜翰林學士・參知政事・以太子少師致仕・晚號六一居士・卒・贈兗國公・諡文忠・著有新唐書二百二十五卷・五代史一百五十卷・文忠集一百五十三卷・明嘉靖中・從祀孔

廟・

曾鞏・字子固・宋建昌南豐人・嘉祐間・舉進士・歷知齊襄洪福明亳滄等州・後爲史館修撰・擢中書舍人・世稱南豐先生・著有元豐類稿五十卷・隆平集二十卷・

張載・字子厚・宋長安人・舉進士・爲祁州司法參軍・熙寧初・召爲崇文院校書・同知太常禮院・從二程子學・晚年退居橫渠・關西學者宗之・著有張子全書十四卷・卒・諡曰明・追封郿伯・從祀孔廟

蘇洵・字明允・號老泉・宋眉州眉山人・年二十七・始發憤爲學・後除校書郎・名動京師・著有嘉祐集十六卷

蘇軾・字子瞻・號東坡居士・洵長子・舉制科・累官翰林學士・兵部尚書・卒・諡文忠・著有東坡全集一百十五卷・

蘇轍・字子由・號潁濱・又號欒城・洵次子・與兄軾同登嘉祐進士・又同

舉制科累官翰林學士門下侍郎卒謚文定著有欒城集九十六卷

王安石字介甫號半山宋臨川人神宗朝相封荊國公卒謚曰文著有臨川集一百卷

晁補之字无咎宋鉅野人舉進士以禮部郎中知泗州自號歸來子著有雞肋集七十卷

歸有光字熙甫明崑山人九歲能屬文弱冠盡通五經三史諸書累試不第授徒安亭江上稱震川先生晚成進士授長興縣爲南京太僕寺丞留掌內閣制敕房修世宗實錄卒於官著有震川文集三十卷別集十卷

方苞字靈皐號望溪清安徽桐城人康熙丙戌進士坐戴名世南山集事下獄後官至禮部右侍郎著有望溪集八卷

劉大櫆・字才甫・一字耕南・號海峯・清安徽桐城人・兩中順天副榜・乾隆丙辰召試鴻博・庚午舉經學・皆報罷・授黟縣教諭・著有海峯詩文集・

歷述秦得有天下之始

當此之時方展騁云以下皆反襯秦之强

評校音注古文辭類纂卷一　論辨類一

賈生過秦論上

過秦、舉秦之過失言之也、秦、嬴姓、其先蓋顓頊之苗裔、伯翳之後、周孝王封非子於秦、爲附庸之國、至穆公遂霸西戎、傳至始皇、并吞六國、統一天下、再傳至二世而亡、○○○

秦孝公據殽函之固、擁雍州之地、君臣固守、而窺周室、有席卷天下、包舉宇內、囊括四海之意、并吞八荒之心、當是時、商君佐之、內立法度、務耕織、修守戰之備、外連衡（同橫）而鬭諸侯、於是秦人拱手而取西河之外、孝公既沒、惠文武昭襄蒙故業、因遺策、南取漢中、西舉巴蜀、東割膏腴之地、收要害之郡、諸侯恐懼、會盟而謀弱秦、不愛珍器重寶肥饒（音蕘）之地、以致天下之士、合從（同縱）締（音弟）交、相與爲一、當此之時、齊有孟嘗、趙有平原、楚有春申、魏有信陵、此四君者、皆明智而忠信、寬厚而愛人、尊賢重士、約從離橫、兼韓魏燕趙齊楚宋衞中山之衆、於是六國之士、有甯越徐尚蘇秦杜赫之屬、爲之謀、齊明周最陳軫昭滑樓緩翟景蘇厲樂毅之徒、通其意、吳起孫臏（音牝）帶佗兒（同倪）良王廖田忌廉頗趙奢之倫、制

姚氏云叩關漢書作仰關按對下開關字作叩爲當秦人開關延敵方展歸云極形容秦强反跌下文又云榮遭百折急水過峽

姚氏云篇中秦王字史記本如此漢書俱作始皇按陳政事疏亦稱始皇爲秦王似宜懸秦不稱其謚

敍述處機勢自王故叢而不覺其完士不敢彎弓而報怨方望溪云此兩段論攻守

秦王既沒方展歸云殊俗足一句更雄

其兵。嘗以十倍之地。百萬之衆。叩關而攻秦。秦人開關延敵。九國之師。逡（七倫切）巡遁逃而不敢進。秦無亡矢遺鏃（子木切）之費。而天下諸侯已困矣。於是從散約解。爭割地而奉秦。秦有餘力而制其敝。追亡逐北。伏尸百萬。流血漂鹵（音魯）。因利乘便。宰割天下。分裂河山。彊國請服。弱國入朝。延及孝文王莊襄王。享國日淺。國家無事。及至秦王。續六世之餘烈。振長策而馭宇內。吞二周而亡諸侯。履至尊而制六合。執棰（追上聲）柎（音膚）以鞭笞（音癡）天下。威振四海。南取百越之地。以爲桂林象郡。百越之君。俛首係頸。委命下吏。乃使蒙恬北築長城而守藩籬。卻匈奴七百餘里。胡人不敢南下而牧馬。士不敢彎弓而報怨。於是廢先王之道。焚百家之言。以愚黔首。隳（徒果切）名城。殺豪傑。收天下之兵。聚之咸陽。銷鋒鑄鐻（音巨）。以爲金人十二。以弱天下之民。然後踐華（去聲）爲城。因河爲池。據億丈之城。臨不測之淵。以爲固。良將勁弩。守要害之處。信臣精卒。陳利兵而誰何。天下已定。秦王之心。自以爲關中之固。金城千里。子孫帝王萬世之業也。秦王既沒。餘威振於殊俗。然而陳涉甕牖繩樞之子。甿（同氓）隸之人。而遷徙之徒。才能不及中人。非有

敘述至是斯畢

方望溪云且夫以下論攻守之勢異兩兩比較得失自見

方展卿云自此以下奔流到海不復回矣

方展卿云然而成敗異變處作一束下又將文勢放開

結處始揭出正意有點睛飛去之妙

仲尼墨翟之賢。陶朱猗頓之富。躡（尼輒切）足行伍之間。而倔（渠勿切）起什伯之中。率罷（讀作疲）散之卒。將數百之衆。轉而攻秦。斬木爲兵。揭竿爲旗。天下雲集響應。贏糧而景（同影）從。山東豪俊。遂並起而亡秦族矣。且夫天下非小弱也。雍州之地。殽函之固自若也。陳涉之位。非尊於齊楚燕趙韓魏宋衛中山之君。鉏櫌（音憂）棘矜。非銛（音纖）於鉤戟長鎩（所拜切）也。謫戍之衆。非抗於九國之師。深謀遠慮。行軍用兵之道。非及曩時之士也。然而成敗異變。功業相反也。試使山東之國。與陳涉度長絜（奚結切）大比權量力。則不可同年而語矣。然秦以區區之地。致萬乘之權。招（音翹）八州而朝同列。百有餘年矣。然後以六合爲家。殽函爲宮。一夫作難而七廟墮。身死人手。爲天下笑者。何也。仁義不施。而攻守之勢異也。

眞西山曰誼之論秦備述本末而斷以兩言可謂至矣然誼之意以攻守爲二塗用權謀以攻而用仁義以守然後爲得漢初豪傑所見大抵如此故陸賈有逆取順守之言而誼亦爲攻守異勢之說豈知三代之得天下與守天下初無二道乎此誼之學所以爲雜於申韓也○歸震川曰行文開闔起伏

精深雄大眞名世之作○方望溪曰此篇論秦取天下之勢守天下之道其取之也雖不以仁義而勢則可憑且謀武實過於六國此所以倖而得也乃既得而因用此以守之則斷無可久之道矣此所以失之易也秦始終仁義不施而成敗異勢者以攻守之勢異也○方展卿曰勢如長河巨浪洶洶當其紆折停頓又若迴風生瀾文事之壯觀也○姚氏曰固是合後二篇義乃完然首篇爲特雄駿閎肆○張廉卿曰瑋麗之辭瑰放之氣揮斥而出之而沛然其甚有餘惟盛漢之文乃有此耳

孝公名渠梁、獻公子、殽山名、在今河南洛寧縣北、函函谷關、在河南靈寶縣、雍州古九州之一、今陝西省地、席卷晉易也、囊括[易坤卦]括囊无咎无譽、此借作包含天下解、八荒八方荒遠之地、商君衞之庶孽公子、姓公孫氏、事魏相公叔座、爲中庶子、後仕秦爲左庶長、爲秦制法、孝公封之於商、連衡六國連和於秦曰橫、西河今陝西舊同州府地、惠文名駟、孝公子、武名蕩、惠文王子、昭襄名則、武王弟、漢中今陝西南部南鄭等縣地、巴蜀今四川省地、合從六國相合敵秦曰從、締結也、孟嘗齊靖郭君田嬰子、名文、平原趙公子、名勝、惠文王弟、春申楚人、姓黃名歇、信陵魏昭王少子、名無忌、按孟嘗、平原、春申、信陵、皆封號、非封地也、韓姬姓、國於平陽、今山西臨汾縣、後徙都鄭、今河南新鄭縣、魏姬姓、國於安邑、今山西夏縣、後徙大梁、今河南開封縣、燕姬姓、都薊、今京兆大興縣、趙嬴姓、國於邯鄲、今直隸邯鄲縣、齊田姓、國於臨淄、今山東臨淄縣、楚芈姓、國於郢、今湖北江陵縣北、宋子姓、都商邱、今河南商邱縣、衛姬姓、都帝邱、今直隸濮陽縣、中山姬姓、在今直隸定縣、
甯越趙人、徐尙未詳蘇秦東周洛陽人、主合縱、爲六國相、杜赫周人、齊明東周臣、周最周公子、仕秦、陳軫
夏人、仕秦、昭滑楚人、樓緩魏文侯弟、卽樓子、翟景周人、蘇厲秦弟、仕齊、樂毅樂羊後、入燕、燕昭王以爲亞卿、吳起衛人、
事魏文侯爲將、後仕秦楚及韓、孫臏孫武之後、爲齊將、兒良王廖王廖貴先、兒良貴後、皆天下豪士、見［呂氏春秋］田忌齊將、廉頗趙
奢皆趙將、鏃矢鋒、漂鹵漂、浮也、鹵、通櫓、大盾、孝文王名柱、昭襄子、莊襄王名楚、孝文王子、秦王名政、莊襄王子、卽始皇帝、
六世孝公、惠文、武、昭襄、孝文、莊襄、策搗馬具、以棰馬爲喩、二周東周、西周、棰柎棰、杖、柎［說文］闌足、或曰刀柄、百越卽南粵、種落不一、故
云百越、桂林今廣西北部、象郡今廣西南部、及安南地、蒙恬秦將軍、爲胡亥賜死、長城始皇三十三年、築長城、起臨洮至遼東、延袤萬
餘里、匈奴北狄之一種、秦漢時最盛、在今蒙古等地、焚百家言始皇三十四年、非秦紀皆燒之、所不去者、醫藥卜筮種樹之書、黔首［史記秦始
皇紀］更名民曰黔首、咸陽秦孝公始都此、故城在今陝西長安縣東、鐻同簴、以懸鐘鼓者、金人十二始皇二十六年、收天下兵、鑄金人十二、重
各千石、華山名、在今陝西華陰縣、河黃河誰何誰敢如何也、關中秦地東函谷關、南嶢關、武關、西散關、北蕭關、居四關之中、故曰關中、金
城喩固也、陳涉名勝、楚人、詳下大澤注、甕牖甕爲窗也、繩樞繩繫戶樞、甿民也、墨翟宋大夫、陶朱范蠡、越人、去官
之陶、自稱陶朱公、居積致富、猗頓猗頓問術於朱公、十年致富、贏擔也、景從如影隨形、鋤櫌棘矜櫌、鋤之柄、棘、同戟、矜、戟之柄、言止有
其柄、銛利也、鉤戟有鉤之戟、長鎩長矛、絜比度也、招舉也、八州雍州外尙有八州、七廟天子立七廟、［禮記王制］天子三

渴者易飲飢者易食當此之時而行仁義所謂事半功倍也

安危之本在於此矣方展卿云頓挫

夫幷兼者方展卿云扼要

方展卿云借使秦王計上世之事句作勢陡絕

夫寒者利裋褐方展卿云此處宕漾

昭三穆、與太祖之廟而七、

賈生過秦論中〇〇〇

秦幷海內兼諸侯南面稱帝以養四海天下之士斐(音非)然鄉風若是者何也曰、近古之無王者久矣周室卑微五覇既沒令不行於天下是以諸侯力征彊侵弱衆暴寡兵革不休士民罷敝今秦南面而王天下是上有天子也既元元之民冀得安其性命莫不虛心而仰上當此之時守威定功安危之本在於此矣秦王懷貪鄙之心行自奮之智不信功臣不親士民廢王道立私權禁文書而酷刑法先詐力而後仁義以暴虐爲天下始夫幷兼者高詐力安定者貴順權此言取與守不同術也秦離戰國而王天下其道不易其政不改是其所以取之守之者異也孤獨而有之故其亡可立而待借使秦王計上世之事并殷周之迹以制御其政後雖有淫驕之主猶未有傾危之患也故三王之建天下名號顯美功業長久今秦二世立天下莫不引領而觀其政夫寒者利裋(音竪)褐(音曷)而飢者甘糟糠天下之嗸嗸(牛刀切)新主之資也此言勞民之易爲仁也鄉使二

仍是申說仁義不施四字

世有庸主之行而任忠賢臣主一心而憂海內之患縞素而正先帝之過裂地
分民以封功臣之後建國立君以禮天下虛囹（音靈）圄（音語）而免刑戮除去收帑汙
穢之罪使各反其鄉里發倉廩散財幣以振孤獨困窮之士輕賦少事以佐百
姓之急約法省刑以持其後使天下之人皆得自新更節修行各慎其身塞萬
民之望而以威德與天下天下集矣即四海之內皆懽然各自安樂其處惟恐
有變雖有狡猾之民無離上之心則不軌之臣無以飾其智而暴亂之奸止矣
二世不行此術而重之以無道壞宗廟與民更始作阿（平聲）房宮繁刑嚴誅吏治
刻深賞罰不當賦斂無度天下多事吏弗能紀百姓困窮而主弗收恤然後姦
僞並起而上下相遁蒙罪者衆刑僇（同戮）相望於道而天下苦之自君卿以下至
於衆庶人懷自危之心親處窮苦之實咸不安其位故易動也是以陳涉不用
湯武之賢不藉公侯之尊奮臂於大澤而天下響應者其民危也故先王見終
始之變知存亡之機是以牧民之道務在安之而已天下雖有逆行之臣必無
響應之助矣故曰安民可與行義而危民易與爲非此之謂也貴爲天子富有

以歸罪二世作結

四海。身不免於戮殺者。正傾非也。是二世之過也。

方望溪曰此承前篇攻守異勢而言守天下之道在於安民始皇既失之於前二世又失之於後也前篇以愚黔首以弱天下之民特虛言始皇之設心此篇乃列數其虐政前篇特虛言其失天下之易此篇則推原其故由於民勞易動故陳涉得藉以爲資土崩魚爛而不振救也

斐 [說文]分別文也、 周室卑微 周自平王東遷于洛、號令不行、 五霸 齊桓、晉文、楚莊、秦穆、宋襄、 元元 [國策注]元元、善也、民之類善、故曰元元、 秦離戰國 離、猶併也、 殷 商自盤庚遷都殷、改國號曰殷、 二世 名胡亥、始皇少子、在位三年、 裋褐 裋、短衣、褐、毛布、毛布之短衣、 謷謷 衆口愁也、 縞素 喪服、 囹圄 獄也、 收帑 秦制、一人犯罪、連及妻子、 汙穢之罪 卽濫刑之義、 不軌 不合於道、 阿房宮 始皇所築、故址在今陝西咸陽縣、 紀 理也、 大澤 在今江蘇豐縣、時秦發閭左戍漁陽者九百人、屯大澤鄉、陳勝吳廣爲屯長、會天雨失期、法當斬、勝廣因起兵於蘄、 正傾句 傾、危也、言非正危之道也、

賈生過秦論下 ○○○

秦幷兼諸侯山東三十餘郡。繕津關。據險塞。修甲兵而守之。然陳涉以戍卒散亂之衆數百。奮臂大呼。不用弓戟之兵。鋤耰白梃。望屋而食。橫行天下。秦人阻

亂由內作烏得不敗

藉使子嬰有庸主之材方展卿云虛勢時至子嬰萬難自振文似推論過甚

自繆公以來方展卿云因而實之且天下嘗同心并力而攻秦矣方展卿云仍以虛勢行文豈勇力智慧不足哉方展卿云又以實事證虛情

以形勢言實有足恃然非所論於此時民苦暴秦深矣不得人和地利其足恃乎

險不守。關梁不闔。長戟不刺。強弩不射。楚師深入。戰於鴻門。曾無藩籬之限。於是山東大擾。諸侯並起。豪俊相立。秦使章邯（音寒）將而東征。章邯因以三軍之衆要（平聲）市於外。以謀其上。羣臣之不信。可見於此矣。子嬰立。遂不寤。藉使子嬰有庸主之材。僅得中佐。山東雖亂。秦之地可全而有。宗廟之祀。未當絕也。秦地被山帶河以爲固。四塞之國也。自繆公以來。至於秦王。二十餘君。常爲諸侯雄。豈世世賢哉。其勢居然也。且天下嘗同心并力而攻秦矣。當此之世。賢知並列。良將行其師。賢相通其謀。然困於阻險而不能進。秦乃延入戰而爲之開關。百萬之徒逃北而遂壞。豈勇力智慧不足哉。形不利。勢不便也。秦小邑并大城。守險塞而軍。高壘毋戰。閉關據阸。荷戟而守之。諸侯起於匹夫。以利合。非有素王之行也。其交未親。其下未附。名爲亡秦。其實利之也。彼見秦阻之難犯也。必退師安土息民。以待其敝。收弱扶罷。以令大國之君。不患不得意於海內。貴爲天子。富有天下。而身爲禽者。其救敗非也。秦王足己不問。遂過而不變。二世受之。因而不改。暴虐以重禍。子嬰孤立無親。危弱無輔。三主惑而終身不悟。亡不亦宜

坐歸雍蔽最有當矣

方望溪云所以稱先王者甚膚淺蓋賈生特縱橫之流所見適至是而止

由是觀之方展鄉云諷漢作收

文非苟作此是三篇之本意

乎。當此時也。世非無深慮知化之士也。然所以不敢盡忠拂(同弼)過者。秦俗多忌諱之禁。忠言未卒於口而身爲戮沒矣。故使天下之士傾耳而聽。重足而立。拑口而不言。是以三主失道。忠臣不敢諫。智士不敢謀。天下已亂。姦不上聞。豈不哀哉。先王知雍(於勇切)蔽之傷國也。故置公卿大夫士以飾法設刑而天下治。其强也。禁暴誅亂而天下服。其弱也。五霸征而諸侯從。其削也。內守外附而社稷存。故秦之盛也。繁法嚴刑而天下震。及其衰也。百姓怨望而海內畔矣。故周王序得其道。而千餘歲不絕。秦本末並失。故不長久。由是觀之。安危之統相去遠矣。野諺曰。前事之不忘。後事之師也。是以君子爲國。觀之上古。驗之當世。參以人事。察盛衰之理。審權勢之宜。去就有序。變化有時。故曠日長久而社稷安矣。

方望溪曰。此篇言子嬰不能救敗而深探其本。則由於秦俗忌諱。故三主失道亂亡形見。而人莫敢言。已終不知因重歎雍蔽之傷國。以總結三篇之義也。古文之法。一篇自爲首尾。此論則聯三篇而更相表裏。脈絡灌輸。輯史記者。悞倒其序。首尾衡決而不可通。昭明文選。又獨取首篇。皆不講於文律耳

此是總冒法

固之譏遷曰論大道則先黃老而後六經論游俠則退處士而進姦雄意即指此

又曰班固譏賈子與太史公被罪子嬰之枉卓矣而誼所論自有實理但謂子嬰有庸主之材僅得中佐山東雖亂秦之地可全而有則未當耳蓋必雄略如周世宗唐莊宗然後能守險以待諸侯之斃而事勢又各不同莊宗世宗嗣立國人內附宿將林立故能履危而安以弱爲强秦則民怨於內將貳於外雖有莊宗世宗之畧旬月中亦猝難收拾也

山東三十餘郡（秦分天下爲三十六郡、山東即六國故地、）繕（修治也、）津（濟渡處、）關（界上之門、）望屋而食（軍無儲糧、隨處而食、）梁（橋也、）鴻門（今陝西臨潼縣、）章邯（秦少府、後降項羽爲雍王、）要市（言倚兵以自重、）子嬰（二世兄子、趙高殺二世、立子嬰、）繆公（名任好、五霸之一、）素王（有其道、爲天下所歸、而無其爵者、孔子當之、）救敗句（言非救敗之道、）

太史公談論六家要指（談名、遷父、指同旨、六家、陰陽、儒、墨、名、法、道德也、）○

易大傳天下一致而百慮同歸而殊塗夫陰陽儒墨名法道德此務爲治者也直所從言之異路有省不省耳嘗竊觀陰陽之術大祥而衆忌諱使人拘而多所畏然其序四時之大順不可失也儒者博而寡要勞而少功是以其事難盡從然其序君臣父子之禮列夫婦長幼之別不可易也墨者儉而難遵是以其

名家使人儉梅伯言云儉疑讀如檢

此言小儒當矣漢世所謂大儒者一董仲舒而已迄不見用于長非儒意固有在不得以班氏之言而沒之也

事不可偏循然其彊本節用不可廢也法家嚴而少恩然其正君臣上下之分不可改矣名家使人儉而善失眞然其正名實不可不察也道家使人精神專一動合無形贍足萬物其爲術也因陰陽之大順采儒墨之善撮名法之要與時遷移應物變化立俗施事無所不宜指約而易操事少而功多儒者則不然以爲人主天下之儀表也主倡而臣和主先而臣隨如此則主勞而臣逸至於大道之要去健羡絀聰明釋此而任術夫神大用則竭形大勞則敝形神騷動欲與天地長久非所聞也夫陰陽四時八位十二度二十四節各有教令順之者昌逆之者不死則亡未必然也故曰使人拘而多畏夫春生夏長秋收冬藏此天道之大經也弗順則無以爲天下綱紀故曰四時之大順不可失也夫儒者以六藝爲法六藝經傳以千萬數累世不能通其學當年不能究其禮故曰博而寡要勞而少功若夫列君臣父子之禮序夫婦長幼之別百家弗能易也墨者亦尚堯舜道言其德行曰堂高三尺土階三等茅茨不翦采椽不刮食土簋(音軌)啜(音輟)土刑糲粱之食藜藿之羹夏日葛衣冬日鹿裘送死桐棺三寸舉音

立一言創一法沿之既久不能無弊遷之言亦未嘗不是

仍是偏重道家時尚黃老不得不有所偏重耳

不盡其哀。教喪禮。必以此為萬民之率。使天下法。若此則尊卑無別也。夫世異時移。事業不必同。故曰儉而難遵。要曰強本節用。則人給家足之道也。此墨子之所長。雖百家弗能廢也。法家不別親疏。不殊貴賤。一斷於法。則親親尊尊之恩絕矣。可以行一時之計。而不可長用也。故曰嚴而少恩。若尊主卑臣。明分職不得相踰越。雖百家弗能改也。名家苛察繳（音皎）繞。使人不得反其意。專決於名而失人情。故曰使人儉而善失眞。若夫控名責實。參伍不失。此不可不察也。道家無為。又曰無不為。其實易行。其辭難知。其術以虛無為本。以因循為用。無成勢。無常形。故能究萬物之情。不為物先。不為物後。故能為萬物主。有法無法。因時為業。有度無度。因物與合。故曰聖人不朽。時變是守。虛者道之常也。因者君之綱也。羣臣並至。使各自明也。其實中（去聲）其聲者謂之端。實不中其聲者謂之窾。（音款）窾言不聽。姦乃不生。賢不肖自分。白黑乃形。在所欲用耳。何事不成。乃合大道。混混冥冥。光耀天下。復反無名。凡人所生者神也。所託者形也。神大用則竭。形大勞則敝。形神離則死。死者不可復生。離者不可復反。故聖人重之。由是觀之神者生之本也。形者生之具也。不先定其神而曰我有以治天下何由哉。

曾滌生曰司馬遷自敘中述其父太史公談論六家要指諸家互有得失而終之以道家爲本此自司馬氏父子學術相傳如是其指要則談啟之其文辭則遷之爲之也

易大傳即易繫辭、直所從言之異路直、猶但也、言六家所由之道不一、省察也、大祥祥猶善也、衆忌諱陰陽家言吉凶、故多忌諱、使人拘而多畏拘束於日時、令人多畏忌、儉而善失眞拘牽名義、動失眞相、動合無形無形、謂大道、言能動合於大道、去健羨知雄守雌、是去健也、不見可欲、使心不亂、是去羨也、絀聰明不尚賢、絕聖棄智也、八位八卦方位、離南、坎北、震東、兌西、巽東南、艮東北、乾西北、坤西南、十二度十二月次、玄枵、娵訾、降婁、大梁、實沈、鶉首、鶉火、鶉尾、壽星、大火、析木、星紀也、二十四節立春、雨水、驚蟄、春分、淸明、穀雨、立夏、小滿、芒種、夏至、小暑、大暑、立秋、處暑、白露、秋分、寒露、霜降、立冬、小雪、大雪、冬至、小寒、大寒也、蓋五日爲一候、三候爲一氣、每月二氣、在月首者爲節氣、月中者爲中氣、六藝易、書、詩、禮、樂、春秋、采椽不刮采取爲椽、不刮削也、土簋用土作器、外圓內方、土刑刑、盛羹具、〔禮記〕作鉶、藜藿藜似蓬、藿、豆葉、桐棺三寸桐木爲棺、厚三寸也、繳繞猶纏繞也、控名責實二句引名責實、雖參錯交互、而明知事情、無爲守一、無不爲功利大也、聖人不朽時變是守出〔鬼谷子〕言聖人能順時變化、其實中其聲者謂之端二句端、猶言的也、窾、空也、聲、謂聲名、實、謂品行、言徒有名而實不至、則空空如也、

卷一終

方望溪云。此段總括發端。昌黎見道頗淺。故所言多膚。

老子之小仁義。茅鹿門云。數句是一篇之律。蓋因老子有道德經。故據此以闢之。

總是一味擯斥。其亦隨園所謂闢佛者迂耶。

韓退之原道○○○

博愛之謂仁。行而宜之之謂義。由是而之焉之謂道。足乎己無待於外之謂德。仁與義爲定名。道與德爲虛位。故道有君子小人。而德有凶有吉。老子之小仁義。非毀之也。其見者小也。坐井而觀天。曰天小者。非天小也。彼以煦煦爲仁。孑孑爲義。其小之也則宜。其所謂道。道其所道。非吾所謂道也。其所謂德。德其所德。非吾所謂德也。凡吾所謂道德云者。合仁與義言之也。天下之公言也。老子之所謂道德云者。去仁與義言之也。一人之私言也。周道衰。孔子沒。火於秦。黃老於漢。佛於晉魏梁隋之間。其言道德仁義者。不入於楊。則入於墨。不入於老。則入於佛。入於彼。必出於此。入者主之。出者奴之。入者附之。出者汙之。噫。後之人其欲聞仁義道德之說。孰從而聽之。老者曰。孔子。吾師之弟子也。佛者曰。孔子。吾師之弟子也。爲孔子者。習聞其說。樂其誕而自小也。亦曰吾師亦嘗師之云爾。不惟舉之於其口。而又筆之於其書。噫、後之人雖欲聞仁義道德之說。其孰從而求之。甚矣。人之好怪也。不求其端。不訊其末。惟怪之欲聞。古之爲民者四。今之爲民者六。古之敎者處其一。今之敎者處其三。農之家一。而食粟之家六。工之家一。而用器之家六。賈之家一。而資焉之家六。奈之何民不窮且盜也。古之時人之害多矣。有聖人者立。然後敎之以相生養之道。爲之君。爲之師。驅其蟲蛇禽獸。而處之中土。寒然後爲之衣。飢然後爲之食。木處而顚。土處而病也。然後爲之宮室。爲之工以贍其器用。爲之賈以通其有無。爲之醫藥以濟其夭死。爲之葬埋祭祀以長其恩愛。爲之禮以次其先後。爲之樂以宣其湮（音烟）鬱。爲之政以率其怠勧（同倦）。爲之刑以鋤其彊梗。相欺也。爲之符璽（音徙）斗斛權衡以信之。相奪也。爲之城郭甲兵以守之。害至而爲之備。患生而爲之防。今其言曰。聖人不死。大盜不止。剖斗折衡。而民不爭。嗚呼。其亦不思而已矣。如古之無聖人。人之類滅久矣。何也。無羽毛鱗介以居寒熱也。無爪牙以爭食也。是故君者出令者也。臣者行君之令而致之民者也。民者出粟米麻絲。作器皿。通貨財。以

甚矣人之好怪也吳至父云後凡所發明聖人作爲皆求端訊末之事凡所譏於老佛者皆怪也姚氏云論仁義道德是求其端自古之爲民以下五段皆訊其末之事

民窮且盜其原未必由是作者亦言之過甚耳

古之時人之害多矣方望溪云此段闢老○吳至父云此因二家之爲民害發端遂縱論聖人生養人之法是求其端之事彼欲離去聖人者怪也又云仁

聖人不死等語亦當時蔽弊之言

是故君者出令者也方望溪云此段闢佛○吳至父云因聖人之生養人於是始有君臣民之常職是訊其末之事彼欲去棄之者尤怪也又云義

佛主平等亦因當時階級之制過崇有激而然

帝之與王其號各殊與至父云彼欲去天常禁相生養者且以太古無事藉口故又明帝王殊施而天下國家之不可外以折之又云義○姚氏云此段闢老仍承上害至爲佛患生爲防意○茅順甫云正譬雜遝各無數語筆力天縱

今也欲治其心與至父云仁

姚氏云邢疏云中國雖偶無君若周召共和之年而禮義不廢公登蓋同此

姚氏云此段闢佛承棄君臣父子

事其上者也。君不出令則失其所以爲君。臣不行君之令而致之民則失其所以爲臣。民不出粟米麻絲作器皿通貨財以事其上則誅。今其法曰必棄而君臣去而父子禁而相生養之道以求其所謂淸淨寂滅者。嗚呼其亦幸而出於三代之後不見黜於禹湯文武周公孔子也。其亦不幸而不出於三代之前不見正於禹湯文武周公孔子也。帝之與王其號各殊其所以爲聖一也。夏葛而冬裘渴飲而飢食其事雖殊其所以爲智一也。今其言曰曷不爲太古之無事。是亦責冬之裘者曰曷不爲葛之之易也。責飢之食者曰曷不爲飲之之易也。傳曰古之欲明明德於天下者先治其國欲治其國者先齊其家欲齊其家者先修其身欲修其身者先正其心欲正其心者先誠其意。然則古之所謂正心而誠意者將以有爲也。今也欲治其心而外天下國家滅其天常子焉而不父其父臣焉而不君其君民焉而不事其事。孔子之作春秋也諸侯用夷禮則夷之進於中國則中國之。經曰夷狄之有君不如諸夏之亡也。詩曰戎狄是膺荆舒是懲。今也擧夷狄之法而加之先王之敎之上幾何其不胥而爲夷也。夫所

爲教易行與至父云不怪

佛老亦一種宗教初旨未嘗不善其後特奉行多弊耳文之過甚其辭者亦有鑒於憲宗之迎佛骨入大內尊崇之過太覺不成政體

張廉卿云插入荀揚二語極奇宕恣肆

謂先王之教者何也博愛之謂仁行而宜之之謂義由是而之焉之謂道足乎己無待於外之謂德其文詩書易春秋其法禮樂刑政其民士農工商其位君臣父子師友賓主昆弟夫婦其服麻絲其居宮室其食粟米果蔬魚肉其爲道易明而其爲教易行也是故以之爲己則順而祥以之爲人則愛而公以之爲心則和而平以之爲天下國家無所處而不當是故生則得其情死則盡其常郊焉而天神假（音格）廟焉而人鬼饗曰斯道也何道也曰斯吾所謂道也非向所謂老與佛之道也堯以是傳之舜舜以是傳之禹禹以是傳之湯湯以是傳之文武周公文武周公傳之孔子孔子傳之孟軻（苦何切）軻之死不得其傳焉荀與揚也擇焉而不精語焉而不詳由周公而上上而爲君故其事行由周公而下下而爲臣故其說長然則如之何而可也曰不塞不流不止不行人其人火其書廬其居明先王之道以道之鰥寡孤獨廢疾者有養也其亦庶乎其可也

程正叔曰退之晚年爲文所得處甚多學本是修德有德然後有言退之因學文日求其所未至遂有所得又云軻死不得其傳似此言語非蹈襲前人

非鑿空撰出必有所見若無所得不知言所傳者何事〇王陽明曰原道一篇中間以數個古字今字一正一反錯綜震蕩翻出許多議論波瀾其學力筆力足以淩厲千古〇歸震川曰原道一篇立言正大發先儒所未發唐書稱其奧舒宏深與孟軻揚雄相表裏而佐佑六經知言哉至其爲文神鬼萬狀出有入無震盪天地則自孔孟後大文章矣〇茅鹿門曰闢佛是退之一生命脈故此文是退之集中命根其文源遠流洪最難鑒定兼之其筆下變化詭譎足以眩人又曰退之一生闢佛老在此篇然到底是說得老子而已一字不入佛氏域蓋退之元不知佛氏之學故佛骨表亦祗以福田上立說〇蔡聞之曰其文辭則如賈長沙治安策而更出之以變化其論學術則如董江都賢良策而更寫之以明暢三代以下能有幾篇文字〇劉海峯曰老蘇稱公文如長江大河渾灝流轉魚鼈蛟龍萬怪惶惑惟此文足以當之

老子（姓李、名耳、字伯陽、楚之苦縣人、仕周、爲柱下史、著道德經、）煦煦（小惠貌、）孑孑（小也、）火於秦（始皇從李斯議、收天下書、除醫藥卜筮種樹之書外、悉燒之、）黃老於漢（漢文景世、崇黃帝老子之言、）佛於晉魏梁隋（佛於漢明帝時、入中國、至北魏蕭梁隋代而益甚、翻譯經

性之品有上中下張廉卿云此段入他手不覺冗闒昌黎爲之自然簡峻

典、蓋始于此時、老者曰二句（孔子至周、問禮老聃、）佛者曰二句（佛家稱孔子爲儒童菩薩、）符（以竹爲之、分爲兩片、各持一以爲信、）璽（王者印、）聖人不死四句（出[莊子]莊之學本於老、）戎狄是膺二句（見[詩魯頌]膺、當也、）郊焉句（郊、祭天、假、至也、）荀（周荀卿、名況、著荀子、）揚（漢揚雄、字子雲、著法言、太玄、）不塞二句（言異端不塞、吾道不流、下句同此意、）

韓退之原性○○

性也者。與生俱生也。情也者。接於物而生也。性之品有三。而其所以爲性者五。情之品有三。而其所以爲情者七。曰何也。曰性之品有上中下三。上焉者善焉而已矣。中焉者可導而上下也。下焉者惡焉而已矣。其所以爲性者五。曰仁曰禮曰信曰義曰智。上焉者之於五也。主於一而行於四。中焉者之於五也。一不少有焉。則少反焉。其於四也混。下焉者之於五也。反於一而悖於四。性之於情視其品。情之品有上中下三。其所以爲情者七。曰喜曰怒曰哀曰懼曰愛曰惡曰欲。上焉者之於七也。動而處其中。中焉者之於七也。有所甚有所亡。然而求合其中者也。下焉者之於七也。亡與甚直情而行者也。情之於性視其品。孟子之言性曰。人之性善。荀子之言性曰。人之性惡。揚子之言性曰。人之性善惡混。

一語破的

引此三證亦見三說之與有根據

三子亦當首肯

結處揭出正意

夫始善而進惡與始惡而進善與始也混而今也善惡皆舉其中而遺其上下者也得其一而失其二者也叔魚之生也其母視之知其必以賄死楊食(去聲)我之生也叔向之母聞其號也知必滅其宗越椒之生也子文以爲大戚知若敖氏之鬼不食也人之性果善乎后稷之生也其母無災其始匍(音蒲)匐(音伏)也則岐岐然嶷(音逆)嶷然文王之在母也母不憂既生也傅不勤既學也師不煩人之性果惡乎堯之朱舜之均文王之管蔡習非不善也而卒爲姦瞽叟之舜鯀(音袞)之禹習非不惡也而卒爲聖人之性善惡果混乎故曰三子之言性也舉其中而遺其上下者也得其一而失其二者也曰然則性之上下者其終不可移乎曰上之性就學而愈明下之性畏威而寡罪是故上者可敎而下者可制也其品則孔子謂不移也曰今之言性者異於此何也曰今之言者雜佛老而言也雜佛老而言也者奚言而不異

朱子曰與兵部李侍郎書所謂舊文一卷扶樹教道有所明白者疑卽此諸篇也〇眞西山曰此篇之言過荀揚遠甚其言五性尤善但三品之說太拘

又不知性之本善而其所以或善或惡者由其稟氣之不同爲未盡耳又曰韓子以仁義禮智言性以喜怒哀樂言情蓋愈於諸子然所分三品却祇說得氣不曾說得性○茅鹿門曰性之旨孟氏沒而周程始能言之昌黎原不見得特按三家之言而剖析之如此然於天命之原已隔一二層矣○方望溪曰性之論至程朱詳盡而韓子辨析羣言亦實有所見其曰下者可制則於孟子道性善之旨亦不相悖○劉海峯曰樸直明理之文公上李侍郎書謂舊文扶樹敎道有所明白蓋謂此等○曾滌生曰此實與孔子性相近二章相合程朱又分出義理之性氣質之性以明孟子性善之說之無失亦自言各有當要之韓公之言固無失耳○吳至父曰此殆欲輔弼孔論

主於一句（以一爲主、四者亦並行、）一不少有焉二一句（言於五者之中、其一者或偏多、或偏少、其四者亦雜而不純耳、）反於一句（無所主於一而悖反之、幷四者、亦逆之也、）性善（[孟子]人性之善也、猶水之就下也、）性惡（[荀子]人之性惡、其善者僞也、）性善惡混（[法言修身]人之性也、善惡混、修其善、則爲善人、修其惡、則爲惡人、）叔魚（姓羊舌、名鮒、春秋時晉人、叔向弟、[國語]叔魚生、其母視之曰、是虎目而豕喙、鳶肩而牛腹、谿壑可盈、是不可厭、必以賄死、）楊食我（[左昭二十八年]叔向生子伯石、叔向之母視之、及堂、聞其聲而還、曰、是豺狼之聲也、狼子野心、非是莫喪羊舌氏矣、伯石、食我

重周輕約卽孔子躬自厚而薄責於人之旨

說環之文明達爲尚

舜大聖人也唐荊川云還轉說一遍更精神

字、食采於楊、叔向（姓羊舌、名肸、以賢稱、）越椒（楚司馬子良生子越椒、子文曰、是子也、熊虎之狀、而豺狼之聲、弗殺、必滅若敖氏矣、見[左宣]）子文（姓鬬、名穀於菟、楚賢臣、）若敖氏（子文姓氏、）匍匐（伏行、）岐岐然（意有所指、）嶷嶷然（意有所識別也、）朱（丹朱、堯子、）均（商均、舜子、）管蔡（武王封紂子武庚、命弟管叔鮮、蔡叔度、霍叔處監之、武王崩、三叔以武庚叛、）瞽叟（舜父、）鯀（禹父、）

韓退之原毀

古之君子。其責己也重以周。其待人也輕以約。重以周。故不怠。輕以約。故人樂爲善。聞古之人有舜者。其爲人也。仁義人也。求其所以爲舜者。責於己曰、彼人也。予人也。彼能是。而我乃不能是。早夜以思。去其不如舜者。就其如舜者。聞古之人有周公者。其爲人也。多才與藝人也。求其所以爲周公者。責於己曰、彼人也。予人也。彼能是。而我乃不能是。早夜以思。去其不如周公者。就其如周公者。舜大聖人也。後世無及焉。周公大聖人也。後世無及焉。是人也。乃曰不如舜。不如周公。吾之病也。是不亦責於身者重以周乎。其於人也。曰、彼人也。能有是。是足爲良人矣。能善是。是足爲藝人矣。取其一。不責其二。卽其新。不究其舊。恐恐然惟懼其人之不得爲善之利。一善易修也。一藝易能也。其於人也。乃曰能有

古今比較心術不同如是

大姚云此用管子九變及戰國策爲齊獻書趙王文法

曾滌生云在上者須明斯世所以多忌毀之由而後可以知人　篇末說明作意

是是亦足矣曰能善是是亦足矣不亦待於人者輕以約乎今之君子則不然其責人也詳其待己也廉詳故人難於爲善廉故自取也少己未有善曰我善是是亦足矣己未有能曰我能是是亦足矣外以欺於人內以欺於心未少有得而止矣不亦待其身者已廉乎其於人也曰彼雖能是其人不足稱也彼雖善是其用不足稱也舉其一不計其十究其舊不圖其新恐恐然惟懼其人之有聞也是不亦責於人者已詳乎夫是之謂不以衆人待其身而以聖人望於人吾未見其尊己也雖然爲是者有本有原怠與忌之謂也怠者不能修而忌者畏人修吾嘗試之矣嘗試語於衆曰某良士某良士其應者必其人之與也不然則其所疎遠不與同其利者也不然則其畏也不若是强者必怒於言懦者必怒於色矣又嘗語於衆曰某非良士某非良士其不應者必其人之與也不然則其所疎遠不與同其利者也不然則其畏也不若是强者必說（讀悅）於言懦者必說於色矣是故事修而謗興德高而毀來嗚呼士之處此世而望名譽之光道德之行難已將有作於上者得吾說而存之其國家可幾而理歟

引經引律層層嚴詰

方望溪曰通篇排比開闔其原出於荀子韓非子○又曰管子荀子韓非子之文排比而益古惟退之能與抗行自宋以後有對語則酷似時文以所師法至漢唐而止也○劉海峯曰排調○張廉卿曰通篇排比下開明允而其源則出於荀韓又曰退之此文最古玩其氣格直是周人文字○吳至父曰此篇動中自然與道大適不善學之則氣易入於剽輕

韓退之諱辯○○○

愈與李賀書勸賀舉進士賀舉進士有名與賀爭名者毀之曰賀父名晉肅賀不舉進士爲是勸之舉者爲非聽者不察也和而唱之同然一辭皇甫湜(音殖)曰若不明白子與賀且得罪愈曰然律曰二名不偏諱釋之者曰謂若言徵不稱在言在不稱徵是也律曰不諱嫌名釋之者曰謂若禹與雨丘與蓲之類是也今賀父名晉肅賀舉進士爲犯二名律乎爲犯嫌名律乎父名晉肅子不得舉進士若父名仁子不得爲人乎夫諱始於何時作法制以教天下者非周公孔子歟周公作詩不諱孔子不偏諱二名春秋不譏不諱嫌名康王釗之孫實爲

孫厚子云晳乃字名占

稽諸國典毆諧尤爲緊切使毀者無所措詞

波瀾疊起諧而實莊解此文法自無艱澀之苦

昭王曾參之父名晳曾子不諱昔周之時有騏期漢之時有杜度此其子宜何如諱將諱其嫌遂諱其姓乎將不諱其嫌者乎漢諱武帝名徹爲通不聞又諱車轍之轍爲某字也諱呂后名雉爲野雞不聞又諱治天下之治爲某字也今上章及詔不聞諱滸（音虎）勢秉機也惟宦官宮妾乃不敢言諭及機以爲觸犯士君子言語行事宜何所法守也今考之於經質之於律稽之以國家之典賀舉進士爲可邪爲不可邪凡事父母得如曾參可以無譏矣作人得如周公孔子亦可以止矣今世之士不務行曾參周公孔子之行而諱親之名則務勝於曾參周公孔子亦見其惑也夫周公孔子曾參卒不可勝勝周公孔子曾參乃比於宦官宮妾則是宦官宮妾之孝於其親賢於周公孔子曾參者耶

劉海峯曰結處反覆辯難曲盤瘦硬已開半山門戶但韓公力大氣較渾融半山便稍露筋節第覺其削薄○曾滌生曰此種文爲世所好然太快利非韓公上乘文字○張廉卿曰文章之能事王介甫所謂飄風急雨之驟至輕車駿馬之奔馳者最得其妙觀此文結處可見又云辨折處理足而詞辨足

傳賢公也傳子雖私亦公也文能揭出其所以然
如此而後見禹之傳子非私
舜不能以傳禹張廉卿云馳驟反覆處氣雄而勁又云此意妙用反說正說便平
堯以傳舜爲憂後世張廉卿云能自圓其說
禹以傳子爲慮後世張廉卿云承搭入主位

以厭乎人人之心

李賀（字長吉、唐鄭王後、家於福昌縣之昌谷、七歲、能辭章、早卒、所著曰昌谷集、）皇甫湜（新安人、字持正、元和進士、官至工部郎中、）言徵不稱在二句（孔子母名徵在、故二字不並舉、見[禮檀弓]）周公作詩不諱（文王名昌、武王名發、詩有克昌厥後、駿發爾私等句、）孔子不偏諱二名（若宋不足徵、又某在斯是、）春秋不諱嫌名（若衞桓公名完、）康王（名釗、成王子、）昭王（名瑕、康王子、文中作孫誤、）曾參（字子輿、）曾子不諱昔（[論語]昔者吾友、）騏期（未詳、）杜度（字伯度、東漢人、善章草、）武帝（名徹、因改徹侯為通侯、蒯徹為蒯通是、）滸（唐太祖、名虎、高祖祖、）勢（太宗、名世民、）秉（世祖、名昞、高祖父、）機（玄宗、名隆基、）諭（代宗、名豫、）

韓退之對禹問（萬章有禹德衰而傳子之問、孟子以天與賢則與賢、天與子則與子答之、愈因設問而爲答之、）○○

或問曰堯舜傳諸賢禹傳諸子信乎、曰然然則禹之賢不及於堯與舜也歟曰、不然堯舜之傳賢也欲天下之得其所也禹之傳子也憂後世爭之之亂也堯舜之利民也大禹之慮民也深曰、然則堯舜何以不憂後世曰、舜如堯堯傳之禹如舜舜傳之得其人而傳之堯舜也無其人慮其患而不傳者禹也舜不能以傳禹堯爲不知人禹不能以傳子舜爲不知人堯以傳舜爲憂後世禹以傳子爲慮後世曰、禹之慮也則深矣傳之子而當不淑則奈何曰、時益以難理傳

傳子爲當時變局禹則處變若常者前定故也

張廉卿云曰未前定曰前定所謂理足而詞核也必如此乃得簡勁

得大聖然後人莫敢爭張廉卿云斧以斯之

四百年然後得桀張廉卿云播入數語文氣乃疏朗又愈覺雄闊

歸之于天孟子之旨似失於淺

之人則爭未前定也傳之子則不爭前定也前定雖不當賢猶可以守法不前定而不遇賢則爭且亂天之生大聖也不數（音朔）其生大惡也亦不數傳諸人得大聖然後人莫敢爭傳諸子得大惡然後人受其亂禹之後四百年然後得桀亦四百年然後得湯與伊尹湯與伊尹不可待而傳也與其傳不得聖人而爭且亂孰若傳諸子雖不得賢猶可守法曰孟子之所謂天與賢則與賢天與子則與子者何也曰孟子之心以爲聖人不苟私於其子以害天下求其說而不得從而爲之辭

方望溪曰其言未出世未嘗聞此義其言已出世不可無此言是謂立言○劉海峯曰議論高奇而筆力勁健屈曲足以達其所見○大姚曰堅峭勁肅○張廉卿曰一氣馳驟而下逐層搜抉期於椎碎而止此種文實得力於孟子又曰雄闊高朗之概寓之遒簡勁整彌覺聲光鬱然紙上

難理句（謂益之難治也、）數（屢也、）桀（名癸、夏后發之子、恃力行暴、湯放之於南巢、）湯（子姓、名履、代夏而有天下、國號商、）伊尹（名摯、湯賢相、）從而爲之辭（着設辭以自解也、）

揭出祥字爲一篇之根

角者吾知其爲牛張廉卿云接法奇縱

就祥字翻騰說既中肯文勢亦不平

一結頗得春秋書法之旨

韓退之獲麟解

春秋哀公十四年、西狩獲麟、按麟古稱爲瑞獸、其種已亡、今之麒麟、疑非一類、

麟之爲靈昭昭也詠於詩書於春秋雜出於傳記百家之書雖婦人小子皆知其爲祥也然麟之爲物不畜於家不恆有於天下其爲形也不類非若馬牛犬豕豺(音儕)狼麋(音迷)鹿然然則雖有麟不可知其爲麟也角者吾知其爲牛鬣者吾知其爲馬犬豕豺狼麋鹿吾知其爲犬豕豺狼麋鹿惟麟也不可知不可知則其謂之不祥也亦宜雖然麟之出必有聖人在乎位麟爲聖人出也聖人者必知麟麟之果不爲不祥也又曰麟之所以爲麟者以德不以形若麟之出不待聖人則謂之不祥也亦宜

眞西山曰此文有激而託意之辭非必爲元和獲麟作也◯唐荊川曰以祥不祥二字作眼目◯茅鹿門曰文凡四轉而結思圓轉如游龍如轆轤愈變化而愈勁厲◯劉海峯曰尺水興波與江河比大惟韓公能之◯吳至父曰李習之寫此文贈陸傪曰韓愈非茲世之文古之文也其詞與意適則孟子既沒亦不見其有過於斯者

詠於詩（詩有麟之趾篇）、雜出於傳記百家（如大戴禮、史記、漢書、荀子、鶡冠子、俱言之）豺（狼屬、身瘦、毛黃褐色、口吻深裂、尾長下垂、）狼（如狗、頭銳喙尖、毛深黃色、頰有白色小斑、尾粗大下垂、）麋（似鹿而大、）鹿（頸項長毛、）

韓退之改葬服議

經曰改葬緦。（音思）春秋穀梁傳亦曰改葬之禮緦。舉下緬也。此皆謂子之於父母。其他則皆無服。何以識其必然。經次五等之服。小功之下。然後著改葬之制。更無輕重之差。（音擬）以此知惟記其最親者。其他無服則不記也。若主人當服斬衰。（音催）其餘親各服其服。則經亦言之。不當惟云緦也。傳稱舉下緬者。緬猶遠也。下謂服之最輕者也。以其遠。故其服輕也。江熙曰。禮天子諸侯易服而葬。以為交於神明者不可以純凶。況其緬者乎。是故改葬之禮。其服惟輕。以此而言。則亦明矣。衛司徒文子改葬其叔父。問服於子思。子思曰。禮父母改葬緦。既葬而除之。不忍以無服送至親也。非父母無服。無服則弔服而加麻。此又其著者也。文子又曰。喪服既除。然後乃葬。則其服何服。子思曰。三年之喪。未葬服不變。除何有焉。然則改葬與未葬者有異矣。古者諸侯五月而葬。大夫三月而葬。士逾月。

經曰改葬緦方望溪云唐順之云三月服之常也而改葬之緦不必三月子思所云既葬而除之是也

衛司徒文子方望溪云以上就經傳本文正釋其義此下引他書以證

方望溪云以下辨改葬與未葬異不宜重服

唐時已如是禮俗之薄已可概見何論於今

方望溪云經稱改葬緦云以下辨既葬除服與否

無故未有過時而不葬者也過時而不葬謂之不能葬春秋譏之若有故而未葬雖出三年子之服不變此孝子之所以著其情先王之所以必其時之道也雖有其文未有著其人者以是知其至少也改葬者爲山崩水涌毀其墓及葬而禮不備者若文王之葬王季以水齧其墓魯隱公之葬惠公以有宋師太子少葬故有闕之類是也喪事有進而無退有易以輕服無加以重服殯於堂則謂之殯瘞於野則謂之葬近代以來事與古異或游或仕在千里之外或子幼妻稚而不能自還甚者拘以陰陽畏忌遂葬於其土及其返葬也遠者或至數十年近者亦出三年其吉服而從於事也久矣又安可取未葬不變服之例而反爲之重服歟在喪當葬猶宜易以輕服況既遠而反純凶以葬乎若果重服是所謂未可除而除不當重而更重也或曰喪與其易也寧戚雖重服不亦可乎曰不然易之與戚則易固不如戚矣雖然未若合禮之爲懿也儉之與奢則儉固愈於奢矣雖然未若合禮之爲懿也過猶不及其此類之謂乎或曰經稱改葬緦而不著其月數則似三月而後除也子思之對文子則曰既葬而除之

因時尙而立制不至盡悖於古斯爲得矣

湯誥云能自得師者王孔子云三人行必有我師焉卽此意

嗟乎張廉卿云轉捩無痕

今宜如何曰自啓至於既葬而三月則除之未三月則服以終三月也曰妻爲夫何如曰如子無弔服而加麻則何如曰今之弔服猶古之弔服也

茅鹿門曰此昌黎文本經術處○劉海峯曰退之每以奇怪雄偉驚人獨於議禮則醇雅粹然而爲儒者之言

改葬緦 見[儀禮喪服] 五等服 斬衰、齊衰、大功、小功、緦麻、 小功 小功五月服、用稍麤熟布爲服、 斬衰 生麻布製、旁及下邊不緝者、

古者諸侯五月而葬三句 [左隱]天子七月而葬、同軌畢至、諸侯五月、同盟至、大夫三月、同位至、士逾月、外姻至、 春秋譏之 [公羊傳]過時而不日、謂之不能葬之也、 喪事有進而無退 猶言往而不返也、下復二句申明之 懿 美也、

韓退之師說○○○

古之學者必有師師者所以傳道授業解惑也人非生而知之者孰能無惑惑而不從師其爲惑也終不解矣生乎吾前其聞道也固先乎吾吾從而師之生乎吾後其聞道也亦先乎吾吾從而師之吾師道也夫庸知其年之先後生於吾乎是故無貴無賤無長無少道之所存師之所存也嗟乎師道之不傳也久矣欲人之無惑也難矣古之聖人其出人也遠矣猶且從師而問焉今之衆人

姚氏云授句讀及巫醫樂師百工末技非授業但非傳道解惑耳此兩段明是以授業之師陪傳道解惑之師而用筆變化使人不覺張廉卿云轉接飄忽最近孟子當時風尚如是昌黎獨抗顏爲師宜其爲衆非也

聖人無常師姚氏云此段承上人猶且從師意申說以終首句必有師之意張廉卿云承前古之聖人來又申出無常師意以完一篇之義

一結點出

其下聖人也亦遠矣而恥學於師是故聖益聖愚益愚聖人之所以爲聖愚人之所以爲愚其皆出於此乎愛其子擇師而教之於其身也則恥師焉惑矣彼童子之師授之書而習其句讀（音豆）者也非吾所謂傳其道解其惑者也句讀之不知惑之不解或師焉或不焉小學而大遺吾未見其明也巫醫樂師百工之人不恥相師士大夫之族曰師曰弟子云者則羣聚而笑之問之則曰彼與彼年相若也道相似也位卑則足羞官盛則近諛嗚呼師道之不復可知矣巫醫樂師百工之人君子不齒今其智乃反不能及其可怪也歟聖人無常師孔子師郯（音談）子萇（音長）弘師襄老聃郯子之徒其賢不及孔子孔子曰三人行則必有我師是故弟子不必不如師師不必賢於弟子聞道有先後術業有專攻如是而已李氏子蟠（音盤）年十七好古文六藝經傳皆通習之不拘於時學於余余嘉其能行古道作師說以貽之

方望溪約李立侯說曰自人非生而知之者至吾未見其明也言解惑自巫醫樂師百工之人至如是而已言授業而皆以傳道貫之蓋舍授業無所謂

借或問以發端

引經以詰之

傳道也○劉海峯曰敎子百工聖人斗起三峯插天○曾滌生曰傳道謂脩己治人之道授業謂古文六藝之業解惑謂解此二者韓公一生學道好文二者兼營故往往並言之末幅聞道有先後術業有專攻仍作雙收○吳至父曰句句硬接逆轉而氣體渾灝自然

鄭子（鄭、國名、少昊後、鄭子朝魯、孔子從而問官、）萇弘（周敬王時大夫、孔子嘗從問樂、）師襄（樂官、［家語］孔子學琴於師襄子、）老聃（詳上原道註、聃其謚、爲周守藏室史）

韓退之爭臣論

（陽城拜諫議大夫、久而不言、作此譏之、及陸贄坐貶、城疏論其無罪、德宗欲相裴延齡、城曰、延齡爲相、當取白麻壞之、遂不果相、按城字亢宗、定州北平人、）○○

或問諫議大夫陽城於愈可以爲有道之士乎哉學廣而聞多不求聞於人也行古人之道居於晉之鄙晉之鄙人薰其德而善良者幾千人大臣聞而薦之天子以爲諫議大夫人皆以爲華陽子不色喜居於位五年矣視其德如在野彼豈以富貴移易其心哉愈應之曰是易所謂恆其德貞而夫子凶者也惡得爲有道之士乎哉在易蠱之上九云不事王侯高尚其事蹇之六二則曰王臣

今陽子以爲得其言乎哉文章正宗作得其言者乎哉眞西山謂此語正謂陽子以爲得其言而何以不言乎哉

爲陽子設想是加一倍責備法見得陽子文過無從

蹇蹇匪躬之故夫亦以所居之時不一而所蹈之德不同也若蠱之上九居無用之地而致匪躬之節以蹇之六二在王臣之位而高不事之心則冒進之患生曠官之刺興志不可則而尤不終無也今陽子在位不爲不久矣聞天下之得失不爲不熟矣天子待之不爲不加矣而未嘗一言及於政視政之得失若越人視秦人之肥瘠忽焉不加喜戚於其心問其官則曰諫議也問其祿則曰下大夫之秩也問其政則曰我不知也有道之士固如是乎哉且吾聞之有官守者不得其職則去有言責者不得其言則去今陽子以爲得其言乎哉得其言而不言與不得其言而不去無一可者也陽子將爲祿仕乎古之人有云仕不爲貧而有時乎爲貧謂祿仕者也宜乎辭尊而居卑辭富而居貧若抱關擊柝者可也蓋孔子嘗爲委吏矣嘗爲乘田矣亦不敢曠其職必曰會計當而已矣必曰牛羊遂而已矣若陽子之秩祿不爲卑且貧章章明矣而如此其可乎哉或曰否非若此也夫陽子惡訕上者惡爲人臣招(音翹)其君之過而以爲名者故雖諫且議使人不得而知焉書曰爾有嘉謀嘉猷則入告爾后於內爾乃順

張廉卿云。使四方後代句崢直偉岸

厥後城之疏論陸贄阻相裴延齡未始非公論有以激之

曾滌生云。此段陳義甚高

之於外。曰、斯謀斯猷。惟我后之德。夫陽子之用心亦若此者。愈應之曰。若陽子之用心如此。滋所謂惑者矣。入則諫其君。出不使人知者。大臣宰相之事。非陽子之所宜行也。夫陽子本以布衣隱於蓬蒿之下。主上嘉其行誼。擢在此位。官以諫爲名。誠宜有以奉其職。使四方後代知朝廷有直言骨鯁之臣。天子有不僭賞從諫如流之美。庶巖穴之士聞而慕之。束帶結髮。願進於闕下而伸其辭說。致吾君於堯舜。熙鴻號於無窮也。若書所謂。則大臣宰相之事。非陽子之所宜行也。且陽子之心。將使君人者惡聞其過乎。是啟之也。或曰。陽子之不求聞而人聞之。不求用而君用之。不得已而起。守其道而不變。何子過之深也。愈曰。自古聖人賢士。皆非有求於聞用也。閔其時之不平。人之不乂。得其道。不敢獨善其身。而必以兼濟天下也。孜孜(音孜)矻矻(音窟)。死而後已。故禹過家門不入。孔席不暇暖。而墨突不得黔。彼二聖一賢者。豈不知自安佚之爲樂哉。誠畏天命而悲人窮也。夫天授人以賢聖才能。豈使自有餘而已。誠欲以補其不足者也。耳目之於身也。耳司聞而目司見。聽其是非。視其險易。然後身得安焉。聖賢者時

文境如剝繭抽絲層出不窮收句仍爲箴儆口吻不當作一味謾駡讀

人之耳目也時人者聖賢之身也且陽子之不賢則將役於賢以奉其上矣若果賢則固畏天命而閔人窮也惡得以自暇逸乎哉或曰吾聞君子不欲加諸人而惡訐（音揭）以爲直者若吾子之論直則直矣無乃傷於德而費於辭乎好盡言以招人過國武子之所以見殺於齊也吾子其亦聞乎愈曰君子居其位則思死其官未得位則思修其辭以明其道我將以明道也非以爲直而加人也且國武子不能得善人而好盡言於亂國是以見殺傳曰惟善人能受盡言謂其聞而能改之也子告我曰陽子可以爲有道之士也今雖不能及已陽子將不得爲善人乎哉

姚氏曰此文風格蓋出於左國○曾滌生曰逐節根據經義故盡言而無客氣

學廣句（城貧不能得書、求爲集賢殿寫書吏、得盡讀之、）晉（今山西地、）大臣薦之（德宗四年、李泌薦之、）恆其德貞二句（「易恆卦」六五恆其德貞、婦人吉、夫子凶、「疏」婦人吉者、用心專貞、從唱而已、夫子凶者、夫子須制斷事宜、不可專貞從唱也、）王臣蹇蹇二句（見「易蹇卦」六二、言以柔順中正之臣、而當王朝大難、自宜鞠躬盡瘁、以求濟之、）志不可則二句（蠱上九象曰、不事王侯、志可則也、蹇六二象曰、王臣蹇蹇、終無尤也、）有官

此篇告戒守職之落續而作設喻甚當

此野人鄙夫之所及張廉卿云突轉又云禁拂處作數層折入文字須如此然後著紙處愈見精神

亦惑矣張廉卿云頓住下面再作曲折又云斷

天下之禍張廉卿云突起

彼之屈強者張廉卿云績又云此段尤爲樸老雄直濡按此指潘鎮之跋扈者

守者四句（見「孟子」）抱關擊柝（抱關、司門、擊柝、守夜、皆小吏、）委吏（主倉廩者、）乘田（苑囿芻牧之吏、）招（舉也、）爾有嘉謀嘉猷五句（見「書君陳」）滋（益也、）骨鯁（忠言逆耳、如魚骨之鯁在喉間、「後漢書」骨鯁可任、）熙鴻號（熙、廣也、鴻號、大名、）孜孜矻矻（勤勉之意、）墨突句（墨、謂墨翟、突、竈額也、黔、黑也、言竈口不及黑即去也、）國武子（名佐、柯陵之會、單襄公見國武子、其言盡、襄公曰、立於淫亂之國、而好盡言、以招人過、怨之本也、後果見殺、）今雖不能二句（言今雖不能及聖人、將終不失爲善人也、）

韓退之守戒

詩曰大邦維翰書曰以蕃王室諸侯之於天子不惟守土地奉職貢而已固將有以翰蕃之也今人有宅於山者知猛獸之爲害則必高其柴樓（喧上聲）而外施窞（徒感切）穽（音淨同阱）以待之宅於都者知穿窬之爲盜則必峻其垣牆而內固扃鑰以防之此野人鄙夫之所及非有過人之智而後能也今之通都大邑介然於屈（同倔）強之間而不知爲之備噫亦惑矣野人鄙夫能之而王公大人反不能焉豈材力爲有不足歟蓋以謂不足爲而不爲耳天下之禍莫大於不足爲材力不足者次之不足爲者敵至而不知材力之不足者先事而思則於禍也有間矣彼之屈強者帶甲荷戈不知其多少其縣地則千里而與我壤地相錯無有

張廉卿云胡知而不爲之備乎數句一語便住簡老又云入他人手必不能一語便住故往往生之冗蔓一語便住下面接着方抑前賁育之不戒張廉卿云突接今夫鹿之於豹張廉卿云暗綰

邱。陵。江。河。洞。庭。孟。門。之。關。其。間。又。自。知。其。不。得。與。天。下。齒。朝。夕。舉。踵。引。頸。冀。天。下。之。有。事。以。乘。吾。之。便。此。其。暴。於。猛。獸。穿。窬。也。甚。矣。嗚。呼。胡。知。而。不。爲。之。備。乎。哉。賁•育•之•不•戒•童•子•之•不•抗•魯•雞•之•不•期•蜀•雞•之•不•支•今。夫。鹿。之。於。豹。非。不。巍。然。大。矣。然。而。卒。爲。之。禽。者。爪。牙。之。材。不。同。猛。怯。之。資。殊。也。曰、然。則。如。之。何。而。備。之。曰、在。得。人。

方望溪曰此老泉體製所自出○張廉卿曰通體轉卸接換斷續起落在在不測又曰此文老泉學之更加縱橫恢闊而高古簡峻終遜退之○吳至父曰董晉守汴不言兵是時蔡已逆命此文當是佐汴時作

大邦維翰 翰、幹也、[詩大雅]大宗維翰、文作邦誤、以蕃王室 蕃、即藩屏之義、見[書蔡侯之命] 楥 欄也、窞 坎中小坎、穽 穿地陷獸、扃 外閉之關、洞庭 湖名、在湖南省、孟門 山在今山西離石縣、賁育 孟賁、夏育、均古力士、[漢書]蒯通說韓信曰、孟賁之狐疑、不如童子之必至、此言賁能行之也、魯雞 [莊子庚桑楚]越雞不能伏鵠卵、魯雞固能之矣、[注]越雞、小雞、魯雞、大雞、蜀雞 [爾雅]雞大者曰蜀、一本作越雞、此四句、言賁育魯雞之不期戒、卽童子越雞、而亦難于支抗也、

韓退之雜說一○○○

此篇言龍之神靈尙賴憑依而雲之靈怪又賴龍之驅使兩相得而始成亦猶人之莫爲之前雖美弗章莫爲之後雖盛弗傳也

其所憑依二句見得仍在自爲憑依不過借徑耳

起吳刻評云一句斷此篇寄托尤顯見得不難在人才而難在能識人才者

張廉卿云雖有千里之能句折筆遒勁

張廉卿云且欲與常馬等句再折沉痛

龍噓氣成雲。雲固弗靈於龍也。然龍乘是氣。茫洋窮乎玄間。薄（音博）日月。伏光景（音影）。感震電。神變化。水下土。汨（音骨）陵谷。雲亦靈怪矣哉。雲。龍之所能使爲靈也。若龍之靈。則非雲之所能使爲靈也。然龍弗得雲。無以神其靈矣。失其所憑依。信不可歟。異哉。其所憑依。乃其所自爲也。易曰。雲從龍。既曰龍。雲從之矣。

茅鹿門曰。變幻奇絕。不可端倪。○方望溪曰。尺幅甚狹。而層疊縱宕。若崇山廣壑。使觀者不能窮其際。○張廉卿曰。純從空際轉運翔舞。又曰。其神妙尤在中間奇宕處與轉捩變化無迹可尋處

茫洋（雲水之氣）、玄間（猶言天空、玄，天色）、薄（近也）、伏（蔽也）、水下土（水偏乎下土也）、汨（沒也）、

韓退之雜說四○○○

世有伯樂。然後有千里馬。千里馬常有。而伯樂不常有。故雖有名馬。祇辱於奴隸人之手。駢（蒲眠切）死於槽櫪之間。不以千里稱也。馬之千里者。一食或盡粟一石。食（音寺）馬者。不知其能千里而食也。是馬也。雖有千里之能。食不飽。力不足。才美不外見。且欲與常馬等不可得。安求其能千里也。策之不以其道。食之不能

姚氏云皆字冒下實主四層

若伯夷者張廉卿云上文勢重故著極力語壓之又用三語極力壓住日月泰山等句惟夷齊足以當之

殷既滅矣張廉卿云作兩層頓折

繇是而言張廉卿云斷制剴截處

盡其材鳴之而不能通其意執策而臨之曰天下無馬嗚呼其眞無馬邪其眞不知馬也

如展畫圖尺幅中具有千里之觀介甫讀孟嘗傳書後似脫胎於此 濂識

伯樂 姓孫、名陽、秦穆公時人、善相馬、嘗過險坂、有騏驥伏鹽車下、見之長鳴、伯樂下車泣之、 槽櫪 馬之食器曰槽、繫馬之木曰櫪、 策 馬鞭

韓退之伯夷頌○○

士之特立獨行適於義而已不顧人之是非皆豪傑之士信道篤而自知明者也一家非之力行而不惑者寡矣至於一國一州非之力行而不惑者蓋天下一人而已矣若至於舉世非之力行而不惑者則千百年乃一人而已耳若伯夷者窮天地亙萬世而不顧者也昭乎日月不足為明崒 慈邮切 乎泰山不足為高巍乎天地不足為容也當殷之亡周之興微子賢也抱祭器而去之武王周公聖也從天下之賢士與天下之諸侯而往攻之未嘗聞有非之者也彼伯夷叔齊者乃獨以為不可殷既滅矣天下宗周彼二子乃獨恥食其粟餓死而不顧繇 同由 是而言夫豈有求而為哉信道篤而自知明也今世之所謂士者一凡

方望溪云起勢奇特而無實理

自以爲不足矣　刻注云此卑者極卑彼獨非聖人　張廉卿云一語頓住含蘊深妙

而自是如此矣　刻注云此高者極高若異於中道

夫聖人萬世之標準也　張廉卿云掉轉又云隨手運掉此所謂運掉自如也

人譽之則自以爲有餘。一凡人沮(再呂切)之則自以爲不足。彼獨非聖人而自是如此。夫聖人乃萬世之標準也。余故曰若伯夷者特立獨行窮天地亙萬世而不顧者也。雖然微二子亂臣賊子接跡於後世矣

唐荊川曰昌黎此文分明自孟子中脫出來人都不覺○茅鹿門曰昔人謂太史公傳酷吏刺客等文各肖其人今以此文頌伯夷亦爾然不如史遷本傳○姚氏曰用意反側蕩漾似太史公論贊○張廉卿曰起勢雄偉東坡雅好學之而其氣太駿快轉不及此沈厚是亦運會然耶又曰介甫書李文公集後一篇從此文出而氣太勁神太迫氣韻迴不及也○曾滌生曰舉世非之而不惑乃退之平生制行作文宗旨此自況之文也

崒(危峻貌、)微子(名啟、紂庶兄、數諫紂不聽、遂抱祭器奔周)伯夷叔齊(伯夷、姓墨、名允、字公信、叔齊、名智、字公達、諡夷齊、武王伐紂、夷齊叩馬諫、不聽、殷既滅、餓死首陽山、)沮(毀也、敗也、)

柳子厚封建論

(王者以爵土與人、爲封建、三代皆有之、至周而制益備、爵有公、侯、伯、子、男五等、地有百里、七十里、五十里之別、至秦廢之、)○○

天地果無初乎。吾不得而知之也。生人果有初乎。吾不得而知之也。然則孰爲

提出勢字作骨
不初方望溪云稚

後世由圖騰而酋長
由酋長而君主之說
實起於是

求其嗣而奉之方望
溪云周官閭胥里宰
皆二十五家之長州
長縣正二千五百家
之吏耳吏必擇人雖
縣大夫不能求其嗣

近曰有初為近孰明之由封建而明之也彼封建者更古聖王堯舜禹湯文武而莫能去之蓋非不欲去之也勢不可也勢之來其生人之初乎不初無以有封建封建非聖人意也彼其初與萬物皆生草木榛榛鹿豕狉狉（音丕）人不能搏噬而且無毛羽莫克自奉自衛荀卿有言必將假物以為用者也夫假物者必爭爭而不已必就其能斷曲直者而聽命焉其智而明者所伏必眾告之以直而不改必痛之而後畏由是君長刑政生焉故近者聚而為羣羣之分其爭必大大而後有兵有德又有大者眾羣之長又就而聽命焉以安其屬於是有諸侯之列則其爭又有大者焉德又大者諸侯之列又就而聽命焉以安其封於是有方伯連帥之類則其爭又有大者焉德又大者方伯連帥之類又就而聽命以安其人然後天下會於一是故有里胥而後有縣大夫有縣大夫而後有諸侯有諸侯而後有方伯連帥有方伯連帥而後有天子自天子至於里胥其德在人者死必求其嗣而奉之故封建非聖人意也勢也夫堯舜禹湯之事遠矣及有周而甚詳周有天下裂土田而瓜分之設五等邦羣后布履星羅四周

而秦之況里胥乎

歷於宣王方望溪云嗣豐而氣弱

方望溪云厲疑衍又落一王字

方望溪云見於春秋小國甚多其事世跡罕可記者十二國耳不得云判爲十二

方正學深慮論卽本是作

揭秦之得失

姚氏云叛人人怨皆是民字避諱後未改耳

於天下輪運而輻集合爲朝覲會同離爲守臣扞城然而降於夷王害禮傷尊下堂而迎覲者歷於宣王挾中興復古之德雄南征北伐之威卒不能定魯侯之嗣陵夷迄於幽厲王室東徙而自列爲諸侯厥後問鼎之輕重者有之射王中肩者有之伐凡伯誅萇弘者有之天下乖盭同戾無君君之心余以爲周之喪久矣徒建空名於公侯之上耳得非諸侯之盛强末大不掉之咎歟遂判爲十二合爲七國威分於陪臣之邦國殄於後封之秦則周之敗端其在乎此矣秦有天下裂都會而爲之郡邑廢侯衞而爲之守宰據天下之雄圖都六合之上游攝制四海運於掌握之內此其所以爲得也不數載而天下大壞其有由矣亟役萬人暴其威刑竭其貨賄負鋤梃謫戍之徒圜音還視而合從大呼而成羣時則有叛人而無叛吏人怨於下而吏畏於上天下相合殺守劫令而並起咎在人怨非郡邑之制失也漢有天下矯秦之枉徇周之制剖海內而立宗子封功臣數年之間犇古奔字命扶傷而不暇困平城病流矢陵遲不救者三代後乃謀臣獻畫而離削自守矣然而封建之始郡國居半時則有叛國而無叛郡秦

理人方望溪云難解姚氏云理人之臣謂治統於丞相御史及監郡御史不使守宰專擅

及夫大道不道方望溪云氣勢

且漢吳至父云柳氏用且字皆古義

制之得亦以明矣繼漢而帝者雖百代可知也唐興制州邑立守宰此其所以爲宜也然猶桀猾時起虐害方域者失不在於州而在於兵時則有叛將而無叛州州縣之設固不可革也或者曰封建者必私其土子其人適其俗修其理施化易也守宰者苟其心思遷其秩而已何能理乎余又非之周之事跡斷可見矣列侯驕盈黷貨事戎大凡亂國多理國寡侯伯不得變其政天子不得變其君私土子人者百不有一失在於制不在於政周事然也秦之事跡亦斷可見矣有理人之制而不委郡邑是矣有理人之臣而不使守宰是矣郡邑不得正其制守宰不得行其理酷刑苦役而萬人側目失在於政不在於制秦事然也漢興天子之政行於郡不行於國制其守宰不制其侯王侯王雖亂不可變也國人雖病不可除也及夫大逆不道然後掩捕而遷之勒兵而夷之耳大逆未彰姦利浚財怙勢作威大刻於民者無如之何及夫郡邑可謂理且安矣何以言之且漢知孟舒於田叔得魏尚於馮唐聞黃霸之明審覩汲黯之簡靖拜之可也復其位可也臥而委之以輯一方可也有罪得以黜有能得以賞朝拜

姚氏云亂人亦當作亂民

夫不得已以下精能透闢無人道過

而不道夕斥之矣夕受而不法朝斥之矣設使漢室盡城邑而侯王之縱令其亂人戚之而已孟舒魏尚之術莫得而施黃霸汲黯之化莫得而行明譴而導之拜受而退已違矣下令而削之締交合從之謀周於同列則相顧裂眦（才詣切）勃然而起幸而不起則削其半削其半民猶瘁矣曷若舉而移之以全其人乎漢事然也今國家盡制郡邑連置守宰其不可變也固矣善制兵謹擇守則理平矣或者又曰夏商周漢封建而延秦郡邑而促尤非所謂知理者也魏之承漢也封爵猶建晉之承魏也因循不革而二姓陵替不聞延祚今矯而變之垂二百祀大業彌固何繫於諸侯哉或者又以為殷周聖王也而不革其制固不當復議也是大不然夫殷周之不革者是不得已也蓋以諸侯歸殷者三千焉資以黜夏湯不得而廢歸周者八百焉資以勝殷武王不得而易徇之以為安仍之以為俗湯武之所不得已也夫不得已非公之大者也私其力於己也私其衞於子孫也秦之所以革之者其為制公之大者也其情私也私其一己之威也私其盡臣畜於我也然而公天下之端自秦始夫天下之道理安斯得人

者也。使賢者居上。不肖者居下。而後可以理安。今夫封建者。繼世而理。繼世而理者。上果賢乎。下果不肖乎。則生人之理亂未可知也。將欲利其社稷以一其人之視聽。則又有世大夫世食祿邑以盡其封略。聖賢生於其時。亦無以立於天下。封建者爲之也。豈聖人之制使至於是乎。吾固曰非聖人之意也。勢也。

眞西山曰此篇間架宏闊辯論雄俊眞可爲作文之法○方望溪曰深切事情雖攻者多端而卒不可拔又曰氣甚雄毅而按之實有虛怯處○吳氏曰體勢雄俊辭理廉悍勁古宋以來無之

榛榛（榛塞、穢之貌、）狉狉（獸蠢動貌、）方伯（諸侯之長、）連帥（十國爲連、連有帥、見「禮王制」）里胥（「周禮」里宰掌比其邑之多寡、「又」閭胥各掌其閭之徵令、）朝覲（春見曰朝、秋見曰覲、）會同（諸侯時見曰會、殷見曰同、）扞（衞也、）夷王（名燮、懿王子、元年下堂而見諸侯、覲禮始廢、）宣王（名靖、厲王子、）定魯侯之嗣（魯武公九年、與長子括、少子戲朝王、命戲爲魯世子、按此言廢長而順魯侯立幼之意、）幽厲（幽名宮涅、宣王子、厲王名胡、夷王子、）王室東徙（平王畏犬戎、遷都洛、）問鼎（「左宣」楚子觀兵於周疆、問鼎之大小輕重焉、按有窺視王室之意、）射王（桓王以諸侯伐鄭、戰於繻葛、王卒大敗、祝聃射王中肩、）凡伯（周卿士、「左隱」王使凡伯來聘、還、戎伐之於楚邱以歸、）萇弘（周大夫、初劉氏、范氏世爲婚姻、萇弘事劉文公、故與范氏、晉趙鞅以爲討、於是殺萇弘、）十二（魯、齊、晉、秦、楚、宋、衞、陳、蔡、曹、鄭、燕、）陪臣之邦（指魏、韓、趙、齊而言、蓋三家分晉、田氏篡齊、俱由陪臣而爲諸侯、後封之秦（平王東遷、秦襄公以兵送王、王封襄公爲諸侯、賜岐豐地、秦始大、）裂都會二句（秦始皇既并天下、分天下爲三十六郡、郡置守、尉、監、）負鋤梃句（指陳涉、吳廣輩之以戍卒起事、事見前、）犇命句（指英布、陳豨、韓王信、反叛等事、）平城（今山西大同縣、高帝七年、擊匈奴、被困平城、七日、）病流矢（高帝擊黥布、中流矢、）陵遲（如丘陵遲迤、漸卑下也、）謀臣句（此指鼂錯爲景帝畫策七國削地事、）浚（取也、）孟舒（文帝問田叔曰、公知天下長者乎、對曰、雲中守孟舒、長者也、）田叔（趙郡陘城人、爲漢中守、）魏尚（興平人、爲雲中守、善待士卒、匈奴畏之、）馮唐（文帝嘗與語曰、嗟乎、吾獨不得頗牧爲將耳、豈憂匈奴哉、唐因言魏尚、即使復爲雲中守、）黃霸（字次公、陽夏人、爲潁川守、得吏民心、）汲黯（字長孺、召拜淮陽守、黯謝不受、武帝曰、淮陽吏民不相得、吾徒得君之重、臥而治之、見「本傳」）戚（親也、）裂眦（怒甚也、眦、睛外之眼角、）

筆情蹇悍直是一則爰書

柳子厚桐葉封弟辯○○○

古之傳者有言成王以桐葉與小弱弟戲曰以封汝周公入賀王曰戲也周公曰天子不可戲乃封小弱弟於唐吾意不然王之弟當封耶周公宜以時言於王不待其戲而賀以成之也不當封耶周公乃成其不中之戲以地以人與小弱者爲之主其得爲聖乎且周公以王之言不可苟焉而已必從而成之耶設有不幸王以桐葉戲婦寺亦將舉而從之乎凡王者之德在行之何若設未得其當雖十易之不爲病要於其當不可使易也而況以其戲乎若戲而必行之

大誥云封唐叔事呂覽重言篇以爲周公說苑君道篇采之若史記晉世家則以爲史佚

義正詞嚴

是周公教王遂過也吾意周公輔成王宜以道從容優樂要歸之大中而已必不逢其失而爲之辭又不當束縛之馳驟之使若牛馬然急則敗矣且家人父子尙不能以此自克況號爲君臣者耶是直小丈夫缺（音缺）缺者之事非周公所宜用故不可信或曰封唐叔史佚成之

唐荆川曰此篇與守原議封建論三篇所謂大篇短章各盡其妙○方望溪曰此篇蓄效韓公子郤克分謗篇筆墨之迹劃然可尋

成王（名誦、武王子、年十三嗣位）小弱弟（卽叔虞、）唐（今直隷唐縣、）缺缺（小智也、）史佚（周太史、名佚、）

○○

柳子厚晉文公問守原議（晉文公定周襄王於郟、王賜以原地、晉侯難其守、問寺人敎鞮、對曰、昔趙衰以壺飧從行、餒而弗食、可使處原、）

晉文公既受原於王難其守問寺人敎（音勃）鞮（音提）以畀趙衰（音崔）余謂守原政之大者也所以承天子樹霸功致命諸侯不宜謀及媟（音屑）近以忝王命而晉君擇大任不公議於朝而私議於宮不博謀於卿相而獨謀於寺人雖或衰之賢足以守國之政不爲敗而賊賢失政之端由是滋矣況當其時不乏言議之臣乎狐

實備甚是就利害上計較不應爲此

方望溪云則獲原啓疆轉折辟强

其後方望溪云無謂

雖屬有意周內要亦有感而言永叔宦官傳論於此早發其端

偃爲謀臣先軫將中軍晉君疏而不咨外而不求乃卒定於內豎其可以爲法乎且晉君將襲齊桓之業以翼天子乃大志也然而齊桓任管仲以興進豎刁以敗則獲原啓疆適其始政所以觀視諸侯也而乃背其所以興跡其所以敗然而能霸諸侯者以土則大以力則彊以義則天子之册也誠畏之矣烏能得其心服哉其後景監得以相衞鞅弘石得以殺望之始之者晉文公也嗚呼得賢臣以守大邑則舉非失舉也蓋失問也然猶羞當時陷後代若此況於問與舉又兩失者其何以救之哉余故著晉君之罪以附春秋許世子止趙盾之義

茅鹿門曰精悍嚴謹○方望溪曰此文及桐葉封弟辯皆效韓公子郤克分謗篇○梅伯言曰子厚之論封建勝耳其他多辯所不必辯震而矜之於義儉矣

晉文公（晉、姬姓、文公、名重耳、繼齊桓、霸諸侯、）原（周畿內國、今河南濟源縣西北原鄉、）敦鞮（寺人名、）畀（予也、）趙衰（字子餘、從文公出亡、有功、）媟（狎也、）狐偃（字子犯、晉文公舅、亦從亡定霸有功者、）先軫（城濮之役、將中軍、敗楚師、）齊桓（齊、姜姓、桓公、名小白、能任管仲而霸諸侯、）管仲（名夷吾、）豎刁（齊桓幸臣、桓死作亂、）以義一一句（晉文嘗受周襄王之命、見[左僖]）衞鞅（鞅、衞人、故稱衞鞅、鞅至秦、因嬖臣景監求見秦孝公、）

造句似子

暮鼓晨鐘發人深省

深長之年吳至父云逆提後幅

遂執秦政、變法以强秦、參看前商君注、弘石弘恭、石顯、漢元帝時之宦官、望之姓蕭、字長倩、漢元帝時相、爲恭顯所陷、下獄自殺、許世子魯昭公十九年、許悼公疾、飲太子之藥而卒、春秋書曰、許世子止弑其君、實其不嘗藥也、趙盾魯宣公二年、趙穿弑靈公、春秋書曰、趙盾弑其君夷皐、甚實其不越境、反不討罪人、

李習之復性書下○○

晝而作。夕而休者。凡人也。作乎作者。與萬物皆作。休乎休者。與萬物皆休。吾則不類於凡人。晝無所作。夕無所休。作非吾作也。作有物。休非吾休也。休有物。作耶休耶。二者離而不存。予之所存者。終不亡且離也。人之不力於道者。昏不思也。天地之間。萬物生焉。人之於萬物一物也。其所以異於禽獸蟲魚者。豈非道德之性乎哉。受一氣而成其形。一爲物而一爲人。得之甚難也。生乎世又非深長之年也。以非深長之年。行甚難得之身。而不專專於大道。肆其心之所爲。則其所以自異於禽獸蟲魚者。亡幾矣。昏而不思其昏也。終不明矣。吾之生二十九年矣。思十九年時。如朝日也。思九年時。亦如朝日也。人之受命。其長者不過七十八十九十年。百年者則稀矣。當百年之時而視乎九年時也。與吾此日之

吾數安得不惜分陰

思於前也遠近其能大相懸耶其又能遠於朝日之時耶然則人之生也雖享百年若雷霆之驚相激也若風之飄而旋也可知耳矣況千百人而無一及百年者哉故吾之志於道德猶懼未及也彼肆其心之所爲者獨何人耶

眞西山曰朱文公云李翺論復性則是滅情以復性則非情如何可滅此釋氏之說淆於其中而不知獨末篇之言可以警學者故錄焉○劉海峯曰韓李並稱韓之外知道者惟李氏此篇懇切而出以蕭疏尤堪警世又曰文特勁健而飄灑

作乎作者（作於作之時、）休乎休者（休於休之時、）晝無所作二句（言整不見所爲作、夕不見所爲休、晝澄思體道、夕以繼日、）

作非吾作四句（物、猶事也、言繼往開來、盡其所任、順化歸眞、全其所得、下云所存終不亡且離者此也、）

評注校古文辭類篹卷二終

歐亦以闢佛自命者所言較昌黎爲深

比喩精確

心平氣和而道之覺昌黎之大聲疾呼徒作謾罵者失諸粗鄙矣

歐陽永叔本論中○○○

佛法爲中國患千餘歲。世之卓然不惑而有力者。莫不欲去之。已嘗去矣。而復大集。攻之暫破而愈堅。撲之未滅而愈熾。遂至於無可奈何。是果不可去耶。蓋亦未知其方也。夫醫者之於疾也。必推其病之所自來。而治其受病之處。病之中人。乘乎氣虛而入焉。則善醫者。不攻其疾。而務養其氣。氣實則病去。此自然之效也。故救天下之患者。亦必推其患之所自來。而治其受患之處。佛爲夷狄。去中國最遠。而有佛固已久矣。堯舜三代之際。王政修明。禮義之敎充於天下。於此之時。雖有佛無由而入。及三代衰。王政闕。禮義廢。後二百餘年而佛至乎中國。由是言之。佛所以爲吾患者。乘其闕廢之時而來。此其受患之本也。補其闕。修其廢。使王政明而禮義充。則雖有佛。無所施於吾民矣。此亦自然之勢也。昔堯舜三代之爲政。設爲井田之法。籍天下之人。計其口而皆授之田。凡人之

揭明古聖防閑之法勸誘之道甚周且摯異端自不得而入然亦專就一面說

力能勝耕者。莫不有田而耕之。斂以什一。差其征賦。以督其不勤。使天下之人力皆盡於南畝。而不暇乎其他。然又懼其勞且怠而入於邪僻也。於是為制牲牢酒醴以養其體。弦（通絃）匏俎豆以悅其耳目。於其不耕休力之時而教之以禮。故因其田獵而為蒐狩之禮。因其嫁娶而為婚姻之禮。因其死葬而為喪祭之禮。因其飲食羣聚而為鄉射之禮。非徒以防其亂。又因而教之使知尊卑長幼凡人之大倫也。故凡養生送死之道。皆因其欲而為之制。飾之物采而文焉。所以悅之使其易趨也。順其情性而節焉。所以防之使其不過也。然猶懼其未也。又為立學以講明之。故上自天子之郊。下至鄉黨。莫不有學。擇民之聰明者而習焉。使相告語而誘勸其愚惰。嗚呼。何其備也。蓋堯舜三代之為政如此。其慮民之意甚精。治民之具甚備。防民之術甚周。誘民之道甚篤。行之以勤而被於物者洽。浸之以漸而入於人者深。故民之生也。不用力乎南畝。則從事乎禮樂之際。不在其家。則在乎庠序之間。耳聞目見。無非仁義。樂而趨之。不知其倦。終身不見異物。又奚暇夫外慕哉。故曰雖有佛無繇而入者。謂有此具也。及周之

佛亦自有可歸依之眞理特難爲門外漢言耳

衰秦并天下。盡去三代之法。而王道中絕。後之有天下者。不能勉强。其爲治之具不備。防民之漸不周。佛於此時。乘間而出。千有餘歲之間。佛之來者日益衆。吾之所爲者日益壞。井田最先廢。而兼并游惰之姦起。其後所爲蒐狩婚姻喪祭鄉射之禮。凡所以教民之具。相次而盡廢。然後民之姦者。有暇而爲他。其良者。泯然不見禮義之及己。夫姦民有餘力。則思爲邪僻。良民不見禮義。則莫知所趨。佛於此時。乘其隙。方鼓其雄誕之說而牽之。則民不得不從而歸矣。又況王公大人。往往倡而驅之曰。佛是眞可歸依者。然則吾民何疑而不歸焉。幸而有一不惑者。方艴（音弗）然而怒曰。佛何爲者。吾將操戈而逐之。又曰。吾將有說以排之。夫千歲之患。徧於天下。豈一人一日之可爲。民之沈酣入於骨髓（蘇委切）。非口舌之可勝。然則將奈何。曰莫若修其本以勝之。昔戰國之時。楊墨交亂。孟子患之而專言仁義。故仁義之說勝。則楊墨之學廢。漢之時。百家並興。董生患之。而退修孔氏。故孔氏之道明而百家息。此所謂修其本以勝之之效也。今八尺之夫。被甲荷戟。勇冠三軍。然而見佛則拜。聞佛之說。則有畏慕之誠者。何也。彼

兩說膚淺亦不合理

誠壯佼其中心茫然無所守而然也。一介之士眇然柔懦進趨畏怯然而聞有道佛者則義形於色非徒不爲之屈又欲驅而絕之者何也。彼無他焉學問明而禮義熟中心有所守以勝之也。然則禮義者勝佛之本也。今一介之士知禮義者尚能不爲之屈使天下皆知禮義則勝之矣。此自然之勢也。

方望溪曰歐公敘事仿史記諸體效韓文而辯論法荀子其反覆盡意及複疊處皆似觀春秋論下及秦誓論可知其凡

佛至中國（漢明帝永平八年、遣使至天竺、求佛法、得其書、及沙門以來、）匏（八音之一、笙十三簧、竽三十六簧、皆列管匏內、施簧管端、）蒐狩（春獵爲蒐、冬獵爲狩、蒐者、聚人衆也、狩、圍守也、）鄉射禮（鄉飲酒者、以時會聚飲酒之禮也、因飲酒而射、謂之鄉射、）庠序（周曰庠、殷曰序、俱學校名、）艴然（盛氣、色也、）董生（名仲舒、廣川人、爲漢醇儒、）壯佼（壯、碩大、佼、美好、「禮月令」仲夏、養壯佼、）

歐陽永叔朋黨論

（宋仁宗時、杜衍、富弼、韓琦、范仲淹、並執政、歐陽修、余靖、王素、蔡襄、爲諫官、王拱辰、章得象等、不悅、謀傾陷之、杜富等不安、相繼去國、小人創朋黨之說、欲盡去善類、修乃上此論、）○○

臣聞朋黨之說自古有之。惟幸人君辨其君子小人而已。大凡君子與君子以同道爲朋。小人與小人以同利爲朋。此自然之理也。然臣謂小人無朋惟君子

坐實君子有朋不特辨議者之口於理論事實上均無乖謬

蘇厚子云按後漢書禁錮黨人在桓靈二帝時黃巾賊起在靈帝時

昭宣帝天祐二年朱全忠聚裴樞獨孤損等三十餘人於白馬驛一夕盡殺之時李

則有之。其故何哉。小人所好者祿位也。所貪者財貨也。當其同利之時。暫相黨引以爲朋者。僞也。及其見利而爭先。或利盡而交疏。則反相賊害。雖其兄弟親戚。不能相保。故臣謂小人無朋。其暫爲朋者。僞也。君子則不然。所守者道義。所行者忠信。所惜者名節。以之修身。則同道而相益。以之事國。則同心而共濟。終始如一。此君子之朋也。故爲人君者。但當退小人之僞朋。用君子之眞朋。則天下治矣。堯之時。小人共工驩兜等四人爲一朋。君子八元八凱十六人爲一朋。舜佐堯。退四凶小人之朋。而進元凱君子之朋。堯之天下大治。及舜自爲天子。而皐夔稷契(音屑)等二十二人。並列於朝。更相稱美。更相推讓。凡二十二人爲一朋。而舜皆用之。天下亦大治。書曰。紂有臣億萬。惟億萬心。周有臣三千。惟一心。紂之時。億萬人各異心。可謂不爲朋矣。然紂以亡國。周武王之臣。三千人爲一大朋。而周用以興。後漢獻帝時。盡取天下名士囚禁之。目爲黨人。及黃巾賊起。漢室大亂。後方悔悟。盡解黨人而釋之。然已無救矣。唐之晚年。漸起朋黨之論。及昭宗時。盡殺朝之名士。咸投之黃河。曰。此輩清流。可投濁流。而唐遂亡矣。夫

振以屢舉進士不第嘗於全忠曰此輩常自謂清流宜投之黃河使爲濁流全忠從之按此屬昭帝誤

辨之不明節章可鑒

前世之主能使人人異心不爲朋莫如紂能禁絕善人爲朋莫如漢獻帝能誅戮清流之朋莫如唐昭宗之世然皆亂亡其國更相稱美推讓而不自疑莫如舜之二十二臣舜亦不疑而皆用之然而後世不誚舜爲二十二人朋黨所欺而稱舜爲聰明之聖者以能辨君子與小人也周武之世舉其國之臣三千人共爲一朋自古爲朋之多且大莫如周然周用此以興者善人雖多而不厭也夫興亡治亂之迹爲人君者可以鑒矣

吳至父曰慶歷三年夏竦罷進用富弼韓琦范仲淹等石介作慶歷聖德詩竦不悅造爲黨論公方在諫院上此

共工驩兜 共工、驩兜、三苗、鯀、四人爲四凶、「書舜典」流共工於幽州、放驩兜於崇山、竄三苗於三危、殛鯀於羽山、 八元 伯奮、仲堪、叔獻、季仲、伯虎、仲熊、叔豹、季貍、 八愷 蒼舒、隤敳、檮戭、大臨、尨降、庭堅、仲容、叔達、舜舉八愷、使主后土、揆百事、舉八元、使布五教、 皐 皐陶爲士、 夔 后夔典樂、 稷 棄爲后稷、敎稼穡、 契 契爲司徒、敷五教、 二十二人 四岳九官十二牧、共二十二人、 紂有臣億萬四句 見「書泰誓」 漢獻帝 名協、靈帝中子、 盡取天下名士二句 漢之黨人、有三君、八俊、八顧、八及、八廚之稱及陳蕃、竇武、爲曹節所殺、宦者復殺李膺等百餘人、天下豪傑及儒學有行義者、均指爲黨人、其死徙廢禁者、又六七百人、按此爲靈帝建寧二年事、文作獻帝誤、 黃巾賊 鉅鹿張角、多妖術、遣弟子遊四方、衆數十萬、皆著

任必專信必篤用得其人則可不得其人則不可反復推闡知其得於史者深矣

所引二事微欠翦裁

黃巾爲讖、按此爲靈帝中平元年事、盡解黨人句中平元年、帝因黃巾賊起、召羣臣會議、皇甫嵩・呂彊、均以爲宜解黨禁、帝從之、漸起朋黨之論文宗時、李德裕、牛僧孺、各有朋黨、互相擠援、時謂牛李黨、昭宗初名敏、更名曄、懿宗第七子、爲朱全忠所弒、盡殺朝士見文上眉評、

歐陽永叔爲君難論上○

語曰。爲君難者孰難哉。蓋莫難於用人。夫用人之術。任之必專。信之必篤。然後能盡其材而可共成事。及其失也。任之欲專。則不復謀於人而拒絕羣議。是欲盡一人之用而先失衆人之心也。信之欲篤。則一切不疑而果於必行。是不審事之可否。不計功之成敗也。夫違衆舉事。又不審計而輕發。其百舉百失而及於禍敗。此理之宜然也。然亦有幸而成功者。人情成是而敗非。則又從而贊之。以其違衆爲獨見之明。以其拒諫爲不惑羣論。以其偏信而輕發爲決於能斷。使後世人君慕此三者以自期。至其信用一失。而及於禍敗。則雖悔而不可及。此甚可歎也。前世爲人君者。力拒羣議。專信一人而不能早悟。以及於禍敗者多矣。不可以徧舉。請試舉其一二。昔秦苻堅地大兵強。有衆九十六萬。號稱百萬。蔑視東晉。指爲一隅。謂可直以氣吞之耳。然而舉國之人皆言晉不可伐。更

堅固以復仇爲主義者其育宜如是

文遇一逢惡之臣清泰本昏昧之主

進。互說者不可勝數。其所陳天時人事。堅隨以強辨折之。忠言讜論。皆沮屈而去。如王猛苻融老成之言也不聽。太子宏少子詵（音莘）至親之言也不聽。沙門道安。堅平生所信重者也。數爲之言不聽。惟聽信一將軍慕容垂者。垂之言曰。陛下內斷神謀足矣。不煩廣訪朝臣。以亂聖慮。堅大喜曰。與吾共定天下者惟卿爾。於是決意不疑。遂大舉南伐。兵至壽春。晉以數千人擊之。大敗而歸。比至洛陽。九十六萬兵。亡其八十六萬。堅自此兵威沮喪。不復能振。遂至於亂亡。近五代時。後唐清泰帝患晉祖之鎭太原也。地近契丹。恃兵跋扈。議欲徙之於鄆（音運）州。舉朝之士皆諫以爲未可。帝意必欲徙之。夜召常所與謀樞密直學士薛文遇問之。以決可否。文遇對曰。臣聞作舍道邊。三年不成。此事斷在陛下。何必更問羣臣。帝大喜曰。術者言我今年當得一賢佐。助我中興。卿其是乎。卽時命學士草制。徙晉祖於鄆州。明旦宣麻。在廷之臣皆失色。後六日而晉祖反書至。清泰帝憂懼不知所爲。謂李崧曰。我適見薛文遇。爲之肉顫（音戰）。欲自抽刀刺之。崧對曰。事已至此。悔無及矣。但君臣相顧涕泣而已。由是言之。能力拒羣議專信

專信未嘗不可其如管仲葛亮之不世出何

以得民心爲用人之標準自是正論

一人。莫如二君之果也。由之以致禍敗亂亡。亦莫如二君之酷也。方苻堅欲與慕容垂共定天下。淸泰帝以薛文遇爲賢佐。助我中興。可謂臨亂之君。各賢其臣者也。或有詰予曰。然則用人者不可專信乎。應之曰。齊桓公之用管仲。蜀先主之用諸葛亮。可謂專而信矣。不聞舉齊蜀之臣民非之也。蓋其令出而舉國之臣民從。事行而舉國之臣民便。故桓公先主得以專任而不貳也。使令出而兩國之人不從。事行而兩國之人不便。則彼二君者。其肯專任而信之。以失衆心而斂國怨乎。

用人以得衆心爲主可謂一語破的苻堅淸泰之所以敗齊桓先主之所以興端由於此　濡識

秦苻堅（前秦苻堅、字永固、本姓蒲、氐人、）有衆九十六萬（堅會羣臣議曰、今四方略定、惟東南一隅、未霑王化、計吾士卒、可得九十七萬、欲自將討之、何如、）蔑視東晉（石越諫苻堅伐晉、堅曰、以吾之衆、投鞭於江、足斷其流、又何險之足恃乎、）王猛（猛字景略、寢疾、堅訪以後事、猛曰、晉雖僻處江南、然正朔相承、上下安和、臣沒後、願勿以晉爲圖、）苻融（封陽平公、嘗曰、伐晉有三難、天道不順、晉國無釁、我數戰兵疲、民有畏敵之心、）太子宏（太子宏曰、今歲在吳分、晉君無罪、若大舉不捷、恐威名外挫、財力內竭、）少子詵（詵諫曰、陽平公、國之謀主、而陛下違之、晉有謝安桓沖、而陛下伐之、臣竊惑焉、）沙門道安道安謂堅曰、陛下應天御世、居中土而制四維、自足以比隆堯舜、何必櫛風沐雨、經略遐方、沙門、僧也、慕容垂(垂為冠軍將軍、言於堅曰、陛下威揚海內、而蕞爾江南、獨違王命、豈可復留之以遺子孫哉、)壽春(今安徽壽縣、)晉以數千人擊之(晉謝石、謝玄、謝琰、桓伊、胡彬等、督衆八萬拒之、文稱數千人誤、)後唐清泰帝(名從珂、明宗養子、清泰、其年號也、)晉祖(謂石敬瑭、)太原(今山西太原縣、時稱晉陽、)契丹(東胡種、後改號曰遼、有今東三省、熱河、察哈爾、綏遠、及直隸北部、並內外蒙古地、)鄆州(治今山東鄆城縣、)宣麻(唐中書以黃白二麻為詔書、宣、布也、)李崧(深州饒陽人、小字大醜、仕至端明殿學士、)

歐陽永叔為君難論下

嗚呼。用人之難難矣。未若聽言之難也。夫人之言非一端也。巧辯縱橫而可喜。忠言質樸而多訥(嫩入聲)。此非聽言之難。在聽者之明暗也。諛(音俞)言順意而易悅。直言逆耳而觸怒。此非聽言之難。在聽者之賢愚也。是皆未足為難也。若聽其言則可用。然用之有輒敗人之事者。聽其言若不可用。然非如其言不能以成功者。此然後為聽言之難也。請試舉其一二。戰國時趙將有趙括者。善言兵。自謂天下莫能當。其父奢。趙之名將。老於用兵者也。每與括言。亦不能屈。然奢終不以括為能也。歎曰。趙若以括為將。必敗趙事。其後奢死。趙遂以括為將。其母

(只此兩意敷成一篇文字)

(引用前事殊欠翦裁後學於此似宜斟酌)

論斷得是

方望溪云若趙括者句時文轉折

自見趙王。亦言括不可用。趙王不聽。使括將而攻秦。括爲秦軍射死。趙兵大敗。降秦者四十萬人。阬(丘庚切)於長平。蓋當時未有如括善言兵。亦未有如括大敗者也。此聽其言可用用之輒敗人事者。趙括是也。秦始皇欲伐荊。問其將李信用兵幾何。信方年少而勇。對曰。不過二十萬足矣。始皇大喜又以問老將王翦。翦曰。非六十萬不可。始皇不悅曰。將軍老矣。何其怯也。因以信爲可用。卽與兵二十萬。使伐荊。王翦遂謝病。退老於頻陽。已而信大爲荊人所敗。亡七都尉而還。始皇大慙。自駕如頻陽。謝翦。因強起之。翦曰。必欲用臣。非六十萬不可。於是卒與六十萬而往。遂以滅荊。夫初聽其言若不可用。然非如其言不能以成功者。王翦是也。且聽計於人者。宜如何。聽其言若可用。用之宜矣。輒敗事。聽其言若不可用。捨之宜矣。然必如其說則成功。此所以爲難也。予又以謂秦趙二主。非徒失於聽言。亦由樂用新進。忽棄老成。此其所以敗也。大抵新進之士喜勇銳。老成之人多持重。此所以人主之好立功名者。聽勇銳之語則易合。聞持重之言則難入也。若趙括者則又有說焉。予略考史記所書。是時趙方遺廉頗攻

以暗且戲者而任事信篤安得不敗

秦頗、趙名將也秦人畏頗而知括虛言易與也因行反間於趙曰秦人所畏者趙括也若趙以爲將則秦懼矣趙王不悟反間也遂起括爲將以代頗藺（音吝）相如力諫以爲不可趙王不聽遂至於敗由是言之括虛談無實而不可用其父知之其母亦知之趙之諸臣藺相如等亦知之外至敵國亦知之獨其主不悟爾夫用人之失天下之人皆知其不可而獨其主不知者莫大之患也前世之禍亂敗亡由此者不可勝數也

姚氏曰歐公之論平直詳切陳悟君上此體爲宜

趙奢（趙之田部吏、既爲將、破秦軍、解閼與圍、號爲馬服君、）趙王（趙孝成王、名丹、惠文王子、）長平（今山西高平縣、）荆（楚之舊稱、秦滅楚、避莊襄王諱、改爲荆、）李信（秦將、嘗以兵數千、逐燕太子丹、至於衍水中、卒破得丹、始皇以爲賢勇、）王翦（頻陽東鄉人、事始皇、爲拔趙、定燕薊、）頻陽（今陝西富平縣、）廉頗（趙之良將、趙使廉頗將攻秦、秦數敗趙軍、趙軍固壁不戰、秦數挑戰、廉頗不出、趙王信秦之間、因以括爲將、）其父其母二句（括嘗與父論兵、奢不能難、然不謂善、括母問其故、奢曰、兵死地也、而括易言之、若使爲將、必敗、及括爲將、其母上書、力陳不可、并言事敗、願得無坐、王許之、）藺相如（趙之上卿、諫曰、上以名使括、括徒能讀其父書、不知合變也、）

曾子固唐論

（唐自高祖、太宗、高宗、中宗、睿宗、元宗、肅宗、代宗、德宗、順宗、憲宗、穆宗、敬宗、文宗、武宗、宣宗、懿宗、僖宗、昭宗、哀帝、共二十君、文中云十八君者、雖

文帝有一賈生而不能用欲幾三代得乎

推重太宗亦有特見

哀帝不成爲君、而又遺其一也、○○○

成康歿而民生不見先王之治。日入於亂。以至於秦。盡除前聖數千載之法。天下既攻秦而亡之。以歸於漢。漢之爲漢。更二十四君。東西再有天下。垂四百年。然大抵多用秦法。其改更秦事。亦多附己意。非放（同做）先王之法。而有天下之志也。有天下之志者。文帝而已。然而天下之材不足。故仁聞雖美矣。而當世之法度。亦不能放於三代。漢亡。而强者遂分天下之地。晉與隋雖能合天下於一。然而合之未久而已亡。其爲不足議也。代隋者唐。更十八君。垂三百年。而其法莫盡於太宗。太宗之爲君也。詘（音屈）己從諫。仁心愛人。可謂有天下之志。以租庸任民。以府衛任兵。以職事任官。以材能任職。以興義任俗。以尊本任衆。賦役有定。制兵農有定業。官無虛名。職無廢事。人習於善行。離於末作。使之操於上者要而不煩。取於下者寡而易供。民有農之實。而兵之備存。有兵之名。而農之利在。事之分有歸。而祿之出不浮。材之品不遺。而治之體相承。其廉恥日以篤。其田野日以闢。以其法修則安且治。廢則危且亂。可謂有天下之材。行之數歲。粟米之賤。

上下五千年縱橫一萬里氣盛言宜南豐集中此爲特出

一揚一抑具有卓識

斗至數錢。居者有餘蓄。行者有餘資。人人自厚。幾至刑措。可謂有治天下之效。夫有天下之志。有天下之材。又有治天下之效。然而不得與先王並者。法度之行。擬之先王未備也。禮樂之具。田疇之制。庠序之教。擬之先王未備也。躬親行陳之間。戰必勝。攻必克。天下莫不以爲武。而非先王之所尚也。四夷萬里。古所未及以政者。莫不服從。天下莫不以爲盛。而非先王之所務也。太宗之爲政於天下者。得失如此。由唐虞之治五百餘年而有湯之治。由湯之治五百餘年而有文武之治。由文武之治千有餘年而始有太宗之爲君。有天下之志。有天下之材。又有治天下之效。然而又以其未備也。不得與先王並而稱極治之時。是則人生於文武之前者。率五百餘年而一遇治世。生於文武之後者。千有餘年而未遇極治之時也。非獨民之生於是時者之不幸也。士之生於文武之前者。如舜禹之於唐。八元八凱之於舜。伊尹之於湯。太公之於文武。率五百餘年而一遇。生於文武之後。千有餘年。雖孔子之聖。孟軻之賢而不遇。雖太宗之爲君。而未可以必得志於其時也。是亦士民之生於是時者之不幸也。故述其是非

以易爲愚民之書見已膚鄙

得失之迹。非獨爲人君者可以考焉。士之有志於道而欲仕於上者。可以鑒矣。茅鹿門曰文格似弱而其議則正當○劉海峯曰後半上下古今俛仰慨然而淋漓遒逸有百川歸海之致鹿門反謂其格弱何耶

成康（成王、周武王子、康爲成子、）秦（自始皇滅周室、并六國、傳至三世子嬰而亡、）漢（高祖劉邦、滅秦平項、以有天下、傳至孺子嬰、爲王莽所篡、是爲西漢、光武帝劉秀中興、傳至獻帝協、曹丕篡之、是爲東漢、）文帝（名恒、高帝中子、）晉（司馬氏炎、篡魏、滅吳蜀、傳至愍帝、是爲西晉、元帝遭五胡之亂、都建康、傳至恭帝、是爲東晉、）隋（楊堅受周禪、傳至恭帝而亡、）太宗（名世民、高祖次子、）租庸（唐立租庸調法、丁男授田一頃、歲輸粟二斛、爲租、歲輸絹二匹、綿三兩、輸布者加五之一、麻三斤、或輸銀十四兩、爲調、役人歲二十日、閏加二日、不役者日輸絹三尺爲庸、加役二十五日免調、三十日租調皆免、）府衛（府兵之制、始於周、備於唐、太宗分天下爲十道、置府六百三十四、而關內二百六十一、皆以隸諸衛、凡上府兵千二百人、中府兵千人、下府八百人、有事用以爭戰、事畢歸農、）職事任官（太宗以民少吏多、悉併省之、貞觀六年、大省文武官內官、定員僅六百四十二人、）材能任職（銓選之法、觀其人之能否、有出身三十餘年、不得祿者、）興義任俗（如旌孝弟、及赦罪人等是、）尊本任衆（如勸力田等是、）末作（謂工商業、[晉書]農夫苦其業而末作、不可禁也、）刑措（措、置也、周成康之世、刑措不用者、四十餘年、）

蘇明允易論○

聖人之道。得禮而信。得易而尊。信之而不可廢。尊之而不敢廢。故聖人之道所

此兩段詮理雖茂似說得過去

中肯語不可多得

按此卽神道設教之

以不廢者禮爲之明而易爲之幽也生民之初無貴賤無尊卑無長幼不耕而不饑不蠶而不寒故其民逸民之苦勞而樂逸也若水之走下而聖人者獨爲之君臣而使天下貴役賤爲之父子而使天下尊役卑爲之兄弟而使天下長役幼蠶而後衣耕而後食率天下而勞之一聖人之力固非足以勝天下之民之衆而其所以能奪其樂而易之以其所苦而天下之民亦遂肯棄逸而卽勞欣然戴之以爲君師而遵蹈其法制者禮則使然也聖人之始作禮也其說曰天下無貴賤無尊卑無長幼是人之相殺無已也不耕而食鳥獸之肉不蠶而衣鳥獸之皮是鳥獸與人相食無已也有貴賤有尊卑有長幼則人不相殺食吾之所耕而衣吾之所蠶則鳥獸與人不相食人之好生也甚於逸而惡死也甚於勞聖人奪其逸死而與之勞生此雖三尺豎子知所趨避矣故其道之所以信於天下而不可廢者禮爲之明也雖然明則易達易達則褻褻則易廢聖人懼其道之廢而天下復於亂也然後作易觀天地之象以爲爻通陰陽之變以爲卦考鬼神之情以爲辭探之茫茫索之冥冥童而習之白首而不得其源

以易爲卜筮之書老泉不免此見

易之爲用以通神明之德以類萬物之情變易中自有不易者在徇烏足以知此

機權兩字誣聖人矣

故天下視聖人。如神之幽。如天之高。尊其人而其教亦隨而尊。故其道之所以尊於天下而不敢廢者。易爲之幽也。凡人之所以見信者。以其中無所不可測者也。人之所以獲尊者。以其中有所不可窺者也。是以禮無所不可測。而易有所不可窺。故天下之人信聖人之道而尊之。不然。則易者豈聖人務爲新奇祕怪而誇後世邪。聖人不因天下之至神。則無所施其教。卜筮者。天下之至神也。而卜者聽乎天而人不預焉者也。筮者決之天而營之人者也。龜漫而無理者也。灼荊而鑽之。方功義弓。惟其所爲。而人何預焉。聖人曰是純乎天技耳。技何所施吾教。於是取筮。夫筮之所以或爲陽或爲陰者。必自分而爲二。始掛一。吾知其爲一而掛之也。揲（音舌）之以四。吾知其爲四而揲之也。歸奇（音羈）於扐（音勒）。吾知其爲一爲二爲三爲四而歸之也。人也。分而爲二。吾不知其爲幾而分之也。天也。聖人曰是天人參焉。道也。道有所施吾教矣。於是因而作易。以神天下之耳目。而其道遂尊而不廢。此聖人用其機權。以持天下之心。而濟其道於無窮也。

劉海峯曰老蘇易樂詩三論拌不根之談而行文雄放有俛視一世之概又

曰出入起伏縱橫如志甚雄而暢

觀天地句［易繫辭傳］聖人有以見天下之賾、而擬諸其形容、象其物宜、是故謂之象、聖人有以見天下之動、而觀其會通、以行其典禮、繫辭焉以斷其吉凶、是故謂之爻、通陰陽句［易說卦傳］觀變於陰陽而立卦、考鬼神句［易繫辭傳］辨吉凶者存乎辭、灼荆句灼、炙也、荆、荆枝、鑽、荆也、卜先以造、灼以鑽龜、見［史記龜策傳］造、燒荆之處物若木也、方功義弓［周禮卜師］掌開龜之四兆、一曰方兆、二曰功兆、三曰義兆、四曰弓兆、其義未詳、掛一六句揲、數之也、奇、零也、扐、勒也、古以蓍草之莖、爲占筮之用、其法以四十九策、分置左右兩手、于右手之中、取一策懸于左手小指之間、於是先置右手之策於一處、而以右手四四而數左手之策、又置左手之策於一處、而數右手之策、既四數兩手之策、則其四四之後、必有零數、或一或二、或三或四、左手者歸之于第四第三指之間、右手歸之于第三第二指之間、而扐之、詳見［筮儀］

蘇明允樂論○○○

禮之始作也難而易行既行也易而難久天下未知君之爲君父之爲父兄之爲兄而聖人爲之君父兄天下未有以異其君父兄而聖人爲之拜起坐立天下未肯靡然以從我拜起坐立而聖人身先之以恥嗚呼其亦難矣天下惡夫死也久矣聖人招之曰來吾生爾既而其法果可以生天下之人天下之人視其嚮也如此之危而今也如此之安則宜何從故當其時雖難而易行既行也

筆能達難達之詞亦自難得

梅伯言云得其至神之機其論甚精不得以渺茫不根概之

天下之人。視君父兄。如頭足之不待別白而後識。視拜起坐立。如寢食之不待告語而後從事。雖然百人從之。一人不從。則其勢不得遽至乎死。天下之人不知其初之無禮而死。而見其今之無禮而不至乎死也。則曰聖人欺我。故當其時。雖易而難久。嗚呼。聖人之所恃以勝天下之勞逸者。獨有死生之說耳。死生之說不信於天下。則勞逸之說將出而勝之。勞逸之說勝。則聖人之權去矣。酒有鴆（音沈）肉有堇（音謹）。然後人不敢飲食。藥可以生死。然後人不以苦口爲諱。去其鴆。徹其堇。則酒肉之權固勝於藥。聖人之始作禮也。其亦逆知其勢之將必如此也。曰告人以誠。而後人信之。幸今之時。吾之所以告人者。其理誠然。而其事亦然。故人以爲信。吾知其理。而天下之人知其事。事有不必然者。則吾之理不足以折天下之口。此告語之所不及也。告語之所不及。必有以陰驅而潛率之。於是觀之天地之間。得其至神之機。而竊之以爲樂。雨。吾見其所以溼萬物也。日。吾見其所以燥萬物也。風。吾見其所以動萬物也。隱隱谹谹（音宏）而謂之雷者。彼何用也。陰凝而不散。物蹙（子六切）而不遂。雨之所不能溼。日之所不能燥。風之

以樂爲佐禮之窮附會亦似近理至文之縱橫馳騁實開後人無數法門

通篇立論似與聖人興觀羣怨之說亦有合處

所不能動雷一震焉而凝者散蹙者遂曰雨者、曰日者、曰風者、以形用曰雷者、以神用用莫神於聲故聖人因聲以爲樂爲之君臣父子兄弟者禮也禮之所不及而樂及焉正聲入乎耳而人皆有事君事父事兄之心則禮者固吾心之所有也而聖人之說又何從而不信乎

茅順甫曰論樂之旨非是而文特嫋娜百折無限煙波又云蘇氏父子於經術甚疎故論六經處大都渺茫不根特其行文縱橫往往空中布景絕處逢生令人有淩雲御風之態○劉海峯曰後半風馳雨驟極揮斥之致而機勢圓轉如轆轤

鴆（毒鳥、一名運日、狀似鵰、紫黑色、赤喙黑目、頸長、好食蛇、其羽畫酒、飲之即死、見[蟲薈]）菫（毒藥、[淮南說林訓]蝮蛇螫人、傅以和菫、即愈、）隱隱谹谹（[法言問道]或問大聲、曰、非雷非霆、隱隱谹谹、）

蘇明允詩論○○

人之嗜欲好之有甚於生而憤憾怨怒有不顧其死於是禮之權又窮禮之法曰好色不可爲也爲人臣爲人子爲人弟不可以有怨於其君父兄也使天下

禮之所窮不得不以詩救之

透闢之至以詩調劑然具苦心文亦下字如鑄

之人皆不好色皆不怨其君父兄夫豈不善使人之情皆泊然而無思和易而優柔以從事於此則天下固亦大治而人之情又不能皆然好色之心敺（古驅字）諸其中是非不平之氣攻諸其外炎炎而生不顧利害趨死而後已噫禮之權止於死生天下之事不至乎可以博生者則人不敢觸死以違吾法今也人之好色與人之是非不平之心勃然而發於中以爲可以博生也而先以死自處其身則死生之機固已去矣死生之機去則禮爲無權區區舉無權之禮以强人之所不能則亂益甚而禮益敗今吾告人曰必無好色必無怨而君父兄彼將遂從吾言而忘其中心所自有之情耶將不能也彼既已不能純用吾法將遂大棄而不顧吾法既已大棄而不顧則人之好色與怨其君父兄之心將遂蕩然無所隔限而易內竊妻之變與弒其君父兄之禍必反公行於天下聖人憂焉曰禁人之好色而至於淫禁人之怨其君父兄而至於叛患生於責人太詳好色之不絕而怨之不禁則彼將反不至於亂故聖人之道嚴於禮而通於詩禮曰必無好色必無怨而君父兄詩曰好色而不至於淫怨而君父兄而無

嚴通二句得聖人序詩之旨

非審於人情者不能言

至於叛。嚴以待天下之賢人。通以全天下之中人。吾觀國風婉孌（力轉切）柔媚而卒守以正。好色而不至於淫者也。小雅悲傷詬（呼寇切）讟（音讀）。而君臣之情卒不忍去。怨而不至於叛者也。故天下觀之曰。聖人固許我以好色。而不尤我之怨吾君父兄也。許我以好色。不淫可也。不尤我之怨吾君父兄。則彼雖以虐遇我。我明識而明怨之。使天下明知之。則我之怨亦得當焉。不叛可也。夫背聖人之法而自棄於淫叛之地者。非斷不能也。斷之始生於不勝。人不自勝其忿。然後忍棄其身。故詩之教。不使人之情至於不勝也。夫橋之所以爲安於舟者。以有橋而言也。水潦（音老）大至。橋必解。而舟不至於必敗。故舟者所以濟橋之所不及也。吁。禮之權窮於易達。而有易焉。窮於後世之不信。而有樂焉。窮於彊人。而有詩焉。吁。聖人之慮事也蓋詳。

此文頗有內心不得以縱橫家言少之（濂識）

炎炎（火升之勢、）國風（國者、諸侯所封之域、風者、民俗歌謠之詩、詩自關雎以下至狼跋、俱爲國風、凡十五國、二南爲正風、十三國爲變風、）婉孌（美好貌、）小雅（雅者、正也、詩有小雅大雅、鹿鳴以下至何草不黃、爲小雅、文王以下至召旻、爲大雅、）詬讟（詬、譽也、讟、痛怨也、）潦（雨大貌、）

聖賢立法未嘗不因時制宜而沿用已久時異勢殊不能無弊修改之責自在後起文以風俗之變歸咎聖人立論似拾老莊之餘唾

尙忠尙質尙文聖人本無所容心特因時而爲之耳

彼其始未嘗文焉梅伯言云數行用筆妙處直似孟子是不可以形貌求也方望溪云其始之制其風俗句莫知所謂

後之無王者也方望溪云前後兩義絕不相蒙强合而爲一故過接及結束處語多蒙混又姚氏云此段說權用而風俗之變

蘇明允書論

風俗之變聖人爲之也聖人因風俗之變而用其權聖人之權用於當世而風俗之變益甚以至於不可復反幸而又有聖人焉承其後而維之則天下可以復治不幸其後無聖人其變窮而無所復入則已矣昔者吾嘗欲觀古之變而不可得也於詩見商與周焉而不詳及今觀書然後見堯舜之時與三代之相變如此之亟也自堯而至於商其變也皆得聖人而承之故無憂至於周而天下之變窮矣忠之變而入於質質之變而入於文其勢便也及夫文之變而又欲反之於忠也是猶欲移江河而行之山也人之喜文而惡質與忠也猶水之不肯避下而就高也彼其始未嘗文焉故忠質而不辭今吾日食之以太牢而欲使之復茹(音如)其菽(音叔)哉嗚呼其後無聖人其變窮而無所復入則已矣周之後而無王焉固也其始之制其風俗也固不容爲其後者計也而又適不値乎聖人固也後之無王者也當堯之時舉天下而授之舜舜得堯之天下而又授之禹方堯之未授天下於舜也天下未嘗聞有如此之事度其當時之民莫不

蓋此下說風俗之變而因用其權此文首先提淸兩層後面先應後一層再應前一層使其文有反覆之勢

舜親則堺也尊則相也禹則有治水之大功其有天下也固在民之意中矣

夏殷得天下如是之久而征誅又爲變局湯武不得不有此作用

周公功業大半顯於相成之日伊尹則佐湯而有天下也周公之急于自解亦時爲之也方望溪云權用而風俗成莫知所謂

以爲六怪也。然而舜與禹也受而居之。安然若天下固其所有。而其祖宗旣已爲之累數十世者。未嘗與其民道其所以當得天下之故也。又未嘗悅之以利。而開之以丹朱商均之不肖也。其意以爲天下之民以我爲當在此位也。則亦不俟乎援天以神之。譬己以固之也。湯之伐桀也。囂囂然數其罪而以告人。如曰。彼有罪我伐之宜也。旣又懼天下之民不已悅也。則又囂囂然以言柔之曰。萬方有罪。在予一人。予一人有罪。無以爾萬方。如曰我如是而爲爾之君。爾可以許我焉爾。吁、亦旣薄矣。至於武王而又自言其先祖父皆有顯功。旣已受命而死。其大業不克終。今我奉承其志。舉兵而東征。而東國之士女束帛以迎我。紂之兵倒戈以納我。吁、又甚矣。如曰吾家之當爲天子久矣。如此乎民之欲我速入商也。伊尹之在商也。如周公之在周也。伊尹攝位三年。而無一言以自解。周公爲之紛紛乎急於自疏其非簒也。夫固由風俗之變。而後用其權。權用而風俗成。吾安坐而鎭之。夫孰知風俗之變而不復反也。

方望溪曰。其論世變可謂獨有千載。惜首尾及中間摶綰處意脈不淸。治古

分出三等人

以日月詮常字

文者所宜明辨

忠之變入於質二句夏尚忠、商尚質、周尚文、太牢牛也、萬方有罪四句見[書湯誥]伊尹攝政太甲顚覆湯之典刑、伊尹放之于桐、自攝國政、三年太甲悔過、伊尹復迎歸于亳、周公爲之成王幼、周公攝政、管叔及其羣弟流言于國、王疑周公、周公避位居東、作鴟鴞之詩以貽王、

蘇明允明論○○

天下有大知。有小知。人之智慮。有所及。有所不及。聖人以其大知而兼其小知之功。賢人以其所及而濟其所不及。愚者不知大知而以其所不及喪其所及。故聖人之治天下也以常。而賢人之治天下也以時。既不能常。又不能時。悲夫殆哉。夫惟大知而後可以常。以其所及濟其所不及。而後可以時。常也者無治而不治者也。時也者無亂而不治者也。日月經乎中天。大可以被四海。而小或不能入一室之下。彼固無用此區區小明也。故天下視日月之光。儼然其若君父之威。故自有天地而有日月。以至於今而未嘗可以一日無焉。天下嘗有言曰。叛父母褻神明。則雷霆下擊之。雷霆固不能爲天下盡擊此等輩也。而天下

以雷霆詮時字

此說甚精開下齊威事

此就以其所及濟其所不及言之

天下之事姚氏云老泉妙用多在一結似照應似不照應項羽孫武亦然

之所以兢兢然不敢犯者。有時而不測也。使雷霆日轟(音橫)轟焉。繞天下以求夫叛父母褻神明之人而擊之。則其人未必能盡。而雷霆之威無乃褻乎。故夫知日月雷霆之分者。可以用其明矣。聖人之明。吾不得而知也。吾獨愛夫賢者之用其心約而成功博也。吾獨怪夫愚者之用其心勞而功不成也。是無他也。專於其所及而及之。則其及必精。兼於其所不及而及之。則其及必粗。及之而精。人將曰是惟無及。及則精矣。不然。吾恐姦雄之竊笑也。齊威王即位大亂三載。威王一奮而諸侯震懼二十年。是何修何營耶。夫齊國之賢者。非獨一即墨大夫明矣。亂齊國者。非獨一阿大夫與左右譽阿而毀即墨者幾人。亦明矣。一即墨大夫易知也。一阿大夫易知也。左右譽阿而毀即墨者幾人。易知也。從其易知而精之。故用心甚約而成功博也。天下之事。譬如有物十焉。吾舉其一。而人不知吾之不知其九也。歷數之至於九。而不知其一。不如舉一之不可測也。而況乎不至於九也。

劉海峯曰。從齊威王殺阿大夫生出一篇議論。行文縱橫曲暢

此篇就臣一面說以術字作骨便扼題要

作者固深於縱橫之術者故能言之了了

競競戒慎也、轟轟聲也、齊威王姓田、名嬰齊、始僭稱王、威王喜隱、好爲淫樂長夜之飲、百官荒亂、諸侯並侵、淳于髡說之以隱、王乃朝諸縣令長、賞一人、誅一人、奮兵而出、諸侯振驚、還齊侵地、即墨大夫即墨、今山東即墨縣、威王召即墨大夫語之曰、自子之居即墨、毀言日至、吾使人視即墨、田野闢、人民給、官無事、東方以寧、是子不事吾左右以求助也、封之萬家、阿大夫阿、今山東東阿縣、威王召阿大夫語之曰、自子守阿、譽言日至、吾使人視阿、田野不闢、人民貧餒、趙攻鄄、子不救、衞取薛陵、子不知、是子厚幣事吾左右以求譽也、是日烹阿大夫、及左右嘗譽者、

蘇明允諫論上〇〇

賢君不時有。忠臣不時得。故作諫論。此序依吳刻補

古今論諫。常與諷而少直。其說蓋出於仲尼。吾以爲諷直一也。顧用之之術何如耳。伍舉進隱語。楚王淫益甚。茅焦解衣危論。秦帝立悟。諷固不可盡與。直亦未易少之。吾故曰顧用之之術何如耳。然則仲尼之說非乎。曰仲尼之說。純乎經者也。吾之說。參乎權而歸乎經者也。如得其術。則人君有少不爲桀紂者。吾百諫而百聽矣。況虛己者乎。不得其術。則人君有少不若堯舜者。吾百諫而百不聽矣。況逆忠者乎。然則奚術而可。曰機智勇辯。如古游說之士而已。夫游說之士。以機智勇辯濟其詐。吾欲諫者。以機智勇辯濟其忠。請備論其效。周衰游

說熾於列國自是世有其人吾獨怪夫諫而從者百一說而從者十九諫而死者皆是說而死者未嘗聞然而抵觸忌諱說或甚於諫由是知不必乎諷諫而必乎術也說之術可爲諫法者五理諭之勢禁之利誘之激怒之隱諷之之謂也觸龍以趙后愛女賢於愛子未旋踵而長安君出質甘羅以杜郵之死詰張唐而相燕之行有日趙卒以兩賢王之意語燕而立歸武臣此理而諭之也子貢以內憂教田常而齊不得伐魯武公以麋鹿脅(法業切)頃襄而楚不敢圖周魯連以烹醢(許亥切)懼垣衍而魏不果帝秦此勢而禁之也田生以萬戶侯啓張卿而劉澤封朱建以富貴餌閎(音宏)孺而辟陽赦鄒陽以愛幸悅長君而梁王釋此利而誘之也蘇秦以牛後羞韓而惠王按劍太息范雎以無王恥秦而昭王長跪請教酈生以助秦陵漢而沛公輟洗聽計此激而怒之也蘇代以土偶笑田文楚人以弓繳感襄王蒯通以娶婦悟齊相此隱而諷之也五者相傾險詖(彼義切)之論雖然施之忠臣足以成功何則理而諭之主雖昏必悟勢而禁之主雖驕必懼利而誘之主雖怠必奮激而怒之主雖懦必立隱而諷之主雖暴必容

文既雄健理亦條達

悟則明。懼則恭。奮則勤。立則勇。容則寬。致君之道。盡於此矣。吾觀昔之臣言必從。理必濟。莫若唐魏鄭公。其初實學縱橫之說。此所謂得其術者歟。噫、龍逢(音龐)比干。不獲稱良臣。無蘇秦張儀之術也。蘇秦張儀。不免為游說。無龍逢比干之心也。是以龍逢比干。吾取其心。不取其術。蘇秦張儀。吾取其術。不取其心。以為諫法。

此篇專就臣一方而着想以見心與術之不可偏廢 濡識

其說出於仲尼(孔子曰、忠臣之諫君、有五義焉、一曰譎諫、二曰戇諫、三曰降諫、四曰直諫、五曰諷諫、唯度王以行之、吾從其諷諫乎、見「孔子家語」)伍舉(即椒舉、楚莊王即位三年、不出號令、日夜為樂、伍舉曰、願有進隱、曰、有鳥在於阜、三年不飛不鳴、是何鳥也、莊王曰、舉退矣、吾知之矣、居數月、乃大反前行、)茅焦(秦王政遷太后于雍、下令敢諫者死、齊客茅焦請見、王欲烹之、焦曰、陛下有狂悖之行、雖桀紂不至于是、今天下之士、無嚮秦者、臣竊為陛下危之、言已解衣赴之、王悟、爵以上卿、)觸龍(人名、「國策」作觸讋、秦攻趙、趙求救于齊、齊曰、必以長安君為質、太后不可、觸龍請見、始以己子托之、繼以送燕后之言動之、末乃言今媼尊長安君之位、而不及今有功于國、一旦山陵崩、長安君何以自託于趙、太后乃諾、按太后即惠文王后、長安君乃其少子、)甘羅(甘茂孫、年十二、事文信侯呂不韋、秦欲使張唐相燕、唐不肯行、羅見張唐曰、應侯欲攻趙、武安君難之、去咸陽七里、而立死於杜郵、今文信侯自請卿相燕、而卿不肯行、臣不知卿所死處矣、唐曰、請因孺子而行、)杜郵(杜在今陝西咸陽縣、郵即郵亭、武安君白起行至杜郵、秦昭襄王賜之劍、起自殺、)武臣(趙王名、初武臣為燕軍所得、囚之以求地、有廝養卒往見燕將曰、張耳陳

餘、與武臣下趙數十城、此亦各欲南面而王、今囚趙王、兩君必分趙自立、夫以一趙尚易燕、況以兩賢王乎、燕乃歸王、

子貢田常 時田常欲作亂于齊、憚國高鮑晏、故移兵以伐魯、子貢往說常曰、伐魯不如伐吳、臣聞之、憂在內者攻彊、憂在外者攻弱、今君憂在內、吾聞君三封而三不成者、大臣有不聽者也、故曰不如伐吳、按子貢姓端木、名賜、衛人、孔子弟子、田常、田乞子、

武公 即東周公、楚欲圖周、赧王使東周公謂楚令尹昭子曰、西周之地、不過百里、攻之者名為弒君、然而猶有欲攻者、以祭器在焉、故也、夫虎肉臊而兵利身、人猶攻之、若使澤中之麋、蒙虎之皮、人之攻之、必萬倍矣、

頃襄 楚王、名橫、

魯連 即魯仲連、齊人、魏欲帝秦、又使新垣衍說趙、共尊秦為帝、連往見衍曰、昔者九侯、鄂侯、文王、紂之三公也、而紂醢九侯、脯鄂侯、拘文王、今秦、梁皆萬乘之國、奈何欲從而帝之、卒就脯醢之地乎、

田生 齊人、說張卿風大臣語太后、請立呂產為呂王、太后果封之、田生復說張卿曰、諸大臣未服、呂產不如封劉澤為王、彼得王喜去、諸呂王益固矣、太后然之、乃以劉澤為瑯琊王、按張卿、名澤、寺人、劉澤、高祖從昆弟、

朱建 楚人、時辟陽侯幸呂后、人或毀之于惠帝、帝欲誅之、建迺說孝惠幸臣閎孺曰、辟陽侯幸太后、君何不為辟陽侯言于帝、帝聽君出辟陽侯、太后大驩、兩主俱幸、貴富益倍矣、按閎孺、閎名、孺幼也、

辟陽 縣名、今直隸冀縣東南、審食其封辟陽侯、

鄒陽 齊人、梁王陰使人殺袁盎、景帝遣使還案其事、鄒陽往說王信曰、長君弟得幸于上、長君誠為上言得毋竟梁事、太后德長君、而長君之弟幸於兩宮、金城之固也、長君言之于帝、帝怒解、按長君即王信、景帝王后兄、梁王、即梁孝王、名武、

蘇秦 雒陽人、說韓王曰、諺曰、寧為雞口、毋為牛後、以大王之賢、挾彊韓之兵、而有牛後之名、竊為大王羞之、韓王按劍太息曰、寡人臨不肯、必不能事秦、按惠王、即韓宣惠王、

范睢 魏人、字叔、謂秦昭王曰、臣居山東、聞秦之有太后穰侯涇陽華陽、不聞有王、臣恐後世之有秦國者、非王之子孫也、秦王懼、按昭王名稷、

酈生 名食其、沛公至高陽、使人召酈生、生至入謁、沛公方踞床、使兩女子洗足、而見生、生長揖不拜、曰、足下必欲誅無道秦、不宜踞見長者、沛公乃輟洗、而起、

蘇代 蘇秦弟、孟嘗君將入秦、蘇代欲止之、謂孟嘗君曰、臣見有土偶人、謂桃梗曰、子東國之桃梗也、刻削子以為人、淄水至、流子而去、則子漂漂者、將何

此篇就君一面說

劉海峯云選旨異出漢書西南夷傳

賞刑並提

如說、今秦四塞之國、譬若虎口、而君入之、則臣不知君所出、襄王（即頃襄王、莊辛謂楚襄王曰、黃鵠奮其六翮、而陵清風、自以爲無患、與人無爭也、不知夫射者、方將治其繒繳、將加己乎百仞之上、今王左州侯、右夏侯、而不以天下國家爲事、不知穰侯方受命乎秦王、塡黽塞之內、而投己乎黽塞之外、按辛、楚人、）蒯通（范陽人、齊悼惠王時、曹參爲相、通往見之曰、婦人有夫死三日而嫁者、有幽居守寡不出門者、足下即欲求婦何取、曰、取不嫁者、曰、然則求臣亦猶是也、彼東郭先生、梁石君、隱居不嫁、未嘗卑節下意以求仕、顯足下使人禮之、參皆以爲上賓、）險詖（不正）也、魏鄭公（魏徵、字玄成、太宗時、拜諫議大夫、封鄭國公、）龍逢（姓關、諫桀不聽、爲桀所殺、）比干（紂諸父、彊諫、爲紂剖心而死、）張儀（魏人、與蘇秦俱事鬼谷先生、後相秦、）

蘇明允諫論下○○

夫臣能諫。不能使君必納諫。非眞能諫之臣。君能納諫。不能使臣必諫。非眞能納諫之君。欲君必納乎。嚮之論備矣。欲臣必諫乎。吾其言之。夫君之大天也。其尊。神也。其威。雷霆也。人之不能抗天觸神忤雷霆。亦明矣。聖人知其然。故立賞以勸之。傳曰。興王賞諫臣。是也。猶懼其選（通巽）耎（音軟）阿諛。使一日不得聞其過。故制刑以威之。書曰。臣下不正其刑墨。是也。人之情。非病風喪心。未有避賞而就刑者。何苦而不諫哉。賞與刑不設。則人之情又何苦而抗天觸神忤雷霆哉。自非性忠義。不悅賞不畏罪。誰欲以言博死者。人君又安能盡得性忠義者而任

側重於刑乃作者之本意宋以寬大爲治刑罰不振有自來矣其言雖不合於正不可謂非救時之論

之今有三人焉一人勇一人勇怯半一人怯有與之臨乎淵谷者且告之曰能跳而越此謂之勇不然爲怯彼勇者恥怯必跳而越焉其勇怯半者與怯者則不能也又告之曰跳而越者與千金不然則否彼勇怯半者奔利必跳而越焉其怯者猶未能也須臾顧見猛虎暴然向逼則怯者不待告跳而越之如康莊矣然則人豈有勇怯哉要在以勢驅之耳君之難犯猶淵谷之難越也所謂性忠義不悅賞不畏罪者勇者也故無不諫焉悅賞者勇怯半者也故賞而後諫焉畏罪者怯者也故刑而後諫焉先王知勇者不可常得故以賞爲千金以刑爲猛虎使其前有所趨後有所避其勢不得不極言規失此三代所以興也末世不然遷其賞於不諫遷其刑於諫宜乎臣之噤（巨禁切）口卷舌而亂亡隨之也間或賢君欲聞其過亦不過賞之而已嗚呼不有猛虎彼怯者肯越淵谷乎此無他墨刑之廢耳三代之後如霍光誅昌邑不諫之臣者不亦鮮哉今之諫賞時或有之不諫之刑缺然無矣苟增其所有有其所無則諛者直佞者忠況忠直者乎誠如是欲聞讜言而不獲吾不信也

直是一則爰書

實備得是

論威公處亦當

此亦有激而言新法之行諫者有刑矣以此箴神宗洵救時之藥石也濡識

選耎（畏怯之意、）臣下不正二句（墨、五刑之一、刺字於額、「書伊訓」臣下不匡、其刑墨、宋避太祖諱、作正、）康莊（大道也、五達謂之康、六達謂之莊、）霍光（字子孟、以昌邑王荒淫、白太后廢之、并坐其臣以不諫誅之、按昌邑王名賀、）

蘇明允管仲論（管仲、字夷吾、相齊桓公、霸諸侯、著管子、）○○○

管仲相威公霸諸侯攘戎翟終其身齊國富强諸侯不叛管仲死豎刁易牙開方用威公薨於亂五公子爭立其禍蔓延訖簡公齊無寧歲夫功之成非成於成之日蓋必有所由起禍之作不作於作之日亦必有所由兆則齊之治也吾不曰管仲而曰鮑叔及其亂也吾不曰豎刁易牙開方而曰管仲何則豎刁易牙開方三子彼固亂人國者顧其用之者威公也夫有舜而後知放四凶有仲尼而後知去少正卯彼威公何人也顧其使威公得用三子者管仲也仲之疾也公問之相當是時也吾以仲且舉天下之賢者以對而其言乃不過曰豎刁易牙開方三子非人情不可近而已嗚呼仲以爲威公果能不用三子矣乎仲與威公處幾年矣亦知威公之爲人矣乎威公聲不絕乎耳色不絕乎目而非

生蓮生樹上只要說得有理

仲爲天下才當其時而謂後有管仲者吾亦不信也仲之書劉海峯云又尋出將死之言作波

吾觀史鰌劉海峯云至此纔引出臨死薦賢二人作證卻是因此二人生出實仲之譏

三子者則無以遂其欲彼其初之所以不用者徒以有仲焉耳一日無仲則三子者可以彈冠相慶矣仲以爲將死之言可以縶威公之手足耶夫齊國不患有三子而患無仲有仲則三子者三匹夫耳不然天下豈少三子之徒哉雖威公幸而聽仲誅此三人而其餘者仲能悉數而去之耶嗚呼仲可謂不知本者矣因威公之問舉天下之賢者以自代則仲雖死而齊國未爲無仲也夫何患三子者不言可也五霸莫盛於威文文公之才不過威公其臣又皆不及仲靈公之虐不如孝公之寬厚文公死諸侯不敢叛晉晉襲文公之餘威得爲諸侯之盟主者百有餘年何者其君雖不肖而尚有老成人焉威公之薨也一敗塗地無惑也彼獨恃一管仲而仲則死矣夫天下未嘗無賢者蓋有有臣而無君者矣威公在焉而曰天下不復有管仲者吾不信也仲之書有記其將死論鮑叔賓胥無之爲人且各疏其短是其心以爲是數子者皆不足以託國而又逆知其將死則其書誕謾(音瞞)不足信也吾觀史鰌(音此由切)以不能進蘧(音渠)伯玉而退彌子瑕故有身後之諫蕭何且死舉曹參以自代大臣之用心固宜如此也夫

文筆如生龍活虎捉摸不住

國以一人興以一人亡賢者不悲其身之死而憂其國之衰故必復有賢者而後可以死彼管仲者何以死哉

劉海峯曰只不能舉賢自代耳而文特婀娜百折情態不窮

威公（即桓公、宋避欽宗諱、作威、）豎刁（見論辨類二、）易牙（齊人、名巫、善烹、）開方（衛公子、）五公子（公子武孟、孝公昭、昭公潘、懿公商人、惠公元、）簡公（名壬、爲田常所弒、復三傳而姜氏滅、）鮑叔（名牙、仲因鮑叔之薦而得用、）四凶（見歐陽永叔朋黨論、）少正卯（魯之聞人、孔子爲魯司寇、誅之、見[家語]）仲之疾也二句（管仲病、桓公問誰可爲相者、仲曰、知臣莫如君、公曰、易牙如何、仲曰、殺子以適君、非人情、不可、問開方、曰、倍親以適君、非人情、難近、又問豎刁、曰、自宮以適君、非人情、難親、）彈冠相慶（漢王陽得官、貢禹彈冠相慶、謂其可以引進也、）靈公（名夷皋、晉文公孫、）孝公（即公子昭、宋襄公立之、）將死之論（桓公問鮑叔何如、仲曰、鮑叔爲人好直、而不能以國詘、賓胥無爲人好善、而不能以國詘、無已、其隰朋乎、動必量力、舉必量技、言終、喟然嘆曰、天之生朋、爲夷吾舌也、其身死、舌焉得生哉、仲卒十月、隰朋亦卒、詳見[管子戒篇]）身後之諫（史鰌、字子魚、衛人、將卒、命其子曰、吾生不能正君、死無成禮、置尸牖下、靈公弔、怪而問焉、子以告、靈公果進伯玉而退子瑕、伯玉、姓蘧、名瑗、衛賢大夫、彌子瑕、靈公幸臣、）蕭何舉曹參（蕭何病、孝惠親自臨視、因問曰、百年後、誰可代君者、曰、知臣莫若主、孝惠曰、曹參何如、何頓首曰、帝得之矣、）

蘇明允權書六（權書十首錄四孫武武、吳將、著兵書十三篇、）○○

求之而不窮者天下奇才也天下之士與之言兵而曰我不能者幾人求之於

能言不能行古今通病何況於兵

而犯兵家之忌安得不敗吳王之剛愎或不用武言耳

妙得此兩證

言而不窮者幾人。言不窮矣。求之於用而不窮者幾人。嗚呼。至於用而不窮者。吾未之見也。孫武十三篇。兵家舉以爲師。然以吾評之。其言兵之雄乎。今其書論奇權密機。出入神鬼。自古以兵著書者罕所及。以是而揣（楚委切）其爲人。必謂有應敵無窮之才。不知武用兵乃不能必克。與書所言遠甚。吳王闔廬之入郢（庚頃切）也。武爲將軍。及秦楚交敗其兵。越王入踐其國。外禍內患。一旦迭發。吳王奔走自救不暇。武殊無一謀以弭（音米）斯亂。若按武之書以責武之失。凡有三焉。九地曰。威加於敵。則交不得合。而武使秦得聽包胥之言。出兵救楚。無忌吳之心。斯不威之甚。其失一也。作戰曰。久暴（音僕同暴）師則鈍兵挫銳。屈力殫（音丹）貨。則諸侯乘其弊而起。且武以九年冬伐楚。至十年秋始還。可謂久暴矣。越人能無乘間入國乎。其失二也。又曰。殺敵者怒也。今武縱子胥伯嚭（普鄙切）鞭平王尸。復一夫之私忿。以激怒敵。此司馬戌子西子期所以必死讎吳也。勾踐不頹（徒回切）舊塚而吳服。田單譎燕掘墓而齊奮。知謀與武遠矣。武不達此。其失三也。然始吳能以入郢。乃因胥嚭唐蔡之怒。及乘楚瓦之不仁。武之功蓋亦鮮矣。夫以武自

此論似亦過刻

此亦不免成敗論人之見

今夫外御一隸、方望溪云、議論甚好、但於篇法則爲別起一頭、故善將者、劉海峯云、結處撇開孫武、另生一番議論、上文若相聯若不相聯、煙波萬頃

爲書。尚不能自用。以取敗北。況區區祖其故智餘論者。而能將乎。且吳起與武。一體之人也。皆著書言兵。世稱之曰孫吳。然而吳起之言兵也。輕法制。草略無所統紀。不如武之書詞約而意盡。天下之兵說。皆歸其中。然吳起始用於魯。破齊。及入魏。又能制秦兵。入楚。楚復霸。而武之所爲。反如是。書之不足信也。固矣。今夫外御一隸。內治一妾。是賤丈夫亦能。夫豈必有人而教之。及夫御三軍之衆。闔營而自悶。或且有亂。然則是三軍之衆惑之也。故善將者。視三軍之衆。與視一隸一妾無加焉。故其心常若有餘。夫以一人之心當三軍之衆。而其中恢恢然猶有餘地。此韓信之所以多多而益辦也。故夫用兵。豈有異術哉。能勿視其衆而已矣。

史記吳王謂武曰子之十三篇吾盡觀之矣似不得以其名之不見於傳謂爲後人所嫁名柏舉之戰軍紀蕩然吳特僥倖取勝耳闔廬之自用未必能盡聽武言文之責備處頗與當日情形欠合 濡識

闔廬（名光、與楚戰於柏舉、楚師敗、遂入郢、）郢（楚都、今湖北江陵縣、）秦楚交敗其兵（吳入郢、楚申包胥以秦師至、吳大敗、）越王入

踐其國（越王名勾踐、周敬王十四年、吳入郢、十五年、越入吳、時吳師尚未歸也、文中作九年十年、乃闔廬年號、）九地作戰（皆書篇名、）暴（曬也、露也、）包胥（楚大夫、姓公孫、封于申、楚昭王奔隨、申包胥如秦乞師、秦伯使辭焉、包胥依庭牆而哭、晝夜不絕聲、七日、秦師乃出、）子胥（姓伍、名員、父奢、兄尚、俱爲平王所殺、員奔吳、及吳師入郢、員出平王屍鞭之、）伯嚭（伯州犁孫、爲吳太宰、）司馬戌（魯定公四年、司馬戌敗吳師於雍澨、已而戰死、）子西（即公子申、爲楚令尹、遷郢于鄀、以定楚國、）子期（昭王兄、名結、）田單（臨淄人、守即墨、曰、吾懼燕人掘吾城外冢墓、可爲寒心、燕人掘燒之、齊人望見、皆泣怒願效死、）唐（今湖北隨縣、唐侯如楚、有兩肅爽馬、令尹欲之、弗與、三年止之、唐人竊馬以獻、乃歸唐侯、由是恨楚、）蔡（都今河南上蔡縣、蔡侯爲兩佩兩裘、如楚、獻其一於楚子、而自服其一、令尹欲之、弗與、三年止之、及唐侯歸、蔡人因獻佩、蔡侯遂歸、亦由是恨楚、）楚瓦（公子囊子、字子常、時爲令尹、戰于柏舉、闔廬之弟夫槩曰、楚瓦不仁、其臣莫有死志、先伐之、其卒必奔、）多多益辦（高祖嘗與韓信言將兵、曰、如我將幾何、信曰、陛下不過能將十萬、帝曰、於君何如、對曰、臣多多益善、）

一語中的

熟悉戰國時事

思厥先祖父一段亦有感時事而言

蘇明允權書八 六國 ○○○

六國破滅非兵不利戰不善弊在賂秦賂秦而力虧破滅之道也或曰六國互喪率賂秦耶曰不賂者以賂者喪蓋失彊援不能獨完故曰弊在賂秦也秦以攻取之外小則獲邑大則得城較秦之所得與戰勝而得者其實百倍諸侯之所亡與戰敗而亡者其實亦百倍則秦之所大欲諸侯所大患固不在戰矣思厥先祖父暴霜露斬荊棘以有尺寸之地子孫視之不甚惜舉以與人如棄草

古人云方望溪易爲故曰
此言得之方望溪云時蹊

斯用兵之效也方望溪云燕以三晉爲前蔽故後亡以爲用兵之效謬矣

一廷之上和戰尙有異議矧六國之不同心乎

夫六國與秦皆諸侯劉海峯云以下說出少味宜刪之南渡之局由此釀成老泉自有先見

芥。今日割五城。明日割十城。然後得一夕安寢。起視四境。而秦兵又至矣。然則諸侯之地有限。暴秦之欲無厭。奉之彌繁。侵之愈急。故不戰而强弱勝負已判矣。至於顚覆。理固宜然。古人云。以地事秦。猶抱薪救火。薪不盡。火不滅。此言得之。齊人未嘗賂秦。終繼五國遷滅。何哉。與嬴而不助五國也。五國既喪。齊亦不免矣。燕趙之君。始有遠略。能守其土。義不賂秦。是故燕雖小國而後亡。斯用兵之效也。至丹以荊卿爲計。始速禍焉。趙嘗五戰於秦。二敗而三勝。後秦擊趙者再。李牧連却之。洎（音忌）牧以讒誅。邯（音寒）鄲（音單）爲郡。惜其用武而不終也。且燕趙處秦革滅殆盡之際。可謂智力孤危。戰敗而亡。誠不得已。向使三國各愛其地。齊人勿附於秦。刺客不行。良將猶在。則勝負之數。存亡之理。當與秦相較。或未易量。嗚呼。以賂秦之地。封天下之謀臣。以事秦之心。禮天下之奇才。并力西嚮。則吾恐秦人食之不得下咽也。悲夫。有如此之勢。而爲秦人積威之所劫。日削月割。以趨於亡。爲國者無使爲積威之所劫哉。夫六國與秦皆諸侯。其勢弱於秦。而猶有可以不賂而勝之之勢。苟以天下之大。而從六國破亡之故事。是又在

起劉海峯云反振作起勢
良平之智未嘗不及此特僻於呂后而不敢言以自附於明哲保身之義耳
則高帝常先為之規畫處置劉海峯云知有呂氏之禍
安劉亦尋常獎勵語非有見於後日之事也
呂為嫡后又同居患難者於理亦不能去

六國下矣

劉海峯曰筆力簡老

嬴（秦姓）、荊卿（即荊軻、燕太子丹、始為質于秦、既自秦亡歸、怨秦王、欲報之、使荊軻以樊於期首及督亢地圖獻秦王、因刺之、軻刺王未中、秦因伐燕、拔薊、燕王喜走遼東、斬太子以獻）、李牧（趙良將、以功封武安君、秦王翦伐趙、趙使牧禦之、秦多與趙嬖郭開金、使言牧欲反、趙遂殺牧）、邯鄲（趙都、今直隸邯鄲縣）、三國（指韓、魏、楚）

蘇明允權書九（高帝）〇〇

漢高帝挾數用術以制一時之利害不如陳平揣摩天下之勢舉指搖目以劫制項羽不如張良微此二人則天下不歸漢而高帝乃木彊之人而止耳然天下已定後世子孫之計陳平張良智之所不及則高帝常先為之規畫處置以中後世之所為曉然如目見其事而為之者蓋高帝之智明於大而暗於小至於此而後見也帝嘗語呂后曰周勃重厚少文然安劉氏必勃也可令為太尉方是時劉氏既安矣勃又將誰安耶故吾之意曰高帝之以太尉屬勃也知有呂氏之禍也雖然其不去呂后何也勢不可也昔者武王沒成王幼而三監叛

此說殊不確韓信誅矣彭越醢矣尚何武庚祿父之患

爲惠帝計也劉海峯云不去呂后以爲子孫計

斬噲亦一時之憤平物之不奉行似已早見及此高帝受制呂后固不待言生前既無布置安劉亦屬空言彼平勃者特因時俛仰之人耳少主之立呂氏之王當時並無違言向使呂后不死產祿非庸才則漢之爲漢殊不可知作者於此煞欠理會而文之機勢自佳

彼平勃者遺其憂者也劉海峯云自嗚呼至此凡三轉愈轉愈奇

帝意百歲後。將相大臣及諸侯王。有武庚祿父者。而無有以制之也。獨計以爲家有主母。而豪奴悍婢。不敢與弱子抗。呂氏佐帝定天下。爲大臣素所畏服。獨此可以鎭壓其邪心。以待嗣子之壯。故不去呂后者。爲惠帝計也。呂后旣不可去。故削其黨以損其權。使雖有變而天下不搖。是故以樊噲（音快）之功。一旦遂欲斬之而無疑。嗚呼。彼豈獨於噲不仁耶。且噲與帝偕起。拔城陷陳（同陣）。功不爲少矣。方亞父嗾（蘇后切）項莊時。微噲譙（樵去聲）讓羽。則漢之爲漢。未可知也。一旦人有惡噲欲滅戚氏者。時噲出伐燕。立命平勃卽軍中斬之。夫噲之罪未形也。惡之者誠僞未必也。且高帝之不以一女子斬天下之功臣。亦明矣。彼其娶於呂氏。呂氏之族。若產祿輩。皆庸才不足恤。獨噲豪健。諸將所不能制。後世之患。無大於此矣。夫高帝之視呂后也。猶醫者之視菫（音覲）也。使其毒可以治病。而無至於殺人而已矣。樊噲死。則呂氏之毒。將不至於殺人。高帝以爲是足以死。而無憂矣。彼平勃者。遺其憂者也。噲之死於惠之六年也。天也。彼其尚在。則呂祿不可紿（音殆）。太尉不得入北軍矣。或謂噲於帝最親。使之尚在。未必與產祿叛。夫韓信

夫韓信黥布盧綰劉濞等云又翻出波瀾作尾

黥（渠京切）布盧綰（烏板切）皆南面稱孤而綰又最爲親幸然及高帝之未崩也皆相繼以逆誅誰謂百歲之後椎（直追切）埋屠狗之人見其親戚乘勢爲帝王而不欣然從之耶吾故曰彼平勃者遺其憂者也

方望溪曰茅鹿門云高帝死而呂后獨任陳平未必不由不斬噲一著然觀譙羽鴻門與排闥而諫豈可以屠狗之雄而遽逆其詐哉蘇氏父子兄弟往往以事後成敗摭拾人得失類如此

陳平（陽武人、封曲逆侯、）張良（字子房、封留侯、）木彊（無知識、不和柔貌、）呂后（名雉、高帝后、）周勃（沛人、從高祖起兵、封絳侯、高祖病、謂呂后曰、周勃重厚少文、然安劉氏者、必勃也、）太尉（掌兵、漢初兩府、曰丞相、曰太尉、）三監（武王封紂子武庚於殷、使管叔蔡叔霍叔監殷、三叔以殷叛、）祿父（武庚字、）惠帝（名盈、高帝子、）樊噲（沛人、爲呂后女弟嬃夫、封舞陽侯、帝病、或言噲黨呂氏、欲以兵誅戚氏趙王如意、帝大怒、使陳平載絳侯代將、即軍中斬噲、陳平畏呂后、執噲詣長安、至則高帝已崩、呂后釋之、）亞父（即范增、佐羽而不終、）項莊（羽之從弟、鴻門之宴、范增使項莊爲壽、請以劍舞、因擊沛公、張良出見樊噲、告以事急、噲帶劍擁盾入、詰責項羽、）戚氏（即戚夫人、高帝之姬、趙王如意之母、）產祿（呂后兄子、產封梁王、祿封趙王、）堇（藥草、烏頭也、）彼其尚在三句（高皇后呂氏八年、齊王襄發兵討諸呂、相國產使大將軍灌嬰擊之、嬰與齊連和、時太尉勃不得主兵、酈商老病、其子寄與呂祿善、平勃使人劫商、令寄給說祿、使祿歸將印、太尉因得入北軍、）韓信（淮陰人、始封楚王、後降爲淮陰侯、爲呂后所給、斬之長樂鐘室、並夷三族、給、欺也、）黥布

文甚精銳而於當時情勢不甚了了

肆天下之所爲方望溪云書生不達於時勢以此用兵百戰百敗之道

方籍之渡河劉海峯云空中一擊

而區區與秦將爭一旦之命劉海峯云不當救趙當先入關

本姓英、少時有人相曰當刑而王、故姓黥、以厭當之、始爲九江王、後封淮南王、以謀反見誅、盧綰豐人、與高祖同日生、壯俱學書、又相愛也、以擊燕王臧荼功、封燕王、後高帝疑之、乃亡入匈奴、椎埋謂發冢也、屠狗噲曾業屠狗、

蘇明允權書十 項籍

籍、字羽、下相人、滅秦、封諸侯、都彭城、卒爲漢所滅、

吾嘗論項籍有取天下之才而無取天下之慮曹操有取天下之慮而無取天下之量劉備有取天下之量而無取天下之才故三人終其身無成焉且夫不有所棄不可以得天下之勢不有所忍不可以盡天下之利是故地有所不取城有所不攻勝有所不就敗有所不避其來不喜其去不怒肆天下之所爲而徐制其後乃克有濟嗚呼項籍有百戰百勝之才而死於垓音該下無惑也吾於其戰鉅鹿也見其慮之不長量之不大未嘗不怪其死於垓下之晚也方籍之渡河沛公始整兵嚮關籍於此時若急引軍趨秦及其鋒而用之可以據咸陽制天下不知出此而區區與秦將爭一旦之命既全鉅鹿而猶徘徊河南新安間至函谷則沛公入咸陽數月矣夫秦人既已安沛公而讐籍則其勢不得強而臣故籍雖遷沛公漢中而卒都彭城使沛公得還定三秦則天下之勢在漢

且亡秦之守關　劉海峯云必能入關

虎方捕鹿　劉海峯云入關即所以救趙

是故古之取天下者　方望溪云筋脈脫離

諸葛孔明棄荊州　劉海峯云正義已盡却尋出孔明來煙波作結

諸葛一生惟謹慎其成功也於此其失計也亦於此

不在楚楚雖百戰百勝尚何益哉故曰兆垓下之死者鉅鹿之戰也或曰雖然籍必能入秦乎曰項梁死章邯謂楚不足慮故移兵伐趙有輕楚心而良將勁兵盡於鉅鹿籍誠能以必死之士擊其輕敵寡弱之師入之易耳且亡秦之守關與沛公之守善否可知也沛公之攻關與籍之攻善否又可知也以秦之守而沛公攻入之沛公之守而籍攻入之然則亡秦之守籍不能入哉或曰秦可入矣如救趙何曰虎方捕鹿羆（音裨）據其穴搏其子虎安得不置鹿而返返則碎於羆明矣軍志所謂攻其必救也使籍入關王離涉間必釋趙自救籍據關逆擊其前趙與諸侯救者十餘壁躡其後覆之必矣是籍一舉解趙之圍而收功於秦也戰國時魏伐趙齊救之田忌引兵疾走大梁因存趙而破魏彼宋義號知兵殊不達此屯安陽不進而曰待秦敝吾恐秦未敝而沛公先據關矣籍與義俱失焉是故古之取天下者常先圖所守諸葛孔明棄荊州而就西蜀吾知其無能爲也且彼未嘗見大險也彼以爲劍門者可以不亡也吾嘗觀蜀之險其守不可出其出不可繼兢兢而自完猶且不給而何足以制中原哉若夫秦

西北可以制東南東南不可以控西北關輔前之形勢如此若今日則情勢相反矣

漢之故都沃土千里洪河大山眞可以控天下又烏事夫不可以措足如劍門者而後曰險哉今夫富人必居四通五達之都使其財布出於天下然後可以收天下之利有小丈夫者得一金櫝（音獨）而藏諸家拒戶而守之嗚呼是求不失也非求富也大盜至劫而取之又焉知其果不失也

劉海峯曰起勢橫絕不分賓主後幅尋出孔明作結更不回顧烟波渺茫

垓下（今安徽靈璧縣南、籍被困垓下、自刎於烏江口、）鉅鹿（今直隸平鄉縣、羽擊章邯軍於鉅鹿、大戰破之、）沛公整兵嚮關（沛公攻潁川、出轘轅、略南陽、引兵而西、遂入武關、）咸陽（今陝西咸陽縣、）新安（今河南新安縣、羽既敗邯鉅鹿軍於漳南、邯亦軍棘原、與相持、）函谷（見過秦論上注、）還沛公漢中（羽封沛公爲漢王、王巴蜀漢中、）彭城（今江蘇銅山縣、）三秦（羽三分秦地、封章邯爲雍王、司馬欣爲塞王、董翳爲翟王、）項梁死（二世二年、章邯擊破定陶、項梁死、乃北擊趙、破邯鄲、圍鉅鹿、）羆（熊類、）王離（王翦之孫、）涉間（秦將、）田忌（見過秦論上注、）大梁（魏都、今河南開封縣、）存趙破魏（魏攻趙、趙乞救於齊、齊使田忌爲將、孫子爲師、忌欲引兵之趙、孫子以爲不如疾走大梁、忌從之、戰於桂陵、魏大敗、）宋義（楚之上將軍、號卿子冠軍、懷王使將救趙、逗留不進、羽殺之而代將、）安陽（今山東曹縣東、）棄荊州二句（按此就關羽敗事後言、亮之隆中對、固云荊州用武之國、天所以資將軍、又云、命上將將荊州之軍、以向宛洛、）劍門（即劍閣、亦曰大劍山、在四川劍閣縣北、）

蘇明允衡論三 御將 ○○

以相作陪作用絕殊

使貪使詐亦是此種作用

開國之主往往利用此術

人君御臣相易而將難將有二有賢將有才將而御才將尤難御相以禮御將以術御賢將之術以信御才將之術以智不以禮不以信是不爲也不以術不以智是不能也故曰御將難而御才將尤難六畜其初皆獸也彼虎豹能搏能噬而馬亦能蹄牛亦能觸先王知能搏能噬者不可以人力制故殺之殺之不能驅之而後已蹄者可馭以羈紲(音屑)觸者可拘以楅(音逼)衡故先王不忍棄其材而廢天下之用如曰是能蹄是能觸當與虎豹并殺而同驅則是天下無騏驥終無以服乘耶先王之選才也自非大奸劇惡如虎豹之不可以變其搏噬者未嘗不欲制之以術而全其才以適於用況爲將者又不可責以廉隅細謹顧其才何如耳漢之衞霍趙充國唐之李靖李勣(音績)賢將也漢之韓信黥布彭越唐之薛萬徹侯君集盛彥師才將也賢將既不多有得才者而任之可也苟又曰是難御則是不肖者而後可也結以重恩示以赤心美田宅豐飲饌歌童舞女以極其口腹耳目之欲而折之以威此先王之所以御才將者也近之論者或曰將之所以畢智竭力犯霜露蹈白刃而不辭者冀賞耳爲國家者不如勿

又進一層說

觀其才之大小分用其術入其彀中至死不悟不獨漢代爲然也

先賞以邀其成功。或曰。賞所以使人。不先賞人。不爲我用。是皆一隅之說。非通論也。將之才固有小大。傑然於庸將之中者。才小者也。傑然於才將之中者。才大者也。才小志亦小。才大志亦大。人君當觀其才之小大。而爲制御之術。以稱其志。一隅之說。不可用也。夫養騏驥者。豐其芻(音粗)粒。潔其羈絡。居之新閑。浴之清泉。而後責之千里。彼騏驥者。其志常在千里也。夫豈以一飽而廢其志哉。至於養鷹則不然。獲一雉。飼以一雀。獲一兔。飼以一鼠。彼知不盡力於擊搏。則其勢無所得食。故然後爲我用。才大者。騏驥也。不先賞之。是養騏驥者。饑之而責其千里。不可得也。才小者。鷹也。先賞之。是養鷹者。飽之而求其擊搏。亦不可得也。是故先賞之說。可施之才大者。不先賞之說。可施之才小者。兼用之。可也。昔者漢高帝一見韓信。而授以上將。解衣衣之。推食哺之。一見黥布。而以爲淮南王。供具飲食如王者。一見彭越。而以爲相國。當是時。三人者未有功於漢也。厥後追項籍垓下。與信越期而不至。捐數千里之地以畀之。如棄敝屣。項氏未滅。天下未定。而三人者已極富貴矣。何則。高帝知三人者之志大。不極於富貴。則

良之躡足即為此耳識高高祖一著

韓信不懷蘇厚子云坡本集作韓信無內心則天下非漢之有方劉二本皆從之

不為我用。雖極於富貴。而不滅項氏。不定天下。則其志不已也。至於樊噲滕公灌嬰之徒則不然。拔一城。陷一陣。而後增數級之爵。否則終歲不遷也。項氏已滅。天下已定。樊噲滕公灌嬰之徒。計百戰之功。而後爵之通侯。夫豈高帝至此而嗇哉。知其才小而志小。雖不先賞。不怨。而先賞之。則彼將泰然自滿。而不復以立功為事故也。噫、方韓信之立於齊。蒯通武涉之說未去也。當是之時。而奪之王。漢其殆哉。夫人豈不欲三分天下而自立者。而彼則曰。漢王不奪我齊也。故齊不捐。則韓信不懷。韓信不懷。則天下非漢之有。嗚呼。高帝可謂知大計矣。

制之以術而後能全其才以適其用一語破的後幅引漢高待韓信事尤為確證文亦縱橫如志可以淩壓二子矣濡藏

羈紲羈、馬絡頭、紲、馬韁、　楅衡置牛角端之木、防其觸人、　廉隅方正也、　衛名青、字仲卿、平陽人、封長平侯、　霍名去病、衛青姊子、封冠軍侯、　趙充國字翁孫、封營平侯、　李靖字藥師、三原人、封衛國公、　李勣字懋功、曹州人、本姓徐、名世勣、封英國公、　彭越初事羽、歸漢、封梁王、　薛萬徹與兄萬均、弟萬備、俱以戰功顯、　侯君集三水人、封潞國公、後以謀叛誅、　盛彥師擊李密有功、封葛國公、　閑馬闌、　滕公姓夏侯、名嬰、從高祖入蜀、定三秦、文帝時封東陽侯、　灌嬰睢陽人、從高帝有功、封潁陰侯、　蒯通本名徹、以避武帝諱改通、以相人術說韓信、信自以

繁則弊生愈繁則弊愈多至繁不勝弊而法益難行矣

先王立法之意本自純然

揭盡千古吏姦民偷之弊

功多、漢終不負我辭之、通謝去、武涉項羽使涉說韓信、欲與連和、三分天下、信不從、

蘇明允衡論七 申法 ○○

古之法簡。今之法繁。簡者不便於今。而繁者不便於古。非今之法不若古之法。而今之時不若古之時也。先王之作法也。莫不欲服民之心。服民之心。必得其情。情然耶。而罪亦然。則固入吾法矣。而民之情又不皆如其罪之輕重大小。是以先王忿其皋同罪而哀其無辜。故法舉其略。而吏制其詳。殺人者死。傷人者刑。則以著於法。使民知天子之不欲我殺人傷人耳。若其輕重出入。求其情而服其心者。則以屬吏。任吏而不任法。故其法簡。今則不然。吏姦矣。不若古之良民媮音偷矣。不若古之淳。吏姦則以喜怒制其輕重而出入之。或至於誣。執民媮則吏雖以情出入。而彼得執其罪之大小以爲辭。故今之法纖悉委備。不執於一。左右前後。四顧而不可逃。是以輕重其罪。出入其情。皆可以求之法。吏不奉法。輒以舉劾戶代切。任法而不任吏。故其法繁。古之法若方書。論其大概。而增損劑量。則以屬醫者。使之視人之疾。而參以己意。今之法若鬻屨。既爲其大者。又爲

第五條揭盡當時之弊

其次者又爲其小者以求合天下之足故其繁簡則殊而求民之情以服其心則一也然則今之法不劣於古矣而用法者尚不能無弊何則律令之所禁畫一明備雖婦人孺子皆知畏避而其間有習於犯禁而遂不改者舉天下皆知之而未嘗怪也先王欲杜天下之欺也爲之度以一天下之長短爲之量以齊天下之多寡爲之權衡以信天下之輕重故度量權衡法必資之官資之官而後天下同今也庶民之家刻木比竹繩絲縋(音隊)石以爲之富商豪賈內以大出以小齊人適楚不知其孰爲斗孰爲斛持東家之尺而校之西鄰則若十指然此舉天下皆知之而未嘗怪者一也先王惡奇貨之蕩民且哀夫微物之不能遂其生也故禁民採珠貝惡夫物之僞而假眞且重費也故禁民糜金以爲塗飾今也採珠貝之民溢於海濱糜金之工肩摩於列肆此又舉天下皆知之而未嘗怪者二也先王患賤之陵貴而下之僭上也故冠服器皿皆以爵列爲等差長短大小莫不有制今也工商之家曳紈(音丸)錦服珠玉一人之身循其首以至足而犯法者十九此又舉天下皆知之而未嘗怪者三也先王懼天下之吏

此指新法中之均輸而言

此則行均輸法而因之以射利者

弊本不在吏胥而吏胥之得逞其姦蠹不外此五者

持論甚是

貧縣官之勢以侵刦齊民也。故使市之坐賈。視時百物之貴賤而錄之。旬輒以上。百以百聞。千以千聞。以待官吏之私債。(音責)十則損三。三則損一。以聞以備縣官之公糴。(音狄)今也吏之私債而從縣官公糴之法。民曰公家之取於民也固如是。是吏與縣官斂怨於下。此又舉天下皆知之而未嘗怪者四也。先王不欲人之擅天下之利也。故仕則不商。商則有罰。不仕而商。商則有征。是民之商不免征。而吏之商又加以罰。今也吏之商既幸而不罰。又從而不征。資之以縣官公糴之法。負之以縣官之徒。載之以縣官之舟。關防不譏。津梁不呵。然則為吏而商。誠可樂也。民將安所措手足。此又舉天下皆知之而未嘗怪者五也。若此之類。不可悉數。天下之人耳習目熟。以為當然。憲官法吏目擊其事。亦恬而不問。夫法者天子之法也。法明禁之。而人明犯之。是不有天子之法也。衰世之事也。而議者皆以為今之弊不過吏胥骫(古委字)法以為姦。而吾以為吏胥之姦由此五者始。今有盜白晝持梃入室。而主人不之禁。則踰垣穿穴之徒。必且相告而肆行於其家。其必先治此五者。而後詰吏胥之姦可也。

兩兩對勘見得今稅並不見重

以下說廢井田之害

方望溪曰此篇鑿然有當於實用

媮（巧黠也、）肩摩（多也、）紈（素絹、）縣官（指天子、見「漢書」）債（質也、）糴（入米也、）骫（曲也、）

蘇明允衡論十（田制）○

古之稅重乎今之稅重乎周公之制園廛二十而稅一近郊十一遠郊二十而三稍甸縣都皆無過十二漆林之征二十而五蓋周之盛時其尤重者至四分而取一其次者乃五而取一然後以次而輕始至於十一而又有輕者也今之稅雖不啻十一然而使縣官無急征無橫斂則亦未至乎四而取一與五而取一之爲多也是今之稅與周之稅輕重之相去無幾也雖然當周之時天下之民歌舞以樂其上之盛德而吾之民反戚戚不樂常若擢（音濯）筋剝膚以供億其上周之稅如此吾之稅亦如此而其民之哀樂何如此之相遠也其所以然者蓋有由矣周之時用井田井田廢田非耕者之所有而有田者不耕也耕者之田資於富民富民之家地大業廣阡陌連接募召浮客分耕其中鞭笞驅役視以奴僕安坐四顧指麾於其間而役屬之民夏爲之耨秋爲之穫無有一人違

近日均產之論由歐及亞行將風靡全球矣要以貧富相懸太甚之故

其節度以嬉。而田之所入。已得其半。耕者得其半。有田者一人。而耕者十人。是以田主日累其半。以至於富強。耕者日食其半。以至於窮餓而無告。夫使耕者至於窮餓。而不耕不穫者。坐而食富強之利。猶且不可。而況富強之民。輸租於縣官。而不免於怨嘆嗟憤。何則。彼以其半而供縣官之稅。不若周之民以其全力而供其上之稅也。周之十一。以其全力而供十一之稅也。使以其半供十一之稅。猶用十二之稅然也。況今之稅。又非特止於十一而已。則宜乎其怨嘆嗟憤之不免也。噫。貧民耕而不免於饑。富民坐而飽且嬉。又不免於怨。其弊皆起於廢井田。井田復。則貧民有田以耕。穀食粟米。不分於富民。可以無饑。富民不得多占田以錮（音顧）貧民。其勢不耕則無所得食。以地之全力供縣官之稅。又可以無怨。是以天下之士。爭言復井田。既又有言者曰。奪富民之田以與無田之民。則富民不服。此必生亂。如乘大亂之後。土曠人稀。可以一舉而就。高祖之滅秦。光武之承漢。可為而不為。以是為恨。吾又以為不然。今雖使富民皆奉其田而歸諸公。乞為井田。其勢亦不可得。何則。井田之制。九夫為井。井間有溝。四井

一成張廉卿云周禮冬官考工記方十里爲一成

釋言井田之制以見繁難後之萬不能復

申明井田之制非一日所能成

爲邑。四邑爲邱。四邱爲甸。甸方八里。旁加一里爲一成。成間有洫。音血其地百井而方十里。四甸爲縣。四縣爲都。四都方八十里。旁加十里爲一同。同間有澮。古外切其地萬井而方百里。百里之間爲澮者一。爲洫者百。爲溝者萬。旣爲井田。又必兼備溝洫。溝洫之制。夫間有遂。遂上有徑。十夫有溝。溝上有畛。音軫百夫有洫。洫上有涂。音塗千夫有澮。澮上有道。萬夫有川。川上有路。萬夫之地蓋三十二里有半。而其間爲川爲路者一。爲澮爲道者九。爲洫爲涂者百。爲溝爲畛者千。爲遂爲徑者萬。此二者非塞谿壑。平澗谷。夷邱陵。破墳墓。壞廬舍。徙城郭。易疆壠。不可爲也。縱使能盡得平原廣野。而遂規畫於其中。亦當驅天下之人。竭天下之糧。窮數百年。專力於此。不治他事。而後可以望天下之地盡爲井田。盡爲溝洫。已而又爲民作屋廬於其中。以安其居。而後可吁、亦已迂矣。井田成而民之死其骨已朽矣。古者井田之興。其必始於唐虞之世乎。非唐虞之世。則周之世無以成井田。唐虞啓之。至於夏商。稍稍葺治。至周而大備。周公承之。因遂申定其制度。疏整其疆界。非一日而遽能如此也。其所由來者漸矣。夫井田雖不可

引起限田來

又將名田作陪

此是文之正意井田既不能復名田亦不能行惟限田實爲可行結處申說行之之判

爲而其實便於今今誠有能爲近井田者而用之則亦可以蘇民矣乎聞之董生曰井田雖難卒行宜少近古限民名田以贍（時豔切）不足名田之說蓋出於此而後世未有行者非以不便民也懼民不肯損其田以入吾法而遂因此以爲變也孔光何武曰吏民名田無過三十頃期盡三年而犯者沒入官夫三十頃之田周民三十夫之田也縱不能盡如此制一人而兼三十夫之田亦已過矣而期之三年是又迫蹙（子六切）平民使自壞其業非人情難用吾欲少爲之限而不奪其田嘗已過吾限者但使後之人不敢多占田以過吾限耳要之數世富者之子孫或不能保其地以復於貧而彼嘗已過吾限者散而入於他人矣或者子孫出而分之以無幾矣如此則富民所占者少而餘地多餘地多則貧民易取以爲業不爲人所役屬各食其地之全利利不分於人而樂輸於官夫端坐於朝廷下令於天下不驚民不動衆不用井田之制而獲井田之利雖周之井田何以遠過於此哉

方望溪曰觀此篇及兵制可知老蘇之學雖出於晚周數子然於法之疵民

之病亦嘗悉心究切而思所以改易之其視諸記誦詞章者異矣故於文章亦能卓然有立學者於此等處宜警心

園廛郊稍甸縣都漆林〔周禮注〕園、圃、廛、廛里、五十里爲近郊、百里爲遠郊、郊外曰甸、距王城三百里曰稍、四百里爲縣、五百里爲都、漆林之稅特重、以漆林非人力所作故、井田之制〔周禮地官司徒〕九夫爲井、四井爲邑、四邑爲丘、四丘爲甸、四甸爲縣、四縣爲都、〔又〕凡治野、夫間有遂、遂上有徑、十夫有溝、溝上有畛、百夫有洫、洫上有涂、千夫有澮、澮上有道、萬夫有川、川上有路、董生即董仲舒、孔光何武云云初、董仲舒說武帝、以秦除井田、民得賣買、富者田連阡陌、貧者無立錐之地、古井田法、雖難卒行、宜少近古、限民名田、以贍不足、至成帝時、師丹復建言、今累世承平、豪富吏民貲數鉅萬、而弱貧愈困、宜略爲限、天子下其議、丞相孔光、大司空何武、奏請自諸王列侯公主名田各有限、關內侯吏民名田皆毋過三十頃、期盡三年、犯者沒入官、後不果行、

評校音注古文辭類纂卷三終

蘇厚子云按此目本集作論周東遷

周公營東都爲朝會之便計也

酆音豐鎬乎老切

東遷是弱周之兆

有險可扼者反棄之平王自是敗家子

引證皆有理由可據

蘇子瞻志林 平王名宜臼、幽王之子、東遷洛邑、以避犬戎、 ○○

太史公曰學者皆稱周伐紂居洛邑其實不然武王營之成王使召公卜居之居九鼎焉而周復都酆鎬至犬戎敗幽王周乃東遷於洛蘇子曰周之失計未有如東遷之謬也自平王至於亡非有大無道者也顯音替王之神聖諸侯服享然終以不振則東遷之過也昔武王克商遷九鼎於洛邑成王周公復增營之周公既沒蓋君陳畢公更居焉以重王室而已非有意於遷也周公欲葬成周而成王葬之畢此豈有意於遷哉今夫富民之家所以遺其子孫者田宅而已不幸而有敗至於乞假以生可也然終不敢議田宅今平王舉文武成康之業而大棄之此一敗而鬻田宅者也夏商之王皆五六百年其先王之德無以過周而後王之敗亦不滅幽厲然至於桀紂而後亡其未亡也天下宗之不如東周之名存而實亡也是何也則不鬻田宅之效也盤庚之遷也復殷之舊也古

蔿於鬼切
楚晉之不亡亦幸耳
燼徐刃切
方望溪云詳擧導語筋鬆肉緩
膠於春秋形勢之談

公遷於岐。方是時。周人如狄人也。逐水草而居。豈所難哉。衛文公東徙渡河。恃齊而存耳。齊遷臨淄。晉遷於絳、於新田。皆其盛時。非有所畏也。其餘避寇而遷都。未有不亡。雖不卽亡。未有能復振者也。春秋時。楚大饑。羣蠻叛之。申息之北門不啓。楚人謀徙於阪高。蔿賈曰。不可。我能往。寇亦能往。於是乎以秦人巴人滅庸。而楚始大。蘇峻之亂。晉幾亡矣。宗廟宮室。盡爲灰燼。溫嶠欲遷豫章。三吳之豪欲遷會稽。將從之矣。獨王導不可、曰。金陵王者之都也。王者不以豐儉移都。若宏衞文大帛之冠。何適而不可。不然。雖樂土爲墟矣。且北寇方彊。一旦示弱。竄於蠻越。望實皆喪矣。乃不果遷。而晉復安。賢哉導也。可謂能定大事矣。嗟夫。平王之初。周雖不如楚之彊。顧不愈於東晉之微乎。使平王有一王導。定不遷之計。收豐鎬之遺民。而修文武成康之政。以形勢臨東諸侯。齊晉雖彊。未敢貳也。而秦何自霸哉。魏惠王畏秦。遷於大梁。楚昭王畏吳。遷於鄀(音若)。頃襄王畏秦。遷於陳。考烈王畏秦。遷於壽春。皆不復振。有亡徵焉。東漢之末。董卓劫帝遷於長安。漢遂以亡。近世李景遷於豫章。亦亡。故曰。周之失計。未有如東遷之謬

蘇厚子云按此目本集作論隱公里克李斯鄭小同王允之

也。

東遷乃弱周之本文能推論盡致絲絲入扣不比乃父之縱橫無範濡議

洛邑今河南洛陽縣西北故王城是、召公名奭、周同姓、封於燕、九鼎夏代諸侯貢金、鑄爲九鼎、酆今陝西鄠縣西、文王都、鎬今陝西長安縣、武王都、犬戎西戎種名、又名昆夷、幽王名宮湦、宣王子、頃王即靈王名泄心、簡王子、生而有頿、君陳周公子、伯禽弟、畢公名高、畢今陝西咸陽縣、盤庚祖丁之子、自奄遷於北亳、曰殷、古公名亶父、避狄難、遷於岐山之下、岐今陝西岐山縣、衛文公名燬、爲狄所敗、遷於邢丘、大布之衣、大帛之冠、元年、革車三十乘、季年、乃三百乘、臨淄今山東臨淄縣、齊本都營邱、至胡公靜、遷薄姑、至獻公山、遷臨淄、絳今山西絳縣、新田即新絳、今山西曲沃縣南、晉始都翼、至穆侯遷絳、至景公遷新田、申息今河南南陽縣、及息縣、阪高楚險地、蔿賈字伯嬴、楚大夫、巴國名、今四川巴縣、庸國名、今湖北竹山縣、蘇峻字子高、與祖約反、兵犯闕下、旋遷成帝於石頭、温嶠字太眞、太原祁人、輔晉以忠貞著、豫章今江西南昌縣、三吳今江蘇吳縣爲東吳、丹徒縣爲中吳、浙江吳興縣爲西吳、會稽今浙江紹興縣、王導字茂弘、臨沂人、晉明帝時相、金陵今江蘇江寧縣、晉稱建康、魏惠王名罃、魏本都安邑、至惠王徙大梁、改國曰梁、楚昭王名軫、鄀亦作若、今湖北宜城縣、陳今河南淮陽縣、考烈王名完、壽春今安徽壽縣、董卓字仲穎、隴西臨洮人、東漢末奸相、長安今陝西長安縣、李景南唐主、遷都豫章、至子煜、爲宋所滅、

蘇子瞻志林魯隱公隱公名息姑、魯伯禽七世孫、桓幼而貴、隱長而卑、桓公當立而年幼、故隱公居攝、蓋將平國而反之桓也、〇〇〇

翬音輝隱固自取其死耳疏於防患曾不計及小人之工於反覆也

迫於一時之利害而計不及此隘以下愚固宜

一遭冤死

公子翬請殺桓公。以求太宰。隱公曰。為其少故也。吾將授之矣。使營菟(音徒)裘。吾將老焉。翬懼。反譖公於桓公而弒之。蘇子曰。盜以兵擬人。人必殺之。夫豈獨其所擬。塗之人皆捕擊之矣。塗之人與盜非仇也。以為不擊則盜且并殺己也。隱公之智。曾不若塗之人也。哀哉。隱公惠公繼室之子也。其為非嫡。與桓均爾。而長於桓。隱公追先君之志而授國焉。可不謂仁乎。惜乎其不敏於智也。使隱公誅翬而讓桓。雖夷齊何以尚茲。驪姬欲殺申生而難里克。則優施來(去聲)之。二世欲殺扶蘇而難李斯。則趙高來之。此二人之智。若出一人。而其受禍亦不少異。里克不免於惠公之誅。李斯不免於二世之虐。皆無足哀者。吾獨表而出之。以為世戒。君子之為仁義也。非有計於利害。然君子之所為。義利常兼。而小人反是。李斯聽趙高之謀。非其本意。獨畏蒙氏之奪其位。故勉而聽高。使斯聞高之言。即召百官。陳六師而斬之。其德於扶蘇。豈有既乎。何蒙氏之足憂。釋此不為。而具五刑於市。非下愚而何。嗚呼。亂臣賊子。猶蝮(音覆)虵(同蛇)也。其所螫(音色)草木。猶足殺人。況其所噬齧(音臬)者歟。鄭小同為高貴鄉公侍中。嘗詣司馬師。師有密疏

一以智免

岌魚及切

未屏（音丙）也如厠還問小同見吾疏乎曰、不見師曰寧我負卿無卿負我遂酖之王允之從王敦夜飲辭醉先寢敦與錢鳳謀逆允之已醒悉聞其言慮敦疑己遂大吐衣面皆汙敦果照視之見允之臥吐中乃已哀哉小同殆哉岌岌乎允之也孔子曰危邦不入亂邦不居有以也夫吾讀史得魯隱公晉里克秦李斯鄭小同王允之五人感其所遇禍福如此故特書其事後之君子可以觀覽焉

方望溪曰事核而理當直達所見不用反覆以爲波瀾於子瞻諸論中更覺曉然而出其類○姚氏曰此與論周東遷皆雜引古事錯綜成論而此篇尤爲奇肆飄忽其神氣蓋近孟子是不可以貌論也管仲辭鄭子華篇其文體亦然但蹊徑少平直耳○張廉卿曰子瞻志林諸篇卓識偉論獨有千古而其文奇縱高妙變化於自然實爲傑作○吳至父曰其神遠使人莫測其發端所由要其感喟貫輸處有以主其辭者所引五人皆雲霧耳鱗爪時時一露身首固未見也志林多如此

公子翬（字羽父、）桓公（名軌、）太宰（官名、）菟裘（魯邑名、今山東泰安縣南、）惠公（名弗皇、）繼室（謂聲子也、）夷齊（孤竹

蘇厚子云、按此目本集作論范蠡、伍子胥、大夫種

方望溪云譏蠡誠當、矣而非鳥喙之謂

蠡固非淮陰一流可比、此論不足以服蠡

（君子、父欲立叔齊、及父卒、叔齊讓伯夷、伯夷曰、父命也、遂逃去、叔齊亦逃之、國人立中子、）驪姬（晉獻公妾、）申生（獻公世子、）里克（申生師、）優施（優人名施、）來（招也、）二世（始皇少子胡亥、）李斯（上蔡人、秦丞相、始皇崩、宦者趙高與斯合謀、立胡亥而賜太子扶蘇及蒙恬死、）惠公（名夷吾、獻公子、既入晉、謂里克曰、子殺三君矣、爲子君者、不亦難乎、里克自殺、）李斯不免句（高誣斯反、乃搒掠斯、斯誣服、具五刑、腰斬於市、）蒙氏（指恬、）螫（蛇蟲以毒刺人、曰螫、）小同（漢鄭玄孫、）高貴鄉公（魏主曹髦、）侍中（官名、）司馬師（魏臣、懿子、）屏（除也、）王允之（王敦從子、）王敦（字處仲、導從弟、舉兵反、未成死、）錢鳳（字世儀、爲敦參軍、）

蘇子瞻志林（范蠡、蠡字少伯、楚宛三戶人也、蠡音禮）〇〇

越既滅吳。范蠡以爲句（音鉤）踐爲人長頸鳥喙。（許穢切）可與共患難。不可與共逸樂。乃以其私徒屬浮海而行。至齊。以書遺（去聲）大夫種曰。蜚（同飛）鳥盡。良弓藏。狡兎死。走狗烹。子可以去矣。蘇子曰。范蠡獨知相其君而已。以吾相蠡。蠡亦鳥喙也。夫好貨。天下賤士也。以蠡之賢。豈聚斂積實者。何至耕於海濱。父子力作以營千金。屢散而復積。此何爲者哉。豈非才有餘而道不足。故功成名遂身退。而心終不能自放者乎。使句踐有大度。能始終用蠡。蠡亦非淸淨無爲。以老於越者也。吾故曰。蠡亦鳥喙也。魯仲連旣退秦軍。平原君欲封魯連。以千金爲壽。連笑曰。

以蠡相形連自不愧為高士

抑揚蠡致此亦老坡擅長之處

蘇厚子云按此目本集作論養士

所貴於天下士者。為人排難解紛而無所取也。即有取。是商賈之事。連不忍為也。遂去終身不復見。逃隱於海上。曰吾與富貴而詘於人。甯貧賤而輕世肆志焉。使范蠡之去如魯連。則去聖人不遠矣。嗚呼。春秋以來。用舍進退。未有如蠡之全者也。而不足於此。吾是以累歎而深悲焉。

蠡固智士。即不去越。亦能為鄭侯之全身遁而為賈。廣散復積。亦好名之結習耳。何足以疵蠡。至謂句踐能始終用蠡。蠡亦非清淨無為以老於越者。視蠡為英布彭越之儔。失之遠矣。評識

句踐越王允常子、大夫種即文種。字子禽。先為楚宛令。後仕越。魯仲連平原君事參觀書說類三。魯仲連說辛垣衍。

蘇子瞻志林 戰國任俠 ○○○

春秋之末。至於戰國。諸侯卿相。皆爭養士。自謀夫說客。談天雕龍。堅白同異之流。下至擊劍扛鼎。雞鳴狗盜之徒。莫不賓禮。靡衣玉食。以館於上者。何可勝數。越王句踐有君子六千人。魏無忌、齊田文、趙勝、黃歇、呂不韋。皆有客三千人。而田文招致任俠姦人六萬家於薛。齊稷下談者亦千人。魏文侯、燕昭王、太子丹

廝音斯

四字甚當今之高等游民亦足當此四字

鋤而去之句伏下秦之不任人

開國之君號稱得士所以汲汲於是者實爲此耳

椎音追

皆致客無數。下至秦漢之間。張耳陳餘號多士。賓客廝養。皆天下豪傑。而田橫亦有士五百人。其略見於傳記者如此。度其餘當倍官吏而半農夫也。此皆姦民蠹國者。民何以支。而國何以堪乎。蘇子曰。此先王之所不能免也。國之有姦也。猶鳥獸之有猛鷙。昆蟲之有毒螫也。區處條理。使各安其處。則有之矣。鋤而盡去之。則無是道也。吾考之世變。知六國之所以久存。而秦之所以速亡者。蓋出於此。不可以不察也。夫智勇辯力。此四者皆天民之秀傑者也。類不能惡衣食以養人。皆役人以自養者也。故先王分天下之富貴。與此四者共之。此四者不失職。則民靖矣。四者雖異。先王因俗設法。使出於一。三代以上出於學。戰國至秦出於客。漢以後出於郡縣吏。魏晉以來出於九品中正。隋唐至今出於科舉。雖不盡然。取其多者論之。六國之君。虐用其民。不減始皇二世。然當是時。百姓無一人叛者。以凡民之秀傑者。多以客養之。不失職也。其力耕以奉上。皆椎魯無能爲者。雖欲怨叛。而莫爲之先。此其所以少安而不卽亡也。始皇初欲逐客。用李斯之言而止。既幷天下。則以客爲無用。於是任法而不任人。謂民可以

亡秦之禍根在是

張廉卿云文字之美最是跌蕩處見態諸篇尤曲盡其妙

仍以先王作結文筆高逸

恃法而治謂吏不必才取能守吾法而已故墮（吐火切）名城殺豪傑民之秀異者散而歸田畝向之食於四公子呂不韋之徒者皆安歸哉不知其能槁項黃馘（音國）以老死於布褐乎抑將輟耕太息以俟時也秦之亂雖成於二世然使始皇知畏此四人者有以處之使不失職秦之亡不至若是速也縱百萬虎狼於山林而饑渴之不知其將噬人世以始皇爲智吾不信也楚漢之禍生民盡矣豪傑宜無幾而代相陳豨（希上聲）從車千乘蕭曹爲政莫之禁也至文景武之世法令至密然吳濞（匹備切）淮南梁王魏其武安之流皆爭致賓客世主不問也豈懲秦之禍以爲爵祿不能盡縻天下士故少寬之使得或出於此也耶若夫先王之政則不然曰君子學道則愛人小人學道則易使也嗚呼此豈秦漢之所及也哉

智勇辨力爲任俠之伎倆役人自養宜也今則幷四者而無之權利之爭肆擾無已姦民蠹國恬不知恥高爵厚祿安得一一而有以位置之我國之亡其亡於高等游民之多乎讀畢爲之三歎（濡識）

談天雕龍「史記孟荀列傳」談天衍、雕龍奭、蓋指騶衍善談天、騶奭修飾文字、如雕鏤龍文也、堅白同異堅白、守白也、言堅執其說而守之、同異、合異以爲同也、趙有公孫龍、善爲堅白同異之辯、擊劍「莊子」昔趙文王喜劍、劍士夾門而客、扛鼎秦武王好以力戲、力士多至大官、與孟說舉鼎、絕臏而薨、雞鳴孟嘗君去秦、將度函谷關、法、雞鳴乃出客、時未至、客有爲雞鳴者、而雞盡鳴、乃得度、狗盜孟嘗君囚於秦、求幸姬解說、姬欲得狐白裘、顧獻昭王矣、客有爲狗盜者、乃竊以獻、君子六千人越有君子軍六千、魏無忌齊田文趙勝黃歇均見論辨一首篇法、呂不韋秦相、封文信侯、薛孟嘗君封邑、今山東滕縣、稷門齊城門名、魏文侯名斯、曾事子夏、禮段干木、燕昭王名平、築黃金臺以招賢者、得郭隗樂毅、太子丹燕太子、丹名、使其客荊軻刺秦王、不成而死、張耳陳餘均大梁人、「史記」太史公曰、張耳陳餘、世傳所稱賢者、其賓客廝役、莫非天下俊傑、田橫田儋田榮弟、齊既滅、橫與五百人入海島、高帝召之、至洛陽自殺、五百人聞之皆死、九品中正九品官人之法、創自魏文帝、郡縣設中正官、區別人物、以九品第其高下、吏部據此以授官、至隋始罷、科舉因考試而取士也、椎魯愚也、用斯言而止李斯有諫逐客書、墮毀也、槁項黃馘項、頸後、馘、面、枯槁其項、黃其面、輟耕太息「史記」陳涉少時、嘗與人傭耕、輟耕之壟上、悵恨久之曰、苟富貴無相忘、傭者笑曰、若爲傭耕、何富貴也、涉太息曰、嗟乎、燕雀安知鴻鵠之志哉、陳豨宛句人、封陽夏侯、爲代相、多招致賓客、吳濞高帝兄仲之子、封吳、有豫章銅山、盜鑄錢、淮南淮南厲王、名長、高帝少子、收聚漢諸侯人及有罪亡者、梁王名武、文帝子、招延四方豪傑、魏其名嬰、竇太后從兄子、封魏其侯、遊士爭歸之、武安田蚡、景帝王皇后同母弟、武帝時封武安侯、招致賓客、君子小人二句見「論語」

蘇子瞻志林始皇扶蘇○○○

赦高而遺扶蘇亡秦之根

毅之見遣或亦高之深謀

始皇務於防內而略於防外

[illegible]同沈

秦始皇帝時。趙高有罪。蒙毅按之當死。始皇赦而用之。長子扶蘇好直諫上怒。使北監蒙恬兵於上郡。始皇東游會稽。並海走琅邪。少子胡亥李斯蒙毅趙高從。道病使蒙毅還禱山川。未及還上崩。李斯趙高矯詔立胡亥。殺扶蘇蒙恬蒙毅。卒以亡秦。蘇子曰。始皇制天下輕重之勢。使內外相形。以禁姦備亂者。可謂密矣。蒙恬將三十萬人。威振北方。扶蘇監其軍。而蒙毅侍帷幄為謀臣。雖有大姦賊。敢睥（西[illegible]切）睨（研計切）其間哉。不幸道病。禱祠山川。尚有人也。而遣蒙毅。故高斯得成其謀。始皇之遺毅。毅見始皇病。太子未立。而去左右。皆不可以言智。雖然。天之亡人國。其禍敗必出於智所不及。聖人為天下。不恃智以防亂。恃吾無致亂之道耳。始皇致亂之道。在用趙高。夫閹尹之禍。如毒藥猛獸。未有不裂肝碎首者也。自書契以來。惟東漢呂彊。後唐張承業二人。號稱善良。豈可望一二於千萬。以徼必亡之禍哉。然世主皆甘心而不悔。如漢桓靈。唐肅代。猶不足深怪。始皇漢宣。皆英主。亦湛於趙高恭顯之禍。彼自以為聰明人傑也。奴僕熏腐之餘。何能為。及其亡國亂朝。乃與庸主不異。吾故表而出之。以戒後世人主如

此亦事所或有斯未必不慮及此特著於高而姑釋其目前之害耳

歸罪商鞅雖似周內而秦之峻法嚴刑有由來矣

夫豈獨鞅悔之張廉卿云志林諸篇其接換處純以神行有指與物化而不以心稽之樂

確是當時情事

自是正論

始皇漢宣者或曰李斯佐始皇定天下不可謂不智扶蘇親始皇子秦人戴之久矣陳勝假其名猶足以亂天下而蒙恬持重兵在外使二人不卽受誅而復請之則斯高無遺類矣以斯之智而不慮此何哉蘇子曰嗚呼秦之失道有自來矣豈獨始皇之罪自商鞅變法以殊死爲輕典以參夷爲常法人臣狼顧脅息以得死爲幸何暇復請方其法之行也求無不獲禁無不止鞅自以爲軼堯舜而駕湯武矣及其出亡而無所舍然後知爲法之弊夫豈獨鞅悔之秦亦悔之矣荆軻之變持兵者熟視始皇環柱而走莫之救者以秦法重故也李斯之立胡亥不復忌二人者知威令之素行而臣子不敢復請也二人之不敢請亦知始皇之鷙悍而不可回也豈料其僞也哉周公曰平易近民民必歸之孔子曰有一言而可以終身行之其恕矣乎夫以忠恕爲心而以平易爲政則上易知而下易達雖有賣國之姦無所投其隙倉卒之變無自發焉然其令行禁止蓋有不及商鞅者矣而聖人終不以彼易此商鞅立信於徙木立威於棄灰刑其親戚師傅積威信之極以及始皇秦人視其君如雷電鬼神不可測也古者

計出於無聊方望溪云鉤深索隱實人情物理之自然所以可貴

趙高亦知之

公族有罪三宥然後制刑今至使人矯殺其太子而不忌太子亦不敢請則威信之過也故夫以法毒天下者未有不反中其身及其子孫者也漢武與始皇皆果於殺者也故其子如扶蘇之仁則寧死而不請如戾太子之悍則寧反而不訴知訴之必不察也戾太子豈欲反者哉計出於無聊也故爲二君之子者有死與反而已李斯之智蓋足以知扶蘇之必不反也吾又表而出之以戒後世人主之果於殺者

方望溪曰議論精鑿文亦通體不懈○吳至父曰雄奇萬變當爲志林中第一篇文字

蒙毅 恬弟、上郡 今陝西綏德縣、琅琊 山名、在今山東諸城縣、呂彊 成皐人、靈帝欲封爲都鄉侯、不受、張讓等譖之、自殺、張承業 盡忠唐室、輔晉王存勗、轉戰河北、晉滅朱氏、後晉王欲自立、承業諫之、不聽、邑邑卒、桓靈 桓帝名志、封宦者單超等五人爲侯、靈帝名弘、常言張常侍是我公、趙常侍是我母、唐肅代 肅宗名亨、代宗名豫、用宦官李輔國、程元振、魚朝恩等、漢宣 初名病已、更名詢、恭顯 弘恭、石顯、漢元帝時宦官、陳勝 字涉、陽夏人、始皇崩、首發難、假扶蘇爲名、不成而死、商鞅 見論辨類一、殊死 殊、絕也、如斷頭腰斬、參夷 夷三族、狠顧脅息 疑慮恐懼貌、荊軻 軻刺秦王、王驚起、環柱而走、秦法、諸郎中執兵、皆陳殿下、非有詔不得上、立信徙木 鞅欲變法、恐民不信、立木於國都南門、募民能徙置北門

蘇厚子云按此目本集作論項羽范增所論未必盡是而文筆縱橫奇恣亦老坡集中之傑作

義帝之立借以爲名耳增之本意如此文似誤會

者予五十金、一人徙之、輒予五十金、立威棄灰秦法、棄灰於道者刑、刑其親戚師傅太子犯法、刑其傅公子虔、黥其師公孫賈、三宥一宥曰不識、再宥曰過失、三宥曰遺忘、見「周禮秋官」戾太子名據、宣帝時、追謚曰戾、武帝寢疾、夢木人擊之、時女巫往來宮中、數美人度厄、埋木人祭祀之、江充與太子有隙、因言宮中有蠱氣、帝疾祟在巫蠱、帝使充入宮求之、充奏云、於太子宮得木人甚多、太子懼、因殺江充、并白皇后發兵、後兵敗自殺、

蘇子瞻志林

范增秦時巢人、年七十、輔項羽霸諸侯、尊爲亞父、後羽信漢陳平反間計、疏增、增憤而歸、病卒、○○○

漢用陳平計間疏楚君臣項羽疑范增與漢有私稍奪其權增大怒曰天下事大定矣君王自爲之願賜骸骨歸卒伍歸未至彭城疽發背死蘇子曰增之去善矣不去羽必殺增獨恨其不蚤耳然則當以何事去增勸羽殺沛公羽不聽終以此失天下當於是去耶曰否增之欲殺沛公人臣之分也羽之不殺猶有人君之度也增曷爲以此去哉易曰知幾其神乎詩曰相彼雨雪先集維霰細宴切增之去當於羽殺卿子冠軍時也陳涉之得民也以項燕扶蘇項氏之興也以立楚懷王孫心而諸侯叛之也以弒義帝且義帝之立增爲謀主矣義帝之存亡豈獨爲楚之盛衰亦增之所與同禍福也未有義帝亡而增獨能久存者也羽之殺卿子冠軍也是弒義帝之兆也其弒義帝則疑增之本也豈必待陳

姚氏云應弑義帝之光

此必然之勢

姚氏云應疑增之本

結處抑之復揚大蘇慣用此法最宜學步

平哉物必先腐也而後蟲生之人必先疑也而後讒入之陳平雖智安能間無疑之主哉吾嘗論義帝天下之賢主也獨遣沛公入關而不遣項羽識卿子冠軍於稠(音酬)人之中而擢(音濁)以爲上將不賢而能如是乎羽既矯殺卿子冠軍義帝必不能堪非羽弑帝則帝殺羽不待智者而後知也增始勸項梁立義帝諸侯以此服從中道而弑之非增之意也夫豈獨非其意將必力爭而不聽也不用其言而殺其所立羽之疑增必自是始矣方羽殺卿子冠軍增與羽比(去聲)肩而事義帝君臣之分未定也爲增計者力能誅羽則誅之不能則去之豈不毅然大丈夫也哉增年已七十合則留不合則去不以此時明去就之分而欲依羽以成功名陋矣雖然增、高帝之所畏也增不去項羽不亡嗚呼增亦人傑也哉

生薑生樹上只圖說得有理耳文之開合處轉折處純以神行有指與物化之妙(濡議)

陳平(見卷三、)間疏楚君臣 楚圍漢王於滎陽、漢王患之、乃出金四萬斤予平、平遣人宣言亞父因不得列地而王、欲與漢爲一、滅項氏而分其

今夫匹夫匹婦姚氏曰此下一段承辨大事二句發論

即小見大不得以其小焉而忽之

地、項王疑、使使至漢、漢爲太牢之具進、見楚使陽驚曰、以爲亞父使、乃項王使也、復持去以惡草具進、使歸報項王、果大疑、彭城今江蘇銅山縣、勸羽鴻門之宴、增以玉玦示羽者三、羽不聽、又使項莊舞劍、項伯與對舞、翼蔽沛公、知幾其神乎見[易繫辭]相彼雨雪二句見[詩小雅]霰誓殊也、羽殺卿子冠軍義帝以宋義爲上將軍、號卿子冠軍、行至安陽、留四十六日不進、羽因晨朝、即帳中斬之、陳涉之得民二句陳涉初起兵、以爲秦二世不當立、公子扶蘇在外、百姓素聞其賢未知其死也、項燕爲楚將、數有功、愛士卒、楚人憐之、或以爲死、或以爲亡、乃詐稱公子扶蘇項燕、從民望也、立楚懷王孫心范增說項梁立楚後、梁求懷王孫心於民間、立爲楚懷王、弒義帝義帝、即楚懷王孫心、羽令九江王英布擊殺於江中、識卿子冠軍句齊使者高陵君顯言於楚王、宋義知兵、乃召宋義與計事、大悅、因置爲上將軍、稠多也、項梁下相人、楚將項燕子、項籍之季父、

蘇子瞻志林

伊尹、一名摯、太甲顛覆湯之典型、伊尹放之於桐、三年、太甲悔過、復歸於亳、太甲、湯孫、太丁子、太丁早死、故立之、○○

辨天下之大事者。有天下之大節者也。立天下之大節者。狹天下者也。夫以天下之大而不足以動其心。則天下之大節有不足立。而大事有不足辨者矣。今夫匹夫匹婦。皆知潔廉忠信之爲美也。使其果潔廉而忠信。則其智慮未始不如王公大人之能也。惟其所爭者止於簞食音嗣豆羹。而簞食豆羹足以動其心。則宜其智慮之不出乎此也。簞食豆羹。非其道不取。則一鄉之人。莫敢以不正犯之矣。一鄉之人。莫敢以不正犯之。而不能辨一鄉之事者。未之有也。推此而

無以異也姚氏云此下一段承立大節二句發論看他變起變承却筆勢變幻不覺

是一鄉之推也吳刻注云承無異

所居之卑也吳刻注云承有蔽

是故臨大事句唐應德云諦

而榮辱奪其外吳刻注云立大節反面

夫太甲之廢唐應德云襯

孟子云有伊尹之志則可無伊尹之志則篡也此文本之而發揮盡致

上其不取者愈大則其所辯者愈遠矣讓天下與讓簞食豆羹無以異也治天下與治一鄉亦無以異也然而不能者有所蔽也天下之富是簞食豆羹之積也天下之大是一鄉之推也非千金之子不能運千金之資販夫販婦得一金而不知所措非智不若所居之卑也孟子曰伊尹耕於有莘之野非其道也非其義也雖祿之以天下弗受也夫天下不能動其心是故其才全以其全才而制天下是故臨大事而不亂古之君子必有高世之行非苟求爲異而已卿相之位千金之富有所不屑將以自廣其心使窮達利害不能爲之芥蔕（音帝）以全其才而欲有所爲耳後之君子蓋亦嘗有其志矣得失亂其中而榮辱奪其外是以役役至於老死而不暇亦足悲矣孔子敍書至於舜禹皋陶相讓之際蓋未嘗不太息也夫以朝廷之尊而行匹夫之讓孔子安取哉取其不汲汲於富貴有以大服天下之心焉耳夫太甲之廢天下未嘗有是而伊尹始行之天下不以爲驚以臣放君天下不以爲僭既放而復立太甲不以爲專何則其素所不屑者足以取信於天下也彼其視天下眇然不足以動其心而豈忍以廢放

蹈常而習故姚氏云辨大事反面兩層却分疏兩處俱是文字變幻處

結處當專制時代而能爲此言其爲李定舒亶覽所劾亦宜

推尊孔子

於門弟子中極有分別以見所尚

其君求利也哉後之君子蹈常而習故惴（朱僞切）惴焉懼不免於天下一爲希闊之行則天下羣起而誚之不知求其素而以爲古今之變時有所不可者亦已過矣夫

劉海峯曰從孟子生出議論疏爽暢足

簞（竹器）、豆（木器）、有莘（今河南陳留縣東北）、芥蔕（[前漢賈誼傳]細故芥蔕、何足以疑、[注]小鯁也、）皐陶（字庭堅、舜時爲士師、）惴惴（憂懼貌、）

蘇子瞻荀卿論（荀卿名況、李斯師也、）

嘗讀孔子世家觀其言語文章循循然莫不有規矩不敢放言高論言必稱先王然後知聖人憂天下之深茫乎不知其畔岸而非遠也浩乎不知其津涯而非深也其所言者匹夫匹婦之所共知而所行者聖人有所不能盡也嗚呼是亦足矣使後世有能盡吾說者雖爲聖人無難而不能者不失爲寡過而已矣子路之勇子貢之辯冉有之智此三者皆天下之所謂難能而可貴者也然三子者每不爲夫子之所悅顏淵默然不見其所能若無以異於衆人者而夫子亟稱之且夫學聖人者豈必其言之云爾哉亦觀其意之所向而已夫子以爲

與平易正直相反執其一二語以爲周內之具所謂欲加之罪何患無辭

以徒之罪科斷其師亦覺不平

方望溪云古先聖王皆無足法者句荀卿之書無此

後世必有不足行其說者矣。必有竊其說而爲不義者矣。是故其言平易正直。而不敢爲非常可喜之論。要在於不可易也。昔者嘗怪李斯師荀卿。既而焚滅其書。盡變古先聖王之法。於其師之道。不啻若寇讎。及今觀荀卿之書。然後知李斯之所以事秦者。皆出於荀卿。而不足怪也。荀卿者。喜爲異說而不讓。敢爲高論而不顧者也。其言愚人之所驚。小人之所喜也。子思孟軻。世之所謂賢人君子也。荀卿獨曰。亂天下者。子思孟軻也。天下之人。如此其衆也。仁人義士如此其多也。荀卿獨曰。人性惡。桀紂性也。堯舜僞也。由是觀之。意其爲人。必也剛愎不遜。而自許太過。彼李斯者。又特甚者耳。今夫小人之爲不善。猶必有所顧忌。是以夏商之亡。桀紂之殘暴。而先王之法度禮樂刑政。猶未至於絕滅而不可考者。是桀紂猶有所存而不敢盡廢也。彼李斯者。獨能奮而不顧。焚燒夫子之六經。烹滅三代之諸侯。破壞周公之井田。此亦必有所恃者矣。彼見其師歷詆天下之賢人。以自是其愚。以爲古先聖王皆無足法者。不知荀卿特以快一時之論。而不自知其禍之至於此也。其父殺人報讎。其子必且行劫。荀卿明王

一筆兜轉

道述禮樂而李斯以其學亂天下其高談異論有以激之也孔孟之論未嘗異也而天下卒無有及者苟天下果無有及者則尙安以求異爲哉

方望溪曰摧折學者好名求異之心甚有補於世教但荀氏之學以法先王守禮度爲宗而以謂古先聖王皆無足法蔽其罪則誤矣破壞井田商鞅事也以罪李斯亦失之

孔子世家［史記篇名］焚滅其書始皇三十四年、李斯請史官非秦紀皆燒之、敢有藏詩書百家語者、悉詣守尉雜燒之、所不去者、醫藥卜筮種樹之書、亂天下者二句荀子非十二子篇語、人性惡三句荀子性惡篇語。井田周制地方一里、畫爲九區、每區百畝、八家各受一區、中爲公田、形似井、公田、由八家種之、不復稅其私田、

開門見山

蘇子瞻韓非論

非、韓之諸公子、喜刑名法術之學、而歸本於黃老、與李斯俱事荀卿、斯自以爲不如非、後韓遣非使於秦、卒爲李斯所害、

推本老莊流弊所至非老莊所及料也

聖人之所爲惡夫異端盡力而排之者非異端之能亂天下而天下之亂所由出也昔周之衰有老聃莊周列禦寇之徒更爲虛無淡泊之言而治其猖狂浮游之說紛紜顚倒而卒歸於無有由其道者蕩然莫得其當是以忘乎富貴之樂而齊乎死生之分此不得志於天下高世遠舉之人所以放心而無憂雖非

方望溪云何者仁義之道句調太近時文

議論精能之至文筆亦矯捷極緊

斷得確

與至父云商鞅韓非求爲其說句折落似學老泉樂論

聖人之道而其用意固亦無惡於天下自老聃之死百餘年有商鞅韓非著書言治天下無若刑名之賢及秦用之終於勝廣之亂教化不足而法有餘秦以不祀而天下被其毒後世之學者知申韓之罪而不知老聃莊周之使然何者仁義之道起於夫婦父子兄弟相親之間而禮法刑政之原出於君臣上下相忌之際相愛則有所不忍相忌則有所不敢不敢與不忍之心合而後聖人之道得存乎其中今老聃莊周論君臣父子之間汎汎乎若萍游於江湖而適相值也夫是以父不足愛而君不足忌不忌其君不愛其父則仁不足以懷義不足以勸禮樂不足以化此四者皆不足用而欲置天下於無有夫無有豈誠足以治天下哉商鞅韓非求爲其說而不得得其所以輕天下而齊萬物之術是以敢爲殘忍而無疑今夫不忍殺人而不足以爲仁而仁亦不足以治民則是殺人不足以爲不仁而不仁亦不足以亂天下如此則舉天下惟吾之所爲刀鋸斧鉞何施而不可昔者夫子未嘗一日易其言雖天下之小物亦莫不有所畏今其視天下眇然若不足爲者此其所以輕殺人歟太史遷曰申子卑卑施

隱隱指新法之爲害

姚氏云此眞古今不可移之論惜乎其不可返矣

此文議論既欠精當且近瑣屑繁冗似不足取法

拈出禮字

於名實韓子引繩墨切事情明是非其極慘覈（下革切）少恩皆原於道德之意嘗讀而思之事固有不相謀而相感者莊老之後其禍爲申韓由三代之衰至於今凡所以亂聖人之道者其弊固已多矣而未知其所終奈何其不爲之所也

劉海峯曰本史遷之言而發之其文頗近時而明快無敵○姚氏曰此與荀卿論皆有意爲文字非如志林若泉之隨地溢出

莊周（蒙人、嘗爲蒙漆園吏、）列禦寇（周鄭穆公時人、）勝廣（陳勝見前、吳廣、亦以謫戍而隨陳勝發難者、）申韓（申不害、韓非、）太史遷（太史、官、遷、名、姓司馬、著「史記」）申子卑卑七句（見「史記」老莊申韓傳贊、施於名實、言名實相符、繩墨、猶言法也、覈、考事得實也、此作深刻解、）

蘇子瞻始皇論○○

昔者生民之初不知所以養生之具擊搏挽裂與禽獸爭一旦之命惴惴然朝不謀夕憂死之不給是故巧詐不生而民無知然聖人惡其無別而憂其無以生也是以作爲器用耒耜弓矢舟車網罟之類莫不備至使民樂生便利役御萬物而適其情而民始有以極其口腹耳目之欲器利用便而巧詐生求得欲從而心志廣聖人又憂其桀猾變詐而難治也是故制禮以反其初禮者所以

蓋人守經而已權者不得已而用者也以行禮爲行權不特禮之義失亦覩聖人太褻矣

反本復始也。聖人非不知箕踞而坐。不揖而食。便於人情而適於四體之安也。將必使之習爲迂闊難行之節。寬衣博帶佩玉履舄。所以回翔容與而不可以馳驟。上自朝廷而下至於民。其所以視聽其耳目者。莫不近於迂闊。其衣以黼(音甫)黻(音弗)文章。其食以籩豆簠(音甫)簋(音軌)。其耕以井田。其進取選舉以學校。其治民以諸侯。嫁娶死喪。莫不有法。嚴之以鬼神而重之以四時。所以使民自尊而不輕爲姦。故曰禮之近於人情者。非其至也。周公孔子。所以區區於升降揖讓之間。丁寧反覆而不敢失墜者。世俗之所謂迂闊。而不知夫聖人之權固在於此也。自五帝三代相承而不敢破。至秦有天下。始皇帝以詐力而并諸侯。自以爲智術之有餘。而禹湯文武之不知出此也。於是廢諸侯破井田。凡所以治天下者。一切出於便利。而不恥於無禮。決壞聖人之藩牆。而以利器明示天下。故自秦以來。天下惟知所以求生避死之具。而以禮者爲無用贅疣(音尤)之物。何者。其意以爲生之無事乎禮也。苟生之無事乎禮。則凡可以得生者無所不爲矣。嗚呼。此秦之禍所以至今而未息歟。昔者始有書契。以科斗爲文。而其後始有規

以便利爲開變詐之端義更欠圓

矩摹畫之迹。蓋今所謂大小篆者。至秦而更以隸。其後日以變革。貴於速成而從其易。又創爲紙以易簡策。是以天下簿書符檄（胡狄切）繁多委壓。而吏不能究。姦人有以措其手足。如使今世而尙用古之篆書簡策。則雖欲繁多。其勢無由。由此觀之。則凡所以便利天下者。是開詐僞之端也。嗟夫。秦既不可及矣。苟後之君子。欲治天下。而惟便利之求。則是引民而日趨於詐也。悲夫。

姚氏曰此文格勢直似老泉蓋東坡少年如此此後乃自變成體耳又曰東坡才思大於厥考矣而筆力堅勁或不逮也

擊搏挽裂（搏、擊也、挽、引也、裂、分也、）回翔容與（徘徊自得貌、）黼（刺繡爲斧形、半黑半白、）黻（刺繡半黑半青、如兩己相背形、）籩豆（祭器、籩、竹器、豆、木器、）簠簋（祭器、外方內圓曰簠、外圓內方曰簋、）贅疣（結肉也、贅、屬也、）科斗（蝦蟆子、頭圓大、尾細、古文似之、）大小篆（大篆、周宣王太史籀作、小篆、秦相李斯作、）隸（秦程邈作、）紙（後漢蔡倫始造、）

忍字爲一篇之要

蘇子瞻留侯論

（張良、字子房、其先韓人、韓破、以家財求客刺秦王、爲韓報仇、秦皇帝東游、良與客狙擊秦皇博浪沙中、誤中副車、亡匿下邳、後佐漢高帝、滅秦平項、封於留、）○○○

古之所謂豪傑之士者。必有過人之節。人情有所不能忍者。匹夫見辱。拔劍而

此論甚當無人見到

博浪之擊近於荊聶一流人物

姚氏云九歎切淟涊之流俗王逸云垢濁也即鮮腆字

引證亦是

起。挺身而鬬。此不足爲勇也。天下有大勇者。卒村入聲然臨之而不驚。無故加之而不怒。此其所挾持者甚大。而其志甚遠也。夫子房授書於圯音怡上之老人也。其事甚怪。然亦安知其非秦之世。有隱君子者。出而試之。觀其所以微見其意者。皆聖賢相與警戒之義。而世不察。以爲鬼物。亦已過矣。且其意不在書。當韓之亡。秦之方盛也。以刀鋸鼎鑊待天下之士。其平居無罪夷滅者。不可勝數。雖有賁音奔育。無所復施。夫持法太急者。其鋒不可犯。而其勢未可乘。子房不忍忿忿之心。以匹夫之力。而逞於一擊之間。當此之時。子房之不死者。其間不能容髮。蓋亦已危矣。千金之子。不死於盜賊。何者。其身之可愛。而盜賊之不足以死也。子房以蓋世之才。不爲伊尹太公之謀。而特出於荊軻丘何切聶居輒切政之計。以僥倖於不死。此圯上老人所爲深惜者也。是故倨傲鮮腆他典切而深折之。使其能有所忍也。然後可以就大事。故曰。孺子可教也。楚莊王伐鄭。鄭伯肉袒音但牽羊以迎。莊王曰。其君能下人。必能信用其民矣。遂捨之。句踐之困於會稽。而歸臣妾於吳者。三年而不勌同倦。且夫有報人之志。而不能下人者。是匹夫之剛

一語綰合文情緊湊

引太史公語爲忍字作餘波妙絕

也夫老人者以爲子房才有餘而憂其度量之不足故深折其少年剛銳之氣使之忍小忿而就大謀何則非有平生之素卒然相遇於草野之間而命以僕妾之役油然而不怪者此固秦皇之所不能驚而項籍之所不能怒也觀夫高帝之所以勝而項籍之所以敗者在能忍與不能忍之間而已矣項籍惟不能忍是以百戰百勝而輕用其鋒高祖忍之養其全鋒而待其弊此子房敎之也當淮陰破齊而欲自王高祖發怒見於詞色由此觀之猶有剛強不忍之氣非子房其誰全之太史公疑子房以爲魁梧奇偉而其狀貌乃如婦人女子不稱其志氣嗚呼此其所以爲子房歟

劉海峯曰忽出忽入忽主忽賓忽淺忽深忽斷忽接而納履一事止隨文勢帶出更不正講尤爲神妙

圯 橋也、[史記集解]徐廣曰東楚謂之圯、老人 即黃石公、良爲老人納履、老人因出素書六篇授之、賁育 見論辨類二、荊軻 詳蘇明允權書八注、

聶政 軹深井里人、爲嚴仲子刺殺韓相俠累、楚莊王伐鄭 事見[左宣十二年] 鄭伯 鄭襄公、名堅、祖 露臂、句踐 見前、事詳

[吳越春秋] 會稽 見前、淮陰 韓信、封淮陰侯、信破齊、請爲假王、漢王大怒、張良躡漢王足、漢王悟、乃遣張良往、立信爲齊王、魁梧 壯大貌、

似乎開脫漢文而賈生亦自有可議處

吳注可致下疑脫治字

如此其厚也吳刻注云有待

公孫丑問曰蘇厚子云按本充虞之問誤用公孫丑

如此其至也吳刻注云有忍

停頓得勢全局爲之一振

蘇子瞻賈誼論（誼見小傳）○○

非才之難所以自用者實難惜乎賈生王者之佐而不能自用其才也夫君子之所取者遠則必有所待所就者大則必有所忍古之賢人皆負可致之才而卒不能行其萬一者未必皆其時君之罪或者其自取也愚觀賈生之論如其所言雖三代何以遠過得君如漢文猶且以不用死然則是天下無堯舜終不可有所爲耶仲尼聖人歷試於天下苟非大無道之國皆欲勉强扶持庶幾一日得行其道將之荆先之以子夏申之以冉有君子之欲得其君如此其勤也孟子去齊三宿而後出晝猶曰王其庶幾召我君子之不忍棄其君如此其厚也公孫丑問曰夫子何爲不豫孟子曰方今天下舍我其誰哉而吾何爲不豫君子之愛其身如此其至也夫如此而不用然後知天下果不足與有爲而可以無憾矣若賈生者非漢文之不能用生生之不能用漢文也夫絳侯親握天子璽而授之文帝灌嬰連兵數十萬以決劉呂之雌雄又皆高帝之舊將此其君臣相得之分豈特父子骨肉手足哉賈生洛陽之少年欲使其一朝之間盡

賈生與絳灌如何能深交作者殊不理會而文情自覺變靈

而遽爲人痛哭哉吳劉注云不能待

而自殘至此吳劉注云不能忍又云兩意反正處皆序得錯綜

竅及兩方面於理斯允

棄其舊而謀其新亦已難矣爲賈生者上得其君下得其大臣如絳灌之屬優游浸漬（疾智切）而深交之使天子不疑大臣不忌然後舉天下而惟吾之所欲爲不過十年可以得志安有立談之間而遽爲人痛哭哉觀其過湘爲賦以弔屈原縈紆鬱悶趯（同躍）然有遠舉之志其後以自傷哭泣至於夭絕是亦不善處窮者也夫謀之一不見用則安知終不復用也不知默默以待其變而自殘至此嗚呼賈生志大而量小才有餘而識不足也古之人有高世之才必有遺俗之累是故非聰明睿智不惑之主則不能全其用古今稱苻堅得王猛於草茅之中一朝盡斥去其舊臣而與之謀彼其匹夫略有天下之半其以此哉愚深悲生之志故備論之亦使人君得如賈生之臣則知其有狷（古縣切）介之操一不見用則憂傷病沮不能復振而爲賈生者亦謹其所發哉

方望溪曰亦自有見但賈子陳治安之策乃召自長沙獨對宣室傳梁王後事子瞻乃云安有立談之間而遽爲人痛哭未免鹵莽耳〇劉海峯曰長公筆有仙氣故文極縱蕩變化而落韻甚輕

起處似乎泛論而意有所指可於言下得之

漸引起錯事來

荆即楚、申繼也、晝齊邑、今山東臨淄縣、絳侯即周勃、勃誅諸呂、迎文帝立之、帝至渭橋、勃上天子璽符、灌嬰封潁陰侯、與周勃平諸呂、立文帝、浸漬水以漸而入內、湘水名、源出廣西、屈原名平、楚同姓、被讒、投汨羅江而死、縈紆轉纏也、自傷哭泣梁王墮馬死、誼哭泣歲餘、亦死、苻堅王猛並見論辨類三、

蘇子瞻鼂錯論

錯、漢潁川人、景帝立、爲御史大夫、主議削七國、七國反、被誅、〇〇

天下之患最不可爲者名爲治平無事而其實有不測之憂坐觀其變而不爲之所則恐至於不可救起而强爲之則天下狃於治平之安而不吾信惟仁人君子豪傑之士爲能出身爲天下犯大難以求成大功此固非勉强朞月之間而苟以求名者之所能也天下治平無故而發大難之端吾發之吾能收之然後能免患於天下事至而循循焉欲去之使他人任其責則天下之禍必集於我昔者鼂錯盡忠爲漢謀弱山東之諸侯山東諸侯並起以誅錯爲名而天子不之察以錯爲之說天下悲錯之以忠而受禍不知錯有以取之也古之立大事者不惟有超世之才亦必有堅忍不拔之志昔禹之治水鑿龍門決大河而放之海方其功之未成也蓋亦有潰冒衝突可畏之患惟能前知其當然事至

以自居居守爲錯自誤實備亦是

人爲其勞我爲其逸自全適以自禍世之爲錯者鑒之

不懼而徐爲之圖是以得至於成功夫以七國之强而驟削之其爲變豈足怪哉錯不於此時捐其身爲天下當大難之衝而制吳楚之命乃爲自全之計欲使天子自將而己居守且夫發七國之難者誰乎己欲求其名安所逃其患以自將之至危與居守之至安較易知也己爲難首擇其至安而遺天子以其至危此忠臣義士所以憤惋烏貫切而不平者也當此之時雖無袁盎烏浪切錯亦未免於禍何者己欲居守而使人主自將以情而言天子固已難之矣而重違其議是以袁盎之說得行於其間使吳楚反錯以身任其危日夜淬讀如翠厲同礪東向而待之使不至於累其君則天子將恃之以爲無恐雖有百盎可得而間哉嗟夫世之君子欲求非常之功則無務爲自全之計使錯自將而討吳楚未必無功惟其欲自固其身而天子不悅奸臣得以乘其隙錯之所以自全者乃其所以自禍與

此似有所指而言時王韶以取西夏復河湟詣闕上書安石主其議韶本黜空開邊後乃以勤兵費財歸曲朝廷與錯事近似故借錯事以論之濂識

譏盎小人險惡

身爲大臣非常之擧自宜愼重出之

漢唐之亡不盡由殺宦官文似言之過甚

龍門（山名、在陝西韓城縣東北、）七國（吳、膠西、膠東、菑川、濟南、楚、趙、）袁盎（字絲、楚人、謂景帝曰、今獨有斬錯、復七國故地、則兵可罷、）淬厲（經火入水爲淬、厲、磨也、）

蘇子瞻大臣論上〇

以義正君而無害於國可謂大臣矣。天下不幸而無明君。使小人執其權。當此之時。天下之忠臣義士。莫不欲奮臂而擊之。夫小人者。必先得於其君而自固於天下。是故法不可擊。擊之而不勝。身死其禍止於一身。擊之而勝。君臣不相安。天下必亡。是以春秋之法。不待君命而誅其側之惡人。謂之叛。晉趙鞅入於晉陽以叛是也。世之君子。將有志於天下。欲扶其衰而救其危者。必先計其後而爲可居之功。其濟不濟則命也。是故功成而天下安之。今小人君不誅而吾誅之。則是侵君之權。而不可居之功也。夫既已侵君之權。而能北面就人臣之位。使君不吾疑者。天下未嘗有也。國之有小人。猶人之有癭。（庾頃切）今人之癭。必生於頸而附於咽。是以不可去。有賤丈夫者。不勝其忿而決去之。夫是以去疾而得死。漢之亡。唐之滅。由此故也。自桓靈之後。至於獻帝。天下之權。歸於內豎

然竇武何進之徒方望溪云漢唐之亡形已成而後竇崔得乘亂而擊之耳

大姚云易崔允之名以胤諱故也然崔字垂休蘇厚子云按新唐書崔胤字垂休齊州人愼由之子小字緇郎稱昌遐蓋避宋祖諱尹起莘綱目發明亦稱昌遐俱不知如何改避也武侯不殊黃皓或亦投鼠忌器之心

賢人君子。進不容於朝。退不容於野。天下之怒。可謂極矣。當此之時。議者以爲天下之患。獨在宦官。宦官去則天下無事。然竇武何進之徒。擊之不勝。止於身死。袁紹擊之而勝。漢遂以亡。唐之衰也。其跡亦大類此。自輔國元振之後。天子之廢立聽於宦官。當此之時。士大夫之論。亦惟宦官之爲去。然而李訓鄭注元載之徒。擊之不勝。止於身死。至於崔昌遐擊之而勝。唐亦以亡。方其未去。是纍然者。瘻而已矣。及其既去。則潰裂四出而繼之以死。何者。此侵君之權而不可。居之功也。且爲人臣而不顧其君。捐其身於一決。以快天下之望。亦已危矣。故其成。則爲袁爲崔。敗則爲何竇。爲訓注。然則忠臣義士。亦奚取於此哉。夫竇武何進之亡。天下悲之。以爲不幸。然亦幸而不成。使其成也。二子者將何以居之。故曰以義正君而無害於國。可謂大臣矣。

以道事君不可則止聖有明訓文雖未能播着癢處而君國事大未可求逞於一決此爲千古鹵莽滅裂者示之戒亦言之有可取者也　濡識

趙鞅（即趙簡子、其入晉陽以叛者、因范氏中行氏之伐之也、均以私怨、文引此事欠當、）晉陽（今山西臨汾縣、）瘻（頸瘤、）桓靈（桓、名志、靈、名宏、）

君子之少不敵小人之多謀深交合而君子無幸矣謂之速之固宜

獻帝名協、竇武字游平、靈帝時與陳蕃奏誅宦者、為曹節等所殺、何進宛人、靈帝崩、皇子辯即位、進召董卓兵、欲悉誅諸宦官、入白太后、請盡誅之、為宦官張讓等所知、俟進出斬之、袁紹字本初、進既被殺、紹即引兵屯闕下、捕宦者皆殺之、輔國元振李輔國、程元振、唐肅宗時宦官、李訓鄭注文宗時、訓注謀誅宦官、不成、為仇士良等所殺、元載代宗時相、奏除魚朝恩、後以賄誅、崔昌遐名胤、小字緇郎、昭宗時假朱全忠兵以誅宦官

蘇子瞻大臣論下○

天下之權在於小人。君子之欲擊之也。不亡其身。則亡其君。然則是小人者。終不可去乎。聞之曰。迫人者其智淺。迫於人者其智深。非才有不同。所居之勢然也。古之為兵者。圍師勿遏。窮寇勿追。誠恐其知死而致力。則雖有衆無所用之。故曰。同舟而遇風。則胡越可使相救如左右手。小人之心。自知其負天下之怨。而君子之莫吾赦也。則將日夜為計。以備一旦卒然不可測之患。今君子又從而疾惡之。是以其謀不得不深。其交不得不合。交合而謀深。則其致毒也忿戾而不可解。故凡天下之患。起於小人。而成於君子之速之也。小人在內。君子在外。君子為客。小人為主。主未發而客先焉。則小人之詞直。而君子之勢近於不

看小人透徹之至可與永叔朋黨論參觀

北軍之袒亦僥倖耳不足以晉平之智計

順直則可以欺衆而不順則難以令其下故昔之舉事者常以中道而衆散以至於敗則其理豈不甚明哉若夫智者則不然內以自固其君子之交而厚集其勢外以陽浮而不逆於小人之意以待其間寬之使不吾疾狃之使不吾慮啖（音淡）之以利以昏其智順適其意以殺（去聲）其怒然後待其發而乘其隙推其墜而挽其絕故其用力也約而無後患莫爲之先故君不怒而勢不偪如此者功成而天下安之今夫小人急之則合寬之則散是從古以然也見利不能不爭見患不能不避無信不能不相詐無禮不能不相瀆是故其交易間其黨易破也而君子不務寬之以待其變而急之以合其交亦已過矣君子小人雜居而未決爲君子之計者莫若深交而無爲苟不能深交而無爲則小人倒持其柄而乘吾隙昔漢高之亡以天下屬平勃及高后臨朝擅王諸呂廢黜劉氏平日縱酒無一言及用陸賈計以千金交歡絳侯卒以此誅諸呂定劉氏使此二人者而不相能則是將相相攻之不暇而何暇及於劉呂之存亡哉故其說曰將相和調則士豫附士豫附則天下雖有變而權不分嗚呼知此其足以爲大臣

矣。

方望溪曰除同列之姦臣或用此術而漢唐末情事則遠

陽浮（佯與之親，而無實意、）狃（狎習也、）啖（以物與食、）陸賈（楚人、呂太后時、諸呂擅權、賈言於陳平曰、天下安、注意相、天下危、注意將、將相和調、則士豫附、天下雖有變、而權不分、乃交驩太尉周勃、以五百金爲勃壽、兩人深相結、因以滅諸呂、）

評校音注古文辭類纂卷四終

周之弱失於東遷其故不盡由此

說詩書爲證商周恰自殊異

評校音注 古文辭類纂卷五 論辨類五

蘇子由商論

商之有天下者三十世而周之世三十有七商之既衰而復興者五王而周之既衰而復興者宣王一人而已夫商之多賢君宜若其世之過於周周之賢君不如商之多而其久於商者乃數百歲其故何也蓋周公之治天下務以文章繁縟(音辱)之禮和柔馴擾剛彊之民故其道本於尊尊而親親貴老而慈幼使民之父子相愛兄弟相悅以無犯上難制之氣行其至柔之道以揉天下之戾心而去其剛毅果敢之志故其享天下至久而諸侯內侵京師不振卒於廢爲至弱之國何者優柔和易可以爲久而不可以爲強也若夫商人之所以爲天下者不可復見矣嘗試求之詩書詩之寬緩而和柔書之委曲而繁重者舉皆周也而商人之詩駿發而嚴厲其書簡潔而明肅以爲商人之風俗蓋在乎此矣夫惟天下有剛強不屈之俗也故其後世有以自振於衰微然至其敗也一敗

文能自圓其說

兩公均有先見而各行其是不能自救其弊

而不可復止蓋物之強者易以折而柔忍者可以久存柔者可以久存而常困於不勝強者易以折而其末也乃可以有所立此商之所以不長而周之所以不振也嗚呼聖人之慮天下亦有所就而已不能使之無弊也使之能久而不能強能以自振而不能以及遠此二者存乎其後世之賢與不賢矣太公封於齊尊賢而尙功周公曰後世必有簒弒之臣周公治魯親親而尊尊太公曰後世寖衰矣夫尊賢尙功則近於強親親尊尊則近於弱終之齊有田氏之禍而魯人困於盟主之令蓋商之政近於齊而周公之所以治周者其所以治魯也故齊強而魯弱魯未亡而齊亡也

尙忠尙文各有其弊能救其弊實視後世之賢與不賢一語可以破的　濃識

五王（太甲、太戊、祖乙、盤庚、武丁、）縟（飾也、）田氏（陳厲公子完奔齊、改姓田氏、至田和、始遷其君康公於海上、自立爲齊侯、）魯困於盟主（春秋齊、秦、晉、楚之稱霸、迭爲盟主、魯介諸大國之間、困於徵召之令、）

蘇子由六國論○○

嘗讀六國世家竊怪天下之諸侯以五倍之地十倍之衆發憤西向以攻山西

熟於當時形勢之談

子由文不及父兄遠甚此則力爭上游氣魄遂近老蘇

大園本刊書相同

千里之秦而不免於滅亡常爲之深思遠慮以爲必有可以自安之計蓋未嘗不咎其當時之士慮患之疎而見利之淺且不知天下之勢也夫秦之所與諸侯爭天下者不在齊楚燕趙也而在韓魏之郊諸侯之所與秦爭天下者不在齊楚燕趙也而在韓魏之野秦之有韓魏譬如人之有腹心之疾也韓魏塞秦之衝而蔽山東之諸侯故夫天下之所重者莫如韓魏也昔者范睢用於秦而收韓商鞅用於秦而收魏昭王未得韓魏之心而出兵以攻齊之剛壽而范睢以爲憂然則秦之所忌者可以見矣秦之用兵於燕趙秦之危事也越韓過魏而攻人之國都燕趙拒之於前而韓魏乘之於後此危道也而秦之攻燕趙未嘗有韓魏之憂則韓魏之附秦故也夫韓魏諸侯之障而使秦人得出入於其間此豈知天下之勢邪委區區之韓魏以當强虎狼之秦彼安得不折而入於秦哉韓魏折而入於秦然後秦人得通其兵於東諸侯而使天下徧受其禍夫韓魏不能獨當秦而天下之諸侯藉之以蔽其西故莫如厚韓親魏以擯秦秦人不敢逾韓魏以窺齊楚燕趙之國而齊楚燕趙之國因得以自完於其間矣

縱說之難行蘇秦早已知之

遇智勇而以不智不勇當之此大智大勇之作用也

以四無事之國、佐當寇之韓魏、使韓魏無東顧之憂、而爲天下出身以當秦兵、以二國委秦、而四國休息於內、以陰助其急、若此可以應夫無窮、彼秦者將何爲哉、不知出此、而乃貪疆埸（音亦）尺寸之利、背盟敗約、以自相屠滅、秦兵未出、而天下諸侯已自困矣、至使秦人得伺其隙、以取其國、可不悲哉、

方望溪曰、說本國策、特抽其緒而竟之、又曰、其說已雜見國策

六國世家（[史記]六國俱有世家、世家者、記諸侯之世系也、）范雎（魏人、改姓名爲張祿、以入秦、說昭王以遠交近攻之策、而強秦、）商鞅（亦魏人、以變法強秦、詳見賈生過秦論上注、）昭王（名稷、）剛壽（剛、故剛城、在今山東甯陽縣、壽、[史記註]鄆州之縣、）埸（邊境、）

蘇子由三國論○○

天下皆怯而獨勇、則勇者勝、皆闇而獨智、則智者勝、勇而遇勇、則勇者不足恃也、智而遇智、則智者不足用也、夫唯智勇之不足以定天下、是以天下之難蠭起而難平、蓋嘗聞之、古者英雄之君、其遇智勇也、以不智不勇、而後眞智大勇乃可得而見也、悲夫、世之英雄、其處於世、亦有幸不幸耶、漢高祖、唐太宗、是以智勇獨過天下而得之者也、曹公、孫、劉、是以智勇相遇而失之者也、以智攻智

劉項優劣判於此

高祖亦木彊之人而止耳蓋得力子房計畫者多

以勇擊勇此譬如兩虎相捽（存入聲）齒牙氣力無以相勝其勢足以相擾而不足以相斃當此之時惜乎無有以漢高帝之事制之者也昔者項籍乘百戰百勝之威而執諸侯之柄咄（敎入聲）嗟叱咤（陟嫁切）奮其暴怒西向以逆高祖其勢飄忽震蕩如風雨之至天下之人以爲遂無漢矣然高帝以其不智不勇之身橫塞其衝徘徊而不得進其頑鈍椎魯足以爲笑於天下而卒能摧折項氏而待其死此其故何也夫人之勇力用而不已則必有所耗竭而其智慮久而無成則亦必有所倦怠而不舉彼欲用其所長以制我於一時而我閉門而拒之使之失其所求逡（七倫切）巡求去而不能去而項籍固已憊（蒲邁切）矣今夫曹公孫權劉備此三人者皆知以其才自取而未知以不才取人也世之言者曰孫不如曹而劉不如孫劉備惟智短而勇不足故有所不若於二人者而不知因其所不足以求勝則亦已惑矣蓋劉備之才近似於高祖而不知所以用之之術昔高祖之所以自用其才者其道有三焉耳先據勢勝之地以示天下之形廣收信越出奇之將以自輔其所不逮有果銳剛猛之氣而不用以深折項籍猖狂之

失着在此

嗟夫姚氏云結妙似老泉法

推服漢高亦自有見

以柔制剛以弱勝強術本老子然在文帝

勢。此三事者。三國之君其才皆無有能行之者。獨有一劉備。近之而未至。其中猶有翹然自喜之心。欲爲椎魯而不能純。欲爲果銳而不能達。二者交戰於中。而未有所定。是故所爲而不成。所欲而不遂。棄天下而入巴蜀。則非地也。用諸葛孔明治國之才。而當紛紜征伐之衝。則非將也。不忍忿忿之心。犯其所短。而自將以攻人。則是其氣不足尚也。嗟夫方其奔走於二袁之間。困於呂布而狼狽（音貝）於荆州。百敗而其志不折。不可謂無高祖之風矣。而終不知所以自用之方。夫古之英雄。惟漢高帝爲不可及也夫。

方望溪曰。於劉項三國情事俱不切。而在作者諸論中尙爲拔出者

曹公（名操、字孟德、子丕、廢獻帝自立、國號魏、）孫（孫權、字仲謀、據東吳、）劉（劉備、字玄德、取蜀、）信越（韓信、彭越、）二袁（袁紹據冀州、弟術、據壽春、）呂布（字奉先、五原人、劉備爲徐州牧、曹操表備爲鎮東將軍、呂布乘虛襲下邳、虜備妻子、）荆州（治今湖北江陵縣地、劉備至荆州、說劉表襲操、不從、表卒、二子爭立、操取荆州、備奔吳、）

蘇子由漢文帝論（文帝名恒、高祖中子、）○

老子曰。柔勝剛。弱勝強。漢文帝以柔御天下。剛彊者皆乘風而靡。尉佗（音駝）稱號

歸以支庶入承大統天下粗定未遑用武亦時勢不得不然文於此殊未領會

錯論未嘗不是

如予由所言不將養虎貽患乎

一結意有所指

南越帝復其墳墓召貴其兄弟佗去帝號俯伏稱臣匈奴桀敖陵駕中國帝屈體遺書厚以繒（疾陵切）絮雖未能調伏然兵革之禍比武帝世十一二耳吳王濞（音譬）包藏禍心稱病不朝帝賜之几杖濞無所發怒亂以不作使文帝尚在不出十年濞亦已老死則東南之亂無由起矣至景帝不能忍用鼂錯之計削諸侯地濞因之號召七國西向入關漢遣三十六將軍竭天下之力僅乃破之錯言諸侯彊大削之亦反不削亦反削之則反疾而禍小不削則反遲而禍大世皆以其言為信吾以為不然誠如文帝忍而不削濞必未反遷延數歲之後變故不一徐因其變而為之備所以制之者固多術矣猛虎在山日食牛羊人不能堪荷戈而往刺之幸則虎斃不幸則人死其為害亟矣鼂錯之計何以異此若能高其垣牆深其陷穽（音淨）時伺而謹防之虎安能必為害此則文帝之所以備吳也嗚呼為天下慮患而使好名貪利小丈夫制之其不為鼂錯者鮮矣

此亦有感於王韶開邊而言而於漢代當日情事未能脗合只圖說得暢快耳（濡謨）

尉佗（佗、姓趙、秦南海尉、時佗乘黃屋左纛稱制、文帝遣陸賈使南越、賜佗書、佗謝罪、）南越（今廣西安南地、）吳王濞（見卷四）景帝（名啟、）三十六將軍（景帝以周亞夫為太尉、將三十六將軍、擊吳楚、）

蘇子由唐論○

（偏字乃一篇主腦）

天下之變。常伏於其所偏重而不舉之處。故內重則為內憂。外重則為外患。古者聚兵京師。外無強臣。天下之事。皆制於內。當此之時。謂之內重。內重之弊。姦臣內擅而外無所忌。匹夫橫行於四海而莫能禁。其亂不起於左右之大臣。則生於山林小民之英雄。故夫天下之重。不可使專在內也。古者諸侯大國或數百里。兵足以戰。食足以守。而其權足以生殺。然後能使四方盜賊之患。不至於內。天子之大臣。有所畏忌。而內患不作。當此之時。謂之外重。外重之弊。諸侯擁兵而內無以制。由此觀之。則天下之重。固不可使在內。而亦不可使在外也。

（此分言內重外重之害）

自周之衰。齊晉秦楚。緜地千里。內不勝於其外。以至於滅亡而不救。秦人患其外之已重而至於此也。於是收天下之兵而聚之關中。夷滅其城池。殺戮其豪傑。使天下之命。皆制於天子。然至於二世之時。陳勝吳廣大呼起兵。而郡縣之吏

（周制外重而秦反之）

漢又失於內重

魏晉互相輕重而亂即因之有一偏之利斯有一偏之害

孰視而走無敢誰何趙高擅權於內頤指如意雖李斯爲相備五刑而死於道路其子李由守三川擁山河之固而不敢校也此二患者皆始於外之不足而無有以制之也至於漢興懲秦孤立之弊乃大封侯王而高帝之世反者九起其遺孽餘烈至於文景而爲淮南濟北吳楚之亂於是武帝分裂諸侯以懲大國之禍而其後百年之間王莽遂得以奮其志於天下而劉氏之子孫無復齟齬魏晉之世乃益侵削諸侯四方微弱不復爲亂而朝廷之權臣山林之匹夫常爲天下之大患此數君者其所以制其內外輕重之際皆有以自取其亂而莫之或知也夫天下之重在內則爲內憂在外則爲外患而秦漢之間不求其勢之本末而更相懲戒以就一偏之利故其禍循環無窮而不可解也且夫天子之於天下非如婦人孺子之愛其所有也得天下而謹守之不忍以分於人此匹夫之所謂智也而不知其無成者未始不自不分始故夫聖人將有所大定於天下非外之有權臣則不足以鎭之也而後世之君乃欲去其爪牙翦其股肱而責其成功亦已過矣夫天下之勢內無重則無以威外之強臣外無重

扼要之論

唐制府兵最善自府兵廢而藩鎮之禍起矣

彍騎起於開元十一年

則無以服內之大臣而絕奸民之心此二者其勢相持而後成而不可一輕者也昔唐太宗既平天下分四方之地盡以沿邊爲節度府而范陽朔方之軍皆帶甲十萬上足以制夷狄之難下足以備匹夫之亂內足以禁大臣之變而將帥之臣常不至於叛者內有重兵之勢以預制之也貞觀之際天下之兵八百餘府而在關中者五百舉天下之衆而後能當關中之半然而朝廷之臣亦不至於乘隙間釁以邀大利者外有節度之權以破其心也故外之節度有周之諸侯外重之勢而易置從命得以擇其賢不肖之才是以人君無征伐之勞而天下無世臣暴虐之患內之府兵有秦之關中內重之勢而左右謹飭莫敢爲不義之行是以上無逼奪之危下無誅絕之禍蓋周之諸侯內無府兵之威故陷於逆亂而不能以自正秦之關中外無節度之援故脅於大臣而不能以自立有周秦之利而無周秦之害形格勢禁內之不敢爲變而外之不敢爲亂未有如唐制之得者也而天下之士不究利害之本末猥以成敗之遺蹤而論計之得失徒見開元之後強兵悍將皆爲天下之大患而遂以太宗之制爲猖狂

僭之涉切

的是一偏之害

不審之計。夫論天下。論其勝敗之形。以定其法制之得失。則不若窮其所由勝敗之處。蓋天寶之際。府兵四出。萃於范陽。而德宗之世。禁兵皆戍趙魏。是以祿山朱泚。（音此）得至於京師。而莫之能禁。一亂塗地。終於昭宗。而天下卒無寧歲。內之强臣。雖有輔國元振守澄士良之徒。而卒不能制。唐之命誅王涯。殺賈餗。（音束）自以爲威震四方。然劉從諫爲之一言。而震慴自斂。不敢復肆。其後崔昌遐倚朱溫之兵。以誅宦官。去天下之監軍。而無一人敢與抗者。由此觀之。唐之衰。其弊在於外重。而外重之弊。起於府兵之在外。非所謂制之失。而後世之不用也。

唐荊川曰深究利害是大文字

吳廣（字叔、陽夏人、）誰何（見過秦論、）頤指如意（見前漢賈誼傳、頤、面頰也、言頤動而指示人也、）趙高李斯陳勝（見蘇子瞻志林注、）備五刑（秦法、當夷三族者、皆先黥、劓、斬左右趾、笞殺之、梟其首、菹其骨於市、謂之具五刑、）李由（斯長子、與斯同死、）三川（秦置郡、治洛陽、爲河南省舊河南、開封、懷慶、衞輝四府地、）淮南（今江蘇江都縣地、文帝時、淮南王長謀反、事覺徙蜀道死、）濟北（今山東長淸縣地、文帝時、濟北王興居反、帝遣柴武擊之、兵敗自殺、）吳楚（景帝時、吳王濞、楚王戊、膠西王卬、膠東王雄渠、菑川王賢、濟南王辟光、趙王遂反、是爲七國之亂、）王莽（莽爲大司馬、領尚書事、弒孝平帝、立孺子嬰、居攝踐祚、自稱新皇帝者十五年、）唐太宗（見曾子固唐論注、）分四方句（太宗分天下爲十道、關內、河南、河東、河北、山南、隴右、淮南、江南、）

以天地比人甚當
蝕皆食

世俗妬人之改過往往有此口吻

劍南、濟南、盡以沿邊句邊境設十節度、安西、北庭、河西、隴右、朔方、河東、范陽、平盧、劍南、嶺南、節度爲領兵之官、節制一方、范陽、朔方、均有節度使、范陽唐郡名、今大興、宛平、昌平、房山、安次、寶坻等地、治幽州、控制契丹、朔方治靈州、今靈武縣、控禦北狄、貞觀三句太宗定府兵之制、天下十道、置府六百三十四、關內二百六十一、皆以隸諸衛、府置折衝都尉一人、征行宿衛、皆以遠近分番、其後府兵廢、募兵長從宿衛、謂之彍騎、貞觀太宗年號、開元天寶玄宗年號、德宗名适、代宗子、祿山姓安、營州胡、玄宗時、爲平盧節度使、兼幾、兼領數鎮、後自范陽起兵反、陷長安、朱泚幽州昌平人、李懷仙部將、朱希彩爲盧龍節度使、泚殺之、代領其衆、德宗時、舉兵反、據長安、按盧龍節度使、及下昭儀節度使、均不在十節度之內、德宗末年、節度使三十、全國析爲四十七道、自後變更無常、昭宗名曄、初名傑、一作敏、輔國元振與下崔昌遐並見大臣論上、守澄姓王、爲穆時宦官、士良姓仇、文宗時宦官、王涯賈餗涯、字廣津、太原人、餗、字子美、河南人、李訓、鄭注、謀殺宦官不成、仇士良殺訓注、及王涯賈餗等、劉從諫從諫爲昭義節度使、涯等被殺、從諫上表、訴王涯等罪、有訓練士卒、誓以死清君側語、士良等懼、朱溫更名晃、初從黃巢爲盜、降唐後、賜名全忠、

王介甫原過〇

天有過乎。有之。陵歷鬭蝕是也。地有過乎。有之。崩弛竭塞是也。天地舉有過。卒不累覆且載者何。善復常也。人介乎天地之間。則固不能無過。卒不害聖且賢者何。亦善復常也。故太甲思庸。孔子曰勿憚改過。揚雄貴遷善。皆是術也。予之朋有過而能悔。悔而能改。人則曰是向之從事云爾。今從事與向之從事弗類。

比喩入妙簡而有味

一語破的

非其性也飾表以疑世也夫豈知言哉天播五行於萬靈人固備而有之有而不思則失思而不行則廢一日咎前之非沛然思而行之是失而復得廢而復舉也顧曰非其性是率天下而戕性也且如人有財見篡於盜已而得之曰非夫人之財向篡於盜矣可歟不可也財之在己固不若性之爲己有也財失復得曰非其財且不可性失復得曰非其性可乎

茅鹿門曰文不踰三百字而轉折變化無窮○安石之一成不變亦當時諸賢有以激之耳此篇恰是良心發見語　濂讜

陵歷鬬蝕［前漢天文志］「陵歷鬬蝕」［韋昭註］經之爲歷，突掩爲陵，星相擊爲鬬，虧敗曰蝕。太甲思庸　太甲，太丁子，庸，常道也，［書序］太甲既立，不明，伊尹放諸桐，三年復歸于亳，思庸，伊尹作太甲三篇。揚雄句［法言］是以君子貴遷善，遷善也者，聖人之徒歟。篡，奪取也。

王介甫復讎解○

或問復讎對曰非治世之道也明天子在上自方伯諸侯以至於有司各修其職其能殺不辜者少矣不幸而有焉則其子弟以告於有司有司不能聽以告於其君其君不能聽以告於方伯方伯不能聽以告於天子則天子誅其不能

斷得是

方望溪云可絕之義廢不可絕之恩此別有說疑得是

鄙意謂於士則殺之無罪句謂已殺之後將情報告於士士察其情事不虛則赦其無罪若如註說理不可通

聽者而爲之施刑於其讐亂世則天子諸侯方伯皆不可以告故書說紂曰凡有辜罪乃罔恒獲小民方興相爲敵讐蓋讐之所以興以上之不可告辜罪之不常獲也方是時有父兄之仇而輒殺之者君子權其勢恕其情而與之可也故復讐之義見於春秋傳見於禮記爲亂世之爲子弟者言之也春秋傳以爲父受誅子復讐不可也此言不敢以身之私而害天下之公又以爲父不受誅子復讐可也此言不以有可絕之義廢不可絕之恩也周官之說曰凡復讐者書於士殺者無罪疑此非周公之法也凡所以有復讐者以天下之亂而士之不能聽也有士矣不能聽其殺人之罪以施行而使爲人之子弟者讐之然則何取於士而祿之也古之於殺人其聽之可謂盡矣猶懼其未也曰與其殺不辜寧失不經今書於士則殺之無罪則所謂復讐者果所謂可讎者乎庸詎知其不獨有可言者乎就當聽其罪矣則不殺於士師而使讎者殺之何也故疑此非周公之法也或曰世亂而有復讎之禁則寧殺身以復讎乎將無復讎而以存人之祀乎曰可以復讎而不復非孝也復讎而殄祀亦非孝也以讎未復

有以包容之則紛爭之端息

之恥居之終身焉蓋可也讎之不復者天也不忘復讎者己也克己以畏天心不忘其親蓋亦可矣

據經解經周官之說本不可通文之堅卓自是介甫本色惟結處謂以讎未復之恥居之終身則誰見之而誰諒之適便欺世盜名之舉不可爲訓 濡識

方伯（見封建論、）凡有辜罪四句（見[書微子]）父受誅等句（見[公羊傳]受誅、當誅而誅也、）凡復讎者三句（見[周禮註]士、士師、謂同國不相避者、將報之必先言之於士、）與其殺不辜二句（見[虞書]經、法也、）

劉才甫息爭

昔者孔子之弟子有德行有政事有言語文學其鄙有樊遲其狂有曾點孔子之師有老聃（音耽）有郯（音談）子有萇（音長）弘師襄其故人有原壤而相知有子桑伯子仲弓問子桑伯子而孔子許其爲簡及仲弓疑其太簡然後以雍言爲然是故南郭惠子問於子貢曰夫子之門何其雜也嗚呼此其所以爲孔子歟至於孟子乃爲之言曰今天下不之楊則之墨楊墨之言不息孔子之道不著能言距楊墨者聖人之徒當時因以孟子爲好辯雖非其實而好辯之端由是啟矣唐

自是添論

當時漢宋門戶之爭甚烈作者亦有感而言

之韓愈攘斥佛老學者稱之下逮有宋有洛蜀之黨有朱陸之同異爲洛之徒者以排擊蘇氏爲事爲朱之學者以詆諆(音欺)陸子爲能吾以爲天地之氣化萬變不窮則天下之理亦不可以一端盡昔者曾子之一以貫之自力行而入子貢之一以貫之自多學而得以後世觀之子貢是則曾子非矣然而孔子未嘗區別於其間其道固有以包容之也夫所惡於楊墨者爲其無父無君也斥老佛者亦曰棄君臣絕父子不爲昆弟夫婦以求其清淨寂滅如其不至於是而吾獨何爲訾謷(音敖)之大盜至胠(音區)篋探囊則荷戈戟以隨之服吾之服而誦吾之言吾將畏敬親愛之不暇今也操室中之戈而爲門內之鬭是亦不可以已乎夫未嘗深究其言之是非見有稍異於己者則衆起而排之此不足以論人也人貌之不齊稍有巨細長短之異遂斥之以爲非人豈不過哉北宮黝(音幽)孟施舍其去聖人之勇蓋遠甚而孟子以爲似曾子似子夏然則諸子之迹雖不同以爲似曾子似子夏可也居高以臨下不至於爭爲其不足與我角也至於才力之均敵而惟恐其不能相勝於是紛紜之辯以生是故知道者視天下之

仍收到孔子

歧趨異說皆未嘗出於吾道之外故其心恢然有餘夫恢然有餘而於物無所不包此孔子之所以大而無外也

姚氏曰恣肆縱蕩處本於莊子但不逮莊子之閎奇耳

德行五句 聖門四科、德行、顏淵、閔子騫、冉伯牛、仲弓、政事、冉有、子路、言語、宰我、子貢、文學、子游、子夏、樊遲問稼圃、孔子目爲小人、子桑戶死、曾點倚門而歌、

老聃 姓李、名耳、孔子嘗從之問禮、 郯子 周時小國諸侯、孔子嘗從之問官、 萇弘 周大夫、孔子嘗從之問樂、 原壤 母死而歌、孔子爲弗聞也者而過之、事見「禮檀弓」 子桑伯子 書傳無見、或謂秦之公孫枝、字子桑、 洛蜀 洛黨、程頤爲首、蜀黨、蘇軾爲首、 朱陸 朱、名熹、字元晦、新安人、敎人窮理、謂此理已明、則可以誠心正意、陸、名九淵、字子靜、金谿人、則欲先發人之本心、而後使之博覽、以應萬物之變、 詆諆訾謷 譏毀也、 胠篋 胠、開也、篋、箱也、見「莊子」 北宮黝孟施舍 北宮、姓、黝、名、孟、姓、施、發語辭、舍、名、皆勇者、

評校音注古文辭類纂卷五終

吳氏云禮書云仲尼沒後受業之徒或適齊楚或入河海則史公自以師摯爲孔子時人矣皆書載司馬彪云春秋不修則仲尼理之關雎既亂則師摯修之意者風詩始關雎雅始鹿鳴其師摯所定歟姚氏云後漢明帝紀應門失守關雎刺世章懷引薛君韓詩章句云今時大人內傾於色賢人見其萌故咏關雎鼐按太史公遠譜以關雎即爲師摯作與孔鄭說論語摯爲魯哀時人與義不知亦是韓詩說否

人事浹吳氏云此史公以春秋自況其所爲史記刺譏褒諱挹損之文辭略同之也此下歷道爲春秋者

評校音注 古文辭類纂卷六 序跋類一

司馬子長十二諸侯年表序

十二諸侯、魯、齊、晉、秦、楚、宋、衛、陳、蔡、曹、鄭、燕、是也、○

太史公讀春秋歷譜諜。至周厲王。未嘗不廢書而歎也。曰嗚呼。師摯見之矣。紂爲象箸（音柱）而箕子唏（音希）。周道缺。詩人本之衽（如鴆切）席。關雎作。仁義陵遲。鹿鳴刺焉。及至厲王。以惡聞其過。公卿懼誅而禍作。厲王遂奔于彘。亂自京師始。而共和行政焉。是後或力政。彊乘弱。興師不請天子。然挾王室之義。以討伐爲會盟主。政由五霸。諸侯恣行。淫侈不軌。賊臣篡子滋起矣。齊晉秦楚。其在成周微甚。封或百里或五十里。晉阻三河。齊負東海。楚介江淮。秦因雍州之固。四國迭興。更爲霸主。文武所褒大封。皆威而服焉。是以孔子明王道。干七十餘君。莫能用。故西觀周室。論史記舊聞。興於魯而次春秋。上記隱。下至哀之獲麟。約其辭文。去其煩重。以制義法。王道備。人事浹（音接）。七十子之徒。口受其傳指。爲有所刺譏褒諱挹損之文辭。不可以書見也。魯君子左丘明。懼弟子人人異端。各安其意。

曾不足以續春秋。所以隱寄自任之旨

姚氏云。公孫固一篇十八章。在藝文志儒家。

儒者斷其義。方植之云。一貫總挈說明十二諸侯年表題目字字分明。下落爲歷譜等書。皆要觀不能一。故爲此表爲删繁舉要之用。

姚氏云。鼐按。歷人譜牒二類。七略併爲歷譜。入數術略。其數家隆於神運。鄒子終始之流也。入諸子略陰陽家。又云。今本治古文者。徐廣曰。一云治國聞者。鼐按。篇作治國聞者爲是。

失其眞。故因孔子史記。具論其語。成左氏春秋。鐸(達各切)椒爲楚威王傳。爲王不能盡觀春秋。采取成敗。卒四十章。爲鐸氏微。趙孝成王時。其相虞卿上采春秋。下觀近世。亦著八篇。爲虞氏春秋。呂不韋者。秦莊襄王相。亦上觀尙古。删拾春秋。集六國時事。以爲八覽、六論、十二紀。爲呂氏春秋。及如荀卿孟子公孫固韓非之徒。各往往捃(居運切)摭(音灼)春秋之文以著書。不可勝紀。漢相張蒼。歷譜五德。上大夫董仲舒。推春秋義。頗著文焉。太史公曰。儒者斷其義。馳說者騁(音逞)其辭。不務綜(宗去聲)其終始。歷人取其年月。數家隆於神運。譜諜獨紀世謚。其辭略。欲一觀諸要難。於是譜十二諸侯。自共和訖孔子。表見春秋國語學者所譏盛衰大指著於篇。爲成學治國聞者要删焉。

方植之曰。此是通身用襯法。滿紙烟雲。將千百年治亂廢興本末事蹟。及儒賢著述得失是非揚榷而實言之。無不盡意。而又無一呆筆。正序又曰春秋所紀始平王東遷。其初尙有一百二十四國。欲表十二國。不得不先叙所以滅亡致此者。由厲王失道。欲溯厲王失道。故序其初賢人君子之早知有鹿鳴關雎之刺欲序師摯等賢人而先以箕子先見爲陪此是追溯陪襯之筆自共和行政後又將孔子作春秋凝序一遍以下虞氏呂氏等皆春秋陪客○張廉卿曰史記諸表序筆筆有唱歎筆筆是竪的歐公文有一唱三歎者多是橫闊的○吳氏曰此篇前幅氣勢雄直又曰自紂爲象箸而箕子唏以下皆言世亂而著作始興自厲王始亂四國更霸皆簒賊之事孔子作春秋所以誅簒賊也此爲十二諸侯之提要亦自況己之史記亦孔子春秋之類後幅歷叙各家春秋不能得春秋要領己所以作史記也然不明挈此義以譜十二諸侯亂之使人驟求其義指而不能得此太史公文字所以爲奇也

春秋歷譜諜曆、年曆、譜諜、記系謚之書、古治春秋學者、著有年歷譜諜、周厲王見封建論注、師摯魯太師、摯其名、周衰樂廢、摯識關雎之辭、首理其亂、箕子唏唏、歎聲、紂爲象箸、箕子歎曰、今爲象箸、必爲玉杯、鹿鳴「詩小序」鹿鳴、宴群臣嘉賓也、既飲食之、又實幣帛筐篚、以將其厚意、然後忠臣嘉賓、得盡其心、厲王惡聞過「國語」厲王止謗、道路以目、彘今山西霍縣、共和行政厲王出奔、周公、召公、共理國政、號曰共和、隱隱公、名息姑、哀哀公、名蔣、十四年、西狩獲麟、孔子作春秋止此、楚威王名熊商、趙孝成王名丹、秦莊襄王見賈生過秦論注、公孫固宋人、捃摭拾取也、張蒼陽武人、文帝時爲相、著終始五德傳、董仲舒漢武帝時人、著春秋繁露、

入手先就秦說後入六國

六國之盛自此始方橫之云至此始正入點明其著心用法如此入六國後正序五句

秦始小國方擯之云又接入秦提筆倒敘吳氏云此段乃反覆推變不知其所以能得天下之故東方物所始生以下辭意至爲隱峻辭雖論秦意乃指漢而漢之興自蜀漢何從將漢事揭出爲賓起文字險絕

司馬子長六國表序〇〇〇

太史公讀秦記至犬戎敗幽王周東徙洛邑秦襄公始封爲諸侯作西畤（音市）用事上帝僭端見矣禮曰天子祭天地諸侯祭其域內名山大川今秦雜戎翟之俗先暴戾後仁義位在藩臣而臚（音旅）於郊祀君子懼焉及文公踰隴攘夷狄尊陳寶營岐雍之間而穆公修政東竟至河則與齊桓晉文中國侯伯侔矣是後陪臣執政大夫世祿六卿擅晉權征伐會盟威重於諸侯及田常殺簡公而相齊國諸侯晏然弗討海內爭於戰功矣三國終之卒分晉田和亦滅齊而有之六國之盛自此始務在彊兵并敵謀詐用而從橫短長之說起矯稱蠭出誓盟不信雖置質剖符猶不能約束也秦始小國僻遠諸夏賓之比於戎狄至獻公之後常雄諸侯論秦之德義不如魯衛之暴戾者量秦之兵不如三晉之彊也然卒并天下非必險固便形勢利也蓋若天所助焉或曰東方物所始生西方物之成熟夫作事者必於東南收功實者常於西北故禹興於西羌湯起於亳周之王也以豐鎬伐殷秦之帝用雍州興漢之興自蜀漢秦既得意燒天下詩

方植之云：東方物所始生，句謂秦王天下，實由天意加人地勢，西北一層所謂事外遗致，精神百倍，收功實者常於西北。張廉卿云：沈痛之旨以踊宕出之，此史公所以妙絕古今者也。秦既得意，方植之云：韓出秦記，以爲作六國表所本事案。傳曰法後王何也，方植之云：漢因秦法，故以法後王入譏，却又加倍增出背秦法者之無知，以同譏之異氏云，語益同，譏意益號爲悲痛，有此而前論秦處本意乃益明。

書。諸侯史記尤甚。爲其有所刺譏也。詩書所以復見者。多藏人家。而史記獨藏周室。以故滅。惜哉惜哉。獨有秦記。又不載日月。其文略不具。然戰國之權變亦有可頗采者。何必上古。秦取天下多暴。然世異變。成功大。傳曰法後王。何也。以其近己而俗變相類。議卑而易行也。學者牽於所聞。見秦在帝位日淺。不察其終始。因舉而笑之。不敢道。此與以耳食無異。悲夫。余於是因秦記。踵春秋之後。起周元王。表六國時事。訖二世。凡二百七十年。著諸所聞興壞之端。後有君子。以覽觀焉。

方植之曰。六國事皆從秦記得之。故以秦爲主。從秦入六國。草蛇灰綫引脈令人不覺。

秦記（秦之史記）、犬戎幽王洛邑（並見蘇志林篇）、秦襄公（平王東遷、襄公以兵送王、封爲諸侯、邑諸秦、）作西畤（畤、封土而祀也、秦居西垂、自謂主少昊之神、乃作西畤、祠白帝、）臚（祭名、）文公（襄公子、）隴（今陝西隴縣、）陳寶（「列異傳」陳倉人、得異物、道遇二童云、此名爲媦、在地下食死人腦、媦乃言、彼二童子、名陳寶、得雄者王、得雌者霸、乃逐童子、化爲雉、秦穆公大獵、獲其雌、乃爲立祠、）岐（今陝西岐山縣、）雍（古雍州、今陝西省地、）六卿（范氏、中行氏、知氏、韓、趙、魏也、）田常（即陳恆、諡成子、）簡公（名壬、）三國（韓、趙、魏、）田和（莊子子、是爲太公、）魯衛（魯、周公後、今自

分三層作提、以見漢之天下半由僥倖而得之、極言得天下之難、句筆全局一振

吳氏云、鄉秦之禁以下、語語轉變、神氣怪駭、讀之但見頌揚耳、是罷雄奇

拈一天字作結、於循例頌揚中、微示不滿之意

山東舊兗州府、至邳、泗之境、衛、康叔後、今自直隸舊大名府開州以西、至河南之衛輝、懷慶、西羌［史記正義］禹生於茂州汶川縣、本冉駹國、皆西羌、亳今河南南邱縣、豐鎬見蘇志林篇注、周元王名仁、

司馬子長秦楚之際月表序

時天下未定、擾攘僭竊、運數又促、故以月紀而爲之表、○○○

太史公讀秦楚之際。曰、初作難。發於陳涉。虐戾滅秦。自項氏。撥亂誅暴。平定海內。卒踐帝祚。成於漢家。五年之間。號令三嬗。同禪自生民以來。未始有受命若斯之亟也。昔虞夏之興。積善累功數十年。德洽百姓。攝行政事。考之於天。然後在位。湯武之王。乃由契先結切后稷。修仁行義十餘世。不期而會孟津八百諸侯。猶以爲未可。其後乃放弒。秦起襄公。章於文繆。獻孝之後。稍以蠶食六國。百有餘載。至始皇。乃能并冠帶之倫。以德若彼。用力如此。蓋一統若斯之難也。秦旣稱帝。患兵革不休。以有諸侯也。於是無尺土之封。墮壞名城。銷鋒鏑。音的鉏豪桀。維萬世之安。然王跡之興。起於閭巷。合從討伐。軼於三代。鄉同向秦之禁。適足以資賢者。爲驅除難耳。故憤發其所爲天下雄。安在無土不王。此乃傳之所謂大聖乎。豈非天哉。豈非天哉。非大聖。孰能當此受命而帝者乎。

自雁門太原吳氏云此段言始封太過茅順小講豐文海內形勢如掌歐公五代職方論可與並雄某案此文雄奇獨有千古歐公不及遠甚

張廉卿曰此文如昔人評右軍書有龍跳天門虎臥鳳闕之勢又曰雄逸恣肆千古一人其奇宕則韓歐之所自出也

亟（速也、）契后稷（商周之始祖、）孟津（在河南孟縣、）章（顯大也、）文繆（文公、襄公子、繆公、德公子、）并冠帶句（言一統也、）

司馬子長漢興以來諸侯年表序〇〇〇

太史公曰殷以前尚矣周封五等公侯伯子男然封伯禽康叔於魯衞地各四百里親親之義襃有德也太公於齊兼五侯地尊勤勞也武王成康所封數百而同姓五十五地上不過百里下三十里以輔衞王室管蔡唐叔曹鄭或過或損厲幽之後王室缺侯伯彊國興焉天子微弗能正非德不純形勢弱也漢興序二等高祖末年非劉氏而王者若無功上所不置而侯者天下共誅之高祖子弟同姓爲王者九國雖獨長沙異姓而功臣侯者百有餘人自雁門太原以東至遼陽爲燕代國常山以南太行左轉度河濟阿甄以東薄海爲齊趙國自陳以西南至九疑東帶江淮穀泗薄會稽爲梁楚吳淮南長沙國皆外接於胡越而內地北距山以東盡諸侯地大者或五六郡連城數十置百官宮觀僭於

廣封同姓亦高祖懲秦孤立之病

天子觀於上古方植之云一句振起如太華之聳削

故齊分爲七吳氏云此段胥削弱太甚少地多封於法爲最善

外輕內重乃有新莽之變

秉其阸塞吳氏云此文以末二句爲主此非眞頌美也探其削弱之意而爲之詞耳

結句得箴規意而文筆亦絕有力

天子。漢獨有三河東郡潁川南陽。自江陵以西至蜀。北自雲中至隴西。與內史凡十五郡。而公主列侯頗食邑其中。何者。天下初定。骨肉同姓少。故廣彊庶孽。以鎮撫四海。用承衛天子也。漢定百年之間。親屬益疏。諸侯或驕奢。忕（音舌）邪臣計謀爲淫亂。大者叛逆。小者不軌於法。以危其命。殞身亡國。天子觀於上古。然後加惠。使諸侯得推恩分子弟國邑。故齊分爲七。趙分爲六。梁分爲五。淮南分三。及天子支庶子爲王。王子支庶爲侯。百有餘焉。吳楚時。前後諸侯或以適（同謫）削地。是以燕代無北邊郡。吳淮南長沙無南邊郡。齊趙梁楚支郡名山陂海咸納於漢。諸侯稍微。大國不過十餘城。小侯不過數十里。上足以奉貢職。下足以供養祭祀。以蕃輔京師。而漢郡八九十。形錯諸侯間。犬牙相臨。秉其阸（音厄）塞地利。彊本幹弱枝葉之勢也。尊卑明而萬事各得其所矣。臣遷謹記高祖以來至太初諸侯。譜其下益損之時。令後世得覽。形勢雖彊。要之以仁義爲本。

方植之曰。漢興以來許多事變得失利害及地形法制一絲不亂一塵不驚如日星麗天河岳奠地但見元氣造化生成古今無匹姚評筆勢雄遠有包舉天下之概諸序皆然而此尤雄遠○吳氏曰姚郎中謂此篇筆勢雄遠有包舉天下之概當矣至謂孟堅序議論尤密則未盡然班序仍本此文立說其論諸侯削弱太過中外殫微至啟王莽之篡義亦發自史公史云尊卑明而萬事各得其所者亦語似褒揚而意主婉諷偏宕之辭也此篇歸宿在末句形勢雖彊要之以仁義爲本二語班氏但就此推闡之

伯禽周公子、康叔武王弟、同姓五十五兄弟之國十有五、姬姓之國四十、管今河南鄭縣、封叔鮮、蔡今河南新蔡縣、封叔度、唐唐叔虞、至成王時、始封今山西境、曹今山東定陶縣、封叔振鐸、鄭今陝西南鄭縣、封厲王庶子友、二等大者王、小者侯、九國齊、楚、荆、淮南、燕、趙、梁、代、淮陽、長沙今湖南長沙縣、吳芮封此、雁門今山西代縣、太原今山西太原縣、遼陽今奉天遼陽縣、燕初爲盧綰地、後綰入匈奴、遂立子建爲燕王、代初封韓王信、信後降匈奴、乃立子恆、常山即山西恆山、避文帝諱、改常、太行山在山西東部、阿阿澤、在今山東陽穀縣、甄在今山東濮縣、齊始封韓信、後封子肥、趙初封張耳、後封子如意、陳今河南淮陽縣、九疑山在湖南寧遠縣南、穀在江蘇沛縣、泗今山東泗水縣、梁初封彭越、後立子恢、楚初封韓信、後封弟交、吳封兄子濞、淮南初封英布、後立子長、三河河南、爲舊河南府、及鄭州、汝州之地、河東、今山西河東道地、河內、今河南河北道地、東郡今直隸大名縣、及山東聊城縣、臨淸縣等地、潁川今河南舊許州、陳州、汝州、汝寧、陽武等地、南陽今河南南陽縣等地、江陵今湖北江陵縣、雲中今山西大同縣北、隴西今甘肅隴西縣、內史今陝西地、忕僭也、異哉所聞吳氏云方侍郎曰異於古者河山帶礪之意也某案此所異於春秋尚書千歲之封也封爵之誓乃高帝所爲具見漢書高惠高后各功臣表序此文所云欲固根本而枝葉陵夷衰微者皆指漢事根本謂封國之功臣爲後世祖者枝葉指其子孫也

豈非篤於仁義吳氏云方曰上篤仁義下奉上法亦非是此皆就爲功臣者爲文意主諷上詞專舉下小侯自倍吳氏云首封之失所以尊寵餘皆坐法吳氏云禁罔之密所以隳辱耗矣罔亦少密焉方植之云徵過出少恩意下急轉出不守法爲主居今之世以下統舉上下得失變收

齊分爲七（文帝時、分齊爲城陽、濟北兩國、後又分爲濟南、菑川、膠東、膠西、幷齊爲七國、）趙分爲六（趙分爲河間、廣川、中山、平原、眞定、幷趙爲六國、）梁分爲五（梁分爲濟川、濟東、山陽、濟陰、幷梁爲五國、）淮南分三（淮南分爲衡山、廬江、幷淮南爲三國、）阸塞（險地、）太初（漢武帝年號、）

司馬子長高祖功臣年表序○

太史公曰古者人臣功有五品以德立宗廟定社稷曰勳以言曰勞用力曰功明其等曰伐積日曰閱封爵之誓曰使河如帶泰山如厲（同礪）國以永寧爰及苗裔始未嘗不欲固其根本而枝葉稍陵夷衰微也余讀高祖侯功臣察其首封所以失之者曰異哉所聞書曰協和萬邦遷於夏商或數千歲蓋周封八百幽厲之後見於春秋尚書有唐虞之侯伯歷三代千有餘載自全以藩衞天子豈非篤於仁義奉上法哉漢興功臣受封者百有餘人天下初定故大城名都散亡戶口可得而數者十二三是以大侯不過萬家小者五六百戶後數世民咸歸鄉里戶益息蕭曹絳灌之屬或至四萬小侯自倍富厚如之子孫驕溢忘其先淫嬖至太初百年之間見侯五餘皆坐法隕命亡國耗（好去聲）矣罔（同網）亦少密焉然皆身無兢兢於當世之禁云居今之世志古之道所以自鏡也未必盡同

之用意含蓄不直斷所以爲妙吳氏云耗矣三句往復頓挫極抑揚之致

居今之世吳氏云此段以迴護致其諷刺

言二夷之不得不伐倅於祖考句含有諷意

引古似爲武皇解免黷武窮兵之譏

吳氏云將卒以次封言將及兵士皆得封侯也王懷祖謂卒當作率謬甚

帝王者各殊禮而異務要以成功爲統紀豈可緄（同混）乎觀所以得尊寵及所以廢辱亦當世得失之林也何必舊聞於是謹其終始表見其文頗有所不盡本末著其明疑者闕之後有君子欲推而列之得以覽焉

滿腔不平之氣迺以宛轉之筆出之原始要終一面責備一面又替他迴護筆妙愈見文妙　濡識

蕭曹（蕭何、曹參、）絳灌（見蘇子瞻賈誼論注、）小侯句（倍其初封戶數、）耗（盡也、）兢兢（恐懼也、）

司馬子長　建元以來侯者年表序（建元、武帝年號、）○○

太史公曰匈奴絕和親攻當路塞閩越擅伐東甌（音謳）請降二夷交侵當盛漢之隆以此知功臣受封侔於祖考矣何者自詩書稱三代戎狄是膺荊舒是懲齊桓越燕伐山戎武靈王以區區趙服單于秦繆用百里霸西戎吳楚之君以諸侯役百越況乃以中國一統明天子在上兼文武席卷四海內輯億萬之衆豈以晏然不爲邊境征伐哉自是後遂出師北討彊胡南誅勁越將卒以次封矣

吳至父曰武帝南征北討史公深不然之而詞乃極口夸詡此文字神妙處

匈奴（古獫狁，至秦曰匈奴，漢時屢和屢叛，武帝大舉伐之。）塞（邊界。）閩越擅伐兩句（閩越，今福建閩縣地，王號無諸，越句踐裔，其後數世，於武帝建元三年，發兵攻東甌，東甌因舉國內附。按東甌，今浙江永嘉縣，其王名搖，亦句踐後。）膺（擊也。）舒（楚與國，今安徽懷寧縣。）山戎（在今直隸盧龍縣地。）武靈王（名雍。）單于（匈奴王號。）百里（名奚，虞人。）百越（見過秦論注。）

蘇厚子云此序原本倘有首尾

推論成周教化之盛沿及東周餘風猶未盡泯

劉子政戰國策序

周室自文武始興。崇道德。隆禮義。設辟（音壁）雍泮宮庠序之教。陳禮樂絃歌移風之化。敍人倫。正夫婦。天下莫不曉然論孝弟之義。惇篤之行。故仁義之道滿乎天下。卒致之刑措四十餘年。遠方慕義。莫不賓服。雅頌歌咏。以思其德。下及康昭之後。雖有衰德。其綱紀尚明。及春秋時。已四五百載矣。然其餘業遺烈。流而未滅。五霸之起。尊事周室。五霸之後。時君雖無德。人臣輔其君者。若鄭之子產。晉之叔向。齊之晏嬰。挾君輔政。以並立於中國。猶以義相支持。歌詠以相感。聘覲以相交。期會以相一。盟誓以相救。天子之命。猶有所行。會享之國。猶有所恥。小國得有所依。百姓得有所息。故孔子曰。能以禮讓爲國乎。何有。周之流化。豈不大哉。及春秋之後。衆賢輔國者既沒。而禮義衰矣。孔子雖論詩書。定禮樂。王

非威不立非勢不行雖以孔子之聖而教化祗行於門弟子不能禁田氏簒齊三卿分晉之禍秦孝爲萬古之尤特地提出

孟荀亦嘗大聲疾呼冀圖世運而亦困於無勢

天下不交兵者二十有九年方望溪云史

道粲然分明。以匹夫無勢。化之者七十二人而已。皆天下之俊也。時君莫尙之。是以王道遂用不興。故曰非威不立。非勢不行。仲尼既沒之後。田氏取齊。六卿分晉。道德大廢。上下失序。至秦孝公。捐禮讓而貴戰爭。棄仁義而用詐譎。苟以取彊而已矣。夫篡盜之人。列爲侯王。詐譎之國。興立爲彊。是以轉相放效。後嗣師之。遂相吞滅。并大兼小。暴師經歲。流血滿野。父子不相親。兄弟不相安。夫婦離散。莫保其命。湣（音翾）然道德絕矣。晚世益甚。萬乘之國七。千乘之國五。敵侔爭權。蓋爲戰國。貪饕（他刀切）無恥。競進無厭。國異政教。各自制斷。上無天子。下無方伯。力功爭彊。勝者爲右。兵革不休。詐僞並起。當此之時。雖有道德。不得設施。有謀之彊。負阻而恃固。連與交質。重約結誓。以守其國。故孟子孫卿儒術之士。棄捐於世。而游說（音稅）權謀之徒。見貴於俗。是以蘇秦張儀公孫衍陳軫代厲之屬。主從（讀縱）橫短長之說。左右傾側。蘇秦爲從。張儀爲橫。橫則秦帝。從則楚王。所在國重。所去國輕。然當此之時。秦國最雄。諸侯方弱。蘇秦結之。合六國爲一。以儐（同擯）背秦。秦人恐懼。不敢闚兵於關中。天下不交兵者二十有九年。然秦國勢便

記秦兵不敢闚函谷關十五年又曰蘇秦去趙而從約皆散按六國世表蘇秦說燕在燕侯十六年徐廣去趙去趙儀三年而二十二年趙疵與秦戰敗秦殺趙疵河西取藺離石約計秦兵不出僅四五年耳此云二十九年蓋雖取從人誇詡而未免失實也

策士未嘗無才隨因時勢利亦時有益於人國

戛然而止可喜可觀是善讀戰國策者

形。利權謀之士。咸先馳之。蘇秦初欲橫。秦弗用。故東合從。及蘇秦死後。張儀連橫。諸侯聽之。西向事秦。是故始皇因四塞之國。據崤函之阻。跨隴蜀之饒。聽衆人之策。乘六世之烈。以蠶食六國。兼諸侯。幷有天下。仗於詐謀之積。終無信篤之誠。無道德之教。仁義之化。以綴天下之心。任刑法以爲治。信小術以爲道。遂燔燒詩書。坑殺儒士。上小堯舜。下邈三王。二世愈甚。惠不下施。情不上達。君臣相疑。骨肉相疏。化道淺薄。綱紀壞敗。民不見義。而懸於不寧。撫天下十四歲。天下大潰。詐僞之弊也。其比王德。豈不遠哉。孔子曰。道之以政。齊之以刑。民免而無恥。道之以德。齊之以禮。有恥且格。夫使天下有所恥。故化可致也。苟以詐僞偷活取容。自上爲之。何以率下。秦之敗也。不亦宜乎。戰國之時。君德淺薄。爲之謀策者。不得不因勢而爲資。據時而爲畫。故其謀扶急持傾。爲一切之權。雖不可以臨國教化。兵革救急之勢也。皆高才秀士。度時君之所能行。出奇策異智。轉危爲安。易亡爲存。亦可喜。皆可觀。

方望溪曰觀曾子固所識可知孔孟之學至北宋而明漢儒所見實淺然是

大姚云宋書志五德遷王有二家之說鄒衍以相勝立體劉向以相生爲義按前漢律曆志引劉歆三統曆謂周以木德王繼高祖伐秦繼周木生火故爲火德秦以水德在周漢之間猶共工氏霸而不王爲閏位不當五德之序此文首言周歷已移應以漢代而天復以秦値其位者仁不代毋耳

篇述春秋所以變爲戰國特具深識字句亦非苟然◯姚氏曰此文固不若過秦論之雄駿然沖溶渾厚無意爲文而自能盡意若莊子所謂木雞者此境亦賈生所無也

辟雍（天子之學）、泮宮（諸侯之學）、庠序（鄉學名、殷曰序、周曰庠）、康昭（康王釗、昭王瑕）、子產（鄭相、公孫僑）、叔向（晉大夫、羊舌肸）、晏嬰（字平仲、相齊景公）、田氏（田和也、遷其君康公貸、自立）、六卿（見上六國表序注）、秦孝公陳軫（見過秦論上注）、方伯（[禮記王制]千里之外設方伯、蓋一方諸侯之長）、公孫衍（魏人）、代厲（並蘇秦弟）、

班孟堅記秦始皇本紀後◯

孝明皇帝十七年十月十五日乙丑曰。周歷已移。仁不代母。秦值其位。呂政殘虐。然以諸侯十三。并兼天下。極情縱欲。養育宗親。三十七年。兵無所不加。制作政令。施於後王。蓋得聖人之威。河神授圖。據狼弧。蹈參伐。佐政驅除。距之稱始皇。始皇既歿。胡亥極愚。酈山未畢。復作阿房。以遂前策。云凡所爲貴有天下者。肆意極欲。大臣至欲罷先君所爲。誅斯去疾。任用趙高。痛哉言乎。人頭畜鳴。不威不伐惡。不篤不虛亡。距之不得留。殘虐以促期。雖居形便之國。猶不得存。子

子嬰爲高所立而能誅高嬰非庸主可比

闢遷誼說甚是

子嬰豈劉項之敵

張廉卿云篇末佐以經術乃蔚蔚然以茂窈然而深易胡亥而爲子嬰則守成令主何至有涉廣之發難

嬰度次得嗣冠玉冠佩華紱音弗車黃屋從百司謁七廟小人乘非位莫不怳恍同忽失守偸安日日獨能長念卻慮父子作權近取於戶牖之間竟誅猾臣爲君討賊高死之後賓婚未得盡相勞餐未及下咽酒未及濡脣楚兵已屠關中眞人翔霸上素車嬰組奉其符璽以歸帝者鄭伯茅旌鸞刀嚴王退舍河決不可復壅魚爛不可復全賈誼司馬遷曰向使嬰有庸主之才僅得中佐山東雖亂秦之地可全而有宗廟之祀未當絕也秦之積衰天下土崩瓦解雖有周旦之才無所復陳其巧而以責一日之孤誤哉俗傳秦始皇起罪惡胡亥極得其理矣復責小子云秦地可全所謂不通時變者也紀季以酅戶圭切春秋不名吾讀秦紀至於子嬰車裂趙高未嘗不健其決憐其志嬰死生之義備矣

張廉卿曰奇辭奧旨蕁跗相承而其氣特雄直

仁不代母五德遞王、周得木、秦得水、漢得火、五行之運、水生木、木生火、火生土、土生金、金生水、所生者爲母、出者爲子、漢高祖伐秦繼周、是以火繼木也、木爲母、火爲子、仁恩之情、子不代母、故秦以水德、僭其閏位、呂政秦本嬴姓、呂不韋取邯鄲姬、有娠、獻莊襄王、生政、蓋得聖人之威二句「史記正義」蓋、疑辭、言始皇之威、疑得聖人之威靈、河神之圖籙、按河神授圖句宜屬下、與佐政驅除句相應、蓋得聖人之威、承上兵無所不加三句言之也、不必泥正義、據

文體謹較史公爲卑近而瑰茂之氣溢於行間猶不失西京遺緒

封建之利

狼弧二句［史記正義］狼弧主弓矢星、天官書云、參伐主斬艾事、言秦誅蹈狼弧參伐之氣、殲滅天下、距至也、酈山阿房始皇時、徙刑者七十餘萬人、治酈山作阿房宮、至是更續爲之、按酈山、在今陝西臨潼縣、云凡所爲二句乃二世語、去疾姓馮、官右丞相、不威不伐二句言胡亥既無帝威、又無功伐、惡不深焉、何至滅亡、豈其虛哉、子嬰二世兄子、紱綬也、黃屋天子車以黃繒爲裏、七廟見過秦論注、父子作權子嬰與二子謀、俟趙高至齋宮刺殺之、眞人指高帝、霸上今陝西咸寧縣東、素車句子嬰繫車白馬、係頸以組、而降沛公、鄭伯二句嚴王即莊王、避明帝諱、茅旌鸞刀、宗廟用器、［公羊傳］曰、楚莊王伐鄭、鄭伯肉袒、左執茅旌、右執鸞刀、以逆莊王、莊王退舍七里、周旦文王子、武王弟、一日之孤小子並指子嬰、紀季句［春秋莊三年秋］紀季以酅入於齊、［公羊傳］曰、何以不名、賢之也、謂請五廟以存姑姊妹也、按季爲紀侯弟、紀亡而以地事齊、爲存祀計也、酅、今山東臨淄縣東、

班孟堅諸侯王表序○○

昔周監於二代。三聖制法。立爵五等。封國八百。同姓五十有餘。周公康叔建於魯衞。各數百里。太公於齊。亦五侯九伯之地。詩載其制曰。介人維藩。大師維垣。大邦維屏。大宗維翰。懷德維寧。宗子維城。毋俾城壞。毋獨斯畏。所以親親賢賢。褒表功德。關諸盛衰。深根固本。爲不可拔者也。故盛則周召相其治。致刑措。衰則五霸扶其弱。與共守。自幽平之後。日以陵夷。至虖同乎阸音隘陿音狹河洛之間。分

說明放任之害而非封建之蔚國

孤立之弊

爲二周有逃責(同債)之臺。被竊鈇(音夫)之言。然天下謂之共主。彊大弗之敢傾。歷載八百餘年。數極德盡。既於王赧降爲庶人。用天年終。號位已絕於天下。尙猶枝葉相持。莫得居其虛位。海內無主三十餘年。秦據勢勝之地。騁狙(七慮切)詐之兵。蠶食山東。一切取勝。因矜其所習。自任私知。姍(古訕字)笑三代。盪滅古法。竊自號爲皇帝。而子弟爲匹夫。內亡骨肉根本之輔。外亡尺土藩翼之衞。陳吳奮其白梃。劉項隨而斃之。故曰。周過其歷。秦不及期。國勢然也。漢興之初。海內新定。同姓寡少。懲戒亡秦孤立之敗。於是剖裂疆土。立二等之爵。功臣侯者百有餘邑。尊王子弟。大啟九國。自雁門以東。盡遼陽。爲燕代。常山以南。太行左轉。度河濟。漸於海。爲齊趙。穀泗以往。奄有龜蒙。爲梁楚。東帶江湖。薄會稽。爲荊吳。北界淮瀕。略廬衡。爲淮南。波(同陂音碑)漢之陽。亙九嶷(音疑)。爲長沙。諸侯比境。周匝三垂。外接胡越。天子自有三河東郡潁川南陽。自江陵以西至巴蜀。北自雲中至隴西。與京師內史凡十五郡。公主列侯頗邑其中。而藩國大者夸(同跨)州兼郡。連城數十。宮室百官同制京師。可謂橋(同矯)枉過其正矣。雖然。高祖創業。日不暇給。孝惠享

多建弱勢一時利便而無以弭權臣闇干之漸

新室之患由於諸侯衰弱

國又淺高后女主攝位而海內晏如亡（同無）狂狡之憂卒折諸呂之難成太宗之業者亦賴之於諸侯也然諸侯原本以大末流濫以致溢小者淫荒越法大者睽孤橫逆以害身喪國故文帝采賈生之議分齊趙景帝用鼂錯之計削吳楚武帝施主父之册下推恩之令使諸侯王得分戶邑以封子弟不行黜陟而藩國自析自此以來齊分為七趙分為六梁分為五淮南分為三皇子始立者大國不過十餘城長沙燕代雖有舊名皆亡南北邊矣景遭七國之難抑損諸侯減黜其官武有衡山淮南之謀作左官之律設附益之法諸侯惟得衣食稅租不與政事至於哀平之際皆繼體苗裔親屬疏遠生於帷牆之中不為士民所尊埶（同勢）與富室亡異而本朝短世國統三絕是故王莽知漢中外殫微本末俱弱無所忌憚生其奸心因母后之權假伊周之稱顓（同專）作威福廟堂之上不降階序而運天下詐謀既成遂據南面之尊分遣五威之吏馳傳天下班行符命漢諸侯王厥角稽首奉上璽韍（音拂）惟恐在後或乃稱美頌德以求容媚豈不哀哉是以究其終始彊弱之變明監戒焉

姚氏曰太史公年表序託意高妙筆勢雄遠有包舉天下之概孟堅此文多因太史公語議論尤密而文體則已入卑近范蔚宗以下史家率橅仿之○張廉卿曰縝密成東京風氣奇雄跌宕不如史公而端重凝厚其味醰醰而深孟堅所長亦千古無兩

二代（夏、殷、）三聖（文、武、周公、）五等（公、侯、伯、子、男、）五侯（五等諸侯、）九伯（九州之長、）介人維藩八句（見[詩大雅]介、善也、藩、籬也、屏、蔽也、垣、牆也、翰、幹也、懷、和也、俾、使也、）幽平（幽王宮涅、平王宜臼、）阸（狹也、）陿（傾邪也、）二周（東周、西周、）逃責（周赧王負責、築謻臺以避之、謻、音移、）竊鈇（鈇鉞、王者施刑之具、周室衰微、政令不行、雖有鈇鉞、私竊隱藏也、）王赧（名延、赧、謚、）海內無主二一句（周亡於秦昭襄王五十二年、歷莊襄及政、凡三十五年、秦始稱帝、）狙（伺也、伺隙出兵、）姍（謗也、）白梃（大杖、）周過其歷（武王克商、卜世三十、卜年七百、今周三十六世、八百六十七歲、）秦不及期（始皇曰、朕為始皇帝、後世以計數、二世、三世、至於萬世、傳之無窮、乃至二世而亡、）二等爵（大者王、小者侯、）雁門遼陽燕代常山太行齊趙穀泗（並見漢興以來諸侯年表序注、）龜蒙（二山在山東境、）荊吳（高帝六年、為荊國、十年、更名吳、）瀕（水涯、）廬衡（廬山、在江西星子縣、衡山、在湖南衡山縣、）波漢之陽（猶言循漢水而往也、水北曰陽、）亘（極也、）九嶷長沙及下三河東郡潁川南陽江陵巴蜀雲中隴西內史（並見漢興以來諸侯年表序注、）三垂（北東南也、）狂狡（幼劣不循法也、指諸侯言、）太宗（即文帝、）睽孤（乖異也、見[易睽卦]）鼂錯（見鼂錯論注、）主父（名偃、臨淄人、說武帝曰、今諸侯子弟、或十數、而適嗣代立、餘無封地、則仁孝不宜、顯陛下令諸侯得推恩封子弟、**齊分爲七四句**並見漢興以來諸侯年表序注、**衡山淮南**武帝時、衡山王賜、淮南王安、謀反不成、自殺、**左官**仕於諸侯者、**附益**[漢書註]封諸侯過限曰附益、**哀平**哀帝欣、平帝衎、**短世三絕**成、哀、平、皆早崩無嗣、**序**東西階也、**五威吏**莽遣五威將帥、班符命於天下、五威者、每一將各置左右前後中五帥、衣冠車服駕馬、各如其方色數、**厥角稽首**厥、頓也、角、額角、稽首、首至地也、**韍**璽組、

評校音注古文辭類纂卷六終

不用於今者以其繁重耳申明保存之意

有吾生也晚之憾

覇易覇方望溪云退之以孟子爲覇易覇又云孔墨必相爲用所謂擇焉而不精

聖人之道不傳於世大姚云頓挫張廉卿云突起雄闊

韓退之讀儀禮

［儀禮］有二本、高堂生所傳者爲今文、古文則魯恭王壞孔子宅而得者、鄭玄注參用二本、唐賈公彥爲之疏、凡十七卷、○○

余嘗苦儀禮難讀。又其行於今者蓋寡。沿襲不同。復之無由。考於今。誠無所用之。然文王周公之法制粗在於是。孔子曰。吾從周。謂其文章之盛也。古書之存者希矣。百氏雜家尚有可取。況聖人之制度耶。於是掇其大要奇辭奧旨著於篇。學者可觀焉。惜乎吾不及其時進退揖讓於其間。嗚呼盛哉。

方望溪曰風味與史記表序略同而格調微別

儀禮難讀 每篇句字、多相同、一篇中前後亦多同、記憶頗難、

韓退之讀荀子

［荀子］荀卿所著、○○○

始吾讀孟軻書。然後知孔子之道尊。聖人之道易行。王易王。覇易覇也。以爲孔子之徒沒。尊聖人者孟氏而已。晚得揚雄書。益尊信孟氏。因雄書而孟氏益尊。則雄者亦聖人之徒與。聖人之道不傳於世。周之衰。好事者各以其說干時君。

紛紛籍籍張廉卿云　不醇　火於秦張廉卿云突　韓時若不粹張廉卿云　小疵　與孔子異者鮮矣張　廉卿云大醇　孟氏醇乎醇者也方　望溪云止如槁木惟　史公退之有此以所　讀皆周人之書故也　張廉卿云通篇斷制　處又云歸宿

紛紛籍籍相亂。六經與百家之說錯雜。然老師大儒猶在。火於秦。黃老於漢。其存而醇者。孟軻氏而止耳。揚雄氏而止耳。及得荀氏書。於是又知有荀氏者也。考其辭。時若不粹。要其歸。與孔子異者鮮矣。抑猶在軻雄之間乎。孔子刪詩書。筆削春秋。合於道者著之。離於道者黜去之。故詩書春秋無疵。余欲削荀氏之不合者。附於聖人之籍。亦孔子之志與。孟氏醇乎醇者也。荀與揚大醇而小疵。

張廉卿曰卓識偉論上下千古其文勢甚雄闊而以盤勁之致行之彌覺聲光黯然又曰此文雖爲讀荀子作然直是自抒己意論孟荀揚三家耳其中賓主秩然不亂〇曾滌生曰此與讀鶡冠子讀儀禮讀墨子四篇矜愼之至一字不苟文氣類史公年表序

籍籍人言之衆也、

大姚云韋貫之初貶　果州後改巴州盛山　今夔州府開縣朐䏰　漢志作朐忍朐音劬　忍如字說文作朐䏰　徐鉉讀朐音蠢䏰音　尤今雲陽縣唐雲安　縣也蘇厚子云按猗

韓退之韋侍講盛山十二詩序

盛山、今四川開縣、隋時爲盛山縣、武德元年、改開州、[唐書]韋處厚、字德載、京兆人、元和時、坐與宰相韋貫之善、出爲開州刺史、穆宗召入翰林、爲侍讀學士、改中書舍人、侍講如故、處厚有盛山詩十二篇、一宿雲亭、二隱月岫、三茶嶺、四梅溪、五流盃渠、六盤石磴、七桃塢、八竹嵓、九琵琶臺、十胡盧沼、十一繡衣石榻、十二上士瓶泉、

〇〇

覺寮雜記云廣韻駒音蠢閏地下濕多駒腮蟲因以爲名當以廣韻爲正駒腮蟲蚯蚓也

夫儒者之於患難張廉卿云此段從天而降驚駭凡庸

其意方且以入谿谷張廉卿云昌黎本色

韋侯昔以考功副郎守盛山。人謂韋侯美士。考功顯曹。盛山僻郡。奪所宜處。納之惡地。以枉其材。韋侯將怨。且不釋矣。或曰不然。夫得利則躍躍以喜。不利則戚戚以泣。若不可生者。豈韋侯謂哉。韋侯讀六藝之文。以探周公孔子之意。又妙能爲辭章。可謂儒者。夫儒者之於患難。苟非其自取之。其拒而不受於懷也。若築河隄以障屋霤。力救切其容而消之也。若水之於海。冰之於夏日。其翫五換切而忘之以文辭也。若奏金石以破蟋蟀之鳴。蟲飛之聲。況一不快於考功盛山。一出入息之間哉。未幾。果有以韋侯所爲十二詩。遺余者。其意方且以入谿谷上巖石。追逐雲月。不足日爲事。讀而歌詠之。令人欲棄百事。往而與之游。不知其出於巴東以屬朐音蠢腮音閏也。及此年。韋侯爲中書舍人。侍講六經禁中。於是盛山十二詩。大行於時。韋侯俾余題其首。

文之妙處。全在見題明詮題確中。多變化。要不離乎其宗。此文得之 濡識

考功副郎 掌考文武百官功過善惡之績、處厚於元和時、官考功員外郎、屋霤 屋水溜也、盛山 隋時縣名、屬巴東郡、朐腮「通典」開州、漢朐腮地、中書舍人 掌侍進奏、參議表章、凡詔旨制勅璽書冊命、皆起草進御、既下則署行、

永叔云詩人少達而多窮其意本此

得諸王公貴人爲難

和者一面亦不忽略

韓退之荊潭唱和詩序（時裴均爲荊南節度使、楊憑爲湖南觀察使、而愈佐均爲江陵法曹、）○

從事有示愈以荊潭酬唱詩者。愈既受以卒業因仰而言曰夫和平之音淡薄而愁思之聲要（平聲）妙讙愉之辭難工而窮苦之言易好也是故文章之作恆發於羇旅草野至若王公貴人氣滿志得非性能而好之則不暇以爲今僕射裴公開鎮蠻荊統郡惟九常侍楊公領湖之南壤地二千里德刑之政並勤爵祿之報兩崇乃能存志乎詩書寓辭乎詠歌往復循環有唱斯和搜奇抉怪雕鏤文字與韋布里閭憔悴專一之士較其豪（同毫）釐分寸鏗鏘發金石幽眇感鬼神信所謂材全而能鉅者也兩府之從事與部屬之吏屬（音燭）而和之苟在編者咸可觀也宜乎施之樂章紀諸册書從事曰子之言是也告於公書以爲荊潭唱和詩序。

茅鹿門曰雋永○劉海峯曰立言甚簡而雄直之氣鬱勃行間

從事（指幕僚也、）僕射（唐置左右僕射、爲宰相之佐、）統郡惟九（即荊南、夔、忠、萬、澧、朗、涪、峽、江陵九郡、）常侍（天子侍從之官、）韋布（謂韋帶布衣、喻貧士也、）

總冒一段拈一樂字叙上巳日聚燕之由

此段入全題

的是聽彈琴移置他處不得

充然有得合上樂字

韓退之上巳日燕大學聽彈琴詩序○○

與衆樂之之謂樂樂而不失其正又樂之尤也四方無鬬爭金革之聲京師之人既庶且豐天子念致理之艱難樂安居之閑暇肇置三令節詔公卿羣有司至於是日率厥官屬飲酒以樂所以同其休宣其和感其心成其文者也三月初吉實惟其時司業武公於是總大學儒官三十有六人列燕於祭酒之堂尊俎既陳肴羞惟時醆阻限切斝音買序行獻酬有容歌風雅之古辭斥夷狄之新聲褒衣危冠與音余與如也有儒一生魁然其形抱琴而來歷階以升坐於尊俎之南鼓有虞氏之南風賡之以文王宣父之操優游夷愉廣厚高明追三代之遺音想舞雩音于之詠嘆及暮而退皆充然若有得也武公於是作歌詩以美之命屬官咸作之命四門博士昌黎韓愈序之

茅順甫曰風雅○劉海峯曰韓公文往往從頭直下其氣甚雄此篇運辭典雅雍容其風肆好而雄毘之氣自在又曰句腳多用平聲尤奇○曾滌生曰和雅淵懿東京遺調

雷萬春舊註云當作南霽雲

遠死於偃師

如老吏斷獄無一閒句賸字

當其圍守時方望溪云此段明遠不畏死

張廉卿云此段辯遠必死

三令節 [舊唐書]德宗貞元四年、詔正月晦日、三月三日、九月九日、三節日、令百僚選勝地爲樂、五年、詔以二月一日爲中和節、代正月晦日、備三令節數、 司業 掌儒學訓導、 祭酒 所掌與司業同、 醆斝 醆、爵也、斝、玉爵、 褒衣 褒、大裾也、[前漢雋不疑傳]褒衣博帶、 與與 威儀中適貌、 南風 舜彈五弦之琴、歌南風之詩、曰、南風之薰兮、可以解我民之慍兮、南風之時兮、可以阜吾民之財兮、 文王宣父之操 [家語]孔子學琴於師襄子、曰、丘未得其爲人也、有間、孔子有所思、曰、丘殆得其爲人矣、近黮而黑、頎然長曠如望羊、奄有四方、非文王其孰能爲斯、師襄子避席而對曰、子、聖人也、其傳曰文王操、 舞雩詠嘆 舞雩、祭天禱雨之處、曾點言志曰浴乎沂、風乎舞雩、詠而歸、夫子喟然嘆曰、吾與點也、 四門博士 掌教七品以上侯伯子男子爲生、及庶人子爲俊士生者、 昌黎 治今直隸昌黎縣、

韓退之張中丞傳後敘 張中丞、名巡、鄧州南陽人、傳爲李翰所作、○○○

元和二年四月十三日夜。愈與吳郡張籍閱家中舊書。得李翰所爲張巡傳。翰以文章自名。爲此傳頗詳密。然尚恨有闕者。不爲許遠立傳。又不載雷萬春事首尾。遠雖材若不及巡者。開門納巡。位本在巡上。授之柄而處其下。無所疑忌。竟與巡俱守死。成功名。城陷而虜。與巡死先後異耳。兩家子弟材智下。不能通知二父志。以爲巡死而遠就虜。疑畏死而辭服於賊。遠誠畏死。何苦守尺寸之地。食其所愛之肉。以與賊抗而不降乎。當其圍守時。外無蚍 頻脂切 蜉 音浮 蟻子之

外無待而豁死守張廉卿云數語最撥力如兵家并力疾戰也亦能數日而知死處矣張廉卿云挫頓遠之不畏死亦明矣張廉卿云所謂聽之有擘捫之有稜雖至愚者不忍爲張廉卿云拘折見筆力又云此等蓋從孟子化出大姚云大歷中巡子去疾上書言城陷賊所入自遠分則當時有妄爲是語者去疾不詳而苟同之也人之將死方望溪云此段著城之陷自遠所分始不足病遠張廉卿云此段辨城陷自遠始祗數語明直簡勁與前後二段疏密相間段末遂作感憤爲上下關鍵樞紐姚氏云新唐書云義者謂巡守睢陽衆六萬既糧盡不持滿安隊出再生之路與夫食人寧若殺人於是張澹李紓董南史張建封樊晃朱巨川李翰咸謂巡蔽遮江淮沮賊勞天下不亡其功也翰等皆名士由是天下無異言按此

援所欲忠者國與主耳而賊語以國亡主滅遠見救援不至而賊來益衆必以其言爲信外無待而猶死守人相食且盡雖愚人亦能數日而知死處矣遠之不畏死亦明矣烏有城壞其徒俱死獨蒙愧恥求活雖至愚者不忍爲嗚呼而謂遠之賢而爲之耶說者又謂遠與巡分城而守城之陷自遠所分始以此詬遠此又與兒童之見無異人之將死其臟腑必有先受其病者引繩而絕之其絕必有處觀者見其然從而尤之其亦不達於理矣小人之好議論不樂成人之美如是哉如巡遠之所成就如此卓卓猶不得免其他則又何說當二公之初守也寧能知人之卒不救棄城而逆遁苟此不能守雖避之他處何益及其無救而且窮也將其創殘餓羸之餘雖欲去必不達二公之賢其講之精矣守一城捍天下以千百就盡之卒戰百萬日滋之師蔽遮江淮沮遏其勢天下之不亡其誰之功也當是時棄城而圖存者不可一二數擅彊兵坐而觀者相環也不追議此而責二公以死守亦見其自比於逆亂設淫辭而助之攻也愈嘗從事於汴徐二府屢道於兩府間親祭於其所謂雙廟者其老人往往說巡遠

文上兩段皆事爲遠辨當時之誣下一段申論等之論象爲張許辨謗而以小人之好議論五句爲上下文作紐
當二公之初守也張廉卿云此段辨二公死守
守一城張廉卿云突接
賀蘭進明屯臨淮許叔冀尚衡次彭城皆觀望不救
當是時吳氏云棄城句結前擁兵句開後
霽雲乞救事
愈嘗從事於汴徐方望溪云此段謂己所聞見
有聲有色是史公得意文字在昌黎集中却亦不可多得
張籍曰有于嵩者方望溪云此段記張籍所聞
以巡初嘗得臨渙縣尉二語方望溪云可刪
敍巡軼事不嫌瑣屑

時事云南霽雲之乞救於賀蘭也賀蘭嫉巡遠之聲威功績出己上不肯出師救愛霽雲之勇且壯不聽其語彊留之具食與樂延霽雲坐霽雲慷慨語曰雲來時睢陽之人不食月餘日矣雲雖欲獨食義不忍雖食且不下咽因拔所佩刀斷一指血淋漓以示賀蘭一座大驚皆感激爲雲泣下雲知賀蘭終無爲雲出師意卽馳去將出城抽矢射佛寺浮圖矢著其上甎半箭曰吾歸破賊必滅賀蘭此矢所以志也愈貞元中過泗州船上人猶指以相語城陷賊以刃脅降巡巡不屈卽牽去將斬之又降霽雲雲未應巡呼雲曰南八男兒死耳不可爲不義屈雲笑曰欲將以有爲也公有言雲敢不死卽不屈張籍曰有于嵩者少依於巡及巡起事嵩常在圍中籍大歷中於和州烏江縣見嵩嵩時年六十餘矣以巡初嘗得臨渙縣尉好學無所不讀籍時尙小粗問巡遠事不能細也云巡長七尺餘鬚髯若神嘗見嵩讀漢書謂嵩曰何爲久讀此嵩曰未熟也巡曰吾於書讀不過三徧終身不忘也因誦嵩所讀書盡卷不錯一字嵩驚以爲巡偶熟此卷因亂抽他帙以試無不盡然嵩又取架上諸書試以問巡巡應口誦

新唐書許遠傳與巡同年生而長故巡呼爲兄與此異

敍嵩亦不略

名家文自無漏筆

無疑。嵩從巡久。亦不見巡常讀書也。爲文章。操紙筆立書。未嘗起草。初守睢陽時。士卒僅萬人。城中居人戶亦且數萬。巡因一見問姓名。其後無不識者。巡怒鬚髯輒張。及城陷。賊縛巡等數十人坐。且將戮。巡起旋。其衆見巡起。或起或泣。巡曰。汝勿怖。死命也。衆泣不能仰視。巡就戮時。顏色不亂。陽陽如平常。遠寬厚長者。貌如其心。與巡同年生。月日後於巡。呼巡爲兄。死時年四十九。嵩貞元初死於亳宋間。或傳嵩有田在亳宋間。武人奪而有之。嵩將詣州訟理。爲所殺。嵩無子。張籍云。

茅鹿門曰。通篇句字氣皆太史公髓。非昌黎本色○方望溪曰。退之敍事文不學史記。而生氣奮動處不覺與之相近。又曰。前三段乃議論。不得曰記張中丞遺事。後二段乃敍事。不得曰讀張中丞傳。故標以張中丞傳敍。又曰。截然五段。不用鉤連。而神氣流注。章法渾成。惟退之有此

元和憲宗年號、吳郡治今江蘇吳縣、張籍字文昌、李翰贊皇人、官左補闕翰林學士、巡死節、睢陽人媢其功、以爲降賊、翰傳功狀表上之、肅宗、許遠杭州鹽官人、雷萬春巡裨將、令狐潮圍雍丘、射萬春六矢而不動、食所愛肉巡出愛妾、殺以享士、遠亦殺其奴、蚍蜉

此亦疑竇

頗能自圓其說

姚氏云此語程子亦取之朱子載之集注前然按之未必然檀弓最推子游似子游之徒所爲而於子游

大姓、汴治今河南開封縣、徐治今江蘇銅山縣、雙廟祀巡遠、在睢陽、南霽雲魏州頓邱人、巡初被圍、霽萬死一坐者、數日無人應、餓有喑嗚而來者、盡雲也、賀蘭賀蘭進明、時在臨淮、擁兵不救、睢陽治今河南商邱縣、浮圖塔也、貞元德宗年號、泗州治今安徽泗縣、大歷代宗年號、和州烏江和州、治今安徽和縣、烏江縣在其東北、臨渙治今安徽宿縣、縣尉縣佐、巡起旋旋、便也、亳治今安徽亳縣、宋今河南商邱縣南、

柳子厚論語辨二首○○

或問曰儒者稱論語孔子弟子所記信乎曰、未然也孔子弟子曾參最少少孔子四十六歲曾子老而死是書記曾子之死則去孔子也遠矣曾子之死孔子弟子略無存者矣吾意曾子弟子之爲之也何哉且是書載弟子必以字獨曾子有子不然由是言之弟子之號之也然則有子何以稱子曰孔子之歿也諸弟子以有子爲似夫子立而師之其後不能對諸子之問乃叱避而退則固嘗有師之號矣今所記獨曾子最後死余是以知之蓋樂正子春子思之徒與爲之爾或曰孔子弟子嘗雜記其言然而卒成其書者曾氏之徒也

堯曰、咨爾舜天之曆數在爾躬、四海困窮天祿永終舜亦以命禹曰、余小子履

稱字曾子有子稱子似聖門相沿稱皆如此非以稱字與子爲重輕也

抉聖心以立言文亦冲夷宕逸

上焉之焉方望溪云舊本係之字

敢用玄牡敢昭告於皇天后土有罪不敢赦萬方有罪罪在朕躬朕躬有罪無以爾萬方或問之曰論語書記問對之辭耳今卒篇之首章然有是何也柳先生曰論語之大莫大乎是也是乃孔子常常諷道之辭云爾彼孔子者覆生人之器也上焉堯舜之不遭而禪不及己下之無湯之勢而已不得爲天吏生人無以澤其德日視聞其勞死怨呼而已之德涸（音鶴）焉無所依而施故於常常諷道云爾而止也此聖人之大志也無容問對於其間弟子或知之或疑之不能明相與傳之故於其爲書也卒篇之首嚴而立之

方望溪曰標然若秋雲之遠可望而不可卽又曰觀此二篇可知古人讀書必洞見垣一方人而後的然無疑不如此則朱子所謂以意包籠如從數里外望見城郭輒云我已知此地者又曰子厚謫官後始知慕效退之文而此二篇意緒風規則退之所未嘗有乃苦心深造忽然而得此境惜其年不永此類竟不多得也又曰此二篇幾可與退之並驅爭先又曰如出自宋以後人卽所見到此文境亦不能如此淸深曠邈

摘中壘之謬

考證精鑿

竄非實子書大都如此

論列子亦持平

揭出列之優於莊處

樂正子春（魯人、曾子弟子、）咨（嗟嘆聲、）曆數（帝王相繼之序、）履（湯名、）涸（竭也、）

柳子厚辨列子（「列子」書名、戰國時列禦寇作、唐天寶時、詔號爲沖虛眞經、晉張湛爲之注、凡八卷、）○○

劉向古稱博極羣書。然其錄列子。獨曰鄭穆公時人。穆公在孔子前幾百歲。列子書言鄭國皆云子產鄧析。不知向何以言之如此。史記鄭繻（音須）公二十四年。楚悼王四年。圍鄭。鄭殺其相駟子陽。子陽正與列子同時。是歲周安王三年。秦惠王韓烈侯趙武侯二年。魏文侯二十七年。燕釐公五年。齊康公七年。宋悼公六年。魯穆公十年。不知向言魯穆公時。遂誤爲鄭耶。不然何乖錯至如是。其後張湛徒知怪列子書言穆公後事。亦不能推知其時。然其書亦多增竄。非其實。要之莊周爲放依其辭。其稱夏棘狙（莊助切）公紀渻（音省）子季咸等。皆出列子。不可盡紀。雖不槪於孔子道。然其虛泊寥闊。居亂世。遠於利。禍不得逮於身。而其心不窮。易之遯世無悶者。其近是歟。余故取焉。其文辭類莊子。而尤質厚。少僞作。好文者可廢耶。其楊朱力命。疑其楊子書。其言魏牟孔穿。皆出列子後。不可信。然觀其辭。亦足通知古之多異術也。讀焉者愼取之而已矣。

方望溪曰古雅澹蕩又曰朱子云列子語佛氏多用之列子語温醇莊子全用之又變得峻奇子厚稱其質厚少僞作爲莊周放依其辭皆古人讀書有特識處○張廉卿曰史公論贊用意反側蕩漾尺幅具尋丈之勢惟孫吳白起魏其傳另是一體子厚辨諸子文從此出又曰柳州辨諸子極峻與退之不相上下韓柳之峻時時提起直接直轉極具鑪錘如高山深谷可尋階級而上半山之峻破空而來意取直上斗然險絕如峭壁懸崖故文境較瘦削而氣味之厚則遜

鄭穆公（名蘭、在魯文公宣公時、）鄧析（鄭人、駟顓殺之、在魯定時、）鄭繻公（名駘、幽公弟、按史記作二十五年、）楚悼王（名類、）駟子陽（鄭相、）周安王（名驕、按史記作四年、）秦惠王（簡公子、史記作惠公、）韓烈侯（名取、）趙武侯（烈侯弟、史記作武公、）魏文侯（見志林篇注、）燕釐公（名莊、）齊康公（名貸、）宋悼公（名購由、）魯穆公（名顯、）張湛（字子孝、平陵人、）夏棘（〔列子〕棘、作革、見湯問篇、）狙公（宋人、尊養狙、因號狙公、）紀渻子（周宣王時人、善養鬬雞、）季咸（神巫名、）遯世無悶（見〔易乾卦〕）

楊朱力命（均〔列子〕篇名、）魏牟（魏公子、）孔穿（字子高、）

柳子厚辨文子（文子、老子弟子、與孔子同時、著書九篇、）○

增竄非實子書通病顧有明眼人揭出之耳

有可立者審自可存

此文似爲元子指要而作

斷定後人僞撰

讀者有損無益

應首句

文子書十二篇。其傳曰老子弟子。其辭時若有可取。其指意皆本老子。然考其書。蓋駁（同駮）書也。其渾而類者少。竊取他書以合之者多。凡孟管輩數家。皆見剽（匹妙切）竊。嶢（音堯）然而出。其類其意緒文辭。叉牙相抵而不合。不知人之增益之歟。或者衆爲聚斂以成其書歟。然觀其往往有可立者。又頗惜之。憫其爲之也勞。今刊去謬亂惡雜者。取其似是者。又頗爲發其意。藏於家。

方望溪曰。意致妙遠。在筆墨之外。

孟管（孟子、管子、）剽（劫也、）嶢（高也、）

柳子厚辨鬼谷子（鬼谷子、姓王、名詡、戰國時、隱居潁川陽城之鬼谷、因以自號、）○○

元冀好讀古書。然甚賢鬼谷子。爲其指要幾千言。鬼谷子要爲無取。漢時劉向班固錄書。無鬼谷子。鬼谷子後出。而險盭（同戾）峭薄。恐其妄言亂世。難信。學者宜其不道。而世之言縱橫者。時葆（通寶）其書。尤者。晚乃益出七術。怪謬異甚。不可考校。其言益奇。而道益陿（同陝）。使人狙狂失守。而易於陷墜。幸矣人之葆之者少。今元子又文之以指要。嗚呼。其爲好術也過矣。

駁衆說以伸己見

確能指出其假托之證

一結甚儁

方望溪曰破空而游邈然難攀

元冀元姓、冀名、七術一曰衆端參觀、二曰必罰明威、三曰信賞盡能、四曰一聽責下、五曰疑詔詭使、六曰使知而問、七曰倒言反事、陘蹊也、狙猿屬、性狡、

柳子厚辨晏子春秋「晏子春秋」齊晏嬰所著、凡八篇、◯

司馬遷讀晏子春秋高之而莫知其所以爲書或曰晏子爲之而人接焉或曰晏子之後爲之皆非也吾疑其墨子之徒有齊人者爲之墨好儉晏子以儉名於世故墨子之徒尊著其事以增高爲己術者且其旨多尚同兼愛非樂節用非厚葬久喪者是皆出墨子又非孔子好言鬼神事非儒明鬼又出墨子其言問棗及古冶子等尤怪誕又往往言墨子聞其道而稱之此甚顯白者自劉向歆班彪固父子皆錄之儒家中甚矣數子之不詳也蓋非齊人不能具其事非墨子之徒則其言不若是後之錄諸子書者宜列之墨家非晏子爲墨也爲是書者墨之道也

斷定墨子之徒妙有佐證文亦明爽 需識

問棗景公謂晏子曰、東海之中、有水而赤、其中有棗、華而不實何也、對曰、昔秦繆公乘龍而理天下、以黃布裹烝棗至東海、而捐其布、彼黃布、故水赤、烝棗、故華而不實、

古冶子人名、景公欲殺三子、晏子請以二桃賜公孫接、田開疆、古冶子三人、使之計功而食、三人因爭功自殺、歆向之子、字子駿、後改名秀、班彪固彪、字叔皮、固、見小傳、

反子爲好一言斷定

有此一證更無疑竇

柳子厚辨鶡冠子

鶡冠子、楚人、居於深山、以鶡羽爲冠、號曰鶡冠子、鶡鳥似雉、色黃黑、

余讀賈誼鵩音服賦。嘉其詞。而學者以爲盡出鶡音曷冠子。余往來京師。求鶡冠子。無所見。至長沙始得其書。讀之盡鄙淺言也。唯誼所引用。爲美。餘無可者。吾意好事者僞爲其書。反用鵩賦以文飾之。非誼有所取之決也。太史公伯夷列傳稱賈子曰。貪夫殉財。烈士殉名。夸者死權。不稱鶡冠子。遷號爲博極羣書。假令當時有其書。遷豈不見耶。假令眞有鶡冠子書。亦必不取鵩賦以充入之者。何以知其然耶。曰不類。

文筆如快刀斬絲無一不斷子書僞托甚多安得柳子一一辨正之潔識

鵩賦鵩、似鴞、不祥鳥、「史記賈誼傳」有鴞飛入賈生舍、止於坐隅、楚人名鴞曰服、誼因作賦、

柳子厚愚溪詩序

灌水之陽有溪焉。東流入於瀟水。或曰冉氏嘗居也。故姓是溪曰冉溪。或曰可

愚字却有來歷

就愚字演染涉筆成趣

揭出可愚之故

就愚字引證從遷謫上生出感慨來

有隨遇而安之概

又作慰藉語以自解文勢變換不窮

以染也。名之以其能。故謂之染溪。余以愚觸罪。謫瀟水上。愛是溪。入二三里。得其尤絕者家焉。古有愚公谷。今余家是溪。而名莫能定。土之居者。猶齗齗（音銀）然。不可以不更也。故更之為愚溪。愚溪之上。買小邱。為愚邱。自愚邱東北行六十步。得泉焉。又買居之。為愚泉。愚泉凡六穴。皆出山下平地。蓋上出也。合流屈曲而南。為愚溝。遂負土累石。塞其隘。為愚池。愚池之東。為愚堂。其南為愚亭。池之中。為愚島。嘉木異石錯置。皆山水之奇者。以余故。咸以愚辱焉。夫水智者樂也。今是溪獨見辱於愚。何哉。蓋其流甚下。不可以灌溉。又峻急多坻（音池）石。大舟不可入也。幽邃（音粹）淺狹。蛟龍不屑。不能興雲雨。無以利世。而適類於余。然則雖辱而愚之。可也。甯武子邦無道則愚。智而為愚者也。顏子終日不違如愚。睿而為愚者也。皆不得為真愚。今余遭有道。而違於理。悖於事。故凡為愚者。莫我若也。夫然。則天下莫能爭是溪。余得專而名焉。溪雖莫利於世。而善鑒萬類。清瑩秀澈。鏘鳴金石。能使愚者喜笑眷慕。樂而不能去也。余雖不合於俗。亦頗以文墨自慰。漱（音捜）滌萬物。牢籠百態。而無所避之。以愚辭歌愚溪。則茫然而不違。昏然而同歸超鴻（當作澒、胡孔切）蒙混希夷寂寥而莫我知也於是作八愚詩紀於溪石上。

茅鹿門曰子厚集中最佳處又曰古來無此調陡然創爲之指次如畫

灌水（灌水支流、）瀟水（在今湖南道縣北、原出瀟山、下流入湘、）以愚觸罪（唐憲宗朝、宗元坐王叔文黨、貶永州司馬、）斷斷（爭辯貌、）坻（水中高地、）甯武子（名俞、衛大夫、邦有道、則智、邦無道、則愚、見[論語]）顏子不違如愚（[論語]子曰、吾與回言終日、不違如愚、退而省其私、亦足以發、回也不愚、）牢籠百態（水之清瑩秀澈、無所不照、）鴻蒙（元氣未分貌、）希夷（聽之不聞、曰希、觀之不見、曰夷、）

評校音注古文辭類纂卷七終

六經不絕頼有漢儒

諸子亦自可取故能存而不廢

至唐而大盛

評校音注 古文辭類纂卷八 序跋類三

歐陽永叔唐書藝文志序

唐書有二、新唐書、歐所撰也、舊唐書、石晉劉昫所撰也、此則新唐書藝文志之序也、○○

自六經焚於秦而復出於漢其師傳之道中絕而簡編脫亂訛缺學者莫得其本眞於是諸儒章句之學興焉其後傳注箋解義疏之流轉相講述而聖道粗明然其爲說固已不勝其繁矣至於上古三皇五帝以來世次國家興滅終始僭竊僞亂史官備矣而傳記小說外暨方言地理職官氏族皆出於史官之流也自孔子在時方修明聖經以絀繆異而老子著書論道德接乎周衰戰國游談放蕩之士田駢愼到列莊之徒各極其辨而孟軻荀卿始專修孔氏以折異端然諸子之論各成一家自前世皆存而不絕也夫王迹熄而詩亡離騷作而文辭之士興歷代盛衰文章與時高下然其變態百出不可窮極何其多也自漢以來史官列其名氏篇第以爲六藝九種七略至唐始分爲四類曰經史子集而藏書之盛莫盛於開元其著錄者五萬三千九百一十五卷而唐之學者

總論亦有特識

存亡之故不可知文以唱歎出之自是六一專長

自爲之書又二萬八千四百六十九卷。嗚呼。可謂盛矣。六經之道。簡嚴易直。而天人備。故其愈久而益明。其餘作者衆矣。質之聖人。或離或合。然其精深閎博。各盡其術。而怪奇偉麗。往往震發於其間。此所以使好奇愛博者不能忘也。然凋零磨滅。亦不可勝數。豈其華文少實。不足以行遠歟。而俚（音李）言俗說。猥有存者。亦其有幸不幸歟。今著於篇。有其名而無其書者。十蓋五六也。可不惜哉。

茅鹿門曰敘事中帶感慨悲弔以發議論其機軸本史遷來〇方望溪曰求其承接變換渾然無迹始知其筆妙而法精

章句（分其章節句讀、）傳注箋解義疏（傳者、傳授師說而發明也、注、以傳釋經也、箋、古人記其事、以竹編次爲之、又鄭康成衍毛傳之未盡者曰箋、解、猶釋也、義、釋明其義、疏、疏通其義、）三皇（天皇、地皇、人皇、）五帝（伏羲、神農、黃帝、堯、舜、）田駢（齊人、）愼到（韓大夫、）王迹句（熄滅也、周平東遷、號令不行、風化之迹滅、而下無詩、）離騷（楚屈原作、）六藝（見太史公談論六家要指、）九種（［漢書藝文志序］六藝爲九種、）七略（書篇名、劉歆總羣書爲七略、有輯略、六藝略、諸子略、詩賦略、兵書略、術數略、方伎略、）開元（唐玄宗年號、）

歐陽永叔五代史職方考序（梁、唐、晉、漢、周、爲五代、修撰新五代史、較薛居正之舊五代史、文少而事詳、）〇〇〇

嗚呼。三代以上。莫不分土而治也。後世鑒古矯失。始郡縣天下。而自秦漢以來。

藩鎭有弊亦有利

土地爲其世有吳氏云曾文正嘗爲余言士地爲其世有干戈起而相侵乃摹仿孟堅陳吳竇其白柢劉項隨而掊之二句觀此可悟古人摹擬之法

縷舉五代羅羅淸疏

李刻注云莫一作漢唐志莫州本鄚州開元十三年以鄚鄭文相類更名此考作漢

爲國孰與三代長短及其亡也未始不分至或無地以自存焉蓋得其要則雖萬國而治失其所守則雖一天下不能以容豈非一本於道德哉唐之盛時雖名天下爲十道而其勢未分暨其衰也置軍節度號爲方鎭鎭之大者連州十餘小者猶兼三四故其兵驕則逐帥帥彊則叛上土地爲其世有干戈起而相侵天下之勢自茲而分然唐自中世多故矣其興衰救難常倚鎭兵扶持而侵陵亂亡亦終以此豈其利害之理然歟自僖昭以來日益割裂梁初天下別爲十一南有吳浙荆湖閩漢西有岐蜀北有燕晉而朱氏所有七十八州以爲梁莊宗初起幷代取幽滄有州三十五其後又取梁魏博等十有六州合五十一州以滅梁岐王稱臣又得其州七同光破蜀已而復失唯得秦鳳階成四州而營平二州陷於契丹其增置之州一合一百二十三州以爲唐石氏入立獻十有六州於契丹而得蜀金州又增置之州一合一百九州以爲晉劉氏之初秦鳳階成復入於蜀隱帝時增置之州一合一百六州以爲漢郭氏代漢十州入於劉旻世宗取秦鳳階成瀛莫及淮南十四州又增置之州五而廢者三合一

山川物族方望溪云明淨可愛

百一十八州以爲周宋興因之此中國之大略也其餘外屬者彊弱相并不常其得失至於周末閩已先亡而在者七國自江以下二十一州爲南唐自劍以南及山南西道四十六州爲蜀自湖南北十州爲楚自浙東西十三州爲吳越自嶺南北四十七州爲南漢自太原以北十州爲東漢而荊歸峽三州爲南平合中國所有二百六十八州而軍不在焉唐之封疆遠矣前史備載而羈縻寄治虛名之州在其間五代亂世文字不完而時有廢省又或陷於夷狄不可考究其詳其可見者具之如譜

自唐有方鎭而史官不錄於地理之書以謂方鎭兵戎之事非職方所掌故也然而後世因習以軍目地而沒其州名又今置軍者徒以虛名升建爲州府之重此不可以不書也州縣凡唐故而廢於五代若五代所置而見於今者及縣之割隸今因之者皆宜列以備職方之考其餘嘗置而復廢嘗改割而復舊者皆不足書山川物族職方之掌也五代短世無所變遷故亦不復錄而錄其方鎭軍名以與前史互見云爾

茅順甫曰數十年之間易世者五其所當州郡分割畫次如掌〇方望溪曰其機軸明學史記漢興以來諸侯年表序特氣韻古厚不及耳鹿門乃謂太史公所欲爲而不能謬矣

十道關內、河南、河東、河北、山南、隴右、淮南、江南、劍南、嶺南、軍節度唐制、武官鎮守邊要者、曰大都督、而大都督帶使持節者、曰節度使、僖昭僖宗名儇、昭宗名曄、梁朱全忠篡唐、國號梁、吳楊行密據淮南、爲吳王、浙錢鏐據浙東西、爲吳越王、荊高季興領荊歸峽三州、梁以爲荊南節度使、湖馬殷據湖南北、爲楚王、閩王審知代其兄潮據福建、爲閩王、漢劉龑繼其兄隱、據嶺南、稱漢帝、是爲南漢、岐李茂貞據鳳翔、爲岐王、蜀王建據兩川、爲蜀王、燕劉守光四其父仁恭、據幽州、梁太祖以守光爲燕王、晉李克用據河東、爲晉王、莊宗名存勗、克用子、代治今山西代縣、幽滄幽州、治今直隸薊縣、滄州、治今直隸滄縣、梁魏博梁、治今河南開封縣、魏、治今直隸大名縣、博、治今山東聊城縣、同光莊宗年號、秦治今甘肅天水縣、鳳治今陝西鳳縣、階治今甘肅武都縣、成治今甘肅成縣、營治今熱河淩源縣、平治今直隸盧龍縣、契丹東胡遺種、在黃河北、本鮮卑舊地、石氏石敬瑭、即後晉高祖、十六州幽、薊、瀛、莫、涿、檀、順、新、媯、儒、武、雲、寰、應、朔、蔚、今直隸口北津海道、及山西鴈門道地、金州治今甘肅金縣、劉氏劉知遠、即後漢高祖、隱帝名承祐、知遠子、郭氏郭威、即後周太祖、劉旻即劉崇、知遠弟、世宗名榮、姓柴氏、郭威養子、瀛治今直隸河間縣、莫治今直隸任邱縣、淮南十四州今江蘇安徽大江以北、及河南潢川縣、湖北黃岡縣等地、南唐南唐主李昇、劍治今四川劍閣縣、蜀前蜀王建、後蜀孟知祥、南漢劉隱、南海人、乾化時、封南海王、至弟龑稱帝、太原以北十州爲東漢十州、即并、汾、嵐、石、遼、沁、忻、代、麟、

何止一長樂老

文字於頓宕中見丰神亦見六一本色

憲、在今山西省中部、劉崇據有其地、稱漢帝、史謂之東漢、**南平**唐莊宗時、封高季興爲南平王、**羈縻州**蠻夷內屬、列置州縣、或臣或叛、經制不常、其隸於河北、隴右、劍南、江南、嶺南、党項州者、大約府州八百五十六、均號爲羈縻云、**職方**〔周禮〕有職方之官、掌天下之地圖、四方之職貢、**山川物族二句**某山某水、屬於某地、所產之物、及其地之男女多寡、皆載於職方氏、

歐陽永叔五代史一行傳敘○○○

嗚呼五代之亂極矣傳所謂天地閉賢人隱之時歟。當此之時臣弒其君。子弒其父而搢紳之士安其祿而立其朝充然無復廉恥之色者皆是也吾以謂自古忠臣義士多出於亂世而怪當時可道者何少也豈果無其人哉雖曰干戈興學校廢而禮義衰風俗隳壞至於如此然自古天下未嘗無人也吾意必有潔身自負之士嫉世遠去而不可見者自古材賢有韞於中而不見於外或窮居陋巷委身草莽雖顏子之行不遇仲尼而名不彰况世變多故而君子道消之時乎吾又以謂必有負材能修節義而沈淪於下泯沒而無聞者求之傳記而亂世崩離文字殘缺不可復得然僅得者四五人而已處乎山林而羣麋鹿雖不足以爲中道。然與其食人之祿。俛首而包羞。孰若無愧於心放身而自得

有此五人亦足爲五代生色

吾得二人焉曰鄭遨張薦明勢利不屈其心去就不違其義吾得一人焉曰石昂苟利於君以忠獲罪何必自明有至死而不言者此古之義士也吾得一人焉曰程福贇（于倫切）五代之亂君不君臣不臣父不父子不子至於兄弟夫婦人倫之際無不大壞而天理幾乎其滅於此之時能以孝弟自修於一鄉而風行乎天下者猶或有之然其事迹不著而無可紀次獨其名氏或因見於書者吾亦不敢沒而其略可錄者吾得一人焉曰李自倫作一行傳

劉海峯曰慨歎淋漓風神蕭颯

天地閉二句（見「易乾卦」）鄭遨（字雲叟、滑州白馬人、入少室山爲道士、晉高祖時、累徵不起、賜號逍遙先生、）張薦明（燕人、亦爲道士、晉高祖時、賜號通玄先生、）石昂（青州臨淄人、喜延四方之士、晉高祖時、爲宗正丞、遷少卿、出帝即位、晉政日壞、昂上疏諫、不聽、遂稱疾歸、）程福贇（晉出帝北征、軍士因在京師縱火、福贇身自救火、而亂者不得發、福贇以爲契丹且大至、而天子在軍、不宜以小故搖人心、因匿其事、後爲人誣與亂者同謀、下獄死、終不自辨、）李自倫（深州人、六世同居、所居號爲孝義鄉、）

歐陽永叔五代史宦者傳論○○○

自古宦者亂人之國其源流深於女禍女色而已宦者之害非一端也蓋其用

宦者之害層層說入、事理昭宣文情緊湊

漢末往事可爲寒心

仍迴應女色

事也近而習其爲心也專而忍能以小善中人之意小信固人之心使人主必信而親之待其已信然後懼以禍福而把持之雖有忠臣碩士列於朝廷而人主以爲去已疏遠不若起居飲食前後左右之親爲可恃也故前後左右者日益親則忠臣碩士日益疏而人主之勢日益孤勢孤則懼禍之心日益切而把持者日益牢安危出其喜怒禍患伏於帷闥則嚮之所謂可恃者乃所以爲患也患已深而覺之欲與疏遠之臣圖左右之親近緩之則養禍而益深急之則挾人主以爲質雖有聖智不能與謀謀之而不可爲爲之而不可成至其甚則俱傷而兩敗故其大者亡國其次亡身而使姦豪得借以爲資而起至抉其種類盡殺以快天下之心而後已此前史所載宦者之禍常如此者非一世也夫爲人主者非欲養禍於內而疏忠臣碩士於外蓋其漸積而勢使之然也夫女色之惑不幸而不悟則禍斯及矣使其一悟捽（存入聲）而去之可也宦者之爲禍雖欲悔悟而勢有不得而去也唐昭宗之事是已故曰深於女禍者謂此也可不戒哉

總提處言簡而意盡

興何其驟

衰何其速

永叔慣用此等筆

放開一筆能見其大

張廉卿曰學韓公子得其削刻堅峻與明允爲近

帷闥（帷、幕也、闥、門屏也、）捽（手持也、）唐昭宗（名曄、與崔胤謀誅宦官、宦官懼、幽帝少陽院、共立太子裕、其後朱溫盡殺宦官、昭宗卒爲朱溫所弒、）

歐陽永叔五代史伶官傳敘○○○

嗚呼盛衰之理雖曰天命豈非人事哉原莊宗之所以得天下與其所以失之者可以知之矣世言晉王之將終也以三矢賜莊宗而告之曰梁吾仇也燕王吾所立契丹與吾約爲兄弟而皆背晉以歸梁此三者吾遺恨也與爾三矢爾其無忘乃父之志莊宗受而藏之於廟其後用兵則遣從事以一少牢告廟請其矢盛（音成）以錦囊負而前驅及凱旋而納之方其係燕父子以組（音祖）函梁君臣之首入於太廟還矢先王而告以成功其意氣之盛可謂壯哉及仇讎已滅天下已定一夫夜呼亂者四應倉皇東出未及見賊而士卒離散君臣相顧不知所歸至於誓天斷髮泣下沾襟何其衰也豈得之難而失之易歟抑本其成敗之迹而皆自於人歟書曰滿招損謙受益憂勞可以興國逸豫可以亡身自然之理也故方其盛也舉天下之豪傑莫能與之爭及其衰也數十伶人困之而

身死國滅爲天下笑夫禍患常積於忽微而智勇多困於所溺豈獨伶人也哉

作伶官傳

劉海峯曰跌宕遒逸風神絕似史遷○大姚曰晁公武論吳縝五代史纂誤云通鑑考異證歐陽史差誤如莊宗還三矢之類甚衆今縝書皆不及特證其書之脫錯而已余檢通鑑考異無其文蓋考異有全書而今附註於通鑑下者或芟略之也按劉仁恭父子未嘗事梁又克用爲燕攻潞洲以解梁圍迄守光之立克用之卒未有交兵事又契丹傳云晉王憾契丹之附梁臨卒以一箭授莊宗期必滅契丹則云滅燕還矢事虛也想考異不過有疑於此然公此言想別有本又不載之傳記而虛寄之於論以致慨又何害也○張廉卿曰敘事華嚴處得自史記子固介甫所稀

莊宗（姓李、名存勗、小字亞子、爲伶人郭從謙所弒、）晉王（名克用、存勗父、）梁（朱溫與克用仵、時溫已死而子立、）少牢（羊也、）倉皇東出（李嗣源兵至京師、莊宗東幸汴、神色沮喪、登高而歎、）

歐陽永叔集古錄目序○

籠罩下意言簡而賅

一段陪襯

漸漸引入本題

所好而爲所有亦足自豪

物常聚於所好而常得於有力之彊有力而不好好之而無力雖近且易有不能致之象犀虎豹蠻夷山海殺人之獸然其齒角皮革可聚而有也玉出崑崙流沙萬里之外經十餘譯乃至乎中國珠出南海常生深淵採者腰絚（古恆切）而入水形色非人往往不出則下飽鮫（音交）魚金礦於山鑿深而穴遠篝（音鉤）火餱（音侯）糧而後進其崖崩窟塞則遂葬於其中者率常數十百人其遠且難而又多死禍常如此然而金玉珠璣世常兼聚而有也凡物好之而有力則無不至也湯盤孔鼎岐陽之鼓岱山鄒嶧（音亦）會稽之刻石與夫漢魏已來聖君賢士桓碑彝器銘詩序記下至古文籀篆分隸諸家之字書皆三代以來至寶怪奇偉麗工妙可喜之物其去人不遠其取之無禍然而風霜兵火湮沒磨滅散棄於山崖墟莽之間未嘗收拾者由世之好者少也幸而有好之者又其力或不足故僅得其一二而不能使其聚也夫力莫如好好莫如一予性顓而嗜古凡世人之所貪者皆無欲於其間故得一其所好於斯好之已篤則力雖未足猶能致之故上自周穆王已來下更秦漢隋唐五代外至四海九州名山大澤窮崖絕谷

集古錄之所由作亦且有益後學

迴抱上文一筆不漏

荒林破塚神仙鬼物詭怪所傳莫不皆有以爲集古錄以謂傳寫失眞故因其石本軸而藏之有卷帙次第而無時世之先後蓋其取多而未已故隨其所得而錄之又以謂聚多而終必散乃撮其大要別爲錄目因并載夫可與史傳正其闕謬者以傳後學庶益於多聞或譏予曰物多則其勢難聚聚久而無不散何必區區於是哉予對曰足吾所好玩而老焉可也象犀金玉之聚其能果不散乎予固未能以此而易彼也

大姚曰公嘗自跋此序謂謝希深善評文章尹師魯辨論精博余每有所作伸紙疾讀便得深意以示他人亦或有所稱皆非予所自得此序之作惜無謝尹知音云云余謂公此文前幅近於瑰放莽蒼故自憙耳要之公筆力有近弱處故於所當馳驟回斡處終未快意○吳氏曰朱子題歐公金石錄序眞蹟云集錄金石於古初無蓋自文忠公始

崑崙（山在新疆南境、及青海西藏間、）流沙（即白龍堆、今嘉峪關外戈壁是、）緪（大繩、）鮫魚（鯊魚中之大者、出南海、似鱉、無脚有尾、見「本草」）篝火（以籠覆火、）餱（乾糧、）璣（珠不圓者、）湯盤（湯之盤銘曰、苟日新、日日新、又日新、）孔鼎（「左昭」孟僖子稱正考父之鼎、正考父爲孔子遠祖、）岐陽之

千古惟文章不死稚威之言信不吾欺

自唐及宋文家之難得如是

鼓(即周宣王石鼓)、岱山(即泰山、有秦李斯刻石)、鄒嶧(即嶧山、在山東嶧山縣、有刻石)、會稽(在浙江會稽縣)、桓碑(表雙立爲桓、碑雙立亦曰桓)、彝器(常器)、銘(器上警戒之文)、詩序記(皆題表之文)、古文(古代科斗文字)、籀(周太史籀作、即大篆)、篆(秦相李斯作、即小篆)、分(漢蔡琰以八分寫隸曰八分書)、隸(見蘇子瞻始皇論注)、周穆王(名滿)、五代(見職方考序下注)、九州(冀、兗、青、徐、荆、揚、豫、梁、雍、見[禹貢])

歐陽永叔蘇氏文集序○○

予友蘇子美之亡後四年始得其平生文章遺稿於太子太傅杜公之家而集錄之以爲十卷子美杜氏壻也遂以其集歸之而告於公曰斯文金玉也棄擲埋沒糞土不能銷蝕其見遺於一時必有收而寶之於後世者雖其埋沒而未出其精氣光怪已能常自發見而物亦不能揜也故方其擯斥摧挫流離窮厄之時文章已自行於天下雖其怨家仇人及嘗能出力而擠之死者至其文章則不能少毀而揜蔽之也凡人之情忽近而貴遠子美屈於今世猶若此其伸於後世宜如何也公其可無恨予嘗考前世文章政理之盛衰而怪唐太宗致治幾乎三王之盛而文章不能革五代之餘習後百有餘年韓李之徒出然後

喝起樂育賢才句

世其可不爲之貴重方望溪云一語拖前

悼惜子美之意隱然以復古自任

不落人後尤爲特識

原明子美受屈之由

元和之文始復於古唐衰兵亂又百餘年而聖宋興天下一定晏然無事又幾百年而古文始盛於今自古治時少而亂時多幸時治矣文章或不能純粹或遲久而不相及何其難之若是歟豈非難得其人歟苟一有其人又幸而及出於治世世其可不爲之貴重而愛惜之歟嗟吾子美以一酒食之過至廢爲民而流落以死此其可以嘆息流涕而爲當世仁人君子之職位宜與國家樂育賢才者惜也子美之齒少於予而予學古文反在其後天聖之間予舉進士於有司見時學者務以言語聲偶擿低激切裂號爲時文以相誇尚而子美獨與其兄才翁及穆參軍伯長作爲古歌詩雜文時人頗共非笑之而子美不顧也其後天子患時文之弊下詔書諷勉學者以近古由是其風漸息而學者稍趨於古焉獨子美爲於舉世不爲之時其始終自守不牽世俗趨舍可謂特立之士也子美官至大理評事集賢校理而廢後爲湖州長史以卒享年四十有一其狀貌奇偉望之昂然而卽之溫溫久而愈可愛慕其材雖高而人亦不甚嫉忌其擊而去之者意不在子美也賴天子聰明仁聖凡當時所指名排斥二三大

仍以子美死不遇時作結

從銘章引入自不鶻突

臣而下欲以子美爲根而累之者皆蒙保全今並列於榮寵雖與子美同時飲酒得罪之人多一時之豪俊亦被收采進顯於朝廷而子美獨不幸死矣豈非其命也悲夫

馬小眉曰宋史蘇舜欽會賓客於進奏院王益柔醉作傲歌王拱辰諷其僚劾之兩人既竄同座者俱逐時杜衍范仲淹爲政拱辰之黨不便舜欽益柔皆范仲淹所薦而舜欽衍壻也故因是傾之拱辰曾力爭保甲惜此舉不免爲僉壬耳○劉海峯曰沈著痛快足爲子美舒其憤懣

子美（名舜欽、開封人、）太子太傅（宋以太師、太傅、太保、爲三師、）杜公（名衍、謚正獻、）韓李（韓愈、李翺、）元和（唐憲宗年號、）酒食之過（見馬小眉評、）天聖（仁宗年號、）擿裂（擿、挑、裂、碎也、猶言務爲細碎也）才翁（名舜元、按[宋史]舜元、字才翁、附舜欽傳、）穆參軍（名修、字伯長、鄆州人、以古文稱、舜欽兄弟、多從之游、爲潁州文學參軍、）長史（大都督府中官、）

歐陽永叔江鄰幾文集序（江鄰幾、名休復、）○○○

余竊不自揆少習爲銘章因得論次當世賢士大夫功行自明道景祐以來名卿鉅公往往見於余文矣至於朋友故舊平居握手言笑意氣偉然可謂一時

分敍層說便覺情文斐亹

已包括聖俞子美在內

略敍一生行藏

功名未顯所傳者文章而已

之盛而方從其游遽哭其死遂銘其藏者是可嘆也蓋自尹師魯之亡逮今二十五年之間相繼而歿爲之銘者至二十人又有余不及銘與雖銘而非交且舊者皆不與焉嗚呼何其多也不獨善人君子難得易失而交游零落如此反顧身世死生盛衰之際又可悲夫而其間又有不幸羅憂患觸網羅至困阨流離以死與夫仕宦連蹇志不獲伸而歿獨其文章尚見於世者則又可哀也歟然則雖其殘篇斷稿猶爲可惜況其可以垂世而行遠也故余於聖俞子美之歿既已銘其壙又類集其文而序之其言尤感切而殷勤者以此也陳留江君鄰幾常與聖俞子美游而又與聖俞同時以卒余既誌而銘之後十有五年來守淮西又於其家得其文集而序之鄰幾毅然仁厚君子也雖知名於時仕宦久而不進晚而朝廷方將用之未及而卒其學問通博文辭雅正深粹而論議多所發明詩尤清淡閒肆可喜然其文已自行於世矣固不待余言以爲輕重而余特區區於是者蓋發於有感而云然

茅鹿門曰江鄰幾文今不傳當非其文之至者而歐陽公序之祗道其故舊

不以浮屠自待

能與曼卿交其人自不俗

見惟儼之介

得此知非汨沒於浮屠而忘情於世事者

凋落之意隱然可見○劉海峯曰情韻之美歐公獨擅千古而此篇尤勝

銘章(即墓誌文、)明道景祐(俱宋仁宗年號、)尹師魯(名洙、工古文春秋學、)聖俞(姓梅、名堯臣、工詩、著有宛陵集、)陳留(今河南陳留縣、)淮西(今安徽大江以北、及河南潢川縣、湖北黃岡縣等地、)

歐陽永叔釋惟儼文集序○○

惟儼姓魏氏杭州人少游京師三十餘年雖學於佛而通儒術善爲辭章與吾亡友曼卿交最善曼卿遇人無所擇必皆盡其忻歡惟儼非賢士不交有不可其意無貴賤一切閉拒絕去不少顧曼卿之兼愛惟儼之介所趣雖異而交合無所間曼卿嘗曰君子汎愛而親仁惟儼曰不然吾所以不交妄人故能得天下士若賢不肖混則賢者安肯顧我哉以此一時賢士多從其游居相國浮屠不出其戶十五年士嘗游其室者禮之惟恐不至及去爲公卿貴人未始一往干之然嘗竊怪平生所交皆當世賢傑未見卓卓著功業如古人可記者因謂世所稱賢才若不笞兵走萬里立功海外則當佐天子號令賞罰於明堂苟皆不用則絕寵辱遺世俗自高而不屈尙安能酣豢於富貴而無爲哉醉則以此

僧人言以殿其說抑揚互用文家妙境

此僧畢竟不凡

聽其言按原集作與其言

仍不脫曼卿

如題而止

氣象開展如太原公子裼裘而來

誚其坐人人亦復之以謂遺世自守古人之所易若奮身逢時欲必就功業此雖聖賢難之周孔所以窮達異也今子老於浮圖不見用於世而幸不踐窮亨之塗乃以古事之已然而責今人之必然耶然惟儼雖傲乎退偃於一室天下之務當世之利病聽其言終日不厭惜其將老也已曼卿死惟儼亦買地京城之東以謀其終乃斂平生所爲文數百篇示予曰曼卿之死既已表其墓願爲我序其文及我之見也嗟夫惟儼既不見用於世其材莫見於時若考其筆墨馳騁文章贍逸之能可以見其志矣

劉海峯曰兩釋集序俱以曼卿相經緯此篇雖不及秘演之煙波而忽起忽落自有奇氣○人生祗窮亨兩途各有自立之道此僧云云今之醉心權利者聞之何以爲情 濂識

歐陽永叔釋秘演詩集序○○○

曼卿（姓石、名延年、宋城人、爲文遒勁、而詩尤工、）明堂（王者之堂、）浮圖（同浮屠、僧也、寺塔、亦曰浮屠、）

予少以進士遊京師因得盡交當世之賢豪然猶以謂國家臣一四海休兵革

處處以曼卿作陪而祕演之身分自見

絕似史公處

頓宕取神六一本色

是闢佛人口吻

養息天下以無事者四十年而智謀雄偉非常之士無所用其能者往往伏而不出山林屠販必有老死而世莫見者欲從而求之不可得其後得吾亡友石曼卿曼卿爲人廓然有大志時人不能用其材曼卿亦不屈以求合無所放其意則往往從布衣野老酣嬉淋漓顚倒而不厭予疑所謂伏而不見者庶幾狎而得之故嘗喜從曼卿遊欲因以陰求天下奇士浮圖秘演者與曼卿交最久亦能遺外世俗以氣節相高二人懽然無所間曼卿隱於酒秘演隱於浮圖皆奇男子也然喜爲歌詩以自娛當其極飲大醉歌吟笑呼以適天下之樂何其壯也一時賢士皆願從其遊予亦時至其室十年之間秘演北渡河東之濟鄆(音運)無所合困而歸曼卿已死秘演亦老病嗟夫二人者予乃見其盛衰則予亦將老矣夫曼卿詩辭清絕尤稱秘演之作以爲雅健有詩人之意秘演狀貌雄傑其胸中浩然既習於佛無所用獨其詩可行於世而懶不自惜已老胠(音區)其橐(他各切)尙得三四百篇皆可喜者曼卿死秘演漠然無所向聞東南多山水其巓崖崛(渠勿切)峍(同嵂音律)江濤洶涌甚可壯也遂欲往遊焉足以知其老而志在也

於其將行。為敘其詩。因道其盛時以悲其衰。

茅順甫曰多慷慨嗚咽之音命意最曠而逸得司馬子長之神髓矣○方望溪曰古之能於文事者必絕依傍韓子贈浮屠文暢序以儒者之道開之贈高閑上人序以草書起義而亦徵寓鍼石之意若更襲之覽者惟恐臥矣故歐公別出義意而以交情離合纓絡其間所謂各據勝地也○劉海峯曰歐公詩文集序當以秘演江鄰幾為第一而惟儼蘇子美次之○張廉卿曰惟儼集序純以轉掉作起落之勢是極意學退之文字而未極自然神妙之境秘演集序直起直落直轉直接具無窮變化純是潛氣內轉可與子長諸表序參看

濟（今山東濟南縣等地）、鄆（今山東鄆城縣等地）、胠（開也）、崛嵂（高峻貌）、

評校音注古文辭類纂卷八終

所謂因時制宜也

扼要語

曾子固戰國策目錄序〇〇〇

劉向所定戰國策三十三篇崇文總目稱十一篇者闕臣訪之士大夫家始盡得其書正其誤謬而疑其不可考者然後戰國策三十三篇復完敘曰向敘此書言周之先明教化修法度所以大治及其後謀詐用而仁義之路塞所以大亂其說既美矣卒以謂此書戰國之謀士度時君之所能行不得不然則可謂惑於流俗而不篤於自信者也夫孔孟之時去周之初已數百歲其舊法已亡舊俗已熄久矣二子乃獨明先王之道以謂不可改者豈將彊天下之主以後世之不可爲哉亦將因其所遇之時所遭之變而爲當世之法使不失乎先王之意而已二帝三王之治其變固殊其法固異而其爲國家天下之意本末先後未嘗不同也二子之道如是而已蓋法者所以適變也不必盡同道者所以立本也不可不一此理之不可易者也故二子者守此豈好爲異論哉能勿苟

說士之害如是

此論甚是

而已矣可謂不惑乎流俗而篤於自信者也戰國之游士則不然不知道之可信而樂於說之易合其設心注意偸爲一切之計而已故論詐之便而諱其敗言戰之善而蔽其患其相率而爲之者莫不有利焉而不勝其害也有得焉而不勝其失也卒至蘇秦商鞅孫臏吳起李斯之徒以亡其身而諸侯及秦用之者亦滅其國其爲世之大禍明矣而俗猶莫之寤也惟先王之道因時適變爲法不同而考之無疵用之無弊故古之聖賢未有以此而易彼也或曰邪說之害正也宜放而絕之則此書之不泯其可乎對曰君子之禁邪說也固將明其說於天下使當世之人皆知其說之不可從然後以禁則齊使後世之人皆知其說之不可爲然後以戒則明豈必滅其籍哉放而絕之莫善於是是以孟子之書有爲神農之言者有爲墨子之言者皆著而非之至於此書之作則上繼春秋下至楚漢之起二百四十五年之間載其行事固不可得而廢也此書有高誘注者二十一篇或曰二十二篇崇文總目存者八篇今存者十篇云

呂東萊曰此篇節奏從容和緩且有條理又藏鋒不露王道思云何等謹嚴

三代之時政敎合一而錮蔽民智其本由此

人尚其智家尚其學雖不免短長得失之互見而我國文化之開實基於是學者不可不知

而雍容敦博之氣宛然○王遵岩曰此序與新序序相類而此篇爲英爽軼宕○方望溪曰南豐之文長於道古故序古書尤佳而此篇及列女傳新序目錄序尤勝淳古明潔所以能與歐王並驅而爭先於蘇氏也

崇文總目（宋王堯臣等撰）高誘（後漢人）

曾子固新序目錄序（〔新序〕劉向所撰）○○

劉向所集次新序三十篇目錄一篇隋唐之世尚爲全書今可見者十篇而已臣既考正其文字因爲其序論曰古之治天下者一道德同風俗蓋九州之廣萬民之衆千歲之遠其敎已明其習已成之後所守者一道所傳者一說而已故詩書之文歷世數十作者非一而其言未嘗不相爲終始化之如此其至也當是之時異行者有誅異言者有禁防之又如此其備也故二帝三王之際及其中間嘗更衰亂而餘澤未熄之時百家衆說未有能出於其間者也及周之末世先王之敎化法度既廢餘澤既熄世之治方術者各得其一偏故人奮其私智家尚其私學者蠭起於中國皆明其所長而昧其短矜其所得而諱其失

揚雄氏而止耳按原集作或可耳

尊揚抑向亦自有識

豈特無明先王之道方望溪云轉折處機牙不滯按豈特句原集無特字

不薄此書而存之道在取之以愼子固本意如此

天下之士各自爲方而不能相通世之人不復知夫學之有統道之有歸也先王之遺文雖在皆紬而不講況至於秦爲世之所大禁哉漢興六藝皆得於斷絕殘脫之餘世復無明先王之道以一之者諸儒苟見傳記百家之言皆悅而嚮之故先王之道爲衆說之所蔽闇而不明鬱而不發而怪奇可喜之論各師異見皆自名家者誕漫於中國一切不異於周之末世其弊至今尙在也由斯以來天下學者知折衷（中去聲）於聖人而能純於道德之美者揚雄氏而止耳如向之徒皆不免乎爲衆說之所蔽而不知有所折衷者也孟子曰待文王而後興者凡民也若夫豪傑之士雖無文王猶興漢之士豈特無明先王之道以一之者哉亦其出於是時者豪傑之士少故不能特起於流俗之中絕學之後也蓋向之序此書於今爲最近古雖不能無失然遠至舜禹而次及於周秦以來古人之嘉言善行亦往往而在也要在愼取之而已故臣既惜其不可見者而校其可見者特詳焉亦足以知臣之攻其失者豈好辨哉臣之所不得已也

王遵岩曰南豐文字於原本經訓處多用董仲舒劉向也

考證明晰論斷精確

善惡備列使之善有所勸惡有所懲此向作書之本旨也

各自爲方句（方、術也、言各自爲術、而不能趨於一致、）折衷（折、斷也、衷、當也、「史記」折衷於夫子、）

曾子固列女傳目錄序○○

劉向所敘列女傳凡八篇事具漢書向列傳而隋書及崇文總目皆稱向列女傳十五篇曹大家（同姑）注以頌義考之蓋大家所注離其七篇爲十四與頌義凡十五篇而益以陳嬰母及東漢以來凡十六事非向書本然也蓋向舊書之亡久矣嘉祐中集賢校理蘇頌始以頌義爲篇次復定其書爲八篇與十五篇者並藏於館閣而隋以頌義爲劉歆作與向列傳不合今驗頌義之文蓋向之自敘又藝文志有向列女傳頌圖明非歆作也自唐之亂古書之在者少矣而唐志錄列女傳凡十六家至大家注十五篇者亦無錄然其書今在則古書之或有錄而亡或無錄而在者亦衆矣非可惜哉今校讎其八篇及十五篇者已定可繕寫初漢承秦之敝風俗已大壞矣而成帝後宮趙衞之屬尤自放向以謂王政必自內始故列古女善惡所以致興亡者以戒天子此向述作之大意也其言太任之娠文王也目不視惡色耳不聽淫聲口不出敖言又以謂古之人

教之成也由漸

詩云刑于寡妻至于兄弟以御于家邦其謂是歟

以家自累顧利冒恥今之蹈此者多矣

如此人者方望溪云晦

然去二南之風方望溪云强

胎教者皆如此。夫能正其視聽言動者。此大人之事。而有道者之所畏也。顧令天下之女子能之。何其盛也。以臣所聞。蓋爲之師傅保姆之助。詩書圖史之戒。珩（音衡）璜（音黃）琚（音居）瑀（音禹）之節。威儀動作之度。其教之者雖有此具。然古之君子未嘗不以身化也。故家人之義歸於反身。二南之業本於文王。夫豈自外至哉。世皆知文王之所以興。能得內助。而不知其所以然者。蓋本於文王之躬化。故內則后妃有關雎之行。外則羣臣有二南之美。與之相成。其推而及遠。則商辛之昏俗。江漢之小國。兔罝（音嗟）之野人。莫不好善而不自知。此所謂身修故家國天下治者也。後世自學問之士。多徇於外物而不安其守。其室家既不見可法。故競於邪侈。豈獨無相成之道哉。士之苟於自恕。顧利冒恥而不知反己者。往往以家自累故也。故曰身不行道。不行於妻子。信哉。如此人者。非素處顯也。然去二南之風。亦已遠矣。況於南鄉（同向）天下之主哉。向之所述。勸戒之意。可謂篤矣。然向號博極羣書。而此傳稱詩芣（音浮）苢（音以）柏舟大車之類。與今序詩者之說尤乖異。蓋不可考。至於式微之一篇。又以謂二人之作。豈其所取者博。故不能無失歟。其言象計謀殺舜。及舜所以自脫者。頗合於孟子。然此傳或有之。而孟子所不道者。蓋亦不足道也。凡後世諸儒之言經傳者。固多如此。覽者采其有補。而擇其是非可也。故爲之序論以發其端云

王遵岩曰宋人敘古人集及古人所著書往往有此家數然多以考訂次第爲一篇之文而已不能如先生更有一段大議論以成其篇也○劉海峯曰子政胎教之言已足千古子固更進一層歸之身化深入理奧而文亦粲然成章

隋書（唐長孫無忌等撰、）崇文總目（見新序序注、）曹大家（大家、女之尊稱、扶風曹世叔妻、班彪女、名昭、字惠、著女誡十篇、）頌義（列女傳後之贊頌也、）嘉祐（宋仁宗年號、）蘇頌（字子容、）劉歆（向子、）藝文志（即漢書藝文志、）成帝（名驁、）趙衛（趙、謂飛燕姊妹也、衛未詳、按「漢書谷永傳」曾李從微賤專寵、李指婕妤李平、衛字疑作李、）珩璜琚瑀（佩玉也、）關雎（詩周南篇名、「詩序」后妃之德也、樂得淑女、以配君子、憂在進賢、不淫其色、哀窈窕、思賢才、而無傷善之心焉、）二南（周南、召南也、「詩序」關雎麟趾之化、王者之風、故繫之周公、南、言化自北而南也、鵲巢騶虞之德、諸侯之風也、先王之所以教、故繫之召公、周南召南、正始之道、王化之基也、）商辛（殷王紂也、嬖妲己、爲炮烙之法、剖比干之心、武王興師伐之、紂自殺、）江漢（「詩序」漢廣、德廣所及也、文王之道、被于南國、美化行乎江漢之域、無思犯禮、求而不可得也、）兔罝（詩周南篇名、「詩序」后妃之化也、關雎之化行、則莫不好德、而賢人衆多也）

觀於道德之要及求其辭等句惟昌黎有此神境

敘幹之爲人

身不行道二句（見〔孟子〕）芣苢（詩周南篇名、查列女傳無見此詩者、惟周南之妻條、有魴魚赬尾四句、乃汝墳篇也、）柏舟（詩邶風篇名、〔詩序〕言仁而不遇也、衛頃公之時、仁人不遇、小人在側、而〔列女傳〕以我心匪石四句、爲衛寡夫人之詩、）大車（詩王風篇名、〔詩序〕刺周大夫也、禮義陵遲、男女淫奔、故陳古以刺今大夫不能聽男女之訟焉、而〔列女傳〕以穀則異室四句、爲息夫人之詩、）式微（詩邶風篇名、〔詩序〕黎侯寓于衛、其臣勸以歸也、〔列女傳〕黎莊夫人、衛侯之女、既往而不同欲、未嘗得見、其傅母憐其失意、謂夫人曰、胡不去乎、乃作詩曰、式微式微、胡不歸、夫人曰、吾何可以離於婦道乎、乃作詩曰、微君之故、胡爲乎中路、路、詩作露、）

曾子固徐幹中論目錄序（幹字偉長、三國魏北海人、仕爲司空軍謀祭酒掾屬、五官將文學、著中論、辭義典雅爲時所稱、）

臣始見館閣及世所有徐幹中論二十篇以謂盡於此及觀貞觀政要怪太宗稱嘗見幹中論復三年喪篇而今書此篇缺因考之魏志見文帝稱幹著中論二十餘篇於是知館閣及世所有幹中論二十篇者非全書也幹字偉長北海人生於漢魏之間魏文帝稱幹懷文抱質恬淡寡欲有箕山之志而先賢行狀亦稱幹篤行體道不耽世榮魏太祖特旌命之辭疾不就後以爲上艾長又以疾不行蓋漢承周衰及秦滅學之餘百氏雜家與聖人之道並傳學者罕能獨觀於道德之要而不牽於俗儒之說至於治心養性去就語默之際能不悖於理者固希矣況至於魏之濁世哉幹獨能考六藝推仲尼孟軻之旨述而論之

求其辭時若有小失者要其歸不合於道者少矣其所得於內者又能信而充之浚巡濁世有去就顯晦之大節臣始讀其書察其意而賢之因其書以求其爲人又知其行之可賢也惜其有補於世而識之者少蓋迹其言行之所至而以世俗好惡觀之彼惡足以知其意哉顧臣之力豈足以重其書使學者尊而信之因校其脫謬而序其大略蓋所以致臣之意焉

徐幹（字偉長、三國魏北海人、仕爲司空軍謀祭酒掾、著有中論、辭義典雅、爲時所稱）館閣（宋翰林之稱、館者、昭文館史館集賢院也、閣者、秘閣龍圖閣天章閣等、皆爲藏書之所、）貞觀政要（書名、記唐太宗時事、）魏志（三國志中之一種、係陳壽所撰、）文帝（即曹丕、）北海（今山東益都縣東、）箕山（在今河南登封縣、昔許由隱居之處、）魏太祖（即曹操、）上艾長（官名、上艾近井陘關、）

曾子固范貫之奏議集序

（貫之名師道、仲淹從兄子、仁宗時進士、夙勵風操、官至戶部、直龍圖閣、）○○

尚書戶部郎中直龍圖閣范公貫之之奏議凡若干篇其子世京集爲十卷而屬余序之蓋自至和以後十餘年間公嘗以言事任職自天子大臣至於羣下自掖庭至於四方幽隱一有得失善惡關於政理公無不極意反復爲上力言或矯拂情欲或切劘計慮或辨別忠佞而處其進退章有一再或至於十餘上事

有陰爭獨陳。或悉引諫官御史合奏肆言。仁宗嘗虛心采納。爲之變命令。更廢舉。近或立從。遠或越月逾時。或至於其後卒皆聽用。蓋當是時。仁宗在位歲久。熟於人事之情僞與羣臣之能否。方以仁厚清靜休養元元。至於是非予奪。則一歸之公議而不自用也。其所引拔以言爲職者。如公皆一時之選。而公與同時之士亦皆樂得其言。不曲從苟止。故天下之情因得畢聞於上。而事之害理者。常不果行。至於奇衺恣睢。有爲之者亦輒敗悔。故當此之時。常委事七八大臣。而朝政無大闕失。羣臣奉法遵職。海內乂安。夫因人而不自用者天也。仁宗之所以其仁如天。至於享國四十餘年。能承太平之業者。由是而已。後世得公之遺文。而論其世。見其上下之際相成如此。必將低回感慕。有不可及之歎。然後知其時之難得。則公言之不沒。豈獨見其志。所以明先帝之盛德於無窮也。公爲人溫良慈恕。其從政寬易愛人。及在朝廷。危言正色。人有所不能及也。凡同時與公有言責者。後多至大官。而公獨早卒。公諱師道。其世次州里歷官行事。有今資政殿學士趙公抃爲公之墓銘云。

在五代時文學已能敦俗

王遵岩曰沈著頓挫光采自露且序人奏議發明直氣切諫而能形容聖朝之氣象治世之精華眞大家數手段如蘇公序田錫奏議亦有此意然其文詞過於俊爽而氣輕味促○劉海峯曰子固集序當以此篇爲第一其妙則王遵岩所論盡之

尙書戶部郎中（戶部、隸尙書省、戶部郎中、分左右曹、掌戶口平準等事、）直龍圖閣（掌校勘典籍等事、隸秘書省、）世京（字延嗣、熙寧進士、官至秘書丞、）至和（宋仁宗年號、）掖庭（掖、宮旁舍、）仁宗（名禎、）元元（百姓也、）奇袤（不正也、）恣睢（自用之貌、）資政殿學士（資政殿、在龍圖閣之東、隸翰林學士院、掌制誥詔令撰述等事、）趙抃（字閱道、西安人、爲御史、舉劾不避權貴、時稱鐵面御史、使成都還、以琴鶴自隨、人稱其清德、）

曾子固先大夫集後序（曾祖名致堯、字正臣、太平興國進士、官至吏部郎中、）○○○

公所爲書。號仙鳧羽翼者三十卷。西陲要紀者十卷。淸邊前要五十卷。廣中台志八十卷。爲臣要紀三卷。四聲韻五卷。總一百七十八卷。皆刊行於世。今類次詩賦書奏一百二十三篇。又自爲十卷。藏於家。方五代之際。儒學旣擯焉。後生小子治術業於閭巷。文多淺近。是時公雖少。所學已皆知治亂得失興壞之理。其爲文閎深雋美。而長於諷諭。今類次樂府已下是也。宋旣平天下。公始出仕。

總提一段引起下文文亦宛轉流利所謂氣不迫晦者指此

大姚云切論大臣者向文簡也宋史本傳嘗致堯抗疏自陳臣言丞相某事未效不敢受章紱之賜詔旨狂躁判公爲致堯墓誌亦載此事

不言財利不陳符瑞特舉其大者而言

當此之時太祖太宗已綱紀大法矣公於是勇言當世之得失其在朝廷疾當事者不忠故凡言天下之要必本天子憂憐百姓勞心萬事之意而推大臣從官執事之人觀望懷奸不稱天子屬任之心故治久未洽至其難言則人有所不敢言者雖屢不合而出而所言益切不以利害禍福動其意也始公尤見奇於太宗自光祿寺丞越州監酒稅召見以爲直史館遂爲兩浙轉運使未久而眞宗卽位益以材見知初試以知制誥及西兵起又以爲自陝以西經略判官而公嘗切論大臣當時皆不悅故不果用然眞宗終感其言故爲泉州未盡一歲拜蘇州五日又爲揚州將復召之也而公於是時又上書語斥大臣尤切故卒以齟（音沮）齬（音語）終公之言其大者以自唐之衰民窮久矣海內旣集天子方修法度而用事者尙多煩碎治財利之臣又益急公獨以謂宜遵簡易罷筦（音管）榷以與民休息塞天下望祥符初四方爭言符應天子因之遂用事泰山祠汾陰而道家之說亦滋甚自京師至四方皆大治宮觀公益諍以謂天命不可專任宜黜姦臣修人事反覆至數百千言嗚呼公之盡忠天子之受盡言何必古人

敘其治績

史不可信序之所由作也

此非傳之所謂主聖臣直者乎。何其盛也。何其盛也。公在兩浙奏罷苛稅二百三十餘條。在京西又與三司爭論免民租。釋逋負之在民者。蓋公之所試如此。所試者大其庶幾矣。公所嘗言甚衆。其在上前及書亡者。蓋不得而集。其或從或否而後常可思者。與歷官行事。廬陵歐陽修公已銘公之碑特詳焉。此故不論。論其不盡載者。公卒以齟齬終。其功行或不得在史氏記。藉令記之。當時好公者少。史其果可信歟。後有君子欲推而考之。讀公之碑與書。及予小子之序其意者。具見其表裏。其於虛實之論可覈（下革切）矣。公卒。乃贈諫議大夫。姓曾氏。諱某。南豐人。序其書者。公之孫鞏也。

王道思曰。先生之文如此篇之委曲感慨。而氣不迫晦者。亦不多有。○茅順甫曰。子固闡揚先世所不得志處。有大體。而文章措注處極渾雄。○劉海峯曰。稱述先人之忠諫。而反復致慨於當時朝臣之齟齬。及天子優容之盛德。渾然磅礴。

樂府（詩歌之諧入音律者）、太祖（名匡胤）、太宗（名炅）、光祿寺丞（光祿寺、卿、少卿、丞、主簿各一人、卿掌祭祀朝會宴饗等事、少卿爲之貳、丞參領之越州〔治今浙江紹興縣、〕監酒稅〔官名、〕兩浙〔今浙江及江蘇丹徒縣以東、〕轉運使〔掌一路財賦、〕真宗〔名恆、〕知制誥〔掌制詔令撰述之事、〕西兵起〔西、即西夏、〕經略判官〔經略下之屬官、〕泉州〔治今福建晉江縣、〕蘇州〔治今江蘇吳縣、〕揚州〔治今江蘇江都縣、〕筦榷〔以木渡水為榷、〔前漢書漢武本紀〕初榷酒酤、師古曰、禁民酤釀、獨官開置、如設木渡水之獨取利也、按此不專指酒而言、〕祥符〔真宗年號、時爭言天書降下事、〕用事泰山祠汾陰〔真宗封泰山、祭后土於汾陰、汾陰、在今山西榮河縣、〕京西〔今河南開封道、汝陽道、及湖北北境、〕三司〔官名、通管鹽鐵度支戶口、〕廬陵〔今江西廬陵縣、〕南豐〔今江西南豐縣、〕

曾子固館閣送錢純老知婺州詩序

〔〔宋史職官志注〕昭文館、史館、集賢院、皆沿唐制立名、但有書庫、寓於崇文院廡下、祕閣、崇文院、各置貼職官、又有集賢殿修撰、直龍圖閣校勘、通謂之館閣、錢純老、名藻、臨安人、明逸從子、居官廉靜、為人清謹寡過、人稱長者、婺州、治今浙江金華縣、〕○○

序詩所由作

熙寧三年三月。尚書司封員外郎祕閣校理錢君純老。出為婺州。三館祕閣同舍之士。相與飲餞於城東佛舍之觀音院。會者凡二十人。純老亦重僚友之好。而欲慰處者之思也。乃為詩二十言以示坐者。於是在席人各取其一言為韻。賦詩以送之。純老至州。將刻之石。而以書來曰。為我序之。蓋朝廷常引天下儒學之士。聚之館閣。所以長養其材而待上之用。有出使於外者。則其僚必相告語。擇都城之中廣宇豐堂游觀之勝。約日皆會。飲酒賦詩。以敘去處之情。而致

小小詩序說得關係極重

相先方望溪云儒行篇爵位相先也引用太虛其病根始自東漢六朝人

而與同舍視之按原集作視之

綢繆之意歷世寖（咨林切）久以爲故常其從容道義之樂蓋他司所無而其賦詩之所稱引況論莫不道去者之義視其歸仕於王朝而欲其無久於外所以見士君子之風流習尙篤於相先非世俗之所能及又將待上之考信於此而以其彙進非空文而已也純老以明經進士制策入等歷教國子生入館閣爲編校書籍校理檢討其文章學問有過人者宜在天子左右與訪問任獻納而顧請一州欲自試於川窮山阻僻絕之地其志節之高又非凡才所及此賦詩者所以推其賢惜其志殷勤反覆而不能已予故爲之序其大旨以發明士大夫之公論而與同舍視之使知純老之非久於外也十月日序

茅順甫曰文之典刑雍容雅頌○劉海峯曰子固贈送之序當以此爲第一敷陳暢足而藹然溫厚

尙書司封員外郎（宋制、吏、戶、禮、兵、刑、工、六部、皆隸尙書省、司封員外郎、屬於吏部、掌官封敘贈承襲事、）秘閣校理（秘閣、在崇文院中、端拱二年建、校理、官名、）三館（即史館、昭文館、集賢院、）以其彙（[易泰卦]拔茅茹以其彙、征吉、言用一賢、而衆賢並進也、）

曾子固書魏鄭公傳後（魏鄭公、名徵、字玄成、曲城人、以善諫著名、官至太子太師、諡文貞、）○○

袁簡齋以魏徵好名逢迎太宗之好名似亦有見

徵卽未付史官史官亦當錄之徵之汲汲自有可議

伊周行其所當行當之存不存無所容心也

予觀太宗常屈己以從羣臣之議而魏鄭公之徒喜遭其時感知己之遇事之大小無不諫諍雖其忠誠自至亦得君而然也則思唐之所以治太宗之所以稱賢主而前世之君不及者其淵源皆出於此也能知其有此者以其書存也及觀鄭公以諫諍事付史官而太宗怒之薄其恩禮失終始之義則未嘗不反覆嗟惜恨其不思而益知鄭公之賢焉夫君之使臣與臣之事君者何大公至正之道而已矣大公至正之道非滅人言以掩己過取小亮以私其君此其不可者也又有甚不可者夫以諫諍爲當掩是以諫諍爲非美也則後世誰復當諫諍乎況前代之君有納諫之美而後世不見則非惟失一時之公又將使後世之君謂前代無諫諍之事是啓其怠且忌矣太宗末年羣下旣知此意而不言漸不知天下之得失至於遼東之敗而始恨鄭公不在世未嘗知其悔之萌芽出於此也夫伊尹周公何如人也伊尹周公之切諫其君者其言至深而其事至迫存之於書未嘗掩焉至今稱太甲成王爲賢君而伊尹周公爲良相者以其書可見也令當時削而棄之成區區之小讓則後世何所據依而諫又何

此兩說駁得是

孔光一倖幸之臣焚藁事何足論

以知其賢且良與桀紂幽厲始皇之亡則其臣之諫詞無見焉非其史之遺乃天下不敢言而然也則諫諍之無傳乃此數君之所以益暴其惡於後世而已矣或曰春秋之法爲尊親賢者諱與此戾矣夫春秋之所以諱者惡也納諫豈惡乎然則焚藁者非歟曰焚藁者誰歟非伊尹周公爲之也近世取區區之小亮者爲之耳其事又未是也何則以焚其藁爲掩君之過而使後世傳之則是使後世不見藁之是非而必其過常在於君美常在於己也豈愛其君之謂歟孔光之去其藁之所言其在正邪未可知也而焚之而惑後世庸詎知非謀己之奸計乎或曰造辟而言詭辭而出異乎此曰此非聖人之所曾言也令萬一有是理亦謂君臣之間議論之際不欲漏其言於一時之人耳豈杜其告萬世也噫以誠信待己而事其君而不欺乎萬世者鄭公也益知其賢云豈非然哉豈非然哉

姚氏曰其言深切足以感動人主又繁複曲盡而不厭此自爲傑作熙甫愛之非過也

遼東之敗遼東、今奉天東南境、太宗征高麗、無功、歎曰、魏徵若在、不使我有是行、春秋之法春秋書法、爲尊者親者賢者而有所諱、孔光字子夏、漢哀平時人、爲御史大夫、有所言、則削草藁、以爲彰主之過、人臣大罪、造辟而言二句出[穀梁傳]

評注校音古文辭類纂卷九終

敘蘇氏在眉之始
譜爲親作一篇之旨

由親至疎勢所必然
未疎時宜如何感念
讀此使人孝弟之心
增重

評校音注 古文辭類纂卷十 序跋類五

蘇明允族譜引○○○

蘇氏族譜。譜蘇氏之族也。蘇氏出於高陽。而蔓延於天下。唐神龍初。長史味道刺眉州。卒於官。一子留於眉。眉之有蘇氏自此始。而譜不及者。親盡也。親盡則曷爲不及。譜爲親作也。凡子得書而孫不得書者。何也。以著代也。自吾之父以至吾之高祖。仕不仕。娶某氏。享年幾。某日卒。皆書。而他不書者。何也。詳吾之所自出也。自吾之父以至吾之高祖。皆曰諱某。而他則遂名之。何也。尊吾之所自出也。譜爲蘇氏作。而獨吾之所自出得詳與尊。何也。譜吾作也。嗚呼。觀吾之譜者。孝弟之心。可以油然而生矣。情見於親。親見於服。服始於衰。而至於緦麻。而至於無服。無服則親盡。親盡則情盡。情盡則喜不慶。憂不弔。喜不慶。憂不弔。則途人也。吾所與相視如途人者。其初兄弟也。兄弟其初一人之身也。悲夫。一人之身。分而至於途人。此吾譜之所以作也。其意曰。分至於途人者。勢也。勢吾無

系之以詩劉海峯云老泉不能爲詩故不知用韻

警切之語能悚末俗

由高陽而夏而商而周而六國猶然可考

錢音箋

如之何也幸其未至於途人也使其無至於忽忘焉可也嗚呼觀吾之譜者孝弟之心可以油然而生矣系之以詩曰吾父之子今爲吾兄吾疾在身兄呻不寧數世之後不知何人彼死而生不爲戚欣兄弟之情如足與手其能幾何彼不相能彼獨何心

孟子云人人親其親長其長而天下平文云途人爲其初之兄弟而未至於途人顧可以途人視之乎今之大言愛國愛同胞其於家庭何如乎請讀此篇一反省之　濂識

蘇明允族譜後錄〇〇

高陽（今河南高陽縣、顓頊爲高陽氏、國高陽、是爲蘇氏之始、）神龍（中宗年號、）味道（趙州人、武后時相、）眉州（治今四川眉山縣、）衰（生麻布製、旁及下邊不緝者、謂之斬衰、熟麻布製、緝旁及下邊者、謂之齊衰、）緦麻（五服之一、細麻布製、喪服輕者用之、三月而除、）

蘇氏之先出於高陽高陽之子曰稱稱之子曰老童老童生重黎及吳回重黎爲帝嚳火正曰祝融以罪誅其後爲司馬氏而其弟吳回復爲火正吳回生陸終陸終生子六人長曰樊爲昆吾次曰惠連爲參胡次曰籛爲彭祖次曰來言

芈音弭

漢之蘇氏

唐之蘇氏

此四大支

上溯昆吾祝融吳回世次雖不可紀却是一派相傳

爲會人。次曰安。爲曹姓。季曰季連。爲芈姓。六人者皆有後。其後各分爲數姓。昆吾始姓己氏。其後爲蘇顧温董。當夏之時。昆吾爲諸侯伯。歷商而昆吾之後無聞。至周有忿生。爲司寇。能平刑以教百姓。周公稱之。蓋書所謂司寇蘇公者也司寇蘇公與檀伯達。皆封於河。世世仕周。家於其封。故河南河內皆有蘇氏。六國之際。秦及代厲。其苗裔也。至漢興而蘇氏始徙入秦。或曰高祖徙天下豪傑以實關中。而蘇氏遷焉。其後曰建。家於長安杜陵。武帝時爲將。以擊匈奴有功封平陵侯。其後世遂家於其封。建生三子。長曰嘉。次曰武。次曰賢。嘉爲奉車都尉。其六世孫純。爲南陽太守。生子曰章。當順帝時。爲冀州刺史。又遷爲幷州。有功於其人。其子孫遂家於趙州。其後至唐武后之世。有味道。味道聖歷初爲鳳閣侍郎。以貶爲眉州刺史。遷爲益州長史。未行而卒。有子一人不能歸。遂家焉。自是眉始有蘇氏。故眉之蘇。皆宗益州長史味道。趙郡之蘇。皆宗幷州刺史章。扶風之蘇。皆宗平陵侯建。河南河內之蘇。皆宗司寇忿生。而凡蘇氏皆宗昆吾樊。昆吾樊宗祝融吳回。蓋自昆吾樊至司寇忿生。自司寇忿生至平陵侯建。

百世不遷

自平陵侯建至并州刺史章。自并州刺史章至益州長史昧道。自益州長史昧道至吾之高祖。其間世次皆不可紀。而洵始爲族譜以紀其族屬。譜之所記。上至於吾之高祖。下至於吾之昆弟。昆弟死而及昆弟之子。曰嗚呼。高祖之上不可詳矣。自吾之前。而吾莫之知焉。已矣。自吾之後。而莫之知焉。則從吾譜而益廣之。可以至於無窮。蓋高祖之子孫。家授一譜而藏之。其法曰。凡嫡子而後得爲譜。爲譜者。皆存其高祖。而遷其高祖之父。世世存其先人之譜無廢也。而其不及高祖者。自其得爲譜者之父始。而存其所宗之譜。皆以吾譜冠焉。其說曰此古之小宗也。古者有大宗。有小宗。傳曰。別子爲祖。繼別爲宗。繼禰（奴禮切）者爲小宗。有百世不遷之宗。有五世則遷之宗。百世不遷者。別子之後也。宗其繼別子之所自出者。百世不遷者也。宗其繼高祖者。五世則遷者也。別子者。公子及士之始爲大夫者也。別子不得禰其父。而自使其嫡子後之。則爲大宗。故曰。繼別爲宗。族人宗之。雖百世而大宗死。則爲之齊衰三月。其母妻亡亦然。死而無子。則支子以其昭穆後之。此所謂百世不遷之宗也。別子之庶子。又不得禰別

五世則遷

子。而自使其嫡子爲後。則爲小宗。故曰繼禰者爲小宗。小宗五世之外則易宗。其繼禰者親兄弟宗之。其繼祖者從兄弟宗之。其繼曾祖者再從兄弟宗之。其繼高祖者。三從兄弟宗之。死而無子。則支子亦以其昭穆後之。此所謂五世則遷之宗也。凡今天下之人。惟天子之子與始爲大夫者。而後可以爲大宗。其餘則否。獨小宗之法。猶可施於天下。故爲族譜。其法皆從小宗。凡吾之宗。其繼高祖者。高祖之嫡子祈。祈死無子。天下之宗法不立。族人莫克以其子爲之後。是以繼高祖之宗亡。而虛存焉。其繼曾祖者。曾祖之嫡子宗善。宗善之嫡子昭圖。昭圖之嫡子惟益。惟益之嫡子允元。其繼祖者。祖之嫡子諱序。序之嫡子澹。澹之嫡子位。其繼禰者。禰之嫡子澹。澹之嫡子位。曰、嗚呼。始可以詳之矣。百世之後。凡吾高祖之子孫。得其家之譜而觀之。則爲小宗。得吾高祖之子孫之譜而合之。而以吾譜考焉。則至於無窮。而不可亂也。是爲譜之志云爾。

方望溪曰龍門之桐高百尺而無枝老蘇集中最近古之文膚學不能識也

老童（卽卷章、）帝嚳（姬姓、名夋、受封於辛、故曰高辛、）火正（官名、）祝融（祝、大也、融、明也、「史記楚世家」重黎能光融天下、帝嚳命曰祝融、）以罪誅（共工氏作亂、帝嚳使重黎治之而不盡、乃誅重黎、以其弟吳回爲火正、）其後爲司馬氏（周程伯休甫爲重黎之後、於宣王時失其守、而爲司馬氏、見「史記太史公自序」）樊（己姓、封於昆吾、昆吾、在今直隸開縣、）惠連（封於參胡、無後、參胡、即韓、）籛（老彭姓、名鏗、封於大彭、即彭城、今江蘇銅山縣、）來言（邓姓、「史記注」作求言、）會人（即鄶國、在河南新鄭縣、）曹姓（即邾國、楚滅邾、遷於江夏、在今湖北黃岡縣、）季連（爲楚之先、）忿生（爲武王司寇、封蘇國、「書立政」司寇蘇公、）河南（府名、治今河南洛陽縣、）河內（郡名、今河南河北道之大部分、）建（杜陵人、）杜陵（在長安南五十里、）武帝（名徹、）平陵（在今陝西咸陽縣西北、）武（字子卿、使匈奴、被留十九年、不屈、後亡歸、）賢（爲騎都尉、）奉車都尉（掌御乘輿車、）純（字桓公、）南陽（郡名、治今河南南陽縣、）太守（一郡之長、）章（字孺文、純孫、此作純子誤、）順帝（名保、）冀州（治今直隸冀縣、）刺史（一州之長、）幷州（治今山西太原縣、）趙州（治今直隸趙縣、）唐武后（名曌、高宗后、）聖歷（唐武后年號、）鳳閣侍郎（武后改中書省曰鳳閣、中書令、鳳閣侍郎、即中書省侍郎、參議朝廷大政、）益州（治今四川成都縣、）長史（即別駕、刺史之佐吏、）扶風（治今陝西長安縣、）別子爲祖三句（別子有三、一、適侯諸子之弟、別於正適、二、異姓公子來自他國、別於本國不來者、三、庶姓之起於是邦、爲卿大夫而別於不仕者、皆稱別子也、爲祖者、別於後世爲始祖也、繼別爲宗者、別子之後、世世以適長子繼別子與族人爲百世不遷之大宗也、繼禰者爲小宗、謂別子之庶子、以庶子所生長子、繼此庶子、與兄弟爲小宗、謂之小宗者、以其五世則遷也、）昭穆（廟序也、一世昭、二世穆、）序（洵父、）澹（洵兄、）

蘇子由元祐會計錄序（元祐、宋哲宗年號、）○

以漢事作引見圖籍之有益于國

臣聞漢祖入關。蕭何收秦圖籍。周知四方盈虛彊弱之實。漢祖賴之以幷天下。

太祖太宗兩朝之富庶

丙吉爲相。匈奴嘗入雲中代郡。吉使東曹考案邊瑣。條其兵食之有無。與將吏之才否。逡巡進對。指揮遂定。由此觀之。古之人所以運籌帷幄之中。制勝千里之外者。圖籍之功也。蓋事之在官。必見於書。其始無不具者。獨患多而易忘。久而易滅。數十歲之後。人亡而書散。其不可考者多矣。唐李吉甫始簿錄元和國計。幷包巨細。無所不具。國朝三司使丁謂等因之。爲景德皇祐治平熙寧四書。網羅一時出內（同納）之計。首尾八十餘年。本末相授。有司得以居今而知昔。參酌同異。因時施宜。此前人作書之本意也。臣以不佞。待罪地官。上承元豐之餘業。親覩二聖之新政。時事之變易。財賦之登耗。可得而言也。謹按藝祖皇帝創業之始。海內分裂。租賦之入。不能半今世。然而宗室尙鮮。諸王不過數人。仕者寡少。自朝廷郡縣。皆不能備官。士卒精練。常以少克衆。用此三者。故能奮於不足之中。而綽然常若有餘。及其列國款附。琛（琛林切）貢相屬於道。府庫充塞。創景福內庫。入畜金幣。爲殄敵之策。太宗因之。克平太原。眞宗繼之。懷服契丹。二患既弭。天下安樂。日登富庶。故咸平景德之間。號稱太平。羣臣稱頌功德。不知所以

眞宗之糜費歸罪臺臣文甚得體

仁宗時之外患

英宗早世

神宗行新法而民困財窮歸咎於有司奉承之不善亦爲尊者諱之義

裁之者於是請封泰山祀汾陰禮亳社屬車所至費以鉅萬而上清昭應崇禧景靈之宮相繼而起累世之積糜耗多矣其後昭應之災臣下復以營繕爲言大臣力爭章獻感悟沛然遂與天下休息仁宗仁聖清心省事以幸天下然而民物蕃庶未復其舊而夏賊竊發邊久無備遂命益兵以應敵急征以養兵雖間出內藏之積以求紓民而四方騷然民不安其居矣其後西戎既平而已益之兵不復遂汰加以宗子蕃衍充牣（音刃）宮邸官吏冗積員溢於位財之不贍爲日久矣英宗嗣位慨然有救弊之意羣臣竦觀幾見日新之政而大業未遂神考嗣世忿流弊之委積閔財力之傷耗覽政之初爲富國彊兵之計有司奉承違失本旨始爲青苗助役以病農民繼爲市易鹽鐵以困商賈利孔百出不專於三司於是經入竭於上民力屈於下繼以南征交趾西討拓跋用兵之費一日千金雖內帑別藏時有以助之而國亦憊矣今二聖臨御方恭默無爲求民之疾苦而療之令之不便無不釋去民亦少休矣而西夏不賓水旱繼作凡國之用度大率多於前世當此之時而不思所以濟之豈不殆哉臣歷觀前世持

括出德法二字又引秦隋漢文晉武爲證

盈守成艱於創業之君蓋盈之必溢而成之必毀物理之至有不可逃者盈成之間非有德者不安非有法者不久昔秦隋之盛非無法也內建百官外列郡縣至於漢唐因而行之卒不能改然皆二世而亡何者無德以爲安也漢文帝恭儉寡欲專務以德化民民富而國治後世莫及然身沒之後七國作難幾於亂亡晉武帝削平吳蜀任賢使能容受直言有明主之風然而亡不旋踵子弟內叛羌胡外亂遂以失國此二帝者皆無法以爲久也今二聖之治安而靜仁而恕德積於世秦隋之憂臣無所措心矣然而空匱之極法度不施雖無漢晉疆臣敵國之患而數年之後國用曠竭臣恐未可安枕而臥也故臣願得終言之凡會計之實取元豐之八年而其爲別有五一曰收支二曰民賦三曰課入四曰儲運五曰經費五者既具然後著之以見在列之以通表而天下之大計可以畫地而談也若夫內藏右曹之積與天下分樁(株江切)之實非昔三司所領則不入會計將著之他書以備觀覽焉臣謹序

劉海峯曰子由亦不善爲序因此篇與民賦序有關國計存之

丙吉（字少卿、漢宣帝時相、）雲中代郡（見漢興以來諸侯年表序注、）東曹（官名、）李吉甫（字弘憲、官翰林學士、擢中書侍郎、）三司使（見曾子固先大夫集後序注、）丁謂（字謂之、更字公言、蘇州長洲人、）景德皇祐（眞宗年號、）治平（英宗年號、）熙寧（神宗年號、）地官（司徒、）元豐（神宗年號、）二聖（向太后及哲宗、）藝祖（即宋太祖、）琛（美寶、）景福（庫名、）太原（郡名、治今山西太原縣、）契丹（見五代史職方考序注、）咸平（眞宗年號、）不知所以裁之（不能裁度以義、句見「論語」）封泰山祀汾陰（見子固先大夫集後序注、）亳社（亳州老君廟、在今安徽亳縣、眞宗謁老子於太清宮、）上清昭應崇禧景靈（並宮名、眞宗建、）章獻（眞宗劉后、）夏賊（仁宗寶元元年、趙元昊稱帝於夏州、在今陝西橫山縣西、）充牣（滿也、）英宗（名曙、）神考（即神宗、名頊、）青苗助役（青苗、謂青苗在田、貸民以錢、使之出息、助役、使民出錢募民充役、若官戶女戶寺觀單丁未成丁者、亦輸錢、名助役錢、）市易鹽鐵（市易、凡貨之滯者、以官錢平其價市之、民有市於官者、則度其財產爲抵當、貸之錢、責期使償、鹽鐵、禁民鑄鐵器賣鹽、）交趾（今安南交州地、）拓跋（西夏本姓、唐末、拓跋思恭鎭夏州、子孫繼之、）晉武帝（姓司馬、名炎、）吳蜀（吳主孫皓、蜀主劉禪、）羌胡（羌、西戎、胡、北狄、）分椿（猶言分列其事、椿、擊木入土之柱、）

蘇子由民賦序○

古之民政有不可復者三焉自祖宗以來論事者嘗以爲言而爲政者嘗試其事矣（指安石之行新法而言）然爲之愈詳而民愈擾事之愈力而功愈難其故何哉古者隱兵於農無事則耕有事則戰安平之世無廩給之費征伐之際得勤力之士此儒者之所

三大段縷舉新法之弊

有關睢麟趾之意而後可以行官禮

歎息而言也。然而熙寧之初。爲保甲之令。民始嫁母贅子。斷壞支體。以求免丁。及其既成。子弟挾縣官之勢。以邀(通要平聲)其父兄。擅弓劍之技。以暴其鄉黨。至今河朔京東之盜。皆保甲之餘也。其後元豐之中。爲保馬之法。使民計產養馬。畜馬者衆。馬不可得。民至持金帛買馬於江淮。小不中度。輒斥不用。郡縣歲時閱視可否。權在醫駔(音壯)。民不堪命。民兵之害。乃至於此。此所謂不可復者一也。周官泉府之制。凡民之貸者。以國服爲之息。貸而求息。三代之政。有不然者矣。詩曰。倬(音卓)彼甫田。歲取十千。我取其陳。食我農人。自古有年。而孟子亦云。春省耕而補不足。秋省斂而助不給。古蓋有是道矣。而未必有常數。亦未必有常息也。至於熙寧青苗之法。凡主客戶得相保任而貸。其息歲取十二。出入之際。吏緣爲奸。請納之勞。民費自倍。凡自官而及私者。率取二而得一。自私而入公者。率輸十而得五。錢積於上。布帛米粟賤不可售。歲暮寒苦。吏卒在門。民號無告。二十年之間。民無貧富。家產盡耗。此所謂不可復者二也。古者治民。必周知其夫家田畝六畜器械之數。未有不知其數而能制其貧富者也。未有不能制其貧

務實不務名爲言紹述者痛下箴砭

富而能得其心者也故三代之君開井田畫溝洫謹步畝嚴版圖因口之衆寡以授田因田之厚薄以制賦經界既定仁政自成下及隋唐流風已遠然其授民田有口分（去聲）永業皆取之於官其斂民財有租庸調皆計之於口其後世亂法壞變爲兩稅戶無主客以見居爲簿人無丁中以貧富爲差田之在民其漸由此貿易之際不可復知貧者急於售田則田多而稅少富者利於避役則田少而稅多僥倖一興稅役皆弊故丁謂之記景德田況之記皇祐皆以均稅爲言矣然嘉祐中薛向孫琳始議方田量步晦（同畝）審肥瘠以定賦稅之人熙寧中呂惠卿復建手實抉私隱祟告訐以實貧富之等元豐中李琮追究逃絕均虛數虐編戶以補失陷之稅此三者皆爲國斂怨所得不補所失事不旋踵而罷此所謂不可復者三也故臣愚以謂謀國者當務實而已不求其名誠使民盡力耕田賦輸以養兵終身無復征戍之勞而朝廷招募勇力强狡之民教之戰陣以衞良民二者各得其利亦何所不可哉富民之家取有餘以貸不足雖有倍稱之息而子本之債官不爲理償進之日布縷菽粟雞豚狗彘百物皆售州

備周禮以誤蒼生安石等正坐好名之病

縣晏然處曲直之斷而民自相養蓋亦足矣至於田賦厚薄多寡之異雖小有不齊而安靜不撓民樂其業賦以時入所失無幾因其交易而質其欺隱繩之以法亦足以禁其太甚昔宇文融括諸道客戶州縣觀望虛張其數以實戶爲客雖得戶八十餘萬歲得錢數百萬而百姓困弊實召天寶之亂均稅之害何以異此凡此三者皆儒者平昔之所稱頌以爲先王之遺法用之足以致太平者也然數十年以來屢試而屢敗足以爲後世好名者之戒耳惟嘉祐以前百役在民衙前大者主倉庫躬饋運小者治燕饗職迎送破家之禍易於反掌至於州縣役人皆貪官暴吏之所誅求仰以爲生者先帝深求其病罷坊場以募衙前均役錢以雇諸役使民得闔門治生而吏不敢呵問有司奉行不得其當坊場求數倍之價役錢轂寬剩之積而民始困躓(音致)不堪其生矣今二聖覽觀前事知其得失之實旣盡去保甲青苗均稅至於役法舉差雇之中惟便民者取之郡縣奉承雖未能卽盡而天下之民知天子之愛我矣故臣於民賦之篇備論其得失俾後有考焉

唐荊川曰平正通達不求爲奇而勢如長江大河是小蘇之所長也

保甲（十家爲保、有保長、五十家爲大保、有大保長、十大保爲都保、都保有正副、凡保下、聽自置弓箭習武藝、）贅子（男就女婿、）縣官（天子也、見[漢書]）邀（作要挾之要解、）保馬（保甲養馬、官與其價、令自市、）醫駔（治馬病者、）泉府（掌財幣之官、[周禮]凡民之貸者、與其有司辨而授之、以國服爲之息、）國服（猶言國中所出也、如其國出絲枲、則以絲枲償、其國出絺葛、則以絺葛償、）倬彼甫田五句（倬、明貌、甫、大也、十千、一成之田、爲田九萬畝、而以其萬畝爲公田、蓋九一之法、我、食祿主祭之人、陳、舊粟、有年、豐年也、見[詩小雅]）口分永業（每人所應得者爲口分、一家所世傳者爲永業、其法、丁中之民、給田一頃、以十之二爲永業、八爲口分、）租庸調（見子固唐論注、）兩稅（楊炎相德宗、承大弊後、立兩稅法、秋夏兩次輸入、）丁中（十六爲中、二十爲丁、）田況（字元均、）丁謂景德皇祐（見元祐會計錄序注、）嘉祐（仁宗年號、）薛向（字師正、）畮（六尺爲步、百步爲畮、）呂惠卿（字吉甫、泉州晉江人、附會安石變法者、）建手實（官司定立物價、使民各以田畝屋宅資貨畜產、隨價自占、不許隱匿、令民書之於狀、以呈於縣、由是定其物產之高下、而課以當輸之錢、）李琮（字獻甫、江寧人、）宇文融（京兆萬年人、玄宗以融爲覆田勸農使、融奏慕容琦等二十九人爲勸農判官、分按州縣括正丘畝、招徠戶口而分業之、又兼租地安輯戶口使、於是諸道收沒戶八十萬、田亦稱是、歲終、羨錢數百萬緡、）天寶（唐玄宗年號、）衙前（官役也、宋以里正鄉戶爲之、主典府庫輦運官物、往往破產、）坊場（官產之場所、）轂（張也、）寬剩（於免役錢之外、又增二分、以備水旱欠闕、）

王介甫周禮義序（周禮、周公居攝後作而未及實行者、秦火後、漢河間獻王得諸山巖屋壁中、東漢鄭元注、唐賈公彥疏、）○○

士弊於俗學久矣。聖上閔焉。以經術造之。乃集儒臣。訓釋厥旨。將播之校學。而

推本上意亦尊題之法

今西人所行者按諸周禮實多符合

就周禮論考工記最後得或謂東周後齊人所作

以訓而發之之爲難與至父云逆卷回抱前後融成一片篇法完密

以所觀乎今方望溪云辭古而意則誤以見知自任其行新法實誤於此

臣某實董周官惟道之在政事其貴賤有位其後先有序其多寡有數其遲數有時制而用之存乎法推而行之存乎人其人足以任官其官足以行法莫盛乎成周之時其法可施於後世其文有見於載籍莫具乎周官之書蓋其因習以崇之賡續以終之至於後世無以復加則豈特文武周公之力哉猶四時之運陰陽積而成寒暑非一日也自周之衰以至於今歷歲千數百矣太平之遺迹掃蕩幾盡學者所見無復全經於是時也乃欲訓而發之臣誠不自揆然知其難也以訓而發之之爲難則又以知夫立政造事追而復之之爲難然竊觀王者立法就功取成於心訓迪在位有馮同憑有翼亹音尾亹不倦心服承德之世矣以所觀乎今考所學乎古所謂見而知之者臣誠不自揆妄以爲庶幾焉故遂冒昧自竭而忘其材之弗及也謹列其書爲二十有二卷凡十餘萬言上之御府副在有司以待制詔頒焉謹序

茅鹿門曰荆公所自喜在讀周禮而其相業所由自誤處亦在周禮○方望溪曰觀篇中云云可覘介甫於周官僅見其粗迹而於聖人運用天理不忍

是嘗緊滐二字

措詞得體
蓋衆也吳至父云此
用杜書成調

一民一物不得其情之本原概乎其未有得也故見諸行事皆與周公之意謬戾而其文實清深高雅宜分別求之又曰鹿門語確評

周官（周禮詳設官之制、）臺臺（勉也、）二十二卷（周禮今本四十二卷、茲云二十二卷、或係安石新義另編之卷數、）

王介甫書義序○

熙寧二年。臣某以尚書入侍。遂與政。而子雱（鋪郎切）實嗣講事。有旨爲之說以獻。八年。下其說太學。班焉。惟虞夏商周之遺文。更秦而幾亡。遭漢而僅存。賴學士大夫誦說。以故不泯。而世主莫或知其可用。天縱皇帝大知。實始操之以驗物。考之以決事。又命訓其義。兼明天下後世。而臣父子以區區所聞。承乏與榮焉。然言之淵懿。而釋以淺陋。命之重大。而承以輕眇。（音貌）茲榮也。祇所以爲愧也歟。謹序。

吳至父曰高簡

尚書入侍二句（神宗即位、召安石爲翰林學士、兼侍講、二年、遂參知政事、此尚書、乃書名、）雱（字元澤、受詔註詩書義、擢天章閣待制、兼侍講、尋遷龍圖閣直學士、早卒、）班（頒行也、）遭漢句（漢初、濟南伏生口授體書二十八篇、號今文尚書、後魯恭王壞孔子舊宅、壁中得竹簡尚書、合以今文、多三十一篇、號古

敍詩之有益

歸本皇帝崇尙詩學

傳曰美成在久吳至父云自然采藻不得移之他經

推晉將來崇詩之效

文尙書、漢孔安國傳、唐孔穎達疏、共二十卷、

王介甫詩義序○

天縱（縱、肆也、不可限量也、）淵懿（深美也、）眇（微也、）

詩三百十一篇。其義具存。其辭亡者六篇而已。上既使臣雱訓其辭。又命臣某等訓其義。書成。以賜太學。布之天下。又使臣某爲之序。謹拜手稽首言曰。詩上通乎道德。下止乎禮義。放其言之文。君子以興焉。循其道之序。聖人以成焉。然以孔子之門人。賜也商也有得於一言。則孔子悅而進之。蓋其說之難明如此。則自周衰以迄於今。泯泯紛紛。豈不宜哉。伏惟皇帝陛下。內德純茂。則神罔時恫（音通）。外行恂（音荀）達。則四方以無侮。日就月將。學有緝熙於光明。則頌之所形容。蓋有不足道也。微言奧義。既自得之。又命承學之臣。訓釋厥遺。樂與天下共之。顧臣等所聞。如爝（音爵）火焉。豈足以賡日月之餘光。姑承明制。代匱而已。傳曰。美成在久。故棫（音域）樸之作人。以壽考爲言。蓋將有來者焉。追（對回切）琢其章。纘（作管切）聖志而成之也。臣衰且老矣。尙庶幾及見之。謹序。

方望溪曰。三經義序。指意雖未能盡應於義理。而辭氣芳潔。風味邈然。於歐

特識不磨

豈以之豈方望溪云作若字

遷亦無從置喙

曾蘇氏諸家外別開戶牖

賜（姓端木、字子貢、）商（姓卜、字子夏、）有得於一言兩句（賜問貧富、而悟切磋琢磨、商問素絢、而知禮後、孔子俱褒之、）泯泯紛紛（泯泯、猶芒芒、紛紛、亂貌、）神罔時恫（恫、痛也、見[詩大雅]）恂（信也、）日就月將一二句（將、行也、緝、續也、熙、光明也、見[詩周頌]）爝火（爝然小火也、[莊子]曰、月明矣、而爝火不息、）代匱（[左、成]凡百君子、莫不代匱、匱、乏也、）棫樸（[大雅]篇名、棫、一名桵、樸、相樸屬而叢生者、按、樸屬、附着堅固也、作人、言文王之培養人才、）追琢其章（即棫樸末章語、見[詩大雅]追、雕也、言雕琢之使成文、喻文王之政、）纘（繼也、）

王介甫讀孔子世家（[史記]有孔子世家、）○

太史公敍帝王則曰本紀公侯傳國則曰世家公卿特起則曰列傳此其例也其列孔子爲世家奚其進退無所據耶孔子旅人也棲（同栖）棲衰季之世無尺土之柄此列之以傳宜矣曷爲世家哉豈以仲尼躬將聖之資其教化之盛舃（音昔）奕萬世故爲之世家以抗之又非極摯之論也夫仲尼之才帝王可也何特公侯哉仲尼之道世天下可也何特世其家哉處之世家仲尼之道不從而大置之列傳仲尼之道不從而小而遷也自亂其例所謂多所牴（都禮切）牾（同悟讀作忤）者也

茅鹿門曰荆公短文字轉折有絕似太史公處○劉海峯曰簡老嚴重

不及百字而反正相生波瀾不盡令人百讀不厭

知伯之復而能得讓耶以此責讓恐何能服

下一皆字縱字亦不滯於殿啊

一結入正意

棲棲（往來貌、）舄奕（光耀流行貌、）將聖（將、大也、[論語]固天縱之將聖、）

王介甫讀孟嘗君傳（戰國時、齊公子田文、性好客、封於薛、號孟嘗君、[史記]有傳、）○○○

世皆稱孟嘗君能得士。士以故歸之。而卒賴其力以脫於虎豹之秦。嗟乎。孟嘗君特雞鳴狗盜之雄耳。豈足以言得士。不然。擅齊之彊。得一士焉。宜可以南面而制秦。尚何取雞鳴狗盜之力哉。夫雞鳴狗盜之出其門。此士之所以不至也。

劉海峯曰寥寥數言而文勢如懸崖斷塹於此見介甫筆力

脫於虎豹之秦（孟嘗君囚於秦、求幸姬解說、姬欲得狐白裘、時裘已獻昭王、客有能為狗盜者、乃竊以獻幸姬、既去秦、至函谷關、關法、雞鳴出客、時未至、客有能為雞鳴者、而雞盡鳴、乃得出、）

王介甫讀刺客傳（[史記]有刺客列傳、即載文中諸人、）○

曹沫將而亡人之城。又刦天下盟主。管仲因勿倍（同背）以市信一時可也。予獨怪智伯國士。豫讓豈顧不用其策耶。讓誠國士也。曾不能逆策三晉。救智伯之亡。一死區區尚足校哉。其亦不欺其意者也。聶（尼輒切）政售於嚴仲子。荊軻豢（音宦）於燕太子丹。此兩人者。汙隱困約之時。自貴其身。不妄願知。亦曰有待焉。彼挾道

吾於介甫亦云

持論頗平

熱血人固宜如是

德以待世者何如哉

吳氏曰大家作文必有自己在決不苟作

曹沫（莊公時魯將、與齊戰三北、魯獻地以和、及柯之盟、沫執匕首刼桓公、桓乃許盡歸魯侵地、）智伯（即荀瑤、）豫讓（晉人、趙、魏、韓滅智氏、讓變姓名、謀報仇、累刺趙襄子未成、嘗曰、智伯以國士遇我、我故以國士報之、後爲襄子所獲、自殺、）聶政荊軻（並見蘇子瞻留侯論注、）

王介甫書李文公集後

（文公名翺、詳見小傳、）○○

文公非董子作士不遇賦惜其自待不厚以余觀之詩三百發憤於不遇者甚衆而孔子亦曰鳳鳥不至河不出圖吾已矣夫蓋歎不遇也文公論高如此及觀於史一不得職則詆宰相以自快令吾於人也聽其言而觀其行言不可獨信久矣雖然彼宰相名實固有辨彼誠小人也則文公之發爲不忍於小人可也爲史者獨安取其怒之以失職耶世之淺者固好以其利心量君子以爲觸宰相以近禍非以其私則莫爲也夫文公之好惡蓋所謂皆過其分者耳方其不信於天下更以推賢進善爲急一士之不顯至寢食爲之不甘蓋奔走有力成其名而後已士之廢興彼各有命身非王公大人之位取其任而私之又自

以爲賢僕僕然忘其身之勞也豈所謂知命者耶記曰道之不行賢者過之不肖者不及也夫文公之過也抑其所以爲賢歟

茅鹿門曰看王文公文字須識他筆力天縱處

董子（名仲舒、漢武帝時人）鳳鳥不至三句（見「論語」）詆宰相以自快（翱性峭鯁、仕不得顯官、怫鬱無所發、見宰相李逢吉、面斥其過、逢吉詭不校、翱懼、遂移病、）

王介甫靈谷詩序○

地靈自然人傑

惜乎方望溪云將毋潤其私親而爲溢美之言

龍蛇雜處方望溪云無謂

吾州之東南有靈谷者江南之名山也龍蛇之神虎豹翬（音輝）翟之文章楩（便平聲）楠豫章竹箭之材皆自山出而神林鬼冢魑（音痴）魅（音媚）之穴與夫仙人釋子恢譎之觀咸附託焉至其淑靈和清之氣盤礴（音泊）委積於天地之間萬物之所不能得者乃屬之於人而處士君實生其址君姓吳氏家於山阯（音止同址）豪傑之望臨吾一州者蓋五六世而後處士君出焉其行孝弟忠信其能以文學知名於時惜乎其老矣不得與夫虎豹翬翟之文章楩楠豫章竹箭之材俱出而爲用於天下顧藏其神奇而與龍蛇雜此土以處也然君浩然有以自養遨游於山川

詩特餘事不足以盡其長

即就詩論亦能迥不猶人

文亦有高屋建瓴之勢

點明汶口

程氏之昌大

之閒。嘯歌謳吟。以寓其所好。終身樂之不厭。而有詩數百篇。傳誦於閭里。他日出靈谷三十二篇。以屬其甥曰。爲我讀而序之。惟君之所得。蓋有伏而不見者。豈特盡於此詩而已。雖然。觀其所鑱(士銜切)刻萬物而接之以藻繢(音繪)。非夫詩人之巧者。亦孰能至於此。

劉海峯曰。興致亦自淋漓

吾州(指臨川言)、翬翟(雉羽)、楩楠豫章(南方大木)、竹箭(竹之堪爲箭者)、魑魅(山林怪物)、址(基也)、鑱(銳器)、藻繢(繪畫五色)、

歸熙甫汶口志序(汶口、地名、在今安徽休寧縣、汶、楚嫁切、) ○○

越山西南高而下傾於海。故天目於浙江之山最高。然僅與新安之平地等。自浙望之。新安蓋出萬山之上云。故新安山郡也。州邑鄉聚。皆依山爲塢。而山唯黃山爲大。大鄣(音章)山次之。秦初置鄣郡以此。諸水自浙嶺漸溪至率口與率山之水會。北與練溪合爲新安江。過嚴陵灘。入於錢塘。而汶川之水。亦會於率口。汶川者。合瑱璜之水。流岐陽山之下。兩水相交。謂之汶。蓋其口山圍水繞。林木茂密。故居人成聚焉。唐廣明之亂。都使程沄(音云)集衆爲保。營於其外。子孫遂居

以學行顯

又以文章顯

卽小見大

之新安之程蔓衍諸邑皆祖梁忠壯公而都使實始居汊口其顯者爲宋端明殿學士珌（音必）而若庸師事饒仲元其後吳幼清程鉅夫皆出其門學者稱之爲徽庵先生其他名德代有其人程君元成汝玉都使之後也故爲汊口志志其方物地俗與邱陵墳墓汝玉之所存可謂厚矣蓋君子之不忘乎鄉而後能及於天下也噫今名都大邑尙猶恨紀載之軼汊口一鄉汝玉之能爲其山水增重也如此則文獻之於世其可少乎哉

敘述山水之源流以及程氏之宗世然後說出其書之關於文獻一絲不紊此爲作者極經意之文（濡議）

天目（一名浮玉山、在浙江於潛臨安等縣北）新安（晉新安郡、治今安徽歙縣、）塢（築土爲堡、藉以守衛者、）黃山（舊名黟山、在歙縣、新安江發源於此、）大鄣山（在安徽績溪縣、一名三王山、卽三天子鄣山、）浙嶺（一名浙源山、在婺源縣、浙江發源於此、會歙縣績溪縣之水、以入錢塘江、）漸溪（一名浙溪、又名漸江、在安徽休寧縣、）率口率山（並在休寧縣、率山、一名張公山、）練溪（一名揚之水、亦曰徽溪、源出績溪縣巃嵸山、流入歙縣、）新安江（一名徽港、一名青溪、源出安徽、流入浙江淳安縣、）嚴陵灘（嚴光釣處、在桐廬縣、）錢塘（浙江至錢塘縣、曰錢塘江、）汊川（一名紫雲溪、在休寧縣、）琅璜（琅水、卽珮琅水、源出白際山、璜水、卽璜源水、亦曰方源水、源出方源山、俱在休寧縣境、）岐陽山（一名旂山、在休寧縣南、）廣明（唐僖宗年號、時有黃巢之亂、程浤〔萬姓統譜〕浤作灐、休寧人、靈洗十四世孫、唐僖宗乾符五年、黃巢寇郡、程浤率義兵拒之、官歙州同知兵馬使、忠壯公名靈洗、字玄滌、入陳後、都督鄞巴武三州諸軍事、鄞州刺史、封重安縣公、忠壯、其諡也、見〔陳書〕端明殿學士端明殿學士、以翰林侍讀學士爲之、珌字懷古、宋寧宗時人、若庸字達原、咸淳進士、爲武夷書院山長、饒仲元名魯、字伯輿、一字仲元、黃幹弟子、著有五經講義等書、學者諡文元先生、吳幼淸名澄、撫州崇仁人、元世祖至元十三年、程鉅夫奉詔求賢江南、起澄至京師、母老辭歸、程鉅夫名文海、元初、見知於世祖、官至翰林學士承旨、

表章遺文風誼之厚
誇於他郡
結處微嫌空廓

歸熙甫題張幼于裒文太史卷

張幼于、名獻翼、崑山人、後更名敉、嘉靖中國子監生、文太史、名徵明、字徵仲、長洲人、

文太史既沒。幼于裒蕭侯切其平日所與尺牘摹之石上。太史尊宿。幼于年輩遠不相及。而往復勤懇如素交。吳中自來先後輩相接引類如此。故文學淵源遠有承傳。非他郡之所能及也。嗟乎。士固樂於有所爲。若夫曠世獨立。仰以追思千載之前。俯以望未來之後世。其亦可慨也夫。

簡括明淨不著一點塵囂氣濡識

太史明淸翰林之稱、裒聚也、吳中指蘇州也、

方靈臯書孝婦魏氏詩後

古者婦於舅姑服期。先生稱情以立文。所以責其實也。婦之愛舅姑。不若子之

婦以人合能如是是亦足矣

痛詆當時風俗之弊

說得表章魏氏於風俗極有關係

字字稱量而出之

愛其父母天也苟致愛之實婦常得子之半不失爲孝婦古之時女教修明婦於舅姑內誠則存乎其人而無敢顯爲悖者蓋入室而盥饋以明婦順三月而後反馬示不當於舅姑而遂逐也終其身榮辱去留皆視其事舅姑之善否而夫之宜不宜不與焉惟大爲之坊（同防）此其所以犯者少也近世士大夫百行不怍（音昨）而獨以出妻爲醜閨闈化之由是婦行放佚而無所忌其於舅姑以貌相承而無勃谿（音奚）之聲者十室無二三焉況責以誠孝與婦以類己者多而自證子以習非者衆而相安百行之衰人道之所以不立皆由於此廣昌何某妻魏氏刲（音奎）肱求療其姑幾死其事雖人子爲之亦爲過禮而非篤於愛者不能以天下婦順之不修非絕特之行不足以振之則魏氏之事豈可使無傳與抑吾觀節孝之過中者自漢以降始有之三代之盛未之前聞也豈至性反不若後人之篤與蓋道教明而人皆知夫義之所止也後世人道衰薄天地之性有所壅遏不流其鬱而鍾於一二人者往往發爲絕特之行而不必軌於中道然用以矯枉扶衰則固不可得而議也魏氏之舅官京師士大夫多爲詩歌以美之

予因發此義以質後之人。

姚氏曰議論好而文非高古

盥饋（盥、洗面、饋、食也、）反馬（禮、送女留其送馬、謙不敢自安也、三月廟見、遣使返馬、）勃谿（反戾也、〔莊子〕室無空虛則婦姑勃谿、言無空虛以容其私、則反戾共爭也、）廣昌（今江西廣昌縣、）刲肱（割肱肉也、）

劉才甫海舶三集序（舶、音白、海中大船、）

乘五板之船。浮於江淮。滃（烏孔切）然雲興。勃然風起。驚濤生。巨浪作。舟人僕夫失色相向。以為將有傾覆之憂。沈淪之慘也。又況海水之所汩沒。渺爾無垠（音銀）天吳睒（音閃）睗（音釋）魚黿（音元）撞衝。人於其中。萍飄蓬轉。一任其挂罥（音決）。奔馳會不能以自主。故往往魄動神喪。不待檣摧櫓折。而夢寐為之不寧。顧乃俯仰自如。吟詠自適。馳想於沆（杭上聲）瀣（音械）之虛。寄情於霞虹之表。翩然而藻思翔蔚。然而鴻章著。振開寶之餘風。髣髴乎杜甫高岑之什。此所謂神勇者矣。余謂不然。人臣懸君父之命於心。大如日輪。響如霆轟（呼宏切）。則其於外物也。視之而不見其形。聽之而不聞其聲。彼其視海水之蕩潏（音玦）。如重茵莞（音桓）席之安。視崇島之嵽（音跌）嵲

從江淮說到海是淺一層說入

由反而正局勢不平

大處落墨

（音華）當前如翠屏之列几硯之陳視百靈怪物之出沒而沉浮如佳花美竹奇石之星羅於苑囿歌聲出金石若夫風潮澎（音彭）湃（普拜切）之音彼固有不及知者而又何震慴（之涉切）恐懼之有翰林徐君亮直先生以康熙某年之月日奉使琉球歲且及周歌詩且千百首名之曰海船三集海內之薦紳大夫莫不聞而知之矣後二十餘年先生既歸老於家乃命大櫆（音魁）爲之序

姚氏曰有奇氣實似昌黎而語略繁

滃然（雲起貌）、天吳（水伯也、八面、八首、八足、八尾、皆青黃色）、睒睗（疾視也）、黿（似鼈而大、背上有文似堵）、罥（挂也）、沆瀣（海氣）、開寶（開元、天寶、玄宗年號）、杜甫（字子美、唐有詩聖之稱）、高岑（高適、岑參、唐人、均工詩）、霆（霹靂）、蕩潏（水涌出貌）、莞（草也、可爲席）、峌峴（高山）

徐亮直（名葆光、長洲人、康熙進士、官編修、賜一品服、使琉球、敕封國王）、康熙（清聖祖年號）、琉球（國名、在東海中、今屬日本）

劉才甫倪司城詩集序

余友倪君司城非今世之所謂詩人也其試童子嘗冠於童子矣其在太學嘗冠於太學諸生矣其應鄉試而出太倉王相國使人亟求其草稿觀之然則司城之於舉進士可操券取也而卒不獲一售以終其身雍正之初嘗爲中書而

嘗過而不遇

文字切磋賴有益友

詩之雄放雅健得力於遊

知己俟諸後世不盡惋惜之意

使蜀矣。其後爲洋與南鄭二縣令。前後十六年。其德澤加於百姓。大臣嘗有薦其才可知一郡。及爲藩臬之副使者。而卒老於縣令不得調。信乎人之窮達懸於天而非人力之所能爲邪。司城於書無所不讀。而尤詳於聖人之經。必究極其根源乃止。其齒長於余十有餘歲。而與余同學爲古文。余間出文相質。司城雖心以爲善。而未嘗有面諛之言。其刻求於一字一句之間。如酷吏之治獄。必不稍留餘地。余少盛氣。不自抑。或與之辨爭至於喧鬨（胡貢切）。然司城不以余之爭而稍爲寬假。余亦不以其刻求而自諱其疵纇（音耒）也。苟有作。必出使視之。其後每相見。則每至於爭。而一日不見。則又未嘗不相思。蓋古之所謂益友者。如此而吾特幸與之爲友也。司城抱負奇偉。不得見於世。則往往爲歌詩以自娛。其壯年周游黔蜀崎嶇萬里。其詩尤雄放。窮極文章之變。雖其他稍涉平易者。而語必雅健。能不失詩人之意旨。時人不能盡知。更千百世後。必有能知之者。余雖與司城同鄉里。其久相聚處。乃反在異地。司城既家居。不相見者常至五六年。歲庚午。司城一至京師。余與相聚纔數日。悵然別去。忽忽閱四歲。今春余

不加不損亦擡高身分處

將之武昌。道過司城。司城出酒肴共酌。意氣慷慨。其平時飛動之意。猶不能無。然而司城年已七十矣。司城所爲詩。僅有千餘篇。其鋟（音籤）板以行世。用白金無過百兩。而家貧力未能。及余將與四方友人共謀之。而未知其何如。雖然。司城之詩藏於家。其光怪已自發見。不可揜蔽。其行世豈能加毫末於司城哉。然則鋟板與否。存乎人。而司城固可不問矣。

一字一句之間。頗亦慘淡經營而出之（濡識）

太倉（今江蘇太倉縣）、王相國（名掞、字藻儒、號顓菴）、雍正（清世宗年號）、中書（明清有內閣中書、及中書科中書、均從七品）、洋南鄭均（陝西省縣名）、知一郡（清制・知縣上有知府）、藩臬（清制、巡撫之下、有藩臬兩司、一掌府庫、一掌刑名、此云副使、或指道員而言、道員猶今之道尹）、疵纇（文之病處）、黔（貴州）、蜀（四川）、武昌（今湖北武昌縣）、鋟（刻也）、

評校音注古文辭類纂卷十終

分別出五等來

平白公之難而以令尹司馬讓子西子期之子不得謂崇爵豐祿

評校音注 古文辭類纂卷十一 奏議類上編一

楚莫敖子華對威王

（莫敖、官名、位次令尹、子華、楚人、古今人表作鄭敖子華、威王、名熊商、）○

威王問於莫敖子華曰自從先君文王以至不穀之身亦有不爲爵勸不爲祿勉以憂社稷者乎莫敖子華對曰如華不足以知之矣王曰不於大夫無所聞之莫敖子華對曰君王將何問者也彼有廉其爵貧其身以憂社稷者有崇其爵豐其祿以憂社稷者有斷脰（音豆）決腹一瞑而萬世不視不知所益以憂社稷者亦有不爲爵勸不爲祿勉以憂社稷者王曰大夫此言將何謂也莫敖子華對曰昔令尹子文緇布之衣以朝鹿裘以處未明而立於朝日晦而歸食朝不謀夕無一日之積故彼廉其爵貧其身以憂社稷者令尹子文是也昔者葉（音攝）公子高身獲於表薄而財於柱國定白公之禍寧楚國之事恢先君以揜方城之外四封不廉名不挫於諸侯當此之時也天下莫敢以兵南向葉公子高食田六百畛（音軫）故彼崇其爵豐其祿以憂社稷者葉公子高是也昔者吳與楚戰

人皆如是國安能亡

敘得有聲有色

於柏舉兩軍之間夫卒交莫敖大心撫其御之手顧而太息曰嗟乎子乎楚國亡之日至矣吾將深入吳軍若扑一人若捽（音出）一人以與大心者也社稷其庶幾乎故斷脰決腹一瞑而萬世不視不知所益以憂社稷者莫敖大心是也昔吳與楚戰於柏舉三戰入郢君王身出大夫悉屬百姓離散棼（音汾）冒勃蘇曰吾被堅執銳赴强敵而死此猶一卒也不若奔諸侯於是贏糧潛行上崢（鋤耕切）山踰深谿蹠（音隻）穿膝暴七日而薄秦王之朝雀立不轉晝吟宵哭七日不得告水漿無入口瘨（音顛）而殫悶旄（同耄）不知人秦王聞而走之冠帶不相及左奉其手右濡其口勃蘇乃蘇秦王身問之子孰誰也棼冒勃蘇對曰臣非異楚使新造盩棼冒勃蘇吳與楚人戰於柏舉三戰入郢寡君身出大夫悉屬百姓離散使下臣來告亡且求救秦王顧令之起寡人聞之萬乘之君得罪一士社稷其危今此之謂也遂出革車千乘卒萬人屬之子滿與子虎下塞以東與吳人戰於濁水而大敗之亦聞於遂浦故勞其身愁其思以憂社稷者棼冒勃蘇是也吳與楚戰於柏舉三戰入郢君王身出大夫悉屬百姓離散蒙穀結鬬於宮唐之上

於危難中能見其大存國之功在一時存典之功在萬世

逃賞尤見奇節

姚氏云冒者言覆冒子孫田祿之類

總束一筆

舍闕奔郢。曰、若有孤。楚國社稷其庶幾乎。遂入大宮。負雞次之典以浮於江。逃於雲夢之中。昭王反郢。五官失法。百姓昏亂。蒙穀獻典。五官得法而百姓大治。此蒙穀之功。多與存國相若。封之執圭。田六百畛。蒙穀怒曰、穀非人臣。社稷之臣。苟社稷血食。余豈患無君乎。遂自棄於磨山之中。至今無冒。故不爲爵勸。不爲祿勉。以憂社稷者。蒙穀是也。王乃太息曰、此古之人也。今之人焉能有之耶。莫敖子華對曰、昔者先君靈王好小腰。楚士約食。馮(音憑)而能立。式而能起。食之可欲。忍而不入。死之可惡。然而不避。華聞之。其君好發者。其臣決拾。君王直不好。若君王誠好賢。此五臣者。皆可得而致之。

就五臣說形容盡致。筆之奇肆。足以達之。勃蘇當是申包胥。敘述處尤較左氏爲詳　濡識

文王(名熊貲、)　不穀(天子謙稱、)　脰(頸也、)　令尹子文(令尹、官名、子文、姓鬭、名穀於菟、)　緇(黑色、)　葉公子高(楚左司馬沈尹戌子、名諸梁、爲縣尹於葉、僭稱公、)　表薄句(薄、疑作著、表著、朝臣所立處、言得立于朝也、)　柱國句(上柱國、楚官、此言財祿等於柱國也、)　白公(名勝、太子建子、白、楚邑、勝爲之宰、僭稱公、據以作亂、)　方城(山名、在今河南方城縣、)　四封(四境、)　廉(斂也、)　畛(畝也、)　柏舉(楚地、在今湖北麻城

縣、麻城縣東北有柏子山、縣東有舉水、夫卒交（夫卒交戰、）莫敖大心（楚人、）捽（手持髮而投之、）與（助也、）郢（在今湖北江陵縣、）屬（附也、）棼冒勃蘇（即申包胥、）此猶一卒也（謂雖死不過一卒耳、）贏糧（贏、擔負也、［漢書］贏三日之糧、）峥（高也、）蹠（足掌、）薄（集也、）瘨（病也、）殫（盡也、）悶（心不快也、）旄（昏也、）新造盩（自稱新得罪之臣也、一本盩作盭、或曰官名、）子滿子虎（皆秦大夫、按子滿、左傳作子蒲、）濁水（［水經注］清水右合濁水、俗謂之弱溝水、上承白水、流經鄀縣故城南、［左定］秦敗吳後、子期子蒲滅唐、唐故城、在今湖北隨縣西北、唐鄀相近、應在此水、）遂浦（楚地、）豪穀（楚人、）宮唐（唐、堂途也、此作宮中之路、）若有孤（昭王奔隨、生死未卜、故言若有孤、謂必有孤子可立者、）雞次之典（楚國典籍名、雞、一作離、國法之散失其次者、）雲夢（今湖北雲夢縣等地、舊爲雲夢澤、方九百里、跨江南北、）磨山（山名、［漢書注］引策作歷山、）馮（倚也、）式（車前橫木、古者乘車、遇所敬、則俛而馮之、此作馮倚解、）發（射也、）決拾（決、以骨爲之、著在右手將指、所以鉤弦、拾、射韝也、著於左臂、以韋爲之、）

張儀司馬錯議伐蜀

（張儀、魏人、與蘇秦同師鬼谷子、以連衡之策說六國、始相秦、後相魏、司馬錯、秦人、周程伯休甫之後、蜀、黃帝所封、國於今四川成都縣、周衰、蜀主蠶叢始稱王、）○○

亦是遠交近攻之策

司馬錯與張儀爭論於秦惠王前。司馬錯欲伐蜀。張儀曰。不如伐韓。王曰。請聞其說。對曰。親魏善楚。下兵三川。塞轘（音患）轅緱（音鉤）氏之口。當屯留之道。魏絕南陽。楚臨南鄭。秦攻新城宜陽。以臨二周之郊。誅周主之罪。侵楚魏之地。周自知不救。九鼎寶器必出。據九鼎。按圖籍。挾天子以令天下。天下莫敢不聽。此王業也。

周雖微弱名義尚在

儀知其利而不顧其害此錯之所以高儀一籌也

今夫蜀西僻之國而戎狄之長也敝兵勞衆不足以成名得其地不足以爲利臣聞爭名者於朝爭利者於市今三川周室天下之市朝也而王不爭焉顧爭於戎狄去王業遠矣司馬錯曰不然臣聞之欲富國者務廣其地欲强兵者務富其民欲王者務博其德三資者備而王隨之矣今王之地小民貧故臣願從事於易夫蜀西僻之國也而戎狄之長也而有桀紂之亂以秦攻之譬如使豺狼逐羣羊也取其地足以廣國也得其財足以富民繕兵不傷衆而彼已服矣故拔一國而天下不以爲暴利盡西海諸侯不以爲貪是我一舉而名實兩附而又有禁暴正亂之名今攻韓劫天子劫天子惡名也而未必利也又有不義之名而攻天下之所不欲危臣請謁其故周天下之宗室也韓周之與國也周自知失九鼎韓自知亡三川則必將二國幷力合謀以因於齊趙而求解乎楚魏以鼎與楚以地與魏王不能禁此臣所謂危不如伐蜀之完也惠王曰善寡人聽子卒起兵伐蜀十月取之遂定蜀蜀主更號曰侯而使陳莊相蜀蜀既屬秦益强富厚輕諸侯

權籍時勢爲一篇之骨

今有時勢遺英雄之說

干將莫邪姚氏云此承後起說○吳至父云文云後起者籍則不至怨矣遠怨者時則不先天下矣比二義本互成而不可分姚氏強分之未當也此篇大旨當以用兵結約二事分承爲識

儀之倒行逆施盡見于此篇中錯說較順用能動惠之聽（濡一）

秦惠王（孝公子、）三川（河、洛、伊、）轘轅緱氏（轘轅山、在今河南鞏縣西南、緱氏山、在今河南偃師縣南、「史記」作寏什谷之口、即洛水入河之口、）屯留（今山西屯留縣、道、即太行羊腸阪道、）南陽（今河南南陽縣、）南鄭（今河南新鄭縣西北、）新城（今河南洛陽縣、在新城故城、）宜陽（今河南宜陽縣東、）二周（東西周也、）九鼎（王者以爲有天下之資器、禹使九州牧貢金、鑄九鼎、圖山川百物之形於上、桀有昏德、鼎遷於商、商紂暴虐、鼎遷於周、成王定鼎於郟鄏、）西海（謂蜀川也、）謁（白也、）陳莊（秦人、）輕諸侯（以諸侯爲不足畏也、）

蘇子說齊閔王

（按蘇子戰國策作蘇秦、字季子、東周雒陽人、師鬼谷子初游秦、書十上而說不行、裘敝金盡、憔悴而歸、乃發陰符經讀之學成說行、并相六國、爲合從之長、齊閔王、名地、）

○○

蘇子說齊閔王曰臣聞用兵而喜先天下者憂約結而喜主怨者孤夫後起者藉也而遠怨者時也是以聖人從事必藉於權而務興於時夫權藉者萬物之率（音帥）也而時勢者百事之長也故無權藉背時勢而能事成者寡矣今雖干將莫邪非得人力則不能割劌（音貴）矣堅箭利金不得弦機之利則不能遠殺矣矢非不銛（音纖）而劍非不利也何則權藉不在焉何以知其然也昔者趙氏襲衛車舍人不休傳衛國城剛平衛八門土而二門墮矣此亡國之形也衛君跣行告

耳

衛非強於趙也張廉卿云敘事中夾入斷語正喻相發指點有醒使人碁然不獨前後意脈貫輸亦見精神妙處

衛明於時權之藉也吳至父云此書當作於齊國破敗之後故首引衛事為時權之證就小國言之

善為國者姚氏云此下承遠怨說

專就近事指點使人主入聽而易動

以其為韓魏主怨也吳至父云此不明時權之藉者就大國言之

強大之禍姚氏云以下皆言後起而遠怨意即寓其內○吳至父云此下強大為賓

愬於魏魏王身被甲底（通砥）劍挑趙索戰邯鄲之中鶩（音務）河山之間亂衛得是藉也亦收餘甲而北面殘剛平墮中牟之郭衛非強於趙也譬之衛矢而魏弦機也藉力魏而有河東之地趙氏懼楚人救趙而伐魏戰於州西出梁門軍舍林中馬飲於大河趙得是藉也亦襲魏之河北燒棘蒲（一本作溝）隧黃城故剛平之殘也中牟之墮也黃城之墜也棘蒲之燒也此皆非趙魏之欲也然二國勸行之者何也衛明於時權之藉也今世之為國者不然矣兵弱而好敵強國罷（讀疲）而好衆怨事敗而好鞠之兵弱而憎下人地狹而好敵大事敗而好長詐行此六者而求霸則遠矣臣聞善為國者順民之意而料兵之能然後從於天下故約不為人主怨伐不為人挫強如此則兵不費權不輕地可廣欲可成也昔者齊之與韓魏伐秦楚也戰非甚疾也分地又非多韓魏也然而天下獨歸咎於齊者何也以其為韓魏主怨也且天下徧用兵矣齊燕戰而趙氏兼中山秦楚戰韓魏不休而宋越專用其兵此十國者皆以相敵為意而獨舉心於齊者何也約而好主怨伐而好挫強也且夫強大之禍常以王人為意也夫弱小之殃常

弱小爲主大國以用兵言之小國以結約言之

矯蠹顧千里云此以矯爲橋字

騏驥之衰也吳至父云此言用兵當後起

處處將起意點清

明於諸侯之故吳至父云此言結約不主怨

以謀人爲利也是以大國危小國滅也大國之計莫若後起而重伐不義夫後起之藉與多而兵勁則是以衆强敵罷寡也兵必立也事不塞天下之心則利必附矣大國行此則名號不攘而至霸王不爲而立矣小國之情莫如謹靜而寡信諸侯謹靜則四鄰不反寡信諸侯則天下不賣外不賣內不反則稸（同蓄）積朽腐而不用幣帛矯（作橋）蠹而不服矣小國道此則不祠而福矣不貸而見足矣故曰祖仁者王立義者霸用兵窮者亡何以知其然也昔吳王夫差以强大爲天下先襲郢而棲越身從諸侯之君而卒身死國亡爲天下戮者何也此夫差平居而謀王强大而喜先天下之禍也昔者萊莒好謀陳蔡好詐莒恃越而滅蔡恃晉而亡此皆內長詐外信諸侯之殃也由此觀之則强弱大小之禍可見於前事矣語曰騏驥之衰也駑馬先之孟賁之倦也女子勝之夫駑馬女子筋力骨勁非賢於騏驥孟賁也何則後起之藉也今天下之相與也不並滅有能案兵而後起寄怨而誅不直微用兵而寄於義則霸天下可蹻足而須也明於諸侯之故察於地形之理者不約親不相質（去聲）而固不趨而疾衆事而不反交

故明主察相姚氏云此下極言用兵之害不能後起而致怨者累至父云此下言用兵

戰之爲害上下交失此獨惻切言之

割而不相憎俱強而加以親何則形同憂而兵趨利也何以知其然也昔者燕齊戰於桓之曲燕不勝十萬之衆盡胡人襲燕樓煩數縣取其牛馬夫胡之與齊非素親也而用兵又非約質而謀燕也然而甚於相趨者何也形同憂而兵趨利也由此觀之約於同形則利長後起則諸侯可趨役也故明主察相誠欲以霸王爲志則戰攻非所先戰者國之殘也而都縣之費也殘費已先而能從諸侯者寡矣彼戰者之爲殘也士聞戰則輸私財而富軍市輸飲食而待死士令折轅而炊之殺牛而觴士則是路甯之道也中人禱祝君翳釀通都小縣置社有市之邑莫不正事而奉王則此虛中之計也夫戰之明日屍死扶傷雖若有功也軍出費中哭泣則傷主心矣死者破家而葬夷傷者空財而共藥完者內酺（音蒲）而華樂故其費與死傷者鈞（同均）故民之所費也十年之田而不償也軍之所出矛戟折鐶（音還）弦絕傷弩破車罷馬亡矢之大半甲兵之具官之所私出也士大夫之所匿廝養卒之所竊十年之田而不償也天下有此再費者而能從諸侯者寡矣攻城之費百姓理襘（音穿）蔽舉衝櫓家維總身窟穴中罷於刀金

敍事隨手收束故不嫌堆垜鄒陽上梁王書大旨宗此

而士困於土功將不釋甲朞數而能拔城者爲亟耳上倦於教士斷於兵故三下城而能勝敵者寡矣故曰彼戰攻者非所先也何以知其然也昔智伯瑤攻范中行氏殺其君滅其國又西圍晉陽呑并二國而憂一主此用兵之盛也然而智伯卒身死國亡爲天下笑者何謂也兵先戰攻而滅二子之患也日者中山悉起而迎燕趙南戰於長(上聲)子敗趙氏北戰於中山克燕軍殺其將夫中山千乘之國也而敵萬乘之國二再戰比(去聲)勝此用兵之上節也然而國遂亡君臣於齊者何也不嗇於戰攻之患也由此觀之則戰攻之敗可見於前事矣今世之所謂善用兵者終戰比勝而守不可拔天下稱爲善一國得而保之則非國之利也臣聞戰大勝者其士多死而兵益弱守而不可拔者其百姓罷而城郭露夫士死於外民殘於內而城郭露於境則非王之樂也今夫鵠的非咎罪於人也便弓引弩而射之中者則喜不中則愧少長貴賤則同心於貫之者何也惡其示人以難也今窮戰比勝而守必不拔則是非徒示人以難也又且害人者也然則天下仇之必矣夫罷士露國而多與天下爲仇則明君不居也素

明君察相是能不爲天下先者

臣之所聞姚氏云此下言用謀之利明于權藉時勢者〇與至父云此下言結約百萬之軍北之堂上張廉卿云語勢奇絕

申言以敵其悟以堅其信

恃其強而拔邯鄲姚氏云黃丕烈謂而能字通國策能字多作而鮑氏增恃字非

衞鞅謀於秦王曰吳至父云齊是時殆無與國可約與衞鞅謀秦時略同故欲說敗敵國此結約之變也

用强兵而弱之。則察相不事。彼明君察相者。則五兵不動而諸侯從。辭讓而重賂至矣。故明君之攻戰也。甲兵不出於軍而敵國勝。衝櫓不施而邊城降。士民不知而王業至矣。彼明君之從事也。用財少。曠日遠而爲利長者。故曰兵後起。則諸侯可趨役也。臣之所聞攻戰之道非師者。雖有百萬之軍。北之堂上。雖有闔閭吳起之將。禽之戶內。千丈之城。拔之尊俎之間。百尺之衝。折之衽席之上。故鐘鼓竽瑟之音不絕。地可廣而欲可成。和樂倡優侏儒之笑不乏。諸侯可同日而致也。故名配天地不爲尊。利制海內不爲厚。故夫善爲王業者。在勞天下而自逸。亂天下而自安。諸侯無成謀。則其國無宿憂也。何以知其然。也。佚治在我。勞亂在天下。則王之道也。銳兵來則拒之。患至則移之。使諸侯無成謀。則其國無宿憂矣。何以知其然也。昔者魏王擁土千里。帶甲三十六萬。恃其強而拔邯鄲。西圍定陽。又從十二諸侯。朝天子。以西謀秦。秦王恐之。寢不安席。食不甘味。令於境內。盡堞中爲戰具。竟(同境)爲守備。爲死士置將。以待魏氏。衞鞅謀於秦王曰。夫魏氏其功大。而令行於天下。有十二諸侯而朝天子。其與必衆。故以一

非分之干衆怨以生其敗宜也

仍以正意作結

秦而敵大魏恐不如王何不使臣見魏王則臣請必北魏矣秦王許諾衞鞅見魏王曰大王之功大矣令行於天下矣今大王之所從十二諸侯非宋衞也則鄒魯陳蔡此固大王之所以鞭箠使也不足以王天下大王不若北取燕東伐齊則趙必從矣西取秦南伐楚則韓必從矣大王有伐齊楚心而從天下之志則王業見矣大王不如先行王服然後圖齊楚魏王說(同悅)於衞鞅之言也故身廣公宮制丹衣柱建九斿(音由)從七星之旟(音餘)此天子之位也而魏王處之於是齊楚怒諸侯奔齊齊人伐魏殺其太子覆其十萬之軍魏王大恐跣行按兵於國而東次於齊然後天下乃舍之當是時秦王垂拱而受西河之外而不以德魏王故衞鞅之始與秦王計也謀約不下席言於尊俎之間謀成於堂上而魏將已禽於齊矣衝櫓未施而西河之外已入於秦矣此臣之所謂北之堂上禽將戶內拔城於尊俎之間折衝席上者也

姚氏曰戰國策以此爲蘇子之辭或疑爲蘇秦或疑爲蘇代吳師道固辨其非矣按此篇末引商鞅見魏王之語正如秦代所以愚齊之計若借衞鞅以

發其情而寤愍王焉者豈非齊之忠臣乎篇首蘇子字蓋誤不則或蘇厲之辭當齊湣燕昭之時代常居燕厲常居齊齊國既破趙將與秦攻其遺燼其危亟矣厲獨爲書與趙王止之豈厲猶忠于爲齊謀者有異于其兩昆耶○此篇大旨以用兵結約爲要務而反正相生敷陳盡致有滔滔不絕之大觀妙在意脈貫通一絲不亂文之能事盡矣濡識

先天下爲天下先也、喜主怨約結與國以伐人、又爲之主、人必怨之、後起者句不先事、則有所借力、遠怨者句不衆怨、足以乘時、權事之宜、重之所在、干將莫邪〔呂氏春秋〕干將作劍不成、其妻莫邪斷髮翦爪、投於鑪中、遂成劍、陽曰干將、陰曰莫邪、劇割也、金箭頭、銛利也、車舍句謂以車舍人而不止也、剛平本衞地、在河北、趙築之以爲邑、八門土以門塞土而守、跣赤足、魏王武侯罃、底磨也、邯鄲趙都、趙敬侯自中牟徙此、故城在今直隸邯鄲縣西南、騖亂馳也、河山之間河、黃河、山、太行山、中牟在今河南湯陰縣西南河東地今河南濬縣滑縣之東、衞故地、州西今河南沁陽縣東、故武德城、即古州城、梁門大梁之門、梁、在今河南開封縣西北、林中今河南新鄭縣東、有故林鄉城、襲河北燒棘蒲蓋趙之河北、爲魏所侵者、此時趙復襲奪、蒲、一作溝、〔史記〕趙敬侯六年、借兵於楚伐魏、取棘蒲、今直隸趙縣、即古棘蒲邑、黃城在今山東冠縣南、鞫窮也、不知止也、從於天下不爲先事、爲人主怨謂怨之所歸也、爲人挫强不以兵爲人挫强敵、齊與韓魏伐秦楚伐秦在周赧王十七年、伐楚在赧王十二年、齊燕戰二句

[史記]趙敬侯九年伐齊、齊伐燕、趙救燕、十年與中山戰於房子、時周安王二十五年、王人欲為人王、重伐不義不以伐之為急、塞逆也、寡信
不驗信也、賣欺也、道行也、貸從人求物、夫差闔廬子、襲郢此為吳王闔廬伐楚事、郢、楚都、治今湖北江陵縣、棲越越為吳敗、身依山林、
故云鳥棲、身從諸侯句周敬王三十八年、吳會晉於黃池、與晉爭長、黃池、在今河南封邱縣西南、身死國亡魯哀二十二年、越滅吳、夫差自
殺、戮辱也、萊春秋時、萊子國、為齊所滅、今山東掖縣地、莒嬴姓、子爵、少昊後茲與期封此、今山東莒縣、[管子]楚伐莒、莒求救於齊、齊不救、而莒亡、陳姚姓、
侯爵、虞舜後胡公滿封此治今河南淮陽縣、周敬王四十一年楚滅陳蔡姬姓、侯爵、武王弟叔度封此、治今河南上蔡縣、平侯徙新蔡、治今新蔡縣、昭侯徙下蔡、治今安徽壽
縣、周定王二十二年楚滅蔡、即下蔡、騏驥良馬、孟賁衛勇士、相與相持也、寄怨假手於人不為主也、誅不直不謂重伐不義也、
微用兵句隱其用兵之情、而假義以為名跼足不伸也質質子、衆事句言順衆以行事、交割彼此割地、桓之曲
地在齊魯之間、樓煩故城在今山西靜樂縣西北、可趨役也可使趨我而為我役、路窘路、露也、窘、乏也、顧千里云、窘當作軍、路軍與下虛中
相對、中人禱祝國中人為行者祈禱、君翳釀[揚子方言]翳、掩也、瘞死者而掩埋之也、釀、作醲、祭也、置社亦禱祝之事、虛中謂國
中虛也、軍出費二句軍則重出費以送死傷、國中則哭泣以迎之、內酺酺、大飲也、此言家庭飲酒為樂、華樂大奏樂也、鐶車鐶
也、凡圍郭而有孔可貫者、曰鐶、官之所私出古寓兵於農、故私家出之、廝析薪養馬者、理治也、櫓蔽遮矢石之具、衝櫓衝、陷
陣車、櫓、大盾、又戰陣高巢車、家雜總全家編入士伍、身窟穴身入地道、中罷句國中困於兵戈、土功築壘掘地等是、朞數
句言刻期而能拔城者、已為速也、士斷句士卒兵器斷廢、智伯瑤七句周貞定王十一年、智伯瑤與韓趙魏共滅范昭子中行文子、而分其

地、晉侯告齊討其罪、四卿反攻之、晉侯奔齊、魯悼之十四年、又帥韓魏圍趙襄子於晉陽、趙結韓魏反攻、遂殺智伯、）中山（國名、治今直隸定縣、周赧王二十年、齊佐趙滅中山、）長子（故城在今山西長子縣西南、）上節（上等、）露（外無居人、）鵠的（箭靶紅心、古以皮爲之、的、鵠中也、）便弓（弈弓得便巧而發之、）素用強兵句（言兵常用、雖強亦弱、）五兵（一弓、二殳、三矛、四戈、五戟、）非師者（謂不必用師者、）北（敗也、）闔廬（即公子光、弒王僚自立、後破楚、）吳起（衛人、以兵畧聞、楚悼王以爲相、悼王死、宗室大臣作亂、遂射殺起、）尊俎（尊、貸酒具、俎、載牲器、「晏子春秋」不出樽俎之間、而折衝於千里之外、）衽（席也、）竽（樂器、三十六簧、長四尺二寸、）瑟（古爲五十弦、後改二十五弦、弦各有柱、可上下移動、）侏儒（短人也、亦優人也、「公羊傳注」夾谷之會、齊侯作侏儒之樂、）無成謀（圖我之謀不成、）宿（留也、）魏王（惠王罃、）定陽（故城在今陝西洛川縣北、宜川縣西北、）朝天子（「秦策」梁君伐楚勝齊、制趙韓之兵、驅十二諸侯、以朝天子於孟津、）秦王（孝公渠梁、）堞（城上女墻、）箠（馬策、）制丹衣柱（以丹帛爲柱衣、）旂（旗之直幅附竿者曰縿、其旁綴橫幅附縿而飛揚者曰斿、九斿、九幅也、）七星之旟（旗之一種、行軍所建、以進士卒、以上俱言僭王者之制、）齊伐魏（齊敗魏於馬陵、虜太子申、殺將龐涓、）按（止也、）東次於齊（一宿曰宿、再宿爲信、過信爲次、往服齊也、）垂拱（垂衣拱手也、）西河之外（黃河之西、今陝西大荔宜川等縣地、）魏將（謂龐涓、）

虞卿議割六城與秦（虞卿趙人、爲趙上卿、）○○

秦攻趙於長平。大破之。引兵而歸。因使人索六城於趙而講。趙計未定。樓緩新從秦來。趙王與樓緩計之曰。與秦城何如。不與何如。樓緩辭讓曰。此非人臣之

引證却合言亦動聽

酷是為秦口吻

樓緩之說不攻自破

駁得妙

所能知也。王曰。雖然。試言公之私。樓緩曰。王亦聞夫公甫文伯母乎。公甫文伯官於魯。病死。婦人為之自殺於房中者二八。其母聞之。不肯哭也。相室曰。焉有子死而不哭者乎。其母曰。孔子賢人也。逐於魯。是人不隨。今死而婦人為死者十六人。若是者。其於長者薄。而於婦人厚。故從母言之。為賢母也。從婦言之。必不免為妒婦也。故其言一也。言者異。則人心變矣。今臣新從秦來。而言勿與。則非計也。言與之。則恐王以臣之為秦也。故不敢對。使臣得為王計之。不如予之。王曰。諾。虞卿聞之。入見王。王以樓緩言告之。虞卿曰。此飾說也。王曰。何謂也。虞卿曰。秦之攻趙也。倦而歸乎。王以其力尚能進。愛王而不攻乎。王曰。秦之攻我也。不遺餘力矣。必以倦而歸也。虞卿曰。秦以其力攻其不能取。倦而歸。王又以其力之所不能攻而資之。是助秦自攻也。來年秦復攻王。王無以救矣。王以虞卿之言告樓緩。樓緩曰。虞卿能盡知秦力之所至乎。誠不知秦力之所不至。此彈丸之地。猶不予也。令秦來年復攻王。得無割其內而講乎。王曰。誠聽子割矣。子能必來年秦之不復攻我乎。樓緩對曰。此非臣之所敢任也。昔者三晉之交

遁辭知其所窮

此理甚明

於秦相善也。今秦釋韓魏而獨攻王。王之所以事秦。必不如韓魏也。今臣爲足下解負親之攻。啓關通幣。齊交韓魏。至來年而王獨不取於秦。王之所以事秦者。必在韓魏之後也。此非臣之所敢任也。王以樓緩之言告虞卿。虞卿曰。樓緩言不講。來年秦復攻王。得無更割其內而講。今講。樓緩又不能必秦之不復攻也。雖割何益。來年復攻。又割其力之所不能取而講。此自盡之術也。不如無講。秦雖善攻。不能取六城。趙雖不能守。亦不至失六城。秦倦而歸。兵必罷。我以六城收天下。以攻罷秦。是我失之於天下。而取償於秦也。吾國尚利。孰與坐而割地。自弱以强秦。今樓緩曰。秦善韓魏而攻趙者。必王之事秦不如韓魏也。是使王歲以六城事秦也。卽坐而地盡矣。來年秦復求割地。王將予之乎。不予。則是棄前資而挑秦禍也。予之。則無地而給之。語曰。强者善攻。而弱者不能自守。今坐而聽秦。秦兵不敝而多得地。是强秦而弱趙也。以益强之秦。而割愈弱之趙。其計固不止矣。且秦虎狼之國也。無禮義之心。其求無已。而王之地有盡。以有盡之地給無已之求。其勢必無趙矣。故曰此飾說也。王必勿與。王曰諾。樓緩

以子之矛攻子之盾

聞之入見於王王又以虞卿之言告之樓緩曰不然虞卿得其一未知其二也夫秦趙構難而天下皆說（讀悅）何也曰我將因强而乘弱今趙兵困於秦天下之賀戰勝者則必在於秦矣故不若亟割地求和以疑天下慰秦心不然天下將因秦之怒乘趙之敝而瓜分之趙且亡何秦之圖王以此斷之勿復計也虞卿聞之又入見王曰危矣樓子之爲秦也夫趙兵困於秦又割地爲和是愈疑天下而何慰秦心哉不亦大示天下弱乎且臣曰勿予者非固勿予而已也秦索六城於王王以六城賂齊齊秦之深讎也得王六城幷力而西擊秦也齊之聽王不待辭之畢也是王失於齊而取償於秦一舉結三國之親而與秦易道也趙王曰善因發虞卿東見齊王與之謀秦虞卿未反秦之使者已在趙矣樓緩聞之逃去

姚氏曰史記以始勸趙割六城爲趙郝之計後樓緩來趙乃復勸之其兩人之辭國策盡以爲樓緩之語今依國策○兩人之說利害顯然不待智者而後知樓難虞易相對相當文之妙處在此（濡識）

口吻一味逞驕

數語冷雋接湊甚緊

長平(趙地、在今山西高平縣西北、)講(和也、)樓緩(趙人、時相秦、)趙王(孝成王丹、)公甫文伯(魯大夫、名歜、其母、季康子從祖母也、)相室(佐妻辦事者、傅姆等是、)三晉(韓、魏、趙也、)負親之攻(趙嘗親秦、而復負之、故秦攻趙也、)齊交韓魏(交秦與韓魏等、)不取於秦(不爲秦所取也、)三國(齊、韓、魏、)齊王(名建、)

中旗說秦昭王(中旗、一作中期、秦之辨士也、)○○

秦昭王謂左右曰。今日韓魏孰與始強。對曰。弗如也。王曰。今之如耳魏齊孰與孟嘗芒卯之賢。對曰。弗如也。王曰。以孟嘗芒卯之賢。帥(同率)強韓魏之兵以伐秦。猶無奈寡人何也。今以無能之如耳魏齊。帥弱韓魏以攻秦。其無奈寡人何亦明矣。左右皆曰甚然。中旗推琴對曰。王之料天下過矣。昔者六晉之時。智氏最強。滅破范中行。又帥韓魏以圍趙襄子於晉陽。決晉水以灌晉陽。城不沈者三板耳。智伯出行水。韓康子御。魏桓子驂乘。智伯曰。始吾不知水之可亡人之國也。乃今知之。汾水利以灌安邑。絳水利以灌平陽。魏桓子肘(音帚)韓康子。康子履魏桓子。躡其踵。肘足接於車上。而智氏分矣。身死國亡。爲天下笑。今秦之強。不能過智伯。韓魏雖弱。尚賢在晉陽之下也。此乃方其用肘足時也。願王之勿易

（去聲）也。

引證處說得緊切所謂王出吾刃將斬矣（[illegible]）

如耳（韓臣、按〔通鑑注〕如姓、耳名、魏大夫、後仕衛、）魏齊（魏臣、）芒卯（魏臣、按〔淮南子注〕作孟卯、齊人、）六晉（晉之六卿、智氏、范氏、中行氏、韓氏、趙氏、魏氏、）智氏（智伯瑤、）范中行（范昭子士吉射、中行文子荀寅、）趙襄子（名無恤、簡子鞅少子、）晉陽（趙邑、今山西太原縣治、）晉水（源出太原縣西懸甕山、東流入汾河、〔水經注〕昔智伯過晉水以灌晉陽、因分爲二流、北瀆卽智氏故渠、南瀆經城南、均注於汾、）板（廣二尺曰板、）韓康子（名虎、莊子庚之子、）魏桓子（名駒、獻子荼之孫、）汾水（源出山西靜樂縣北、管涔山南、經汾陽臨汾等縣、至曲沃、折而西、經新絳、至榮河縣北、入河、）安邑（魏邑、故城在今山西安邑縣西、按安邑北去汾水百餘里、中隔涑水、涑水、絳水下流也、汾水在平陽之西、所謂汾水灌安邑、絳水灌平陽者、當是文誤、宜從〔梁書韋叡傳〕汾水灌平陽、絳水灌安邑、）絳水（一名白水、源出山西新絳縣絳山、經曲沃縣入澮、）平陽（韓邑、今山西臨汾縣、汾水經其西、）

信陵君諫與秦攻韓（信陵君、姓魏、名無忌、魏安釐王異母弟、信陵君、其封號也、）○○○

魏將與秦攻韓。無忌謂王曰。秦與戎翟同俗。有虎狼之心。貪戾好利而無信。不識禮義德行。苟有利焉。不顧親戚兄弟。若禽獸耳。此天下之所同知也。非有所施厚積德也。故太后母也。而以憂死。穰侯舅也。功莫大焉。而竟逐之。兩弟無罪。而再奪之國。此其於親戚兄弟若此。而又況於仇讎之國乎。今大王與秦伐韓

更事姚氏云國策作便事

越境攻遠秦必不爲

冥阸姚氏云國策作危隘

魏先受其害

姚氏云國策作陵地邢邱安城垝津而以之臨河內

誅姚氏云國策作許

而益近秦臣甚惑之而王弗識也則不明矣羣臣知之而莫以此諫則不忠矣今夫韓氏以一女子承一弱主內有大亂外安能支強秦魏之兵王以爲不破乎韓亡秦有鄭地與大梁鄰王以爲安乎欲得故地而今負強秦之禍也王以爲利乎秦非無事之國也韓亡之後必且更事更事必就易與利就易與利必不伐楚與趙矣是何也夫越山踰河絕韓之上黨而攻強趙則是復閼（音遏）與（音余）之事矣秦必不爲也若道河內倍（同背）鄴（音業）朝歌絕漳（音章）滏（音釜）之水而以與趙兵決勝於邯鄲之郊是受智伯之禍也秦又不敢伐楚道涉山谷行三千里而攻冥阸之塞所行者甚遠而所攻者甚難秦又弗爲也若道河外背大梁而右上蔡召陵以與楚兵決於陳郊秦又不敢也故曰秦必不伐楚與趙矣又不攻衞與齊矣韓亡之後兵出之日非魏無攻矣秦固有懷茅邢丘城垝（音詭）津以臨河內河內共汲莫不危矣秦有鄭地得垣雍決滎澤而水大梁大梁必亡矣王之使者大過矣乃惡安陵氏於秦秦之欲誅之久矣然而秦之葉（音攝）陽昆陽與舞陽高陵鄰聽使者之惡也隨安陵氏而亡之秦繞舞陽之北以東臨許則南國

姚氏云國策魏攻管篇安陵君對信陵君曰吾先君成侯受詔襄王以守此地按襄王者梁襄王也成侯者安陵始封之君非惠王之子則襄王之子也魏至安釐王去襄王四世而安陵益疏絕爲異國故取惡於魏欲併韓而亡之然安陵在魏西南猶足蔽魏之南國苟亡之則南國危矣鮑彪吳師道注國策乃以襄王爲趙襄子成侯爲趙成侯不知其與魏同姓國也且趙曷封子姓於韓魏間乎又云山北下史有山南字非是

必危矣南國雖無危則魏國豈得安哉且夫憎韓不愛安陵氏可也夫不患秦之不愛南國非也異日者秦乃在河西晉國之去梁也千里有餘有河山以闌之有周韓以間之從林鄉軍以至於今秦十攻魏五入國中邊城盡拔文臺墮垂都焚林木伐麋鹿盡而國繼以圍又長驅梁北東至陶衞之郊北至乎闞所亡乎秦者山北河外河內大縣數百名都數十秦乃在河西晉國之去大梁也尚千里而禍若是矣又況於使秦無韓而有鄭地無河山以闌之無周韓以間之去大梁百里禍必百此矣異日者從（縱讀）之不成也楚魏疑而韓不可得而約也今韓受兵三年矣秦撓之以講韓知亡猶弗聽投質於趙而請爲天下雁行頓刃以臣之愚觀之則楚趙必與之攻矣此何也則皆知秦欲之無窮也非盡亡天下之兵而臣海內之民必不休矣是故臣願以從事乎王王速受楚趙之約而挾韓之質以存韓爲務因求故地于韓韓必效之如此則士民不勞而故地得其功多于與秦共伐韓然而無與强秦鄰之禍夫存韓安魏而利天下此亦王之大時已通韓之上黨於共寧使道已通因而關之出入者賦之是魏重

通鑑上文有大利而無一害

質韓以其上黨也。共有其賦。足以富國。韓必德魏愛魏重魏畏魏。韓必不敢反魏。韓是魏之縣也。魏得韓以爲縣。則衛大梁河外必安矣。今不存韓。則二周必危。安陵必易。楚趙大破。魏齊甚畏。天下之西鄉而馳秦入朝爲臣之日不久矣。

張廉卿曰情事練覈而以跌宕出之讀之使人鼓舞

魏王安釐王圉、時安釐王十二年、太后以憂死昭襄王母羋氏、楚女、爲宣太后、顓用事、報王四十九年、秦王用范睢說、廢太后、明年以憂死、穰侯之功穰侯、太后弟魏冉也、秦東益地弱諸侯、稱帝天下、穰侯之功也、見[史記穰侯贊]兩弟高陵君名顯、封地在今陝西高陵縣西南、涇陽君名悝、封地在今陝西涇陽縣、女子弱主時韓桓惠王立八年、母后用事、上黨韓魏均有上黨、今山西長治縣等地、閼與在今山西和順縣西、[趙策]秦令衛胡傷代趙、攻閼與、趙奢將救之、魏令公子咎以銳師居安邑以挾秦、秦敗於閼與、河內今河南河北道、鄴故城在今河南臨漳縣西、朝歌在今河南淇縣東北、漳滏漳水故道、自臨漳以北、經成安肥鄉曲周而入大河、滏水出鄴縣西北石鼓山、東北流注於漳、謂之合口、按滏水自明永樂中漳水北決入滏後、又挾滏東南行、故道不可復迹、今源出直隸磁縣、東北流經邯鄲肥鄉廣平等縣、合南北兩泊所受諸水、至獻縣與滹沱河合、爲子牙河、智伯之禍[趙策]襄子使張孟談、見韓魏之君、決水灌智伯軍、智伯軍救水而亂、韓魏翼而擊之、襄子將卒犯其前、大敗智伯軍、而擒智伯、智伯、即荀瑤、冥阸在今河南信陽羅山縣境、冥、一作鄳、道河外背大梁[史記索隱]河之南邑、若曲沃平周等地、按今河南陝縣有曲沃故城、戰國魏地、非晉都曲沃也、平周在今山西介休縣、從河外出函谷關歷河南陝縣、東至鄭縣、南向淮陽、則背大梁也、右上蔡召陵上蔡故城、在今河南上蔡縣西南、召陵故城、在今河南郾城縣東、從鄭縣南行、向淮陽之西郊、則上蔡召陵在南面、向東、皆身之右、陳治今河南淮陽縣地、不攻衞齊衞齊、皆在韓魏趙之東、故秦不伐、懷周畿內邑、戰國屬魏、今河南武涉縣西南、有懷縣故城、周赧王五十年、秦用范雎之謀、伐魏取懷、茅故茅城、在今河南獲嘉縣東北、邢丘即今河南沁陽縣東南平皐故城、春秋晉邑、戰國屬魏、垝津垝、當作延、延津故城、在今河南汲縣南、共今河南輝縣、汲故城在今河南汲縣西南、共汲皆屬河內、鄭地成皐滎陽亦屬鄭、垣雍故城在今河南原武縣西北、決滎澤句滎澤即石門渠、滎瀆受河之處、在今河南河陰縣西、「秦本紀」始皇二十二年、王賁攻魏、引河溝灌大梁、大梁城壞、其王請降、安陵魏之附庸、安陵即古鄢陵、故城在今縣西北、非楚之安陵、葉陽今河南葉縣、時屬秦、昆陽故城在今葉縣北、時屬秦、舞陽魏邑、故城在今縣西、高陵縣名、今屬陝西關中道、許今河南許縣、隨安陵氏二句隨、聽也、言聽秦亡安陵氏也、南國今河南許昌縣東許昌故城是、此時屬韓、蓋在魏之南、河西西河之外、今陝西大荔宜川等縣地、晉國之去梁晉國、魏自稱也、言是時都城之外、尙有千里地、闌止也、林鄉故城在今河南新鄭縣東、國中即圃田、在今河南中牟縣西北、文臺臺名、在今山東菏澤縣西北、垂都杜預曰、句陽縣北有垂地、句陽故城、在今山東曹縣北、陶衞之郊陶、今山東定陶縣、衞即楚邱、文公都之、故城在今河南滑縣東、平闞「史記」作平監、「方輿紀要」平、平陸也、平陸城、在山東汶上縣北、監、即闞、今汶上縣西南南旺湖中有闞亭、案秦攻齊、取剛壽、今山東壽張縣、汶上更在壽張之東、恐非魏地、山北華山、之北今河南閿鄉靈寶及陝西華陰等地、質約也、鴈行次進也、以從合從、通韓之上黨時韓之上黨、與韓中絕、故勸魏假道、使韓得與上黨往來、寧故城在今河南修武縣東、衞時已附梁、易變易也、

李斯諫逐客書〇〇〇

歷述秦用客卿之益

總束一句

從人說到物

李斯爲秦客卿。會韓人鄭國來間秦。以作注漑渠。已而覺。秦王宗室大臣皆言
秦王曰。諸侯人來事秦者。大抵爲其主游間於秦耳。請一切逐客。李斯議亦在
逐中。斯乃上書曰。臣聞吏議逐客。竊以爲過矣。昔穆公求士。西取由余於戎。東
得百里奚於宛。迎蹇（紀偃切）叔於宋。來丕豹公孫支於晉。此五子者。不產於秦。而
穆公用之。并國二十。遂霸西戎。孝公用商鞅之法。移風易俗。民以殷盛。國以富
强。百姓樂用。諸侯親服。獲楚魏之師。舉地千里。至今治强。惠王用張儀之計。拔
三川之地。西并巴蜀。北收上郡。南取漢中。包九夷。制鄢郢。東據成皋之險。割膏
腴之壤。遂散六國之從。使之西面事秦。功施到今。昭王得范雎。廢穰侯。逐華陽。
强公室。杜私門。蠶食諸侯。使秦成帝業。此四君者。皆以客之功。由此觀之。客何
負於秦哉。向使四君却客而不內。疏士而不與。是使國無富利之實。而秦無强
大之名也。今陛下致崑山之玉。有隨和之寶。垂明月之珠。服太阿（音烏）之劍。乘纖
離之馬。建翠鳳之旗。樹靈鼉（音駝）之鼓。此數寶者。秦不生一焉。而陛下說之。何也。
必秦國之所生然後可。則是夜光之璧。不飾朝廷。犀象之器。不爲玩好。鄭衛之

一段反振筆意流動充滿初學知此便不枯寂

主逐客者無所置答

棄黔首以資敵國吳至父云難蜀云割齊民以附夷狄弊所恃以事無用長楊云樂遠出以露威靈數動搖以罷車甲句法皆本此

又說到逐客之害以正意作結

女不充後宮而駿馬駃(音決)騠(音堤)不實外廄(居又切)江南金錫不爲用西蜀丹青不爲采所以飾後宮充下陳娛心意說耳目者必出於秦然後可則是宛珠之簪傅璣(音幾)之珥(音二)阿縞之衣錦繡之飾不進於前而隨俗雅化佳冶窈(音杳)窕(徒了切)趙女不立於側也夫擊甕叩缶(音否)彈箏搏髀(音陛)而歌呼嗚嗚快耳者眞秦之聲也鄭衞桑間韶虞武象者異國之樂也今棄擊甕而就鄭衞退彈箏而取韶虞若是者何也快意當前適觀而已矣今取人則不然不問可否不論曲直非秦者去爲客者逐然則是所重者在乎色樂珠玉而所輕者在乎人民也此非所以跨海內致諸侯之術也臣聞地廣者粟多國大者人衆兵强者士勇是以泰山不讓土壤故能成其大河海不擇細流故能就其深王者不却衆庶故能明其德是以地無四方民無異國四時充美鬼神降福此五帝三皇之所以無敵也今乃棄黔首以資敵國却賓客以業諸侯使天下之士退而不敢西向裹足不入秦此所謂藉寇兵而齎(音咨)盜糧者也夫物不產於秦可寶者多士不產於秦而願忠者衆今逐客以資敵國損民以益讎內自虛而外樹怨於諸侯求國無

危。不可得也。秦王乃除逐客之令。復李斯官。

急於求用至比于色樂珠玉自待之卑誠不屑責直待五刑之具而始覺悟晚矣濡識

鄭國事韓欲疲秦、使無東伐、使水工鄭國為間于秦、鑿涇水自仲山為渠、並北山東注洛中、作而覺、欲殺之、國曰、渠成、秦利也、韓不過延數年之命耳、乃使卒為之、溉田四萬餘頃、秦益饒、仲山、在今陝西涇陽縣西北、穆公名任好、春秋五霸之一、由余西戎人、使秦、穆公賢之、以計間戎王、由余入秦、百里奚虞人、虞亡、入秦、宛秦置宛縣、今河南南陽縣、蹇叔岐州人、嘗遊宋、宋今自河南歸德以東、至江蘇徐州境、周封微子于此、丕豹丕鄭之子、鄭見殺、豹奔秦、公孫支子桑也、西戎今甘肅慶陽境、三川伊、洛、河也、上郡見子瞻志林篇注、漢中見過秦論注、鄢在今湖北宜城縣境、郢見明允孫武論注、成皋今河南汜水縣、華陽宣太后同父弟芈戎、崑山即崑崙山、亞洲最大山脈之一、其岡出玉、隨和楚和氏得玉璞於楚山、獻之厲王、玉人曰、石也、刖其左足、復獻于武王、玉人又曰、石也、刖其右足、文王即位、和抱其璞、哭於楚山下、三日夜、王乃使人理其璞而得玉焉、[淮南子]隨侯之珠、[注]隨侯、漢中國姬姓諸侯、見大蛇、傷斷、以藥傅之、後蛇啣大珠以報之、明月夜光珠也、太阿楚劍、纖離良馬、翠鳳翠羽為鳳形而飾旗、鼉形似鱓魚、皮可冒鼓、駃騠良馬、廄養馬之所、下陳侍妾、宛珠宛縣所出珠、璣珠不圓者、珥塞耳之玉、阿縞齊東阿縣之綺帛、窈窕善心曰窈、善色為窕、缶盆也、箏瑟類、十三弦、髀股骨、鄭衛[禮樂記]鄭音好濫淫志、衛音促速煩志、桑間濮水之上有桑間、在濮陽有、紂使師延作長夜靡靡之樂、以致亡國、武王伐紂、師延投濮水而死、後晉國樂師師涓夜過此水、聞水中作此樂、因聽而寫之、為晉平公奏之、師曠撫之曰、此亡國之

音也、得此必於桑間濮上乎、韶(虞舜之樂、)武象(大武爲周武王樂、樂必象舞、故云象、)黔首(見過秦論注、)齎(送遺也、)

李斯論督責書(督責、廢法以繩下也、)○

二世責問李斯曰吾有私議而有所聞于韓子也曰堯之有天下也堂高三尺采椽不斲茅茨(疾資切)不翦雖逆旅之宿不勤于此矣冬日鹿裘夏日葛衣粢糲之食藜藿之羹飯土匭(古委切)啜(音輟)土鉶(音刑)雖監門之養不觳(音斛)于此矣禹鑿龍門通大夏疏九河曲九防決渟(音庭)水放之海而股無胈(音跋)脛無毛手足胼(部田切)胝(張尼切)面目黎黑遂以死于外葬于會稽雖臣虜之勞不烈于此矣然則所貴于有天下者豈欲苦形勞神身處逆旅之宿口食監門之養手持臣虜之作哉此不肖人之所勉也非賢者之所務也彼賢人之有天下也專用天下適己而已矣此所以貴于有天下也夫所謂賢人者必能安天下而治萬民今身且不能利將惡能治天下哉故吾願肆志廣欲長享天下而無害爲之奈何李斯子由爲三川守羣盜吳廣等西略地過去弗能禁章邯以破逐廣等兵使者覆案三川相屬誚(才笑切)讓斯居三公位如何令盜如此李斯恐懼重爵祿不知所出

以此說胡亥那得不動聽

引申子言爲證

長君逐君一人衆之始信指鹿爲馬之蒙於有形者之豁可恕

引韓子言爲證

引商君法爲證

乃阿二世意。欲求容。以書對曰。

夫賢主者。必且能全道而行督責之術者也。督責之。則臣不敢不竭能以徇其主矣。此臣主之分定。上下之義明。則天下賢不肖莫敢不盡力竭任以徇其君矣。是故主獨制於天下而無所制也。能窮樂之極矣。賢明之主也。可不察焉。故申子曰。有天下而不恣睢（呼維切）命之曰以天下爲桎（音質）梏（音鵠）者。無他焉。不能督責而顧以其身勞於天下之民。若堯禹然。故謂之桎梏也。夫不能修申韓之明術。行督責之道。專以天下自適也。而徒務苦行勞神。以身徇百姓。則是黔首之役。非畜天下者也。何足貴哉。夫以人徇己。則己貴而人賤。以己徇人。則己賤而人貴。故徇人者賤。而人所徇者貴。自古及今。未有不然者也。凡古之所爲尊賢者。爲其貴也。而所爲惡不肖者。爲其賤也。而堯禹以身徇天下者也。因隨而尊之。則亦失所爲尊賢之心矣。夫可謂大繆矣。謂之爲桎梏。不亦宜乎。不能督責之過也。故韓子曰。慈母有敗子。而嚴家無格虜者。何也。則能罰之加焉必也。故商君之法。刑棄灰於道者。夫棄灰薄罪也。而被刑重罰也。彼惟明主爲能深督

其極至於刻薄少恩者指此

處處點明督責

回抱慈母句

喪心病狂之語斯之所以亡秦者在此姬傳之論能揭其隱

輕罪夫罪輕且督深而況有重罪乎故民不敢犯也是故韓子曰布帛尋常庸人不釋鑠（式灼切）金百鎰盜跖（音隻）不搏者非庸人之心重尋常之利深而盜跖之欲淺也又不以盜跖之行爲輕百鎰之重也搏必隨手刑則盜跖不搏百鎰而罰不必行也則庸人不釋尋常是故城高五丈而樓季不輕犯也泰山之高百仞而跛（音播）牂（音臧）牧其上夫樓季也而難五丈之限豈跛牂也而易百仞之高哉陗（七肖切）塹（七豔切）之勢異也明主聖王之所以能久處尊位長執重勢而獨擅天下之利者非有異道也能獨斷而審督責必深罰故天下不敢犯也今不務所以不犯而事慈母之所以敗子也則亦不察於聖人之論矣夫不能行聖人之術則舍爲天下役何事哉可不哀邪且夫儉節仁義之人立於朝則荒肆之樂輟矣諫說論理之臣閒於側則流漫之志詘（音屈）矣烈士死節之行顯於世則淫康之虞廢矣故明主能外此三者而獨操主術以制聽從之臣而修其明法故身尊而勢重也凡賢主者必將能拂世摩俗而廢其所惡立其所欲故生則有尊重之勢死則有賢明之謚也是以明君獨斷故權不在臣也然後能滅仁義

申韓商鞅亦不至此斯乃申韓商鞅之罪人

當時寇亂四起斯以此塞其實正意即在此數句

之塗。掩馳說之口。困烈士之行。塞聰掩明。內獨視聽。故外不可傾以仁義烈士之行。而內不可奪以諫說忿爭之辯。故能犖（力角切）然獨行恣睢之心而莫之敢逆。若此然後可謂能明申韓之術。而修商君之法。法修術明而天下亂者。未之聞也。故曰王道約而易操也。唯明君為能行之。若此則謂督責之誠。則臣無邪。臣無邪則天下安。天下安則主嚴尊。主嚴尊則督責必。督責必則所求得。所求得。則國家富。國家富則君樂豐。故督責之術設。則所欲無不得矣。羣臣百姓救過不給。何變之敢圖。若此則帝道備。而可謂能明君臣之術矣。雖申韓復生。不能加也。

亦自知倒行逆施而強詞奪理以徇君之欲。固己之位。亡秦之罪。浮于趙高五刑之具宜哉（濡識）

韓子（名非、韓之諸公子、至秦為李斯所害、其書曰韓非子）、采椽句（塗采而不雕琢）、茨（以茅蓋屋）、逆旅（客舍）、匭（甌也）、鉶（瓦器、見「漢書司馬遷傳」）監門（守門之人）、轂（薄也）、龍門（在山西河津陝西韓城之間、或曰、即呂梁）、大夏（古灘水、源出循化縣東南青海境內、北流折東南、入導河縣、又東流折北、入黃河）、九河（徒駭、太史、馬頰、覆鬴、胡蘇、簡、絜、鉤盤、鬲津）、曲九防（黃河九曲、曲處作防）、胈（小毛）、胼胝（皮厚也）、章邯（秦將、申子（名不害、著書曰申子、）恣睢（猶放縱也、）桎梏（械足曰桎、械手曰梏、）嚴家句（嚴厲之家、僕從承順、古者僕從、多以被虜者充之、）鑠（美也、）鎰（二十兩也、）盜跖（古之大盜、）樓季（魏文侯弟、）仞（八尺曰仞、）牂（牝羊、）陗（險也、）塹（坑也、）淫康之虞（虞、娛也、）犖（超絕也）

評校音注古文辭類纂卷十一終

就秦引起

隨下警語

富貴中人可當棒喝

評校音注 古文辭類纂卷十二 奏議類上編二

賈山至言

臣聞爲人臣者。盡忠竭愚。以直諫主。不避死亡之誅者。臣山是也。臣不敢以久遠喻。願借秦以爲喻。唯陛下少加意焉。夫布衣韋帶之士。修身於內。成名於外。而使後世不絕息。至秦則不然。貴爲天子。富有天下。賦斂重數。百姓任罷(讀疲)赭(音者)衣半道。羣盜滿山。使天下之人。戴目而視。傾耳而聽。一夫大謼(同呼)天下響應者。陳勝是也。秦非徒如此也。起咸陽而西至雍。離宮三百。鐘鼓帷帳。不移而具。又爲阿房之殿。殿高數十仞。東西五里。南北千步。從車羅騎。四馬鶩馳。旌旗不橈。爲宮室之麗。至於此。使其後世曾不得聚廬而託處焉。爲馳道於天下。東窮燕齊。南極吳楚。江河之上。瀕(音頻)海之觀畢至。道廣五十步。三丈而樹。厚築其外。隱以金椎(音追)樹以青松。爲馳道之麗。至於此。使其後世曾不得邪徑而託足焉。死葬乎驪山。吏徒數十萬人。曠日十年。下徹三泉。合采金石。冶銅錮其內。漆塗

欲士之盡言亦不易

要王只是能受言

其外。被以珠玉。飾以翡翠。中成觀游。上成山林。爲葬薶（同埋）之侈。至於此。使其後世曾不得蓬顆（口果切）蔽冢而託葬焉。秦以熊羆之力。虎狼之心。蠶食諸侯。幷吞海內而不篤禮義。故天殃已加矣。臣昧死以聞。願陛下少留意而詳擇其中。臣聞忠臣之事君也。言切直。則不用而身危。不切直。則不可以明道。故切直之言。明主所欲急聞。忠臣之所以蒙死而竭知也。地之磽（音敲）者。雖有善種。不能生焉。江皋河瀕。雖有惡種。無不猥大。昔者夏商之季世。雖關龍逢箕子比干之賢。身死亡而道不用。文武之時。豪俊之士。皆得竭其智。芻蕘採薪之人。皆得盡其力。此周之所以興也。故地之美者。善養禾。君之仁者。善養士。雷霆之所擊。無不摧折者。萬鈞之所壓。無不糜滅者。今人主之威。非特雷霆也。勢重。非特萬鈞也。開道而求諫。和顏色而受之。用其言而顯其身。士猶恐懼而不敢自盡。又乃況於縱欲恣行暴虐。惡聞其過乎。震之以威。壓之以重。則雖有堯舜之智。孟賁之勇。豈有不摧折者哉。如此。則人主不得聞其過失矣。弗聞則社稷危矣。古者聖王之制。史在前書過失。工誦箴諫。瞽誦詩諫。公卿比諫。士傳言諫過。庶人謗於道。

將周秦比較興亡即於是判

狠似狠誤

商旅議於市。然後君得聞其過失也。聞其過失而改之。見義而從之。所以永有天下也。天子之尊。四海之內。其義莫不爲臣。然而養三老於太學。親執醬而餽。（同饋）執爵而酳。（引去聲）祝餲（古體字）在前。祝鯁在後。公卿奉杖。大夫進履。舉賢以自輔弼。求修正之士。使直諫。故以天子之尊。尊養三老。視孝也。立輔弼之臣者。恐驕也。置直諫之士者。恐不得聞其過也。學問至於芻蕘者。求善無饜也。商人庶人誹謗己而改之。從善無不聽也。昔者秦政力幷萬國。富有天下。破六國以爲郡縣。築長城以爲關塞。秦地之固。大小之勢。輕重之權。其與一家之富。一夫之强。胡可勝計也。然而兵破於陳涉。地奪於劉氏者。何也。秦王貪狠暴虐。殘賊天下。窮困萬民。以適其欲也。昔者周蓋千八百國。以九州之民。養千八百國之君。用民之力。不過歲三日。什一而籍。君有餘財。民有餘力。而頌聲作。秦皇帝以千八百國之民。自養力疲。不能勝其役。財盡不能勝其求。一君之身耳。所以自養者。馳騁弋獵之娛。天下弗能供也。勞罷者不得休息。饑寒者不得衣食。亡罪而死刑者。無所告訴。人與之爲怨。家與之爲讎。故天下壞也。秦皇帝身在之時。天下

秦之所以亡亡於天下莫敢告

亡養老之義眞西山云山指秦之失專歸於此

此之謂也姚氏云以上皆論受諫不敢適欲

已壞矣。而弗自知也。秦皇帝東巡狩。至會稽琅邪。刻石著其功。自以爲過堯舜。統縣石鑄鐘虡。音巨篩音師土。築阿房之宮。自以爲萬世有天下也。古者聖王作謚。三四十世耳。雖堯舜禹湯文武。絫同累世廣德。以爲子孫基業。無過二三十世者也。秦皇帝曰。死而以謚法。是父子名號有時相襲也。以一至萬。則世世不相復也。故死而號曰始皇帝。其次曰二世皇帝者。欲以一至萬也。秦皇帝計其功德。度其後嗣世世無窮。然身死纔數月耳。天下四面而攻之。宗廟滅絕矣。秦皇帝居滅絕之中。而不自知者。何也。天下莫敢告也。其所以莫敢告者。何也。亡養老之義。亡輔弼之臣。亡進諫之士。縱恣行誅。退誹謗之人。殺直諫之士。是以道同導諛媮同偷合苟容。比其德則賢於堯舜。課其功則賢於湯武。天下已潰而莫之告也。詩曰。匪言不能。胡此畏忌。聽言則對。譖言則退。此之謂也。又曰。濟濟多士。文王以寧。天下未嘗亡士也。然而文王獨言以寧者。何也。文王好仁則仁興。得士而敬之則士用。用之有禮義。故不致其愛敬。則不能盡其心。不能盡其心。則不能盡其力。不能盡其力。則不能成其功。故古之賢君於其臣也。尊其爵祿而親

國士之報以此

而令聞不忘也姚氏云以上論敬士

漸漸引入本意

馳敺射獵眞西山云山規文帝之過專在于此然當時之士亦必皆賢使其果賢將不肯從人主馳敺射獵矣

姚氏云大臣者既官之爲大臣矣而又言爲公卿者言賜爵也徹侯關內侯有食邑吏民奉爲君公故曰公大庶長等爲卿漢因秦制公士至不更四級蓋比古之士大

之。疾則臨視之無數。死則往弔哭之。臨其小斂大斂。已棺塗而後爲之服。錫衰麻絰。（徒結切）而三臨其喪。未斂不飲酒肉食。未葬不舉樂。當宗廟之祭而死。爲之廢樂。故古之君人者。於其臣也。可謂盡禮矣。服法服。端容貌。正顏色。然後見之。故臣下莫敢不竭力盡死。以報其上。功德立於後世。而令聞不忘也。今陛下念思祖考。術（同述）追厥功。圖所以昭光洪業休德。使天下舉賢良方正之士。天下皆訢（同欣）訢焉。、曰將興堯舜之道。三王之功矣。天下之士。莫不精白以承休德。今方正之士。皆在朝廷矣。又選其賢者。使爲常侍諸吏。與之馳敺射獵。一日再三出。臣恐朝廷之解（同懈）弛（音豕）。百官之隨於事也。諸侯聞之。又必怠於政矣。陛下即位。親自勉以厚天下。損食膳。不聽樂。減外繇（音遙）衛卒。止歲貢。省廄馬以賦縣傳。去諸苑以賦農夫。出帛十餘萬匹以賑貧民。禮高年九十者一子不事。八十者二算不事。賜天下男子爵。大臣皆至公卿。發御府金賜大臣宗族。亡不被澤者。赦罪人。憐其亡髮。賜之巾。憐其衣赭書其背。父子兄弟相見也。而賜之衣。平獄緩刑。天下莫不說（讀悅）喜。是以元年膏雨降。五穀登。此天之所以相陛下也。刑輕於

夫至五大夫五級蓋比古之大夫左庶長至大庶長九級蓋比古之卿山所謂公卿者意如此非三公九卿之謂又云余既爲此解閱劉昭注續漢書百官志引劉劭爵制其比擬同余說極詳備大可證明此說之不誤也

不勝大願眞西山云自此而下盡發規諫本意

造太學眞西山云此欲文帝行養老養賢之事也

惟陛下所幸耳眞西山云此語非所以導人主

夫士修之於家眞西山云此天下之名言也

他時。而犯法者寡。衣食多於前年。而盜賊少。此天下之所以順陛下也。臣聞山東吏布詔令。民雖老羸(音罰)癃(音隆)疾。扶杖而往聽之。願少須臾無死。思見德化之成也。今功業方就。名聞方昭。四方鄉(同嚮)風。今從豪俊之臣。方正之士。直與之日日獵射。擊兎伐狐。以傷大業。絕天下之望。臣竊悼之。詩曰。靡不有初。鮮克有終。臣不勝大願。願少衰射獵。以夏歲二月。定明堂。造太學。修先王之道。風行俗成。萬世之基定。然後惟陛下所幸耳。古者大臣不媟(音薛)。故君子不常見其齊嚴之色。肅敬之容。大臣不得與宴游。方正修潔之士。不得從射獵。使皆務其方以高其節。則羣臣莫敢不正身修行。盡心以稱大禮。如此。則陛下之道尊敬。功業施於四海。垂於萬世子孫矣。誠不如此。則行日壞而榮日滅矣。夫士修之於家而壞之於天子之廷。臣竊愍(音閔)之。陛下與衆臣宴游。與大臣方正朝廷論議。夫游不失樂。朝不失禮。議不失計。軌事之大者也。

眞西山曰。漢自高帝以來。未有以書疏言事者。山實始之。豈非文帝開廣言路之故歟。又曰。山此書專規帝與近臣射獵而已。何至借秦爲喻。蓋秦亡養老之義亡輔弼之臣亡進諫之士故窮奢極欲陷於危亡而不自知文帝雖未至是然不與近臣圖議政事而與之敺馳射獵則佞幸進而侈欲滋其蹈秦之失有不難者此忠臣防微之論然其末復開宴游一路非所謂陳善閉邪也其不得爲醇儒以是哉○姚氏曰雄肆之氣噴薄橫出漢初之文如此昭宣以後蓋希有矣況東京而降乎○吳至父曰此特諫與方正射獵耳恐其言不入乃引秦爲喻多作危語未甚切中也而文乃句句騰躍而出又曰語語有崩雲墜石之勢

韋柔皮、赭罪人服、雍山名、在陝西鳳翔縣西北、撓屈也、馳道猶馬路也、瀕水涯、隱以金椎隱、築也、以鐵椎築之、令其堅實、驪山在陝西臨潼縣東南、蓬顆土塊之生蓬者、羆熊之雌者、力尤猛、磽薄也、皋邊也、猥盛也、關龍逢諫夏桀而被殺、箕子比干紂諸父、紂暴虐、箕子佯狂去、比干諫而死、靡弼也、比諫比方事類以諫、三老三老人也、蓋取其高年有德者、酳酒漱口也、餔食不下也、鯁格於喉也、祝鯁者、祝其否也、視示也、長城戰國時、燕趙秦沿北邊山險、築長城以備胡、秦因而脩之、始臨洮迄遼東、什一而籍十分取一、設簿籍以稅之、會稽山名、在紹興縣東南、瑯邪山名、在山東諸城縣、縣石句縣、稱也、石、百二十斤、稱銅鐵之斤以鑄鐘、簴、一作虡、獸名、飾爲此形於木、以懸鐘、篩竹器、有孔漏下、去粗取細、諡古者死後易名、美惡視其一生而加字也、塗謂塗殯也、錫衰以細麻所製之喪服、「周禮」王爲三公六卿錫衰、

姚氏云此二字疑本是一字後論匈奴一事而疊出可爲流涕句耳非有二也俗人或遂於起處增一爲二

吳至父云顏監謂疏言太息者六今此至三而止余疑本文當作可爲流涕者二可爲長太息者三作六者譌字耳一二三乃輕重之次序非事之條件也如以條件言之則自民之變儀至經制不定云云當爲一事敎太子爲一事後言禮義刑罰共爲一事則適亦三事而已○又云余既爲此說後讀魏志又得一證魏志載高堂隆疏云昔漢文帝稱爲賢主而賈誼以爲天下倒懸可爲痛哭者一可爲流涕者二可爲長太息者三據隆此

經（敵之在首在腰者、）賦（給也、）縣傳（公家驛遞、）一子不事（除其賦也、）二算不事（免二口之算賦、）癃（罷病也、）明堂（王者朝諸侯之宮、）媟（狎也、）不常見（不常、常也、見、顯示也、）方（道也、）愍（悲痛也、）

賈生陳政事疏（文帝時、匈奴侵邊、制度疏闊、諸侯王僭儗、誼上疏以陳政事、）〇〇〇

臣竊惟事勢。可爲痛哭者一。可爲流涕者二。可爲長太息者六。若其它背理而傷道者。難徧以疏舉。進言者皆曰天下已安已治矣。臣獨以爲未也。曰安且治者。非愚則諛。皆非事實知治亂之體者也。夫抱火厝（倉故切）之積薪之下而寢其上。火未及然。因謂之安。方今之勢。何以異此。本末舛（音喘）逆。首尾衡（同横）決。國制搶攘（仕庚切泥庚切）非甚有紀。胡可謂治。陛下何不壹令臣得孰（同熟）數之於前。因陳治安之策。試詳擇焉。夫射獵之娛。與安危之機。孰急。使爲治勞智慮。苦身體。乏鐘鼓之樂。勿爲可也。樂與今同。而加之諸侯軌道。兵革不動。民保首領。匈奴賓服。四荒鄉（同嚮）風。百姓素樸。獄訟衰息。大數既得。則天下順治。海內之氣。清和咸理。生爲明帝。沒爲明神。名譽之美。垂於無窮。禮祖有功而宗有德。使顧成之廟稱爲太宗。上配太祖。與漢亡極。建久安之勢。成長治之業。以承祖廟。以奉六親。至孝

號郎古本正作三字○又云太息卽大息與攸同義當從高堂隨疏作長歎息
夫射獵之娛眞西山云文帝恭儉之著然不能不耽於射獵故賈山言之誼亦言之
生爲明帝殁爲明神眞西山云漢去古未遠故人臣言事無所忌諱如此
雖有愚幼不肖之嗣眞西山云此亦人臣所難言
親弟謀爲東帝眞西山云此指淮南王長居國驕恣僭蹕稱制擬於天子
親兄之子眞西山云此指濟北王興居齊悼惠王子也
諸侯之王吳闓生云猶云列國之王耳姚氏疑之字衍非也張儀說魏亦云說一諸侯之王而成封侯
假設天下如曩時姚氏云此下兩段乃承上文雖堯舜不治意

也。以幸天下。以育羣生。至仁也。立經陳紀。輕重同得。後可以爲萬世法程。雖有愚幼不肖之嗣。猶得蒙業而安。至明也。以陛下之明達。因使少知治體者。得佐下風。致此非難也。其具可素陳於前。願幸無忽。臣謹稽之天地。驗之往古。按之當今之務。日夜念此至孰也。雖使舜禹復生。爲陛下計。亡以易此。夫樹國固必相疑之勢。下數被其殃。上數爽其憂。甚非所以安上而全下也。今或親弟謀爲東帝。親兄之子西鄉而擊。今吳又見告矣。天子春秋鼎盛。行義未過。德澤有加焉。猶尚如是。況莫大諸侯。權力且十此者乎。然而天下少安。何也。大國之王幼弱未壯。漢之所置傅相方握其事。數年之後。諸侯之王大抵皆冠(去聲)血氣方剛。漢之傅相稱病而賜罷。彼自丞尉以上偏置私人。如此有異淮南濟北之爲邪。此時而欲爲治安。雖堯舜不治。黃帝曰。日中必熭(音衛)。操刀必割。今令此道順而全安甚易。不肯早爲。已迺墮骨肉之屬而抗剄(古頂切)之。豈有異秦之季世乎。夫以天子之位。乘今之時。因天之助。尙憚以危爲安。以亂爲治。假設陛下居齊桓之處。將不合諸侯而匡天下乎。臣又知陛下有所必不能矣。假設天下如曩時。

引同異姓兩層影照所謂兩不能乃勢不可爲與上文不能義別

淮陰侯尚王楚黥布王淮南彭越王梁韓信王韓張敖王趙貫高爲相盧綰王燕陳豨在代令此六七公者皆亡恙當是時而陛下卽天子位能自安乎臣有以知陛下之不能也天下殽亂高皇帝與諸公併起非有仄室之勢以豫席之也諸公幸者迺爲中涓其次廑（同僅）得舍人材之不逮至遠也高皇帝以明聖威武卽天子位割膏腴之地以王諸公多者百餘城少者乃三四十縣惪（同德）至渥也然其後十年之間反者九起陛下之與諸公非親角材而臣之也又非身封王之也自高皇帝不能以是一歲爲安故臣知陛下之不能也然尚有可諉者曰疏臣請試言其親者假令悼惠王王齊元王王楚中子王趙幽王王淮陽共王王梁靈王王燕厲王王淮南六七貴人皆亡恙當是時陛下卽位能爲治乎

臣又知陛下之不能也眞西山云誼歷數四事直以帝爲不能非孝文之盛德孰能容之哉

臣又知陛下之不能也若此諸王雖名爲臣實皆有布衣昆弟之心慮亡（讀無）不帝制而天子自爲者擅爵人放死辠甚者或戴黃屋漢法令非行也雖行不軌如厲王者令之不肯聽召之安可致乎幸而來至法安可得加動一親戚天下圜（音還）視而起陛下之臣雖有悍如馮敬者適啟其口匕（音比）首已陷其胸矣陛下

姚氏云殃禍在下則骨肉抗剄設移於上或危社稷

人主之斤斧也眞西山云誼前言髖骨肉之屬而抗剄之無以異秦之季世今乃勸帝舍芒刃而用斤斧何以自相戾耶

衆建少力揭出辨法

衆建諸侯眞西山云此天下之善謀也使文帝早用其說安有

雖賢誰與領此故疏者必危親者必亂已然之效也其異姓負彊而動者漢已幸勝之矣又不易其所以然同姓襲是跡而動既有徵矣其勢盡又復然殃禍之變未知所移明帝處之尚不能以安後世將如之何屠牛坦一朝解十二牛而芒刃不頓（讀若鈍）者所排擊剝割皆衆理解也至於髖（音寬）髀（音陛）之所非斤則斧夫仁義恩厚人主之芒刃也權勢法制人主之斤斧也今諸侯王皆衆髖髀也釋斤斧之用而欲嬰以芒刃臣以爲不缺則折胡不用之淮南濟北勢不可也臣竊跡前事大抵彊者先反淮陰王楚最彊則最先反韓信倚胡則又反貫高因趙資則又反陳豨兵精則又反彭越用梁則又反黥布用淮南則又反盧綰最弱最後反長沙迺在二萬五千戶耳功少而最完勢疏而最忠非獨性異人也亦形勢然也曩令樊酈絳灌據數十城而王今雖以殘亡可也令信越之倫列爲徹侯而居雖至今存可也然則天下之大計可知已欲諸王之皆忠附則莫若令如長沙王欲臣子之勿菹醢則莫若令如樊酈等欲天下之治安莫若衆建諸侯而少其力力少則易使以義國小則亡邪心令海內之勢如身之使

七國之變誠若是處之則誼所謂斤斧者亦不必施矣至武帝始用主父偃策令諸侯得推恩子弟分地侯王而後諸侯王之禍熄然其弊也至于削弱已甚無以制外戚之變此矯枉過直者之罪非誼之策失也

權不旁落地無所私上免誅伐下不叛逆功著當時及後世此謂五業

臂臂之使指莫不制從諸侯之君不敢有異心輻湊並進而歸命天子雖在細民且知其安故天下咸知陛下之明割地定制令齊趙楚各爲若干國使悼惠王幽王元王之子孫畢以次各受祖之分地地盡而止及燕梁它國皆然其分地衆而子孫少者建以爲國空而置之須其子孫生者舉使君之諸侯之地其削頗入漢者爲徙其侯國及封其子孫他所以數償之一寸之地一人之衆天子亡所利焉誠以定治而已故天下咸知陛下之廉地制壹定宗室子孫莫慮不王下無倍畔之心上無誅伐之志故天下咸知陛下之仁法立而不犯令行而不逆貫高利幾之謀不生柴奇開章之計不萌細民鄉善大臣致順故天下咸知陛下之義臥赤子天下之上而安植遺腹朝委裘而天下不亂當時大治後世誦聖壹動而五業附陛下誰憚而久不爲此天下之勢方病大瘇（止勇切）一脛（胡定切）之大幾如要（同腰）一指之大幾如股平居不可屈信（讀伸）一二指搐（徹六切）身慮亡聊失今不治必爲錮疾後雖有扁鵲不能爲已病非徒瘇也又苦蹠（同跖）盭（同戾）元王之子帝之從弟也今之王者從弟之子也惠王之子親兄子也今之王

大姚云是時王戊王楚從弟之子也文王則王齊共王喜王城陽兄子之子也惠王子罷軍等僅爲列侯是親者無分地也其後文帝十五年盡王惠王子六人蓋正以賈生此言耳 天下之勢方倒縣張廉卿云此下言邊境宜治

漢待匈奴當時一昧姑息其後黷武窮兵武帝亦有所不得已耳

以主匈奴眞西山云按新書此下陳三表五餌而史削之三表之說不可曉五餌略見匈奴傳贊書生自負那得絳灌心服非所以爲安也眞西山云此亦譏射獵之失

者兄子之子也親者或亡分地以安天下疏者或制大權以偪天子臣故曰非徒病瘇也又苦蹠盭可爲痛哭者此病是也天下之勢方倒縣(同懸)凡天子者天下之首何也上也蠻夷者天下之足何也下也今匈奴嫚(古慢字)娒(古侮字)侵掠至不敬也爲天下患至亡已也而漢歲致金絮采繒(音增)以奉之夷狄徵令是主上之操也天子共(讀恭)貢是臣下之禮也足反居上首顧居下倒縣如此莫之能解猶爲國有人乎非亶(同但)倒縣而已又類辟(音壁)且病痱(音肥)夫辟者一面病痱者一方痛今西邊北邊之郡雖有長爵不輕得復五尺以上不輕得息斥候望烽燧不得臥將吏被介冑而睡臣故曰一方病矣醫能治之而上不使可爲流涕者此也陛下何忍以帝皇之號爲戎人諸侯勢既卑辱而禍不息長此安窮進謀者率以爲是固不可解也亡具甚矣臣竊料匈奴之衆不過漢一大縣以天下之大困於一縣之衆甚爲執事者羞之陛下何不試以臣爲屬國之官以主匈奴行臣之計請必係單于之頸而制其命伏中行說而笞其背舉匈奴之衆唯上之令今不獵猛敵而獵田彘不搏反寇而搏畜兔翫細娛而不圖大患非所

威令不信可爲流涕者此也眞西山云按新書此下一節天子之相號爲丞相諸侯之相號爲丞相天子列卿秩二千石諸侯列卿秩千石天子親號曰太后諸侯親號曰太后天子妃號曰后諸侯妃號曰后天子宮門曰司馬諸侯宮門曰司馬天子車曰乘輿諸侯車曰乘輿是臣主非有相臨之分尊卑之經也云云此之不行可爲長太息者此也此太息之一而史刪之矣今民賣僮者張廉卿云此下言去侈靡此臣所謂舛也眞西山云文帝知富民而不知所以數之故其大者僭至此文帝不早定經制致使武術以忿疾之心專以權一并兼百專是今日之容養適以啟異時決烈之禍也誼之言不見用惜哉毋動爲大耳張廉卿云漢書以毋靜爲句言天下安不可動搖爲大耳另爲句言好爲大語者猶曰毋爲眞西山云此二太息也

以爲安也德可遠施威可遠加而直數百里外威令不信可爲流涕者此也今民賣僮者爲之繡衣絲履偏諸緣(音顧)內(音納)之閑中是古天子后服所以廟而不宴者也而庶人得以衣婢妾白縠(音斛)之表薄紈(音丸)之裏緁(音妾)以偏諸美者黼繡是古天子之服今富人大賈嘉會召客者以被牆古者以奉一帝一后而節適今庶人屋壁得爲帝服倡優下賤得爲后飾然而天下不屈者殆未有也且帝之身自衣皁(音造)綈(音題)而富民牆屋被文繡天子之后以緣其領庶人孽(俗孽字)妾緣其履此臣所謂舛也夫百人作之不能衣一人欲天下亡寒胡可得也一人耕之十人聚而食之欲天下亡饑不可得也饑寒切於民之肌膚欲其亡爲姦邪不可得也國已屈矣盜賊直須時耳然而獻計者曰毋動爲大耳夫俗至大不敬也至亡等也至冒上也進計者猶曰毋爲可爲長太息者此也商君遺禮義棄仁恩并心於進取行之二歲秦俗日敗故秦人家富子壯則出分家貧子壯則出贅借父耰(音憂)鉏(同鋤)慮有德色母取箕帚立而誶(音粹)語抱哺其子與公併倨婦姑不相說則反脣而相稽其慈子耆利不同禽獸者亡幾耳然并心而赴

商君遺禮義張廉卿云此下言正風俗

秦之餘毒至漢未去

揭盡當時流弊

以爲大故眞西山云按是時張蒼爲宰相蒼故秦吏故所知止此

人之所設也眞西山云舉陶謨天敘有典天秩有禮則君臣上下之分莫非天之所爲也特勑之庸之則賴乎人而已誼此言非是

豈可不爲寒心哉眞西山云或謂誼推尊

時猶曰蹙六國兼天下功成求得矣終不知反廉愧之節仁義之厚信并兼之法遂進取之業天下大敗衆掩寡智欺愚勇威怯壯陵衰其亂至矣是以大賢起之威震海內德從天下曩之爲秦者今轉而爲漢矣然其遺風餘俗猶尚未改今世以侈靡相競而上亡制度棄禮誼捐廉恥日甚可謂月異而歲不同矣逐利不耳慮非顧行也今其甚者殺父兄矣盜者剟(音綴)寢戶之簾搴(音慫)兩廟之器白晝大都之中剽(四妙切)吏而奪之金矯僞者出幾十萬石粟賦六百餘萬錢乘傳而行郡國此其亡行義之尤至者也而大臣特以簿書不報期會之間以爲大故至於俗流失世壞敗因恬而不知怪慮不動於耳目以爲是適然耳夫移風易俗使天下回心而鄉道類非俗吏之所能爲也俗吏之所務在於刀筆筐篋而不知大體陛下又不自憂竊爲陛下惜之夫立君臣等上下使父子有禮六親有紀此非天之所爲人之所設也夫人之所設不爲不立不植則僵不修則壞筦子曰禮義廉恥是謂四維四維不張國乃滅亡使筦子愚人也則可筦子而少知治體則是豈可不爲寒心哉秦滅四維而不張故君臣乖亂六親

筦子見其學之不粹
是不然筦子此言誠
切於治體者孟子何
取陽貨之言況筦子
乎或又以柳子二維
之說病筦子是又不
然禮義其統言所包
者廣廉恥其專言所
指者切亦猶孟子曰
仁義忠信天爵也忠
信字在仁義之外耶
船必覆矣眞西山云
此三太息
夏爲天子張廉卿云
此下言教太子

從根本立論說到古
代教儲之法

殃戮。姦人並起。萬民離叛。凡十三歲。社稷爲虛。同墟今四維猶未備也。故姦人幾幸。而衆心疑惑。豈如今定經制。令君君臣臣。上下有差。父子六親。各得其宜。姦人亡所幾幸。而羣臣衆信。上不疑惑。此業壹定。世世常安。而後有所持循矣。若夫經制不定。是猶度江河亡維楫。中流而遇風波。船必覆矣。可爲長太息者此也。夏爲天子。十有餘世。而殷受之。殷爲天子。二十餘世。而周受之。周爲天子三十餘世。而秦受之。秦爲天子。二世而亡。人性不甚相遠也。何三代之君有道之長。而秦無道之暴也。其故可知也。古之王者。太子迺生。固舉以禮。使士負之。有司齊肅端冕。見之南郊。見於天也。過闕則下。過廟則趨。孝子之道也。故自爲赤子。而教固已行矣。昔者成王幼在繈抱之中。召公爲太保。周公爲太傅。太公爲太師。保、保其身體。傅、傅之德義。師、道之教訓。此三公之職也。於是爲置三少。皆上大夫也。曰少保、少傅、少師。是與太子宴者也。故迺孩提有識。三公三少固明孝仁禮義。以道習之。逐去邪人。不使見惡行。於是皆選天下之端士。孝悌博聞有道術者。以衛翼之。使與太子居處出入。故太子迺生而見正事。聞正言。行正

今人言習慣是第二天性信然

道左右前後皆正人也夫習與正人居之不能毋正猶生長於齊不能不齊言也習與不正人居之不能毋不正猶生長於楚之地不能不楚言也故擇其所者必先受業迺得嘗之擇其所樂必先有習迺得爲之孔子曰少成若天性習貫如自然及太子少長知妃色則入于學學者所學之宮也學禮曰帝入東學上親而貴仁則親疏有序而恩相及矣帝入南學上齒而貴信則長幼有差而民不誣矣帝入西學上賢而貴德則聖智在位而功不遺矣帝入北學上貴而尊爵則貴賤有等而下不隃（同踰）矣帝入太學承師問道退習而考於太傅太傅罰其不則而匡其不及則悳智長而治道得矣此五學者既成於上則百姓黎民化輯於下矣及太子既冠成人免於保傅之嚴則有記過之史徹膳之宰進善之旌誹謗之木敢諫之鼓瞽史誦詩工誦箴諫大夫進謀士傳民語習與智長故切而不媿化與心成故中道若性三代之禮春朝朝（音潮）日秋暮夕月所以明有敬也春秋入學坐國老執醬而親餽之所以明有孝也行以鸞和步中采齊（音疵）趣（同趨）中肆夏所以明有度也其於禽獸見其生不食其死聞其聲不食其

豈惟胡亥之性惡哉眞西山云按景帝爲太子以博局提殺吳太子賢實基異時之禍故誼懇懇言之其援胡亥以誠最爲深切也

選左右眞西山云按誼欲選左右開以道術智誼之指而文帝乃使晁錯以術教太子帝號能受諫者而於此失之可數也

專制之代重有君耳君明而臣無不良事無不治養儲之法安得不備

此時務也眞西山云此當爲太息之四云

凡人之智張廉卿云此下言興教化

肉故遠庖廚所以長（上聲）恩且明有仁也夫三代之所以長久者以其輔翼太子有此具也及秦而不然其俗固非貴辭讓也所上者告訐也固非貴禮義也所上者刑罰也使趙高傅胡亥而教之獄所習者非斬劓（音義）人則夷人之三族也故胡亥今日卽位則明日射人忠諫者謂之誹謗深計者謂之妖言其視殺人若艾草菅（音奸）然豈惟胡亥之性惡哉彼其所以道之者非其理故也鄙諺曰不習爲吏視已成事又曰前車覆後車誡夫三代之所以長久者其已事可知也然而不能從者是不法聖智也秦世之所以亟絕者其轍跡可見也然而不避是後車又將覆也夫存亡之變治亂之機其要在是矣天下之命縣於太子太子之善在於早諭教與選左右夫心未濫而先諭教則化易成也開於道術智誼之指則教之力也若其服習積貫則左右而已夫胡粵之人生而同聲耆欲不異及其長而成俗累數譯而不能相通行有雖死而不相爲者則教習然也臣故曰選左右早諭教最急夫教得而左右正則太子正矣太子正而天下定矣書曰一人有慶兆民賴之此時務也凡人之智能見已然不能見將然夫禮

者禁於將然之前而法者禁於已然之後是故法之所用易見而禮之所為至難知也若夫慶賞以勸善刑罰以懲惡先王執此之政堅如金石行此之令信如四時據此之公無私如天地耳豈顧不用哉然而曰禮云禮云者貴絕惡於未萌而起教於微眇使民日遷善遠辠而不自知也孔子曰聽訟吾猶人也必也使毋訟乎為人主計者莫如先審取舍取舍之極定於內而安危之萌應於外矣安者非一日而安也危者非一日而危也皆以積漸然不可不察也人主之所積在其取舍以禮義治之者積禮義以刑罰治之者積刑罰刑罰積而民怨背禮義積而民和親故世主欲民之善同而所以使民善者或異或道之以德教或敺之以法令道之以德教者德教洽而民氣樂敺之以法令者法令極而民風哀哀樂之感禍福之應也秦王之欲尊宗廟而安子孫與湯武同然而湯武廣大其德行六七百歲而弗失秦王治天下十餘歲則大敗此亡它故矣湯武之定取舍審而秦王之定取舍不審矣夫天下大器也今人之置器置諸安處則安置諸危處則危天下之情與器亡以異在天子之所置之湯武置天

胡不引殷周秦事以觀之也眞西山云此篇爲太息之五人主之尊譬廉卿云此下言敬大臣

漢之慢士起於高祖

下於仁義禮樂而德澤洽禽獸草木廣裕德被蠻貊四夷累子孫數十世此天下所共聞也秦王置天下於法令刑罰德澤亡一有而怨毒盈於世下憎惡之如仇讎禍幾及身子孫誅絕此天下之所共見也是非其明效大驗邪人之言曰聽言之道必以其事觀之則言者莫敢妄言今或言禮誼之不如法令敎化之不如刑罰人主胡不引殷周秦事以觀之也人主之尊譬如堂羣臣如陛衆庶如地故陛九級上廉遠地則堂高陛亡級廉近地則堂卑高者難攀卑者易陵理勢然也故古者聖王制爲等列內有公卿大夫士外有公侯伯子男然後有官師小吏延及庶人等級分明而天子加焉故其尊不可及也里諺曰欲投鼠而忌器此善諭也鼠近於器尚憚不投恐傷其器況於貴臣之近主乎廉恥節禮以治君子故有賜死而亡戮辱是以黥劓之辠不及大夫以其離主上不遠也禮不敢齒君之路馬蹙其芻者有罰見君之几杖則起遭君之乘車則下入正門則趨君之寵臣雖或有過刑戮之辠不加其身者尊君之故也此所以爲主上豫遠不敬也所以禮貌大臣而厲其節也今自王侯三公之貴皆天子

土芥寇讎孟子之言信而有徵

之所改容而禮之也古天子之所謂伯父伯舅也而令與衆庶同黥劓髡刖笞傌同罵棄市之法然則堂不亡陛乎被戮辱者不泰迫乎廉恥不行大臣無迺握重權大官而有徒隸亡恥之心乎夫望夷之事二世見當以重法者投鼠而不忌器之習也臣聞之履雖鮮不加於枕冠雖敝不以苴子余切履夫嘗已在貴寵之位天子改容而禮貌之矣吏民嘗俯伏以敬畏之矣今而有過帝令廢之可也退之可也賜之死可也滅之可也若夫束縛之係緤音薛之輸之司寇編之徒官司寇小吏詈罵而榜笞之殆非所以令衆庶見也夫卑賤者習知尊貴者之一旦吾亦迺可以加此也非所以習天下也非尊尊貴貴之化也夫天子之所嘗敬衆庶之所嘗寵死而死耳賤人安得如此而頓辱之哉豫讓事中行之君智伯伐而滅之移事智伯及趙滅智伯豫讓釁面吞炭必報襄子五起而不中人問豫子豫子曰中行衆人畜我我故衆人事之智伯國士遇我我故國士報之故此一豫讓也反君事讎行若狗彘已而抗節致忠行出乎列士人主使然也故主上遇其大臣如遇犬馬彼將犬馬自爲也如遇官徒彼將官徒自爲也

姚氏云說文謑詬恥也謑或从奊作䜋胡禮切奊頭袤骫奊態也胡結切今漢書通爲奊字當讀作謑

大何張晏云何問也

姚氏云弛者解去其職師古云自廢而死者非

頑頓亡恥。奊（奚上聲）詬亡節。廉恥不立。且不自好。苟若而可。故見利則逝。見便則奪。主上有敗。則因而挻（式延切）之矣。主上有患。則吾苟免而已。立而觀之耳。有便吾身者。則欺賣而利之耳。人主將何便於此。羣下至衆。而主上至少也。所託財器職業者。粹於羣下也。俱亡恥。俱苟安。則主上最病。故古者禮不及庶人。刑不至大夫。所以厲寵臣之節也。古者大臣有坐不廉而廢者。不謂不廉。曰簠（音甫）簋（古委切）不飾。坐汙穢淫亂男女亡別者。不曰汙穢。曰帷薄不修。坐罷（讀疲）軟不勝任者。不謂罷軟。曰下官不職。故貴大臣定有其辠矣。猶未斥然正以譁（古呼字）之也。尙遷就而爲之諱也。故其在大譴大何之域者。聞譴何則白冠氂（音毛）纓。盤水加劍。造請室而請辠耳。上不執縛係引而行也。其有中罪者。聞命而自弛。上不使人頸盭而加也。其有大辠者。聞命則北面再拜。跪而自裁。上不使捽抑而刑之也。曰子大夫自有過耳。吾遇子有禮矣。遇有禮。故羣臣自憙（同喜）。嬰以廉恥。故人矜節行。上設廉恥禮義以遇其臣。而臣不以節行報其上者。則非人類也。故化成俗定。則爲人臣者。主耳忘身。國耳忘家。公耳忘私。利不苟就。害不苟去。惟義

彼且爲我死方望溪云語本管子而義更警策

所在上之化也。故父兄之臣誠死宗廟。法度之臣誠死社稷。輔翼之臣誠死君上。守圄扞(音翰)敵之臣誠死城郭封疆。故曰聖人有金城者。比物此志也。彼且爲我死。故吾得與之俱生。彼且爲我亡。故吾得與之俱存。夫將爲我危。故吾得與之皆安。顧行而忘利。守節而仗義。故可以託不御之權。可以寄六尺之孤。此厲廉恥行禮誼之所致也。主上何喪焉。此之不爲而顧彼之久行。故曰可爲長太息者此也。

眞西山曰誼之書已經史氏刪削皆非全文大抵書疏之載於史者多如是大臣入獄景帝時周亞夫受刑則晁錯武帝初竇嬰亦下獄棄市非自寧成始也大臣有罪自殺因免出縛榜笞之辱然其弊大臣遭誣不敢自愬而泯然以死故仲長統曰賈誼感絳侯之困辱開引自裁之端自此以來遂以成俗繼世之主生而見之習以爲常曾不之悟嗚呼悲夫然則誼所陳特漢法耳三代必不然也○黃東發曰賈誼天姿甚高議論甚偉惜不聞孔孟之學然一時無與比者其後經畫漢世變故皆誼遺策○呂成公曰誼之所論大

抵以事迹之可見者爲先後緩急之次至於引君當道者則獨闕焉太史公謂賈誼鼂錯明申商熟味此篇藹然有洙泗典刑未見爲申商者讀至諸侯王皆衆髖髀等數語而後知之孟子告萬章曰子以爲有王者作將比今之諸侯而誅之乎孔孟之學蓋如此○歸震川曰此是千古書疏之冠何止西漢第一○方展卿曰生文最善轉筆換氣忽而馳驟忽而旋轉極其恣肆跌宕於此處求之可長筆力○姚氏曰長太息者六文內闕一西山先生引新書諸侯官名制度同於天子者補之鼒謂新書者未敢信以爲眞賈生之文也若果如此孟堅必不刪削之意謂此一段爲論積貯卽載食貨志者是已

厝置也、舛錯亂也、搶攘亂貌、顧成廟遺址在陝西長安縣東、帝自爲廟、制度卑狹、若顧望而成、六親父母兄弟妻子、爽過也、親弟卽厲王長、親兄之子齊悼惠王子興居爲濟北王、文帝時反、吳吳王濞、時以不循法度聞、鼎盛方盛也、日中句此言貴及時也、熭、曝曬也、抗剄抗、舉也、剄、自殺、齊桓名小白、以齊國霸、九合諸侯而正天下、淮陰侯卽韓信、楚王淮北、都今江蘇邳縣、黥布卽英布、六人、封九江王、謀反被殺、彭越字仲、昌邑人、封梁王、謀反、爲漢所醢、梁王魏故地、都今山東定陶縣、韓王信韓之孽公子、叛入匈奴、爲漢所殺、韓王韓故地、初都今禹縣、後徙太原縣、張敖耳之子、漢高婿、封趙王、趙王趙故地、都今直隸邢臺縣、貫高趙相、恥高帝不禮其王、陰欲謀弒帝、事覺、被捕、官殺、盧綰豐人、封燕王、亡入匈奴、燕王燕故地、郡今京兆薊縣、陳豨宛句人、以趙相國監代邊、謀反被殺、代今直隸蔚縣地、仄室卿大夫支子爲側室、席藉也、言非有側室之勢、爲之資藉也、中涓舍人皆近侍之官、渥厚也、角校也悼惠王名肥、高帝子、元王名交、高帝弟、中子高帝子、名如意、幽王名友、高帝子、始立爲淮陽王、後徙趙、共王名恢、高帝子、始立爲梁王、後徙趙、靈王名建、高帝子、厲王名長、高帝子、黃屋天子車以黃蓋、繒爲裏、馮敬馮無擇子、奏淮南厲王、誅之、匕首劍也、領理也、屠牛坦古之善屠牛者、名坦、髖兩股間也、髀股也、嬰加也、樊樊噲、酈酈商、絳絳侯周勃、灌灌嬰、長沙王吳芮也、菹醢肉醬、輻湊輻、輪中木之直指、湊聚也、言車輪之聚於轂也、其削頗入漢者四句諸侯之地、有與漢犬牙相錯者、則從其地而償其數、利幾項羽將、羽敗、利幾爲陳令、降高帝、侯之潁川、帝至雒陽、舉通侯籍召之、利幾恐、遂反、柴奇開章皆與淮南王謀反者、植遺腹遺腹、父死後生子、植、立也、朝委裘天子已死、陳其裘衣而朝之、瘇瘇氣足腫也、搐動而痛也、身慮句謂害及全身、扁鵲齊桓時之良醫、跛盭盭反戾不可行、夷狄徵令四句言夷狄而爲主上、天子而爲臣下也、辟足病、痱風病、雖有長爵二句言有高爵者、猶將禦寇不得復除、斥候偵深敵事、烽燧高臺置薪、有警燃火相告、屬國掌外夷交涉之官、中行說漢使、降匈奴者、緣今之鑲邊、閑賣買之所、廟而不宴入廟服之、燕居不服、縠今之輕紗、紈帛之素者、縺文章相錯貌、偏諸若今之織成以爲要襻袖領者、黼織爲斧形、繡刺爲衆文、節適得其節而合宜、屈窮也、皁綈黑繒之厚者、孽庶賤也、贅婿在妻家者、借父一句借物與父、自矜其德於容色、耰、摩田器、鉏、去草器、母取二句母取物而責讓及之、抱哺四句婦之對舅姑無禮也、哺、食也、倂倨、無禮也、稽、計校也、大賢指高祖、逐利不耳惟計其利與否耳、劉姚氏云：通鑑因食貨志有文帝感此開藉田躬耕語，璽文帝二年有開藉田詔，遂置此疏於文帝二年。此非是。文帝二年，賈才二十七年，而此云幾四十年，必在長沙召回時也。一夫不耕，方望溪云語本管子。

割取也、寢室無東西廂曰寢、此言陵上之寢、搴取也、兩廟高祖惠帝廟也、剽刼也、矯僞者四句富者捐爵而巡行、誇燿郡國、而大臣三句言勤小而失大也、維繫也、楫櫓也、迺生始生也、繈約小兒於背之衣、傅輔也、輯和也、膳宰主膳之官、膳有常品、遇災變、則減少之、以行其諫、善旌進善言者、立於旌下、誹木惡事書於木上、諫鼓諫者鳴鼓、工習樂者、切而不媿經切磋後、自無媿事、朝日夕月敬日月之禮、鸞和車鈴、采齊肆夏並詩名、此言行走與鈴聲樂詩音節相協、訐發人陰私、劓割鼻也、菅茅也、豈顧不用哉顧、猶反也、廉側隅、黥刺字於面、齒數其年也、此見「曲禮」髡剃髮之刑、刖去足之刑、棄市大辟、望夷宮名、閻樂弒二世於此、見當以重法者言弒之而以法定其罪也、苴藉也、緤以繩係之、徒官隸也、豫讓見介甫讀刺客傳注、釁面以刀劃面、吏詬無志分也、挻遁也、簞篹盛飯器、一方一圓、何問也、氂毛也、請室獄也、上不使句不戾其頸而加刀鋸、裁自殺、捽搏髮、比物此志比、喻也、言聖人厲此節行、以御羣下、人皆懷德、戮力同心、國家安固、不可毀拔、若金城湯池、夫將爲我危夫、人也、猶上言彼也、此三句相同、不御之權言權柄不須制御、

賈生論積貯疏○○○

筦同管子曰。倉廩實而知禮節。民不足而可治者。自古及今。未之嘗聞。古之人曰。一夫不耕。或受之饑。一女不織。或受之寒。生之有時。而用之無度。則物力必屈。古之治天下。至孅音纖至悉也。故其畜積足恃。今背本而趨末。食者甚衆。是天下

末傷農

備荒禦急不得不繁積貯

積貯之原乃在毆民而歸之農

姚氏云李奇曰廩廩危也鼐按此即凜凜字說文本作㐭隸省作廩此又假借廩字耳哀十五年左傳廩然隕大夫之尸同此

之大殘也淫侈之俗日日以長是天下之大賊也殘賊公行莫之或止大命將泛（音捧）莫之振救生之者甚少而靡之者甚多天下財產何得不蹶漢之爲漢幾四十年矣公私之積猶可哀痛失時不雨民且狼顧歲惡不入請賣爵子既聞耳矣安有爲天下阽（音鹽）危者若是而上不驚者世之有饑穰（如羊切）天之行也禹湯被之矣卽不幸有方二三千里之旱國何以相恤卒（同猝）然邊境有急數十百萬之衆國何以餽之兵旱相乘天下大屈有勇力者聚徒而衡（同橫）擊罷夫羸（音雷）老易子而齩（五巧切）其骨政治未畢通也遠方之能疑（讀曰擬）者並舉而爭起矣乃駭而圖之豈將有及乎夫積貯者天下之大命也苟粟多而財有餘何爲而不成以攻則取以守則固以戰則勝懷敵附遠何招而不至今毆民而歸之農皆著（直略切）於本使天下各食其力末技游食之民轉而緣南畮則畜積足而人樂其所矣可以爲富安天下而直爲此廩廩也竊爲陛下惜之

閉關之世尙以積貯爲急勸農爲先今米荒若此私運出口纍纍不絕者如彼獨奈何不加之意乎（濡識）

起勢說得迫切之至

本自失著

引前事爲證

管子（管夷吾、名仲、著書曰管子、）孅（細也、）悉（盡也、）泛（覆也、）蹷（傾竭也、）賣爵子（謂上賣爵下賣子也、）既聞耳矣（聞於天子之耳、）阽危也、政治未畢句（言上下乖隔也、）能疑者（疑、僭也、謂與天子相比儗、）皆著於本（謂有城郭常居、不隨畜牧遷移也、）

賈生請封建子弟疏○○

陛下即不定制如今之勢不過一傳再傳諸侯猶且人恣而不制豪植而大强漢法不得行矣陛下所以爲藩扞及皇太子之所恃者惟淮陽代二國耳代北邊匈奴與强敵爲鄰能自完則足矣而淮陽之比大諸侯廑如黑子之著面適足以餌大國耳不足以有所禁禦方今制在陛下制國而令子適足以爲餌豈可謂工哉人主之行異布衣布衣者飾小行競小廉以自託於鄉黨人主惟天下安社稷固不（同否）耳高皇帝瓜分天下以王功臣反者如蝟（於貴切）毛而起以爲不可故蘄（讀作芰）去不義諸侯而虛其國擇良日立諸子雒陽上東門之外畢以爲王而天下安故大人者不牽小行以成大功今淮南地遠者或數千里越兩諸侯而縣屬於漢其吏民繇役往來長安者自悉而補中道衣敝錢用諸費稱此其苦屬漢而欲得王至甚逋逃而歸諸侯者已不少矣其勢不可久臣之愚

亦是因勢利便

又反言以激之

萬年之後眞西山云
按此亦人所難言

計。願舉淮南地以益淮陽而爲梁王立後。割淮陽北邊二三列城與東郡以益梁。不可者。可徙代王而都睢陽。梁起於新郪（千移切）以北著之河。淮陽包陳以南揵（渠焉切）之江。則大諸侯之有異心者。破膽而不敢謀。梁足以扞齊趙。淮陽足以禁吳楚。陛下高枕。終亡山東之憂矣。此二世之利也。當今恬然。適遇諸侯之皆少。數歲之後。陛下且見之矣。夫秦日夜苦心勞力以除六國之禍。今陛下力制天下。頤指如意。高拱以成六國之禍。難以言智。苟身亡事。畜亂宿禍。孰視而不定。萬年之後。傳之老母弱子。將使不寧。不可謂仁。臣聞聖主言問其臣而不自造事。故使人臣得畢其愚忠。惟陛下財（同裁）幸。

料量後事。如指諸掌。得君如漢文而不盡用其言。惜哉（謝疊山）

淮陽（今江蘇清河縣境、）代（文帝分代爲兩國、立皇子武爲代王、參爲太原王、後徙武爲淮陽王、以太原王參爲代王、）蘄（義同芟、）梁王（即武、始王代、繼徙淮陽、後徙梁、）睢陽（今河南商邱縣、）新郪（今安徽阜陽縣、）陳（今河南開封縣以東、南至安徽亳縣、）揵（立封界、）恬（安也、）

賈生諫封淮南四子疏○○

竊恐陛下接王淮南諸子。曾不與如臣者孰計之也。淮南王之悖逆亡道。天下

責備甚是

說到後患可畏引白公事亦切

孰不知其辠陛下幸而赦遷之自疾而死天下孰以王死之不當今奉尊罪人之子適足以負謗於天下耳此人少壯豈能忘其父哉白公勝所爲父報仇者大父與伯父叔父也白公爲亂非欲取國代主也發忿快志剡（以冉切）手以衝仇人之胸固爲俱靡而已淮南雖小黥布嘗用之矣漢存特幸耳夫擅仇人足以危漢之資于策不便雖割而爲四四子一心也予之衆積之財此非有子胥白公報於廣都之中卽疑有剸（同專）諸荆軻起于兩柱之間所謂假賊兵爲虎翼者也願陛下少留計

眞西山曰此篇與封建子弟史所以詳記本末者以見誼前謂梁足以捍齊趙後謂淮南王之子不可接王其說驗也○罪人不孥古有明訓此在文帝之失其教養而然賈之見殊失諸刻特不幸而言中耳（濂識）

接王句（文帝既徙淮陽王武爲梁王、城陽王喜爲淮南王、又封淮南厲王四子、皆爲列侯、誼知上必將復王之也、故特言之、）白公勝（見楚莫敖子華對威王注、）剡（利也、）剸諸（吳人、爲公子光刺吳王僚、）荆軻（見子瞻志林篇注、）

賈生諫放民私鑄疏○

立法不善弊即易生
今之鈔幣尤甚於是
說到本意
七福注重首條

法使天下公得顧租鑄銅錫爲錢敢雜以鉛鐵爲他巧者其罪黥然鑄錢之情非殽雜爲巧則不可得贏而殽之甚微爲利甚厚夫事有召禍而法有起姦今令細民人操造幣之勢各隱屛而鑄作因欲禁其厚利微姦雖黥罪日報其勢不止迺者民人抵罪多者一縣百數及吏之所疑榜笞奔走者甚衆夫縣（同懸）法以誘民使入陷阱孰積於此曩禁鑄錢死罪積下今公鑄錢黥罪積下爲法若此上何賴焉又民用錢郡縣不同或用輕錢百加若干或用重錢平稱不受法錢不立吏急而壹之虖則大爲煩苛而力不能勝縱而弗呵虖則市肆異用錢文大亂苟非其術何鄉（同嚮）而可哉今農事棄捐而采銅者日蕃釋其耒耨冶鎔炊炭姦錢日多五穀不爲多善人怵（音黜）而爲姦邪愿民陷而之刑戮刑戮將甚不詳奈何而忽國知患此吏議必曰禁之禁之不得其術其傷必大令禁鑄錢則錢必重重則其利深盜鑄如雲而起棄市之罪又不足以禁矣姦數不勝而法禁數潰銅使之然也故銅布於天下其爲禍博矣今博禍可除而七福可致也何謂七福上收銅勿令布則民不鑄錢黥罪不積一矣僞錢不蕃民不相疑

二矣。采銅鑄作者反於耕田三矣。銅畢歸於上上挾銅積以御輕重錢輕則以術斂之重則以術散之貨物必平四矣。以作兵器以假貴臣多少有制用別貴賤五矣。以臨萬貨以調盈虛以收奇羨則官富實而末民困六矣。制吾棄財以與匈奴逐爭其民則敵必懷七矣。故善爲天下者因禍而爲福轉敗而爲功今久退七福而行博禍臣誠傷之。

禁私鑄而收銅輕重操縱之權乃歸諸于上即管子九府之遺意（潘識）

殽（雜也、）贏（餘利、）日報（報、論罪也、）積下（積於下、言多也、）或用輕錢二句（時錢重四銖、法錢百枚、當重一斤十六銖、輕則以錢足之若干枚、令滿平、）或用重錢二句（秦錢重半兩、漢初用莢錢、文帝時尙四銖、而秦錢與莢錢、故與四銖並行、以其見廢、故用輕錢、則百加若干、用重錢則以一當一、猶復不受、）法錢（依法之錢、）鎔（作錢模、）恢（恐也、）愿（謹也、）詳（平也、）羨（餘也、）制吾棄財三句（倉廩積、布帛足、以之招誘胡人、則多來降附矣、）

評校音注古文辭類纂卷十二終

歷往事書匈奴之害漢

禦邊以選將爲要

證明將生不知兵

評校音注 古文辭類纂卷十三 奏議類上編三

鼂錯言兵事書（時匈奴數寇邊、文帝發兵禦之、錯因有此書、）○○

臣聞漢興以來。胡虜數入邊地。小入則小利。大入則大利。高后時再入隴西。攻城屠邑。毆（同驅）略畜產。其後復入隴西。殺吏卒。大寇盜。竊聞戰勝之威。民氣百倍。敗兵之卒。沒世不復。自高后以來。隴西三困於匈奴矣。民氣破傷。亡有勝意。今茲隴西之吏。賴社稷之神靈。奉陛下之明詔。和輯（同集）士卒。底（同砥）厲（同礪）其節。起破傷之民。以當乘勝之匈奴。用少擊衆。殺一王。敗其衆。而有大利。非隴西之民有勇怯。乃將吏之制。巧拙異也。故兵法曰。有必勝之將。無必勝之民。由此觀之。安邊境。立功名。在于良將。不可不擇也。臣又聞用兵臨戰合刃之急者三。一曰得地形。二曰卒服習。三曰器用利。兵法曰。丈五之溝。漸（音尖）車之水。山林積石。經川邱阜。草木所在。此步兵之地也。車騎二不當一。土山邱陵。曼衍相屬。平原廣野。此車騎之地也。步兵十不當一。平陵相遠。川谷居間。仰高臨下。此弓弩之地也。

知彼知己然後能勝

短兵百不當一兩陳相近平地淺草可前可後此長戟之地也劍楯三不當一萑（音完）葦竹蕭草木蒙蘢枝葉茂接此矛鋋（音蟬）之地也長戟二不當一曲道相伏險阨相薄（音博）此劍楯之地也弓弩三不當一士不選練卒不服習起居不精動靜不集趨利弗及避難不畢前擊後解與金鼓之音相失此不習勒卒之過也百不當十兵不完利與空手同甲不堅密與袒裼同弩不可以及遠與短兵同射不能中與亡矢同中不能入與亡鏃同此將不省兵之禍也五不當一故兵法曰器械不利以其卒予敵也卒不可用以其將予敵也將不知兵以其主予敵也君不擇將以其國予敵也四者兵之至要也臣又聞小大異形強弱異勢險易異備夫卑身以事強小國之形也合小以攻大敵國之形也以蠻夷攻蠻夷中國之形也今匈奴地形技藝與中國異上下山阪出入溪澗中國之馬弗與也險道傾仄（同側）且馳且射中國之騎弗與也風雨罷勞飢渴不困中國之人弗與也此匈奴之長技也若夫平原易地輕車突騎則匈奴之衆易撓亂也勁弩長戟射疏及遠則匈奴之弓弗能格也堅甲利刃長短相雜游弩往來什伍

又將兵事說得鄭重

以夷攻夷是謂上策

以我之長攻彼之短兵家百勝之道也

俱前則匈奴之兵弗能當也材官騶發矢道同的則匈奴之革笥木薦弗能支也下馬地鬬劍戟相接去就相薄則匈奴之足弗能給也此中國之長技也以此觀之匈奴之長技三中國之長技五陛下又興數十萬之衆以誅數萬之匈奴衆寡之計以十擊一之術也雖然兵凶器戰危事也以大爲小以彊爲弱在俯仰之間耳夫以人之死爭勝跌而不振則悔之亡及也帝王之道出于萬全今降胡義渠蠻夷之屬來歸誼者其衆數千飲食長技與匈奴同可賜之堅甲絮衣勁弓利矢益以邊郡之良騎令明將能知其習俗和輯其心者以陛下之明約將之即有險阻以此當之平地通道則以輕車材官制之兩軍相爲表裏各用其長技衡(同橫)加之以衆此萬全之術也傳曰狂夫之言而明主擇焉臣錯愚陋昧死上狂言唯陛下財(同裁)擇

劉彥和曰自漢以來奏事或稱上疏儒雅繼踵殊采可觀若賈誼之務農鼂錯之兵事匡衡之定郊王吉之禮觀溫舒之緩獄谷永之諫仙理既切至辭亦通暢可謂識大體矣〇方望溪曰錯之術根柢管商其近俗濟用無出二

子外者而爲文尤見與管子相類故雜用其語而如出一人之說

隴西（漢郡、今甘肅狄道縣等地、）合刃（謂交兵、）漸（浸也、）經川（當流之水、）曼衍（連延也、）萑葦（蘆荻之類、）蕭（蒿也、）蒙蘢（蔽蔭之貌、）鋋（鐵把短矛、）薄（逼也、）金鼓（金止衆、鼓進衆、）袒裼（露臂、）鏃（矢鋒、）省（視也、）弗與（與、如也、）材官（騎射之官、）騶（音矢）同的句（言其善射、）革笥（以皮爲之、狀如鎧、）木薦（木板爲之、如楯狀、）給（相連也、）義渠（西戎之一種、在今甘肅慶陽縣地、）

鼂錯論守邊備塞書〇〇

臣聞秦時北攻胡貉（音陌）築塞河上南攻揚粵置戍卒焉其起兵而攻胡粵者非以衛邊地而救民死也貪戾而欲廣大也故功未立而天下亂且夫起兵而不知其勢戰則爲人禽屯則卒積死夫胡貉之地積陰之處也木皮三寸冰厚六尺食肉而飲酪（音洛）其人密理鳥獸毳（音翠）毛其性能（讀耐）寒揚粵之地少陰多陽其人疏理鳥獸希毛其性能暑秦之戍卒不能其水土戍者死於邊輸者僨（音奮）於道秦民見行如往棄市因以謫（同讁）發之名曰謫戍先發吏有謫及贅壻賈人後以嘗有市籍者又後以大父母父母嘗有市籍者後入閭取其左發之不順行者深恐有背叛之心凡民守戰至死而不降北者以計爲之也故戰勝守固則

秦之亡以此

備述守邊之難

邊守之策莫如屯田
充國勝羌以此

有拜爵之賞。攻城屠邑。則得其財鹵。(同虜)以富家室。故能使其衆蒙矢石。赴湯火。視死如生。今秦之發卒也。有萬死之害。而亡銖兩之報。死事之後。不得一算之復。(方目切)天下明知禍烈及已也。陳勝行戍。至於大澤。爲天下先倡。天下從之如流水者。秦以威劫而行之之敝也。胡人衣食之業不著(直略切)於地。其勢易以擾亂邊境。何以明之。胡人食肉飲酪。衣皮毛。非有城郭田宅之歸居。如飛鳥走獸於廣野。美草甘水則止。草盡水竭則移。以是觀之。往來轉徙。時至時去。此胡人之生業。而中國之所以離南畮(同畝)也。今使胡人數處轉牧行獵於塞下。或當燕代。或當上郡北地隴西。以候備塞之卒。卒少則入。入不救。則邊民絕望而有降敵之心。救之少發則不足。多發。遠縣纔至。則胡又已去。聚而不罷。爲費甚大。罷之則胡復入。如此連年。則中國貧苦而民不安矣。陛下幸憂邊境。遣將吏發卒以治塞。甚大惠也。然令遠方之卒守塞。一歲而更。不知胡人之能。不如選常居者。家室田作。且以備之。以便爲之高城深塹。(七艷切)具藺(音吝)石。布渠答。復爲一城其內。城間百五十步。要害之處。通川之道。調立城邑。毋下千家。爲中周虎落。先

姚氏云此言能奪還胡所驅略者以半入官以半予能奪還者然畜產器物則遂予之若內有人民官又當以財贖之不使竟爲奴又不使奪還者失利也師古解與句讀皆失之

爲室屋具田器迺募罪人及免徒復作令居之不足募以丁奴婢贖罪及輸奴婢欲以拜爵者不足乃募民之欲往者皆賜高爵復其家予冬夏衣廩食能自給而止郡縣之民得買其爵以自增至卿其亡夫若妻者縣官買予之人情非有匹敵不能久安其處塞下之民祿利不厚不可使久居危難之地胡人入驅而能止其所驅者以其半予之縣官爲贖其民如是則邑里相救助赴胡不避死非以德上也欲全親戚而利其財也此與東方之戍卒不習地勢而心畏胡者功相萬也以陛下之時徙民實邊使遠方亡屯戍之事塞下之民父子相保亡係虜之患利施後世名稱聖明其與秦之行怨民相去遠矣

老謀深算守邊防塞之法無以踰此文亦勁氣直達非枝枝節節而爲之者

濡識

貉北夷、揚粵古揚州之南越、酪乳漿、密理肌肉密也、毳細毛、疏理肌肉之粗疏、僨仆也、嘗有市籍者前曾爲賈者、閭左閭、里門、居其左者役之、著附也、財鹵謂擄獲其財物、銖十黍爲累、十累爲銖、一算之復漢之丁稅、民年十五以上至六十五、出賦錢八百二十爲一算、復、除也、燕代上郡並見史公漢興以來諸侯年表序、北地漢郡、故城在今甘肅環縣東南、塹繞城水也、藺石（城上雷石）渠答（鐵蒺藜也）調（算度也）虎落（外蕃也以竹篾相連遮落之也）復作（罪人遇赦復作竟其日月者今除其罰令居之也）得氣（猶言得志也）

鼂錯論募民徙塞下書○

陛下幸募民相徙以實塞下。使屯戍之事益省。輸將之費益寡。甚大惠也。下吏誠能稱厚惠。奉明法。存卹所徙之老弱。善遇其壯士。和輯其心而勿侵刻。使先至者安樂而不思故鄉。則貧民相慕而勸往矣。臣聞古之徙遠方以實廣虛也。相其陰陽之和。嘗其水泉之味。審其土地之宜。觀其草木之饒。然後營邑立城。制里割宅。通田作之道。正阡陌之界。先爲築室。家有一堂二內。門戶之閉。置器物焉。民至有所居。作有所用。此民所以輕去故鄉而勸之新邑也。爲置醫巫。以救疾病。以修祭祀。男女有昏。生死相卹。墳墓相從。種樹畜長。室屋完安。此所以使民樂其處而有長居之心也。臣又聞古之制邊縣以備敵也。使五家爲伍。伍有長。十長一里。里有假士。四里一連。連有假五百。十連一邑。邑有假候。皆擇其邑之賢材有護。習地形知民心者。居則習民於射法。出則教民於應敵。故卒伍成於內。則軍政定於外。服習以成。勿令遷徙。幼則同遊。長則共事。夜戰聲相知。則足以相救。晝戰目相見。則足以相識。讙愛之心。足以相死。如此而勸以厚賞。威以重罰。則前死不還踵矣。所徙之民。非壯有材力。但費衣糧。不用可也。雖有材力。不得良吏。猶亡功也。陛下絕匈奴不與和親。臣竊意其冬來南也。壹大治。則終身創矣。欲立威者。始於折膠。來而不能困。使得氣去。後未易服也。愚臣亡識。唯陛下財察。

眞西山曰。錯三書。其論邊備。皆古今不易之論。非直可施之當時而已。方望溪曰。中幅全同管子語。而與前後凝合。使人不覺。良由老謀勁氣本與之近也

還踵（還音旋還踵即旋踵也）　二內（即二臥室）　假士（假謂其非常置也）　假五百（帥名）　有護（有保護能力）　創（懲也）　折膠（秋氣至膠可折弓弩可用匈奴常以爲候而出軍）

鼂錯論貴粟疏〇〇

聖王在上。而民不凍饑者。非能耕而食之。織而衣之也。爲開其資財之道也。故

息之一在食貨志內爲孟堅所分析爾

節流尤貴開源

以重農桑爲當務之急

夫珠玉金銀姚氏云能言萬物之情能傳古聖人隱而未發之意此種文字眞足與管韓並不朽於世者

堯禹有九年之水。湯有七年之旱。而國亡捐瘠者。以畜積多而備先具也。今海內爲一。土地人民之衆。不避湯禹。加以亡天災數年之水旱。而畜積未及者。何也。地有餘利。民有餘力。生穀之土未盡墾。山澤之利未盡出也。游食之民未盡歸農也。民貧則姦邪生。貧生於不足。不足生於不農。不農則不地著。不地著則離鄉輕家。民如鳥獸。雖有高城深池。嚴法重刑。猶不能禁也。夫寒之於衣。不待輕煖。饑之於食。不待甘旨。饑寒至身。不顧廉恥。人情一日不再食則饑。終歲不製衣則寒。夫腹饑不得食。膚寒不得衣。雖慈母不能保其子。君安能以有其民哉。明主知其然也。故務民於農桑。薄賦斂。廣畜積。以實倉廩。備水旱。故民可得而有也。民者在上所以牧之。趨利如水走下。四方亡擇也。夫珠玉金銀。饑不可食。寒不可衣。然而衆貴之者。以上用之故也。其爲物輕微易藏。在於把握。可以周海內而亡饑寒之患。此令臣輕背其主。而民易去其鄉。盜賊有所勸。亡逃者得輕資也。粟米布帛生於地。長於時。聚於力。非可一日成也。數石之重。中人弗勝。不爲奸邪所利。一日弗得而饑寒至。是故明君貴五穀而賤金玉。今農夫五

俗本朝令而暮改當其有者吳至父云其字蓋具字傳寫誤其而淺者遂增改字於義難通因從倭庫唐寫本食貨志改定

苦樂不均古今同嘅

口之家其服役者不下二人其能耕者不過百畝百畝之收不過百石春耕夏耘秋穫冬藏伐薪樵治官府給徭役春不得避風塵夏不得避暑熱秋不得避陰雨冬不得避寒凍四時之間亡日休息又私自送往迎來弔死問疾養孤長幼在其中勤苦如此尚復被水旱之災急政暴賦賦斂不時朝令而暮當具有者半賈（讀若價）而賣亡者取倍稱（去聲）之息於是有賣田宅鬻子孫以償債者矣而商賈大者積貯倍息小者坐列販賣操其奇贏日遊都市乘上之急所賣必倍故其男不耕耘女不蠶織衣必文采食必粱肉亡農夫之苦有仟伯之得因其富厚交通王侯力過吏勢以利相傾千里遊敖冠蓋相望乘堅策肥履絲曳縞此商人所以兼并農人農人所以流亡者也今法律賤商人商人已富貴矣尊農夫農夫已貧賤矣故俗之所貴主之所賤也吏之所卑法之所尊也上下相反好惡乖迕（音誤）而欲國富法立不可得也方今之務莫若使民務農而已矣欲民務農在於貴粟貴粟之道在於使民以粟爲賞罰今募天下入粟縣官得以拜爵得以除罪如此富人有爵農人有錢粟有所渫（音薛）夫能入粟以受爵皆有

亦權宜之術

此數語開後世捐納無制之弊

餘者也取於有餘以供上用則貧民之賦可損所謂損有餘補不足令出而民利者也順於民心所補者三一曰主用足二曰民賦少三曰勸農功今令民有車騎馬一匹者復卒三人車騎者天下武備也故爲復卒神農之教曰有石城十仞湯池百步帶甲百萬而亡粟弗能守也以是觀之粟者王者大用政之本務令民入粟受爵至五大夫以上迺復一人耳此其與騎馬之功相去遠矣爵者上之所擅出於口而無窮粟者民之所種生於地而不乏夫得高爵與免罪人之所甚欲也使天下入粟於邊以受爵免罪不過三歲塞下之粟必多矣

錯才雖不及賈生之純粹而根柢管商近俗濟用此篇亦其一也得君如文景而用之不盡惜哉 濡識

不避猶不讓也、奇羸有餘財也、縞素繒也、迕逆也、渫散也、復卒復、除也、當爲卒者、免其三人、不爲卒者、復其錢耳、仞八尺、五大夫文帝從錯議、令民入粟邊六百石、爵上造、第二等爵也、增至四千石、爲五大夫、第九等爵也、萬二千石爲大庶長、第十八等爵也、各以多少級數爲差、

司馬長卿諫獵書

長楊狩獵、武帝每自擊熊豕、逐野獸、故相如上書諫之、○○○

臣聞物有同類而殊能者故力稱烏獲捷言慶忌勇期賁育臣之愚竊以爲人

由人說到獸便不髒突

說得危險之至

折一筆仍拍到正意

譏諷英主固宜如此

誠有之獸亦宜然今陛下好陵阻險射（音實）猛獸卒然遇軼材之獸駭不存之地犯屬車之清塵輿不及還轅人不暇施巧雖有烏獲逢（音龐）蒙之技不能用枯木朽株盡爲難矣是胡越起於轂下而羌夷接軫也豈不殆哉雖萬全無患然本非天子之所宜近也且夫清道而後行中道而馳猶時有銜橛之變況乎涉豐草騁邱墟前有利獸之樂而內無存變之意其爲害也不難矣夫輕萬乘之重不以爲安樂出萬有一危之塗以爲娛臣竊爲陛下不取蓋明者遠見於未萌而智者避危於無形禍固多藏於隱微而發於人之所忽者也故鄙諺曰家累千金坐不垂堂此言雖小可以喻大臣願陛下留意幸察

大姚曰相如諫獵眞聖於文者下面方似有說話忽然而止卻插入他語忽然而接變怪百出而神氣渾涵不露雖以昌黎師說較之且多圭角矣

烏獲（秦武王力士、能扛鼎、）慶忌（吳王僚子、其走甚捷、）賁育（賁、姓孟、水行不避蛟龍、陸行不避豺狼、育、姓夏、亦猛士、）陵（犯也、）屬車（天子從車、相續不絕也、）逢蒙（夏時善射者、）轂（輪之正中、空其中爲貫軸處、）羌（西戎、其先出自三苗、）軫（車後橫木、）銜（馬勒、）橛（馬口所銜、）

淮南王諫伐閩越書

（時閩越擊東甌、東甌告急、武帝因嚴助所請、欲伐閩越、王乃上書諫之、閩越、今福建地、）〇〇〇

引古以證不足伐
漢初亦未嘗注意
地勢不便利

陛下臨天下。布德施惠。緩刑罰。薄賦斂。哀鰥寡。恤孤獨。養耆老。振匱乏。盛德上隆。和澤下洽。近者親附。遠者懷德。天下攝然。人安其生。自以沒身不見兵革。今聞有司舉兵將以誅越。臣安竊爲陛下重之。越。方外之地。劗（同翦）髮文身之民也。不可以冠帶之國法度理也。自三代之盛。胡越不與（讀豫）受正朔。非彊弗能服。威弗能制也。以爲不居之地。不牧之民。不足以煩中國也。故古者封內甸服。封外侯服。侯衛賓服。蠻夷要（平聲）服。戎狄荒服。遠近異勢也。自漢初定以來七十二年。吳越人相攻擊者。不可勝數。然天子未嘗舉兵而入其地也。臣聞越非有城郭邑里也。處谿谷之間。篁（音皇）竹之中。習於水鬭。便於用舟。地深昧而多水險。中國之人。不知其勢阻而入其地。雖百不當其一。得其地。不可郡縣也。攻之不可暴取也。以地圖察其山川要塞。相去不過寸數。而間獨數百千里。險阻林叢。弗能盡著。視之若易。行之甚難。天下賴宗廟之靈。方內大寧。戴白之老。不見兵革。民得夫婦相守。父子相保。陛下之德也。越人名爲藩臣。貢酎（直久切）之奉。不輸大內。一卒之用。不給上事。自相攻擊。而陛下發兵救之。是反以中國而勞蠻夷也。且

嘗端一敗後患無已

天時地利人和無一可操勝算

又引前事爲鑒

越人愚戇(音貢)輕薄負約反覆其不用天子之法度非一日之積也一不奉詔舉兵誅之臣恐後兵革無時得息也間者數年歲比不登民待賣爵贅子以接衣食賴陛下德澤賑救之得毋轉死溝壑四年不登五年復(去聲)蝗民生未復今發兵行數千里資衣糧入越地輿轎而隃(同踰)領(同嶺)拕(他何切)舟而入水行數百千里夾以深林叢竹水道上下擊石林中多蝮(芳六切)蛇猛獸夏月暑時嘔泄霍亂之病相隨屬也曾未施兵接刃死傷者必衆矣前時南海王反陛下先臣使將軍間忌將兵擊之以其軍降處之上淦(古暗切)後復反會天暑多雨樓船卒水居擊櫂(同棹)未戰而疾死者過半親老涕泣孤子謕(同啼)號破家散業迎尸千里之外裹骸骨而歸悲哀之氣數年不息長老至今以爲記曾未入其地而禍已至此矣臣聞軍旅之後必有凶年言民之各以其愁苦之氣薄陰陽之和感天地之精而災氣爲之生也陛下德配天地明象日月恩至禽獸澤及草木一人有飢寒不終其天年而死者爲之悽愴於心今方內無狗吠之警而使陛下甲卒死亡暴露中原霑漬山谷邊境之民爲之早閉晏開鼂(同朝)不及夕臣安竊爲陛下重

此段駁當時之謬說

仍申前說

此段言無須用兵

之不習南方地形者多以越爲人衆兵强能難邊城淮南全國之時多爲邊吏臣竊聞之與中國異限以高山人迹所絕車道不通天地所以隔外內也其入中國必下領水領水之山峭峻漂石破舟不可以大船載食糧下也越人欲爲變必先田餘干界中積食糧迺入伐材治船邊城守候誠謹越人有入伐材者輒收捕焚其積聚雖百越奈邊城何且越人緜力薄材不能陸戰又無車騎弓弩之用然而不可入者以保地險而中國之人不能其水土也臣聞越甲卒不下數十萬所以入之五倍乃足輓車奉饟（同餉）者不在其中南方暑溼近夏癉（音旦）熱暴露水居蝮蛇蠚（音郝）生疾癘多作兵未血刃而病死者什二三雖舉越國而虜之不足以償所亡臣聞道路言閩越王弟甲弒而殺之甲以誅死其民未有所屬陛下若欲來內處之中國使重臣臨存施德垂賞以招致之此必攜幼扶老以歸聖德若陛下無所用之則繼其絕世存其亡國建其王侯以爲畜越此必委質爲藩臣世共貢職陛下以方寸之印丈二之組鎮撫方外不勞一卒不頓（讀鈍）一戟而威德並行今以兵入其地此必震恐以有司爲欲屠滅之也必雉

外患未靖反起內憂

覆車可鑒

姚氏云文穎曰顏行猶雁行按信陵君書請爲天下雁行頓刃雁行者相連而進頓刃刃乃是居前當鋒刃也顏行者顏者額額居前行者若額然與雁行義異

兎逃入山林險阻背而去之則復相羣聚留而守之歷歲經年則士卒罷倦食糧乏絕男子不得耕稼樹種婦人不得紡績織紝丁壯從軍老弱轉餉居者無食行者無糧民苦兵事亡逃者必衆隨而誅之不可勝盡盜賊必起臣聞長老言秦之時嘗使尉屠睢擊越又使監祿鑿渠通道越人逃入深山林叢不可得攻留軍屯守空地曠日持久士卒勞倦越乃出擊之秦兵大破迺發適戍以備之當此之時外內騷動百姓靡敝行者不還往者莫反皆不聊生亡逃相從羣爲盜賊於是山東之難始興此老子所謂師之所處荊棘生之者也兵者凶事一方有急四面皆從臣恐變故之生姦邪之作由此始也周易曰高宗伐鬼方三年而克之鬼方小蠻夷高宗殷之盛天子也以盛天子伐小蠻夷三年而後克言用兵之不可不重也臣聞天子之兵有征而無戰言莫敢校也如使越人蒙死徼幸以逆執事之顏行廝輿之卒有一不備而歸者雖得越王之首臣猶竊爲大漢羞之陛下以四海爲境九州爲家八藪爲囿江漢爲池生民之屬皆爲臣妾人徒之衆足以奉千官之共租稅之收足以給乘輿之御玩心神明秉

即勝越亦自無謂

歸到本旨

結語雋甚

執聖道負黼依馮（同憑）玉几南面而聽斷號令天下四海之內莫不嚮應陛下垂德惠以覆露之使元元之民安生樂業則澤被萬世傳之子孫施之無窮天下之安猶泰山而四維之也夷狄之地何足以爲一日之閒而煩汗馬之勞乎詩云王猶允塞徐方既來言王道甚大而遠方懷之也臣聞之農夫勞而君子養焉愚者言而智者擇焉臣安幸得爲陛下守藩以身爲障蔽人臣之任也邊境有警愛身之死而不畢其愚非忠臣也臣安竊恐將吏之以十萬之師爲一使之任也

淮南諫越疏陳情形自爾切實文亦疎爽明暢在西漢中爲異樣文字（濤識）

攝（安也、）越（越有百種、此爲閩越、）重（難也、）正朔（正月一日、如夏建寅、殷建丑、周建子是也、）不居不牧（言地不可居、民不可牧也、）封內甸服（封內、封圻千里之內、甸服、主治王田以供祭、）封外侯服（封外、千里之外、侯、候也、爲王者斥候、）侯衞賓服（侯服之外、猶有衞服、賓、賓見於王也、）蠻夷要服（又在侯衞之外、而居九州之內、要、言文德要來之耳、）戎狄荒服（此在九州之外、荒忽絕遠也、）篁（竹叢、）昧（暗也、）相去不過寸數數句（言圖與地不能相合也、）弗能盡著（謂不可盡載於地圖、）酎（重釀之酒、）蝮（惡蛇、）南海王（名識、南海、今廣東粵海道境、）先臣（淮南厲王長也、）閒忌（淮南王傳作簡忌、中尉將也、）上淦（淦、水名、出新淦縣、言置諸淦水之上、）淮南全

起方望溪云貫串通篇窮則變變則通爲三王不易之治法

今天下人民吳至父云以下防淫侈

上有好者下必有甚焉奢侈之流弊如此

國二句（言淮南未分爲三之時、邊吏多與越接壤、知其地形也、）領水（指瀨水也、票石、即三百里瀨石、）餘干（今江西餘干縣、）癉（黃病、）蠚（毒也、）畜越（畜養越國也、）委質（委其子爲質也、）尉（一郡之都尉、）屠睢（姓屠、名睢、）監祿（監郡御史名祿、）老子（姓李、名耳、字伯陽、諡聃、著道德五千言、）荊棘（荊、灌木名、棘、如棗而多刺、）高宗伐鬼方二句（[易]既濟九三爻辭、高宗名武丁、鬼方、西戎、）八藪（魯大野、晉大陸、秦楊陓、宋孟諸、楚雲夢、吳越之間具區、齊海隅、鄭圃田、）黼依（[儀禮]天子設斧依於戶牖之間、依作扆、繡素屏風也、黼、繡斧文也、）一日之間句（言得其地、不足爲一日閒暇之娛也、）王猶允塞二句（大雅常武之詩、猶、道也、允、信也、塞、滿也、徐方、徐國、在淮之北、）十萬之師句（言斥將吏、好大喜功、）

嚴安言世務書○

臣聞鄒衍曰政教文質者所以云救也當時則用過則舍之有易則易之故守一而不變者未睹治之至也今天下人民用財侈靡車馬衣裘宮室皆競修飾調五聲使有節族（音奏）雜五色使有文章重五味方丈於前以觀欲天下彼民之情見美則願之是教民以侈也侈而無節則不可贍、（時豔切）民離本而徼末矣末不可徒得故搢紳者不憚爲詐帶劍者夸殺人以矯奪而世不知媿故姦軌（通究）浸長夫佳麗珍怪固順於耳目故養失而泰樂失而淫禮失而采教失而僞僞

僞采淫泰方望溪云此言漢宜變只是戒奢侈耳而明效如此

臣聞周有天下吳至父云以下息兵由周說至秦

文至此作一停頓

鄉使秦緩刑罰姚氏云此言秦宜變

秦不行是風姚氏云此言秦不變循其故俗窮兵殃民其故亦由於不知變

采淫泰非所以範民之道也。是以天下人民逐利無已。犯法者衆。臣願爲民制度以防其淫。使貧富不相燿以和其心。心旣和平。其性恬安。恬安不營。則盜賊銷。盜賊銷。則刑罰少。刑罰少。則陰陽和。四時正。風雨時。草木暢茂。五穀蕃孰(同熟)。六畜遂字。民不夭厲。和之至也。臣聞周有天下。其治三百餘歲。成康其隆也。刑錯四十餘年而不用。及其衰亦三百餘年。故五伯更起。五伯者常佐天子興利除害。誅暴禁邪。匡正海內以尊天子。五伯旣沒。賢聖莫續。天子孤弱。號令不行。諸侯恣行。强陵弱。衆暴寡。田常篡齊。六卿分晉。並爲戰國。此民之始苦也。於是强國務攻。弱國修守。合從連衡。馳車轂擊。介冑生蟣(音幾)蝨。民無所告愬。及至秦王。蠶食天下。幷吞戰國。稱號皇帝。一海內之政。壞諸侯之城。銷其兵。鑄以爲鐘虡。示不復用。元元黎民得免於戰國。逢明天子。人人自以爲更生。鄉使秦緩刑罰。薄賦斂。省徭役。貴仁義。賤權利。上篤厚。下佞巧。變風易俗。化於海內。則世世必安矣。秦不行是風。循其故俗。爲知巧權利者進。篤厚忠正者退。法嚴令苛。讇(同諂)諛者衆。日聞其美。意廣心逸。欲威海外。使蒙恬將兵以北攻强胡。辟地進境。

秦失之强方望溪云此言秦不變今徇南夷兕至父云以上引周秦以爲監下乃入漢事外累於遠方之備姚氏云此言漢不變揭出書之本意

戍於北河飛芻輓粟以隨其後又使尉屠睢將樓船之士攻越使監祿鑿渠運糧深入越地越人遁逃曠日持久糧食乏絕越人擊之秦兵大敗秦乃使尉佗將卒以戍越當是時秦禍北構於胡南挂於越宿兵於無用之地進而不得退行十餘年丁男被甲丁女轉輸苦不聊生自經於道樹死者相望及秦皇帝崩天下大叛陳勝吳廣舉陳武臣張耳舉趙項梁舉吳田儋舉齊景駒舉郢周市舉魏韓廣舉燕窮山通谷豪士並起不可勝載也然本皆非公侯之後非長官之吏無尺寸之勢起閭巷杖棘矜應時而動不謀而俱起不約而同會壤長地進至乎伯王時教使然也秦貴爲天子富有天下滅世絕祀窮兵之禍也故周失之弱秦失之强不變之患也今徇南夷朝夜郎降羌僰（音匐）略薉（同獩音穢）州建城邑深入匈奴燔（音煩）其龍城議者美之此人臣之利非天下之長策也今中國無狗吠之警而外累於遠方之備靡敝國家非所以子民也行無窮之欲甘心快意結怨於匈奴非所以安邊也禍挐（音如）而不解兵休而復起近者愁苦遠者驚駭非所以持久也今天下鍛（丁貫切）甲摩劍矯箭控弦轉輸軍糧未見休時此天

今郡守之權方望溪云此言漢不變必復蹈秦之覆轍而併及齊晉與中幅相縮恐篇法之漫也今昔相形危迫愈甚與上文呼應意盡而言亦止

下所共憂也。夫兵久而變起。事煩而慮生。今外郡之地。或幾千里。列城數十。形束壤制。帶脅諸侯。非宗室之利也。上觀齊晉所以亡。公室卑削。六卿大盛也。下覽秦之所以滅。刑嚴文刻。欲大無窮也。今郡守之權。非特六卿之重也。地幾千里。非特閭巷之資也。甲兵器械。非特棘矜之用也。以逢萬世之變。則不可勝諱也。

歷述周秦往事縮合自然機局緊湊之至 濡識

鄒衍 戰國時人、衍著書、曰鄒子、 節族 節、止也、族、樂變也、 觀欲 觀、猶顯也、顯示之、使其慕欲也、 遂字 遂、成也、字、生也、 厲 病也、 田常 見蘇明允諫論注 六卿 見劉子政戰國策序注、 蟣 蝨子、 虡 懸鐘之具、 蒙恬 秦并天下、使蒙恬將三十萬衆、北逐匈奴、收河南、築長城、起臨洮、至遼東、延袤萬餘里、 飛芻 運載芻藁、其疾如飛、 屠睢監祿 秦將、見上、 尉佗 秦南海尉、任囂死、趙佗代之、僭稱帝、至文帝時、去帝號、 陳勝吳廣 勝、廣、皆戍卒、共起兵於陳、 武臣張耳 武臣、陳人、張耳、魏人、共起兵於趙、 項梁 下相人、羽叔父、起兵於吳、 田儋 狄人、起兵於齊、 景駒 楚人、起兵於郢、 周市 魏人、起兵於魏、 韓廣 燕人、起兵於燕、 棘矜 以棘爲矛柄也、 夜郎 國在今貴州遵義縣治、 羌 西戎、 僰 國在四川宜賓縣治、 薉 北夷、 龍城 匈奴祭天處、 絜 相連引也、

主父偃諫伐匈奴書 此即上書闕下、所言九事之一、

○

兵可百年不用不可一日不備

李斯諫曰不可姚氏云後世論匈奴不外斯所議

就秦漢爲前車之鑒便見匈奴之不可伐

臣聞明主不惡切諫以博觀。忠臣不避重誅以直諫。是故事無遺策。而功流萬世。今臣不敢隱忠避死以效愚計。願陛下幸赦而少察之。司馬法曰。國雖大。好戰必亡。天下雖平。忘戰必危。天下既平。天子大愷同凱春蒐音搜秋獮先淺切。諸侯春振旅。秋治兵。所以不忘戰也。且怒者逆德也。兵者凶器也。爭者末節也。古之人君一怒。必伏尸流血。故聖王重行之。夫務戰勝。窮武事。未有不悔者也。昔秦皇帝任戰勝之威。蠶食天下。并吞六國。海內爲一。功齊三代。務勝不休。欲攻匈奴。李斯諫曰。不可。夫匈奴無城郭之居。委積音恣之守。遷徙鳥舉。難得而制。輕兵深入。糧食必絕。運糧以行。重不及事。得其地不足以爲利。得其民不可調而守也。勝必棄之。非民父母。靡敝中國。甘心匈奴。非完計也。秦皇帝不聽。遂使蒙恬將兵而攻胡。拓地千里。以河爲境。地固澤鹵。不生五穀。然後發天下丁男以守北河。暴兵露師十有餘年。死者不可勝數。終不能踰河而北。是豈人衆之不足。兵革之不備哉。其勢不可也。又使天下飛芻輓粟。起於黃腄音誰琅邪負海之郡。轉輸北河。率三十鍾而致一石。男子疾耕。不足於糧餉。女子紡績。不足於帷幕。百

本在羈縻之列旨不必伐

姓靡敝。孤寡老弱。不能相養。道死者相望。蓋天下始叛也。及至高皇帝定天下。略地於邊。聞匈奴聚代谷之外而欲擊之。御史成諫曰。不可。夫匈奴獸聚而鳥散。從之如搏景。（同影）今以陛下盛德攻匈奴。臣竊危之。高帝不聽。遂至代谷。果有平城之圍。高帝悔之。迺使劉敬往結和親。然後天下無干戈之事。故兵法曰。興師十萬。日費千金。秦常積衆數十萬人。雖有覆軍殺將係虜單于。適足以結怨深讎。不足以償天下之費。夫匈奴行盜侵敺。（同驅）所以為業。天性固然。上自虞夏殷周。固不程督。禽獸畜之。不比為人。夫不上觀虞夏殷周之統。而下循近世之失。此臣之所以大恐。百姓所疾苦也。且夫兵久則變生。事苦則慮易。使邊境之民靡敝愁苦。而有離心。將吏相疑而外市。故尉佗章邯（音寒）得成其私。而秦政不行。權分二子。此得失之效也。故周書曰。安危在出令。存亡在所用。願陛下孰計之而加察焉。

為黷武之君言之自是一帖良劑（濤識）

司馬法（司馬穰苴著）、大愷（戰勝之樂）、蒐獮（春獵為蒐、秋獵為獮）、委積（糧餉之積聚也）、飛芻（見上）、黃腫瑯邪（即今

五兵以備用而作

秦雖禁兵亡不旋踵

說得弓弩關係極重詩禮可證

山東黃縣、棲霞縣、諸城縣、鍾六斛四斗、代谷今山西代縣、平城句漢高祖七年、自將擊韓王信、至平城、被匈奴圍七日、用陳平計、厚遺單于后閼氏、乃得出圍劉敬本姓婁、高祖患匈奴冒頓單于數苦北邊、使敬結和親約、妻以長公主、程督課責也、外市市重於外、尉佗見上、章邯秦將、兵敗降楚、

吾邱子贛禁民挾弓弩對

丞相公孫弘奏言民不得挾弓弩、帝下其議、子贛對之、○○

臣聞古者作五兵非以相害以禁暴討邪也安居則以制猛獸而備非常有事則以設守衛而施行陳及至周室衰微上無明王諸侯力政强侵弱衆暴寡海內抏吾官切敝巧詐並生是以知者陷愚勇者威怯苟以得勝爲務不顧義理故機變械飾所以相賊害之具不可勝數於是秦兼天下廢王道立私議滅詩書而首法令去仁恩而任刑戮墮名城殺豪傑銷甲兵折鋒刃其後民以耰鉏箠梃相撻擊犯法滋衆盜賊不勝至於赭衣塞路羣盜滿山卒以亂亡故聖王務教化而省禁防知其不足恃也今陛下昭明德建太平舉俊材興學官三公有司或由窮巷起白屋裂地而封宇內日化方外鄉風然而盜賊猶有者郡國二千石之罪非挾弓弩之過也禮曰男子生桑弧蓬矢以舉之明示有事也孔子

然而不止者吳至父云廉悍橫厲
臣恐邪人挾之而吏不能止姚氏云後世所患正如此論

拈出天字

上林雖小吳㓨插注云此謂本有之上林即蕭相國所謂上林中多空地棄是也

曰吾何執執射乎大射之禮自天子降及庶人三代之道也詩云大侯既抗弓矢斯張射夫既同獻爾發功言貴中也愚聞聖王合射以明教矣未聞弓矢之爲禁也且所爲禁者爲盜賊之以攻奪也攻奪之罪死然而不止者大姦之於重誅固不避也臣恐邪人挾之而吏不能止良民以自備而抵法禁是擅賊威而奪民救也竊以爲亡益於禁姦而廢先王之典使學者不得習行其禮大不便

吳氏曰前路雄直後幅廉悍

五兵見蘇子說齊閔王注、抗消耗也、耰無齒耙、柄四尺、用以平田、鉏去草之器、箠馬鞭、梃大杖、桑弧蓬矢[禮射義]男子生、桑弧蓬矢六、以射天地四方、天地四方者、男子之所有事也、大侯既抗四句見[詩小雅]侯、箭垛、抗、舉也、射夫、衆射者也、古者射必有耦、同、同耦也、

東方曼倩諫除上林苑

漢武帝欲除上林苑、屬之南山、朔諫之、

○臣聞謙遜靜慤口角切天表之應應之以福驕溢靡麗天表之應應之以異今陛下累郎同廊臺恐其不高也弋獵之處恐其不廣也如天不爲變則三輔之地盡可以爲苑何必盩音周厔音質鄠音戶杜乎奢侈越制天爲之變上林雖小臣尚以爲

此言南山產殖之豐富不當私之於己

揭出三不可損民害國且及君身陳詞迫切曾是滑稽取寵者而能如是乎

往事可證

迥合天字

大也夫南山天下之阻也南有江淮北有河渭其地從汧(音牽)隴以東商雒以西厥壤肥饒漢興去三河之地止霸產以西都涇渭之南此所謂天下陸海之地秦之所以虜西戎兼山東者也其山出玉石金銀銅鐵豫章檀柘異類之物不可勝原此百工所取給萬民所卬(古仰字)足也又有秔稻梨栗桑麻竹箭之饒土宜薑芋水多鼃(古蛙字)魚貧者得以人給家足無飢寒之憂故酆鎬之間號爲土膏其賈(同價)畝一金今規以爲苑絕陂池水澤之利而取民膏腴之地上乏國家之用下奪農桑之業棄成功就敗事損耗五穀是其不可一也且盛荊棘之林而長養麋鹿廣狐兔之苑大虎狼之虛(同墟)又壞人冢墓發人室廬令幼弱懷土而思者老泣涕而悲是其不可二也斥而營之垣而囿之騎馳東西車騖南北又有深溝大渠夫一日之樂亦足以危無隄之輿是其不可三也故務苑囿之大不恤農時非所以强國富人也夫殷作九市之宮而諸侯畔靈王起章華之臺而楚民散秦興阿房之殿而天下亂糞土愚臣忘生觸死逆盛意犯隆指罪當萬死不勝大願願陳泰階六符以觀天變不可不省

撤去往者只就近事而言

乃祖遺徵未遠

化民有道祗是戒奢二字

吳氏曰此篇及化民有道對皆有騷賦之氣

譏也、天表猶天象也、三輔文帝三分內史地、設京兆尹、左馮翊、右扶風、謂之三輔、今陝西關中道地、盩厔今陝西盩厔縣、鄠今陝西鄠縣、杜在長安南五十里、南山即終南山、汧今陝西汧陽縣、隴今陝西隴縣、商今陝西商縣、雒今陝西雒南縣、三河謂河南、河東、河內、三郡、霸產二水、源出藍田谷、北入渭、鄷在今陝西鄠縣境、鎬今陝西長安縣、無隄之輿隄、限也、此指天子而言、九市宮紂宮設九市、章華臺楚靈王築、泰階句泰階三台、每台二星、符、六星之符驗、

東方曼倩化民有道對○

堯舜禹湯文武成康上古之事經歷數千載尚難言也臣不敢陳願近述孝文皇帝之時當世耆老皆聞見之貴為天子富有四海身衣弋綈音題足履革舄以韋帶劍莞音桓蒲為席兵木無刃衣縕音蘊亡文集上書囊以為殿帷以道德為麗以仁義為準於是天下望風成俗昭然化之今陛下以城中為小圖起建章左鳳闕右神明號稱千門萬戶木土衣綺繡狗馬被繢音潰罽居例切宮人簪瑇音代瑁音昧埀珠璣設戲車教馳逐飾文采藂同叢珍怪撞萬石之鐘擊雷霆之鼓作俳步皆切優舞鄭女上為淫侈如此而欲使民獨不奢侈失農事之難者也陛下誠能

用臣朔之計。推甲乙之帳。燔之於四通之衢。卻走馬示不復用。則堯舜之隆宜可與比治矣。易曰正其本。萬事理。失之豪（毫同）氂。差以千里。願陛下留意察之。

與前篇均切中武帝之病。史稱其不根持論。亦淺之乎視朔矣　濡識

弋綈（弋、黑色、綈、厚繒）、革（生皮）、莞（白蒲）、縕（亂絮）、建章（宮名）、鳳闕（闕名）、神明（臺名）、績（五采）、罽（氈罽）、瑇瑁（龜類動物）。甲有黑黃兩色、璣（不圓之珠）、俳優（雜戲也）、甲乙帳（帳多排以甲乙）、正其本四句（見「易緯」）

評校音注古文辭類纂卷十三終

時昌邑王廢而孝宣得立故云云

引起尚德緩刑意

此言即位之始當有所改革

路長君尚德緩刑書

元鳳中、廷尉光以治詔獄、請溫舒署奏曹掾守廷尉史、會宣帝即位、乃上此書、〇〇

臣聞齊有無知之禍而桓公以興晉有驪姬之難而文公用伯近世趙王不終諸呂作亂而孝文爲太宗繇是觀之禍亂之作將以開聖人也故桓文扶微興壞尊文武之業澤加百姓功潤諸侯雖不及三王天下歸仁焉文帝永思至德以承天心崇仁義省刑罰通關梁一遠近敬賢如大賓愛民如赤子內恕情之所安而施之於海內是以囹（音靈）圄（音語）空虛天下太平夫繼變化之後必有異舊之恩此聖賢所以昭天命也往者昭帝即世而無嗣大臣憂戚焦心合謀皆以昌邑尊親援而立之然天不授命淫亂其心遂以自亡深察禍變之故迺皇天之所以開至聖也故大將軍受命武帝股肱漢國披肝膽決大計黜亡義立有德輔天而行然後宗廟以安天下咸寧臣聞春秋正即位大一統而愼始也陛下初登至尊與天合符宜改前世之失正始受命之統滌煩文除民疾存亡繼

入本意與結末相呼應先生吳刻作先王

太平之治由於尙德緩刑

道盡酷吏上下其手舞弄文法之伎倆

絕。以應天意。臣聞秦有十失。其一尙存。治獄之吏是也。秦之時。羞文學。好武勇。賤仁義之士。貴治獄之吏。正言者謂之誹謗。遏過者謂之妖言。故盛服先生不用於世。忠良切言皆鬱於胸。譽諛之聲日滿於耳。虛美熏心。實禍蔽塞。此乃秦之所以亡天下也。方今天下賴陛下恩厚。亡金革之危。饑寒之患。父子夫妻戮力安家。然太平未洽者。獄亂之也。夫獄者。天下之大命也。死者不可復生。𢇍（同絕）者不可復屬。書曰。與其殺不辜。寧失不經。今治獄吏則不然。上下相敺。以刻爲明。深者獲公名。平者多後患。故治獄之吏皆欲人死。非憎人也。自安之道在人之死。是以死人之血流離於市。被刑之徒比肩而立。大辟之計歲以萬數。此仁聖之所以傷也。太平之未洽。凡以此也。夫人情安則樂生。痛則思死。棰（追上聲）楚之下。何求而不得。故囚人不勝痛。則飾辭以視（同示）之。吏治者利其然。則指道以明之。上奏畏卻。則鍛練而周內（同納）之。蓋奏當之成。雖咎繇聽之。猶以爲死有餘辜。何則。成練者衆。文致之罪明也。是以獄吏專爲深刻。殘賊而亡極。媮（同偷）爲一切。不顧國患。此世之大賊也。故俗語曰。畫地爲獄。議不入。刻木爲吏。期不對。此

能納諫言則能尚德緩刑矣

皆疾吏之風。悲痛之辭也。故天下之患。莫深於獄。敗法亂正。離親塞道。莫甚乎治獄之吏。此所謂一尚存者也。臣聞烏鳶之卵不毀。而後鳳皇集。誹謗之罪不誅。而後良言進。故古人有言。山藪藏疾。川澤納汙。瑾（音謹）瑜匿惡。國君含詬。唯陛下除誹謗。以招切言。開天下之口。廣箴諫之路。掃亡秦之失。尊文武之德。省法制。寬刑罰。以廢治獄。則太平之風。可興於世。永履和樂。與天亡極。天下幸甚。

藹然仁人之言（濡識）

無知（齊公子、弒其君諸兒、自立、齊人殺之、迎子糾、小白先入、立之、是爲桓公、）驪姬（晉獻公妃、欲立其子奚齊、殺太子申生、文公惠公出奔、奚齊立、里克弒之、及其弟卓子立、又弒之、立惠公、惠公卒、子懷公立、文公入自秦、殺懷公而自立、）趙王（戚夫人生、名如意、爲呂后所害、）諸呂作亂（呂產呂祿、呂后封之爲王、兵權歸之、）孝文（惠帝崩、諸臣迎代王恒立之、是爲文帝、景帝時、丞相申屠嘉等奏、高皇帝宜爲太祖之廟、孝文皇帝宜爲太宗之廟、）囹圄（獄也、）昭帝（名弗陵、武帝少子、在位十三年、）昌邑王（名賀、昭帝崩、六將軍霍光迎立之、即位二十七日、行淫亂、光與羣臣議、白孝昭皇后廢之、）受命武帝（武帝游五柞宮、病篤、命霍光立昭帝、行周公事、）十失（廢封建、築長城、鑄金人、造阿房、焚書、坑儒、營驪山之冢、求不死之藥、使太子監軍、用治獄之吏、）大辟（死刑也、）卻（退下也、）奏當（所奏必當其罪、）周內（多方組織以成其罪、）咎繇（即皐陶、舜時士師、）文致句（文飾致人罪、使明白而無疑、）媮（苟且也、）畫地爲獄四句（畫獄木吏、尚且不入不對、皆惡獄吏之語、）鳶（鷙鳥、狀同鷹、）古人有言五句（春秋人、晉伯宗語、）藪（大澤、）

引前事說得危切

其禍已伏於此

自是正當處置

曲突徙薪而不見納霍氏之禍亦宣帝有以釀成之歸罪當時羣臣之不言措詞甚得體

瑾瑜（美玉、）

張子高言霍氏封事

（宣帝即位、封霍光兄孫山雲皆爲列侯、光子禹爲大司馬、旋山雲以過歸第、霍氏諸婿親屬、多出補吏、敞聞之上封事、）

○臣聞公子季友有功於魯大夫趙衰（音崔）有功於晉大夫田完有功於齊皆疇其官邑延及子孫終後田氏簒齊趙氏分晉季氏顓魯故仲尼作春秋迹盛衰譏世卿最甚迺者大將軍決大計安宗廟定天下功亦不細矣夫周公七年耳而大將軍二十歲海內之命斷於掌握方其隆時感動天地侵迫陰陽月朓（土了切）日蝕晝冥宵光地大震裂火生地中天文失度祆（音么）祥變怪不可勝記皆陰類盛長臣下顓制之所生也朝臣宜有明言曰陛下襃寵故大將軍以報功德足矣間者輔臣顓政貴戚太盛君臣之分不明請罷霍氏三侯皆就第及衛將軍張安世宜賜几杖歸休時存問召見以列侯爲天子師明詔以恩不聽羣臣以義固爭而後許天下必以陛下爲不忘功德而朝臣爲知禮霍氏世世無所患苦今朝廷不聞直聲而令明詔自親其文非策之得者也今兩侯以出人情不相遠以臣心度之大司馬及其枝屬必有畏懼之心夫近臣自危非完計也臣

兵有五名揭出爲下文眞閱點本

敞願於廣朝白發其端。直守遠郡。其路無由。夫心之精微。口不能言也。言之微眇。書不能文也。故伊尹五就桀。五就湯。蕭相國薦淮陰。累歲乃得通。況乎千里之外。因書文諭事指哉。惟陛下省察。

眞西山曰。按張敞之意。在於抑退霍氏而保全其宗族。此家國兩全之計也然是時許后之事既彰。宣帝志在必誅。故雖善敞之計而不行也

疇（等也、等其爵而予以田邑、）大將軍（霍光也、）周公七年（周公輔成王、攝政七年、）朓（晦而月見西方謂之朓、）祅（地反物爲祅、）霍氏三侯（霍山爲樂平侯、霍雲爲冠陽侯、霍禹爲博陸侯、）張安世（湯子、與霍光廢昌邑王、立宣帝、以功封衛將軍。富平侯、）兩侯以出（時山雲以過歸第、）枝屬（時諸婿親屬、多出補外吏、）直守句（時敞爲山陽太守、）

魏弱翁諫伐匈奴書（時宣帝與趙充國等欲擊匈奴右地、相故上書諫之、）○

臣聞之。救亂誅暴。謂之義兵。兵義者王。敵加於己。不得已而起者。謂之應兵。兵應者勝。爭恨小故。不忍憤怒者。謂之忿兵。兵忿者敗。利人土地貨寶者。謂之貪兵。兵貪者破。恃國家之大。矜民人之衆。欲見威于敵者。謂之驕兵。兵驕者滅。此五者。非但人事。乃天道也。間者匈奴嘗有善意。所得漢民。輒奉歸之。未有犯于

內政不修何暇論及外患

邊境雖爭屯田車師不足致意中今聞諸將軍欲興兵入其地臣愚不知此兵何名者也今邊郡困乏父子共犬羊之裘食草萊之實常恐不能自存難以動兵軍旅之後必有凶年言民以其愁苦之氣傷陰陽之和也出兵雖勝猶有後憂恐災害之變因此以生今郡國守相多不實選風俗尤薄水旱不時案今年計子弟殺父兄妻殺夫者凡二百二十二人臣愚以爲此非小變也今左右不憂此乃欲發兵報纖介之忿于遠夷殆孔子所謂吾恐季孫之憂不在顓臾而在蕭牆之內也願陛下與平昌侯樂昌侯平恩侯及有識者詳議乃可

眞西山曰相之論諫如此所以爲眞漢相歟

車師（莫西域國、有前後二王、前王治交河城、今新疆吐魯番縣西二十里、後王治務塗谷、今新疆孚遠縣地、）萊（草也、葉可食、）平昌侯（王無故、）樂昌侯（王武、）平恩侯（許伯、）

趙翁孫陳兵利害書（時匈奴連先零爲患、先零因與罕幵等羌解仇結約、延議先擊罕幵、充國上書、陳其利害、卒從充國議、事詳充國傳、）○

臣竊見騎都尉安國前幸賜書擇羌人可使使罕（同罕）諭告以大軍當至漢不誅罕以解其謀恩澤甚厚非臣下所能及臣獨私美陛下盛德至計亡已故遣幵

此謂無名之師

言其利

言其害

熟悉虜情因將害處盡情言之

先征罕幵於理未順於計亦疎

（音堅）豪雕庫宣天子至德罕幵之屬皆聞知明詔今先零（音憐）羌楊玉此羌之首帥名王將騎四千及煎鞏騎五千阻石山木候便爲寇罕羌未有所犯今置先零先擊罕釋有罪誅亡辜起壹難就兩害誠非陛下本計也臣聞兵法攻不足者守有餘又曰善戰者致人不致于人今罕羌欲爲敦煌酒泉寇宜飭兵馬練戰士以須其至坐得致敵之術以逸擊勞取勝之道也今恐二郡兵少不足以守而發之行攻釋致虜之術而從爲虜所致之道臣愚以爲不便先零羌虜欲爲背畔故與罕幵解仇結約然其私心不能亡恐漢兵至而罕幵背之也臣愚以爲其計常欲先赴罕幵之急以堅其約先擊罕羌先零必助之今虜馬肥糧食方饒擊之恐不能傷害適使先零得施德於罕羌堅其約合其黨虜交堅黨合精兵二萬餘人迫脅諸小種附著者稍衆莫須之屬不輕得離也如是虜兵寖多誅之用力數倍臣恐國家憂累繇（同由）十年數不二三歲而已臣得蒙天子厚恩父子俱爲顯列臣位至上卿爵爲列侯犬馬之齒七十六爲明詔塡溝壑死骨不朽亡所顧念獨思惟兵利害至孰悉也于臣之計先誅先零已則罕幵之

他夷指匈奴烏桓言

屬不煩兵而服矣。先零已誅、而罕幵不服、涉正月擊之、得計之理、又其時也。以今進兵、誠不見其利。惟陛下裁察。

老謀深算、不愧籌邊名將、文亦絕無支蔓語。濂識

安國（是時遣光祿大夫義渠安國使羌、召先零諸豪之桀黠者斬之、并縱兵擊其種人、於是諸降羌及歸義侯楊玉等、恐怒無所信鄉、遂刼畧小種以叛、漢失亡甚衆、安國引還、）幵（羌之別種、在金城南、）豪（帥長、）雕庫（時罕幵酋使弟雕庫來告先零欲反、數日果反、有雕庫人在內、議留雕庫爲質、充國遣還、歸告大兵誅有罪者、明白自別、毋取并滅、）煎鞏（小種羌名、與黃羝莫須等同、）先零（羌之一種、居今青海地、）敦煌（今甘肅敦煌縣、）酒泉（漢郡、今甘肅縣、）父子顯列（時充國子卬爲中郎將、將期門佽飛羽林孤兒胡越騎爲支兵、）

趙翁孫上屯田奏一〇〇

臣聞兵者所以明德除害也。故舉得於外、則福生於內。不可不慎。臣所將吏士馬牛食、月用糧穀十九萬九千六百三十斛、鹽千六百九十三斛、茭藁（古老切）二十五萬二百八十六石。難久不解、繇（同徭）役不息。又恐他夷卒有不虞之變、相因並起、爲明主憂、誠非素定廟勝之冊。且羌虜易以計破、難用兵碎也。故臣愚以爲擊之不便。計度臨羌東至浩亹（音合門）羌虜故田及公田民所未墾、可二千頃

當時禦羌之法無過於此

以上其間郵亭多壞敗者臣前部士入山伐材木大小六萬餘枚皆在水次。願罷騎兵。留弛刑應募及淮陽汝南步兵與吏士私從者。合凡萬二百八十一人。用穀月二萬七千三百六十三斛。鹽三百八斛。分屯要害處。冰解漕下。繕鄉亭。浚溝渠。治湟陿(音峽同陜)以西道橋七十所。令可至鮮水左右。田事出賦人二十晦(同畝)。至四月草生。發郡騎及屬國胡騎伉健各千。倅(取內切)馬什二。就草。爲田者遊兵。以充入金城郡。益積畜(同蓄)。省大費。今大司農所轉穀至者。足支萬人一歲食。謹上田處及器用簿。惟陛下裁許。

此一篇報銷帳預算表也核實上奏無一字虛飾今之軍閥而能如此何必裁兵(濡識)

茭(乾芻)藁(禾稈)、石(百二十斤)、廟勝(謀於廟堂而勝敵)、臨羌(今甘肅西寧縣西)、浩亹(水名、在西塞外、東至允吾、入湟水、亹者、水流峽中、兩岸深若門也)、弛刑(謂不加鉗釱者、弛、解也、鉗、以鐵束頸、釱、音第、以鎖加足)、漕下(以水運木而下)、繕(補也)、湟(今甘肅碾伯縣東)、陿(今甘肅皋蘭縣西北、古金城地、有三陿、凡山腳而夾水曰陿)、鮮水(海名、在青海境)、田事出(至春人出營田)、賦(班與之也)、屬國(「漢書」顏注存其國號而屬於漢)、伉(與壯同義)、倅(副也)、什二(千騎則與副馬二百匹也)、遊兵(巡行之兵)、金城(今甘肅皋蘭縣西北)、

兵家要訣

充國行師要以持重取勝

趙翁孫上屯田奏二

臣聞帝王之兵以全取勝是以貴謀而賤戰戰而百勝非善之善者也故先爲不可勝以待敵之可勝蠻夷習俗雖殊於禮義之國然其欲避害就利愛親戚畏死亡一也今虜亡其美地薦草愁於寄託遠遯骨肉離心人有畔志而明主般（同班）師罷兵萬人留田順天時因地利以待可勝之虜雖未伏辜兵決可朞月而望羌虜瓦解前後降者萬七百餘人及受言去者凡七十輩此坐支解羌虜之具也臣謹條不出兵留田便宜十二事步兵九校吏士萬人留屯以爲武備因田致穀威德並行一也又因排折羌虜令不得歸肥饒之墜（古地字）貧破其衆以成羌虜相畔之漸二也居民得並田作不失農業三也軍馬一月之食度（入聲）支田士一歲罷騎兵以省大費四也至春省甲士卒循河湟漕穀至臨羌以眎（同示）羌虜揚威武傳世折衝之具五也以閒暇時下所伐材繕治郵亭充入金城六也兵出乘危徼幸不出令反畔之虜竄於風寒之地離霜露疾疫瘃（陟玉切）墯（同墮）之患坐得必勝之道七也亡經阻遠追死傷之害八也內不損威武之重

便宜十二事適合羌情使當時主速戰者無從置喙

多算持重乃充國一生將略

不勞兵力待其自斃自是兵家制勝之訣

外不令虜得乘間之勢。九也。又亡驚動河南大幵小幵使生它變之憂。十也。治湟陿中道橋。令可至鮮水。以制西域。信(同伸)威千里。從枕席上過師。十一也。大費既省。繇役豫息。以戒不虞。十二也。留屯田得十二便。出兵失十二利。臣充國材下。犬馬齒衰。不識長冊。惟明詔博詳公卿議臣採擇。

此就前篇利害而言之加詳耳。貴謀賤戰。實千古扼要之論(濡識)

薦草(獸所食草)、般(還也)、受言去者(受充國之言、使之歸喻未降者)、校(每校七百人)、傳世句(言折衝之具、可以不用而傳世也)、

瘃墮(手足所生凍瘡曰瘃、言因瘃而墮指也)、

趙翁孫上屯田奏三○○

臣聞兵以計為本。故多算勝少算。先零羌精兵。今餘不過七八千人。失地遠客。分散飢凍。罕幵莫須又頗暴略其羸(音雷)弱畜產。畔還者不絕。皆聞天子明令相捕斬之賞。臣愚以為虜破壞可日月冀。遠在來春。故曰兵決可期月而望。竊見北邊自敦煌至遼東萬一千五百餘里。乘塞列隧有吏卒數千人。虜數大眾攻之而不能害。今留步士萬人屯田。地勢平易。多高山遠望之便。部曲相保。為壍

兩相比較利害分明

誠令兵出姚氏云推闡盡致仍不覺其繁冗可爲論事之法

注意所在不特備羌

此段言承旨遠擊雖無功而不見責要非利於社稷者所爲

（同塹七豔切）壘木樵（同譙才消切）校聯不絕便兵弩飭鬬具𤏲（同烽）火幸通勢及并力以逸待勞兵之利者也臣愚以爲屯田內有亡費之利外有守禦之備騎兵雖罷虜見萬人留田爲必禽之具其土崩歸德宜不久矣從今盡三月虜馬羸瘦必不敢捐其妻子於他種中遠涉河山而來爲寇又見屯田之士精兵萬人終不敢復將其累重還歸故地是臣之愚計所以度虜且必瓦解其處不戰而自破之册也至於虜小寇盜時殺人民其原未可卒（同猝）禁臣聞戰不必勝不苟接刃攻不必取不苟勞眾誠令兵出雖不能滅先零亶（同但）能令虜絕不爲小寇則出兵可也即今同是而釋坐勝之道從乘危之勢往終不見利空內自罷（讀平聲）敝貶重而自損非所以視蠻夷也又大兵一出還不可復留湟中亦未可空如是繇役復發也且匈奴不可不備烏桓不可不憂今久轉運煩費傾我不虞之用以澹（古贍字）一隅臣愚以爲不便校尉臨眾幸得承威德奉厚幣拊循眾羌諭以明詔宜皆鄉風雖其前辭嘗曰得亡校（同效）五年宜亡他心不足以故出兵臣竊自惟念奉詔出塞引軍遠擊窮天子之精兵散車甲於山野雖亡尺寸之功媮得避

重提教化二字

慊(嫌同)之便而亡後咎餘責。此人臣不忠之利。非明主社稷之福也。臣幸得奮精兵。討不義。久留天誅。罪當萬死。陛下寬仁。未忍加誅。令臣數得孰計。愚臣伏計孰甚。不敢避斧鉞之誅。昧死陳愚。惟陛下省察。

此善後策也周詳懇摯誦其文如見其人(濡識)

捕斬之賞(時天子諭諸羌人、犯法者能相捕斬大豪有罪者一人、賜錢四十萬、中豪十五萬、下豪二萬、) 敦煌(見陳兵利害書注、) 遼東(今奉天遼陽縣北、) 樵(高櫓、) 校聯(以木相貫以自固也、) 累重(謂妻子也、) 郎今同是(謂俱不能止小寇、) 湟中(甘肅皋蘭縣湟水西、) 烏桓(東胡支族、一部保鮮卑山、為鮮卑部、一部倚烏桓山、號烏桓部、近今直隸山西邊邑、) 澹(給也、) 臨衆(辛姓、後繼充國、) 雖其前辭四句(充國傳文)(大幵小幵前言曰、我告漢軍先零所在、兵不往擊、久留亡效、五年時、不分別人而幷擊我、按五年、謂元康五年、此語謂五年時伐先零幷擊大小幵得亡效云云、意欲使漢專釁先零也、) 久留天誅(言不殄滅餘羌也、)

蕭長倩駁入粟贖罪議(時西羌反、京兆尹張敞、議入粟贖罪、以給軍餉、)○

民函陰陽之氣。有好義欲利之心。在教化之所助。雖堯在上。不能去民欲利之心。而能令其欲利。不勝其好義也。雖桀在上。不能去民好義之心。而能令其好義。不勝其欲利也。故堯桀之分。在於義利而已。道民不可不慎也。今欲令民量

後世捐例之開本此

所得小而所失大害之所至風俗以壞

粟以贖罪。如此則富者得生。貧者獨死。是貧富異刑。而法不壹也。人情貧窮。父兄囚執。聞出財得以生活。爲人子弟者。將不顧死亡之患。敗亂之行。以赴財利。求救親戚。一人得生。十人以喪。如此。伯夷之行壞。公綽之名滅。政教壹傾。雖有周召之佐。恐不能復。古者藏於民。不足則取。有餘則予。詩曰。爰及矜人。哀此鰥寡。上惠下也。又曰。雨（去聲）我公田。遂及我私。下急上也。今有西邊之役。民失作業。雖戶賦口斂。以贍其困乏。古之通義。百姓莫以爲非。以死救生。恐未可也。陛下布德施教。教化既成。堯舜亡以加也。今議開利路。以傷既成之化。臣竊痛之。

方望溪曰。語本荀子〇姚氏曰。詞意皆本荀子

公綽（孟氏、魯大夫、［論語］公綽之不欲、）周召（周公旦、召公奭、周成王時相、）戶賦口斂（率戶而賦、計口而斂、）

賈君房罷珠崖對

（武帝元年、征南越、立儋耳珠崖兩郡、屢反屢平定之、元帝初元元年、珠崖又反、帝欲大發兵平之、捐之以爲不當擊、帝使詰問、捐之乃以此對、按珠崖、今廣東瓊山縣東南、儋耳、今儋縣西、）〇

臣幸得遭明盛之朝。蒙危言之策。無忌諱之患。敢昧死竭卷（同拳）卷。臣聞堯舜聖之盛也。禹入聖域而不優。故孔子稱堯曰大哉。韶曰盡善。禹曰無間。以三聖之

此言帝王之不務遠畧

此就殷周言之

秦務遠畧之驗

孝文與民休息

當此之時方望溪云此段辭枝

指詞得體

德。地方不過數千里。西被流沙。東漸(音尖)於海。朔南暨聲教。迄於四海。欲與(去聲)聲教則治之。不欲與者不強治也。故君臣歌德。含氣之物。各得其宜。武丁成王。殷周之大仁也。然地東不過江黃。西不過氐羌。南不過蠻荊。北不過朔方。是以頌聲並作。視聽之類。咸樂其生。越裳氏重(平聲)九譯而獻。此非兵革之所能致。及其衰也。南征不還。齊桓捄(同救)其難。孔子定其文。以至乎秦。興兵遠攻。貪外虛內。務欲廣地。不慮其害。然地南不過閩越。北不過太原。而天下潰畔。禍卒在於二世之末。長城之歌。至今未絕。賴聖漢初興。為百姓請命。平定天下。至孝文皇帝閔中國未安。偃武行文。則斷獄數百。民賦四十。丁男三年而一事。時有獻千里馬者。詔曰。鸞旗在前。屬車在後。吉行日五十里。師行三十里。朕乘千里之馬。獨先安之。於是還馬。與道里費。而下詔曰。朕不受獻也。其令四方毋求來獻。當此之時。逸游之樂絕。奇麗之賂塞。鄭衛之倡微矣。夫後宮盛色則賢者隱處。佞人用事則諍臣杜口。而文帝不行。故諡為孝文。廟稱太宗。至孝武皇帝元狩六年。太倉之粟。紅腐而不可食。都內之錢。貫朽而不可校。迺探平城之事。錄冒(音墨)頓(音突)

孝武黷武之害

父戰死於前兒至父云驚心動魄迸出擘光是弔古戰場文所本

就當下情勢言之

其地與中國異本不足貪且用兵亦有害無利

以來數爲邊害籍兵厲馬因富民以攘服之西連諸國至於安息東過碣（音傑）石以玄菟（音兔）樂（音洛）浪（音郎）爲郡北郤匈奴萬里更起營塞制南海以爲八郡則天下斷獄萬數民賦數百造鹽鐵酒榷（音覺）之利以佐用度猶不能足當此之時寇賊並起軍旅數發父戰死於前子鬭傷於後女子乘亭障（之亮切）孤兒號於道老母寡婦飲泣巷哭遙設虛祭想魂乎萬里之外淮南王盜寫虎符陰聘名士關東公孫勇等詐爲使者是皆廓地泰大征伐不休之故也今天下獨有關東關東大者獨有齊楚民衆久困連年流離離其城郭相枕席於道路人情莫親父母莫樂夫婦至嫁妻賣子法不能禁義不能止此社稷之憂也今陛下不忍悁（於緣切）悁之忿欲驅士衆擠之大海之中快心幽冥之地非所以救助飢饉保全元元也詩云蠢（尺尹切）爾蠻荊大邦爲讎言聖人起則後服中國衰則先畔動爲國家難自古而患之久矣何況乃復其南方萬里之蠻乎駱（音洛）越之人父子同川而浴相習以鼻飲與禽獸無異本不足郡縣置也顓（同專）顓獨居一海之中霧露氣溼多毒草蟲蛇水土之害人未見虜戰士自死又非獨珠崖有珠犀瑇（音代）瑁

更就羌事以譏極言勞民傷財之害

（音妹）也棄之不足惜不擊不損威其民譬猶魚鼈何足貪也臣竊以往者羌軍言之暴師曾未一年兵出不踰千里費四十餘萬萬大司農錢盡乃以少府禁錢續之夫一隅爲不善費尙如此況於勞師遠攻亡士毋功乎求之往古則不合施之當今又不便臣愚以爲非冠帶之國禹貢所及春秋所治皆可且無以爲願遂棄珠崖專用恤關東爲憂

馳騖遠略之害反覆言之恤關東而棄珠崖自是當時治標之策（濡議）

危言句（蓋因策求直言也、）卷卷（勤懇之意、）流沙（今甘肅毛目縣附近、西蒙古額濟納旗之地、）武丁（殷高宗、）江黃（周時二國名、在今湖北境、）氐羌（今甘肅境、）蠻荊（蠻爲南夷、境與荊楚相接、今大江以南及交趾之境皆是、）朔方（今內蒙古鄂爾多斯地、）越裳（古南交地、今安南國、周爲越裳氏、）九譯（遠國使來、經九譯、言語乃通也、）南征句（周昭王南巡狩、反濟漢、楚人以膠船進王、中流膠液解、王溺死、）桓撥句（惠王欲立王子帶、齊桓公爲首止之盟、以定太子之位、見[左僖]）孔定其文（孔子作春秋、夷狄自稱王者、皆貶爲子、）閩（今福建省、）越（今浙江省、）太原（今山西省、）賦四十（常賦歲百二十、歲一事、時天下民多、故出賦四十、三歲而一事、）鸞旗（以羽飾旗、列於前導、）屬車（車相連而列於後、）平城（見主父偃諫伐匈奴書注、）冒頓（漢匈奴單于名、頭曼之子、）安息（今波斯地、）碣石（山名、在今直隸昌黎縣、）玄菟樂浪（武帝元封三年、開玄菟樂浪郡、今朝鮮咸鏡道、又吉林南境、及平安黃海京畿諸道、又忠淸道之北境是、）造鹽鐵句（榷、水上設木渡人以取利、酒榷者、官中造酒、禁民醞酒、如水上之榷也、當時臨鐔皆有稅、亭障邊塞險要、築墻置亭以守、虎符兵符也、淮南王招士謀反、被誅、公孫勇征和三年、故城父令公孫勇謀反、衣繡衣、乘駟馬車至圉、爲魏不害所誅、繡衣、掌督捕盜賊使者之衣、悁悁躁急也、駱越[廣州記]交趾有駱田、人食其田、名爲駱侯、後蜀王子討平之、自稱安陽王、尉佗攻破之、命二使典主交趾九眞二郡、因曰甌駱、顓顓猶區區也、少府官名、主天子私錢、

評校音注古文辭類纂卷十四終

死無所恨眞西山云
自竊見以下凡七八
轉忠誠惻怛之意藹
然見於言外非徒於
中者厚不能及也
和之至也眞西山云
和字乃一篇之綱紀

古文辭類纂卷十五　奏議類上編五

劉子政條災異封事

孝元初年、地再動、時蕭望之周堪、皆領尚書事、子政亦擢爲散騎宗正給事中、而宦官弘恭石顯、及許史用事、皆側目於望之等、子政乃使其外親上變事、極言地震之爲恭等、望之等宜進用、事洩、子政免爲庶人、望之自殺、元帝悔恨、乃擢用周堪張猛、而弘石任事如故、子政乃上此、○○○

臣前幸得以骨肉備九卿。奉法不謹。乃復蒙恩。竊見災異並起。天地失常。徵表爲國。欲終不言。念忠臣雖在甽（同畎）畝。猶不忘君。惓（同拳）惓之義也。況重以骨肉之親。又加以舊恩未報乎。欲竭愚誠。又恐越職。然惟二恩未報。忠臣之義。一抒（紓上聲）愚意。退就農畝。死無所恨。臣聞舜命九官。濟濟相讓。和之至也。衆賢和於朝。則萬物和於野。故簫韶九成。而鳳皇來儀。擊石拊（音撫）石。百獸率舞。四海之內。靡不和寧。及至周文開基西郊。雜遝（徒合切）衆賢。罔不肅和。崇推讓之風。以銷分爭之訟。文王既沒。周公思慕。歌詠文王之德。其詩曰。於（音烏）穆清廟。肅雍顯相。濟濟多士。秉文之德。當此之時。武王周公繼政。朝臣和於內。萬國驩於外。故盡得其驩心。以事其先祖。其詩曰。有來雍雍。至止肅肅。相維辟公。天子穆穆。言四方皆

此段說和之致祥

此下言不和之致戾

姚氏云爾雅蠠沒勉也郭注猶黽勉顏師古注密勿從事同郭說蓋注所引者或齊韓詩而解之者以毛詩也世遂讀密勿爲黽勉則非是爾雅音義蠠本或作蠠說文曰蠠古蜜字禮記卹勿之勿讀沒亦勉義又勿勿諸其欲其饗之也鄭注勿勿猶勉勉然則此密勿當依爾雅讀蜜沒

朔日辛卯張廉卿云引詩不應刪十月之交句當增入漢書注可證

以和來也諸侯和於下天應報於上故周頌曰降福穰（人羊切）穰又曰飴（同貽）我釐（讀來）麰（音牟）釐麰麥也始自天降此皆以和致和獲天助也下至幽厲之際朝廷不和轉相非怨詩人疾而憂之曰民之無良相怨一方衆小在位而從邪議歙歙（音翕）相是而背君子故其詩曰歙歙訿訿（音子）亦孔之哀謀之其臧則具是違謀之不臧則具是依君子獨處守正不撓衆枉勉強以從王事則反見憎毒讒愬故其詩曰密勿從事不敢告勞無罪無辜讒口嗸嗸當是之時日月薄蝕而無光其詩曰朔日辛卯日有食之亦孔之醜又曰彼月而微此日而微今此下民亦孔之哀又曰日月鞠凶不用其行四國無政不用其良天變見於上地變動於下水泉沸騰山谷易處其詩曰百川沸騰山冢卒崩高岸爲谷深谷爲陵哀今之人胡憯（音慘）莫懲霜降失節不以其時其詩曰正月繁霜我心憂傷民之訛言亦孔之將言民以是爲非甚衆大也此皆不和賢不肖易位之所致也自此之後天下大亂篡殺殃禍並作厲王奔彘幽王見殺至乎平王末年魯隱之始即位也周大夫祭（側介切）伯乖離不和出奔于魯而春秋爲諱不言來奔傷其禍殃

歷叙春秋災異之見爲時政之不善借古證今文法已暗渡陳倉矣

不可勝數也眞西山云序次有法故不覺其冗

正臣指堪猛等

自此始也。是後尹氏世卿而專恣。諸侯背畔而不朝。周室卑微。二百四十二年之間。日食三十六。地震五。山陵崩阤(音豕)二。彗星三見。夜常星不見。夜中星隕如雨一。火災十四。長狄入三國。五石隕墜。六鶂(五歷切)退飛。多麋(音眉)有蜮(音域)蜚(音費)鸜鵒(音欲)來巢者。皆一見。晝冥晦。雨木冰。李梅冬實。七月霜降。草木不死。八月殺菽。大雨雹。雨雪雷霆。失序相乘。水旱饑蝝(音緣)螽(音終)螟(音冥)蠭(同蠭)午並起。當是時。禍亂輒應。弑君三十六。亡國五十二。諸侯奔走。不得保其社稷者。不可勝數也。周室多禍。晉敗其師於貿(音茂)戎。伐其郊。鄭傷桓王。戎執其使。衞侯朔召不往。齊逆命而助朔。五大夫爭權。三君更立。莫能正理。遂至陵夷不能復興。由此觀之。和氣致祥。乖氣致異。祥多者其國安。異衆者其國危。天地之常經。古今之通義也。今陛下開三代之業。招文學之士。優游寬容。使得並進。今賢不肖渾殽。白黑不分。邪正雜糅。忠讒並進。章交公車。人滿北軍。朝臣舛午。膠戾乖剌(來葛切)更相讒愬。轉相是非。傳授增加。文書紛糾。前後錯謬。毀譽渾亂。所以營惑耳目。感移心意。不可勝載。分曹爲黨。往往羣朋。將同心以陷正臣。正臣進者。治之表也。正臣

乘權等句指弘石許史等

姚氏云毀譽將必用以終乖離之咎此東時所謂小人之黨常勝者也元帝非不知君子小人之別但疑君子未必無黨護之習欲聞雜用小人以伺察之故此奏以乖和二字立案以去疑爲主中以災異爲之徵

陷者亂之機也乘治亂之機未知孰任而災異數見此臣所以寒心者也夫乘權藉勢之人子弟鱗集於朝羽翼陰附者衆輻輳于前毀譽將必用以終乖離之咎是以日月無光雪霜夏隕海水沸出陵谷易處列星失行皆怨氣之所致也夫遵衰周之軌迹循詩人之所刺而欲以成太平致雅頌猶卻行而求及前人也初元以來六年矣案春秋六年之中災異未有稠如今者也夫有春秋之異無孔子之救猶不能解紛況甚於春秋乎原其所以然者讒邪並進也讒邪之所以並進者繇上多疑心既已用賢人而行善政如或譖之則賢人退而善政還夫執狐疑之心者來讒賊之口持不斷之意者開羣枉之門讒邪進則衆賢退羣枉盛則正士消故易有否泰小人道長君子道消君子道消則政日亂故爲否否者閉而亂也君子道長小人道消小人道消則政日治故爲泰泰者通而治也詩又云雨雪瀌瀌（彼驕切）見晛（音現）聿消與易同義昔者鯀（音袞）共工驩兜與舜禹雜處堯朝周公與管蔡並居周位當是時迭進相毀流言相謗豈可勝道哉帝堯成王能賢舜禹周公而消共工管蔡故以大治榮華至今孔子與季

信任數句乃此奏之本旨

歷指元帝反覆之病

傾移主上眞西山云此言不和之由如忽然用之與至父

孟偕仕于魯李斯與叔孫通俱宦于秦定公始皇賢季孟李斯而消孔子叔孫故以大亂汚辱至今故治亂榮辱之端在所信任信任既賢在于堅固而不移詩云我心匪石不可轉也言守善篤也易曰渙汗其大號言號令如汗汗出而不反者也今出善令未能踰時而反是反汗也用賢未能三旬而退是轉石也論語曰見不善如探湯今二府奏佞讇（同諂）不當在位歷年而不去故出令則如反汗用賢則如轉石去佞則如拔山如此望陰陽之調不亦難乎是以羣小窺見閒隙緣飾文字巧言醜詆流言飛文譁（音華）于民間故詩云憂心悄悄（千小切）慍于羣小小人成羣誠足慍也昔孔子與顏淵子貢更相稱譽不爲朋黨禹稷與皐陶傳相汲引不爲比（去聲）周何則忠於爲國無邪心也故賢人在上位則引其類而聚之于朝易曰飛龍在天大人聚也在下位則思與其類俱進易曰拔茅茹以其彙征吉在上則引其類在下則推其類故湯用伊尹不仁者遠而衆賢至類相致也今佞邪與賢臣並在交戟之內合黨共謀違善依惡歙歙訿訿數設危險之言欲以傾移主上如忽然用之此天地之所以先戒災異之所以重

云句下有句遞咽斷此所謂口前截斷第二句會文正所謂茹也

原秦魯之所消以爲戒眞西山云以上皆應前漢人論事多如此

至者也。自古明聖。未有無誅而治者也。故舜有四放之罰。而孔子有兩觀之誅。然後聖化可得而行也。今以陛下明知。誠深思天地之心。迹察兩觀之誅。覽否泰之卦。觀雨雪之詩。歷周唐之所進以爲法。原秦魯之所消以爲戒。考祥應之福。省災異之禍。以揆當世之變。放遠佞邪之黨。壞散險詖（彼義切）之聚。杜閉羣枉之門。廣開衆正之路。決斷狐疑。分別猶豫。使是非炳然可知。則百異消滅。而衆祥並至。太平之基。萬世之利也。臣幸得託肺腑。誠見陰陽不調。不敢不通所聞。竊推春秋災異。以效今事一二。條其所以不宜宣泄。臣謹重封昧死上。

眞西山曰更生於正邪賢否之辨一篇之中反復數四可謂深切也矣乃卒不能開孝元之惑不明之君可與言哉恭顯自宣帝時管樞機至元帝立遂大用事陷蕭望之於獄殺之更生此對元帝之六年也是年堪猛詘賈捐之死又數年猛自殺其後京房嘗一言之亦死終元帝世敢言恭顯者惟更生房二人而更生忠懇惓惓又非房匹他如貢禹匡衡號稱大儒曾微一言敢及之者故皆致位三公而更生甘心廢錮不肯少詘精忠峻節千載之下猶

高仰之彼貢禹輩視之眞可媿死○吳至父曰純以經書絡緯最爲難能此非章句之儒所知也又曰退之才力雄偉與子政不相近而論漢人爲文者必及之豈故取異己者以自輔歟賈生跌宕噴薄有陽剛之美顧不齒於退之豈其溫純深潤固有不逮子政者歟此中深淺之故誠未易以下材拘識妄測也

甽畝甽、田中溝、田溝之法、耜廣五寸、二耜爲耦、一耦之伐、廣尺深尺、謂之甽、六甽爲一畝、九官禹作司空、棄后稷、契司徒、咎繇作士、垂共工、益作虞、伯夷秩宗、夔典樂、龍納言、韶舜樂、拊拍也、雜遝衆積之貌、以銷分爭句虞芮二國爭田、質於文王、入境、見耕者讓畔、行者讓路、遂慚而罷、於歎詞、穆美也、雍和也、相助也、此美周公之祀文王於淸廟、而諸侯來助祭也、穰穰衆也、歙歙同翕、「爾雅」翕翕訿訿、莫供職也、厲王二句厲王暴虐、國人逐之、出居於彘、彘、今山西霍縣、幽王、厲王孫、嬖褒姒、逐太子宜臼、爲犬戎所殺、祭伯隱元年、祭伯來、穀梁傳曰、來朝也、其弗謂朝、何也、寰內諸侯、非有天子之命、不得出會諸侯、不正其外交、故弗與朝也、尹氏隱公三年夏四月尹氏卒、傳曰、尹氏者何、天子之大夫也、其稱尹氏何、貶也、曷爲貶、譏世卿、世卿、非禮也、二百四十二年自隱公元年至哀公十四年獲麟、爲春秋時代、共二百四十二年、山陵崩阤二阤、毀也、大曰崩、小曰阤、僖十四年八月、辛卯、沙鹿崩、成五年夏、梁山崩、彗星三見謂文十四年秋七月、有星孛入北斗、昭十七年冬、有星孛于大辰、哀十三年冬十一月、有星孛于東方、星隕如雨事在莊七年夏四月辛卯、長狄入三國春秋文十一年經書冬十月甲午、叔孫得臣敗狄于鹹、公羊傳曰、狄者何、長狄也、兄弟三人、一者之齊、一者之魯、一者之晉、安之齊榮如、之魯僑如、之晉焚如、長狄、鄭䣕種、鄭、晉變、䣕、末安切、五石隕墜六句僖十六年正月戊申朔、隕石于宋五、是月六鷁退飛、過宋都、莊十七年冬、多麋、十八年秋、有蜮、二十九年秋、有蜚、昭二十五年夏、有鸜鵒來巢、鶂、水鳥也、麋、澤獸、多則害五稼、蜮、短尾狐、能含沙害人、蜚、臭惡蟲也、鸜鵒、卽今八哥、翦其舌而能言、晝冥晦僖十五年九月己卯晦、震夷伯之廟、穀梁傳曰、晦、冥也、雨木冰成十六年正月、雨木冰者、氣著樹木結爲冰也、李梅冬實三句僖三十三年、經書冬隕霜不殺草、李梅實、而此言李梅冬實、又云七月霜降、草木不死、與今春秋不同、八月殺菽定公元年十月、隕霜殺菽、周之十月、夏之八月、菽、豆也、大雨雹事在僖二十九年秋、及昭三年冬、四年正月、雨雪雷霆句隱九年三月癸酉、大雨震電、庚辰、大雨雪、莊六年冬十月、雨雪、僖十年冬大雨雪、霆、雷之急者、蝝蝗子、螽蝗也、螟食苗心蟲、蠭午猶雜沓也、弒君三十六隱公四年、衛州吁弒其君完、十一年、羽父使賊弒公于寪氏、桓二年、宋督弒其君與夷、七年、曲沃伯誘晉小子侯殺之、十七年、鄭高渠彌弒昭公、莊八年、齊無知弒其君諸兒、十二年、宋萬弒其君捷、十四年傳、瑕弒其君鄭子、三十二年、共仲使圉人犖、賊子般、閔二年、共仲使卜齮賊公于武闈、僖十年、晉里克弒其君奚齊、及卓子、二十四年、晉弒懷公于高梁、文元年、楚太子商臣弒其君頵、十四年、齊公子商人弒其君舍、十六年、宋人弒其君杵臼、十八年、齊人弒其君商人、魯襄仲殺子惡、莒弒其君庶其、宣二年、晉趙盾弒其君夷皋、四年、鄭公子歸生弒其君夷、十年、陳夏徵舒弒其君平國、成十八年、晉弒其君州蒲、襄七年、鄭子駟使賊夜弒僖公、二十五年、齊崔杼弒其君光、二十六年、衛甯喜弒其君剽、二十九年、閽弒吳子餘祭、三十年、蔡太子般弒其君固、三十一年、莒人弒其君密州、昭元年、楚公子圍弒其君麇、十三年、楚公子比弒其君虔于乾谿、十九年、許太子止弒其君買、二十七年、吳弒其君僚、定十三年、薛弒其君比、哀四年、盜殺蔡侯申、六年、齊陳乞弒其君荼、十年、齊人弒悼公、亡國五十二桓五年、州公如曹、莊四年、紀侯大去其國、十年、齊師滅譚、十三年、齊人滅遂、十四年、楚子滅息、十六年、楚滅鄧、閔元年、晉滅耿、滅霍、滅魏、僖五年、楚滅弦、晉滅虢、滅虞、十二年、楚人滅黃、十七年、齊滅項、十九年、秦人取梁、二十五年、衛侯燬滅邢、二十六年、楚人滅夔、三十三年、秦滅滑、文四年、楚滅江、五年、楚人滅六、滅蓼、十六年、楚人、秦人、巴人、滅庸、宣八年、楚人滅舒蓼、九年、取根牟、十二年、楚子滅蕭、十五年、晉師滅赤狄潞氏、成六年、取鄟、十七年、楚滅舒庸、襄六年、莒人滅鄫、齊侯滅萊、十年、諸侯滅偪陽、十三年、取邿、二十五年、楚滅舒鳩、昭四年、楚子滅賴、十二年、晉滅肥、十六年、楚子取戎蠻氏、十七年、晉滅陸渾戎、二十一年、晉滅鼓、三十年、吳滅徐、定四年、蔡滅沈、五年、楚滅唐、六年、鄭滅許、十四年、楚人滅頓、十五年、楚子滅胡、哀八年、宋公滅曹、又邾滅須句、楚滅權、晉滅焦陽、楚滅道房申、諸侯奔走桓十五年、鄭伯突出奔蔡、襄十四年、衛侯出奔齊、昭三年、北燕伯款出奔齊、二十三年、莒子庚與來奔之類、是也、貿戎地名、「春秋公羊經」成元年秋、王師敗績于貿戎、傳曰、孰敗之、蓋晉敗之也、伐其郊郊、周邑、昭二十三年正月、經書晉人圍郊也、鄭傷桓王王以諸侯伐鄭、鄭伯禦之、射王中肩、事在桓五年秋、戎執其使隱七年冬、經書天王使凡伯來聘、戎伐凡伯于楚丘以歸、衛侯朔卽惠公、桓十六年、經書衛侯朔出奔齊、穀梁傳曰、天子召而不往也、五大夫三君周景王崩、單穆公、劉文公、鞏簡公、甘平公、召莊公、此五大夫、相與爭奪、更立主子猛、子朝、及敬王、是爲三君、章交公車兩句漢制、中壘校尉主北軍、壘門內尉一人、主上書者獄、上章於公車、有不如法者、以付北軍尉、北軍尉以法治之、舛午志意不和、相違背也、膠戾乖剌膠戾、邪曲、乖剌、背戾也、雨雪瀌瀌二句見「詩小雅」瀌、雨雪盛貌、晛、日氣也、聿、逐也、鯀共工驩堯時凶人、管蔡管叔鮮、蔡叔度、爲周公之兄弟、二人以殷畔、季孟季氏、魯桓公子季友後、孟氏、桓公子慶父後、叔孫通薛人、秦時、以文學、徵待詔博士、不敢直言而逃職、二府丞相、御史、飛文匿名揭貼之類、茅茹茹、相牽引也、交戟之內宿衛之地、四罰謂流共工於幽州、放驩兜於崇山、竄三苗於三危、殛鯀於羽山也、兩觀之誅少正卯、姦人之雄、孔子攝司寇七日、誅之於兩觀之下、猶豫獸名、性多疑、以喻臨事不決者、

先言郅支之當誅復坐實元帝之欲誅見得甘陳並非矯制

劉子政論甘延壽等疏

甘延壽、字君況、北地郁郅人、先是宣帝時、匈奴亂、五單于爭立、郅支單于與呼韓邪單于遣子入侍、漢兩受之、後呼韓邪稱臣入朝、漢發兵送之、郅支怨漢不助己、困辱漢使者江迺始等、初元四年、遣使內附、因求侍子、漢使谷吉送之、郅支竟殺吉等、郅支遂依康居發民作城、漢遣使三輩求谷吉等尸、郅支困辱使者、迄不奉詔、建昭三年、延壽與湯出西域、矯制發城郭諸國兵擊之、殺郅支、得漢使節二、及谷等所齎帛書等、時中書令石顯丞相匡衡罪其矯制、故子政論之、

〇〇

郅(音質)支單于囚殺使者吏士以百數事暴揚外國傷威毀重羣臣皆閔焉陛下赫然欲誅之意未嘗有忘西域都護延壽副校尉湯承聖指倚神靈總百蠻之君擥(音覽)城郭之兵出百死入絕域遂蹈康居屠五重城搴(音愆)歙(音吸)侯之旗斬郅支之首縣旌萬里之外揚威昆山之西掃谷吉之恥立昭明之功萬夷慴(之涉切)伏莫不懼震呼韓邪單于見郅支已誅且喜且懼鄉風馳義稽首來賓願守北藩累世稱臣立千載之功建萬世之安羣臣之勳莫大焉昔周大夫方叔吉甫爲宣王誅獫(音險)狁(音尹)而百蠻從其詩曰嘽(音灘)嘽焞(音推)焞如霆如雷顯允方叔征伐獫狁蠻荊來威易曰有嘉折首獲匪其醜言美誅首惡之人而諸不順者皆來從也今延壽湯所誅震雖易之折首詩之雷霆不能及也論大功者不錄小

有功不賞何以獎勵將來吳至父云行事故事也引近事

兩兩比較便見功蓋今古

收束完密而氣機仍不板滯此其突過賈生

過舉大美者不疵細瑕司馬法曰軍賞不踰月欲民速得爲善之利也蓋急武功重用人也吉甫之歸周厚賜之其詩曰吉甫宴喜既多受祉來歸自鎬我行永久千里之鎬猶以爲遠況萬里之外其勤至矣延壽湯既未獲受祉之報反屈捐命之功久挫于刀筆之前非所以勸有功厲戎士也昔齊桓公前有尊周之功後有滅項之罪君子以功覆過而爲之諱行事貳師將軍李廣利捐五萬之師靡億萬之費經四年之勞而廑(僅同)獲駿馬三十匹雖斬宛(音鴛)王毋鼓之首猶不足以復費其私罪惡甚多孝武以爲萬里征伐不錄其過遂封拜兩侯三卿二千石百有餘人今康居之國强于大宛郅支之號重于宛王殺使者罪甚于留馬而延壽湯不煩漢士不費斗糧比于貳師功德百之且常惠隨欲擊之烏孫鄭吉迎自來之日逐猶皆裂土受爵故言威武勤勞則大于方叔吉甫列功覆過則優于齊桓貳師近事之功則高于安遠長羅而大功未著小惡數布臣竊痛之宜以時解縣通籍除過勿治尊寵爵位以勸有功

姚氏曰前所徵引層層收束災異昌陵俱如一格此較於收束中有變化

起與至父云有危亡之懼發與無端不專爲起陵立議故怫鬱激至悲憤蒼涼

郅支單于宣帝五鳳二年、呼韓邪兄右賢王呼屠吾斯、自立爲郅支骨都侯單于、閔傷念也、副校尉湯副校尉、漢官名、湯、姓陳、字子公、山陽瑕丘人、擥手持之也、康居國名、今俄屬撒麻兒干北境、搴拔也、歙侯歙侯、即趙信、漢人而降匈奴、元帝時、信已死、當爲信之子孫、昆山卽崑崙山、谷吉見題註、慴懼也、獫狁北狄名、在漢曰匈奴、嘽嘽焞焞五句見「詩小雅」嘽嘽焞焞、車徒衆盛也、吉甫宴喜四句見「小雅」祉、福也、鎬、北方地名、非鎬京之鎬、刀筆弄文之吏、尊周句指伐楚責包茅不入貢周室事、滅項見「僖十七年公羊傳」齊滅之也、不言齊、爲桓公諱也、李廣利武帝寵姬李夫人之兄、期至貳師城取善馬、故拜爲貳師將軍、毋鼓大宛王名、兩侯三卿時廣利封海西侯、趙弟封新時侯、趙始爲光祿大夫、上官桀爲少府、李哆爲上黨太守、常惠太原人、宣帝時、匈奴擊烏孫、使惠護烏孫兵、大破匈奴、烏孫西域國、今新疆、鄭吉會稽人、時匈奴日逐王先賢撣降漢、吉發兵迎之、安遠長羅鄭吉封安遠侯、常惠封長羅侯、解縣時湯食所鹵獲、入塞多不法、司馬校尉收繫按驗之、通籍謂不禁止、令得出入也、

劉子政論起昌陵疏

成帝始作初陵、不徙民起邑、後于霸陵曲亭、更營之、起昌陵邑徙郡國豪傑五千戶焉、至永始元年秋、詔曰、朕過聽將作大匠解萬年言、昌陵三年可成、作治五年、天下虛耗、百姓疲勞、客土疏惡、終不可成、其罷昌陵及故陵、

○○○

臣聞易曰安不忘危存不忘亡是以身安而國家可保也故賢聖之君博觀終始窮極事情而是非分明王者必通三統明天命所授者博非獨一姓也孔子論詩至於殷士膚敏祼音貫將于京喟然歎曰大哉天命善不可不傳于子孫是

雖有堯舜之聖姚氏云義本呂氏春秋未有不亡之國也眞西山云按向論山陵而先及此所以開悟人主使知厚葬之無益也

以富貴無常不如是則王公其何以戒慎民萌(同氓)何以勸勉蓋傷微子之事周而痛殷之亡也雖有堯舜之聖不能化丹朱之子雖有禹湯之德不能訓末孫之桀紂自古及今未有不亡之國也昔高皇帝既滅秦將都雒(同洛)陽感寤劉敬之言自以德不及周而賢于秦遂徙都關中依周之德因秦之阻世之長短以德為效故常戰慄(音栗)不敢諱亡孔子所謂富貴無常蓋謂此也孝文皇帝居霸陵北臨廁意悽愴悲懷顧謂羣臣曰嗟乎以北山石為椁(音郭)用紵絮斮(音捉)陳漆其間豈可動哉張釋之進曰使其中有可欲雖錮南山猶有隙使其中無可欲雖無石椁又何慼焉夫死者無終極而國家有廢興故釋之之言為無窮計也孝文寤焉遂薄葬不起山墳易曰古之葬者厚衣之以薪葬之中野不封不樹後世聖人易之以棺椁棺椁之作自黃帝始黃帝葬於橋山堯葬濟陰邱隴皆小葬具甚微舜葬蒼梧二妃不從禹葬會稽不改其列殷湯無葬處文武周公葬于畢秦穆公葬于雍橐泉宮祈年館下樗(抽居切)里子葬于武庫皆無邱隴之處此聖帝明王賢君智士遠覽獨慮無窮之計也其賢臣孝子亦承命順意而

歷引古之薄葬者不嫌堆垛者氣盛則言之短長高下皆宜也

薄葬之此誠奉安君父忠孝之至也夫周公武王弟也葬兄甚微孔子葬母于防稱古墓而不墳曰丘東西南北之人也不可不識也爲四尺墳遇雨而崩弟子修之以告孔子孔子流涕曰吾聞之古者不修墓蓋非之也延陵季子適齊而反其子死葬于嬴博之間穿不及泉斂以時服封墳掩坎其高可隱而號曰骨肉歸復于土命也魂氣則無不之也夫嬴博去吳千有餘里季子不歸葬孔子往觀曰延陵季子于禮合矣故仲尼孝子而延陵慈父舜禹忠臣周公弟弟其葬君親骨肉皆微薄矣非苟爲儉誠便于體（一作禮）也宋桓司馬爲石槨仲尼曰不如速朽秦相呂不韋集知略之士而造春秋亦言薄葬之義皆明于事情者也逮至吳王闔閭違禮厚葬十有餘年越人發之及秦惠文武昭嚴襄五王皆大作邱隴多其瘞（壹計切）藏咸盡發掘暴露甚足悲也秦始皇帝葬于驪山之阿下錮三泉上崇山墳其高五十餘丈周回五里有餘石槨爲游館人膏爲燈燭水銀爲江海黃金爲鳧雁珍寶之藏機械之變棺槨之麗宮館之盛不可勝原又多殺宮人生薶（同埋）工匠計以萬數天下苦其役而反之驪山之作未成而

迤邐演漾開六一串帥一派

總結一段

至此乃入本題

說甚透徹見得厚葬之有害無益

周章百萬之師至其下矣項籍燔（音煩）其宮室營宇往者咸見發掘其後牧兒亡羊羊入其鑿牧者持火照求羊失火燒其藏椁自古及今葬未有盛如始皇者也數年之間外被項籍之災內罹牧豎之禍豈不哀哉是故德彌厚者葬彌薄知愈深者葬愈微無德寡知其葬愈厚邱隴彌高宮廟甚麗發掘必速由是觀之明暗之效葬之吉凶昭然可見矣周德既衰而奢侈宣王賢而中興更爲儉宮室小寢廟詩人美之斯干之詩是也上章道宮室之如制下章言子孫之衆多也及魯嚴公刻飾宗廟多築臺囿後嗣再絕春秋刺焉周宣如彼而昌魯秦如此而絕是則奢儉之得失也陛下卽位躬親節儉始營初陵其制約小天下莫不稱賢明及徙昌陵增埤（頻彌切）爲高積土爲山發民墳墓積以萬數營起邑居期日迫卒功費大萬百餘死者恨于下生者愁于上怨氣感動陰陽因之以飢饉物故流離以十萬數臣甚湣（音閔）焉以死者爲有知發人之墓其害多矣若其無知又安用大謀之賢知則不說以示衆庶則苦之若苟以說愚夫淫侈之人又何爲哉陛下慈仁篤美甚厚聰明疏達蓋世宜弘漢家之德崇劉氏之美

再證一筆法戒昭然

光昭五帝三王。而顧與暴秦亂君。競爲奢侈。比方邱隴。說愚夫之目。隆一時之觀。違賢知之心。亡萬世之安。臣竊爲陛下羞之。惟陛下上覽明聖黃帝堯舜禹湯文武周公仲尼之制。下觀賢知穆公延陵樗里張釋之之意。孝文皇帝去墳薄葬。以儉安神。可以爲則。秦昭始皇增山厚藏。以侈生害。足以爲戒。初陵之橅。同模宜從公卿大臣之議。以息衆庶。

方望溪曰左氏敘事於極淩雜處間用總束或於首或於尾或於中子政用之多於篇末此古文義法之最淺者不可數用○姚氏曰此文風韻頗與相如諫獵相近又曰伯父云子政之文如覩古之君子右徵角左宮羽趨以采齊行以肆夏規矩揖揚玉聲鏘鳴之容昌黎屈指古之文章傑數人孟子漢兩司馬劉子政揚子雲而已雖賈生不及也南宋乃有稱董生而抑劉者豈知言哉諫昌陵疏渾融遒逸當爲第一災異封章次之

三統一天統、謂周十一月建子謂正天、二地統、殷以十二月建丑爲正地、三人統、夏以十三月建寅爲正人、殷士兩句見大雅文王篇、膚美也、祼擣鬱金草和酒、盛以鬯、灌地以降神、微子紂庶兄、封于宋而來京助祭也、殷士、其官屬也、劉敬本姓婁、齊人、賜姓劉、說高帝都關中、霸陵即霸上、在今陝西咸寧縣東、廁近水也、霸陵山北頭、廁近霸水、帝登其上、以遠望也、斮陳陳、施也、斮、斬也、謂斬紵衣之絮陳其間、又從而漆之、張釋之字季、南陽堵陽人、厚衣之以薪覆之以薪也、不封不加高也、橋山在陝西中部縣、濟陰在山東定陶縣西北、蒼梧在湖南寧遠縣、會稽今爲紹興縣、不改其列不改樹木百物之列、畢在陝西咸陽縣、雍今陝西鳳翔縣、樗里子名疾、惠王異母弟、位丞相、且死、曰、必葬我渭南章臺東武庫、孔子葬母十二句見「禮檀弓」防今山東費縣附近、桓司馬名魋、事見「檀弓」呂不韋二句不韋、秦相、會集文士作呂氏春秋、延陵季子十六句見「禮檀弓」嬴博齊二邑名、在今泰安縣、其高可隱人立可隱肘也、嚴襄即莊襄、漢避明帝諱、改莊爲嚴、瘞埋也、阿山曲、機械中藏木人、有機械可動作、周章陳勝將、鑿穴也、宣王厲王子、斯干小雅篇名、嚴公即莊公、刻飾宗廟如丹桓公之楹刻其桷是、多築臺囿如築臺於郎、築臺於薛是、後嗣再絕莊公子子般及閔公均被弒、埤下也、惛昏也、

劉子政極諫外家封事○○

臣聞人君莫不欲安、然而常危、莫不欲存、然而常亡、失御臣之術也、夫大臣操權柄、持國政、未有不爲害者也、昔晉有六卿、齊有田崔、衞有孫甯、魯有季孟、常掌國事、世執朝柄、終後田氏取齊、六卿分晉、崔杼除上聲弒其君光、孫林父甯殖出其君衎、音看弒其君剽、音飄季氏八佾音逸舞于庭、三家者以雍徹、並專國政、卒逐

歷引古來世卿權臣貴戚之禍前車之覆後車之鑑

入本題

昭公周大夫尹氏筦（同管）朝事濁亂王室子朝子猛更立連年乃定故經曰王室亂又曰尹氏殺王子克甚之也春秋舉成敗錄禍福如此類甚衆皆陰盛而陽微下失臣道之所致也故書曰臣之有作威作福害于而家凶于而國孔子曰祿去公室政逮大夫危亡之兆秦昭王舅穰侯及涇（音經）陽葉（音攝）陽君專國擅勢上假太后之威三人者權重于昭王家富于秦國國甚危殆賴寤范睢之言而秦復存二世委任趙高專權自恣壅蔽大臣終有閻樂望夷之禍秦遂以亡近事不遠卽漢所代也漢興諸呂無道擅相尊王呂產呂祿席太后之寵據將相之位兼南北軍之衆擁梁趙王之尊驕盈無厭欲危劉氏賴忠正大臣絳侯朱虛侯等竭誠盡節以誅滅之然後劉氏復安今王氏一姓乘朱輪華轂者二十三人青紫貂蟬充盈幄內魚鱗左右大將軍秉事用權五侯驕奢僭盛並作威福擊斷自恣行汚而寄治身私而託公依東宮之尊假甥舅之親以為威重尙書九卿州牧郡守皆出其門筦執樞機朋黨比周稱譽者登進忤恨者誅傷游談者助之說執政者為之言排擯宗室孤弱公族其有智能者尤非毀而不進

中壘喜言災異，亦當時所崇尚，藉寓借天警人之意。

說得悚切，為社稷計，為皇太后計，又為王氏計，面面周到。

遠絕宗室之任。不令得給事朝省。恐其與己分權。數稱燕王蓋(音葛)主以疑上心。避諱呂霍而弗肯稱。內有管蔡之萌。外假周公之論。兄弟據重。宗族磐(音盤)互。歷上古至秦漢。外戚僭貴。未有如王氏者也。雖周皇甫。秦穰侯。漢武安。呂霍上官之屬。皆不及也。物盛必有非常之變。先見為其人徵象。孝昭帝時。冠石立於泰山。仆柳起於上林。而孝宣帝即位。今王氏先祖墳墓在濟南者。其梓柱生枝葉。扶疎上出屋。根臿(同插)地中。雖立石起柳。無以過此之明也。事勢不兩大。王氏與劉氏亦且不並立。如下有泰山之安。則上有累卵之危。陛下為人子孫。守持宗廟。而令國祚移于外親。降為皁隸。縱不為身。奈宗廟何。婦人內夫家。外父母家。此亦非皇太后之福也。孝宣皇帝不與舅平昌樂昌侯權。所以全安之也。夫明者起福於無形。銷患於未然。宜發明詔。吐德音。援近宗室。親而納信。黜遠外戚。毋授以政。皆罷令就第。以則效先帝之所行。厚安外戚。全其宗族。誠東宮之意。外家之福也。王氏永存。保其爵祿。劉氏長安。不失社稷。所以褒睦外內之姓。子子孫孫無疆之計也。如不行此策。田氏復見於今。六卿必起於漢。為後嗣憂。昭昭甚明。不可不深圖。不可不蚤慮。易曰。君不密則失臣。臣不密則失身。幾事不密則害成。惟陛下深留聖思。審固幾密。覽往事之戒。以折中取信。居萬安之實。用保宗廟。久承皇太后。天下幸甚。

歸震川曰。忠憤之論。讀之尚可流涕。

田名和、遷其君康公於海上、遂有齊、田本陳氏、始來齊者名完、至恒子而始專國政、弒簡公、六卿分晉分晉者、趙籍、魏斯、韓虔也、中行范智、已早滅矣、光莊公、衎獻公、弒其君剽乃殤子喜、八佾佾、舞者之行列也、八人一佾、八佾、八八六十四人也、古者天子八佾、諸侯六、大夫四、士二、雍徹雍、樂詩名、祭後徹饌用之、天子之樂、三家以大夫而僭用之、三家、季氏、叔氏、孟氏也、昭公名裯、爲季孫意如所逐、子朝子猛尹氏固奉子朝與子猛爭王位、趙事見[左昭]殺王子克乃魯桓十八年事、與尹氏無涉、文誤、穰侯等九句穰侯、魏冉也、涇陽、葉陽、皆秦昭王弟、昭王以范雎爲相、逐去之、高秦宦者、望夷秦宮名、二世齋於望夷宮、閻樂以兵弒之、南北軍時呂台、呂產、將南北軍、梁趙王呂產封梁王、呂祿封趙王、絳侯即周勃、朱虛侯劉章、呂后時令入宿衞、與平勃共誅諸呂、青紫貂蟬漢制印綬、公侯用紫、九卿用青、又侍中中常侍、皆冠趙惠文冠、加黃金璫、附蟬爲飾、插以貂尾、大將軍王鳳、五侯平阿侯王譚、成都侯王商、紅陽侯王立、曲陽侯王根、高平侯王逢時、五人同日封、寄治謂託於不汙也、東宮大后所居、燕王名旦、武帝子、昭帝時謀反伏誅、蓋主昭帝姊、蓋侯妻、與燕王旦同時謀反、呂指呂祿呂產等、呂氏爲高皇帝后、霍指霍顯霍禹等、霍氏爲宣帝后、皆不善其終、故諱言也、磐互磐、大石、互、固結而交互也、皇甫姓剡、周卿士、周后寵之、故處於盛位、事見[詩小雅]武安

說得災異全係人事

武安侯田蚡、爲孝景王皇后同母異父弟、上官謂上官桀、上官氏、爲桀子安之女、五歲、昭帝立爲后、桀以謀叛伏誅、孝昭帝名弗陵、冠石冠山下有石自立、三石爲足、一石在上、仆柳樹已死、僵仆於地、而更起生、皁隸大夫臣士、士臣皁、皁臣輿、輿臣隸、孝宣皇帝名病已、又改名詢、平昌樂昌見魏弱翁諫伐匈奴書注、

劉子政復上星孛等奏孛、音勃、彗星也、◯

臣聞帝舜戒伯禹毋若丹朱敖同傲周公戒成王毋若殷王紂詩曰殷鑒不遠在夏后之世亦言湯以桀爲戒也聖帝明王常以敗亂自戒不諱廢興故臣敢極陳其愚惟陛下留神察焉謹案春秋二百四十二年日蝕三十六襄公尤數音朔率三歲五月有奇而一食漢興訖竟寧孝景帝尤數率三歲一月而一食臣向前數言日當食今連三年比食自建始以來二十歲間而八食率二歲六月而一發古今罕有異有大小希稠占有舒疾緩急而聖人所以斷疑也易曰觀乎天文以察時變昔孔子對魯哀公並言夏桀殷紂暴虐天下故歷失則攝提失方孟陬子侯切無紀此皆易姓之變也秦始皇之末至二世時日月薄食山陵淪亡辰星出於四孟太白經天而行無雲而雷枉矢夜光熒惑襲月孽同孼火燒宮

此數句總束上文

見得賢主亦有時變惟能消弭之耳

野禽戲廷。都門內崩。長人見臨洮。（音叨）石隕於東郡。星孛大角。大角以亡。觀孔子之言。考暴秦之異。天命信可畏也。及項籍之敗。亦孛大角。漢之入秦。五星聚於東井。得天下之象也。孝惠時有雨血。日食於衝。滅光星見之異。孝昭時。有泰山臥石自立。上林僵柳復起。大星如月西行。衆星隨之。此爲特異。孝宣興起之表。天狗夾漢而西。久陰不雨者二十餘日。昌邑不終之異也。皆著于漢紀。觀秦漢之易世。覽惠昭之無後。察昌邑之不終。視孝宣之紹起。天之去就。豈不昭昭然哉。高宗成王。亦有雊（古候切）雉拔木之變。能思其故。故高宗有百年之福。成王有復風之報。神明之應。應若景嚮（同響）。世所同聞也。臣幸得託末屬。誠見陛下寬明之德。冀銷大異。而興高宗成王之聲。以崇劉氏。故豤（音懇）豤數奸（音干）死亡之誅。今日食尤屢。星孛東井。攝提炎及紫宮。有識長老。莫不震動。此變之大者也。其事難一二記。故易曰。書不盡言。言不盡意。是以設卦指爻。而復說義。書曰。伻（音烹）來以圖。天文難以相曉。臣雖圖上。猶須口說。然後可知。願賜清燕之閒。指圖陳狀。

眞西山曰。是年吏民多上書言災異之應。王氏專政所致。上意頗然之。以問

行赦本非治國之常道

張禹禹言新學小生亂道誤人宜無信用上信愛禹由是不疑王氏按禹以經術爲天子師而其言乃爾視向之忠精爲何如

丹朱（帝堯子、此禹戒舜之辭、文誤、）竟寧（漢元帝年號、）孝景帝（名啟、）建始（漢成帝年號、）攝提（星名、隨斗杓建十二月、曆不正、則失其所建、）孟陬（首時爲孟、正月爲陬、）四孟（孟春孟夏孟秋孟冬、辰星當見於四仲、）太白經天（太白、陰星也、出東當伏東、出西當伏西、過午爲經天、）枉矢（流星、其射如矢、）熒惑（火星、）夔火（妖火）內崩（向內崩也、）臨洮（今甘肅岷縣、）星孛大角（[春秋昭十七年]有星孛入於大辰、[穀梁傳]孛之爲言、猶茀也、隱蔽不見也、大角、星名、[史記]大角者、天王帝廷、[正義]在兩攝提間、）東井（即井宿、）日食于衝（日月行交道之衝、相薄而既也、）天狗（流星、其下止地、類狗所墮、）漢（天河、）雊雉（高宗祭湯之日、雉升祭鼎而鳴、高宗因之修德、）拔木（成王信管蔡毀周公之流言、而大風拔木、成王因之迎周公而反風木復起、均見[尙書]）貇貇（誠意、）紫宮（星名、爲藩臣、建始元年流星光燭地、委曲蛇形、貫紫宮、見[漢書]）伻（使也、）

匡稚圭上政治得失疏○

臣聞五帝不同禮三王各異教民俗殊務所遇之時異也陛下躬聖德開太平之路閔愚吏民觸法抵禁比年大赦使百姓得改行自新天下幸甚臣竊見大赦之後姦邪不爲衰止今日大赦明日犯法相隨入獄此殆導之未得其務也蓋保民者陳之以德義示之以好惡觀其失而制其宜故動之而和綏之而安

疏者踰內等語似因外戚權重而發者
提出禮讓二字爲治國之先務

今天下俗貪財賤義好聲色上侈靡廉恥之節薄淫辟之意縱綱紀失序疏者踰內親戚之恩薄婚姻之黨隆苟合徼幸以身沒利不改其原雖歲赦之刑猶難使錯而不用也臣愚以爲宜壹曠然大變其俗孔子曰能以禮讓爲國乎何有朝廷者天下之楨幹也公卿大夫相與循禮恭讓則民不爭好仁樂施則下不暴上義高節則民興行寬柔和惠則衆相愛四者明王之所以不嚴而成化也何者朝有變色之言則下有爭鬬之患上有自專之士則下有不讓之人上有克勝之佐則下有傷害之心上有好利之臣則下有盜竊之民此其本也今俗吏之治皆不本禮讓而上克暴或忮（音支）害好陷人於罪貪財而慕勢故犯法者衆姦邪不止雖嚴刑峻法猶不爲變此非其天性有由然也臣竊考國風之詩周南召南被賢聖之化深故篤於行而廉於色鄭伯好勇而國人暴虎秦穆貴信而士多從死陳夫人好巫而民淫祀晉侯好儉而民畜聚太王躬仁邠國貴恕由此觀之治天下者審所上而已今之僞薄忮害不讓極矣臣聞教化之流非家至而人說之也賢者在位能者在職朝廷崇禮百僚敬讓道德之行由

京都本爲首善之區整頓當在所先

民之不安吏之不善責雖於君乃一篇之本旨

內及外。自近者始。然後民知所法。遷善日進而不自知。是以百姓安。陰陽和。神靈應。而嘉祥見。詩曰。商邑翼翼。四方之極。壽考且寧。以保我後生。此成湯所以建至治。保子孫。化異俗。而懷鬼方也。今長安天子之都。親承聖化。然其習俗無以異于遠方。郡國來者無所法則。或見侈靡而放效之。此教化之原本。風俗之樞機。宜先正者也。臣聞天人之際。精祲（音浸）有以相盪。善惡有以相推。事作乎下者。象動乎上。陰陽之理。各應其感。陰變則靜者動。陽蔽則明者晻。（同暗）水旱之災。隨類而至。今關東連年饑饉。百姓乏困。或至相食。此皆生於賦斂多。民所共（讀供）者大。而吏安集之不稱之效也。陛下祗畏天戒。哀閔元元。大自減損。省甘泉建章宮衞。罷珠崖。偃武行文。將欲度唐虞之隆。絕殷周之衰也。諸見罷珠崖詔書者。莫不欣欣。人自以將見太平也。宜遂減宮室之度。省靡麗之飾。考制度。修外內。近忠正。遠巧佞。放鄭衞。進雅頌。舉異材。開直言。任溫良之人。退刻薄之吏。顯潔白之士。昭無欲之路。覽六藝之意。察上世之務。明自然之道。博和睦之化。以崇至仁。匡失俗。易民視。令海內昭然咸見本朝之所貴。道德弘於京師。淑問揚

平疆外然後大化可成禮讓可興也

眞西山曰衡之論美矣然方是時恭顯用事逐堪猛殺賈捐之衡對略不及此雖有近忠正遠邪佞之言何益哉○吳至父曰稚圭鄉愿之文蒙所不取

綏安也、疏者踰內疏、謂外戚之家、內、謂同姓骨肉、錯置也、克好勝也、忮很也、周南三句周南、召南、詩篇名、皆江漢之間、被文王后妃之化、皆能遠色而立行、鄭伯句鄭莊公弟太叔、徒手搏虎、文誤鄭伯、秦穆穆公與羣臣飲酒、酒酣、公曰、生共此樂、死共此哀、於是奄息、仲行、鍼虎、許諾、及公薨、皆從死、陳夫人陳胡公夫人、武王之女太姬、無子、好祭鬼神、鼓舞而祀、事見「詩陳風」晉侯晉昭公、性好儉、俗皆吝嗇而積財、事見「詩唐風」太王古公亶父也、國於豳、戎狄攻之、避於岐下、豳人舉國從之、商邑翼翼四句見「詩商頌」鬼方「易」高宗伐鬼方、三年克之、今廣西貴州地、寖氣也、靜者動地震、明者晻日蝕、甘泉建章並宮名、珠崖見罷珠崖對注、度唐虞度、過也、淑問美名、

匡稚圭論治性正家疏

時傅昭儀定陶王愛幸、寵於皇后太子、故上此疏、○

臣聞治亂安危之機在乎審所用心蓋受命之王務在創業垂統傳之無窮繼體之君心存於承宣先王之德而褒大其功昔者成王之嗣位思述文武之道以養其心休烈盛美皆歸之二后而不敢專其名是以上天歆享鬼神祐焉其詩曰念我皇祖陟降庭止言成王常思祖考之業而鬼神祐助其治也陛下聖

治性之道眞西山云愚按此所謂性蓋指氣稟而言非天命之性也〇又云衡此論甚善然元帝之失正在於溫良少斷若於泛諫之後又切言之則庶乎其有益矣流弊所至審所當戒鄭公十思疏實本於此

德天覆子愛海內然陰陽未和姦邪未禁者殆論議者未丕揚先帝之盛功爭言制度不可用也務變更之所更或不可行而復（去聲）復之是以羣下更相是非吏民無所信臣竊恨國家釋樂成之業而虛爲此紛紛也願陛下詳覽統業之事留神於遵制揚功以定羣下之心大雅曰無念爾祖聿修厥德孔子著之孝經首章蓋至德之本也傳曰審好惡理情性而王道畢矣能盡其性然後能盡人物之性能盡人物之性可以贊天地之化治性之道必審己之所有餘而彊其所不足蓋聰明疏通者戒於大察寡聞少見者戒於雍（同擁）蔽勇猛剛彊者戒於大暴仁愛溫良者戒於無斷湛（讀沉）靜安舒者戒於後時廣心浩大者戒於遺忘必審己之所當戒而齊之以義然後中和之化應而巧僞之徒不敢比周而望進惟陛下戒之所以崇聖德也臣又聞室家之道修則天下之理得故詩始國風禮本冠婚始乎國風原情性而明人倫也本乎冠婚正基兆而防未然也福之興莫不本乎室家道之衰莫不始乎梱（同閫）內故聖王必愼妃后之際別適長之位禮之於內也卑不踰尊新不先故所以統人情而理陰氣也其尊適而

深得先王制體之意

此疏本爲成帝初即位而上語語有預戒之深意

卑庶也適子冠乎阼禮之用醴衆子不得與列所以貴正體而明嫌疑也非虛加其禮文而已乃中心與之殊異故禮探其情而見之外也聖人動靜游燕所親物得其序得其序則海內自修百姓從化如當親者疏當尊者卑則佞巧之姦因時而動以亂國家故聖人愼防其端禁於未然不以私恩害公義陛下聖德純備莫不修正則天下無爲而治詩云于以四方克定厥家傳曰正家而天下定矣

方望溪曰古文章法一義相貫不得參雜惟書疏之體主於指事達情有分陳數事而各不相蒙者匡衡進戒二疏及韓退之再與柳中丞書是也至北宋人乃總敘於前條舉於後蓋惟恐澶漫無檢局而體製則近於論策矣

二后（文王、武王、）無念（念也、）樂成（已成之業、人情所樂、）國風（國、統言十五國、風、謂諸侯之風、）冠婚（男子二十而冠、三十而婚、禮有冠禮昏禮篇、）梱（門限、）阼（主階、適子冠阼、見禮郊特牲）醴（甜酒、）

匡稚圭戒妃匹勸經學威儀之則疏

陛下秉至孝哀傷思慕不絕於心未有游虞（同娛）弋射之宴誠隆于愼終追遠無

妃匹有關內助成帝知此何有燕啄之禍

姚氏云稚圭本學齊詩齊詩以關雎爲刺宴起故云情欲之感宴私之意朱子善其語取入集傳然其說詩實不同

六經爲致治之要

窮已也。竊願陛下雖聖性得之。猶復加聖心焉。詩云。煢（音瓊）煢在疚。言成王喪畢思慕。意氣未能平也。蓋所以就文武之業。崇大化之本也。臣又聞之師曰。妃匹之際。生民之始。萬福之原。婚姻之禮正。然後品物遂而天命全。孔子論詩以關雎爲始。言太上者民之父母。后夫人之行不侔乎天地。則無以奉神靈之統而理萬物之宜。故詩曰。窈（音杳）窕（徒了切）淑女。君子好仇。言能致其貞淑。不貳其操。情欲之感。無介乎容儀。宴私之意。不形乎動靜。夫然後可以配至尊而爲宗廟主。此綱紀之首。王教之端也。自上世以來。三代興廢。未有不繇此者也。願陛下詳覽得失盛衰之效。以定大基。采有德。戒聲色。近嚴敬。遠技能。竊見聖德純茂。專精詩書。好樂無厭。臣衡材駑。無以輔相善義。宣揚德音。臣聞六經者。聖人所以統天地之心。著善惡之歸。明吉凶之分。通人道之正。使不悖于其本性者也。故審六藝之指。則天人之理可得而和。草木昆蟲可得而育。此永永不易之道也。及論語孝經。聖人言行之要。宜究其意。臣又聞聖王之自爲動靜周旋。奉天承親。臨朝享臣。物有節文。以章人倫。蓋欽翼祗栗。事天之容也。溫恭敬遜。承親之

經學既明乃能臻此

提出愼始二字見一篇之宗旨

匈奴爲害中國自周秦至武帝未嘗少息

禮也。正躬嚴恪臨衆之儀也。嘉惠和說饗下之顏也。舉錯動作物遵其儀。故形爲仁義。動爲法則。孔子曰德義可尊。容止可觀。進退可度。以臨其民。是以其民畏而愛之。則而象之。大雅云敬愼威儀。惟民之則。諸侯正月朝覲天子。天子惟道德。昭穆穆以視（同示）之。又觀以禮樂。饗醴乃歸。故萬國莫不獲賜祉福。蒙化而成俗。今正月初幸路寢。臨朝賀。置酒以享萬方。傳曰君子愼始。願陛下留神動靜之節。使羣下得望盛德休光。以立基楨。天下幸甚。

眞西山曰。衡之奏對。本於經術。故在漢儒中論議最爲近理。可爲仲舒之亞。惜不能充其所學。故德行事業皆無足觀。

愼終（喪盡其禮）、追遠（祭盡其誠）、煢煢（憂也）、疚（病也）、太上（此指在上者）、侔（等也）、無介乎容儀（猶言不見於容儀）、窈窕（善心爲窈、善容爲窕）、仇（匹也）、遠技能（言無德之人、雖有技能、則斥遠之）、穆穆（天子之容）、路寢（天子治事之所）、

侯應罷邊備議（元帝時、呼韓邪單于入朝、請罷邊備、以休天子人民、帝令下有司議、議者皆以爲便、郎中侯應習邊事、以爲不可許、因上此議）○

周秦以來。匈奴暴桀。寇侵邊境。漢興。尤被其害。臣聞北邊塞至遼東。外有陰山。東西千餘里。草木茂盛。多禽獸。本冒（音墨）頓（音突）單于依阻其中。治作弓矢。來出爲

困則卑順二句確是匈奴反覆情況

防諸屬國降民

防羌

此三條防民之逃亡

寇。是其苑囿也。至孝武世。出師征伐。斥奪此地。攘之於幕北。建塞徼（音叫）起亭隧。築外城。設屯戍以守之。然後邊境得用少安。幕北地平。少草木。多大沙。匈奴來寇。少所蔽隱。從塞以南。徑深山谷。往來差難。邊長老言匈奴失陰山之後。過之未嘗不哭也。如罷備塞戍卒。示夷狄之大利。不可一也。今聖德廣被。天覆匈奴。匈奴得蒙全活之恩。稽首來臣。夫夷狄之情。困則卑順。彊則驕逆。天性然也。前以罷外城。省亭隧。今裁足以候望通烽火而已。古者安不忘危。不可復罷。二也。中國有禮義之敎。刑罰之誅。愚民猶尙犯禁。又況單于能必其衆不犯約哉。三也。自中國尙建關梁以制諸侯。所以絕臣下之覬（音冀）欲也。設塞徼。置屯戍。非獨爲匈奴而已。亦爲諸屬國降民。本故匈奴之人。恐其思舊逃亡。四也。近西羌保塞。與漢人交通。吏民貪利。侵盜其畜產妻子。以此怨恨。起而背畔。世世不絕。今罷乘塞。則生嫚（音慢）易分爭之漸。五也。往者從軍多沒不還者。子孫貧困。一旦亡出從其親戚。六也。又邊人奴婢愁苦。欲亡者多。曰聞匈奴中樂。無奈候望急何。然時有亡出塞者。七也。盜賊桀黠（胡八切）羣輩犯法。如其窘急。亡走北出。則不可

未覩後效先棄前功本不合算

防單于之請求無已

制八也、起塞以來百有餘年、非皆以土垣也、或因山巖石木柴僵落谿谷水門、稍稍平之、卒徒築治、功費久遠、不可勝計、臣恐議者不深慮其終始、欲以一切省繇戍、十年之外、百歲之內、卒有它變、障塞破壞、亭隧滅絕、當更發屯繕治、累世之功不可卒復、九也、如罷戍卒、省候望、單于自以保塞守御、必深德漢、請求無已、小失其意、則不可測、開夷狄之隙、虧中國之固、十也、非所以永持至安、威制百蠻之長策也、

請罷邊備以休天子人民、本是單于狡詐嘗試之詞、議者迺以爲便、漢臣之偸安苟且可知、所陳十害、乃煩小臣言之、漢得毋日衰乎(濡識)

遼東(見趙翁孫上屯田奏三注)、陰山(一名噶札爾山、今內蒙古吳喇忒部後旗西北)、冒頓(見罷珠崖對注)、幕北(沙土曰幕、中隔沙漠、故分南北、今蒙古分內外卽是)、徼(障塞之處、東北曰塞、西南曰徼)、隧(小道、謂開小道而行、避敵鈔寇)、

谷子雲訟陳湯疏(湯事詳前)

臣聞楚有子玉得臣、文公爲之仄(同側)席而坐、趙有廉頗馬服、強秦不敢窺兵井陘(音形)、近漢有郅(音質)都魏尙、匈奴不敢南鄉沙幕、由是言之、戰克之將、國之爪牙、

陳湯之功過于諸人泛泛引入却是爲國家計非爲陳湯游說也

爲人主者不當以小眚棄大功

用激筆收

不可不重也。蓋君子聞鼓鼙（駢迷切）之聲。則思將率（同帥）之臣。竊見關內侯陳湯。前使副西域都護。忿郅支之無道。閔王誅之不加。策慮愊（芳逼切）億（同臆）義勇奮發。卒興師奔逝。橫厲烏孫。踰集都賴。屠三重城。斬郅支首。報十年之逋誅。雪邊吏之宿恥。威震百蠻。武暢西海。漢元以來。征伐方外之將。未嘗有也。今湯坐言事非是。幽囚久繫。歷時不決。執憲之吏。欲致之大辟。昔白起爲秦將。南拔郢都。北坑趙括。以纖介之過。賜死杜郵。秦民憐之。莫不隕涕。今湯親秉鉞。席卷喋（徒協切）血萬里之外。薦功祖廟。告類上帝。介冑之士。靡不慕義。以言事爲罪。無赫赫之惡。周書曰。記人之功。忘人之過。宜爲君者也。夫犬馬有勞於人。尚加帷蓋之報。況國之功臣者哉。竊恐陛下忽於鼓鼙之聲。不察周書之意。而忘帷蓋之施。庸臣遇湯。卒從吏議。使百姓介然有秦民之恨。非所以厲死難之臣也。

湯事本甚不平。漢廷特拘于匡衡等議。故有此待遇。得此一洗。雪之差足吐氣。（濡議）

子玉（楚令尹、名得臣、魯僖公二十八年、與晉文公戰於城濮、楚師敗績、子玉自殺、文公爲之色喜、）仄席（［禮曲禮］有憂者、仄席而坐、）廉頗馬服

泥經義者不識時務

（廉頗及馬服君趙奢、均趙名將、）井陘（在直隸井陘縣東北、井陘口、在井陘山上、今曰土門關、）郅都（河東大陽人、景帝時、爲雁門太守、匈奴爲引兵去）魏尚（興平人、文帝時、爲雲中太守、匈奴不敢近塞、）鼓鼙之聲（[禮樂記]鼓鼙之聲讙、讙以立動、動以進衆、）愊億（憤怒之貌、）烏孫（見劉子政論甘延壽等疏注、）都賴（西域水名、）趙括（趙奢子、長平之役、秦誅括、坑趙卒四十餘萬、）杜郵（今陝西、咸陽縣西、）帷蓋之報（[禮檀弓]敝帷勿棄、爲薶馬也、敝蓋不棄、爲薶狗也、）庸臣句（待遇如庸臣也、）

耿育訟甘陳疏○

延壽湯爲聖漢揚鉤深致遠之威。雪國家累年之恥。討絕域不羈之君。係萬里難制之虜。豈有比哉。先帝嘉之。仍下明詔宣著其功。改年垂曆傳之無窮。應是南郡獻白虎。邊陲無警備。會先帝寢疾。然猶垂意不忘。數使尚書責問丞相。趣（音促）立其功。獨丞相匡衡排而不予。封延壽湯數百戶。此功臣戰士所以失望也。孝成皇帝承建業之基。乘征伐之威。兵革不動。國家無事。而大臣傾邪。讒佞在朝。曾不深惟本末之難。以防未然之戒。欲專主威。排妒有功。使湯塊然被冤拘囚。不能自明。卒以無罪老棄敦煌。正當西域通道。令威名折衝之臣。旋踵及身復爲郅支遺虜所笑。誠可悲也。至今奉使外蠻者。未嘗不陳郅支之誅以揚漢

說得透切爲中亟子雲所未及

何以勸後

何之遜從古今方位不同讀者不可過泥

國之盛夫援人之功以懼敵棄人之身以快讒豈不痛哉且安不忘危盛必慮衰今國家素無文帝累年節儉富饒之畜又無武帝薦延梟俊禽敵之臣獨有一陳湯耳假使異世不及陛下尙望國家追錄其功封表其墓以勸後進也湯幸得身當聖世功曾未久反聽邪臣鞭逐斥遠使亡逃分竄死無處所遠覽之士莫不計度以爲湯功累世不可及而湯過人情所有湯尙如此雖復破絕筋骨暴露形骸猶復制於脣舌爲嫉妒之臣所係虜耳此臣所以爲國家尤戚戚也

前作以宛轉出之此獨說得迫切功不可及而過則人情所有議論尤爲平允（讜議）

鉤深致遠（見「易繫辭」）改年垂曆（謂改年爲竟寧）塊然（獨處之意）敦煌（見趙翁孫陳兵利害書注）梟俊（梟鳥善鬭、梟俊、猶言梟將、）

賈讓治河議○

古者立國居民疆理土地必遺川澤之分度水勢所不及大川無防小水得入

得之目擊瞭如指掌

河從河內方望溪云洪邁謂四用石隄而不爲冗非後人筆墨可到

陂（音碑）障卑下以爲汚澤使秋水多得有所休息左右游波寬緩而不迫夫土之有川猶人之有口也治土而防其川猶止兒啼而塞其口豈不遽止然其死可立而待也故曰善爲川者決之使道善爲民者宣之使言蓋隄防之作近起戰國雍防百川各以自利齊與趙魏以河爲竟趙魏瀕（音濱）山齊地卑下作隄去河二十五里河水東抵齊隄則西泛趙魏趙魏亦爲隄去河二十五里雖非其正水尙有所游盪（音蕩）時至而去則塡淤（音於）肥美民耕田之或久無害稍築室宅遂成聚落大水時至漂沒則更起隄防以自救稍去其城郭排水澤而居之湛（同沈）溺自其宜也今隄防陿者去水數百步遠者數里近黎陽南故大金隄從河西西北行至西山南頭迺折東與東山相屬民居金隄東爲廬舍住十餘歲更起隄從東山南頭直南與故大隄會又內黃界中有澤方數十里環之有隄往十餘歲太守以賦民民今起廬舍其中此臣親所見者也東郡白馬故大隄亦復數重民皆居其間從黎陽北盡魏界故大隄去河遠者數十里內亦數重此皆前世所排也河從河內北至黎陽爲石隄激使東抵東郡平剛又爲石隄使西

徙民避地使河直行是爲上策

有利必有害兩害所在取其輕者

多穿漕渠引水歸渠是爲中策下策直無策

北抵黎陽觀（工喚切）下又爲石隄使東北抵東郡津北又爲石隄使西北抵魏郡昭陽又爲石隄激使東北百餘里間河再西三東迫阸（音厄）如此不得安息今行上策徙冀州之民當水衝者決黎陽遮害亭放河使北入海河西薄大山東薄金隄勢不能遠泛濫朞月自定難者將曰若如此敗壞城郭田廬冢墓以萬數百姓怨恨昔大禹治水山陵當路者毀之故鑿龍門辟（音闢）伊闕析底柱破碣（音傑）石墮斷天地之性此乃人功所造何足言也今瀕河十郡治隄歲費且萬萬及其大決所殘無數如出數年治河之費以業所徙之民遵古聖之法定山川之位使神人各處其所而不相奸且以大漢方制萬里豈其與水爭咫尺之地哉此功一立河定民安千載無患故謂之上策若迺多穿漕渠於冀州地使民得以漑田分殺（音散）水怒雖非聖人法然亦救敗術也難者將曰河水高於平地歲增隄防猶尚決溢不可以開渠臣竊按視遮害亭西十八里至淇水口迺有金隄高一丈自是東地稍下隄稍高至遮害亭高四五丈往五六歲河水大盛增丈七尺壞黎陽南郭門入至隄下水未踰隄二尺所從隄上北望河高出民屋

治河本以便民有清一代歲糜巨費非便民也實便官耳

百姓皆走上山。水留十三日。隄潰二所。吏民塞之。臣循隄上行。視水勢南七十餘里至淇口。水適至隄半。計出地上五尺所。今可從淇口以東爲石隄。多張水門。初元中遮害亭下河去隄足數十步。至今四十餘歲。適至隄足。由是言之。其地堅矣。恐議者疑河大川難禁制。滎陽漕渠足以卜之。其水門但用木與土耳。今據堅地作石隄。勢必完安。冀州渠首盡當卬（古仰字）此水門。治渠非穿地也。但爲東方一隄。北行三百餘里。入漳水中。其西因山足高地。諸渠皆往往股引取之。旱則開東方下水門溉冀州。水則開西方高門分河流。通渠有三利。不通有三害。民常罷於救水。半失作業。水行地上。湊潤上徹。民則病濕氣。木皆立枯。鹵不生穀。決溢有敗。爲魚鼈食。此三害也。若有渠溉。則鹽鹵下隰（音席）。填淤加肥。故種禾麥。更爲秔（音庚）稻。高田五倍。下田十倍。轉漕舟船之便。此三利也。今瀕河隄吏卒郡數千人。伐買薪石之費歲數千萬。足以通渠成水門。又民利其灌溉。相率治渠。雖勞不罷。民田適治。河隄亦成。此誠富國安民。興利除害。支數百歲。故謂之中策。若迺繕完故隄。增卑倍薄。勞費無已。數逢其害。此最下策也。

歷引秦漢以來故事以見匈奴之不易制服

河爲我國大患。因時制宜。未嘗無法。奈不得其人何。濡識

遺（留也、川澤水所聚、留而置之、民無汨沒患、）黎陽（今河南濬縣、）金隄（在東郡白馬界、）太守以賦民（隄內之田、與民執業、）東郡白馬（東郡、漢郡名、白馬縣、在今河南滑縣東、）平剛（今直隸盧龍縣東北、按[漢地理志]屬右北平郡、）黎陽觀（觀、縣名、）昭陽（今湖南邵陽縣東南、）冀州（今直隸山西及河南之東、奉天以西之地、）遮害亭（今濬縣西南、舊爲河所經、）龍門（山在今陝西韓城縣東北、）伊闕（一名闕口山、在河南洛陽縣西南、）底柱（山在今河南陝縣黃河中、）碣石（山在直隸昌黎縣、）淇水口（今河南淇縣東、）初元（元帝年號、）滎陽（今河南開封縣西南、）卜（與也、）漳水（漳水有二、一濁漳、出山西潞安縣、即潞水、一清漳、出山西太原縣、至直隸入海、）隰（下濕之地、）秔（稻之不黏者、）

揚子雲諫不受單于朝書○○○

臣聞六經之治。貴於未亂。兵家之勝。貴於未戰。二者皆微。然而大事之本。不可不察也。今單于上書求朝。國家不許而辭之。臣愚以爲漢與匈奴從此隙矣。夫北地之狄。五帝所不能臣。三王所不能制。其不可使隙甚明。臣不敢遠稱。請引秦以來明之。以秦始皇之彊。蒙恬之威。帶甲四十餘萬。然不敢窺西河。迺築長城以界之。會漢初興。以高祖之威靈。三十萬衆困於平城。士或七日不食。時奇譎之士。石（同碩）畫之臣甚衆。卒其所以脫者。世莫得而言也。又高皇后嘗忿匈奴。

敘武帝事少抑而多揚亦相時勢以立言耳

提頓處文勢自佳

羣臣廷議。樊噲（音快）請以十萬衆橫行匈奴中。季布曰。噲可斬也。妄阿順指。於是大臣權書遺之。然後匈奴之結解。中國之憂平。及孝文時。匈奴侵暴北邊。候騎至雍甘泉。京師大駭。發三將軍屯細柳棘門霸上以備之。數月迺罷。孝武卽位。設馬邑之權。欲誘匈奴。使韓安國將三十萬衆徼於便墜（同地）。匈奴覺之而去。徒費財勞師。一虜不可得見。況單于之面乎。其後深惟社稷之計。規恢萬載之策。迺大興師數十萬。使衞青霍去病操兵。前後十餘年。於是浮西河。絕大幕。破寘顏。襲王庭。窮極其地。追奔逐北。封狼居胥山。禪於姑衍。以臨瀚海。虜名王貴人以百數。自是之後。匈奴震怖。益求和親。然而未肯稱臣也。且夫前世豈樂傾無量之費。役無罪之人。快心於狼望之北哉。以爲不一勞者不久佚。不蹔（同暫）費者不永寧。是以忍百萬之師以摧餓虎之喙。運府庫之財塡盧山之壑而不悔也。至本始之初。匈奴有桀心。欲掠烏孫。侵公主。迺發五將之師十五萬騎獵其南。而長羅侯以烏孫五萬騎震其西。皆至質而還。時鮮有所獲。徒奮揚威武。明漢兵若雷風耳。雖空行空反。尙誅兩將軍。故北狄不服。中國未得高枕安寢也。逮

極言犬羊之性不易馴伏

借彼形此難易自見文氣亦足

收束亦極簡括

至元康神爵之間。大化神明。鴻恩溥洽。而匈奴內亂。五單于爭立。日逐呼韓邪。攜國歸死。扶同匍伏稱臣。然尚羈縻之計。不顓制。自此之後。欲朝者不拒。不欲者不彊。何者。外國天性忿鷙。形容魁健。負力怙音戶氣。難化以善。易隸以惡。其彊難詘。其和難得。故未服之時。勞師遠攻。傾國殫貨。伏尸流血。破堅拔敵。如彼之難也。既服之後。慰薦撫循。交接賂遺。威儀俯仰。如此之備也。往時嘗屠大宛之城。蹈烏桓之壘。探姑繒慈陵切之壁。籍蕩姐音紫之場。艾音刈朝鮮之旃諸延切。拔兩越之旗。近不過旬月之役。遠不離二時之勞。固已犂其庭。掃其閭。郡縣而置之。雲徹席捲。後無餘菑同災。惟北狄為不然。眞中國之堅敵也。三垂比之懸矣。前世重之茲甚。未易可輕也。今單于歸義。懷款誠之心。欲離其庭。陳見于前。此迺上世之遺策。神靈之所想望。國家雖費。不得已者也。奈何距以來厭之辭。疏以無日之期。消往昔之恩。開將來之隙。夫款而隙之。使有恨心。負前言。緣往辭。歸怨於漢。因以自絕。終無北面之心。威之不可。諭之不能。焉得不為大憂乎。夫明者視於無形。聽者聽於無聲。誠先於未然。卽蒙恬樊噲不復施。棘門細柳不復備。馬邑

今此拒絕前功盡棄說得極有關係

之策安所設衛霍之功何得用五將之威安所震不然壹有隙之後雖智者勞心於內辯者轂擊於外猶不若未然之時也且往者圖西域制車師置城郭都護三十六國費歲以大萬計者豈爲康居烏孫能踰白龍堆而寇西邊哉迺以制匈奴也夫百年勞之一日失之費十而愛一臣竊爲國不安也惟陛下少留意於未亂未戰以遏邊萌之禍

方望溪曰亦復朗暢而西漢質厚之氣索然盡矣○姚氏曰子雲此奏擬信陵諫伐韓書○吳至父曰吾嘗疑此文類李斯諫逐客書姚曾均擬信陵蒙所未喻

蒙恬事 見嚴安言世務書注、西河 黃河之西、今蒙古鄂爾多斯左翼前旗、及陝西舊楡林府、漢置西河郡、治富昌、平城事 見主父偃諫伐匈奴書注、高后事 高后時、匈奴遺書戲嫚、議欲伐之、噲願自效、布以平城時、噲亦在圍、斥之、權書遺之、謂行權宜之計、遺以自卑之書、甘泉 山名、今陝西涇陽縣西北、三將軍 周亞夫次細柳、劉禮次霸上、徐厲次棘門、按細柳在今咸陽縣西南、霸上在長安縣東、棘門在渭北十餘里、設馬邑句 漢使聶壹詐言斬馬邑令、懸頭城下、誘匈奴兵至、距馬邑百餘里、覺漢有伏兵、還去、此亦行權宜之計、韓安國 字長孺、梁成安人、馬邑之役、爲護軍將軍、衛青 字仲卿、平陽家奴、以伐匈奴功、爲大將軍、封長平侯、霍去病 青姊少子、亦以功封冠軍侯、絕大幕 窮匈奴王所在也、寘顏 山名、在喀爾喀地、封

從周宣引入比例亦當

積土為封、狼居胥山在漠北、今喀爾喀地、禪祭也、姑衍山在漠北、瀚海在蘇尼特北、喀爾喀南、其西接伊犂界、狼望匈奴地、盧山匈奴中山、本始漢宣帝年號、公主漢嫁宗室女於烏孫、五將田廣明為祁連將軍、趙充國為蒲類將軍、田順為虎牙將軍、及度遼將軍范明友、前將軍韓增、長羅侯常惠將烏孫兵擊匈奴、獲名王首虜二萬九千人、封長羅侯、至質質、地也、兩將軍祁連將軍田廣明、虎牙將軍田順、元康神爵俱漢宣帝年號、五單于句匈奴握衍朐鞮單于暴虐、烏禪幕及左地貴人、共立稽侯狦為呼韓邪單于、發兵西擊握衍朐鞮、握衍朐鞮敗走自殺、其弟右賢王、立日逐王薄胥堂為屠耆單于、於是呼揭王自立為呼揭單于、右奧鞬王自立為車犁單于、烏藉都尉亦自立為烏藉單于、扶伏猶匍匐也、鷙狼也、大宛西域國名、今俄屬浩罕塔什干等地、武帝曾遣李廣利伐宛、宛人斬其王毋寡、獻馬三千匹、烏桓東胡支族、在遼東塞外、與匈奴左部接壤、姑繒西南夷種、籍蹈也、蕩姐羌屬、艾絕也、朝鮮今朝鮮北境、及盛京東南境、武帝平朝鮮、置四郡、兩越東越、今福建地、南越、今廣東廣西及安南地、一時三月為一時、三垂謂東方西方南方、此言匈奴之在北方、比之三垂、形勢懸絕也、垂、邊也、武帝侵三垂以置郡、車師西域國名、在今新疆、康居烏孫並見劉子駿論甘延壽等疏注、白龍堆沙漠也、在西域中、形如土龍、高大者二三丈、卑者丈餘、皆東北向、

劉子駿王舜毀廟議先是宣帝時、尊孝武皇帝廟為世宗、所幸郡國皆立廟、至成帝時、孔光何武奏遂毀之、次詔羣臣議、以為親盡宜毀、劉子駿王舜駁之、

○

臣聞周室既衰。四夷並侵。玁音險狁音尹最強。于今匈奴是也。至宣王而伐之。詩人美而頌之曰。薄伐玁狁。至於太原。又曰。嘽音灘嘽推推。如霆如雷。顯允方叔。征伐

見春秋之微旨

以下敘孝武之功烈

獫狁。荆蠻來威。故稱中興。及至幽王。犬戎來伐。殺幽王。取宗器。自是之後。南夷與北夷交侵。中國不絕如綫。春秋紀齊桓南伐楚。北伐山戎。孔子曰。微管仲。吾其被髮左衽（汝鴆切）矣。是故棄桓之過而錄其功。以爲伯首。及漢興。冒（音墨）頓（音突）始强。破東胡。禽月氏（音支）。幷其土地。地廣兵强。爲中國害。南越尉佗總百粵。自稱帝。故中國雖平。猶有四夷之患。且無寧歲。一方有急。三面救之。是天下皆動而被其害也。孝文皇帝厚以貨賂。與結和親。猶侵暴無已。甚者興師十餘萬衆。近屯京師及四邊。歲發屯備虜。其爲患久矣。非一世之漸也。諸侯郡守連匈奴及百粵以爲逆者。非一人也。匈奴所殺郡守都尉。略取人民。不可勝數。孝武皇帝愍中國罷勞。無安寧之時。乃遣大將軍驃（音票）騎伏波樓船之屬。南滅百粵。起七郡。北攘匈奴。降昆（讀作渾）邪（音耶）十萬之衆。置五屬國。起朔方。以奪其肥饒之地。東伐朝鮮。起玄菟樂浪。以斷匈奴之左臂。西伐大宛。幷三十六國。結烏孫。起敦煌酒泉張掖。以鬲（音隔）婼（音兒）羌。裂匈奴之右肩。單于孤特。遠遁于幕北。四垂無事。斥地遠境。起十餘郡。功業既定。迺封丞相爲富民侯。以大安天下。富實百姓。其規橅

引經據典無毀廟之理由

同模可見。又招集天下賢俊。與協心同謀。興制度。改正朔。易服色。立天地之祠。建封禪。殊官號。存周後。定諸侯之制。永無逆爭之心。至今累世賴之。單于守藩。百蠻服從。萬世之基也。中興之功。未有高焉者也。高帝建大業。爲太祖。孝文皇帝德至厚也。爲文太宗。孝武皇帝功至著也。爲武世宗。此孝宣帝所以發德音也。禮記王制及春秋穀梁傳。天子七廟。諸侯五。大夫三。士二。天子七日而殯。七月而葬。諸侯五日而殯。五月而葬。此喪事尊卑之序也。與廟數相應。其文曰。天子三昭三穆。與太祖之廟而七。諸侯二昭二穆。與太祖之廟而五。故德厚者流光。德薄者流卑。春秋左氏傳曰。名位不同。禮亦異數。自上以下。降殺以兩。禮也。七者其正法數。可常數者也。宗不在此數中。宗變也。苟有功德則宗之。不可預爲設數。故于殷。太甲爲太宗。太戊曰中宗。武丁曰高宗。周公爲無逸之戒。舉殷三宗以勸成王。由是言之。宗無數也。然則所以勸帝者之功德博矣。以七廟言之。孝武皇帝未宜毀。以所宗言之。則不可謂無功德。禮記祀典曰。夫聖王之制祀也。功施于民則祀之。以勞定國則祀之。能救大災則祀之。竊觀孝武皇帝功德。

以功德推崇武帝異姓尚將特祀不得沿親盡迭毀之常法

此就當時之說而駁之

雙收得體

皆兼而有焉凡在于異姓猶將特祀之況于先祖或說天子五廟無見文又說中宗高宗者宗其道而毀其廟名與實異非尊德貴功之意也詩云蔽芾(音沸)甘棠勿翦勿伐召伯所茇(蒲曷切)思其人猶愛其樹況宗其道而毀其廟乎迭毀之禮自有常法無殊功異德固以親疏相推及至祖宗之序多少之數經傳無明文至尊至重難以疑文虛說定也孝宣皇帝舉公卿之議用衆儒之謀既以爲世宗之廟建之萬世宣布天下臣愚以爲孝武皇帝功烈如彼孝宣皇帝崇立之如此不宜毀

班彪曰考觀諸儒之議劉歆博而篤矣

太原(甘肅固原一帶)嘽嘽推推(戎車之盛)、衽(襟也)、東胡(烏丸之祖、其別爲鮮卑、在匈奴東)、月氏(居祁連敦煌間、爲匈奴所破、乃擊大夏而臣之、爲大月氏、其不能去者、保南山、爲小月氏)、南越尉佗(秦眞定人、南海尉任囂死、佗代之、呂后時自稱帝、文帝立、去帝號)、大將軍(衛青)、驃騎將軍(霍去病)、伏波將軍(路博德)、樓船將軍(楊僕)、昆邪(單于惡昆邪王休屠王、欲殺之、二王謀降漢、漢使迎之、昆邪王殺休屠王、以其衆降漢、號十萬)、五屬國(卽西域諸國已降漢者)、起朔方句(時漢徙關東貧民處所奪匈奴河南地)、玄菟樂浪(見賈君房罷珠崖對注)、大宛(見上)、婼羌(西域國、去陽關千八百里)、富民侯(田千秋)、昭穆(宗廟對行之序)、名位不同句

處處從出为帝爲幼主說固宜如此

宮中府中俱爲一體姚氏云宮中太子宮也府中丞相府也是時後主用人蓋已與公不合矣

政莫大於刑賞

後主知此何至亡蜀

太甲太戊武丁（均商賢主、）（見「左襄」）禮記祀典以下四句（見「禮祭法」）蔽芾甘棠三句（見「詩召南」召伯聽訟於甘棠之下、後人思之、蔽芾、小貌、茇、草舍也、召伯、名奭、）

諸葛孔明出師表○○○

臣亮言先帝創業未半而中道崩殂今天下三分益州疲弊此誠危急存亡之秋也然侍衞之臣不懈於內忠志之士忘身於外者蓋追先帝之殊遇欲報之於陛下也誠宜開張聖聽以光先帝遺德恢宏志士之氣不宜妄自菲薄引喻失義以塞忠諫之路也宮中府中俱爲一體陟罰臧否不宜異同若有作姦犯科及爲忠善者宜付有司論其刑賞以昭陛下平明之治不宜偏私使內外異法也侍中侍郎郭攸之、費禕、（音猗）董允等此皆良實志慮忠純是以先帝簡拔以遺陛下愚以爲宮中之事事無大小悉以諮之然後施行必能裨補闕漏有所廣益將軍向寵性行淑均曉暢軍事試用於昔日先帝稱之曰能是以衆議舉寵爲督愚以爲營中之事事無大小悉以諮之必能使行陳和穆優劣得所也親賢臣遠小人此先漢所以興隆也親小人遠賢臣此後漢所以傾頹也先帝

占身分處確是實事無一僞飾語

謹愼二字乃諸葛一生見長處亦見短處

語長心重滿紙淚痕終亮之世後主恭已以聽者無非至誠有以感之也

在時每與臣論此事未嘗不歎息痛恨於桓靈也侍中尚書長史參軍此悉貞亮死節之臣也願陛下親之信之則漢室之隆可計日而待也臣本布衣躬耕於南陽苟全性命於亂世不求聞達於諸侯先帝不以臣卑鄙猥自枉屈三顧臣於草廬之中諮臣以當世之事由是感激遂許先帝以驅馳後值傾覆受任於敗軍之際奉命於危難之間爾來二十有一年矣先帝知臣謹愼故臨崩寄臣以大事也受命以來夙夜憂歎恐託付不效以傷先帝之明故五月渡瀘(音盧)深入不毛今南方已定兵甲已足當獎帥(去聲)三軍北定中原庶竭駑鈍攘除姦凶興復漢室還於舊都此臣之所以報先帝而忠陛下之職分也至於斟酌損益進盡忠言則攸之禕允之任也願陛下託臣以討賊興復之效不效則治臣之罪以告先帝之靈若無興德之言則責攸之禕允之咎以彰其慢陛下亦宜自謀以諮諏(音鄒)善道察納雅言深追先帝遺詔臣不勝受恩感激今當遠離臨表涕泣不知所云

蘇東坡曰孔明出師二表簡而且盡直而不肆大哉言乎與伊訓說命相表

裏非秦漢以下以事君爲說者所能至○方望溪曰孔明早見後主躬自非薄性近小人恐其遠離師保志趣日遷故宮府營陳悉屬之貞良以謹持其政柄又恐不能傾心信用故首言國勢危急使知負荷之難中則痛恨桓靈以爲傾頽之鑒終則使之自謀以警其昏蒙而皆稱先帝以臨之使知沮忠良之氣必墮先帝之業蹈桓靈之轍必傷先帝之心棄善道忽雅言是悖先帝之遺命其言語氣象雖不能上比伊周而絕非兩漢文士之所能近似矣又曰戰國之文峭而儇惟樂毅報燕王書從容寬博有叔向國僑遺風東漢之文滯而繁惟孔明此表高朗切至實尙書陳戒之苗裔故曰言者心之聲也惟其有之是以似之謂文章限於時代特俗子之鄙談耳○姚氏曰此文迺似劉子政東漢奏議蔑有逮者

三分（時丕已篡漢、與吳亦據東南、）益州（治今四川成都縣、）郭攸之（南陽人、爲侍中、）費禕（字文偉、江夏鄳人、時爲侍中、）董允（字休昭、南郡枝江人、時爲侍郎、）向寵（朗兄子、後主建興元年、封都亭侯、爲中部督、典宿衞兵、）桓靈（東漢二帝、）侍中（官名、主侍從、指郭攸之、費禕、）尙書（古官名、秦時主殿中發書、漢官屬少府、指陳震、）長史（丞相府僚、指張裔、）參軍（官名、參預軍事者、指蔣琬、）南陽（今湖北襄陽縣地、）受任二句時曹操南征、劉琮以荊州降、先主奔夏口、亮奉使至吳求救、**臨崩句**先主崩永安宮、遺詔亮輔後主、**瀘**水出牂牁江、一名苦水、渡瀘、指七擒孟獲事、獲據今之雲南、**不毛**毛、草也、謂不生草之地、**中原**魏都汴、故曰中原、

評校音注 古文辭類纂卷十五終

漢武時霍去病破匈奴得休屠王祭天金人即今佛像不自明帝始也

此時天下太平方望溪云分兩段敘以殷周而降治亂相間不得概曰天下太平百姓安樂壽考也

韓退之論佛骨表

時功德使上言、鳳翔法門寺塔、有佛指骨、相傳三十年一開、開則年豐人安、請迎之、憲宗從之、留宮中三日、王公士民、瞻奉捨施、恐不及、愈因上書論之、遂貶潮州刺史、

○○○

臣某言。伏以佛者夷狄之一法耳。自後漢時流入中國。上古未嘗有也。昔者黃帝在位百年。年百一十歲。少昊在位八十年。年百歲。顓頊許玉切在位七十九年。年九十八歲。帝嚳音酷在位七十年。年百五歲。帝堯在位九十八年。年百一十八歲。帝舜及禹年皆百歲。此時天下太平百姓安樂壽考。然而中國未有佛也。其後殷湯亦年百歲。湯孫太戊音茂在位七十五年。武丁在位五十九年。書史不言其年壽所極。推其年數。蓋亦俱不減百歲。周文王年九十七歲。武王年九十三歲。穆王在位百年。此時佛法亦未入中國。非因事佛而致然也。漢明帝時始有佛法。明帝在位纔十八年耳。其後亂亡相繼。運祚不長。宋齊梁陳元魏已下事佛漸謹。年代尤促。惟梁武帝在位四十八年。前後三度捨身施佛。宗廟之祭不

求福得禍爲下等人說法固宜如此

如此立論豈得轉圜想見專制時代進言不易

當時確有此種情事

上行下效流弊至此

用牲牢晝日一食止於菜果其後竟爲侯景所逼餓死臺城國亦尋滅事佛求福乃更得禍由此觀之佛不足事亦可知矣高祖始受隋禪則議除之當時羣臣材識不遠不能深知先王之道古今之宜推闡聖明以救斯弊其事遂止臣常恨焉伏惟睿聖文武皇帝陛下神聖英武數千百年已來未有倫比卽位之初卽不許度人爲僧尼道士又不許創立寺觀臣常以爲高祖之志必行於陛下之手今縱未能卽行豈可恣之轉令盛也今聞陛下令羣僧迎佛骨於鳳翔御樓以觀舁（音余）入大內又令諸寺遞迎供養臣雖至愚必知陛下不惑於佛作此崇奉以祈福祥也直以年豐人樂徇人之心爲京都士庶設詭異之觀戲翫（同玩）之具耳安有聖明若此而肯信此等事哉然百姓愚冥易惑難曉苟見陛下如此將謂眞心事佛皆云天子大聖猶一心敬信百姓何人豈合更惜身命焚頂燒指百十爲羣解衣散錢自朝至暮轉相倣效惟恐後時老少奔波棄其業次若不卽加禁遏更歷諸寺必有斷臂臠（力轉切）身以爲供養者傷風敗俗傳笑四方非細事也夫佛本夷狄之人與中國言語不通衣服殊製口不言先王之

法言身不服先王之法服不知君臣之義父子之情假如其身至今尙在奉其國命來朝京師陛下容而接之不過宣政一見禮賓一設賜衣一襲衞而出之於境不令惑衆也況其身死已久枯朽之骨凶穢之餘豈宜令入宮禁孔子曰敬鬼神而遠之古之諸侯行弔於其國尙令巫祝先以桃茢（音列）祓（音弗）除不祥然後進弔今無故取朽穢之物親臨觀之巫祝不先桃茢不用羣臣不言其非御史不舉其失臣實恥之乞以此骨付之有司投諸水火永絕根本斷天下之疑絕後代之惑使天下之人知大聖人之所作爲出於尋常萬萬也豈不盛哉豈不快哉佛如有靈能作禍祟（音粹）凡有殃咎宜加臣身上天鑒臨臣不怨悔無任感激懇悃（苦本切）之至謹奉表以聞

眞西山曰韓公奏議非特此一篇如論淮西及黃家賊事宜論錢重物輕及條析張平叔鹽法皆敷析明白曲當事情然非專爲文故姑取佛骨一表以見公扶正道闢異端之功云○劉海峯曰佛骨是學尙書無逸篇○大姚曰敍次論斷簡潔明白健處見公文字之老境○張廉卿曰此篇與西漢人奏議

追孝祖宗朱子云一本宗下有廟字非是此等公家文字或施於君上或布之吏民祇用當時體式直述事意乃易曉而適行非如詩歌等於戲劇能記斯於久遠可以時出奇怪而無所拘也故韓公之文雖曰高古然於此等處亦未嘗敢故爲新巧以失莊敬平易之體但其間反復曲折說謔

爲近又曰意義亦明顯無殊絕處而淋漓古鬱眞氣坌湧使人讀之不厭

黃帝名軒轅、姓公孫、少昊名摯、姓己、黃帝子、帝嚳少昊孫、蟜父、名夋、姓姬、堯姓伊耆、名放勳、舜姓姚、名重華、禹姓姒、名文命、黃帝之玄孫、湯名履、姓子、穆王名滿、明帝名莊、光武子、始有佛法明帝遣羽林郎蔡愔、博士秦景王遵等十三人、至天竺國迎取佛書、佛教始入中國、梁武帝名衍、篡齊稱帝、嗜佛、捨身同泰寺爲奴、敕宗廟祭祀以麪爲犧牲、後爲侯景餓死、臺城在今南京城內、則議除之唐高祖即位、傅奕請除佛法、帝命天下沙汰僧尼道士、鳳翔今陝西鳳翔縣、屬關中道、宣政殿名、一襲猶一副也、桃茢句「禮檀弓」君臨臣喪、以巫祝桃茢執戈、按茢、葦華也、言以桃爲棒茢爲帚也、

韓退之禘祫議○○○

右今月十六日敕旨宜令百僚議限五日內聞奏者將仕郎守國子監四門博士臣韓愈謹獻議曰伏以陛下追孝祖宗肅敬祀事凡在擬議不敢自專聿求厥中延訪羣下然而禮文繁漫所執各殊自建中之初迄至今歲屢經禘祫未合適從臣生遭聖明涵泳恩澤雖賤不及議而志切效忠今輒先舉衆議之非然後申明其說一曰獻懿廟主宜永藏之夾室臣以爲不可夫祫者合也毀廟之主皆當合食於太祖獻懿二祖卽毀廟主也今雖藏於夾室至禘祫之時豈

事理使是眞文章他人自不能及耳

宜永藏之夾室吳至父云裴郁李嶸等議

宜毀之瘞之吳至父云李嶸等議

宜各遷於其陵所吳至父云裴樞議

宜附於興聖廟吳至父云陳京仲子陵議

宜別立廟於京師吳至父云柳冕等議

禘無其所眞西山云其所一作所之大誤

得不食於太廟乎名曰合祭而二祖不得祭焉不可謂之合矣二曰獻懿廟主宜毀之瘞之臣又以爲不可謹按禮記天子立七廟一壇一墠音善其毀廟之主皆藏於祧廟雖百代不毀祫則陳於太廟而饗焉自魏晉已降始有毀瘞之議事非經據竟不可施行今國家德厚流光創立九廟以周制推之獻懿二祖猶在壇墠之位況於毀瘞而不禘祫乎三曰獻懿廟主宜各遷於其陵所臣又以爲不可二祖之祭於京師列於太廟也二百年矣今一朝遷之豈惟人聽疑惑抑恐二祖之靈眷顧依遲不卽饗於下國也四曰獻懿廟主宜附於興聖廟而不禘祫臣又以爲不可傳曰祭如在景皇帝雖太祖其於屬乃獻懿之子孫也今欲正其子東向之位廢其父之大祭固不可爲典矣五曰獻懿二祖宜別立廟於京師臣又以爲不可夫禮有所降情有所殺是故去廟爲祧去祧爲壇去壇爲墠去墠爲鬼漸而之遠其祭益稀昔者魯立煬音陽宮春秋非之以爲不當取已毀之廟既藏之主而復築宮以祭今之所議與此正同又雖違禮立廟至于禘祫也合食則禘無其所廢祭則於義不通此五說者皆所不可故臣博采

此蓋言若作別廟則不當禘於太廟又不當禘於別廟故云禘無其所若以無可禘祫之所而直廢其祭則於義又有不可通者

代數已遠方望溪云諸侯不敢祖天子故祭不上干非爲世代之遠

所伸之祭至多眞西山云按韓公本意獻祖爲始祖其主當居初室百世不遷懿祖之主則當遷於太廟之西夾室而太祖以下以次列於諸室四時之享則惟懿祖不與而獻祖太祖以下各祭於其室室自爲尊不相降獻所謂所伸之祭嘗多者也禘祫則惟獻祖居東嚮之位而懿祖太祖以下皆序昭穆南北相向於前所謂祖以孫尊孫以祖屈而所屈之祭嘗少者也韓公禮學精深蓋諸儒所不及故其所議獨深得夫孝子慈孫報本反始不忘其所由生

前聞求其折中以爲殷祖玄王周祖后稷太祖之上皆自爲帝又其代數已遠不復祭之故太祖得正東向之位子孫從昭穆之列禮所稱者蓋以紀一時之宜非傳於後代之法也傳曰子雖齊聖不先父食蓋言子爲父屈也景皇帝雖太祖也其於獻懿則子孫也當禘祫之時獻祖宜居東向之位景皇帝宜從昭穆之列祖以孫尊孫以祖屈求之神道豈遠人情又常祭甚衆合祭甚寡則是太祖所屈之祭至少所伸之祭至多比於伸孫之尊廢祖之祭不亦順乎事異殷周禮從而變非所失禮也臣伏以制禮作樂者天子之職也陛下以臣議有可采粗合天心斷而行之是則爲禮如以爲猶或可疑乞召臣對面陳得失庶有發明謹議

方望溪曰反復周密理正詞質說經之文當用爲程式○劉海峯曰筆力堅挺如鐵鑄成允爲議禮之法式○姚氏曰唐高祖之祖虎佐周始封於唐追尊爲太祖景皇帝其上懿祖又其上獻祖唐自德宗以前議太祖禘祫之位久不定建中二年顏魯公爲禮儀使上廟享議曰太祖景皇帝居百代不遷

之本意眞可乃萬世之通法不但可施於一時也程子以爲不可漫觀者其謂此類也歟但其文字簡嚴讀者或未遽曉故竊推之以盡其意云推所失禮也吳刻插注云朱子云所字疑衍

之尊而禘祫之時暫居昭穆屈己以奉祖宗可也當時用其言祫禘時以獻祖居東向而懿祖太祖爲昭穆及貞元時議者乃謂非是下羣臣議改太祖爲東向而獻懿別祀焉其時退之爲四門博士上議云云朱子推公此議禮學精深得報本反始不忘所自生之本義公之說與魯公正同然公之議竟不得見用於貞元之末而魯公之說乃得行於建中之初蓋當時魯公名稱位望爲朝廷所信固重於公之在貞元間及乎魯公去國而當世遂不肯終守其說移易是非迄乎終唐之世爲可惜也

今月十六日敕旨（時貞元十八年）、將仕郞（爲文階從九品下）、國子監四門博士（四門館博士、隸國子監、正七品上掌敎七品以上侯伯子男子爲生、及庶人子爲俊士生者、）獻懿二祖（獻祖熙爲唐高祖之高祖、懿祖天賜爲唐高祖之曾祖、）禘祫（禮三年一祫、五年一禘、禘祫者、合也、謂以昭穆合食於太祖之廟、禘者、諦也、謂審諦尊卑而祀之、）夾室（唐置祧主之所、）壇墠（封土爲壇、除地爲墠、）祧廟（遠廟爲祧、謂遷廟之主、皆以昭穆合藏於祧廟之中、）九廟（開元十年、詔宣皇帝復祔于正室、謚爲獻祖、幷謚高皇帝爲懿祖、又以中宗還祔太廟、增太廟爲九室、）興聖廟（卽景皇帝廟、爲高祖之祖、名虎、）去廟爲祧四句（見「禮祭法」鬼無廟者主入石函、祫則祭之、）煬宮（魯定公九年九月、立煬宮、煬公、伯禽子、其廟已毀、季氏逐昭公、而懼、就祧而禱之、昭公死、季氏以爲獲福、故立之、）玄王（商之始祖契也、）

經律歧出釀成千古多少冤案

可見我國法律之不平等不完全

韓退之復讎議

元和六年、富平縣人梁悅、為報父仇、殺仇人秦果、詣縣自首、愈因有此議、

右伏奉今月五日敕復讎據禮經則義不同天徵法令則殺人者死禮法二事皆王教之端有此異同必資論辨宜令都省集議聞奏者朝議郎行尚書職方員外郎上騎都尉韓愈議曰伏以子復父讎見於春秋見於禮記又見周官又見諸子史不可勝數未有非而罪之者也最宜詳於律而律無其條非闕文也蓋以為不許復讎則傷孝子之心而乖先王之訓許復讎則人將倚法專殺無以禁止其端矣夫律雖本於聖人然執而行之者有司也經之所明者制有司者也丁寧其義於經而深沒其文於律者其意將使法吏一斷於法而經術之士得引經而議也周官曰凡殺人而義者令勿讎讎之則死義宜也明殺人而不得其宜者子得復讎也此百姓之相讎者也公羊傳曰父不受誅子復讎可也不受誅者罪不當誅也誅者上施於下之辭非百姓之相殺者也又周官曰凡報仇讎者書於士殺之無罪言將復讎必先言於官則無罪也今陛下垂意典章思立定制惜有司之守憐孝子之心示不自專訪議羣下臣愚以為復讎

經亦無可依據

之名雖同而其事各異。或百姓相讐。如周官所稱。可議於今者。或爲官所誅。如公羊所稱。不可行於今者。又周官所稱將復讐先告於士則無罪者。若孤稚羸弱（音雷）抱微志而伺敵人之便。恐不能自言於官。未可以爲斷於今也。然則殺之與赦。不可一例。宜定其制曰。凡有復父讐者。事發。具其事申尙書省。尙書省集議奏聞。酌其宜而處之。則經律無失其指矣。謹議。

劉海峯曰。約六經之旨而成文。此退之自負不猶人處。○大姚曰。簡易明直。最爲文之高致。○張廉卿曰。此文自老潔不可及。然少宏遠不盡之觀。未極文家之能事。恐非退之上乘文字。

不同天（[禮檀弓]子夏問於孔子曰、居父母之仇、如之何、子曰、寢苫枕干、不仕、弗與共天下也、遇諸市朝、不反兵而鬭、）都省（唐分西部、東部、北部、牧各一人、三省、尙書省、置左右僕射二人、門下省、置侍中二人、中書省、置中書令二人、均號爲宰相、）朝議郎（爲正六品上、）職方員外郎（掌地圖城隍鎭戍烽候及四夷歸化之事、隷兵部、）上騎都尉（如折衝都尉、果毅都尉之類、）羸（瘦也、）

韓退之潮州刺史謝上表（潮州、唐屬嶺南道、治今廣東潮安縣、）○

臣某言。臣以狂妄戇（音貢）愚。不識禮度。上表陳佛骨事。言涉不敬。正名定罪。萬死

今月吳至父云三月

稱述朝廷威德亦本題所應有

叙述地方險惡爲乞哀地步

猶輕。陛下哀臣愚忠。恕臣狂直。謂臣言雖可罪。心亦無他。特屈刑章。以臣爲潮州刺史。既免刑誅。又獲祿食。聖恩宏大。天地莫量。破腦刳（音枯）心。豈足爲謝。臣某誠惶誠恐。頓首頓首。臣以正月十四日蒙恩除潮州刺史。即日奔馳上道。經涉嶺海。水陸萬里。以今月二十五日到州上訖。與官吏百姓等相見。具言朝廷治平。天子神聖。威武慈仁。子養億兆人庶。無有親疏遠邇。雖在萬里之外。嶺海之陬（音鄒）。待之一如畿甸之間。輦轂之下。有善必聞。有惡必見。早朝晚罷。兢兢業業。惟恐四海之內。天地之中。一物不得其所。故遣刺史面問百姓疾苦。苟有不便。得以上陳。國家憲章完具。爲治日久。守令承奉詔條。違犯者鮮。雖在蠻荒。無不安泰。聞臣所稱聖德。惟知鼓舞讙呼。不勞施爲。坐以無事。臣某誠惶誠恐。頓首頓首。臣所領州。在廣府極東界上。去廣府雖云纔二千里。然來往動皆經月。過海口。下惡水。濤瀧（雙龍兩音）。壯猛難計。程期颶（音懼）風鱷（音岳）魚。患禍不測。州南近界。漲海連天。毒霧瘴（音障）氛。日夕發作。臣少多病。年纔五十。髮白齒落。理不久長。加以罪犯至重。所處又極遠惡。憂惶慚悸（其季切）。死亡無日。單立一身。朝無親黨。居蠻

當時之文方望溪云當宜作常
至於論述陛下功德方望溪云意主道諛文亦排冗
降而求之文字以自見詞氣間仍自不失其伉直之身分故佳

近於獻媚貢諛

夷之地與魑（丑知切）魅（音媚）爲羣苟非陛下哀而念之誰肯爲臣言者臣受性愚陋人事多所不通惟酷好學問文章未嘗一日暫廢實爲時輩所見推許臣于當時之文亦未有過人者至於論述陛下功德與詩書相表裏作爲歌詩薦之郊廟紀泰山之封鏤（音漏）白玉之牒鋪張對天之閎休揚厲無前之偉績編之乎詩書之策而無愧措之乎天地之間而無虧雖使古人復生臣亦未肯多讓伏以大唐受命有天下四海之內莫不臣妾南北東西地各萬里自天寶之後政治少懈文致未優武剋不剛孽臣姦隸蠹居棊處搖毒自防外順內悖父死子代以祖以孫如古諸侯自擅其地不貢不朝六七十年四聖傳序以至陛下陛下即位以來躬親聽斷旋乾轉坤關機闔闢雷厲風飛日月清照天戈所麾莫不寧順大宇之下生息理極高祖創制天下其功大矣而治未太平也太宗太平矣而大功所立咸在高祖之代非如陛下承天寶之後接因循之餘六七十年之外赫然興起南面指麾而致此巍巍之治功也宜定樂章以告神明東巡泰山奏功皇天具著顯庸明示得意使永永年代服我成烈當此之際所謂千載

哀苦之詞不復自檢曾不得奏薄伎張廉卿云奇響

一時不可逢之嘉會而臣負罪嬰釁自拘海島戚戚嗟嗟日與死迫曾不得奏薄伎於從官之內隸御之間窮思畢精以贖罪過懷痛窮天死不閉目瞻望宸極魂神飛去伏惟皇帝陛下天地父母哀而憐之無任感恩戀闕慙惶懇迫之至謹附表陳謝以聞

方望溪曰退之之氣不能不挫於嶺表而東漢一曲之士皆能視死如歸可覘二代風教所積之異○劉海峯曰通篇硬語相接雄邁無匹是昌黎能事○張廉卿曰四字句一氣直下讀之止如一句

陬（隅也）畿甸（天子所都之地曰畿去王城外周圍五百里曰甸）輦轂下（京師也［史記］得待罪輦轂下）瀧（急流）颶（夏時大風）鱷魚（爬蟲之大者長丈餘口巨齒銳皮堅產熱帶地）悸（心動也）魑魅（木石之怪）泰山之封（泰山上築土爲壇以祭天曰封泰山下小山除地以祭地曰禪王者以其功德刻入玉牒并立石以紀之）對天句（［詩周頌］敷天之下裒時之對揚厲發揚蹈厲也）孽臣（指藩鎮）姦隸（指宦豎）搖毒句（動搖毒害自爲防守）四聖（肅代德順四宗）天戈句（指平蔡州）宸極（帝居）

柳子厚駁復讎議○

臣伏見天后時有同州下邽（音圭）人徐元慶者父爽爲縣尉趙師韞所殺卒能手

子昂無識可辨

兩段申明上意筆情廉悍非韓所及

刃父讎。束身歸罪。當時諫臣陳子昂。建議誅之而旌其閭。且請編之於令。永爲國典。臣竊獨過之。臣聞禮之大本。以防亂也。若曰無爲賊虐。凡爲子者殺無赦。刑之大本。亦以防亂也。若曰無爲賊虐。凡爲治者殺無赦。其本則合。其用則異。旌與誅莫得而並焉。誅其可旌。茲謂濫黷(音獨)刑甚矣。旌其可誅。茲謂僭。壞禮甚矣。果以是示於天下。傳於後代。趨義者不知所向。違害者不知所立。以是爲典可乎。蓋聖人之制。窮理以定賞罰。本情以正褒貶。統於一而已矣。嚮使刺讞(音孽)其誠僞。考正其曲直。原始而求其端。則刑禮之用。判然離矣。何者。若元慶之父。不陷於公罪。師韞之誅。獨以其私怨。奮其吏氣。虐於非辜。州牧不知罪。刑官不知問。上下蒙冒。籲(音裕)號不聞。而元慶能以戴天爲大恥。枕戈爲得禮。處心積慮。以衝讎人之胸。介然自克。卽死無憾。是守禮而行義也。執事者宜有慚色。將謝之不暇。而又何誅焉。其或元慶之父。不免於罪。師韞之誅。不愆於法。是非死于吏也。是死于法也。法其可讎乎。讎天子之法。而戕奉法之吏。是悖驁(音傲)而陵上也。執而誅之。所以正邦典。而又何旌焉。且其議曰。人必有子。子必有親。親親相

不煩言而自解

讐其亂誰救是惑于禮也甚矣禮之所謂讐者蓋其寃抑沈痛而號無告也非謂抵罪觸法陷於大戮而曰彼殺之我乃殺之不議曲直暴寡脅弱而已其非經背聖不亦甚哉周禮調人掌司萬人之讐凡殺人而義者令勿讐讐之則死有反殺者邦國交讐之又安得親親相讐也春秋公羊傳曰父不受誅子復讐可也父受誅子復讐此推刃之道復讐不除害今若取此以斷兩下相殺則合於禮矣且夫不忘讐孝也不愛死義也元慶能不越於禮服孝死義是必達理而聞道者也夫達理聞道之人豈其以王法爲敵讐者哉議者反以爲戮黷刑壞禮其不可以爲典明矣請下臣議附于令有斷斯獄者不宜以前議從事謹議

方望溪曰謗讐段太尉逸事狀乞巧文皆思與退之比長而相去甚遠惟此文可肩隨○劉海峯曰子厚此等文雖精悍然失之過密神氣拘滯少生動飛揚之妙不可不辨○曾滌生曰子厚此議最爲允當

天后（唐武后也、）下邽（今甘肅天水縣境、）元慶事（後趙師韞爲御史、元慶變姓名於驛家傭、師韞以御史舍亭下、元慶手刃之、自首於官、）誅之旌其閭左拾遺陳子昂建議、以爲國法專殺者死、元慶宜正國法、題旌其閭墓、以褒其孝義、子昂、字伯玉、武后時人、黷汙也、籲呼也、戴天

見上復讐議注、枕戈[晉書劉琨傳]吾枕戈待旦、志梟逆虜、驁驕蹇不馴、脅恐迫也、調人周官名、掌萬民之難、而諧和之、復仇不除

害復仇者、不得因其子之欲害己而先除之、

評校
音注古文辭類纂卷十六終

好疑自用之病往往中於英主

歐陽永叔論臺諫官言事未蒙聽允書○○

臣聞自古有天下者莫不欲爲治君而常至於亂莫不欲爲明主而常至於昏者其故何哉患於好疑而自用也夫疑心動於中則視聽惑於外視聽惑則忠邪不分而是非錯亂忠邪不分而是非錯亂則舉國之臣皆可疑既盡疑其臣則必自用其所見夫以疑惑錯亂之意而自用則多失失則其國之忠臣必以理而爭之爭之不切則人主之意難回爭之切則激其君之怒心而堅其自用之意然後君臣爭勝於是邪佞之臣得以因隙而入希旨順意以是爲非以非爲是惟人主之所欲者從而助之夫爲人主者方與其臣爭勝而得順意之人樂其助己而忘其邪佞也乃與之并力以拒忠臣夫爲人主者拒忠臣而信邪佞天下無不亂人主無不昏也自古人主之用心非惡忠臣而喜邪佞也非惡治而好亂也非惡明而欲昏也以其好疑自用而與下爭勝也使爲人主者豁

挹要之語

入本題

然去其疑心而回其自用之意則邪佞遠而忠言入忠言入則聰明不惑而萬
事得其宜使天下尊爲明主萬世仰爲治君豈不臣主俱榮而樂哉其與區區
自執而與臣下爭勝用心益勞而事益惑者相去遠矣臣聞書載仲虺稱湯之
德曰改過不吝又戒湯曰自用則小成湯古之聖人也不能無過而能改過此
其所以爲聖也以湯之聰明其所爲不至於繆（同謬）戾矣然仲虺猶戒其自用則
自古人主惟能改過而不敢自用然後得爲治君明主也臣伏見宰臣陳執中
自執政以來不叶（同協）人望累有過惡招致人言而執中遷延尚玷宰府陛下憂
勤恭儉仁愛寬慈堯舜之用心也推陛下之用心天下宜至於治者久矣而紀
綱日壞政令日乖國日益貧民日益困流民滿野濫官滿朝其亦何爲而致此
由陛下用相不得其人也近年宰相多以過失因言者罷去陛下不悟宰相非
其人反疑言事者好逐宰相疑心一生視聽既惑遂成自用之意以謂宰相當
由人主自去不可因言者而罷之故宰相雖有大惡顯過而屈意以容之彼雖
惶恐自欲求去而屈意以留之雖天災水旱饑民流離死亡道路皆不暇顧而

角勝於當時不能角勝於後世

爲好勝者下一針

屈意以用之。其故非他。直欲沮言事者爾。言事者何負於陛下哉。使陛下上不顧天災。下不恤人言。以天下之事。委一不學無識諂邪很愎之執中而甘心焉。言事者本欲益於陛下。而反損聖德者多矣。然而言事者之用心。本不圖至於此也。由陛下好疑自用而自損也。今陛下用執中之意。益堅言事者攻之愈切。陛下方思有以取勝於言事者。而邪佞之臣。得以因隙而入。必有希合陛下之意者。將曰執中宰相不可以小事逐。不可使小臣動搖。甚者則誣言事者欲逐執中而引用他人。陛下方患言事者上忤聖聰。樂聞斯言之順意。不復察其邪佞而信之。所以拒言事者益峻。用執中益堅。夫以萬乘之尊。與三數言事小臣角必勝之力。萬一聖意必不可回。而言事者亦當知難而止矣。然天下之人與後世之議者。謂陛下拒忠言。庇愚相。以陛下爲何如主也。前日御史論梁適罪惡。陛下赫怒。空臺而逐之。而今日御史又復敢論宰相。不避雷霆之威。不畏權臣之禍。此乃至忠之臣也。能忘其身而愛陛下者也。陛下嫉之惡之。拒之絕之。執中爲相。使天下水旱流亡。公私困竭。而又不學無識。憎愛挾情。除改差繆。取

以切激坐言事者罰意極委婉之致

笑中外家私穢惡流聞道路阿意順旨專事逢君此乃詔上傲下愎戾之臣也陛下愛之重之不忍去之陛下睿智聰明羣臣善惡無不照見不應倒置如此直由言事者太切而激成陛下之疑惑爾執中不知廉恥復出視事此不足論陛下豈忍因執中上累聖德而使忠臣直士卷（同捲）舌於明時也臣願陛下廓然回心釋去疑慮察言事者之忠知執中之過惡悟用人之非法成湯改過之聖遵仲虺自用之戒黜以御史前後章疏出付外廷議正執中之過惡罷其政事別用賢材以康時務以拯斯民以全聖德則天下幸甚臣以身叨恩遇職在論思意切言狂罪當萬死

方望溪曰所向曲折如意如乘快馬行平地遲速進退自由其心

仲虺（湯臣、）繆戾（乖錯也、）陳執中（字昭譽、始以父恕任秘書省正字、累遷至中書門下平章事、封岐國公、引用王洙石全彬、導帝非禮、又嬖妾笞小婢死、御史趙抃列八事劾之、）梁適（字仲賢、東平人、顥之子、曉暢法令、臨事有膽、而多挾智數、見忤清議、御史馬遵吳中復、極論其貪黷怙權、）除改（任官也、）

曾子固移滄州過闕上殿疏（滄州、今改縣、屬直隸津海道、鞏自明州徙滄州、過闕上書、遂內用、）

○

臣聞基厚者勢崇力大者任重故功德之殊垂光錫祚舄奕繁衍久而彌昌者

歷遡自禹以來至於五代尙不煩宄

敘其功

敘其德

蓋天人之理。必至之符。然生民以來。能躋登茲者。未有如大宋之隆也。夫禹之績大矣。而其孫太康乃墜厥緒。湯之烈盛矣。而其孫太甲既立不明。周自后稷十有五世至於文王。而大統未集。武王成王。始收太平之功。而康王之子昭王。難於南狩。昭王之子穆王。殆於荒服。暨於幽厲陵夷盡矣。及秦以累世之智幷天下。然二世而亡。漢定其亂。而諸呂七國之禍相尋。以起建武中興。然沖質以後。世故多矣。魏之患天下爲三。晉宋之患天下爲南北。隋文始一海內。然傳子而失。唐之治在於貞觀開元之際。而女禍世出。天寶以還。綱紀微矣。至於五代蓋五十有六年。而更八姓十有四君。其廢興之故甚矣。宋興。太祖皇帝爲民去大殘。致更生。兵不再試。而粤蜀吳楚五國之君。生致闕下。九州來同。復禹之跡。內輯師旅。而齊以節制。外卑藩服。而約以繩墨。所以安百姓。禦四夷。綱理萬事之具。雖創始經營。而彌綸已悉。莫貴於爲天子。莫富於有天下。而舍子傳弟。爲萬世策。造邦受命之勤。爲帝太祖。功未有高焉者也。太宗皇帝。遹求厥寧。既定晉疆。錢俶(音淑)自歸。作則垂憲。克紹克類。保世靖民。丕丕之烈。爲帝太宗。德未有

小作停束文情俊爽亦便於出下封禪地步

高焉者也眞宗皇帝繼統遵業以涵煦生養蕃息齊民以并容徧覆擾服異類蓋自天寶之末宇內板蕩及眞人出天下平而西北之虜猶間入闚（音恢）邊至於景德二百五十餘年契（音乞）丹始講和好德明亦受約束而天下銷鋒灌燧無雞鳴犬吠之警以迄於今故於是時遂封泰山禪社首薦告功德以明示萬世不祧（音挑）之廟所以爲帝眞宗仁宗皇帝寬仁慈恕虛心納諫愼注措謹規矩早朝晏退無一日之懈在位日久明於羣臣之賢不肖忠邪選用政事之臣委任責成然公聽並觀以周知其情僞其用舍之際一稽於衆故任事者亦皆警懼否輒罷免世以謂得馭臣之體春秋未高援立有德傳付惟允故傳天下之日不陳一兵不宿一士以戒非常而上下晏然殆古所未有其豈（同愷）弟（同悌）之行足以附衆者非家施而人悅之也積之以誠心民皆有父之尊有母之親故棄羣臣之日天下聞之路祭巷哭人人感動歔（音虛）欷（音希）其得人之深未有知其所繇（同由）然者故皇祖之廟爲帝仁宗英宗皇帝聰明睿智言動以禮上帝眷相天命所集而稱疾遜避至於累月自踐東朝淵默恭愼無所言議施爲而天下傳頌稱

一祖四宗頌美處無一筆雷同語名手自不可及

說德號彰聞。及正南面。勤勞庶政。每延見三事。省決萬機。必咨詢舊章。考求古義。聞者惕然。皆知其志在有爲。雖早遺天下。成功盛烈。未及宣究。而明識大略。足以克配前人之休。故皇考之廟。爲帝英宗。陛下神聖文武。可謂有不世出之姿。仁孝恭儉。可謂有君人之大德。憫自晚周秦漢以來。世主率皆不能獨見於衆人之表。其政治所出。大抵踵襲卑近。因於世俗而已。於是慨然以上追唐虞三代荒絕之跡。修列先王法度之政。爲其任在己。可謂有出於數千載之大志。變易因循。號令必信。使海內觀聽。莫不奮起。羣下遵職。以後爲羞。可謂有能行之效。今斟酌損益。革敝興壞。制作法度之事。日以大備。非因陋就寡。拘牽常見之世所能及也。繼一祖四宗之緒。推而大之。可謂至矣。蓋前世或不能附其民者。刑與賦役之政暴也。宋興以來。所用者鞭扑之刑。然猶詳審反覆。至於緩故縱之誅。重誤入之辟。蓋未嘗用一暴刑也。田或二十而稅一。然歲時省察。數議寬減之宜。下蠲古玄切除之令。蓋未嘗加一暴賦也。民或老死不知力政。然猶憂憐惻怛。常謹復除之科。急擅興之禁。蓋未嘗興一暴役也。所以附民者如此。前

此段總束

似出師表中粹語

世或失其操柄者天下之勢或在於外戚或在於近習或在於大臣宋興以來戚里宦臣曰將曰相未嘗得以擅事也所以謹其操柄者如此而況輯師旅於內天下不得私尺兵一卒之用卑藩服於外天下不得專尺土一民之力其自處之勢如此至於畏天事神仁民愛物之際未嘗有須臾懈也其憂勞者又如此蓋不能附其民而至於失其操柄又怠且忽此前世之所以危且亂也民附於下操柄謹於上處勢甚便而加之以憂勞此今之所以治且安也故人主之尊意論色授而六服震動言傳號渙而萬里奔走山巖窟穴之民不待期會而時輸歲送以供其職者惟恐在後航浮索引之國非有發召而籯(音盈)齎(祖稽切)橐負以致其贄者惟恐不及西北之戎投弓縱馬相與袪(音縣)服而戲豫東南之夷正冠束衽相與挾策而吟誦至於六府順敘百嘉暢遂凡在天地之內含氣之屬皆裕如也蓋遠莫懿於三代近莫盛於漢唐然或四三年或一二世而天下之變不可勝道也豈有若今五世六聖百有二十餘年自通邑大都至於荒陬海聚無變容動色之慮萌於其心無援枹(音孚)擊柝之戒接於耳目臣故曰生民

以來未有如大宋之隆也竊觀於詩其在風雅陳太王王季文王致王迹之所由與武王之所以繼代而成王之興則美有假樂（音洛）鳧鷖（烏雞切）戒有公劉泂（音迥）酌其所言者蓋農夫工女築室治田師旅祭祀飲尸受福委曲之常務至於兔罝（音嗟）之武夫行修於隱牛羊之牧人愛及微物無不稱紀所以論功德者由小以及大其詳如此後嗣所以昭先人之功當世之臣子所以歸美其上非徒薦告鬼神覺寤黎庶而已也書稱勸之以九歌俾勿壞蓋歌其善者所以發其嚮慕興起之意防其怠廢難久之情養之於聽而成之於心其於勸帝者之功美昭法戒於將來聖人之所以列之於經垂爲世敎也今大宋祖宗興造功業猶太王王季文王陛下承之以德猶武王成王而羣臣之於考次論撰列之簡册被之金石以通神明昭法戒者闕而不圖此學士大夫之過也蓋周之德盛於文武而雅頌之作皆在成王之世今以時考之則祖宗神靈固有待於陛下臣誠不自揆輒冒言其大體至於尋類取稱本隱以之顯使莫不究悉則今文學之臣充於列位惟陛下之所使至若周之積仁累善至成王周公爲最盛之時

亦見頌不忘規之意

而洞酌言皇天親有德饗有道所以爲成王之戒蓋履極盛之勢而動之以戒懼者明之至智之盡也如此者非周獨然唐虞至治之極也其君臣相飭曰兢兢業業一日二日萬幾則處至治之極而保之以祗慎唐虞之所同也今陛下履祖宗之基廣太平之祚而世世治安三代所不及則宋興以來全盛之時實在今日陛下仰探皇天所以親有德饗有道之意而奉之以寅畏俯念一日二日萬幾之不可以不察而處之以兢兢使休光美實日新歲益閎遠崇侈循之無窮至於萬世永有法則此陛下之素所蓄積臣愚區區愛君之心誠不自揆欲以庶幾詩人之義也惟陛下之所擇

王遵岩曰體意雖出於封禪美新諸家及韓柳進唐雅序等門戶中來然原本經訓別出機軸不爲諛悅淺制而忠藎進戒之義昭然與周雅比盛矣眞作者之法也○方望溪曰自唐以前頌美之文皆琢雕字句文采豐蔚以本無義理故也最上者如封禪書亦不過氣格較古而已是篇稱引皆應於義理而又緣飾以經術遂覺特出於衆後世文體有跨越前古者此類是也子

固作此以視人曰視班固典引何如而不敢以擬長卿古人之不自欺如此使韓子爲之則必高出長卿之上矣

祚（位也）烏奕（不絕也）太康（荒於田獵、爲羿所篡）太甲（伊尹放之於桐、其後感悟、復迎立之）后稷（名棄、周始祖）南狩（昭王名瑕、南狩、楚以膠舟迎之、中流溺死）穆王（名滿、征犬戎而荒服不至）幽（名宮湦、宣王子、爲犬戎所弒）厲（名胡、宣王父、爲民所逐）諸呂（見尚禮繆刑書）七國（吳、楚、趙、膠西、膠東、濟南、菑川）建武（東漢光武年號）沖質（東漢沖帝名炳、在位一年、年號永嘉、質帝纘在位一年、年號本初）魏（丕篡漢位、外有吳、蜀）晉宋（晉都建康、宋劉裕篡之、由齊而梁陳、爲南朝、自五胡迄拓跋魏、周齊爲北朝）隋傳子（隋文帝名堅、子煬帝、荒淫失國）女禍出世（指武韋二后及楊貴妃事）五代（後梁、後唐、後晉、後漢、後周）八姓（後梁朱全忠、後唐莊宗李存勗、明宗本胡人、莊宗養子、潞王本姓王、明宗養子、後晉石敬瑭、後漢劉知遠、後周太祖郭威、世宗柴榮、太祖養子）十四君（後梁太祖、郢王友珪、均王友貞、後唐莊宗、明宗、閔帝、廢帝、後晉高祖、出帝、後漢高祖、隱帝、後周太祖、世宗、恭帝）太祖（名匡胤、宋始祖）粵（劉鋹爲南漢主、據今廣州）蜀（蜀主孟昶）吳楚五國（楊渥僭號吳、至溥禪位於昪、國號唐、楚爲馬殷、至馬希崇、率兄弟十七人歸宋、唐至煜降宋、五國者、或概唐而言）外卑藩服句（指太祖杯酒釋石守信等兵權事）舍子傳弟（杜太后遺命立長、故太祖不傳子德昭、而立弟匡義）太宗（即匡義）晉疆（劉旻據太原、至繼元、降宋）錢俶（吳越王錢鏐孫、至太宗三年、納土入京）眞宗（名恒）擾（騷也）板蕩（［大雅］有板蕩二詩、刺厲王之無道也）景德（眞宗年號）契丹（古東胡遺種、其國在黃河之北、本鮮卑舊地、後改稱遼）德明（西夏主趙德明）封泰山兩句（築土曰封、除地曰禪、祭天地也）仁宗（名禎）豈弟（樂易也）英宗（名曙、太宗子雍王之孫、仁宗養以爲子、因疾六月不親政、三事（大夫也、此指三省大臣、）陛下（神宗名頊、）復除（免徭役也、）號渙（〔易〕渙汗其大號、言號令之散布也、）索引（路險以繩牽引而行、）籯箱類、袨服（華服、）賫（送也、）六府（水火金木土穀、）枹（擊鼓杖、〔左成〕右援枹而鼓、）擊柝（柝、以木爲之、夜行所擊、以警盜也、〔易〕重門擊柝、）假樂鳧鷖公劉泂酌（皆〔小雅〕篇名、）兔罝（見〔詩周南〕）牛羊句（見〔詩無羊篇〕）九歌（六府三事、政得其序、發爲歌詠也、三事、正德利用厚生也、）兢兢兩句（言一日二日之間、萬種幾微之事、皆當戒愼危懼、）

評校音注古文辭類纂卷十七終

評校音注 古文辭類纂卷十八 奏議類上編八

蘇子瞻上皇帝書○○○

熙寧四年二月日。具位臣蘇軾。謹冒萬死。再拜上書皇帝陛下。臣近者不度愚賤。輒上封章言買燈事。自知瀆犯天威。罪在不赦。席藁私室。以待斧鉞之誅。而側聽逾旬。威命不至。問之府司。則買燈之事。尋已停罷。乃知陛下不惟赦之。又能聽之。驚喜過望。以至感泣。何者。改過不吝。從善如流。此堯舜禹湯之所勉强而力行。秦漢以來之所絕無而僅有。顧此買燈毫髮之失。豈能上累日月之明。而陛下翻然改命。曾不移刻。則所謂智出天下而聽於至愚。威加四海而屈於匹夫。臣今知陛下可與爲堯舜。可與爲湯武。可與富民而措刑。可與强兵而伏戎虜矣。有君如此。其忍負之。惟當披露腹心。捐棄肝腦。盡力所至。不知其他。乃者。臣亦知天下之事。有大於買燈者矣。而獨區區以此爲先者。蓋未信而諫。聖人不與。交淺言深。君子所戒。是以試論其小者。而其大者。固將有待而後言。今陛下果赦而不誅則是旣已許之矣許而不言臣則有罪是以願終言之臣之所欲言者三願陛下結人心厚風俗存紀綱而已人莫不有所恃人臣恃陛下之命故能役使小民恃陛下之法故能勝伏強暴至於人主所恃者誰歟書曰予臨兆民懍乎若朽索之馭六馬言天下莫危於人主也聚則爲君臣散則爲仇讎聚散之間不容毫釐故天下歸往謂之王人各有心謂之獨夫由此觀之人主之所恃者人心而已人心之於人主也如木之有根如燈之有膏如魚之有水如農夫之有田如商賈之有財木無根則槁燈無膏則滅魚無水則死農夫無田則饑商賈無財則貧人主失人心則亡此必然之理也不可逭（音換）之災也其爲可畏從古以然苟非樂禍好亡狂易喪志詎敢肆其胸臆輕犯人心乎昔子產焚載書以弭衆言賂伯石以安巨室以爲衆怒難犯專欲難成而孔子亦曰信而後勞其民未信則以爲厲己也惟商鞅變法不顧人言雖能驟致富強亦以召怨天下使其民知利而不知義見刑而不見德雖得天下旋踵而亡至於其身亦卒不免負罪出走而諸侯不納車裂以徇而秦人莫哀君臣之間

豈願如此。宋襄公雖行仁義。失衆而亡。田常雖不義。得衆而强。是以君子未論
行事之是非。先觀衆心之向背。謝安之用諸桓未必是。而衆之所樂。則國以乂
安。庾亮之召蘇峻未必非。而勢有不可。則反爲危辱。自古及今。未有和易同衆
而不安。剛果自用而不危者也。今陛下亦知人心之不悅矣。中外之人。無賢不
肖。皆言祖宗以來。治財用者不過三司使副判官。經今百年。未嘗闕事。今者無
故又創一司。號曰制置三司條例司。六七少年。日夜講求於內。使者四十餘輩
分行營幹於外。造端宏大。民實驚疑。創法新奇。吏皆惶惑。賢者則求其說而不
可得。未免於憂。小人則以其意度於朝廷。遂以爲謗。謂陛下以萬乘之主而言
利。謂執政以天子之宰而治財。商賈不行。物價騰踊。近自淮甸。遠及川蜀。喧傳
萬口。論說百端。或言京師正店。議置監官。夔路深山。當行酒禁。拘收僧尼常住
減剋兵吏廩祿。如此等類。不可勝言。而甚者至以爲欲復肉刑。斯言一出。民且
狼顧。陛下與二三大臣。亦聞其語矣。然而莫之顧者。徒曰我無其事。又無其意
何恤於人言。夫人言雖未必皆然。而疑似則有以致謗。人必貪財也。而後人疑

求利之名也劉海峯云此說條例司之失

此書本不必設設之反以滋害

長直亮切讀去聲

其盜人必好色也而後人疑其淫何者未置此司則無此謗豈去歲之人皆忠厚而今歲之士皆虛浮孔子曰工欲善其事必先利其器又曰必也正名乎今陛下操其器而諱其事有其名而辭其意雖家置一喙以自解市列千金以購人人必不信謗亦不止夫制置三司條例司求利之名也六七少年與使者四十餘輩求利之器也驅鷹犬而赴林藪語人曰我非獵也不如放鷹犬而獸自馴操網罟而入江湖語人曰我非漁也不如捐網罟而人自信故臣以爲消讒慝而召和氣復人心而安國本則莫若罷制置三司條例司夫陛下之所以創此司者不過以興利除害也使罷之而利不興害不除則勿罷罷之而天下悅人心安興利除害無所不可則何苦而不罷陛下欲去積弊而立法必使宰相熟議而後行事若不由中書則是亂世之法聖君賢相夫豈其然必若立法不免由中書熟議不免使宰相此司之設無乃冗長而無名智者所圖貴於無迹漢之文景紀無可書之事唐之房杜傳無可載之功而天下之言治者與文景言賢者與房杜蓋事已立而迹不見功已成而人不知故曰善用兵者無赫赫

姚氏云此處有抵牾相傾習氣

姚氏云竟字避宋諱改

之功。豈惟用兵。事莫不然。今所圖者。萬分未獲其一也。而迹之布於天下。已若泥中之鬪獸。亦可謂拙謀矣。陛下誠欲富國。擇三司官屬與漕運使副。而陛下與二三大臣。孜孜講求。磨以歲月。則積弊自去。而人不知。但恐立志不堅。中道而廢。孟子有言。其進銳者其退速。若有始有卒。自可徐徐十年之後。何事不立。孔子曰。欲速則不達。見小利則大事不成。使孔子而非聖人。則此言亦不可用。書曰。謀及卿士。至於庶人。翕然大同。乃底元吉。若逆多而從少。則靜吉而作凶。今上自宰相大臣。既已辭免不爲。則外之議論。斷亦可知。宰相人臣也。且不欲以此自汚。而陛下獨安受其名而不辭。非臣愚之所識也。君臣宵旰（音旱）幾一年矣。而富國之效。茫如捕風。徒聞內帑出數百萬緡。祠部度五千餘人耳。以此爲術。其誰不能。且遣使縱橫。本非令典。漢武遣繡衣直指。桓帝遣八使。皆以守宰狼籍。盜賊公行。出於無術。行此下策。宋文帝元嘉之政。比於文景。當時責成郡縣。未嘗遣使。至孝武以爲郡縣遲緩。始命臺使督之。以至蕭齊。此弊不革。故景陵王子良上疏。極言其事。以爲此等朝辭禁門。情態即異。暮宿州縣。威福便行。

欲以安民反以擾民

且其所遣劉海峯云遣使中又失宜

頓處說得迫切

時議大興水利

今欲陂而淸之劉海峯云此云水利之失

驅迫郵傳。折辱守宰。公私煩擾。民不聊生。唐開元中。宇文融奏置勸農判官使裴寬等二十九人。並攝御史。分行天下。招攜戶口。檢責漏田。時張說楊瑒（音陽）皇甫璟（音影）楊相如皆以爲不便。而相繼罷黜。雖得戶八十餘萬。皆州縣希旨。以主爲客。以少爲多。及使百官集議都省。而公卿以下。懼融威勢。不敢異辭。陛下試取其傳而讀之。觀其所行。爲是爲否。近者均稅寬恤。冠蓋相望。朝廷亦旋覺其非。而天下至今以爲謗。曾未數歲。是非較然。臣恐後之視今。猶今之視昔。且其所遣。尤不適宜。事少而員多。人輕而權重。夫人輕而權重。則人多不服。或致侮慢。以興爭事。少而員多。則無以爲功。必須生事以塞責。陛下雖嚴賜約束。不許邀功。然人臣事君之常情。不從其令而從其意。今朝廷之意。好動而惡靜。好同而惡異。指意所在。誰敢不從。臣恐陛下赤子。自此無寧歲矣。至於所行之事。行路皆知其難。何者。汴水濁流。自生民以來。不以種稻。秦人之歌曰。涇（音經）水一石。其泥數斗。且漑且糞。長我禾黍。何嘗曰長我粳稻耶。今欲陂（音碑）而淸之。萬頃之稻。必用千頃之陂。一歲一淤（音於）。三歲而滿矣。陛下遽信其說。卽使相視地形。萬一官吏苟且順從。眞謂陛下有意興作。上糜帑廩。下奪農時。隄防一開。水失故道。雖食議者之肉。何補於民。天下久平。民物滋息。四方遺利。蓋略盡矣。今欲鑿空訪尋水利。所謂卽鹿無虞。豈惟徒勞。必大煩擾。凡所擘畫利害。不問何人。小則隨事酬勞。大則量才錄用。若官私格沮。竝行黜降。不以赦原。若材力不辦興修。便許申奏替換。賞可謂重。罰可謂輕。然竝終不言諸色人妄有申陳。或官私誤興功役。當得何罪。如此。則妄庸輕剽浮浪姦人。自此爭言水利矣。成功則有賞。敗事則無誅。官司雖知其疏。豈可便行抑退。所在追集老少。相視可否。吏卒所過。雞犬一空。若非灼然難行。必須且爲興役。何則。格沮之罪重。而誤興之過輕。人多愛身。勢必如此。且古陂廢堰。(於扇切)多爲側近冒耕。歲月旣深。已同永業。苟欲興復。必盡追收。人心或搖。甚非善政。又有好訟之黨。多怨之人。妄言某處可作陂渠。規壞所怨田產。或指人舊業。以爲官陂。冒佃(音田)之訟。必倍今日。臣不知朝廷本無一事。何苦而行此哉。自古役人。必用鄉戶。猶食之必用五穀。衣之必用絲麻。濟川之必用舟楫。行地之必用牛馬。雖其間或有以他物充代。然終

數郡雇役劉海峯云此云雇役之失

又欲官賣所在坊場劉海峯云賣坊場以充雇役而州郡廚傳蕭然此段宜作帶筆敘述在後庶得緩急之序

與廂軍何異劉海峯云此言雇役而逃竄必甚

然至於所雇逃亡鄉戶猶任其責劉海峯云此言官任雇人之失

非天下所可常行今者徒聞江浙之間數郡雇役而欲措之天下是猶見燕晉之棗栗岷蜀之蹲(音存)鴟(音痴)而欲以廢五穀豈不難哉又欲官賣所在坊場以充衙前雇直雖有長役更無酬勞長役所得既微自此必漸衰散則州郡事體憔悴可知士大夫捐親戚棄墳墓以從官於四方者宣力之餘亦欲取樂此人之至情也若凋弊太甚廚傳蕭然則似危邦之陋風恐非太平之盛觀陛下誠慮及此必不肯爲且今法令莫嚴於御軍軍法莫嚴於逃竄禁軍三犯廂軍五犯大率處死然逃軍常半天下不知雇人爲役與廂軍何異若有逃者何以罪之其勢必輕於逃軍則其逃必甚於今日爲其官長不亦難乎近者雖使鄉戶頗得雇人然至於所雇逃亡鄉戶猶任其責今遂欲於兩稅之外別立一科謂之庸錢以備官雇則雇人之責官所自任矣自唐楊炎廢租庸調以爲兩稅取大曆十四年應於賦斂之數以定兩稅之額則是租調與庸兩稅既兼之矣今兩稅如故奈何復欲取庸聖人立法必慮後世豈可於兩稅之外別立科名哉萬一不幸後世有多欲之君輔之以聚斂之臣庸錢不除差役仍舊使天下怨毒

品官形勢劉海峯云雇役而品官商賈必與齊民爭

劉海峯云此言女戶單丁不宜直役

青苗放錢自昔有禁劉海峯云此言青苗之失

推所從來則必有任其咎者矣又欲使坊郭等第之民與鄉戶均役品官形勢之家與齊民並事其說曰周禮田不耕者出屋粟宅不毛者有里布而漢世宰相之子不免戍邊此其所以藉口也古者官養民今者民養官給之以田而不耕勸之以農而不力於是乎有里布屋粟夫家之征而民無以爲生去爲商賈事勢當耳何名役之且一歲之戍不過三日三日之雇其直三百今世三大戶之役自公卿以降無得免者其費豈特三百而已大抵事若可行不必皆有故事若民所不悅俗所不安縱有經典明文無補於怨若行此二者必怨無疑女戶單丁蓋天民之窮者也古之王者首務恤此而今陛下首欲役之此等苟非戶將絕而未亡則是家有丁而尚幼若假之數歲則必成丁而就役老死而沒官富有四海忍不加恤孟子曰始作俑者其無後乎春秋書作邱甲用田賦皆重其始爲民患也青苗放錢自昔有禁今陛下始立成法每歲常行雖云不許抑配而數世之後暴君汚吏陛下能保之歟異日天下恨之國史記之曰青苗錢自陛下始豈不惜哉且東南買絹本用見錢陝西糧草不許折兌朝廷既有

治平之初劉海峯云證抑配

必皆孤貧劉海峯云又證抑配

申明常平與青苗異

千戶之外孰救其饑劉海峯云青苗行而常平壞

著令。職司又每舉行。然而買絹未嘗不折鹽。糧草未嘗不折鈔。乃知青苗不許抑配之說。亦是空文。只如治平之初。揀刺義勇。當時詔旨慰諭。明言永不戍邊。著在簡書。有如盟約。於今幾日。議論已搖。或以代還東軍。或欲抵換弓手。約束難恃。豈不明哉。縱使此令決行。果不抑配。計其間願請之戶。必皆孤貧不濟之人。家若自有贏餘。何至與官交易。此等鞭撻已急。則繼之以逃亡。逃亡之餘。則均之鄰保。勢有必至。理有固然。且夫常平之爲法也。可謂至矣。所守者約。而所及者廣。借使萬家之邑。止有千斛。而穀貴之際。千斛在市。物價自平。一市之價既平。一邦之食自足。無操瓢乞丐之弊。無里正催驅之勞。今若變爲青苗。家貸一斛。則千戶之外。孰救其饑。且常平官錢常患其少。若盡數收糴。則無借貸。若留充借貸。則所糴幾何。乃知常平青苗。其勢不能兩立。壞彼成此。所喪愈多。虧官害民。雖悔何逮。臣竊計陛下欲考其實。則必亦問人。人知陛下方欲力行。必謂此法有利無害。以臣愚見。恐未可憑。何以明之。臣頃在陝西。見刺義勇。提舉諸縣。臣嘗親行。愁怨之民。哭聲振野。當時奉使還者。皆言民盡樂爲。希合取容。

於時商賈不行劉海峯云此言均輸之害

天下歸心劉海峯云此言不行均輸之利

自古如此不然則山東之盜二世何緣不覺南詔之敗明皇何緣不知今雖未至於斯亦望陛下審聽而已昔漢武之世財力匱竭用賈人桑弘羊之說買賤賣貴謂之均輸於時商賈不行盜賊滋熾幾至於亂孝昭既立學者爭排其說霍光順民所欲從而予之天下歸心遂以無事不意今者此論復興立法之初其說尚淺徒言徙貴就賤用近易遠然而廣置官屬多出緡錢豪商大賈皆疑而不敢動以爲雖不明言販賣然既已許之變易變易既行而不與商賈爭利者未之聞也夫商賈之事曲折難行其買也先期而予錢其賣也後期而取直多方相濟委曲相通倍稱之息由此而得今官買是物必先設官置吏簿書廩祿爲費已厚非良不售非賄不行是以官買之價比民必貴及其賣也弊復如前商賈之利何緣而得朝廷不知慮此乃捐五百萬緡以與之此錢一出恐不可復縱使其間薄有所獲而征商之額所損必多今有人爲其主牧牛羊者不告其主而以一牛易五羊一牛之失則隱而不言五羊之獲則指爲勞績陛下以爲壞常平而言青苗之功虧商稅而取均輸之利何以異此陛下天機洞照

扼要之言

迴護得好

聖略如神。此事至明。豈有不曉。必謂已行之事。不欲中變。恐天下以為執德不一。用人不終。是以遲留歲月。庶幾萬一。臣竊以為過矣。古之英主。無出漢高。酈（音力）生謀撓楚權。欲復六國。高祖曰善。趣（音促）刻印。及聞留侯之言。吐哺而罵曰。趣銷印。夫稱善未幾。繼之以罵。刻印銷印。有同兒戲。何嘗累高祖之知人。適足以明聖人之無我。陛下以為可而行之。知其不可而罷之。至聖至明。無以加此。議者必謂民可與樂成。難與慮始。故勸陛下堅執不顧。期於必行。此乃戰國貪功之人。行險僥倖之說。陛下若信而用之。則是徇高論而逆至情。持空名而邀實禍。未及樂成。而怨已起矣。臣之所謂願結人心者。此之謂也。士之進言者。為不少矣。亦嘗有以國家之所以存亡。歷數之所以長短告陛下者乎。夫國家之所以存亡者。在道德之淺深。而不在乎強與弱。歷數之所以長短者。在風俗之厚薄。而不在乎富與貧。道德誠深。風俗誠厚。雖貧且弱。不害於長而存。道德誠淺。風俗誠薄。雖強且富。不救於短而亡。人主知此。則知所輕重矣。是以古之賢君。不以弱而亡道德。不以貧而傷風俗。而智者觀人之國。亦必以此察之。齊至強

呂誨進疏自叙其病暗指國事與此相類

所得小而所喪大劉海峯云此言勿用新進喜事之人

也周公知其後必有簒弒之臣衛至弱也季子知其後亡吳破楚入郢而陳大夫逢滑知楚之必復晉武既平吳何曾知其將亂隋文既平陳房喬知其不久元帝斬郅支朝呼韓功多於武宣矣偷安而王氏之釁生宣宗收燕趙復河湟力强於憲武矣銷兵而龐勛之亂起臣願陛下務崇道德而厚風俗不願陛下急於有功而貪富强使陛下富如隋强如秦西取靈武北取燕薊謂之有功可也而國之長短則不在此夫國之長短如人之壽夭人之壽夭在元氣國之長短在風俗世有尫（烏光切）羸而壽考亦有盛壯而暴亡若元氣猶存則尫羸而無害及其已耗則盛壯而愈危是以善養生者慎起居節飲食導引關節吐故納新不得已而用藥則擇其品之上性之良可以久服而無害者則五藏和平而壽命長不善養生者薄節慎之功遲吐納之效厭上藥而用下品伐真氣而助彊陽根本已危僵仆無日天下之勢與此無殊故臣願陛下愛惜風俗如護元氣古之聖人非不知深刻之法可以齊衆勇悍之夫可以集事忠厚近於迂闊老成初若遲鈍然終不肯以彼而易此者知其所得小而所喪大也曹參賢相

語長心重使事不厭其多

語多暗指安石

陛下多方包容劉海峯云去苛察

也。曰慎無擾獄市。黃霸循吏也。曰治道去泰甚。或譏謝安以清談廢事。安笑曰。秦用法吏二世而亡。劉晏爲度支專用果銳少年務在急速集事好利之黨相師成風。德宗初卽位擢崔祐甫爲相。祐甫以道德寬大推廣上意。故建中之政其聲翕然。天下想望庶幾正觀。及盧杞爲相。諷上以刑名整齊天下。馴致澆薄。以及播遷。我仁祖之御天下也。持法至寬。用人有敘。專務掩覆過失。未嘗輕改舊章。然考其成功。則曰未至。以言乎用兵。則十出而九敗。以言其府庫。則僅足而無餘。徒以德澤在人。風俗知義。是以升遐之日。天下如喪考妣。社稷長遠。終必賴之。則仁祖可謂知本矣。今議者不察。徒見其末年吏多因循。事不振舉。乃欲矯之以苛察。齊之以智能。招來新進勇銳之人。以圖一切速成之效。未享其利。澆風已成。且天時不齊。人誰無過。國君含垢。至察無徒。若陛下多方包容。則人材取次可用。必欲廣置耳目。務求瑕疵。則人不自安。各圖苟免。恐非朝廷之福。亦豈陛下所願哉。漢文帝欲用虎圈嗇夫。釋之以爲利口傷俗。今若以口舌捷給而取士。以應對遲鈍而退人。以虛誕無實爲能文。以矯激不仕爲有德。則

自古用人必須歷試
劉海峯云抑僥倖
以黃忠爲後將軍劉
海峯云證驟進
不用賈生劉海峯云
證不驟進
賈生若生無喙可辨
較之賈誼論爲精

先王之澤遂將散徼自古用人必須歷試雖有卓異之器必有已成之功一則使其更變而知難事不輕作一則待其功高而望重人自無辭昔先主以黃忠爲後將軍而諸葛亮憂其不可以爲忠之名望素非關張之倫若班爵遽同則必不悅其後關羽果以爲言以黃忠豪勇之姿以先主君臣之契尙復慮此而況其他世嘗謂漢文不用賈生以爲深恨臣嘗推究其旨竊謂不然賈生固天下之奇才所言亦一時之良策然請爲屬國欲係單于則是處士之大言少年之銳氣昔高祖以三十萬衆困於平城當時將相羣臣豈無賈生之比三表五餌人知其疎而欲以困中行說尤不可信矣兵凶器也而易言之正如趙括之輕秦李信之易楚若文帝亟用其說則天下殆將不安使賈生嘗歷艱難亦必自悔其說用之晚歲其術必精不幸喪亡非意所及不然文帝豈棄才之主絳灌豈蔽賢之士至於鼂錯尤號刻薄文帝之世止於太子家令而景帝既立以爲御史大夫申屠賢相發憤而死紛更政令天下騷然及至七國發難而錯之術亦窮矣文景優劣於此可見大抵名器爵祿人所奔趨必使積勞而後遷以

極言驟進之弊

選人之改京官常須十年以上劉海峯云此言舉積弊

指陳當時仕途之弊

明持久而難得則人各安其分不敢躁求今若多開驟進之門使有意外之得公卿侍從跬步可圖其得者既不肯以僥倖自名則不得者必皆以沈淪爲恨使天下常調舉生妄心恥不若人何所不至欲望風俗之厚豈可得哉選人之改京官常須十年以上薦同荐更險阻計析毫釐其間一事聱牛交切牙常至終身淪棄今乃以一人之薦舉而予之猶恐未稱章服隨至使積勞久次而得者何以厭服哉夫常調之人非守則令員多闕少久已患之不可復開多門以待巧進若巧者侵奪已甚則拙者迫怵無聊利害相形不得不察故近來朴拙之人愈少而巧進之士益多惟陛下重之惜之哀之救之如近日三司獻言使天下郡選一人催驅三司文字許之先次指射以酬其勞則其數年之後審官吏部又有三百餘人得先占闕常調待次不其愈難此外勾當發運均輸按行農田水利已據監司之體各懷進用之心轉對者望以稱旨而驟遷奏課者求爲優等而速化相勝以力相高以言而名實亂矣惟陛下以簡易爲法以清淨爲心使姦無所緣而民德歸厚臣之所願厚風俗者此之謂也古者建國使內外相

然觀其委任臺諫之一端劉海峯云此言重臺諫

制輕重相權。如周如唐。則外重而內輕。如秦如魏。則外輕而內重。內重之失。必有姦臣指鹿之患。外重之弊。必有大國問鼎之憂。聖人方盛而慮衰。常先立法以救弊。國家租賦總於計省。重兵聚於京師。以古揆今。則似內重。恭惟祖宗所以深計而預圖。固非小臣所能臆度而周知。然觀其委任臺諫之一端。則是聖人過防之至計。歷觀秦漢以及五代。諫諍而死。蓋數百人。而自建隆以來。未嘗罪一言者。縱有薄責。旋卽超升。許以風聞。而無官長。風采所繫。不問尊卑。言及乘輿。則天子改容。事關廊廟。則宰相待罪。故仁宗之世。議者譏宰相但奉行臺諫風旨而已。聖人深意。流俗豈知。擢用臺諫。固未必皆賢。所言亦未必皆是。然須養其銳氣。而借之重權者。豈徒然哉。將以折姦臣之萌。而救內重之弊也。夫姦臣之始。以臺諫折之而有餘。及其旣成。以干戈取之而不足。今法令嚴密。朝廷清明。所謂姦臣。萬無此理。然養貓所以去鼠。不可以無鼠而養不捕之貓。畜狗所以防姦。不可以無姦而畜不吠之狗。陛下得不上念祖宗設此官之意。下爲子孫立萬世之防。朝廷紀綱。孰大於此。臣自幼小所記。及聞長老之談。皆謂

相顧不發中外失望劉海峯云此言臺諫失職之故

包極鎔鍊

臺諫所言常隨天下公議公議所與臺諫亦與之公議所擊臺諫亦擊之及至英廟之初始建稱親之議本非人主大過亦無典禮明文徒以衆心未安公議不允當時臺諫以死爭之今者物論沸騰怨讟交至公議所在亦可知矣而相顧不發中外失望夫彈劾積威之後雖庸人亦可以奮揚風采消委之餘雖豪傑有不能振起臣恐自茲以往習慣成風盡爲執政私人以致人主孤立紀綱一廢何事不生孔子曰鄙夫可與事君也歟哉其未得之也患不得之既得之患失之苟患失之無所不至矣臣始讀此書疑其太過以爲鄙夫之患失不過備位而苟容及觀李斯憂蒙恬之奪其權則立二世以亡秦盧杞憂懷光之數其惡則誤德宗以再亂其心本生於患失而其禍乃至於喪邦孔子之言良不爲過是以知爲國者平居必常有忘軀犯顏之士則臨難庶幾有徇義守死之臣苟平居尚不能一言則臨難何以責其死節人臣苟皆如此天下亦曰殆哉君子和而不同小人同而不和和如和羹同如濟水故孫寶有言周公大聖召公大賢猶不相悅著於經典兩不相損晉之王導可謂元臣每與客言舉坐稱

善。而王述不悅。以爲人非堯舜安得每事盡善。導亦斂衽謝之。若使言無不同。意無不合。更唱迭和。何者非賢。萬一有小人居其間。則人主何緣知覺。臣之所謂願存紀綱者。此之謂也。臣非敢歷詆新政。苟爲異論。如近日裁減皇族恩例。刊定任子條式。修完器械。閱習鼓旗。皆陛下神算之至明。乾綱之必斷。物議既允。臣敢有辭。然至於所獻之三言。則非臣之私見。中外所病。其誰不知。昔禹戒舜曰無若丹朱傲。惟慢游是好。舜豈有是哉。周公戒成王曰無若商王受之迷亂。酗（呼句切）於酒德。成王豈有是哉。周昌以漢高爲桀紂。劉毅以晉武爲桓靈。當時人君曾莫之罪。而書之史册。以爲美談。使臣所獻三言。皆朝廷未嘗有此。則天下之幸。臣與有焉。若有萬一似之。則陛下安可不察。然而臣之爲計。可謂愚矣。以螻蟻之命。試雷霆之威。積其狂愚。豈可屢赦。大則身首異處。破壞家門。小則削籍投荒。流離道路。雖然陛下必不爲此。何也。臣天賦至愚。篤於自信。向者與議學校貢舉。首違大臣本意。已期竄逐。敢意自全。而陛下獨然其言。曲賜召對。從容久之。至謂臣曰。方今政令得失安在。雖朕過失。指陳可也。臣卽對曰。陛

語意周匝想見當日進書之苦衷

下生知之性。天縱文武。不患不明。不患不勤。不患不斷。但患求治太速。進人太銳。聽言太廣。又俾述其所以然之狀。陛下頷（戶感切）之曰。卿所獻三言。朕當熟思之。臣之狂愚。非獨今日。陛下容之久矣。豈有容之於始而不赦之於終。恃此而言。所以不懼臣之所懼者。譏刺既衆。怨仇實多。必將詆臣以深文。中臣以危法。使陛下雖欲赦臣而不得。豈不殆哉。死亡不辭。但恐天下以臣爲戒。無復言者。是以思之經月。夜以繼日。書成復毀。至於再三。感陛下聽其一言。懷不能已。卒進其說。惟陛下憐其愚忠而卒赦之。不勝俯伏待罪憂恐之至。臣軾誠惶誠恐。頓首謹書。

茅順甫曰指陳利害似賈誼明切事情似陸贄○劉海峯曰雖自宣公奏議來而筆力雄偉抒詞高朗宣公不及也宣公止敷陳條達明白足動人主之聽故歐蘇咸效其體○一段之中起落分明便覺有無限波瀾突上突下引證事類不見堆垛痕迹由於機利神王耳（濡識）

熙寧（神宗年號、）買燈（神宗於上元敕市浙燈、且令損價、）席藁（藁、禾稈、［史記］應侯席藁請罪、）逭（逃也、）子產（鄭賢相、公孫僑、）焚載

書子孔當國，爲載書，以位序聽政辟，大夫諸司門子弗順，將誅之，子產止之，請焚書以安衆，見[左襄]下同，**賂伯石**子產爲政，畏伯石作亂，以路邑而安其心，

車裂以四肢及首，繫於五車，驅馬而裂其尸，商鞅相秦變法，刑及太子傅等，孝公卒，致遭車裂之刑，**宋襄公**襄公治兵，不鼓不成列，不重傷，不禽二毛，**田**

常齊大夫，專國政，然其先常施德於民，**謝安**字安石，晉孝武帝宰相，**諸桓**卽桓溫桓冲等人，**庾亮**字元規，晉成帝時爲中書令，**蘇峻**

晉成帝時爲大司農，與祖約共舉兵反，亮平之，**三司使副判官**三司使總理邦計，位亞執政，淳化後，置總計使，正以知制誥雜學士充，副以員外郎等充

判官其屬，**制置三司**安石變法，以三司幷歸戶部，制置條例，建官設屬，**夔路**指川蜀，**肉刑**如劓刖等，**紀**帝紀，**房杜**房玄齡，杜

如晦，唐高祖臣，房善謀，杜善斷，**傳**列傳，**旰**夜也，**內帑出數百萬緡一句**變法之初，出內帑五百萬緡，祠部屬禮部，有員外郎郎中各一

人，掌祠典道釋，時祠部出賣度牒，故云，緡，錢貫也，**繡衣直指**漢以侍御史爲之，巡行察奸邪，**桓帝**名志，後漢章帝曾孫，**宋文帝**劉宋武帝子，名

義隆，**孝武**宋文帝子，名駿，**臺使**御史之奉使者，**蕭齊**蕭道成篡宋，國號齊，**竟陵**今湖北天門縣西北，**子良**字雲英，齊世祖子，**宇**

文融爲墾田勸農使，**裴寬**唐開元中爲禮部尙書，**張說**字道濟，玄宗時相，封燕國公，**楊瑒**一作楊璟，爲戶部侍郎，**皇甫璟**

爲陽翟尉，**楊相如**爲懷州別駕，**均稅**如米不及十合，而以升收，絹不及十分，而以寸計，均不得用，詔天下以方田租額，稅數爲限，方田以東西南北若干

步，當四十一頃六十六畝，一百六十步爲一方，以此定稅，**涇水**關中八川之一，源出甘肅化平縣，至涇川縣，入陝西，**陂**澤障也，又池也，**鑿空**鑿，開也，空，

通也，見[漢書張騫傳]此作行事不實解，**卽鹿無虞**[易屯卦文]虞，虞官也，言卽鹿若無虞官，虛入林中，必不得鹿，**堰**壅水爲堤，**鄉戶**里正之類，

蹲鴟芋也，**衙前**官役，時議將官有坊場變賣，抵充衙前雇直，**傳**驛遞，**廂軍**州鎭之兵，擇其伉健者，入京師，餘留守本州，**兩稅**

見子由民賦序注、楊炎字公南、唐大都督侃弟、租庸調見子固唐論注、大曆唐代宗年號、屋粟三家之稅粟、不毛
不種桑麻、里布一里二十五家之布、夫家之征夫稅爲百畝之稅、家稅爲出車徒供徭役、作邱甲邱十六井、出馬一匹、牛三頭、今使出長轂
一乘、馬四匹、牛十二頭、甲士三人、步卒七十二人、甸所賦如此、今魯令丘出之、用田賦令一井之間、出一邱之稅、井別出馬一匹、牛三頭、故春秋直書之、以示改法重
賦、青苗王安石新法之一、插苗時、由官貸錢於農民、秋熟時、加息二分而歸之、治平二句宋英宗治平元年、刺陝西義勇軍十五萬六千餘人、刺者、刺其
手背爲字也、不得遣戍守邊、東軍防遼之軍、弓手習射之人、[宋史]既招弓手、又勞民兵、常平倉名、穀賤增價而糴、貴則減價而糶、山東四
句秦二世時、山東亂起、趙高諱不上聞、南詔爲烏蠻別種、唐玄宗時、閣羅鳳嘗與妻子謁都督、過雲南、太守張虔陀私之、多所求丐、不應、遂反、南詔於是臣吐蕃、均輸
安石令轉運使、凡糴買輸斂上供之物、皆得徙貴就賤、用近易遠、曰均輸法、按此漢武用桑弘羊策、置均輸官、令大農官盡籠天下貨物買賤賣貴、霍光字子孟、漢昭帝
臣、酈生名食其、事詳[漢書]周公句周公謂太公、何以治齊、曰、尊賢而尚功、周公曰、後世必有篡弒之臣、太公問周公、何以治魯、曰、尊賢而親親、太公曰、
後寖弱、季子句魯襄公二十九年、吳公子札適衞、說蘧瑗、史狗、史鰌、公子荊、公叔發、公子朝曰、衞多君子、未有患也、逢滑句陳懷公元年、吳破楚
入郢、召陳侯、陳侯欲往、大夫逢滑曰、吳新得意、楚國雖弱、與陳有故、不可背之、乃以疾謝、見[左哀]何曾句曾侍晉武帝宴、退而告人曰、國家創業垂統、吾每宴見未
聞經國遠圖、非貽厥孫謀之兆也、及身而已、後嗣其殆乎、房喬句喬名玄齡、父彥謙、仕隋、玄齡白父曰、上無功德、徒以周近親、妄誅殺、攘神器、不爲子孫立長久計、嫡
庶競侈、潛相傾閱、其亡可立待也、斬郅支朝呼韓漢元帝建昭三年、甘延壽、陳湯、矯發戊己校尉等、攻郅支單于、冬、斬其首、傳詣京師、竟寧元年正月、
匈奴呼韓邪單于來朝、王氏元帝常有意廢太子、立共王、王鳳與皇后史丹擁太子、後成帝立、王氏勢傾天下、收燕趙指平澤潞服三鎮言、澤潞、屬趙、成德、

魏博、盧龍、幽燕、武宗時、劉稹據澤潞反、詔三鎮、成德王元逵、魏博何弘敬、盧龍張仲武、討平之、文云宣宗似誤、復河湟河、黃河、湟水、源出青海、入甘肅、今西寧道湟源縣、又經西寧縣入於黃河、唐時吐蕃據其地、至宣宗時始復之、龐勛句懿宗九年、桂州戍卒作亂、判官龐勛將之、衆至十萬、康承訓與朱邪赤心討平之、

靈武縣名、在甘肅、薊縣名、屬京兆、曹參參相齊九年、蕭相國薨、參繼爲相、去齊、囑其後相曰、以齊獄市爲寄、愼勿擾也、黃霸霸爲潁川太守、時有許丞老病聾、督郵白欲逐之、霸曰、許丞廉吏、雖老何傷、新吏又未必賢、或不如其故、徒相益爲亂、凡治道去其太甚耳、劉晏晏爲領度支鹽鐵轉運鑄錢租庸使、時、分置諸道租庸使、愼簡臺閣士專之、皆新進銳敏、崔祐甫祐甫爲相、荐舉惟其人、不自疑畏、未踰年、除吏幾八百人、德宗謂之曰、人言卿擬官多親舊、何耶、曰、進擬者、必悉其才行、如不與聞知、何由得實、帝以爲然、建中德宗年號、正觀即貞觀、唐太宗年號、盧杞德宗時奸相、時李懷光欲朝、數杞之惡、杞遏其來、疑而逡反、播遷德宗避懷光、幸梁州、接梁州今陝西南鄭縣治、十出而九敗指當時敗於西夏言、嗇夫張釋之從文帝行、登虎圈、帝問上林尉禽獸簿、尉不能對、虎圈嗇夫從旁代尉對甚悉、詔拜嗇夫爲上林令、釋之曰、以嗇夫口辯而超遷之、恐天下爭爲口辯而無其實、帝乃止、屬國即典屬國、主蠻夷之國、來降者、平城句高祖被匈奴所困、用陳平計解之、平城、漢縣名、故城在今山西大同縣東、三表五餌誼言歐匈奴之法、愛人之狀、好人之技、仁道也、信爲大操、常義也、愛好有實、已諾可期、十死一生、彼將必至、此三表也、賜之盛服車乘、以壞其目、賜之盛食珍味、以壞其口、賜之音樂婦人、以壞其耳、賜之倉庫奴婢、以壞其腹、於來降者召幸之、相娛樂、親酌而手食之、以壞其心、此五餌也、中行說漢人、送公主而入匈奴者、因以漢事告之、趙括趙奢子、括少讀兵書、與奢言、奢不謂然、曰、兵死地也、而括易言之、破趙必矣、後果爲秦師所敗、李信秦將、易楚事未詳、鼂錯錯用事、多所變更、丞相申屠嘉、自絀所言不用、疾錯、歐血死、後錯議削七國、七國反、斬錯以謝、聱牙辭不平易也、「韓文」周誥殷盤、詰屈聱牙、此作齟齬解、催驅三司文字二句言驗令學習三司官書文

件、尤以提先補官、指鹿趙高欲爲亂、指鹿爲馬、以試羣臣、二世知其誤、羣臣無敢言者、問鼎楚莊王觀兵周疆、使至周問鼎、有窺竊周室之意、見[左宣]計

省卽三司、建隆太祖年號、而無言長許其風聞言事、不必顧慮官長之大小也、稱親之議英宗爲濮王子、立後、議崇所親、司馬

光等諫爭之、孫寶漢人、字子嚴、爲大司農、朝廷稱莽功德、寶獨非之、坐免、王導字茂弘、晉相、王述字懷祖、歷官將軍尙書令、任子子弟

因父兄之蔭而得官、劉毅掖人、字仲雄、晉武帝問毅曰、卿以朕方漢何帝也、曰、可方桓靈、帝曰、方之桓靈、不已甚乎、曰、桓靈賣官錢、入官庫、陛下賣官錢、入私門、以此言

之、殆不如也、帝大笑曰、桓靈之世、不聞此言、今有直臣、故不同也、首違句軾因議貢舉、與王安石相忤、

評校音注古文辭類纂卷十八終

即佳兵不祥之意

自古人主好動干戈
劉海峯云歷引戰勝
而禍大

蘇子瞻代張方平諫用兵書

臣聞好兵猶好色也傷生之事非一而好色者必死賊民之事非一而好兵者必亡此理之必然者也夫惟聖人之兵皆出於不得已故其勝也享安全之福其不勝也必無意外之患後世用兵皆得已而不已故其勝也則變遲而禍大其不勝也則變速而禍小是以聖人不計勝負之功而深戒用兵之禍何者興師十萬日費千金內外騷動殆於道路者七十萬家內則府庫空虛外則百姓窮匱饑寒逼迫其後必有盜賊之憂死傷愁怨其終必致水旱之報上則將帥擁衆有跋扈之心下則士衆久役有潰叛之志變故百出皆由用兵至於興事首議之人冥謫（音摘 同謫）尤重蓋以平民無故緣兵而死怨氣充積必有任其咎者是以聖人畏之重之非不得已不敢用也自古人主好動干戈由敗而亡者不可勝數臣今不敢復言請為陛下言其勝者秦始皇既平六國復事胡越戍役

秦隋用兵之害

漢唐用兵之害

隋唐用兵之害

論斷甚確

之患被於四海雖拓地千里遠過三代而墳土未乾天下怨叛二世被害子嬰被擒滅亡之酷自古所未嘗有也漢武帝承文景富溢之餘首挑匈奴兵連不解遂使侵尋及於諸國歲歲調發所向成功建元之間兵禍始作是時蚩尤旗出長與天等其春戾太子生自是師行三十餘年死者無數及巫蠱事起京師流血僵尸數萬太子父子皆敗班固以爲太子生長於兵與之終始帝雖悔悟自克而歿身之恨已無及矣隋文帝既下江南繼事夷狄煬帝嗣位此志不衰皆能誅滅強國威震萬里然而民怨盜起亡不旋踵唐太宗神武無敵尤喜用兵既已破滅突厥高昌吐（音突）谷（音欲）渾（音魂）等猶且未厭親駕遼東皆志在立功非不得已而用其後武氏之難唐室陵遲不絕如綫蓋用兵之禍物理難逃不然太宗仁聖寬厚克己裕人幾至刑措而一傳之後子孫塗炭此豈爲善之報也哉由此觀之漢唐用兵於寬仁之後故勝而僅存秦隋用兵於殘暴之餘故勝而遂滅臣每讀書至此未嘗不掩卷流涕傷其計之過也若使此四君者方其用兵之初隨即敗衄（女六切俗衂字）惕然戒懼知用兵之難則禍敗之興當不至此不

臣故曰劉海峯云不勝而禍小

專指時事

幸每舉輒勝故使狃於功利慮患不深臣故曰勝則變遲而禍大不勝則變速而禍小不可不察也昔仁宗皇帝覆育天下無意於兵將士惰偸兵革朽鈍元昊乘間竊發西鄙延安涇原麟府之間敗者三四所喪動以萬計而海內晏然兵休事已而民無怨言國無遺患何者天下臣庶知其無好兵之心天地鬼神諒其有不得已之實故也今陛下天錫勇智意在富強卽位以來繕甲治兵伺候鄰國羣臣百僚窺見此指多言用兵其始也弼臣執國命者無憂深思遠之心樞臣當國論者無慮害持難之識在臺諫之職者無獻替納忠之議從微至著遂成厲階既而薛向爲橫山之謀韓絳效深入之計陳升之呂公弼等陰與之協力師徒喪敗財用耗屈較之寶元慶歷之敗不及十一然而天怒人怨邊兵背叛京師騷然陛下爲之旰食者累月何者用兵之端陛下作之是以吏士無怒敵之意而不直陛下也尙賴祖宗積累之厚皇天保佑之深故使兵出無功感悟聖意然淺見之士方且以敗爲恥力欲求勝以稱上心於是王韶構禍於熙河章惇造釁於梅山熊本發難於渝瀘（音盧）然此等皆戕賊已降俘纍老弱

此數行抵一篇弔古戰場文

且使陛下劉海峯云此言將弱財匱不可用兵

困弊腹心而取空虛無用之地以爲武功使陛下受此虛名而忽於實禍勉强砥礪奮於功名故沈起劉彝復發於安南使十餘萬人暴露瘴毒死者十而五六道路之人斃於輸送貲糧器械不見敵而盡以爲用兵之意必且少衰而李憲之師復出於洮（音叨）州矣今師徒克捷銳氣方盛陛下喜於一勝必有輕視四夷陵侮敵國之意天意難測臣實畏之且夫戰勝之後陛下可得而知者凱旋捷奏拜表稱賀赫然耳目之觀耳至於遠方之民肝腦屠於白刃筋骨絕於餽餉流離破產鬻賣男女薰眼折臂自經之狀陛下必不得而見也慈父孝子孤臣寡婦之哭聲陛下必不得而聞也譬猶屠殺牛羊刳（音枯）臠（力轉切）魚鼈以爲膳羞食者甚美死者甚苦使陛下見其號呼於梃刃之下宛轉於刀几之間雖八珍之美必將投筯而不忍食而況用人之命以爲耳目之觀乎且使陛下將卒精强府庫充實如秦漢隋唐之君既勝之後禍亂方興尙不可救而況所任將吏罷軟凡庸較之古人萬萬不逮而數年以來公私窘乏內府累世之積掃地無餘州郡征稅之儲上供殆盡百官廩俸僅而能繼南郊賞給久而未辦以此

且饑疫之後劉海峯云此言盜賊蠭起不可用兵

天之所背劉海峯云此言天心厭亂不可用兵

入情入理

舉動雖有智者無以善其後矣且饑疫之後所在盜賊蠭起京東河北尤不可言若軍事一興橫斂隨作民窮而無告其勢不爲大盜無以自全邊事方深內患復起則勝廣之形將在於此此老臣所以終夜不寐臨食而歎至於慟哭而不能自止也且臣聞之凡舉大事必順天心天之所向以之舉事必成天之所背以之舉事必敗蓋天心向背之迹見於災祥豐歉之間今自近歲日蝕星變地震山崩水旱癘疫連年不解民死將半天心之向背可以見矣而陛下方且斷然不顧興事不已譬如人子得過於父母惟有恭順靜默引咎自責庶幾可解今乃紛然詰責奴婢恣行箠楚以此事親未有見赦於父母者故臣願陛下遠覽前世興亡之迹深察天心向背之理絕意兵革之事保疆睦鄰安靜無爲爲社稷長久之計上以安二宮朝夕之養下以濟四方億兆之命則臣雖老死溝壑瞑目於地下矣昔漢祖破滅羣雄遂有天下光武百戰百勝祀漢配天然至白登被圍則講和親之議西域請吏則出謝絕之言此二帝者非不知兵也蓋經變既多則慮患深遠今陛下深居九重而輕議討伐老臣庸懦私竊以爲

過矣。然而人臣納說於君。因其旣厭而止之。則易爲力。迎其方銳而折之。則難爲功。凡有血氣之倫。皆有好勝之意。方其氣之盛也。雖布衣賤士。有不可奪。自非智識特達。度量過人。未有能於勇銳奮發之中。舍己從人。惟義是聽者也。今陛下盛氣於用武。勢不可回。臣非不知而獻言不已者。誠見陛下聖德寬大。聽納不疑。故不敢以衆人好勝之常心。望於陛下。且意陛下他日親見用兵之害。必將哀痛悔恨。而追咎左右大臣未嘗一言。臣亦將老且死。見先帝於地下。亦有以藉口矣。惟陛下哀而察之。

劉海峯曰沈著痛快足爲忠諫之式〇姚氏曰余嘗論東坡此書是子虛烏有之事蓋東坡在黃州旣聞永樂徐禧之敗神宗悔痛乃追作是文聊以發揮己意其以烹宰禽獸爲譬乃是黃州戒殺議論也史言神宗於永樂事後恨昔無人言其不可又言在內惟呂公著在外惟趙卨言用兵非好事耳吾度公著卨之言未必能及東坡此言之痛快若果先代方平而方平上之帝安得忘之哉近畢秋帆續資治通鑑取東坡書爲方平實事載於元豐四年

又載帝謚呂公著趙高事於元豐六年是矛盾之說也又方平乃僉人屢爲司馬温公所彈畢書據蘇氏私懷作誌之美而嘉予之皆非實也○蘇厚子曰按宋史本傳云方平慷慨有氣節既告老論事益切至於用兵起獄尤反覆言之且曰臣且死見先帝地下矣是正謂此書已上矣○姚慕庭曰惇元言非也宋史成於託託本多遺議況其時東坡文行世已久安知非與畢同誤乎

建元(漢武帝年號、)蚩尤旗(星名、「晉書天文志」蚩尤旗類彗而後曲、象旗、)巫蠱(巫以邪術蠱惑人也、漢武時、女巫入宮、教人度厄、埋木人於地而詛之、帝病、嬖人江充因言巫蠱之由、充與戾太子有隙、言太子宮中木人甚多、太子舉兵反、敗走自殺、後壺關三老白其冤、族充家、)隋文帝(姓楊、名堅、)煬帝(文帝子、名廣、)突厥(唐外夷名、唐時奄有漢北、今土耳其、亦其遺種、)高昌(唐外夷名、在今新疆土魯番地、)吐谷渾(唐外夷名、今青海及四川松潘縣、皆其故地、)遼東(高麗居遼水之東、太宗曾征之、)武氏三句(武后殺唐宗殆盡、)衄(敗也、)元昊(西夏主、本姓拓跋、宋賜姓趙、繼明之子、)延安(今陝西膚施縣東、)涇原(今陝西涇陽縣、)麟(宋州名、屬河東路、今陝西神木縣北、)府(宋州名、屬河東路、今陝西府谷縣、)弼臣(指中書省諸臣、)樞臣(指樞密院諸臣、)薛向(字師正、工計算、歷主邊事、)橫山(在陝西省榆林道境、)韓絳(字子華、開幕府延安時、用知青澗城种諤策、欲取橫山、既城囉兀、又圖築撫寧堡、調發騷然、)陳升之(字暘叔、建陽人、安石引之爲相、安石開邊釁、升之附會之、)呂公弼(字寶臣、夷簡子、官終秦鳳帥、無附會用兵事、**寶元慶歷**宋仁宗年號、時趙元昊反、宋師屢敗、**王韶句**韶、字子純、德安人、景思立之敗、朝廷議棄熙河、韶乃直扣定羌城、破結河族、斷夏國通路、進臨寧河、羌睹征知援絕、拔椅寺、按熙州河州、在今甘肅、**章惇句**惇、字子厚、建州浦城人、時經制南北江羣蠻、命爲湖南北察訪使、惇遣李資張竑招之、淫於夷婦、被殺、惇以三路兵、平懿治鼎州、以蠻方據潭之梅山、遂乘勢而南、以是兵久不決、按梅山、在今湖南新化安化兩縣、**熊本句**本、字伯通、番陽人、瀘川樂晏夷叛、本以計致百餘人、梟之瀘川、逐柯陰會於柯陰、降之、渝州南川獠木斗叛、本進兵銅佛壩、破其衆、木斗舉秦州地五百里以降、按渝瀘、今四川巴縣瀘縣、**沈起句**沈起代蕭注守桂州、妄言密受旨、擅令疆吏入溪洞、禁止交人入州縣貿易、交阯入寇、起罷、命劉彝代之、以守廣日過絕其表疏、交人乃連陷廉白欽邕四州、起字興宗、明州鄞人、彝、字執中、福州人、**李憲二句**憲、宦官、官熙河經略安撫司、劉摯論其貪功生事、頓兵以城蘭州、按洮州、北周置、今爲臨潭縣、宋時屬秦鳳路、**南郊句**郊、祭天之名、宋代郊祭賞賜用繁、亦病國之一、**白登**山名、在今山西大同縣、漢高被匈奴圍於此、**西域二句**漢光武二十一年、莎車王賢欲兼并西域諸國、諸國恐懼、車師等十八國、俱遣子入侍、願得都護、帝報曰、今使者求兵、未能得出、爲諸國力不從心、東西南北自在也、於是鄯善等復附匈奴、

蘇子瞻徐州上皇帝書○○

姚氏云、按公實州上文潞公書、則此奏具稿而未及上也

臣以庸材備員册府。出守兩郡。皆東方要地。私竊以爲守法令。治文書。赴期會。不足以報塞萬一。輒伏思念東方之要務。陛下之所宜知者。得其一二。草具以聞。而陛下擇焉。臣前任密州。建言自古河北與中原離合。常係社稷存亡。而京東之地。所以灌輸河北。缾竭則罍音雷恥。脣亡則齒寒。而其民喜爲盜賊。爲患最

憤王東歸收其居中
控制形勢利便斷無
畫錦自炫之小見

其地宜於守

其民宜於兵

甚。因爲陛下畫所以待盜賊之策。及移守徐州。覽觀山川之形勢。察其風俗之
所上。而考之於載籍。然後又知徐州爲南北之襟要。而京東諸郡安危所寄也。
昔項羽入關。既燒咸陽而東歸。則都彭城。夫以羽之雄略。捨咸陽而取彭城。則
彭城之險固形便。足以得志於諸侯者可知矣。臣觀其地三面被山。獨其西平
川數百里。西走梁宋。使楚人開關而延敵。材官騶發。突騎雲縱。眞若屋上建瓴
音陵水也。地宜粟麥。一熟而飽數歲。其城三面阻水。樓堞之下。以汴泗爲池。獨其
南可通車馬。而戲馬臺在焉。其高十仞。廣袤音茂百步。若用武之世。屯千人其上。
聚櫑音雷木礮石。凡戰守之具。以與城相表裏。而積三年糧於城中。雖用十萬人
不易取也。其民皆長大膽力絕人。喜爲剽掠。小不適意。則有飛揚跋扈之心。非
止爲盜而已。漢高祖沛人也。項羽宿遷人也。劉裕彭城人也。朱全忠碭音蕩山人
也。皆在今徐州數百里間耳。其人以此自負。凶桀之氣。積以成俗。魏太武以三
十萬人攻彭城。不能下。而王智興以卒伍庸材。恣睢於徐。朝廷亦不能討。豈非
以其地形便利。人卒勇悍故耶。州之東北七十餘里。卽利國監。自古爲鐵官商

以形勢之地而不知所以守宋之武備可知

强黨者得所用亦化莠爲良一術

買所聚其民富樂凡三十六冶冶戶皆大家藏鏹巨萬常爲盜賊所窺而兵衛寡弱有同兒戲臣中夜以思卽爲寒心使劇賊致死者十餘人白晝入市則守者皆棄而走耳地旣產精鐵而民皆善鍛散冶戶之財以嘯召無賴則烏合之衆數千人之仗可以一夕具也順流南下辰發巳至而徐有不守之憂矣不幸而賊有過人之才如呂布劉備之徒得徐而逞其志則京東之安危未可知也近者河北轉運司奏乞禁止利國監鐵不許入河北朝廷從之昔楚人亡弓不能忘楚孔子猶小之況天下一家東北二冶皆爲國興利而奪彼與此不已隘乎自鐵不北行冶戶皆有失業之憂詣臣而訴者數矣臣欲因此以征冶戶爲利國監之捍屛今三十六冶冶各百餘人採鑛伐炭多饑寒亡命强力鷙忍之民也臣欲使冶戶每冶各擇有材力而忠謹者保任十人籍其名於官授以劍刃刀槊教之擊刺每月兩衙集於知監之庭而閱試之藏其刃於官以待大盜不得役使犯者以違制論冶戶爲盜所擬久矣民皆知之使冶出十人以自衛民所樂也而官又爲除近日之禁使鐵得北行則冶戶皆悅而聽命姦猾破膽

圖守徐州即保全京東一舉兩得

如此則事權統一

而不敢謀矣徐城雖險固而樓櫓敝惡又城大而兵少緩急不可守今戰兵千人耳臣欲乞移南京新招騎射兩指揮於徐此故徐人也嘗屯於徐營壘材石既具矣而遷於南京異時轉運使分東西路畏餽餉之勞而移之西耳今兩路爲一其去來無所損益而足以爲徐之重城下數里頗產精石無窮而奉化廂軍見闕數百人臣願募石工以足之聽不差出使此數百人者常採石以甃（音縐）城數年之後舉爲金湯之固要使利國監不可窺則徐無事徐無事則京東無虞矣沂州山谷重阻爲逋逃淵藪盜賊每入徐州界中陛下若採臣言不以臣爲不肖願復三年守徐且得兼領沂州兵甲巡檢公事必有以自效京東惡盜多出逃軍逃軍爲盜民則望風畏之何也技精而法重也技精則難敵法重則致死其勢然也自陛下置將官修軍政士皆精銳而不免於逃者臣嘗考其所由蓋自近歲以來部送罪人配軍者皆不使役人而使禁軍軍士當部送者受牒即行往返常不下十日道路之費非取息錢不能辦百姓畏法不敢貸貸亦不可復得惟所部將校乃敢出息錢與之歸而刻其糧賜以故上下相持軍政

不修。博弈飲酒。無所不至。窮苦無聊。則逃去爲盜。臣自至徐。卽取不係省錢百餘千別儲之。當部送者。量遠近裁取以三月。刻納不取其息。將吏有敢貸息錢者。痛以法治之。然後嚴軍政。禁酒博。比朞年。士皆飽暖。練熟技藝。等第爲諸郡之冠。陛下遺敕使按閱所具見也。臣願下其法諸郡。推此行之。則軍政修而逃者寡。亦去盜之一端也。臣聞之漢相王嘉曰。孝文帝時。二千石長吏安官樂職。上下相望。莫有苟且之意。其後稍稍變易。公卿以下。轉相促急。司隸部刺史發揚陰私。吏或居官數月而退。二千石益輕賤。吏民慢易之。知其易危。小失意則起離叛之心。前山陽亡徒蘇令從橫。吏士臨難。莫肯伏節死義者。以守相威權素奪故也。國家有急。取辦於二千石。二千石尊重難危。乃能使下。以王嘉之言而考之於今。郡守之威權。可謂素奪矣。上有監司伺其過失。下有吏民持其長短。未及按問。而差替之命已下矣。欲督捕盜賊。法外求一錢以使人且不可得。盜賊凶人。情重而法輕者。守臣輒配流之。則使所在法司復按其狀。劾以失入。惴惴如此。何以得吏士死力。而破姦人之黨乎。由此觀之。盜賊所以滋熾者。以

守臣權輕則無以盡其職責以大綱闊略其小故是謂善法

此法殊未善

因地取才固是良法

陛下守臣權太輕故也臣願陛下稍重其權責以大綱闊略其小故凡京東多盜之郡自青鄆音運以降如徐沂齊曹之類皆慎擇守臣聽法外處置強盜頗賜緡錢使得以布設耳目畜養爪牙然緡錢多賜則難常少又不足於用臣以為每郡可歲別給一二百千使以釀酒凡使人葺捕盜賊得以酒予之敢以為他用者坐贓論賞格之外歲得酒數百斛亦足以使人矣此又治盜之一術也然此皆其小者其大者非臣之所當言欲默而不發則又私自念遭值陛下英聖特達如此若有所不盡非忠臣之義故昧死復言之昔者以詩賦取士今陛下以經術用人名雖不同然皆以文詞進耳考其所得多吳楚閩蜀之人至於京東西河北河東陝西五路蓋自古豪傑之場其人沉鷙勇悍可任以事然欲使治聲律讀經義以與吳楚閩蜀之人爭得失於毫釐之間則彼有不仕而已故其得人常少夫惟忠孝禮義之士雖不得志不失為君子若德不足而才有餘者困於無門則無所不至矣故臣願陛下特為五路之士別開仕進之門漢法郡縣秀民推擇為吏考行察廉以次遷補或至二千石入為公卿古者不專以

得士以西漢爲善

引進豪傑消弭盜賊固是良法但患泰行不警耳

文詞取人。故得士爲多。黃霸起於卒史。薛宣奮於書佐。朱邑選於嗇夫。丙吉出於獄吏。其餘名臣循吏。由此而進者。不可勝數。唐自中葉以後。方鎭皆選列校以掌牙兵。是時四方豪傑。不能以科舉自達者。皆爭爲之。往往積功以取旄鉞。雖老姦巨盜。或出其中。而名卿賢將。如高仙芝封常淸李光弼來瑱（他甸切）李抱玉段秀實之流。所得亦已多矣。王者之用人。如江河。江河所趨。百川赴焉。蛟龍生之。及其去而之他。則魚鼈無所還其體。而鯢鰍爲之制。今世胥史牙校。皆奴僕庸人者。無他。以陛下不用也。今欲用胥史牙校。而胥史行文書。治刑獄錢穀。其勢不可廢鞭撻。鞭撻一行。則豪傑不出於其間。故凡士之刑者不可用。用者不可刑。故臣願陛下採唐之舊。使五路監司郡守。共選士人。以補牙職。皆取人材心力有足過人。而不能從事於科舉者。祿之以今之庸錢。而課之鎭稅場務督捕盜賊之類。自公罪杖以下聽贖。依將校法。使長吏得薦其才者。第其功閥。書其歲月。使得出仕比任子。而不以流外限其所至。朝廷察其尤異者擢用。數人。則豪傑英偉之士。漸出於此塗。而姦猾之黨。可得而籠取也。其條目委曲臣未敢盡言。惟陛下留神省察。昔晉武平吳之後。詔天下罷軍役。州郡悉去武備。惟山濤論其不可。帝見之曰天下名言也。而不能用。及永寧之後。盜賊蠭起。郡國皆以無武備不能制。其言乃驗。今臣於無事之時。屢以盜賊爲言。其私憂過計。亦已甚矣。陛下縱能容之。必爲議者所笑。使天下無事而臣獲笑。可也。不然事至而圖之。則已晚矣。干犯天威。罪在不赦。

茅順甫曰此等文字識見筆力並入西漢○吳至父曰此文前幅實雄俊有豪傑氣然猶不免虛憍

備員冊府（歐陽修曾慮諸秘閣、）兩郡（指杭州、密州、杭、治今浙江杭縣、密、治今山東諸城縣、）河北（黃河以北、今直隸等地、）壘（酒樓、）徐州（治彭城、彭城、今銅山縣、徐州襟帶江淮、枕聯河洛、東接齊魯、西通梁楚、呂梁橫絕其前、西山合圍其外、）咸陽（今陝西長安縣、）材官句（見「漢書」職通敢、矢也、材官、武弁也、）屋上建瓴句（見「史記」言下向之勢、）樓堞（樓、城樓、堞、城上女牆、）汴（即汳水、在河南、）泗（出山東、自泗水縣入徐、歷沛縣而北、）戲馬臺（有三、此在銅山縣南、宋劉裕大會賓僚于此、）仞（八尺、）袤（長也、）櫑（當作檑、圓木、自城下垂、用以擊敵、）跋扈（猶強梁也、）沛（今江蘇沛縣、）宿遷（今江蘇宿遷縣、）劉裕（南朝宋主、）朱全忠（五代梁主、）碭山（今江蘇碭山縣、）魏太武（名燾、姓拓跋氏、宋元嘉二十七年冬、魏攻彭城不克、）王智興（字匡諫、唐德宗時人、初爲牙兵、後至節度使、史稱其掠鹽鐵院、及貢物、劫商旅、殺異己者、）呂布（字奉先、東漢末驍將、）

為曹操所殺、劉備（字玄德、蜀漢主、）楚弓（楚共王亡弓、左右請求之、王曰、楚人亡弓、楚人得之、又何求、孔子聞之曰、惜其不大也、人遺之、人得之、何必楚也、）櫓（城上守禦望樓、）甃（結砌也、）沂州（治今山東臨沂縣、）王嘉（字公仲、平陵人、建平時、官丞相、以冤死、諡忠侯、）二千石（漢制、郡守秩二千石、）青（州名、治今山東益都縣、）鄆（州名、今山東東臨道等地、）緡錢（緡、絲也、以貫錢、漢武時、令諸賈人末作、自度其財物之多寡立簿送上、率緡錢二千而稅二十、此言所稅之錢、）齊（州名、治今山東歷城縣、）曹（州名、治今山東菏澤縣、）黃霸（字次公、淮陽陽夏人、武帝末、以待詔入錢賞官、補侍郎謁者、坐罪免、後復入穀、補左馮翊二百石卒史、）薛宣（字贛君、東海郯人、少為廷尉書佐、）朱邑（字仲卿、廬江舒人、少時為舒桐鄉嗇夫、）邴吉（字少卿、魯國人、治律令、為魯獄史、後相宣帝、）旄鉞（旄、旗、鉞、斧、大將持之、）高仙芝（高麗人、官唐游擊將軍、）封常清（蒲州猗氏人、唐安西副大都護、）李光弼（營州柳城人、唐東都留守、）來瑱（邠州人、唐兵部尙書、）李抱玉（河西人、唐兵部尙書、）段秀實（唐隴州人、舉明經便棄去、後任軍事、晉禮部尙書、）鯢鰍（鯢、小魚、鰍、似鱓而小、）庸錢（古力役有征、每歲不過二十日、不役者日為絹三尺、茲云錢者、免役所輸之錢、）閥（功有五品、明其等曰閥、見「史記」）任子（漢制二千石以上、得任一子為郎、）流外（唐制一品至九、有正從、為流內、外則別置九級、無正從、為流外、）永寧（晉惠帝年號、）山濤（河南人、晉侍中、）

蘇子瞻圜丘合祭六議劄子（圜丘、祭天處、圜、同圓、）○

臣伏見九月二十二日。詔書節文。俟郊禮畢。集官詳議祠皇地祇事。及郊祀之歲廟饗典禮聞奏者。臣恭覩陛下近者至日親祀郊廟。神祇饗答。實蒙休應。然則圜丘合祭。允當天地之心。不宜復有改更。臣竊惟議者欲變祖宗之舊。圜丘

就舜武作證

又以詩及左氏傳作證

祀天而不祀地。不過以謂冬至祀天於南郊。陽時陽位也。夏至祀地於北郊。陰時陰位也。以類求神。則陽時陽位。不可以求陰也。是大不然。冬至南郊。既祀上帝。則天地百神莫不從也。古者秋分夕月於西郊。亦可謂陰位矣。至於從祀上帝。則以冬至而祀月於南郊。議者不以爲疑。今皇地祇亦從上帝而合祭於圜丘。獨以爲不可。則過矣。書曰。肆類於上帝。禋（音因）於六宗。望於山川。徧於羣神。舜之受禪也。自上帝六宗山川羣神。莫不畢告。而獨不告地祇。豈有此理哉。武王克商。庚戌柴望。柴。祭上帝也。望。祭山川也。一日之間。自上帝而及山川。必無南北郊之別也。而獨略地祇。豈有此理哉。臣以知古者祀上帝。則並祀地祇矣。何以明之。詩之序曰。昊天有成命。郊祀天地也。此乃合祭天地經之明文。而說者乃以比之豐年秋冬報也。曰。秋冬各報。而皆歌豐年。則天地各祀。而皆歌昊天有成命也。是大不然。豐年之詩曰。豐年多黍多稌（音塗）。亦有高廩。萬億及秭（音姊）。爲酒爲醴。烝畀祖妣。以洽百禮。降福孔皆。歌於秋可也。歌於冬亦可也。昊天有成命之詩曰。昊天有成命。二后受之。成王不敢康。夙夜基命宥密。於緝熙。單厥心。

此說甚是

證之以漢

證之以魏

肆其靖之終篇言天而不及地頌所以告神明也未有歌其所不祭祭其所不歌也今祭地於北郊歌天而不歌地豈有此理哉臣以此知周之世祀上帝則地祇在焉歌天而不歌地所以尊上帝故其序曰郊祀天地也春秋書不郊猶三望左氏傳曰望郊之細也說者曰三望泰山河海或曰淮海也又或曰分野之星及山川也魯諸侯也故郊之細及其分野山川而已周有天下則郊之細獨不及五嶽四瀆乎嶽瀆猶得從祀而地祇獨不得合祭乎秦燔詩書經籍散亡學者各以意推類而已王鄭賈服之流未必皆得其眞臣以詩書春秋考之則天地合祭久矣議者乃謂合祭天地始於王莽以爲不足法臣竊謂禮當驗其是非不當以人廢光武皇帝親誅莽者也尙采用元始合祭故事謹按後漢書郊祀志建武二年初制郊兆於洛陽爲圜壇八陛中又爲重壇天地位其上皆南鄉西上此則漢世合祭天地之明驗也又按水經注伊水東北至洛陽縣圜丘東大魏郊天之所準漢故事爲圜壇八陛中又爲重壇天地位其上此則魏世合祭天地之明驗也唐睿宗將有事於南郊賈曾議曰有虞氏禘黃帝而

證之以唐

郊嚳。夏后氏禘黃帝而郊鯀。郊之與廟皆有禘。禘於廟則祖宗合食於太祖。禘於郊則地祇羣望皆合於圜丘。以始祖配享。蓋有事祭非常祀也。三輔故事。祭於圜丘上帝后土位皆南面。則漢嘗合祭矣。時褚無量郭山惲等。皆以曾言爲然。明皇天寶元年二月敕曰。凡所祠享必在躬親。朕不親祭。禮將有闕。其皇地祇宜于南郊合祭。是月二十日合祭天地於南郊。自後有事於圜丘皆合祭。此則唐世合祭天地之明驗也。今議者欲冬至祀天。夏至祀地。蓋以爲用周禮也。臣請言周禮與今禮之別。古者一歲祀天者三。明堂饗帝者一。四時迎氣者五。祭地者二。饗宗廟者四。爲此十五者皆天子親祭也。而又朝日夕月。四望山川。社稷五祀及羣小祀之類。亦皆親祭。此周禮也。太祖皇帝受天眷命。肇造宋室。建隆初郊。先饗宗廟。並祀天地。自眞宗以來。三歲一郊。必先有事景靈。偏饗太廟。乃祀天地。此國朝之禮也。夫周之禮親祭如彼。其多而歲行之。不以爲難。今之禮親祭如此。其少而三歲一行。不以爲易。其故何也。古者天子出入儀物不繁。兵衛甚簡。用財有節。而宗廟在大門之內。朝諸侯出爵賞。必於太廟。不止時

說明今與古異周禮之不可行

禮亦因時而制宜

祭而已。天子所治。不過王畿千里。惟以齋祭禮樂爲政事。能守此。則天下服矣。是故歲歲行之。率以爲常。至於後世。海內爲一。四方萬里。皆聽命於上。機務之繁。億萬倍於古日。力有不能給。自秦漢以來。天子儀物。日以滋多。有加無損。以至於今。非復如古之簡易也。今所行。皆非周禮。三年一郊。非周禮也。先郊二日而告原廟。一日而祭太廟。非周禮也。郊而肆赦。非周禮也。優賞諸軍。非周禮也。自后妃以下。至文武官。皆得蔭補親屬。非周禮也。自宰相宗室以下。至百官。皆有賜賚。非周禮也。此皆不改。而獨於地祇則曰周禮不當祭於圜丘。此何義也。議者必曰。今之寒暑與古無異。而宣王薄伐玁狁。六月出師。則夏至之日。何爲不可祭乎。臣將應之曰。舜一歲而巡四嶽。五月方暑。而南至衡山。十一月方寒而北至常山。亦今之寒暑也。後世人主。能行之乎。周所以十二歲一巡者。惟不能如舜也。夫周已不能行舜之禮。而謂今可以行周之禮乎。天之寒暑雖同。而禮之繁簡則異。是以有虞氏之禮。夏商有所不能行。夏商之禮。周有所不能用。時不同故也。宣王以六月出師。驅逐玁狁。蓋非得已。且吉甫爲將。王不親行也。

駁得是

天地本當並重

宋之郊賞太濫亦蠹國之一端

今欲定一代之禮爲三歲常行之法豈可以六月出師爲比乎議者必又曰夏至不能行禮則遣官攝祭祀亦有故事此非臣之所知也周禮大宗伯若王不與則攝位鄭氏注曰王有故則代行其祭祀賈公彥疏曰有故謂王有疾及哀慘皆是也然則攝事非安吉之禮也後世人主不能歲歲親祭故命有司行事其所從來久矣若親郊之歲遣官攝事是無故而用有故之禮也議者必又曰省去繁文末節則一歲可以再郊臣將應之曰古者以親郊爲常禮故無繁文今世以親郊爲大禮則繁文有不能省也若帷城幔屋盛夏則有風雨之虞陛下自宮入廟出郊冠通天乘大輅日中而舍百官衞兵暴露於道鎧(音愷)甲具裝人馬喘汗皆非夏至所能堪也王者父事天母事地不可偏也事天則備事地則簡是於父母有隆殺也豈得以爲繁文末節而一切欲損去乎國家養兵異於前世自唐之時未有軍賞猶不能歲歲親祠天子出郊兵衞不可簡省大輅一動必有賞給今三年一郊傾竭帑藏猶恐不足郊賚之外豈可復加若一年再賞國力將何以給分而與之人情豈不失望議者必又曰三年一祀天又三

此議更謬

以子之矛攻子之盾不煩言而自解矣

自非望祭可比

年一祀地此又非臣之所知也三年一郊已爲疏闊若獨祭地而不祭天是因事地而愈疏於事天自古未有六年一祀天者如此則典禮愈壞欲復古而背古益遠神祇必不顧饗非所以爲禮也議者必又曰當郊之歲以十月神州之祭易夏至方澤之祀則可以免方暑舉事之患此又非臣之所知也夫所以議此者爲欲舉從周禮也今以十月易夏至以神州代方澤不知此周禮之經耶抑變禮之權耶若變禮從權而可則合祭圜丘何獨不可十月親祭地十一月親祭天先地後天古無是禮而一歲再郊軍國勞費之患尙未免也議者必又曰當郊之歲以夏至祀地祇於方澤上不親郊而通爟(音貫)火天子於禁中望祀此又非臣之所知也書之望秩周禮之四望春秋之三望皆謂山川在境內而不在四郊者故遠望而祭也今所在之處俛則見地而云望祭是爲京師不見地乎此六議者合祭可不之決也夫漢之郊禮尤與古戾唐亦不能如古本朝祖宗欽崇祭祀儒臣禮官講求損益非不知圜丘方澤皆親祭之爲是也蓋以時不可行是故參酌古今上合典禮下合時宜較其所得已多於漢唐矣天地

實爲匡衡之議未嘗不是文亦言之過甚

宗廟之祭皆當歲徧今不能歲徧是故徧於三年當郊之歲又不能於一歲之中再舉大禮是故徧於三日此皆因時制宜雖聖人復起不能易也今並祀不失親祭而北郊則必不能親往二者孰爲重乎若一年再郊而遣官攝事是長不親事地也三年間郊當行郊地之歲而暑雨不可親行遣官攝事則是天地皆不親祭也夫分祀天地決非今世之所能行議者不過欲於當郊之歲祀天地宗廟分而爲三耳分而爲三有三不可夏至之日不可以動大衆舉大禮一也軍賞不可復加二也自有國以來天地宗廟惟饗此祭累聖相承惟用此禮此乃神祇所歆祖宗所安不可輕動動之則有吉凶禍福不可不慮三也凡此三者臣熟計之無一可行之理伏請從舊爲便昔西漢之衰元帝納貢禹之言毀宗廟成帝用丞相衡之議改郊位皆有殃咎著於史策往鑒甚明可爲寒心伏望陛下詳覽臣此章則知合祭天地乃是古今正禮本非權宜不獨初郊之歲所當施行實爲無窮不刊之典願陛下謹守太祖建隆神宗熙寧之禮無更改易郊祀廟饗以敉（母婢切）寧上下神祇仍乞下臣此章付有司集議如有異論

卽須畫一解破臣所陳六議。使皆屈伏。上合周禮。下不爲當今軍國之患。不可固執。更不論當今可與不可施行。所貴嚴祀大典。蚤以時定取進止

引經据史曆曆駁詰文筆雖未圜結而理解淸晰固應屈伏一時（濡議）

圜丘（土之高者曰丘、圜、象天之圜也、冬至祭天之處、見[周禮]）冬至祀天於南郊四句（冬至一陽生、故爲陽時、夏至一陰生、故爲陰時、南郊陽位、北郊陰位也、）夕月（祀月、）肆類二句（肆、遂也、類、事也、舜代堯而祭天也、禋、享也、六宗、日、月、星、四時、水、旱也、）柴望（祭天用柴、望、望而祭之也、）詩之序（此指詩經小序、小序、子夏所作、後人附益之、）黍稌（禾屬而黏者、糯稻也、）秭（六萬四千斤、）二后（文王、武王、）基（始也、）命（信也、）宥（寬也、）密（寧也、）緝（明也、）熙（廣也、）單（厚也、）肆（固也、）靖（和也、）分野（古者封國、上應列星之位、如鶉首爲秦、鶉火爲周、鶉尾爲楚等是、）猶三望（言不郊祭、而望祭山川也、望爲郊祭中之一、故曰郊之細也、事見[左傳]）五嶽（東岱、南霍、西華、北恆、中泰室、）四瀆（江、河、淮、濟、）王（名商、字子威、官至丞相、成帝時、嘗議郊事、）鄭（名興、字少贛、河南開封人、光武嘗問與郊祀事、）賈（名逵、字景伯、平陵人、東漢侍中、精五經、尤明左氏傳、）服（名虔、字子愼、滎陽人、東漢九江太守、作春秋左氏傳解、）元始合祭（元始、漢平帝年號、王莽奏請天地合祀、詔從之、）後漢書（宋范曄著、）郊祀志（見[前漢書]）建武（東漢光武帝年號、）陛（階也、）水經注（酈道元注、）大魏（指拓跋氏、）睿宗（名旦、高宗子、）賈曾（唐河南人、睿宗親郊、有司議不設皇地祇位、請合享天地如古制、幷從祀等坐、詔宰相禮官議、皆如曾請、）嚳（黃帝曾孫、）鯀（禹父、）禘（王者大祭名、諦審其祖之所自出、按此二句見[禮祭法]此言禘祭以黃帝爲主、而下得合食也、郊祭、則嚳爲配食也、）三輔（今陝西關中道地、漢分京兆、左馮翊、右扶風、）褚無量（鹽官人、唐左散騎常

侍、郭山惲河東人、唐國子司業、建隆宋太祖年號、景靈宮名、創於眞宗時、以奉聖祖、初、汀人遇道姓道人、自稱聖祖、劉承珪以聞、眞宗加聖祖號爲司命天尊、復語輔臣曰、朕夢神人傳玉皇命云、先命汝祖趙元朗授汝天書、今令再見云云、原廟原、再也、漢於高廟外、另立原廟、宣王名靖、周厲王子、衡山在湖南衡山縣、常山卽北嶽恒山、在今直隸曲陽縣、鄭氏卽鄭玄、字康成、東漢末大儒、賈公彥唐永年人、官太學博士、通天天子之冠、制創自秦、至明猶存、鎧金甲、神州宋制孟冬祭神州地祇、蓋五嶽四瀆等神、方澤「周禮」祭地祇於澤中之方丘、爟舉火也、望秩望而祭之、禮分等次、貢禹禹、字少翁、官至三公、漢自太上皇以至武帝、郡國皆立廟、京師又陵旁立廟、共百七十六、禹奏毀之、後元帝疾、夢祖宗譴之、匡衡字稚圭、位至丞相、衡議於長安、立南北郊、廢諸祠之在外者、後成帝以無嗣故、復立之、敉安也、

評校
音注
古文辭類纂卷十九終

王介甫上仁宗皇帝言事書

嘉祐三年、安石爲度支判官、慨然有矯世變俗之志、上萬言書、〇〇〇

臣愚不肖。蒙恩備使一路。今又蒙恩召還闕廷。有所任屬。而當以使事歸報陛下。不自知其無以稱職。而敢緣使事之所及。冒言天下之事。伏惟陛下詳思而擇處其中。幸甚。臣竊觀陛下有恭儉之德。有聰明睿智之才。夙興夜寐。無一日之懈。聲色狗馬觀游玩好之事。無纖介之蔽。而仁民愛物之意。孚於天下。而又公選天下之所願以爲輔相者。屬之以事。而不貳於讒邪傾巧之臣。此雖二帝三王之用心。不過如此而已。宜其家給人足。天下大治。而效不至於此。顧內則不能無以社稷爲憂。外則不能無懼於夷狄。天下之財力日以困窮。而風俗日以衰壞。四方有志之士。諰音枲諰然常恐天下之久不安。此其故何也。患在不知法度故也。今朝廷法嚴令具。無所不有。而臣以謂無法度者。何哉。方今之法度多不合乎先王之政故也。孟子曰。有仁心仁聞。而澤不加於百姓者。爲政不法

能行此旨不至拘牽周禮

呂惠卿李定輩其爲當時之人才耶

於先王之道故也以孟子之說觀方今之失正在於此而已夫以今之世去先王之世遠所遭之變所遇之勢不一而欲一一修先王之政雖甚愚者猶知其難也然臣以謂今之失患在不法先王之政者以謂當法其意而已夫二帝三王相去蓋千有餘載一治一亂其盛衰之時具矣其所遭之變所遇之勢亦各不同其施設之方亦皆殊而其爲天下國家之意本末先後未嘗不同也臣故曰當法其意而已法其意則吾所改易更革不至乎傾駭天下之耳目囂天下之口而固已合乎先王之政矣雖然以方今之勢揆之陛下雖欲改易更革天下之事合於先王之意其勢必不能也陛下有恭儉之德有聰明睿智之才有仁民愛物之意誠加之意則何爲而不成何欲而不得然而臣顧以謂陛下雖欲改易更革天下之事合於先王之意其勢必不能者何也以方今天下之人才不足故也臣嘗試竊觀天下在位之人未有乏於此時者也夫人才乏於上則有沈廢伏匿在下而不爲當時所知者矣臣又求之於閭巷草野之間而亦未見其多焉豈非陶冶而成之者非其道而然乎臣以謂方今在位之人才不

當時未傳無人才復如介甫何足以知此

足者以臣使事之所及則可知矣今以一路數千里之間能推行朝廷之法令知其所緩急而一切能使民以修其職事者甚少而不才苟簡貪鄙之人至不可勝數其能講先王之意以合當時之變者蓋闔郡之間往往而絕也朝廷每一令下其意雖善在位者猶不能推行使膏澤加於民而吏輒緣之爲姦以擾百姓臣故曰在位之人才不足而草野閭巷之間亦未見其多也夫人才不足則陛下雖欲改易更革天下之事以合先王之意大臣雖有能當陛下之意而欲領此者九州之大四海之遠孰能稱陛下之旨以一二推行此而人人蒙其施者乎臣故曰其勢必未能也孟子曰徒法不能以自行非此之謂乎然則方今之急在於人才而已誠能使天下之才衆多然後在位之才可以擇其人而取足焉在位者得其才矣然後稍視時勢之可否而因人情之患苦變更天下之弊法以趨先王之意甚易也今之天下亦先王之天下先王之時人才嘗衆矣何至於今而獨不足乎故曰陶冶而成之者非其道故也商之時天下嘗大亂矣在位貪毒禍敗皆非其人及文王之起而天下之才嘗少矣當是時文王

能陶冶天下之士而使之皆有士君子之才然後隨其才之所有而官使之詩曰豈弟君子遐不作人此之謂也及其成也微賤兔罝(音嗟)之人猶莫不好德兔罝之詩是也又況於在位之人乎夫文王惟能如此故以征則服以守則治詩曰奉璋峨峨髦士攸宜又曰周王于邁六師及之言文王所用文武各得其材而無廢事也及至夷厲之亂天下之才又嘗少矣至宣王之起所與圖天下之事者仲山甫而已故詩人歎之曰德輶(音由)如毛維仲山甫舉之愛莫助之蓋閔人士之少而山甫之無助也宣王能用仲山甫推其類以新美天下之士而後人才復衆於是內修政事外討不庭而復有文武之境土故詩人美之曰薄言采芑(音起)於彼新田於此菑(側持切)畝言宣王能新美天下之士使之有可用之才如農夫新美其田而使之有可采之芑也由此觀之人之才未嘗不自人主陶冶而成之者也所謂人主陶冶而成之者何也亦教之養之取之任之有其道而已所謂教之之道何也古者天子諸侯自國至於鄉黨皆有學博置教導之官而嚴其選朝廷禮樂刑政之事皆在於學士所觀而習者皆先王之法言德

行治天下之意。其材亦可以爲天下國家之用。苟不可以爲天下國家之用。則不教也。苟可以爲天下國家之用者。則無不在於學。此教之之道也。所謂養之之道何也。饒之以財。約之以禮。裁之以法也。何謂饒之以財。人之情不足於財。則貪鄙苟得無所不至。先王知其如此。故其制祿自庶人之在官者。其祿已足以代其耕矣。由此等而上之。每有加焉。使其足以養廉恥而離於貪鄙之行。猶以爲未也。又推其祿以及其子孫。謂之世祿。使其生也。既於父母兄弟妻子之養。婚姻朋友之接。皆無憾矣。其死也。又於子孫無不足之憂焉。何謂約之以禮。人情足於財而無禮以節之。則又放僻邪侈無所不至。先王知其如此。故爲之制度。婚喪祭養燕享之事。服食器用之物。皆以命數爲之節。而齊之以律度量衡之法。其命可以爲之。而財不足以具。則弗具也。其財可以具。而命不得爲之者。不使有銖兩分寸之加焉。何謂裁之以法。先王於天下之士。教之以道藝矣。不帥教則待之以屛棄遠方終身不齒之法。約之以禮矣。不循禮則待之以流殺之法。王制曰。變衣服者其君流。酒誥曰。厥或誥曰。羣飲。汝勿佚。盡執拘以歸

進一層說讀書得間

順我者用之違我者遜之惠卿李定韙之引進以此何介甫之言不顧行

於周予其殺夫羣飮變衣服小罪也流殺大刑也加小罪以大刑先王所以忍而不疑者以爲不如是不足以一天下之俗而成吾治夫約之以禮裁之以法天下所以服從無抵冒者又非獨其禁嚴而治察之所能致也蓋亦以吾至誠懇惻之心力行而爲之倡凡在左右通貴之人皆順上之欲而服行之有一不帥者法之加必自此始夫上以至誠行之而貴者知避上之所惡矣則天下之不罰而止者衆矣故曰此養之之道也所謂取之之道者何也先王之取人也必於鄉黨必於庠序使衆人推其所謂賢能書之以告於上而察之誠賢能也然後隨其德之大小才之高下而官使之所謂察之者非專用耳目之聰明而聽私於一人之口也欲審知其德問以行欲審知其才問以言得其言行則試之以事所謂察之者試之以事是也雖堯之用舜不過如此而已又況其下乎若夫九州之大四海之遠萬官億醜之賤所須士大夫之才則衆矣有天下者又不可以一一自察之也又不可偏屬於一人而使之於一二日之間考試其行能而進退之也蓋吾已能察其才行之大者以爲大官矣因使之取其類以

久於其職馭吏之善法

持久試之而考其能者以告於上而後以爵命祿秩予之而已此取之之道也所謂任之之道者何也人之才德高下厚薄不同其所任有宜有不宜先王知其如此故知農者以爲后稷知工者以爲共工其德厚而才高者以爲之長德薄而才下者以爲之佐屬又以久於其職則上狃習而知其事下服馴而安其敎賢者則其功可以至於成不肖者則其罪可以至於著故久其任而待之以考績之法夫如此故智能才力之士則得盡其智以赴功而不患其事之不終其功之不就也偷惰苟且之人雖欲取容於一時而顧僇（音六）辱在其後安敢不勉乎若夫無能之人固知辭避而去矣居職任事之日久不勝任之罪不可以幸而免故也彼且不敢冒而知辭避矣尚何有比周讒諂爭進之人乎取之既已詳使之既已當處之既已久至其任之也又專焉而不一一以法束縛之而使之得行其意堯舜之所以理百官而熙衆工者以此而已書曰三載考績三考黜陟幽明此之謂也然堯舜之時其所黜者則聞之矣蓋四凶是也其所陟者則皋陶稷契皆終身一官而不徙蓋其所謂陟者特加之爵命祿賜而已耳

此段總束使不散漫

所謂所學非所用

經義亦足以誤人國

此論甚是

此任之之道也夫教之養之取之任之之道如此而當時人主又能與其大臣悉其耳目心力至誠惻怛思念而行之此其人臣之所以無疑而於天下國家之事無所欲為而不得也方今州縣雖有學取牆壁具而已非有教導之官長育人才之事也惟太學有教導之官而亦未嘗嚴其選朝廷禮樂刑政之事未嘗在於學學者亦漠然自以禮樂刑政為有司之事而非己所當知也學者之所教講說章句而已講說章句固非古者教人之道也近歲乃始教之以課試之文章夫課試之文章非博誦強學窮日之力則不能及其能工也大則不足以用天下國家小則不足以為天下國家之用故雖白首於庠序窮日之力以帥上之教及使之從政則茫然不知其方者皆是也蓋今之教者非特不能成人之才而已又從而困苦毀壞之使不得成材者何也夫人之才成於專而毀於雜故先王之處民才處工於官府處農於畎畝處商賈於肆而處士於庠序使各專其業而不見異物懼異物之足以害其業也所謂士者又非特使之不得見異物而已一示之以先王之道而百家諸子之異說皆屏之而莫敢習者

所謂所用非所學

三代時文武並重

焉。今士之所宜學者。天下國家之用也。今悉使置之不教。而教之以課試之文章。使其耗精疲神。窮日之力以從事於此。及其任之以官也。則又悉使置之。而責之以天下國家之事。夫古之人。以朝夕專其業於天下國家之事。而猶才有能有不能。今乃移其精神。奪其日力。以朝夕從事於無補之學。及其任之以事。然後卒然責之以爲天下國家之用。宜其才之足以有爲者少矣。臣故曰非特不能成人之才。又從而困苦毀壞之。使不得成才也。又有甚害者。先王之時。士之所學者。文武之道也。士之才。有可以爲公卿大夫。有可以爲士。其才之大小宜不宜則有矣。至於武事。則隨其才之大小。未有不學者也。故其大者。居則爲六官之卿。出則爲六軍之將也。其次則比閭族黨之師。亦皆卒伍師旅之帥也。故邊疆宿衞。皆得士大夫爲之。而小人不得奸其任。今之學者。以爲文武異事。吾知治文事而已。至於邊疆宿衞之任。則推而屬之於卒伍。往往天下姦悍無賴之人。苟其才行足以自託於鄉里者。亦未有肯去親戚而從召募者也。邊疆宿衞。此乃天下之重任。而人主之所當愼重者也。故古者教士。以射御爲急。其

不知介甫眼中視王留臺爲何如人

他技能。則視其人才之所宜而後敎之。其才之所不能。則不强也。至於射則爲男子之事。人之生有疾則已。苟無疾未有去射而不學者也。在庠序之間固當從事於射也。有賓客之事則以射。有祭祀之事則以射。別士之行同能偶則以射。於禮樂之事未嘗不寓以射。而射亦未嘗不在於禮樂祭祀之間也。易曰。弧矢之利。以威天下。先王豈以射爲可以習揖讓之儀而已乎。固以爲射者武事之尤大。而威天下守國家之具也。居則以是習禮樂。出則以是從戰伐。士既朝夕從事於此而能者衆。則邊疆宿衞之任。皆可以擇而取也。夫士嘗學先王之道。其行義嘗見推於鄉黨矣。然後因其才而託之以邊疆宿衞之事。此古之人君所以推干戈以屬之人。而無內外之虞也。今乃以夫天下之重任。人主所當至愼之選。推而屬之姦悍無賴才行不足自託於鄉里之人。此方今所以諰諰然常抱邊疆之憂。而虞宿衞之不足恃以爲安也。今孰不知邊疆宿衞之士不足恃以爲安哉。顧以爲天下學士以執兵爲恥。而亦未有能騎射行陳之事者。則非召募之卒伍。孰能任其事者乎。夫不嚴其敎。高其選。則士之以執兵爲恥

薄

名言至論羅帳之焚率眞會之舉宋賢非矯情猶是約之以禮耳

而未嘗有能騎射行陳之事固其理也凡此皆教之非其道故也方今制祿大抵皆薄自非朝廷侍從之列食口稍衆未有不兼農商之利而能充其養者也其下州縣之吏一月所得多者錢八九千少者四五千以守選待除守闕通之蓋六七年而後得三年之祿計一月所得乃實不能四五千少者乃實不能及三四千而已雖厮養之給亦窘於此矣而其養生喪死婚姻葬送之事皆當於此出夫出中人之上者雖窮而不失爲君子出中人之下者雖泰而不失爲小人惟中人不然窮則爲小人泰則爲君子計天下之士出中人之上下者千百而無十一窮而爲小人泰而爲君子者則天下皆是也先王以爲衆不可以力勝也故制行不以己而以中人爲制所以因其欲而利道之以爲中人之所能守則其制可以行乎天下而推之後世以今之制祿而欲士之無毀廉恥蓋中人之所不能也故今官大者往往交賂遺營貲產以負貪汚之毀官小者販鬻乞丐無所不爲夫士已嘗毀廉恥以負累於世矣則其偸惰取容之意起而矜奮自强之心息則職業安得而不弛治道何從而興乎又況委法受賂侵牟百

姚氏云自陛下躬行至弛其本與後段法嚴令具至不能裁之以刑也兩段當前後互易荆公集見於南宋雕本極多舛錯世亦無佳本正之蓋世

姓者。往往而是也。此所謂不能饒之以財也。婚喪奉養服食器用之物。皆無制度。以爲之節。而天下以奢爲榮。以儉爲恥。苟其財之可以具。則無所爲而不得。有司既不禁。而人又以此爲榮。苟其財不足而不能自稱於流俗。則其婚喪之際。往往得罪於族人親姻。而人以爲恥矣。故富者貪而不知止。貧者則勉强其不足以追之。此士之所以重困。而廉恥之心毀也。凡此所謂不能約之以禮也。方今陛下躬行儉約。以率天下。此左右通貴之臣所親見。然而其閨門之內奢靡無節。犯上之所惡。以傷天下之教者。有已甚者矣。未聞朝廷有所放絀（同黜）以示天下。昔周之人拘羣飲而被之以殺刑者。以爲酒之末流生害。有至於死者衆矣。故重禁其禍之所自生。重禁禍之所自生。故其施刑極省。而人之抵於禍敗者少矣。今朝廷之法所尤重者。獨貪吏耳。重禁貪吏而輕奢靡之法。此所謂禁其末而弛其本。然而世之議者。以爲方今官冗。而縣官財用已不足以供之。其亦蔽於理矣。今之入官誠冗矣。然而前世置員蓋甚少。而賦祿又如此之薄。則財用之所不足。蓋亦有說矣。吏祿豈足計哉。臣於財利固未嘗學。然竊觀前

之議者一段補饒財之餘意陛下躬行一段補約以禮裁以刑之辭意均當在不能裁之以刑也精句之後而爲刊本舛誤総無憂其文勢之不順者至然而世之議者上仍有脫字

姚氏云供之下有脫文

此非預算不辨

苛其細而漏其大亦今古之通病

世治財之大略矣。蓋因天下之力。以生天下之財。取天下之財。以供天下之費。自古治世。未嘗以不足爲天下之公患也。患在治財無其道耳。今天下不見兵革之具。而元元安土樂業。各致己力。以生天下之財。然而公私常以困窮爲患者。殆以理財未得其道。而有司不能度世之宜而通其變耳。誠能理財以其道而通其變。臣雖愚固知增吏祿不足以傷經費也。方今法嚴令具。所以羅天下之士。可謂密矣。然而亦嘗教之以道藝。而有不帥教之刑以待之乎。亦嘗約之以制度。而有不循理之刑以待之乎。亦嘗任之以職事。而有不任事之刑以待之乎。夫不先教之以道藝。誠不可以誅其不帥教。不先約之以制度。誠不可以誅其不循理。不先任之以職事。誠不可以誅其不任事。此三者。先王之法所尤急也。今皆不可得誅。而薄物細故。非害治之急者。爲之法禁。月異而歲不同。爲吏者至於不可勝記。又況能一一避之。而無犯者乎。此法令所以玩而不行。小人有幸而免者。君子有不幸而及者焉。此所謂不能裁之以刑也。凡此皆養之非其道也。方今取士。强記博誦而略通於文辭。謂之茂才異等賢良方正。茂才異等賢良方正者公卿之選也記不必強誦不必博略通於文辭而又嘗學詩賦則謂之進士進士之高者亦公卿之選也夫此二科所得之技能不足以爲公卿不待論而後可知而世之議者乃以爲吾常以此取天下之士而才之可以爲公卿者常出於此不必法古之取人而後得士也其亦蔽於理矣先王之時盡所以取人之道猶懼賢者之難進而不肖者之雜於其間也今悉廢先王所以取士之道而驅天下之才士悉使爲賢良進士則士之才可以爲公卿者固宜爲賢良進士而賢良進士亦固宜有時而得才之可以爲公卿者也然而不肖者苟能雕蟲篆刻之學以此進至乎公卿才之可以爲公卿者困於無補之學而以此絀死於巖野蓋十八九矣夫古之人有天下者其所以愼擇者公卿而已公卿既得其人因使推其類以聚於朝廷則百司庶物無不得其人也今使不肖之人幸而至乎公卿因得推其類聚之朝廷此朝廷所以多不肖之人而雖有賢智往往困於無助不得行其意也且公卿之不肖既推其類以聚於朝廷朝廷之不肖又推其類以備四方之任使四方之任使者又各推其不

宋之流外猶之未入流名已無恥尙望其人之有恥乎

肖以布於州郡則雖有同罪舉官之科豈足恃哉適足以爲不肖者之資而已。其次九經五經學究明法之科。朝廷固已嘗患其無用於世。而稍責之以大義矣。然大義之所得未有以賢於故也。今朝廷又開明經之選。以進經術之士然明經之所取。亦記誦而略通於文辭者則得之矣。彼通先王之意而可以施於天下國家之用者。顧未必得與於此選也。其次則恩澤子弟。庠序不教之以道。藝官司不考問其才能。父兄不保任其行義。而朝廷輒以官予之而任之以事。武王數紂之罪。則曰官人以世。夫官人以世而不計其才行。此乃紂之所以亂亡之道。而治世之所無也。又其次曰流外。朝廷固已擠子計切之於廉恥之外。而限其進取之路矣。顧屬之以州縣之事使之臨士民之上豈所謂以賢治不肖者乎。以臣使事之所及。一路數千里之間州縣之吏出於流外者。往往而有可屬任以事者。殆無二三。而當防閑其姦者皆是也。蓋古者有賢不肖之分。而無流品之別。故孔子之聖而嘗爲季氏吏。蓋雖爲吏而亦不害其爲公卿。及後世有流品之別。則凡在流外者。其所成立固嘗自置於廉恥之外。而無高人之意

說得明白透澈

任使不當其才官又不得久于其任易怪吏治之蕩然

矣夫以近世風俗之流靡自雖士大夫之才勢足以進取而朝廷嘗獎之以禮義者晚節末路往往怵（音黜）而爲姦況又其素所成立無高人之意而朝廷固已擠之於廉耻之外限其進取者乎其臨人親職放僻邪侈固其理也至於邊疆宿衞之選則臣固已言其失矣凡此皆取之非其道也方今取之既不以其道至於任之又不問其德之所宜而問其出身之後先不論其才之稱否而論其歷任之多少以文學進者且使之治財已使之治財矣又轉而使之典獄已使之典獄矣又轉而使之治禮是則一人之身而責之以百官之所能備宜其人才之難爲也夫責人以其所難爲則人之能爲者少矣人之能爲者少則相率而不爲故使之典禮未嘗以不知禮爲憂以今之典禮者未嘗學禮故也使之典獄未嘗以不知獄爲耻以今之典獄者未嘗學獄故也天下之人亦已漸（音尖）漬（疾智切）於失教被服於成俗見朝廷有所任使非其資序則相議而訕之至於任使之不當其才未嘗有非之者也且在位者數徙則不得久於其官故上不能狃習而知其事下不肯服馴而安其教賢者則其功不可以及於成不肖者

此論甚確

則其罪不可以至於著若夫迎新將故之勞緣絕簿書之弊固其害之小者不足悉數也設官大抵皆當久於其任而至於所部者遠所任者重則尤宜久於其官而後可以責其有爲而方今尤不得久於其官往往數日輒遷之矣取之既已不詳使之既已不當處之既已不久至於任之則又不專而又一一以法束縛之不得行其意臣故知當今在位多非其人稍假借之權而不一一以法束縛之則放恣而無不爲雖然在位非其人而恃法以爲治自古及今未有能治者也卽使在位皆得其人矣而一一以法束縛之不使之得行其意亦自古及今未有能治者也夫取之既已不詳使之既已不當處之既已不久任之又不專而又一一以法束縛之故雖賢者在位能者在職與不肖而無能者殆無以異夫如此故朝廷明知其賢能足以任事苟非其資序則不以任事而輒進之雖進之士猶不服也明知其無能而不肖苟非有罪爲在事者所劾不敢以其不勝任而輒退之雖退之士猶不服也彼誠不肖無能然而士不服者何也以所謂賢能者任其事與不肖而無能者亦無以異故也臣前以謂不能任人

以職事而無不任事之刑以待之者蓋謂此也夫教之養之取之任之有一非其道則足以敗天下之人才又況兼此四者而有之則在位不才苟簡貪鄙之人至於不可勝數而草野閭巷之間亦少可任之才固不足怪詩曰國雖靡止或聖或否民雖靡膴（音呼）或哲或謀或肅或艾如彼泉流無淪胥以敗此之謂也夫在位之人才不足矣而閭巷草野之間亦少可用之才則豈特行先王之政而不得也社稷之託封疆之守陛下其能久以天幸爲常而無一旦之憂乎蓋漢之張角三十六萬同日而起所在郡國莫能發其謀唐之黃巢橫行天下而所至將吏無敢與之抗者漢唐之所以亡禍自此始唐既亡矣陵夷以至五代而武夫用事賢者伏匿消沮而不見在位無復有知君臣之義上下之禮者也當是之時變置社稷蓋甚於弈碁之易而元元肝腦塗地幸而不轉死於溝壑者無幾耳夫人才不足其患蓋如此而方今公卿大夫莫肯爲陛下長慮後顧爲宗廟萬世計臣竊惑之昔晉武帝趣（同趨）過目前而不爲子孫長遠之謀當時在位亦皆偸合苟容而風俗蕩然棄禮義捐法制上下同失莫以爲非有識固

此處東上起下

知其將必亂矣而其後果海內大擾中國列於夷狄者二百餘年伏惟三廟祖宗神靈所以付屬陛下固將爲萬世血食而大庇元元於無窮也臣願陛下鑒漢唐五代之所以亂亡懲晉武苟且因循之禍明詔大臣思所以陶成天下之才慮之以謀計之以數爲之以漸期爲合於當世之變而無負於先王之意則天下之人才不勝用矣人才不勝用則陛下何求而不得何欲而不成哉夫慮之以謀計之以數爲之以漸則成天下之才甚易也臣始讀孟子見孟子言王政之易行心則以爲誠然及見與愼子論齊魯之地以爲先王之制國大抵不過百里者以爲今有王者起則凡諸侯之地或千里或五百里皆將損之至於數十百里而後止於是疑孟子雖賢其仁智足以一天下亦安能毋劫之以兵革而使數百千里之强國一旦肯損其地之十八九比於先王之諸侯至其後觀漢武帝用主父偃之策令諸侯王地悉得推恩封其子弟而漢親臨定其號名輒別屬漢於是諸侯王之子弟各有分土而勢强地大者卒以分析弱小然後知慮之以謀計之以數爲之以漸則大者固可使小强者固可使弱而不至

乎傾駭變亂敗傷之釁。孟子之言不爲過。又況今欲改易更革。其勢非若孟子
所爲之難也。臣故曰慮之以謀。計之以數。爲之以漸。則其爲甚易也。然先王之
爲天下。不患人之不爲。而患人之不能。不患人之不能。而患己之不勉。何謂不
患人之不爲。而患人之不能。人之情所願得者。善行美名尊爵厚利也。而先王
能操之以臨天下之士。天下之士。有能遵之以治者。則悉以其所願得者以與
之。士不能則已矣。苟能則孰肯舍其所願得。而不自勉以爲才。故曰不患人之
不爲。而患人之不能。何謂不患人之不能。而患己之不勉。先王之法。所以待人
者盡矣。自非下愚不可移之才。未有不能赴也。然而不謀之以至誠惻怛之心。
力行而先之。未有能以至誠惻怛之心。力行而應之者也。故曰不患人之不能。
而患己之不勉。陛下誠有意乎成天下之才。則臣願陛下勉之而已。臣又觀朝
廷。異時欲有所施爲變革。其始計利害未嘗不熟也。顧有一流俗僥倖之人不
悅而非之。則遂止而不敢。夫法度立。則人無獨蒙其幸者。故先王之政。雖足以
利天下。而當其承弊壞之後。僥倖之時。其創法立制。未嘗不艱難也。使其創法。

子雱欲梟富弼之頭未始非荊公有以教之

詩曰方望溪云介甫以經學毒天下緣借聖言以就己意觀此已見端倪

孔子之誅少正卯或是此意

儒者專之賊也

立制而天下僥倖之人亦順悅以趨之無有齟齬則先王之法至今存而不廢矣惟其刱法立制之艱難而僥倖之人不肯順悅而趨之故古之人欲有所爲未嘗不先之以征誅而後得其意詩曰是伐是肆是絕是忽四方以無拂此言文王先征誅而後得意於天下也夫先王欲立法度以變衰壞之俗而成人之才雖有征誅之難猶忍而爲之以爲不若是不可以有爲也及至孔子以匹夫游諸侯所至則使其君臣捐所習逆所順強所劣憧（音衝）憧如也卒困於排逐然孔子亦終不爲之變以爲不如是不可以有爲此其所守蓋與文王同意夫在上之聖人莫如文王在下之聖人莫如孔子而欲有所施爲變革則其事蓋如此矣今有天下之勢居先王之位刱立法制非有征誅之難也雖有僥倖之人不悅而非之固不勝天下順悅之人衆也然而一有流俗僥倖不悅之言則遂止而不敢爲者惑也陛下誠有意乎成天下之才則臣又願斷之而已夫慮之以謀計之以數爲之以漸而又勉之以成斷之以果然而猶不能成天下之才則以臣所聞蓋未有也然臣之所稱流俗之所不講而今之議者以謂迂闊而

急于有爲之主那得不動心其言

姚氏云有司下有脫字

熟爛者也竊觀近世士大夫所欲悉心力耳目以補助朝廷者有矣彼其意非一切利害則以爲當世所能行者士大夫既以此希世而朝廷所取於天下之士亦不過如此至於大倫大法禮義之際先王之所力學而守者蓋不及也一有及此則羣聚而笑之以爲迂闊今朝廷悉心於一切之利害有司法令於刀筆之間非一日也然其效可觀矣則夫所謂迂闊而熟爛者惟陛下亦可以少留神而察之矣昔唐太宗正觀之初人人異論如封德彝之徒皆以爲非雜用秦漢之政不足以爲天下能思先王之事開太宗者魏文正公一人爾其所施設雖未能盡當先王之意抑其大略可謂合矣故能以數年之間而天下幾致刑措中國安寧蠻夷順服自三王以來未有如此盛時也唐太宗之初天下之俗猶今之世也魏文正公之言固當時所謂迂闊而熟爛者也然其效如此賈誼曰今或言德教之不如法令胡不引商周秦漢以觀之然則唐太宗之事亦足以觀矣臣幸以職事歸報陛下不自知其駑下無以稱職而敢及國家之大體者以臣蒙陛下任使而當歸報竊謂在位之人才不足而無以稱朝廷任使

敘到起首奉使之旨

之意而朝廷所以任使天下之士者或非其理而士不得盡其才此亦臣使事之所及而陛下之所宜先聞者也釋此不言而毛舉利害之一二以汚陛下之聰明而終無補於世則非臣所以事陛下惓惓之意也伏惟陛下詳思而擇其中天下幸甚

方望溪曰歐蘇諸公上書多條舉數事其體出於賈誼陳政事疏此篇止言一事而以衆法之善敗經緯其中義皆貫通氣能包舉遂覺高出同時諸公之上〇劉海峯曰其行文曲折盡達極文章之能事而局段分析不及古人之高渾變化

蒙恩備使二句 時安石知常州、移提點江東刑獄、入為度支判官、 譊譊 懼貌、 囂 喧譁也、 豈弟 和易也、 遐不作人 作起人才、不遐遺遠、 罝 兔網也、此詩言獵兔之人、猶知好德、 奉璋二句 見[詩大雅]列上為圭、半圭為璋、髦士、俊士也、峨峨、高峻貌、 周王二句 周王、文王也、邁、往也、二千五百人為師、及、與也、 夷厲 夷、名燮、厲、名胡、 輶 輕也、 不庭 不貢獻也、 芑 菜名、 菑 田一歲為菑、 鄉黨 五家為鄰、五鄰為里、五里為族、五族為黨、五黨為州、五州為鄉、 銖 十黍為絫、十絫為銖、又二十四銖為兩、 王制 [禮記]篇名、變禮易樂者為不從、不從者君流、革制度衣服者為畔、畔者君討、按不帥教屏棄遠方、終身不齒等、亦見[王制] 酒誥 [書]篇名、此武王告誡殷人之詞、 抵冒 猶抵觸也、[漢書]民人抵冒、 庠序 學名、殷曰序、周曰庠、賢能[周禮]三年大比、鄉大夫考其德行道藝、而興賢者能者、醜類也、后稷舜官、周棄任之、主勸農、共工官名、舜時垂作共工、理百工事、僇辱也、四凶見朋黨論注、六官[周禮]有天官冢宰、地官司徒、春官宗伯、夏官司馬、秋官司寇、冬官司空之職、六軍萬二千五百人爲一軍、天子六軍、比閭族黨五家爲比、五比爲閭、四閭爲族、五族爲黨、卒伍師旅五人爲伍、百人爲卒、二千五百人爲師、五百人爲旅、侵牟奪也、縣官天子也、見[漢書]元元民也、茂才異等賢良方正兩科始於漢、漢由選舉、宋爲考試耳、雕蟲篆刻[法言]或問吾子少而好賦、曰然、童子雕蟲篆刻、俄而曰、壯夫不爲也、九經五經九經、周禮、儀禮、禮記、左傳、公羊、穀梁、易、詩、書、五經、易、詩、書、春秋、禮、學究唐制明經取士、有五經三經二經、有學究一經、明法明法律也、怵誘也、國雖靡止七句靡止、小也、靡膴、無法也、人有聖者、否者、明哲者、謀畫者、敬恭者、有治理者、泉流甚清、無率而沈溺于潰敗也、張角東漢末、鉅鹿人、自稱天公將軍、傳教療病、因以作亂、皇甫嵩平之、黃巢起兵反唐末冤句人、僭號大齊、晉武名炎、篡魏後、只知淫樂、臣尚清談、其後致五胡之亂、中國列于夷狄者句晉東遷後、五胡及拓跋魏、占據、其北、遂成南北朝、至隋始統一、憧憧意不定也、正觀即貞觀、封德彝名倫、觀州蓨人、官至右僕射、魏文正名徵、以諫得名、封鄭公、

王介甫本朝百年無事劄子○○

臣前蒙陛下問及本朝所以享國百年天下無事之故。臣以淺陋。誤承聖問。迫於日晷。晷音軌不敢久留。語不及悉。遂辭而退。竊惟念聖問及此天下之福而臣遂無一言之獻。非近臣所以事君之義。故敢冒昧而粗有所陳伏惟太祖躬上智

此段總提
伏惟仁宗之爲君也
茅鹿門云頌仁宗中
一一含諷

以下分析

獨見之明。而周知人物之情僞。指揮付託。必盡其材。變置設施。必當其務。故能駕馭將帥。訓齊士卒。外以扞(音翰)夷狄。內以平中國。於是除苛賦。止虐刑。廢强橫之藩鎭。誅貪殘之官吏。躬以簡儉爲天下先。其於出政發令之間。一以安利元元爲事。太宗承之以聰武。眞宗守之以謙仁。以至仁宗英宗。無有逸德。此所以享國百年而天下無事也。仁宗在位。歷年最久。臣於時實備從官。施爲本末。臣所親見。嘗試爲陛下陳其一二。而陛下詳擇其可。亦足以申鑒於方今。伏惟仁宗之爲君也仰畏天俯畏人寬仁恭儉出於自然而忠恕誠慤終始如一未嘗妄興一役未嘗妄殺一人斷獄務在生之而特惡吏之殘擾寧屈己棄財於夷狄而終不忍加兵刑平而公賞重而信納用諫官御史公聽並觀而不蔽於偏至之讒因任衆人耳目拔舉疏遠而隨之以相坐之法蓋監司之吏以至州縣無敢暴虐殘酷擅有調發以傷百姓自夏人順服蠻夷遂無大變邊人父子夫婦得免於兵死而中國之人安逸蕃息以至今日者未嘗妄興一役未嘗妄殺一人斷獄務在生之而特惡吏之殘擾寧屈己棄財於夷狄而不忍加兵之效

諷刺語頗中肯

歷指弊病即爲後來變法地步

也。大臣。貴戚。左右近習。莫敢强橫犯法。其自重愼。或甚於閭巷之人。此刑平而公之效也。募天下驍音澆雄橫猾以爲兵。幾至百萬。非有良將以御之。而謀變者輒敗。聚天下財物。雖有文籍。委之府史。非有能吏以鉤考。而斷盜者輒發。凶年饑歲。流者塡道。死者相枕。而寇攘者輒得。此賞重而信之效也。大臣貴戚左右近習。莫能大擅威福。廣私貨賂。一有姦慝。隨輒上聞。貪邪橫猾。雖間或見用。未嘗得久。此納用諫官御史。公聽並觀。而不蔽於偏至之讒之效也。自縣令京官以至監司臺閣。升擢之任。雖不皆得人。然一時之所謂才士。亦罕蔽塞而不見收舉者。此因任衆人之耳目。拔舉疏遠。而隨之以相坐之法之效也。升遐之日。天下號慟。如喪考妣。此寬仁恭儉。出於自然。忠恕誠慤。終始如一之效也。然本朝累世因循末俗之弊。而無親友羣臣之議。人君朝夕與處。不過宦官女子。出而視事。又不過有司之細故。未嘗如古大有爲之君。與學士大夫討論先王之法。以措之天下也。一切因任自然之理勢。而精神之運。有所不加。名實之間。有所不察。君子非不見貴。然小人亦得厠其間。正論非不見容。然邪說亦有時而

有仁宗之鎮靜而後有神宗之奮發安石特乘隙而入耳

所論未嘗不是欲有爲如神宗那得不虛心壁聽

用以詩賦記誦求天下之士而無學校養成之法以科名資歷敘朝廷之位而無官司課試之方監司無檢察之人守將非選擇之吏轉徙之亟既難於考績而游談之衆因得以亂眞交私養望者多得顯官獨立營職者或見排沮故上下偷惰取容而已雖有能者在職亦無以異於庸人農民壞於繇役而未嘗特見救恤又不爲之設官以修其水土之利兵士雜於疲老而未嘗申敕訓練又不爲之擇將而久其疆埸之權宿衞則聚卒伍無賴之人而未有以變五代姑息羈縻之俗宗室則無教訓選舉之實而未有以合先王親疏隆殺之宜其於理財大抵無法故雖儉約而民不富雖憂勤而國不強賴非夷狄昌熾之時又無堯湯水旱之變故天下無事過於百年雖曰人事亦天助也蓋累聖相繼仰畏天俯畏人寬仁恭儉忠恕誠慤此其所以獲天助也伏惟陛下躬上聖之質承無窮之緒知天助之不可常恃知人事之不可怠終則大有爲之時正在今日臣不敢輒廢將明之義而苟逃諱忌之誅伏惟陛下幸赦而留神則天下之福也取進止

宋至斯時貧弱甚矣變法救時初見甚是特自信其學自執其見又任用非人那得不誤國害民濡識晷影也、扞抵也、廢藩鎮句太祖一日召石守信王審琦等飲酒、謂曰、作天子不易、不如爲節度使之樂、何不釋去兵權、出守大藩、爲子孫市田宅、歌舞飲酒、上下兩無猜嫌、以終天年乎、次日、皆稱疾乞罷、此云廢者、廢藩鎮之實權也、實、備從官仁宗時、安石曾任三司度支判官、屈己棄財句如歲輸金幣於契丹、相坐舉人不實、坐之以罪、夏人即西夏、姓拓跋、唐賜姓李、世爲夏州節度使、至元昊時、稱帝、據有甘肅西北部、及內蒙古鄂爾多斯阿拉善等、

王介甫進戒疏○

臣某昧死再拜上疏皇帝陛下。臣竊以爲陛下既終亮讀梁陰讀闇。考之於經。則羣臣進戒之時。而臣待罪近司。職當先事有言者也。竊聞孔子論爲邦。先放鄭聲。而後曰遠佞人。仲虺音卉稱湯之德。先不邇聲色。不殖貨利。而後曰用人惟己。蓋以謂不淫耳目於聲色玩好之物。然後能精於用志。能精於用志。然後能明於見理。能明於見理。然後能知人。能知人。然後佞人可得而遠。忠臣良士與有道之君子類進於時。有以自竭。則法度之行。風俗之成。甚易也。若夫人主雖有過人之材。而不能早自戒於耳目之欲。至於過差。以亂其心之所思。則用志不精

名論宜作韋絃之佩

防微杜漸愛君以德

用志不精則見理不明。見理不明則邪說詖（彼義切）行。必竊間乘殆而作。則其至於危亂也豈難哉。伏惟陛下即位以來。未有聲色玩好之過聞於外。然孔子聖人之盛。尙自以爲七十而後敢從心所欲也。今陛下以鼎盛之春秋。而享天下之大奉。所以惑移耳目者爲不少矣。則臣之所豫慮而陛下之所深戒。宜在於此。天之生聖人之材甚吝。而人之値聖人之時甚難。天既以聖人之材付陛下。則人亦將望聖人之澤於此時。伏惟陛下自愛以成德。而自強以赴功。使後世不失聖人之名。而天下皆蒙陛下之澤。則豈非可願之事哉。臣愚不勝惓（音權）惓。惟陛下恕其狂妄而幸賜省察。

安石初心何嘗不正。後來倒行逆施。一因其性本愎執拗自是。一因爲人牽引。遂至昵比羣小。蠹政害民。讀此篇粹然純臣之言。爲之憮然者久之。（濡議）

亮陰（天子居喪之名、）仲虺（湯相、不殖貨利等句、見「書」仲虺之誥篇、）詖（不正也、）七十從心句（孔子至七十而從心所欲、不踰矩也、）

評校音注古文辭類纂卷二十終

古文辭類纂卷二十一　奏議類下編一

董仲舒賢良策對一

制曰朕獲承至尊休德傳之亡窮而施之罔極任大而守重是以夙夜不皇（遑同）康寧永惟萬事之統猶懼有闕故廣延四方之豪儁（俊同）郡國諸侯公選賢良修絜（潔同）博習之士欲聞大道之要至論之極今子大夫褎（音袖）然爲舉首朕甚嘉之子大夫其精心致思朕垂聽而問焉蓋聞五帝三王之道改制作樂而天下洽和百王同之當虞氏之樂莫盛於韶於周莫盛於勺聖王已沒鐘鼓筦（管同）絃之聲未衰而大道微缺陵夷至虖（乎同）桀紂之行王道大壞矣夫五百年之間守文之君當塗之士欲則先王之法以戴翼其世者甚衆然猶不能反日㠯（以同）仆（音赴）滅至後王而後止豈其所持操或誖（音勃）繆（謬同）而失其統與固天降命不可復反必推之於大衰而後息與烏（讀嗚）虖（讀呼）凡所爲屑屑夙興夜寐務法上古者又將無補與三代受命其符安在災異之變何緣而起性命之情或夭或壽或仁或

此數語賅括春秋災異等事

姚氏云以彊之次第當先於作樂然語非切要故從非天降命不可反意說起以彊勉行道對夙興夜寐

鄙習聞其號未燭厥理伊欲風流而令行刑輕而姦改百姓和樂政事宣昭何修何飭而膏露降百穀登悳(古德字)潤四海澤臻屮(同草)木三光全寒暑平受天之祜(音戶)享鬼神之靈悳澤洋溢施虖方外延及羣生子大夫明先聖之業習俗化之變終始之序講聞高誼之日久矣其明吕諭朕科別其條勿猥勿并取之於術慎其所出迺其不正不直不忠不極枉於執事書之不泄興於朕躬毋悼後害子大夫其盡心靡有所隱朕將親覽焉

仲舒對曰陛下發德音下明詔求天命與情性皆非愚臣之所能及也臣謹案春秋之中視前世已行之事吕觀天人相與之際甚可畏也國家將有失道之敗而天迺先出災害吕譴(去戰切)告之不知自省又出怪異吕警懼之尚不知變而傷敗迺至吕此見天心之仁愛人君而欲止其亂也自非大亡道之世者天盡欲扶持而全安之事在彊勉而已矣彊勉學問則聞見博而知益明彊勉行道則德日起而大有功此皆可使還至而立有效者也詩曰夙夜匪解(同懈)書云茂哉茂哉皆彊勉之謂也道者所繇(同由)適於治之路也仁義禮樂皆其具也故

非無補以勸勵之下乃從行道引入作樂科條不幷而竄自貫通

彊勉之謂也眞西山云爲學之道致知力行而已彊勉學問致知也彊勉行道力行也仲舒斯言可謂得聖賢要指矣

見得符瑞之來非可倖致

受命之符也眞西山云仲舒之學粹矣然不能不惑於符命此其短

聖王已沒而子孫長久安寧數百歲此皆禮樂敎化之功也王者未作樂之時迺用先王之樂宜於世者而㠯深入敎化於民敎化之情不得雅頌之樂不成故王者功成作樂樂(音洛)其德也樂者所以變民風化民俗也其變民也易其化人也著故聲發於和而本於情接於肌膚臧(同藏)於骨髓故王道雖微缺而筦絃之聲未衰也夫虞氏之不爲政久矣然而樂頌遺風猶有存者是㠯孔子在亝(同齊)而聞韶也夫人君莫不欲安存而惡危亡然而政亂國危者甚衆所任者非其人而所繇者非其道是㠯政日㠯仆滅也夫周道衰於幽厲非道亡也幽厲不繇也至於宣王思昔先王之德興滯補敝明文武之功業周道粲然復興詩人美之而作上天祐之爲生賢佐後世稱誦至今不絕此夙夜不解行善之所致也孔子曰人能弘道非道弘人也故治亂廢興在於己非天降命不可得反其所操持誖謬失其統也臣聞天之所大奉使之王者必有非人力所能致而自至者此受命之符也天下之人同心歸之若歸父母故天瑞應誠而至書曰白魚入於王舟有火復於王屋流爲烏此蓋受命之符也周公曰復哉復哉孔

甄有堅眞兩音

姚氏云此段專對何修何飭至篇末皆一意

任德不任刑確是對症發藥

子曰。德不孤。必有鄰。皆積善絫(同累)德之效也。及至後世。淫佚衰微。不能統理羣生。諸侯背畔。殘賊良民以爭壤土。廢德教而任刑罰。刑罰不中。則生邪氣。邪氣積於下。怨惡畜(讀蓄)於上。上下不和。則陰陽繆盭而妖孽生矣。此災異所緣而起也。臣聞命者天之令也。性者生之質也。情者人之欲也。或夭或壽。或仁或鄙。陶冶而成之。不能粹美。有治亂之所生。故不齊也。孔子曰。君子之德風也。小人之德屮也。屮上之風必偃。故堯舜行德則民仁壽。桀紂行暴則民鄙夭。夫上之化下。下之從上。猶泥之在鈞。惟甄者之所為。猶金之在鎔。惟冶者之所鑄。綏之斯俫。動之斯和。此之謂也。臣謹案春秋之文。求王道之端。得之於正。正次王。王次春。春者天之所為也。正者王之所為也。其意曰。上承天之所為。而下以正其所為。正王道之端云爾。然則王者欲有所為。宜求其端於天。天道之大者在陰陽。陽為德。陰為刑。刑主殺而德主生。是故陽常居大夏。而以生育養長為事。陰常居大冬。而積於空虛不用之處。以此見天之任德不任刑也。天使陽出布施於上而主歲功。使陰入伏於下而時出佐陽。陽不得陰之助。亦不能獨成歲。終陽

姚氏云策問內不正不直一層董子所不對而寓意於此謂人君正己固無取以察察爲明也

王道終矣眞西山云此即大學所謂心正身修家齊而天下平中庸所謂致中和而天地位萬物育而舒得之其學可謂粹矣

姚氏云上段言人君正心以正朝廷繳也

以成歲爲名此天意也王者承天意以從事故任德教而不任刑刑者不可任以治世猶陰之不可任以成歲也爲政而任刑不順於天故先王莫之肯爲也今廢先王德教之官而獨任執法之吏治民毋迺任刑之意與孔子曰不教而誅謂之虐虐政用於下而欲德教之被四海故難成也臣謹案春秋謂一元之意一者萬物之所從始也元者辭之所謂大也謂一爲元者視大始而欲正本也春秋深探其本而反自貴者始故爲人君者正心以正朝廷正朝廷以正百官正百官以正萬民正萬民以正四方四方正遠近莫敢不壹於正而亡有邪氣奸其閒者是以陰陽調而風雨時羣生和而萬民殖五穀熟而屮木茂天地之間被潤澤而大豐美四海之內聞盛德而皆徠臣諸福之物可致之祥莫不畢至而王道終矣孔子曰鳳鳥不至河不出圖吾已矣夫自悲可致此物而身卑賤不得致也今陛下貴爲天子富有四海居得致之位操可致之勢又有能致之資行高而恩厚知明而意美愛民而好士可謂誼主矣然而天地未應而美祥莫至者何也凡以教化不立而萬民不正也夫萬民之從利也如水之走

下段皆言教也所當修飭二者而已而以禍祥可致間其中不截然分兩段固是古人文字變化多有如此而德教相因亦非兩事也

秦之前車可鑒

下。不以教化隄防之。不能止也。是故教化立而姦邪皆止者。其隄防完也。教化廢而姦邪並出。刑罰不能勝者。其隄防壞也。古之王者明於此。是故南面而治天下。莫不以教化為大務。立太學以教於國。設庠序以化於邑。漸民以仁。摩民以誼。節民以禮。故其刑罰甚輕而禁不犯者。教化行而習俗美也。聖王之繼亂世也。掃除其迹而悉去之。復修教化而崇起之。教化已明。習俗已成。子孫循之。行五六百歲。尚未敗也。至周之末世。大為亡道。以失天下。秦繼其後。獨不能改。又益甚之。重禁文學。不得挾書。棄捐禮誼而惡聞之。其心欲盡滅先聖之道。而顓（同專）為自恣苟簡之治。故立為天子十四歲而國破亡矣。自古以來。未嘗有以亂濟亂。大敗天下之民如秦者也。其遺毒餘烈。至今未滅。使習俗薄惡。人民嚚（音銀）頑抵冒殊扞。孰爛如此之甚者也。孔子曰。腐朽之木不可彫也。糞土之牆不可圬也。今漢繼秦之後。如朽木糞牆矣。雖欲善治之。亡可奈何。法出而姦生。令下而詐起。如以湯止沸。抱薪救火。愈甚亡益也。竊譬之琴瑟不調。甚者必解而更（平聲）張之。迺可鼓也。為政而不行。甚者必變而更化之。迺可理也。當更張而不

更化云云謂漢治秦政其弊未能盡去故頻更張之也

更張雖有良工不能善調也當更化而不更化雖有大賢不能善治也故漢得天下已來常欲善治而至今不可善治者失之於當更化而不更化也古人有言曰臨淵羨魚不如退而結網今臨政而願治七十餘歲矣不如退而更化更化則可善治善治則災害日去福祿日來詩云宜民宜人受祿於天爲政而宜於民者固當受祿於天夫仁義禮知信五常之道王者所當修飭也五者修飭故受天之祐而享鬼神之靈德施於方外延及羣生也

方望溪曰古文之法首尾一綫惟對策最難以所問本叉牙而難合也惟董子能依問條對事雖不一而義理自相融貫且大氣包舉使人莫窺其鎔鑄之迹良由其學深造自得故能左右逢源也

褒（進也）、韶勺（韶、舜樂、勺、周公所作）、屑屑（動作貌）、燭（照也）、飭（修治也）、猥（積也）、執事（指官）、不泄（謂不漏也）、譴（責也）、茂哉（勉也）、白魚三句（今文尚書泰誓之辭、伐紂之時、有此瑞也）、復哉復哉（復、報也、周有盛德、故天報以此瑞）、鈞（造瓦之模）、甄者（造瓦之人）、鎔（鑄器之模）、冶者（治金之人）、正（謂正月也）、一元（言魯隱公即位、不稱一年、而稱元年）、鳳烏二句（文王時、鳳凰鳴於岐山、伏羲時河馬負圖而出、皆國瑞也）、漸（浸潤之意）、摩（砥礪之意）、嚚頑（口不道忠信之言爲嚚、心不則德義之經爲頑）、

董仲舒賢良策對二〇

制曰。蓋聞虞舜之時。游於巖郎(廊同)之上。垂拱無爲。而天下太平。周文王至於日昃不暇食。而宇內亦治。夫帝王之道。豈不同條共貫與。何逸勞之殊也。蓋儉者不造玄黃旌旗之飾。及至周室。設兩觀。乘大路。朱干玉戚。八佾(音逸)陳於庭。而頌聲興。夫帝王之道。豈異指哉。或曰良玉不瑑(柱兗切)。又云非文亡以輔德。二端異焉。殷人執五刑以督姦。傷肌膚以懲惡。成康不式。四十餘年天下不犯。囹圄空虛。秦國用之。死者甚衆。刑者相望。秏(耗同)矣哀哉。烏虖。朕夙寤晨興。惟前帝王之憲。永思所以奉至尊。章洪業。皆在力本任賢。今朕親耕藉田。以爲農先。勸孝弟。崇有德。使者冠蓋相望。問勤勞。恤孤獨。盡思極神。功烈休德。未始云獲也。今陰陽錯繆。氛氣充塞。羣生寡遂。黎民未濟。廉恥貿亂。賢不肖渾殽。未得其眞。故詳延特起之士。意庶幾乎。今子大夫待詔百有餘人。或道世務而未濟。稽諸上古而不同。考之於今而難行。毋迺牽於文繫而不得騁歟。將所繇異術。所聞殊方與。各悉對著於篇。毋諱有司。明其指略。切磋究之。以稱朕意。

說明勞逸之所以異。時異則治法不能不異。所謂易地則皆然也。

仲舒對曰。臣聞堯受命。以天下爲憂。而未以位爲樂也。故誅逐亂臣。務求賢聖。是以得舜禹稷离（同契）咎（同皋）繇（同陶）。衆聖輔德。賢能佐職。教化大行。天下和洽。萬民皆安仁樂誼。各得其宜。動作應禮。從容中道。故孔子曰。如有王者。必世而後仁。此之謂也。堯在位七十載。迺遜於位。以禪虞舜。堯崩。天下不歸堯子丹朱而歸舜。舜知不可辟（讀避）。迺卽天子之位。以禹爲相。因堯之輔佐。繼其統業。是以垂拱無爲而天下治。孔子曰。韶盡美矣。又盡善也。此之謂也。至於殷紂。逆天暴物。殺戮賢知。殘賊百姓。伯夷太公皆當世賢者。隱處而不爲臣。守職之人。皆奔走逃亡。入於河海。天下秏亂。萬民不安。故天下去殷而從周。文王順天理物。師用賢聖。是以閎夭大顚散宜生等亦聚於朝廷。愛施兆民。天下歸之。故太公起海濱而卽三公也。當此之時。紂尙在上。尊卑昏亂。百姓散亡。故文王悼痛而欲安之。是以日昃而不暇食也。孔子作春秋。先正王而繫萬事。見素王之文焉。繇此觀之。帝王之條貫同。然而勞逸異者。所遇之時異也。孔子曰。武盡美矣。未盡善也。此之謂也。臣聞制度文采玄黃之飾。所以明尊卑。異貴賤。而勸有德也。故春秋

說明奢儉之所以異

弗聖人之中制也眞西山云奢儉皆非中制然與其不遜也寧固仲舒言之不詳武帝侈心之啓未必不由此

受命所先制者改正朔易服色所昌應天也然則宮室旌旗之制有法而然者也故孔子曰奢則不遜儉則固儉非聖人之中制也臣聞良玉不瑑資質潤美不待刻瑑此亡異於達巷黨人不學而自知也然則常玉不瑑不成文章君子不學不成其德臣聞聖王之治天下也少則習之學長則材諸位爵祿昌養其德刑罰昌威其惡故民曉於禮誼而恥犯其上武王行大誼平殘賊周公作禮樂昌文之至於成康之隆囹（音靈）圄（偶許切）空虛四十餘年此亦敎化之漸而仁誼之流非獨傷肌膚之效也至秦則不然師申商之法行韓非之說憎帝王之道昌貪狼爲俗非有文德昌敎訓於天下也誅名而不察實爲善者不必免而犯惡者未必刑也是昌百官皆飾虛辭而不顧實外有事君之禮內有背上之心造僞飾詐趨利無恥又好用憯（音慘）酷之吏賦斂亡度竭民財力百姓散亡不得從耕織之業羣盜並起是昌刑者甚衆死者相望而姦不息俗化使然也故孔子曰導之昌政齊之昌刑民免而無恥此之謂也今陛下并有天下海內莫不率服廣覽兼聽極羣下之知盡天下之美至德昭然施於方外夜郎康居殊方

加之意而已眞西山云武帝徒聞而不尊徒知而不行故仲舒發之

姚氏云此篇亦應前篇設誠於內德也厲士求賢長吏致也從賢長吏內又推出選郎吏之法及官不計日月兩層亦如介甫上仁宗皇帝書綱中有目目中有細目但漢人文法自渾古耳

姚氏云按郎中比三百石蓋出爲令中郎比六百石蓋出爲守其選此者以吏二千石子弟及富訾二途

萬里說德歸誼此太平之致也然而功不加於百姓者殆王心未加焉曾子曰尊其所聞則高明矣行其所知則光大矣高明光大不在於它在乎加之意而已願陛下因用所聞設誠於內而致行之則三王何異哉陛下親耕藉田以爲農先夙寤晨興憂勞萬民思惟往古而務以求賢此亦堯舜之用心也然而未云獲者士素不厲也夫不素養士而欲求賢譬猶不琢玉而求文采也故養士之大者莫大虖太學太學者賢士之所關也教化之本原也今以一郡一國之衆對亡應書者是王道往往而絕也臣願陛下興太學置明師以養天下之士數考問以盡其材則英俊宜可得矣今之郡守縣令民之師帥所使承流而宣化也故師帥不賢則主德不宣恩澤不流今吏既亡教訓於下或不承用主上之法暴虐百姓與姦爲市貧窮孤弱冤苦失職甚不稱陛下之意是以陰陽錯繆氛氣充塞羣生寡遂黎民未濟皆長吏不明使至於此也夫長吏多出於郎中中郎吏二千石子弟選郎吏又以富訾同資未必賢也且古所謂功者以任官稱職爲差非所謂積日絫久也故小材雖絫日不離於小官賢材雖未久不害

漢初制蓋如此若貲盎以兄噲任爲郞中是吏二千石子弟也張釋之司馬相如皆以貲爲郞惟滿居以孝著爲郞中署長意其比甚少故董子云未必賢也自元光九年舉孝廉元朔五年子博士弟子嗣後郞選乃出此二途班固所云繼禮官之甲科羣百郡之廉孝其原自董子發之此固郞選之盛矣然漢初所云以貲爲郞者貲算十以上得就選耳去取猗決於上有市籍者猶不得官及武帝元鼎以後株送徒入財得補郞則市儈以財路自操仕進之權矣是郞選之壞發皆當武帝之世也○張騶卿云元光無九年九字蓋元字之訛漢舊元光元年令郡國舉孝廉

爲輔佐。是以有司竭力盡知。務治其業而以赴功。今則不然。累日以取貴。積久以致官。是以廉恥貿亂。賢不肖渾殽。未得其眞。臣愚以爲使諸列侯郡守二千石。各擇其吏民之賢者。歲貢各二人。以給宿衞。且以觀大臣之能。所貢賢者有賞。所貢不肖者有罰。夫如是。諸侯吏二千石皆盡心於求賢。天下之士可得而官使也。徧得天下之賢人。則三王之盛易爲。而堯舜之名可及也。毋以日月爲功。實試賢能爲上。量材而授官。錄德而定位。則廉恥殊路。賢不肖異處矣。陛下加惠寬臣之罪。令勿牽制於文。使得切磋究之。臣敢不盡愚。

奢儉勞逸因時爲之聖王本無成見後幅於養士擇賢三致意焉尤爲對症發藥濂識

巖郞（殿下小屋）、昃（日過午也）、兩觀（宮闕也）、大路（玉飾之車）、朱干（干、盾也、以革爲之）、玉戚（戚、斧也、以玉爲柄）、八佾（見于政極諫外家封事注）、五刑（墨、劓、剕、宮、大辟）、式（用也）、囹圄（獄也）、夙寤（早醒也）、藉田（天子親耕之田）、蓋（車蓋）、氛氣（惡氣）、渾殽（雜也）、文繁（爲文史之法所牽制）、毋諱有司（言不當忌畏有司、而不極言）、守職之人（謂鼓方叔、播鼗武、少師陽等）、闕天大顚散宜生（並文王臣）、素王（孔子作春秋、託王於魯、無位而王）、見（顯示也）、達巷黨人（其名不傳、能知孔子之大、見[論語]）

姚氏云、前兩策問偏問諸賢良、此策蓋獨問董子、故策首謝此意、

憯痛也、武周武王樂、未盡善也指武王用兵伐紂、有慚德而言、夜郎見嚴安言世務書注、康居見子政論甘延壽等疏注、厲勸勉之意、郡守秦幷天下、置三十六郡、郡置守、以統其縣、漢景帝更郡守之名爲太守、與姦爲市小吏爲姦欺、守令不舉、乃反與之交易求利、二千石見徐州上皇帝書注、

董仲舒賢良策對三〇〇

制曰。蓋聞善言天者。必有徵於人。善言古者。必有驗於今。故朕垂問乎天人之應。上嘉唐虞。下悼桀紂。寖微寖滅寖明寖昌之道。虛心㠯改。今子大夫明於陰陽所㠯造化。習於先聖之道業。然而文采未極。豈惑虖當世之務哉。條貫靡竟。統紀未終。意朕之不明與。聽若眩與。夫三王之敎所祖不同。而皆有失。或謂久而不易者道也。意豈異哉。今子大夫既已著大道之極。陳治亂之端矣。其悉之究之。孰之復之。詩不云虖。嗟爾君子。毋常安息。神之聽之。介爾景福。朕將親覽焉。子大夫其茂明之。

仲舒復對曰。臣聞論語曰。有始有卒者。其惟聖人虖。今陛下幸加惠。留聽於承學之臣。復下明冊。㠯切其意。而究盡聖德。非愚臣之所能具也。前所上對條貫

往來相應眞西山云此非邃於天人之際者不能言

靡竟統紀不終辭不別白指不分明此臣淺陋之罪也册曰善言天者必有徵於人善言古者必有驗於今臣聞天者羣物之祖也故徧覆包函而無所殊建日月風雨㠯和之經陰陽寒暑㠯成之故聖人法天而立道亦溥愛而亡私布德施仁㠯厚之設誼立禮㠯導之春者天之所㠯生也仁者君之所㠯愛也夏者天之所㠯長也德者君之所㠯養也霜者天之所㠯殺也刑者君之所㠯罰也繇此言之天人之徵古今之道也孔子作春秋上揆之天道下質諸人情參之於古考之於今故春秋之所譏災害之所加也春秋之所惡怪異之所施也書邦家之過兼災異之變㠯此見人之所爲其美惡之極迺與天地流通而往來相應此亦言天之一端也古者修教訓之官務㠯德善化民民已大化之後天下常亡一人之獄矣今世廢而不修亡㠯化民民㠯故棄仁誼而死財利是㠯犯法而罪多一歲之獄㠯萬千數㠯此見古之不可不用也故春秋變古則譏之天令之謂命命非聖人不行質樸之謂性性非教化不成人欲之謂情情非度制不節是故王者上謹於承天意㠯順命也下務明教化民㠯成性也正

堯舜之寖明寖昌亦漸

法度之宜。別上下之序。㠯防欲也。修此三者。而大本舉矣。人受命於天。固超然異於羣生。入有父子兄弟之親。出有君臣上下之誼。會聚相遇。則有耆老長幼之施。粲然有文㠯相接。驩然有恩㠯相愛。此人之所㠯貴也。生五穀㠯食之。桑麻㠯衣之。六畜㠯養之。服牛乘馬。圈豹檻虎。是其得天之靈。貴於物也。故孔子曰。天地之性。人爲貴。明於天性。知自貴於物。知自貴於物。然後知仁誼。知仁誼。然後重禮節。重禮節。然後安處善。安處善。然後樂循理。樂循理。然後謂之君子。故孔子曰。不知命。亡㠯爲君子。此之謂也。册曰。上嘉唐虞。下悼桀紂。寖微寖滅寖明寖昌之道。虛心㠯改。臣聞衆少成多。積小致鉅。故聖人莫不㠯晻（同暗）致明。㠯微致顯。是㠯堯發於諸侯。舜興虖深山。非一日而顯也。蓋有漸㠯致之矣。言出於己。不可塞也。行發於身。不可掩也。言行。治之大者。君子之所㠯動天地也。故盡小者大。愼微者著。詩云。惟此文王。小心翼翼。故堯兢兢日行其道。而舜業業日致其孝。善積而名顯。德章而身尊。此其寖明寖昌之道也。積善在身。猶長日加益。而人不知也。積惡在身。猶火之銷膏。而人不見也。非明虖情性。察虖流

桀紂之寖微寖滅亦以漸

非知道者不能言

道亦不變眞西山云中庸曰天命之謂性率性之謂道道出於

俗者孰能知之此唐虞之所㠯得令名而桀紂之可為悼懼者也夫善惡之相從如景（同影）鄉（同響）之應形聲也故桀紂暴謾讒賊並進賢知隱伏惡日顯國日亂晏然自㠯如日在天終陵夷而大壞夫暴逆不仁者非一日而亡也亦㠯漸至故桀紂雖亡道然猶享國十餘年此其寖微寖滅之道也冊曰三王之教所祖不同而皆有失或謂久而不易者道也意豈異哉臣聞夫樂而不亂復而不厭者謂之道道者萬世亡弊弊者道之失也先王之道必有偏而不起之處故政有眊（音冒）而不行舉其偏者㠯補其弊而已矣三王之道所祖不同非其相反將㠯捄溢扶衰所遭之變然也故孔子曰亡為而治者其舜虖改正朔易服色㠯順天命而已其餘盡循堯道何更為哉故王者有改制之名亡變道之實然夏上忠殷上敬周上文者所繼之捄當用此也孔子曰殷因於夏禮所損益可知也周因於殷禮所損益可知也其或繼周者雖百世可知也此言百王之用㠯此三者矣夏因於虞而獨不言所損益者其道如一而所上同也道之大原出於天天不變道亦不變是㠯禹繼舜舜繼堯三聖相受而守一道亡救弊之政

性而性出於天仲舒此言即中庸之意

眞西山云周文不可盡變宜少損之夏忠之意繇其用故曰致

姚氏云此篇末陳不爭民利罷絀百家二事非策所及而自發之亦因策有悉之究之語也然皆貫以天人古今故首尾一綫

也。故不言其所損益也。繇是觀之。繼治世者。其道同。繼亂世者。其道變。今漢繼大亂之後。若宜少損周之文致用夏之忠者。陛下有明惠嘉道。愍世俗之靡薄。悼王道之不昭。故舉賢良方正之士。論誼考問。將欲興仁誼之休德。明帝王之法制。建太平之道也。臣愚不肖。述所聞。誦所學。道師之言。廑能勿失耳。若迺論政事之得失。察天下之息耗。此大臣輔佐之職。三公九卿之任。非臣仲舒所能及也。然而臣竊有怪者。夫古之天下。亦今之天下。今之天下。亦古之天下。共是天下。古亦大治。上下和睦。習俗美盛。不令而行。不禁而止。吏亡姦邪。民亡盜賊。囹圄空虛。德潤屮木。澤被四海。鳳皇來集。麒麟來游。㠯古準今。壹何不相逮之遠也。安所繆盭而陵夷若是。意者有所失於古之道與。有所詭於天之理與。試迹之古。返之於天。黨（同儻）可得見乎。夫天亦有所分予。予之齒者去其角。傅（同附）其翼者兩其足。是所受大者不得取小也。古之所予祿者。不食於力。不動於末。是亦受大者不得取小。與天同意者也。夫已受大。又取小。天不能足。而況人虖。此民之所㠯囂囂苦不足也。身寵而載高位。家溫而食厚祿。因乘富貴之資力㠯

此極言在上者之與民爭利弘羊等之罪其可逭乎

與民爭利於下民安能如之哉是故衆其奴婢多其牛羊廣其田宅博其産業畜其積委務此而亡已以迫蹵（子育切）民民日削月朘（音宣）寖以大窮富者奢侈羨溢貧者窮急愁苦窮急愁苦而上不救則民不樂生民不樂生尙不避死安能避罪此刑罰之所以蕃而姦邪不可勝者也故受祿之家食祿而已不與民爭業然後利可均布而民可家足此上天之理而亦太古之道天子之所宜法以爲制大夫之所當循以爲行也故公儀子相魯之其家見織帛怒而出其妻食於舍而茹葵慍而拔其葵曰吾已食祿又奪園夫紅（同工）女利虖古之賢人君子在列位者皆如是是故下高其行而從其敎民化其廉而不貪鄙及至周室之衰其卿大夫緩於誼而急於利亡推讓之風而有爭田之訟故詩人疾而刺之曰節（讀作截）彼南山惟石巖巖赫赫師尹民具爾瞻爾好誼則民鄉仁而俗善爾好利則民好邪而俗敗由是觀之天子大夫者下民之所視效遠方之所四面而內望也近者視而放之遠者望而效之豈可以居賢人之位而爲庶人行哉夫皇皇求財利常恐乏匱者庶人之意也皇皇求仁義常恐不能化民者大夫

天子大夫並提責難之處尤見切直

此特餘論耳非緊旨所在也

之意也易曰負且乘致寇至乘車者君子之位也負擔者小人之事也此言居君子之位而爲庶人之行者其禍患必至也若居君子之位當君子之行則舍公儀休之相魯亡可爲者矣春秋大一統者天地之常經古今之通誼也今師異道人異論百家殊方指意不同是㠯上亡㠯持一統法制數變下不知所守臣愚㠯爲諸不在六藝之科孔子之術者皆絕其道勿使並進邪辟之說滅息然後統紀可一而法度可明民知所從矣

朱文公曰仲舒識得本源如云正心可以正朝廷如說仁義禮樂皆其具此等說話皆好若陸宣公之論事卻精密第恐本源處不如仲舒○胡文定公曰董仲舒名儒也多得春秋要義所對切中當世之病如罷黜百家表章六經其功不在孟子下何謂緩而不切乎劉蕡雖直非其匹也○方望溪曰條舉所問以爲界畫因制策詰以詞不別白指不分明故也唐宋以後遂用此爲式

寖漸也、眩惑也、耆六十曰耆、晻晦也、深山歷山也、翼翼恭肅貌、業業危懼也、眊目不明貌、三公如周之太師、太傅、太保、漢之丞相、太尉、御史大夫、九卿周官制、卽少師、少傅、少保、冢宰、司徒、宗伯、司馬、司寇、司空是、詭違也、予賜也、不食于力二

句不與民爭利也、囂囂衆怨愁聲、朘減也、公儀子公儀休、魯穆公時人、出婦人大歸曰出、節高峻貌、巖巖積石貌、赫

赫顯也、皇皇急貌、

評校音注古文辭類纂卷二十一終